Oek de Jong
In der äußersten Finsternis

SERIE PIPER

Zu diesem Buch

Das unsichtbare Wasser flößte seiner kleinen Tochter Lin Angst ein. Aber Hokwerda lächelte sanft und verführerisch, packte Lins schmächtigen Körper und schwang ihn in die Höhe. Noch einmal flog sie durch die Luft über das Schilf hinweg, schlug auf dem Wasser auf und sank nach unten. – Wie ein dunkles Versprechen schwebt diese unheilvolle Erfahrung über dem Leben von Lin Hokwerda. Viele Jahre sind vergangen, Lin ist inzwischen erwachsen und lebt in Amsterdam. Dort begegnet sie eines Tages dem acht Jahre älteren Henri. Sie fühlt sich angezogen von ihm, von seinem Körper und seiner selbstsicheren Art. Die beiden beginnen eine leidenschaftliche, alle Konventionen brechende Affäre. Doch ihre Liebe schwankt zwischen Lust und Gewalt, bis Lin schließlich die Kraft aufbringt, sich von Henri zu lösen. Trotz ihrer neuen Beziehung zu dem kultivierten und zärtlichen Jelmer ist die abgründige Geschichte zwischen Lin und Henri noch nicht zu Ende.

Oek de Jong, geboren 1952, ist einer der bedeutendsten niederländischen Autoren der Gegenwart. Er studierte Kunstgeschichte und legte als Fünfundzwanzigjähriger sein literarisches Debüt vor. Mit seinem ersten Roman »Flatternde Sommerkleider« wurde er 1977 in den Niederlanden über Nacht berühmt, sein zweiter Roman »Ein Kreis im Gras« verschaffte ihm auch den internationalen Durchbruch. Danach erschien auf deutsch »In der äußersten Finsternis«. Oek de Jong lebt in Amsterdam und schreibt Romane, Erzählungen und Essays über Kunst und Malerei. Auf deutsch sind alle seine Romane im Piper Verlag erschienen.

Oek de Jong
In der äußersten Finsternis

Roman

Aus dem Niederländischen von
Thomas Hauth

Piper München Zürich

Die Übersetzung wurde vom Nederlands Literair Produktie- en Vertalingenfonds, Amsterdam, gefördert.

Von Oek de Jong liegen in der Serie Piper vor:
Ein Kreis im Gras (4379)
In der äußersten Finsternis (4843)

Für Jeanne

FSC

Dieses Taschenbuch wurde auf FSC-zertifiziertem Papier gedruckt. FSC (Forest Stewardship Council) ist eine nichtstaatliche, gemeinnützige Organisation, die sich für eine ökologische und sozialverantwortliche Nutzung der Wälder unserer Erde einsetzt (vgl. Logo auf der Umschlagrückseite).

Ungekürzte Taschenbuchausgabe
Dezember 2006

Titel der niederländischen Originalausgabe:
»Hokwerda's Kind«

Umschlag / Bildredaktion: Büro Hamburg
Heike Dehning, Charlotte Wippermann,
Alke Bücking, Daniel Barthmann
Umschlagabbildung: Max Beckmann
(»Geschwister«; VG Bild-Kunst, Bonn 2006 / akg-images)
Foto Umschlagrückseite: Cuny Janssen
Satz: Satz für Satz. Barbara Reischmann, Leutkirch
Papier: Munken Print von Arctic Paper Munkedals AB, Schweden
Druck und Bindung: Clausen & Bosse, Leck
Printed in Germany
ISBN-13: 978-3-492-24843-3
ISBN-10: 3-492-24843-8

www.piper.de

Inhalt

Prolog 7

Teil Eins

I Ein naives junges Ding 19
II Blind date 30
III Ein eisernes Bett 45
IV Auf dem Markt 55
V Austern essen 63
VI Veränderter Körper 83

Teil Zwei

I Zerknüllte Banknoten 93
II Ein normales Leben 105
III Sich ausdehnende Zeit 121
IV Weniger allein 132
V Einen Afrikaner gehabt 144
VI Zwei Pferde 160
VII Unerreichbar 173
VIII Ertappt beim Liebeslunch 193
IX Danach aß sie eine Fleischkrokette 211

Teil Drei

I	Jelmer	225
II	Ein Bund Rhabarber	239
III	Auf dem Fluessen	259

Teil Vier

I	Ein Foto	285
II	Alte Freunde	305
III	Wiedersehen mit Hokwerda	327
IV	Ein Haufen nasser Kleidungsstücke	353
V	Betrug	378
VI	Felsblöcke fotografieren	404
VII	Heute nachmittag noch	427
VIII	Verstoßen	448

Teil Fünf

I	Im Schilf	479
II	In der äußersten Finsternis	512

Prolog

An diesem Abend warf Hokwerda seine kleine Tochter ein ums andere Mal über den Schilfgürtel in den Ee. Er hielt sie an Hand- und Fußgelenk fest, hob ihren schmächtigen Körper in die Höhe, schwenkte ihn hin und her, bis er genug Schwung hatte, und warf ihn dann über die Schilfrispen. Rücklings, mit halb angstvollem, halb entzücktem Gesichtsausdruck, flog das Mädchen dem Wasser entgegen. Am höchsten Punkt ihrer Flugbahn schien sie für einen winzigen Augenblick reglos in der Luft zu verharren, dann fiel sie, schrie auf, verschwand aus dem Blickfeld und plumpste ins Wasser.

Es war ein stiller Sommerabend, und nach diesem Plumps wirkte die Stille noch tiefer. Das Wasser des Ee plätscherte. Die Bäume auf dem Hof warfen lange Schatten. Von den Weiden drang das Muhen der Kühe herüber, aus weiter Entfernung war das dumpfe und regelmäßige Wummern einer Maschine zu hören, mit der gemähtes Gras umgedreht wurde. In den Bäumen führten Dohlen ein Gespräch.

Nach seinem Wurf ging Hokwerda an dem mannshohen Schilf vorbei zum Bootssteg, wo er sie näher kommen sah: den Kopf ängstlich erhoben, mit hastigen Armbewegungen schwimmend, froschschnell. Von seinen beiden Töchtern war diese sein Augenstern. »Ja, die Kleine ist mein Augenstern«, sagte er manchmal zu dem einen oder anderen, und bei dem Wort traten ihm Tränen in die Augen. Er versuchte das Wort zu vermeiden, weil es ihn zu sehr mitnahm, weil es ihn überwältigte. Aber manchmal *mußte* er es einfach aussprechen: Augenstern, mein Augenstern, und dann traten ihm Tränen in die Augen. Auch jetzt war sie sein Augenstern, während sie im Abendlicht herangeschwommen kam. Schon von weitem konnte er sie keuchen hören. Am Bootssteg angekommen, begann sie Wasser zu treten; ihre strampelnden Beine waren unter Wasser zu sehen.

Das Mädchen blickte zu seinem Vater auf und versuchte, seine rechte Hand mit den Pflastern nicht zu sehen.

An diesem Morgen war sie, was sie häufiger tat, früh aufgestanden. Auf dem Weg nach unten war sie mitten auf der Treppe erschrocken stehengeblieben. An der Wand in der Diele waren Streifen, rotbraune Streifen, als hätte sich jemand mit einer Hand, einer schmutzigen Hand, abgestützt und sei abgerutscht. Während sie die Streifen anstarrte, fiel ihr wieder ein, daß sie in der Nacht von Lärm geweckt worden war und mit erhobenem Kopf gelauscht hatte. Sie ging durch die Diele in die Küche. Eine Scheibe in der Hintertür war zerbrochen, Glasscherben lagen auf dem Boden.

Einmal im Freien, im taufeuchten Gras, ließ das Ganze ihr keine Ruhe. Sie ging über den leicht abfallenden Rasen hinunter zum Wasser. Das Schilf bewegte sich noch nicht. Dafür hörte sie die Vögel, die sich darin versteckt hatten – sie waren unter sich, emsig am Werk. Von einem auf den anderen Augenblick konnte der Wind sich erheben, konnte das Wispern der Schilfrohre einsetzen. Schon mehr als einmal hatte sie es erlebt: daß der Wind plötzlich da war.

Sie ging in den Gemüsegarten. Der gläserne Deckel des Frühbeets, in dem die Salatgurken heranreiften, war einen Spaltbreit geöffnet. Sie steckte eine Hand hinein: Unter der Glasscheibe war es wärmer. Sie ging hinüber zum Rhabarber, um die funkelnden Lachen in den Achseln der großen Blätter zu sehen. In manchen Blättern hatte sich mehr Wasser gesammelt als in anderen. Einzelne Tautropfen auf den Blättern waren ganz oder beinahe rund. Sie stieß sie mit der Fingerspitze an, damit sie hinunterrollten, in die funkelnde Lache. Normalerweise ging sie auch in den Schuppen mit den Werkzeugen, nur um zu riechen: die stickige Luft, in der sie den Geruch getrockneter Erde erkannte, den Geruch der Cordsamtjacke ihres Vaters, den von Benzin und den der Lederriemen an seinen Holzschuhen. An diesem Morgen mied sie den Schuppen und trat auf den Weg hinaus, der am Ufer entlangführte. Aber sogar bei den Pferden, den Pferden, die über die Weide langsam auf sie zukamen, ließ das Ganze ihr keine Ruhe, lauerte bedrohlich in ihrem Rücken.

Als sie am Nachmittag aus der Schule kam, roch das Haus nach Farbe: Die Wand in der Diele war frisch getüncht.

Wasser tretend, in diesem leeren, tiefen Gewässer strampelnd, schaute das Mädchen zu ihm hoch und wartete darauf, daß er ihr die Hand reichte. Sie atmete schwer. Die Abendsonne lag auf ihrem Gesicht. Die Haare hingen ihr in Strähnen vor den Augen; sie traute sich nicht, sie zur Seite zu streichen. Hokwerda wartete. Sie hatte die gleichen Augen wie ihre Mutter. Diese großen, leicht hervortretenden Augen, die ihn weich stimmten.

»Wie it heech, Heit?«*

Sie sprachen Friesisch miteinander, obwohl es seiner Frau nicht recht war.

»Ja, it wie heech, Famke, mar it kin noch heger.«**

Endlich streckte er ihr eine Hand entgegen, die rechte Hand mit den Pflastern, die sie nach einem kurzen Zögern mit beiden Händen ergriff. Hokwerda umklammerte eines ihrer Hand-

* »War das hoch, Papa?«

** »Ja, das war hoch, Mädchen, aber es geht noch höher.«

gelenke – sie solle sich gut festhalten – und zog sie mit einem Ruck auf den Bootssteg. Er wollte seine Tochter abhärten. Wasser tropfte von ihrem Badeanzug. Sie war sein magerer Grashüpfer, der einfach nicht größer werden wollte. Warum nur? Fast acht war sie jetzt, und man hielt sie für sechs. Warum blieb sie klein, während die andere wuchs und gedieh? Sie blickte zu ihm auf, verlegen. Um ihre Unsicherheit zu überspielen, wischte sie sich mit schnellen Handbewegungen die Haare aus dem Gesicht. Sie zitterte am ganzen Körper. Sieben-, achtmal hatte er sie bereits über den Schilfgürtel geschleudert. Der Aufprall auf dem Wasser tat ihr weh.

»'ne kleine Pause, Famke?«

Es klang triezend. Er sah, daß sie sich zusammenriß, klein, wie sie war. Nein, ausruhen war nicht nötig. Dreimal tief durchatmen, sagte sie (das hatte sie von ihm), und atmete dreimal tief durch, während hinter ihnen ein Ruderboot mit knatterndem Außenbordmotor vorbeiglitt – Hokwerda drehte sich halb um, grüßte mit einer eckigen Kopfbewegung – und eine Heckwelle über das breite Gewässer zog, die das Schilf sich schütteln und verbeugen ließ. Als sie dreimal tief durchgeatmet hatte, rannte sie zu »der Stelle«, der Stelle, an der die beiden ihr Kunststückchen machten. Wie sie rannte. Hokwerda vergötterte sie. Sie war so leicht, sie bewegte sich so leicht und mühelos. Das Leben hatte noch nichts von seiner Schwere in ihr hinterlassen, eine Schwere, die er selbst immer mehr spürte. Noch wog nichts in ihr. Federleicht war sie, wirklich federleicht, und immer wieder voll guten Mutes.

Doch als er sie erreicht hatte, im Schatten zweier hoher Ulmen, kam dieses Unbezwingbare wieder in ihm auf; es wurde stärker, als er ihr dünnes Handgelenk, ihr schmächtiges Fußgelenk in den Händen spürte. Zerdrücken, er könnte sie einfach so zerdrücken. Er lachte ihr zu. Sie würden ihr Kunststückchen noch einmal machen. Die Pendelbewegung begann. Ihr zunächst verkrampfter kleiner Körper entspannte sich: Sie überließ sich ihrem Vater. Sie ließ den Kopf mit den langen Haaren hängen, sie stieß Schreie aus und schaute sich dabei noch um, fasziniert von dem Bild, das die kopfstehende Welt bot, deren unverrückbarer Mittelpunkt ihr Vater war. Hokwerda beschleunigte die Bewegung, rief ihr in triezendem Tonfall etwas zu und ließ sie dann los. Mit Armen und Beinen zappelnd flog sie über die Schilfrispen, nach oben, schien kurz stillzustehen, fiel dann und war weg. Nur halb hörte Hokwerda den schlampigen Plumps, mit dem sie ins Wasser fiel. Sein Kopf hämmerte, so schmerzhaft, daß er das Gefühl hatte, sein Schädel würde bersten. Ein Schleier legte sich über seine Augen.

Als er am Schilf vorbeiging – durchaus mit einer gewissen Hast, da er keine Schwimmgeräusche hörte –, schaute er zu dem niedrigen, langgestreckten Haus hinüber, den beiden Tagelöhnerhäuschen, aus dem neunzehnten Jahrhundert noch, die er gekauft und ausgebaut hatte. Es war, als hinge eine große, unheilverkündende Wolke über seinem Haus und Hof, trotz der friedvollen Stille des Abends, als wäre er selbst von Unheil umgeben, als würde es ihm selbst entströmen. Es machte ihm nichts mehr aus. Es tat ihm sogar gut, daß das Unbezwingbare aus ihm hervorbrach. Wenn schon etwas geschehen mußte, dann mußte es jetzt geschehen.

Die Küchentür des Hauses wurde aufgerissen.

»Hörst du jetzt damit auf! Du Irrer!«

Hokwerda kümmerte sich nicht um seine Frau. Sie verschwand wieder im Haus, ließ aber die Tür offenstehen.

Auf dem Bootssteg wartete er auf seine Tochter. Dreißig, vierzig Meter mußte sie jedesmal schwimmend zurücklegen, wegen eines Bogens, den das Gewässer hier machte. In dem ein Stück entfernt liegenden Dorf fuhr ein Auto über die Brücke, die Bohlen klapperten unter den Rädern. Dann war es wieder still. Jetzt konnte er den schweren Atem seiner Tochter hören.

Sie hielt den Blick unverwandt auf ihn gerichtet. Er wußte, daß er sie anschauen mußte, um ihr Mut einzuflößen: Sie war müde, fast erschöpft, es kostete sie immer größere Mühe, das Ufer zu erreichen. Doch Hokwerda schaute sie nicht an. Sein Blick glitt hinab zu seinem wie immer blitzblank sauberen Ruderboot – nicht ein Gräschen lag auf dem gebohnerten Lattenrost – und weiter zu dem Außenbordmotor, einem alten Johnson, den er wieder flottgemacht hatte, zu den Rudern, dem Fischbehälter, den Angeln, den langen Stangen für seine Reusen. Niemanden duldete er auf seinem Boot. Nur die Kleine nahm er manchmal mit, dann und wann auch mal seine andere Tochter, um nicht ungerecht zu wirken. Doch am liebsten war er allein mit seinem Boot unterwegs.

Da war sie wieder, keuchend, Wasser tretend, mit den Haarsträhnen im Gesicht, die sie sich nicht wegzuwischen traute. Hokwerda wartete. Wieder wartete er, bis er ihr die Hand reichte. Mit seinem Holzschuh könnte er ihren kleinen Kopf einfach unter Wasser drücken, unter Wasser festhalten, bis sie leblos darin treiben würde. Jetzt war sie noch seine Tochter, gehörte ihm. Wenn seine Frau ihre Drohung wahr machen würde, würde er sie verlieren, für immer. Diesen kleinen Kopf unter Wasser drücken. Wenn er sie erst ertränkt hätte – unter dem Bootssteg würde sie dann treiben –, müßte er die beiden anderen auch ertränken, mit je einer Hand würde er sie unter Wasser festhalten, und zum Schluß müßte er sich selbst hineinstürzen, einen Stein, den Motor an einem Fuß festgebunden.

Der Angstschweiß brach ihm aus.

»War das der höchste, Heit?«

Hokwerda beugte sich weit vor, weiter als nötig, zog sie mit beiden Händen aus dem Wasser und nahm sie mit derselben Bewegung auf den Arm, triefend naß, wie sie war. Das Mädchen schnappte nach Luft. Ihr Herz hämmerte ihr gegen ihren weichen Brustkasten, so stark, daß er es an seiner eigenen Brust spürte. Ihre Zähne klapperten, obwohl sie versuchte, es zu unterdrücken.

»Ist jetzt Schluß?« hörte er es hinter sich schreien. »Ist jetzt endlich Schluß?«

Die Stimme seiner Frau schallte über das Gewässer. Er haßte diese Stimme. Er gab keine Antwort. Zwei Dohlen flogen krächzend aus den Ulmen auf. Hokwerda drückte sein Kind an sich. Das kühle Wasser, das sein Hemd durchtränkte, erfrischte ihn. Er flüsterte ihr etwas zu und versuchte sie anzusehen, doch sie wollte ihm nicht in die Augen schauen. In ihrem Körper regte sich Widerstand.

»Jetzt willst du bestimmt aufhören, Famke, oder?«

Seine Stimme klang sanft, verführerisch. Seine Stimme klang nicht gut. Das Mädchen fühlte das. Es senkte den Blick, sah seine großen Hände – der schwarze Schmutz der Garage saß noch immer unter seinen Nägeln (das gehörte sich nicht) –, seine Holzschuhe, das Wasser, das dumpf gegen die Seiten des Ruderboots klatschte. Dem Mädchen war schwindlig. Es roch den starken Geruch seines Vaters. Es wollte bei ihm sein.

»Sollen wir aufhören?«

Seine Tochter schüttelte den Kopf. »Einmal kann ich noch.«

Es hörte sich an, als würde sie sich opfern. An der Hand ihres Vaters ging sie zurück zu der Stelle hinter dem Schilf. Der Schatten unter den Ulmen ließ sie erschauern, und durch das Rauschen der Bäume fühlte sie sich plötzlich allein. Sie trat auf einen Stein und tat sich weh. Das unsichtbare Wasser flößte ihr Angst ein: Bei jedem Auftauchen kam sie sich in dem breiten Kanal so klein vor.

Hokwerda schwang sie in die Höhe. Er konnte es nicht unterdrücken. Er spürte, daß etwas schiefging, völlig schiefging, konnte aber nichts dagegen tun. Er hörte das Krächzen der Dohlen.

Noch einmal flog sie durch die Luft, den Bauch angespannt,

nicht länger stolz auf das, was sie sich traute, fast abwesend. Sie schlug auf dem Wasser auf. Ein Geräusch, als würde etwas zerreißen, zog an ihren Ohrmuscheln vorüber. Dann war es still und friedlich um sie herum. Ihre Haare fächerten sich auf, das spürte sie noch, und das gefiel ihr. In schrägen Bündeln fiel das Licht ins Wasser, und in diesen Bündeln wirbelte es. Sie tat nichts mehr und sank nach unten. Mit einer Ferse und dann mit einem Oberschenkel landete sie auf dem samtweichen Schlamm, der aufwallte. Das Wasser trübte sich. Sie schaute nach oben, dorthin, wo es heller war. Nichts konnte ihr jetzt noch zustoßen.

Als sie das Geräusch eines Motors hörte, bewegte sie sich wieder, strampelte und stieg zur Oberfläche auf. Als sie den Film durchstieß und aus der Stille in den Lärm des Abends kam, lag ein Boot neben ihr, dunkel, und sie wurde emporgehoben. Ganz weit weg war er, ihr Vater. Wie lange? Auf einmal spürte sie ihn wieder: seinen warmen Körper, seinen starken Nacken, seinen Brustkorb, seine Hände auf ihrem Rücken, vor allem aber seine Wärme fühlte sie, seinen warmen Körper. Jetzt war sie bei ihm. Sie ließ sich wieder wegsinken, das Kinn auf seiner Schulter, während ihr noch immer Wasser aus dem Mund lief. Wie ein Äffchen klammerte sie sich an ihn, die Beine um seine Mitte geschlungen. Über das Geräusch des im Leerlauf tuckernden Motors hinweg breitete sich das Husten des Kindes über das Gewässer aus.

Teil Eins

I

Ein naives junges Ding

Es war Frühjahr und viel zu warm für die Jahreszeit. Im Oosterpark waren die Magnolien nach zwei Wochen schon fast wieder verblüht: Auf den Zweigen lagen noch vereinzelte Blütenkelche, kraftlos und zwischen den hellgrünen Blättern weit geöffnet, während der Boden unter den Bäumen mit weißen und rosafarbenen Blütenblättern übersät war. Die Ulmen waren bereits voller Blätter, der Wind blies die dürren Blüten über die Wege und fegte sie hier und dort zu Haufen zusammen.

Lin hatte sich dem warmen Tag entsprechend angezogen: eine weiße Leinenhose, gebraucht gekauft, einen blauen Pulli mit Knopfverschluß an der Schulter, ebenfalls secondhand, die Ärmel etwas zu kurz. Um die Taille trug sie einen Gürtel aus ockerfarbenem Leder. Er war gut zwei Hände breit und lag eng an. Die Füße hatte sie in offene Stöckelschuhe gezwängt, wobei sie die noch vom letzten Sommer festgeschnallten Bänder mit einem ungeduldigen Ächzen über die Fersen gezogen hatte.

Unabsichtlich hatte sie an diesem Tag alles, was an ihr ins Auge sprang, durch ihre Kleidung akzentuiert: die hohe Taille und den verhältnismäßig kurzen Oberkörper (sie wirkte hochbeinig), die breiten Schultern und, durch die zu kurzen Ärmel, die Hände. Die dunkelblonden Haare, ein dichter Schopf, hatte sie in ein buntes Tuch eingeflochten und am Hinterkopf aufgesteckt. Bei dieser Haartracht war sie sich nicht sicher: Voreilig war es, so früh im Frühjahr, übertrieben. Sie wollte stehenbleiben, um das Tuch herauszuziehen, hatte aber keine Zeit.

Der Kadaver lag noch immer da.

Vorgebeugt schaute sie unter die Sträucher. Mit steif ausgestreckten Pfoten lag dort eine magere Katze, schon seit zwei Tagen. Lin wartete, bis niemand mehr da wäre, der sie sehen konnte. Doch immer wieder kamen auf der breiten Allee Leute vorbei.

Mit einemmal hockte sie auf den Fersen unter den Sträuchern.

Als Kind hatte sie eine besondere Beziehung zum Begraben gehabt. Im Gemüsegarten hatte sie am Fuß der Bäume ihr Spielzeug begraben, um es später, wenn sie es zu sehr vermißte, wieder auszugraben und sich ihm mit besonderer Aufmerksamkeit zuzuwenden. Vogelfedern und Blumen begrub sie, eine tote Feldmaus auf einem Bett aus Grashalmen. Es erregte sie: etwas in den Boden zu stecken und unter der Erde verschwinden zu sehen. Die niemandem sonst bekannte Stelle, an der etwas vergraben lag, eine Stelle, die man aufsuchen konnte. Manchmal hatte sie auf dem Hof fünf Stellen gleichzeitig mit Grabstöckchen markiert.

Nun kniete sie hier, unter einem Strauch im Oosterpark, erwachsen, mit Oberschenkeln, die sie für zu dick hielt – seit ihrer Kindheit hatte sie ein Meer von Erfahrungen überwunden. Sie holte eine kleine Schaufel aus der Tasche. Sie saß still und gab sich ihrem Kummer hin, genoß zugleich aber auch die ungewöhnliche Situation. Auf den Augen der Katze saßen blaue Fliegen, große, metallisch blaue Fliegen, wahrscheinlich Aasfliegen. Woher kamen sie, wie hatten sie nur die Augen dieser Katze gefunden?

Sie vergaß ihre Oberschenkel.

Hastig, vom Weg abgewandt, grub sie eine längliche Mulde. Schweiß trat ihr auf die Stirn. In der Ferne dröhnte der Verkehr.

Kieselsteine kratzten an der Schaufel. Hatte es etwas zu bedeuten, daß sie nun hier kniete und ein Grab für eine streunende Katze grub? Sie hatte das Gefühl, daß es nicht einfach so geschah. War es ihr Kummer wegen Marcus, den sie hier begrub? War er – sie erstarrte – an seinem Dreckzeug gestorben und wurde *heute* irgendwo begraben?

Das ist der Aberglaube der Unglücklichen.

Als ihr die Mulde tief genug erschien, schob sie die Katze mit der Schaufel hinein. Dabei drehte sich der Kadaver und landete verkehrt herum: auf dem Rücken, den Kopf nach hinten geknickt. Lin fummelte so lange herum, bis die Katze auf der Seite lag, nach ihrem Gefühl die einzige Stellung, in der man eine Katze würdevoll begraben konnte. Einen Menschen auf dem Rücken, eine Katze auf der Seite. Nachdem sie die Mulde mit Erde aufgefüllt hatte, blieb sie noch einen Augenblick an dem Grab hocken und roch die süßen Frühjahrsgerüche, intensiver als zuvor.

In der Straßenbahn ging sie im ersten Wagen bis nach vorne durch und setzte sich auf die rechte Seite. Jeden Morgen versuchte sie, denselben Platz zu ergattern, schräg hinter dem Fahrer. Die Straßenbahn fuhr am Zoo vorbei; durch den Zaun konnte sie die rosa-weiße Wolke der Flamingos erkennen. Aber sie schaute gar nicht hin. Sie dachte an die Katze, die nun dort lag, unter der Erde, die Grabstelle mit einem Zweig markiert.

Als die Straßenbahn die Amstel überquerte, mußte Lin an einen Traum denken, den sie letzte Nacht gehabt hatte. Sie war in der Sporthalle. Janosz stand an der einen Seite des Tisches, sie an der anderen, und er nahm sie mit der Rückhand unter Beschuß. In einem schnellen, monotonen Rhythmus flog der Ball über das Netz hin und her. Sie machte immer die gleiche Bewegung. Um die Hüften hatte sie einen Gürtel mit kleinen Sandsäcken. Schweißtropfen liefen ihr aus den Augenbrauen und nahmen ihr die Sicht. Ihre Beine waren bleischwer. Sie hatte keine Zeit, die Hand, in der sie den Schläger hielt, an der Hose abzuwischen. Janosz' Stimme, seine sarkastische Stimme, schallte durch die Halle. Sie wollte es so gerne richtig machen, aber das Tempo wurde ihr zu schnell. Alles gab sie, um es richtig zu machen, um ihn zufriedenzustellen, aber es wurde ihr zu schnell. Immer wieder die gleiche Bewegung. Ihr Widerstand brach zusammen, und sie fing an zu weinen, das Schlimmste, was ihr in seiner Gegenwart passieren konnte.

Die Straßenbahn fuhr durch die Innenstadt. Am Rokin, irgendwo zwischen den Kunsthandlungen, lag das stattliche Gebäude der Juwelierfirma, in dem ihre Mutter arbeitete. Als es in ihr Blickfeld kam, wandte Lin sich ab. Auf dem Damrak verließ sie die Straßenbahn mit einem Sprung auf den Asphalt und ging durch eine Seitenstraße zum Nieuwendijk. Die Straße lag im Schatten, die meisten Geschäfte waren noch geschlossen. Sie kam als erste beim Star Shop an. Während sie wartete, rückte sie ihren breiten Gürtel zurecht; sie schob ihn tiefer über die Hüften. Wieder mußte sie an die Katze denken, ans Begraben, an das Tuch in ihren Haaren, wo es doch erst April war. Da tauchte Chadia auf, die Marokkanerin mit den glänzenden Rehaugen, die ihr schon von weitem zulächelte, und kurz darauf Yvonne Wijnberg.

Seit einem halben Jahr war diese Lins Chefin, eine üppige, blonde Mittvierzigerin. Sie hatte große Brüste, die sie in einer tief ausgeschnittenen Bluse gerne den Blicken darbot. Sie war sehr zungenfertig und eine erstklassige Verkäuferin; auf den ersten Blick wußte sie einen Kunden einzuschätzen, nahm mit untrüglichem Gespür die richtige Größe aus dem Regal und meistens auf Anhieb das, was ihm stand. Ihren Aushilfen erklärte sie, daß ein Kunde sich leichter zum Kauf entscheidet, wenn er sofort etwas anzieht, das ihm gefällt, und nicht erst zehnmal etwas anderes anprobieren muß. »Da müßt ihr dran arbeiten«, sagte sie mit ihrem typisch Amsterdamer Zungenschlag.

Auf hohen Stöckelschuhen kam sie näher, die Beine in einer enganliegenden Hose. Wie immer überfiel Lin eine gewisse Verlegenheit; sie wagte nicht, ihre Chefin anzuschauen. Noch im Gehen schnippte Yvonne die erste Zigarette dieses Tages auf die Straße, trat sie mit dem Fuß aus und begann, in ihrer Tasche zu wühlen.

»Das kann ja noch heiter werden, Mädels. Menschenskind! Mir läuft jetzt schon überall der Schweiß herunter!« Mühsam ging sie in die Knie, um das Vorhängeschloß am Rolladen aufzuschließen, und richtete sich ächzend wieder auf. »So, damit hätte ich meine Morgengymnastik auch wieder hinter mir.« Sie öffnete eine Klappe in der Hauswand und steckte einen Schlüssel hinein: Ratternd ging der Rolladen in die Höhe.

Zwei altmodisch hohe Schaufenster tauchten dahinter auf, mit einer Wölbung im Glas und einem zurückspringenden Eingangsbereich in der Mitte. Nachdem die Ladentür geöffnet worden war, schlug ihnen der Geruch von Leder entgegen: Im Star Shop wurden Lederjacken und -hosen verkauft. Mit vereinten Kräften schoben sie die beiden schweren Kleiderständer nach draußen und stellten sie links und rechts neben die Schaufenster. Yvonne Wijnberg beugte sich über die Kasse. Chadia hängte mit einem langen Stock Jacken an die Haken über der Ladenfront. Lin ging durchs Lager ins Büro und schaltete den PC ein.

Nach dem Vorstellungsgespräch war sie mit Yvonne Wijnberg aus diesem Büro in Richtung Laden gegangen. Im Lager hatte Yvonne ihr sanft, fast liebkosend, eine Hand auf den Rücken gelegt und gesagt: »Gut, mein Schatz, denk noch einmal über alles nach, das tue ich auch.« Diese Hand auf ihrem Rücken, wegen dieser Hand war sie schwach geworden, auch wenn sie sich das selbst nie eingestehen wollte. Sie hatte die

Stelle angenommen, für mindestens ein Jahr. Yvonne tat es immer wieder: ihr eine mollige Hand auf den Rücken legen, knapp über dem Po. An der Kasse, wo es eng war, drückte Yvonne sich hinter ihr vorbei und legte ihr die Hände auf die Hüften, mit den Brüsten streifte sie Lins Rücken. Das waren angenehme Augenblicke. Es gab Tage, an denen Lin sich danach sehnte, nach der selbstverständlichen und vertraulichen Berührung dieses üppigen Körpers. Manchmal hatte sie das Gefühl, daß sie Yvonne küssen wollte oder daß Yvonne sie küssen wollte – immer im Lager. Mein Schatz. Das sagte sie immer noch. Na, mein Schatz, wie geht's uns denn heute? Lin mußte darüber lachen, ihr wurde davon ganz warm und fröhlich, für einen kurzen Augenblick war sie diejenige, die sie gerne sein wollte.

Nach nur ein paar Monaten erledigte sie bereits alle Verwaltungstätigkeiten für den Star Shop, dazu die Bestellungen, die Telefongespräche und Verhandlungen mit den Lieferanten, und das, obwohl ihr Lohn auch nicht höher war als der Chadias, die manchmal stundenlang gähnend im Laden herumhing. Yvonne Wijnberg nutzte sie aus, das war ihr halb und halb klar. Yvonne mochte sie durchaus, aber sie hielt sie auch hin, geschickt Nutzen aus etwas ziehend, das sie brauchte. Ja, es war ihr eigentlich klar, aber sie konnte sich ihr nicht entziehen. In gewisser Hinsicht war es außerdem eine süße Qual, Yvonnes Macht unterworfen zu sein. Und lernte sie nicht wahnsinnig viel von dieser welterfahrenen Frau?

Darüber hinaus mochte sie Leder. Nach wie vor genoß sie jeden Morgen den Geruch, der ihr aus dem Laden entgegenschlug, der aus den Kartons aufstieg, die sie im Lager öffnete. Rindsleder, Schweinsleder, Ziegenleder, Hirschleder – jede Ledersorte hatte ihren eigenen, unverwechselbaren Geruch, auch wenn alle Gerüche gleich betäubend waren. Und es gab Reißverschlüsse im Leder. Sie fuhr mit den Fingerspitzen darüber. Ah, die Zähne eines neuen Reißverschlusses! Noch so rauh und scharf, daß das Fleisch ihrer Fingerspitzen daran hängenblieb.

An diesem Abend saß sie mit zwei Freundinnen in einem Café am Oosterpark. Sie hatte sie kennengelernt, als sie noch in Schiphol Flugzeuge gereinigt hatte. Die eine hatte gerade eine Stelle bei einer Zeitung bekommen, die andere studierte an der Kunstakademie. Sie saßen an einem Tisch am Fenster, das halb nach oben geschoben war. Es war noch immer warm. Ein paar dunkelhäutige Jungen spielten Fußball im Park; träge demonstrierten sie ihre virtuosen Scheinbewegungen. Jogger drehten mit immer größer werdenden Schweißflecken auf den T-Shirts ihre Runden, hier und dort saßen türkische Familien im Kreis unter den Bäumen, ein paar Spaziergänger hinterließen Schwaden von Zigarettenrauch in der linden Abendluft.

Lin war unkonzentriert, sie mußte sich selbst dazu zwingen, an dem Gespräch teilzunehmen, und war fast froh, wenn das Rattern einer vorbeifahrenden Straßenbahn die Unterhaltung kurz zum Erliegen brachte. Sie wollte in den Park. Um das Grab der Katze unter den Sträuchern zu sehen. Die Stelle zog sie an, diese eine Stelle, die sonst niemand kannte. Und sie wollte dort herumschlendern, langsam, träge.

Währenddessen dachte sie an Marcus. Sie hatte ihn seit zwei Jahren nicht mehr gesehen und wußte nicht, wo er sich herumtrieb. In den letzten Tagen ging er ihr wieder ständig durch den Kopf. Auf der Straße erkannte sie seinen scheuen Gesichtsausdruck in dem anderer Leute. Sie dachte an die Wanderung durch Spanien, die glücklichste Zeit, die sie zusammen verbracht hatten, und erinnerte sich an die Stellen, wo sie übernachtet hatten: am Ufer eines Baches, der in der dunklen Nacht mit funkelnder Gischt über die Felsen gesprungen war, neben einem Feuer am Strand, unter einem Feigenbaum, der sie mit seinen Ästen wie ein Zelt aus Blättern umgeben hatte. Marcus, die Schlafmütze. Er brauchte lange zum Wachwerden und konnte es absolut nicht ausstehen, wenn man ihn zur Eile antrieb. Jetzt, im Café, sah sie ihn vor ihrem geistigen Auge mit einemmal wieder nackt an einem Ast hängen und mit muskulösen Armen Klimmzüge machen.

Gegen zehn Uhr hielt sie es nicht mehr aus. Doch wenn sie jetzt schon ginge, wären die beiden anderen bestimmt enttäuscht. Im hinteren Teil des Cafés stieg sie eine Wendeltreppe hinunter und kam in einen niedrigen Raum mit Zigarettenautomat, Telefon und aufgestapelten Getränkekästen. Begierig musterte sie den schmuddeligen Raum. Sie bedauerte, daß es keine engen Gänge oder ausgetretenen Treppenstufen gab, die woanders hinführten, in Kellergewölbe, in einen Garten aus einer anderen Zeit.

Auf der Toilette wusch sie sich die klebrigen Hände. Sie warf einen Blick auf ihre Füße, die nun ein wenig geschwollen waren, weil die Bänder ihrer Schuhe sie zu fest einschnürten. Die Hornhaut an ihren Fersen hatte Risse, sah sie, und weiter vorne fand sie ihre Füße wie immer zu breit. Mit der Leinenhose war sie zufrieden. Sie saß angenehm und schmiegte sich so um ihre Hüften, daß diese wundervoll zur Geltung kamen. Sie drehte den Oberkörper, um zu sehen (was sie bereits wußte, da sie es schon ein Dutzend Mal gesehen hatte), daß der Stoff perfekt über ihren Hintern fiel. Über den Pulli ärgerte sie sich. Die Farbe war okay, ebenso der Knopfverschluß auf ihrer Schulter. Aber warum hatte sie schon wieder etwas gekauft, das ihr zu eng war? Ihre Schultern waren zu breit. Am schlimmsten fand sie ihre leicht hervortretenden Augen.

Sie musterte sich kritisch vom Scheitel bis zur Sohle. Mürrisch zog sie den Pulli tiefer über die träge nachgebenden Brüste – die ihr plötzlich zu groß vorkamen. Sie drehte sich, um ihre Brüste von der Seite anschauen zu können; prompt richteten sich ihre Brustwarzen auf. Widerwillig betrachtete sie sich im Spiegel, konnte den Blick aber einfach nicht von ihrem Spiegelbild lösen.

»Ein naives junges Ding.«

Lin erstarrte und schaute zur Seite. In der Türöffnung stand ein Mann um die Dreißig. Er lächelte. Sein Hemd war halb aufgeknöpft, die Ärmel hatte er bis weit über die Ellbogen aufgerollt. Er war verschwitzt, offenbar angetrunken. Er sah gut aus und war sich dessen bewußt.

»Ein naives junges Ding.«

Er sagte es langsam und provozierend, aber nicht unfreundlich, und lehnte sich mit der Schulter an den Türpfosten. Lin war wie gelähmt. Ihr Herz hämmerte wie wild gegen ihre Rippen. Der Mann, so viel älter als sie, daß er sofort ein gewisses Übergewicht hatte, fixierte sie mit klaren hellblauen Augen. Er holte eine Zigarette aus einer Schachtel und zündete sie an. Sie wollte etwas erwidern, bekam aber keine Silbe über die Lippen. Als die Stille immer länger wurde, löste sich der Mann vom Türpfosten und ging weg, als beanspruchten andere Angelegenheiten wieder seine Aufmerksamkeit.

Im Café sah sie ihn nicht. Wieder bei ihren Freundinnen an dem Fenstertisch, warf sie einen Blick auf die Terrasse, aber auch dort, im Dunkel unter den Girlanden aus bunten Lampen, war er nicht.

Gegen elf Uhr ging sie am Parkrand entlang nach Hause. Es hatte sich kaum abgekühlt. Noch immer hing die Wärme in den Straßen. Da sie so allgegenwärtig war, alle niederdrückte, alle träge und entspannt machte, schien es, als könnte man mit beinahe jedem reden und auch – so kam es ihr jedenfalls vor – mit jedem ins Bett gehen. Überall waren Fenster und Türen weit geöffnet. Überall ging träges Fleisch durch die Straßen.

Während sie unter den Bäumen dahinschlenderte, dachte sie an den Mann mit den weit aufgerollten Hemdsärmeln, der sie ein naives junges Ding genannt hatte. Es irritierte sie, daß sie am liebsten mit ihm mitgegangen wäre, obwohl er sie verletzt hatte. Sie ärgerte sich über seine Worte, sie ärgerte sich mehr, als sie sich eingestehen wollte. Jetzt erst regte sie sich auf, und ihr fiel ein, was sie ihm hätte antworten sollen: Warum starrst du mich dann an, du alter Sack?

In einem auf dem Rad vorbeifahrenden jungen Mann erkannte sie etwas von Marcus wieder. Sofort dachte sie ihn sich an ihre Seite. Er trug eine Hose, die er bis zum letzten Gürtelloch um die spitzen Hüften zusammengezogen hatte; trotzdem konnte man an seinem flachen Bauch entlang in die Hose spähen, dorthin, wo dunkle Haare schimmerten. Er hatte ein T-Shirt über die Schultern gelegt. Sie stellte sich vor, er würde ihr einen Arm um die Taille legen, ihre Hand unter seinem T-Shirt. Zu Hause würden sie es tun. Sie würden sich gierige Zungenküsse geben, noch bevor er die Tür mit der Ferse ins Schloß gedrückt hätte. Vor dem Waschbecken, ihr Hintern an den kühlen Rand gepreßt, auf der Anrichte in der Küche, wo es nach Abfall roch, auf dem Fußboden – das war egal. Sie machten einfach weiter, ohne ein Wort, nur dieses schwere Atmen und Stöhnen in einem ansonsten völlig stillen, dunklen Haus.

Nachdem sie sich an der Ecke noch einmal umgeschaut hatte – zu wem eigentlich, Menschenskind, in welcher Erwartung? –, bog sie in eine dieser langen und geraden Straßen aus dem neunzehnten Jahrhundert ein, in der alle Häuser gleich aussehen. Die Straße war von Bäumen und einer Reihe glänzender parkender Autos gesäumt. Vereinzelt saßen ein paar Männer auf dem Bürgersteig und tranken Bier, auf Plastikstühlen oder auf den Stufen, die zu den Haustüren hinaufführten. Irgendwo stellte jemand leere Bierflaschen in einen Kasten, das Geräusch hallte von den Giebeln wider. In den Häusern sah sie die Bewohner reglos in den Sesseln hängen, die Körper von ständig wechselnden Fernsehbildern erleuchtet.

Ihr Gefühl, mit fast jedem ins Bett gehen zu können, nahm ein wenig ab, als sie an ein paar Typen mit Bierbauch und anderem herabhängendem Fleisch vorbeikam. Doch beim Weitergehen sah sie, ganz nah und doch unerreichbar, noch genug schöne, träge geöffnete Schenkel mit einer Wölbung dazwischen, noch genug verlockende Achselhöhlen, noch genug sanfte Augen.

Am Ende der Straße lag das Haus, in dem sie wohnte. Sie schaute sich noch einmal um. Nachdem sie die Haustür hinter sich geschlossen hatte, lauschte sie in die Stille des Treppenhauses. Durch die Wände drangen kaum noch Geräusche herein. Ihr Herz klopfte wie wild. Oben könnte sie noch jemand erwarten, ein junger Mann, warm, verschwitzt und schüchtern – ebender, an den zu denken sie sich nie getraut hätte. Sie lauschte eine ganze Weile.

Dann ließ sie sich, was sie häufiger tat, nach vorne fallen und fing ihren fallenden Körper ab, indem sie sich mit den Händen schnell auf der siebten Treppenstufe abstützte. Dann betrachtete sie den Läufer, der kaum zu sehen war. Sie legte sich mit dem Körper auf die Stufen und spürte, wie diese sich in ihr Fleisch drückten. Das beruhigte sie. Sie drückte ihren Körper wieder ein Stück in die Höhe, die Hände um die Kante der Treppenstufe geklammert, und verharrte so. Tief atmete sie die faulige Luft ein, die aus dem Läufer kam, spuckte, rieb den Speichel in den Läufer, um den Geruch zu verstärken. Es war ein Geruch, von dem sie nicht genug bekommen konnte.

II

Blind date

Am nächsten Tag tauchte er im Star Shop auf. Lin erkannte ihn sofort. Sie stand im hinteren Bereich des Ladens. Scheu blickte sie zu Yvonne und Chadia hinüber, die an der Kasse standen, sich unterhielten und dabei die Kunden im Auge behielten. Der Mann ging ganz nah an ihr vorbei. Er lächelte ihr zu. Unwillkürlich erwiderte sie das Lächeln. Sie errötete. Er schlenderte durch den Laden und fuhr ab und zu mit der Hand über eine der Jacken. Sie sah jetzt, daß er blondes, stoppeliges Haar hatte. Er sah ziemlich wild aus, als käme er direkt aus einem Sturm. Hellblaue Augen, sehr auffällig. Ein ausgeprägter Mund. Sie mußte ihn ansehen. Er schaute noch einmal zu ihr zurück, strich sich die Haare aus der Stirn und ging hinaus.

Ein paar Tage später tauchte er wieder auf. Yvonne machte gerade einem Kunden die Rechnung fertig, Chadia packte die Sachen ein. Der Mann trug einen schwarzen Sakko und eine Sonnenbrille, die er abnahm, als er sie – nachdem er eine Weile die Sachen an den Ständern gemustert hatte – bat, ihm zu helfen. Sie half ihm, bot aber nur das Minimum, kein Wort, keine Geste mehr als nötig, und verabscheute sich wegen ihrer Verlegenheit. Er probierte mehrere Jacken an. Er war gut gebaut, ein wenig kleiner als sie, hatte kräftige, etwas krumme Beine. Sie sah seine Schultern, seine muskulösen Arme, mit denen er ohne Zweifel Arbeit verrichtete. Sie sah sich zusammen mit ihm im Spiegel und merkte, daß er im Spiegel sie ansah. Seine Ohren lagen eng am Schädel an; ihr hatte das an Männern schon immer gefallen. Seine Stimme hatte etwas Samtweiches. Er besaß Selbstvertrauen und wußte, wie man mit Frauen umgehen muß.

Schließlich entschied er sich für eine schwarze Rindlederjacke, die er gleich anbehielt; seinen Sakko ließ er sich von ihr in eine Tragetasche des Star Shop einpacken. Lin wagte kaum, den Sakko zu berühren, aber sie legte ihn für den Mann zusammen, mit anmutigen Gebärden, als ob sie ihn damit beeindrucken wollte.

Als sie um Viertel nach sechs unter dem halb heruntergelassenen Rolladen hindurchschlüpfte, stand er vor dem Laden und wartete auf sie. In den Laden zurück konnte sie nicht: Hinter ihr schloß sich der Rolladen gerade. Sie machte ein paar vorsichtige Schritte. Er stellte sich ihr in den Weg, lächelte und sagte ein paar Sätze, die sie vor lauter Schreck nicht verstand. In ihren Ohren war eine Art Dröhnen, das Pochen ihres Blutes. Dann reichte er ihr eine dunkelrote Rose in einer Zellophanverpackung. Bevor sie wußte, wie ihr geschah, hielt sie die Rose in der Hand.

»Oh, danke.«

Er schaute sie an. Seiner Ausstrahlung konnte sie sich nicht entziehen: Er zog sie an, wie sie auch der Geruch von Leder anzog. Er fragte, ob sie am Samstag abend mit ihm ausgehen wolle.

»Okay.«

Es kam ihr vor, als wäre sie hypnotisiert, als spräche eine andere und nicht sie selbst. Sie konnte nicht anders, sie mußte ja sagen, sich mit allem einverstanden erklären; gleichzeitig versuchte sie, mit einem amüsierten Lächeln, einem ironischen Unterton in jedem Wort, das sie aussprach, eine gewisse Distanz herzustellen.

Als sie nach Hause kam, war ihr schlecht. Sie ließ die Rose

eine Weile liegen, überlegte kurz, sie wegzuwerfen, stellte sie aber letztendlich in eine Weinflasche, deren Etikett sie abgelöst hatte.

Den ganzen Samstag über war sie fest entschlossen, nicht zu der Verabredung zu gehen: Dieser Mann hatte etwas an sich, das ihr Angst einjagte, und er war zu alt für sie. Im Laden war viel los. Sie kam mit bleischweren Beinen und einem Sausen im Kopf nach Hause. Um sieben stand sie dann doch unter der Dusche.

Aus ihrem Gesicht machte sie fast eine Maske: die Haut mit Crème eingerieben und gepudert, bis sie völlig glatt wirkte, die Lippen dunkelrot, die Augen mit Blau und Schwarz geschminkt. Sie haßte sich dafür, da sie sonst nie Make-up auftrug, von einem Hauch Lippenstift mal abgesehen. Es paßte nicht zu ihr.

Sie schlüpfte in ein Kleid, das sie älter machte, aber instinktiv wußte sie, daß das bei ihm nicht nötig war, daß sie sich für ihn nicht älter zu machen brauchte: Er stand auf jung. Sie zog das Kleid wieder aus und entschied sich für eine Hose mit einem hohen Bund (ein angenehmes Gefühl in der Taille), ein Top, das ihre Schultern und Arme freiließ, ein bewährtes Paar Schuhe und ein Leinenjäckchen mit Dreiviertelärmeln, das sie sich lose über die Schultern legte – was sie an ihre Mutter erinnerte, die bestimmt gesagt hätte, daß sie mit zwei dermaßen nackten Armen ein paar Armbänder gut gebrauchen könnte, und die hatte sie nicht, jedenfalls keine von einer Qualität, wie sie in ihren Augen erforderlich gewesen wäre.

Letzten Endes sah sie mit ihren großen Augen, dem schwungvoll gemeinten Jäckchen, den festen Brüsten, die sie jetzt wieder mit einer nicht zu übersehenden Verlegenheit zur Schau trug, dem vollen, glänzenden Haar, das sie hochgesteckt hatte, der hohen Taille und diesem Hauch von Unsicherheit um sich herum durchaus nicht reizlos, auf jeden Fall aber rührend aus.

Aber sie hatte keine Ahnung, wie sie aussah. Sie befand sich in einem Wirbelsturm von Gefühlen.

Auf dem zum Hof gelegenen Balkon aß sie ein paar Happen von dem Salat, den sie im Kühlschrank stehen hatte.

Alles kam ihr entsetzlich vor, völlig unwirklich. Um acht Uhr beschloß sie, ihn zu versetzen, und rief eine weniger gefragte Freundin an, um sie einzuladen, mit ihr etwas zu unternehmen, legte den Hörer aber wieder auf, um ihn dann sofort wieder abzunehmen und mit einem sich wild über die Drucktasten hermachenden Zeigefinger ein Taxi zu rufen. Als sie die Treppe hinunterging, wobei sie mit der rechten Hand wie immer das Zugseil unter dem Geländer entlangfuhr, als sie in den Frühlingsabend hinaustrat und durch das Rauschen der Bäume hindurch das Geräusch eines wartenden Mercedes hörte, war alles noch genauso entsetzlich und unwirklich, zugleich aber drang inmitten all dessen das klare und verführerische Wissen um die Einmaligkeit dieses Augenblickes zu ihr durch: daß sie jetzt – und nur jetzt – hier ging, die Geräusche ihrer Absätze, der Motor des Mercedes, die im Abendwind raschelnden Ulmen, schreiende Kinderstimmen und ein Fahrrad, das auf den Bürgersteig geworfen wurde.

Im Taxi wurde sie ruhiger. Sie meinte, sich wieder unter Kontrolle zu haben. Doch es war nur der Komfort des Mercedes, der sie beruhigte: Schwer und solide glitt der Wagen durch die Stadt. Ich mach ihn fertig, dachte sie erregt, ich mach ihn fertig.

Um zehn vor neun, zwanzig Minuten zu spät, betrat sie das Grand Café De Jaren an der Amstel. Er saß an der Bar. Lächelnd stand er auf und gab ihr die Hand.

»Henri.«

Er sprach den Namen niederländisch aus.

»Lin.«

Er wandte den Blick ab. Sie hatte sofort das Gefühl, daß das nicht sein richtiger Name war, und es faszinierte sie, daß er sie belog. Jemand wie er konnte unmöglich Henri heißen. Einen Augenblick lang blieb ihr die Luft weg. Alles schien nun möglich zu sein.

Sie ging mit ihm. An der Glaswand in der Rückfront fanden sie einen Tisch. Während der Mann, der sich Henri nannte, zur Bar zurückging – offensichtlich hatte er nicht die Geduld, auf die Bedienung zu warten, oder wollte noch einen Moment allein sein –, schaute sie sich um. In diesem Café war sie noch nie gewesen, so bekannt es auch sein mochte. Es schien nicht für sie bestimmt zu sein, wie so viele andere Gaststätten in der Stadt, die ihr noch unerreichbar schienen. Es war eine Menge los. Das Stimmengewirr hallte zwischen den Wänden des hohen Raums wider. Ihr Blick fiel auf einen Lesetisch. Eine breite Treppe führte zu dem Zwischengeschoß hinauf, wo sich das Restaurant befand. Hinter dem Haus lag eine Uferterrasse. Über den Häusern und Gebäuden am gegenüberliegenden Ufer des Flusses war der rote Abendhimmel zu sehen.

Schnell steckte sie nun doch noch die Arme durch die Ärmel ihres Jäckchens, damit sie nicht die ganze Zeit darauf zu achten brauchte, daß es nicht herunterfiel. Unmittelbar darauf bereute sie es bereits wieder, fand es aber lächerlich, das Jäckchen gleich wieder auszuziehen; außerdem hatte sie keine Zeit, länger darüber nachzudenken. Was gerade geschehen war, erregte sie. Ich sitze hier mit einem Mann, der mir seinen echten Namen verschweigt, dachte sie bei sich, und ich gehe trotzdem nicht weg.

Sie vergegenwärtigte sich den Eröffnungssatz, der ihr gestern eingefallen war und so gut gefallen hatte, der ihr so sehr wie der einzig mögliche einleitende Satz vorgekommen war, daß sie mit der Hand auf den Tisch geschlagen hatte. Wie ein Bumerang sollte das, was er zu ihr gesagt hatte, zu ihm zurückkehren! Sie richtete sich im Sitzen auf und wartete. Doch als sie aus den Augenwinkeln sah, daß er zurückkam, zwei Gläser Bier in ein und derselben Hand, griff sie nervös nach der Speisekarte, um sich kühle Luft zuzufächeln.

»Es ist warm«, sagte sie.

»Toll, nicht?«

Er schaute sie nicht an. Er trug den schwarzen Sakko, den sie schon einmal gesehen hatte, ein schreiend hellblaues T-Shirt und eine schwarze Nappalederhose; an den Füßen hatte er spanische Stiefel. Sie schwiegen. Irgend etwas hing in der Luft. Jetzt mußte sie es tun, jetzt mußte sie es ihm mit lässiger Fröhlichkeit ins Gesicht schleudern, jetzt mußte sie sagen: Da sitzt du nun mit so einem naiven jungen Ding! Aber sie bekam es nicht über die Lippen.

Henri schwieg. Das Leder seiner Hose knarrte. Noch immer sagte er kein Wort. Als wüßte er, was sie sagen wollte, als hätte er sich das gleiche gedacht, und nun schwieg er, zermalmte sie unter dem Druck seines Schweigens. Erst als er spürte, daß er sie gezähmt hatte, fing er an zu reden.

Er nahm sie mit in ein spanisches Restaurant in der Altstadt, irgendwo im Rotlichtbezirk. Es lag an einer schmalen Gasse, hinter einem beschlagenen Fenster. Es war klein, voll und sehr laut. Die Stimmen der Kellner klangen trocken und hart, wie Kastagnetten. Die meisten Gäste saßen an langen Tischen. Henri hatte einen kleinen Tisch bestellt. Der Kellner – der das »Reserviert«-Schild fast wegriß – kannte ihn und gab ihm die Hand. Henri bestellte Tapas und eine Flasche Rotwein und schien sich etwas zu entspannen – vor allem die Tatsache, daß er von dem Kellner erkannt und begrüßt worden war, lockerte ihn etwas auf.

Lin saß aufrecht da, wie man es ihr beigebracht hatte. Setz dich gerade hin, Kind, hatte ihr ihre Mutter immer wieder gepredigt, dann fühlst du dich gleich ganz anders. Schon nach kurzer Zeit zog sie ihr Jäckchen aus und hängte es hinter sich über die Stuhllehne. Indem sie sich entblößte, gewann sie wieder Terrain zurück, das spürte sie.

»Hier ist es noch wärmer«, sagte er.

»Noch wärmer, ja.«

Lin lachte.

»Trockene Wärme«, sagte sie, um das Gespräch weiterzuführen, »die finde ich am angenehmsten.«

»Trockene Wärme.«

»Ich bin eine Zeitlang durch Spanien getrampt. Wenn man am späten Nachmittag nach der Siesta nach draußen ging, war es, als würde man in einen noch warmen Ofen steigen. Angenehm war das, so eine Wärme, die überall um dich herum ist.«

»Das fandest du angenehm.«

»Ja.«

Sie errötete. Unbeabsichtigt war sie ihren teuersten Erinnerungen an Marcus ganz nah gekommen. Drei Monate lang waren sie durch Spanien getrampt, kaum Geld in der Tasche, meistens hatten sie im Freien übernachtet. Nach der Siesta »nach draußen gegangen« war sie selten: Meistens war sie bereits im Freien gewesen. Sie war abgemagert, verwildert und hatte sich frei gefühlt, sorglos. Drei Jahre später konnte sie sich noch immer an jeden einzelnen Tag dieser Tour erinnern. Sie errötete, als hätte sie ihre Erinnerungen diesem Mann bereits preisgegeben, als hätte sie einen Verrat begangen. Sanft biß die Röte in die Ränder ihrer Ohrmuscheln.

»Warst du allein dort?«

»Mit einem Freund.«

»Deinem ersten Freund.«

»Ja …«

Widerwillig und dennoch folgsam beantwortete sie seine Fragen. Währenddessen errötete sie immer mehr. Sie fühlte sich erniedrigt. Warum seinen Fragen nicht ausweichen, warum nicht lügen? Aber das konnte sie nicht. Sie mußte ihm die Wahrheit sagen. Außerdem verspürte sie ein überwältigendes Verlangen, das zu tun, ihm alles über sich zu erzählen, endlich jemandem alles zu erzählen. Dabei war sie sich nur allzu deutlich darüber im klaren, daß sie ihm sehenden Auges in die Falle ging, daß sie es besser nicht tun sollte.

»Vor langer Zeit?«

»Ja.«

»Dann warst du schon früh unternehmungslustig.«

Sie schwieg und starrte auf ihren Teller.

Jedes Wort, jede Geste Henris beeindruckte sie: Wie er mit dem Kellner sprach und bestellte, was er ihr über dieses Restaurant erzählte und was über ein anderes, das sie auch nicht kannte, wie er sich Olivenöl aufs Brot tröpfelte, wie er sich mit der Serviette über die Lippen fuhr und sie zusammengeknüllt auf den Tisch warf – was sie für die einzig angemessene Geste hielt. Sein Körper imponierte ihr noch mehr. Wie sich unter dem hellblauen T-Shirt ein Brustkorb wölbte, der nicht der eines Jungen, sondern der eines Mannes war. Sein Charakterkopf, das Erwachsene seines Gesichts, die Ohren, die eng an seinem Schädel anlagen und immer wieder ihre Aufmerksamkeit auf sich zogen. Seine breiten, starken Fingernägel. Seine Hände – Hände, mit denen gearbeitet wurde.

Diese Eindrücke, die sie so sehr beschäftigten, daß sie kaum dazu kam, etwas zu sagen, nahm sie nur halb bewußt in sich auf. Als sie die Augen wieder aufschlug, bemerkte sie, daß Henri, der sich gerade ein paar marinierte Tintenfischringe in den Mund schob, über ihre Schulter hinweg zu jemandem hinüberschaute, der hinter ihr saß.

»Kennst du da jemanden?« fragte sie.

»Bitte?«

»Ob du da jemanden kennst.«

»Eine Frau. Früher irgendwo kennengelernt.«

»Willst du ihr nicht zuwinken?«

Henri schaute sie an, herausfordernd, mit seinen hellblauen Augen. Es war ein kälteres Hellblau als das seines T-Shirts. Sie fürchtete sich fast vor seinen Augen, wegen dieser Farbe, und mußte sie doch anschauen, wie sie auch immer die Ausstülpung seiner Ohren mit den Augen suchte. Henri ließ ihren Blick los.

»Trockene Wärme, da waren wir stehengeblieben.«

Er schenkte ihr Wein nach, ohne zu fragen.

»Ach ja.«

»Ich glaube, daß mir feuchte Wärme lieber ist«, sagte er, und sie wußte nicht, ob sie ihm glauben sollte. »Wenn man so richtig ins Schwitzen kommt.«

»Du schwitzt gern.«

»Im richtigen Moment.«

Er verzog keine Miene. Lin stellte sich einen Schweißfleck auf seinem T-Shirt vor, einen V-förmigen dunklen Fleck an seinem Halsausschnitt. Es störte sie, daß sich ihr diese Vorstellung jetzt schon aufdrängte.

»Wenn du so lange in Spanien warst, hast du dir natürlich auch einen Stierkampf angeschaut.«

Sie nickte.

»Bestimmt sehr grausam.«

Sie konnte es jetzt an seiner Stimme hören – dieses Saugen.

»Ich kann mich nicht mehr so genau daran erinnern.«

Sie schwieg.

»An gar nichts?«

»Ich erinnere mich an einen Torero, den ich für sehr schön hielt. Er war schon ein wenig älter, nicht so ein junger Spund, sondern ungefähr Mitte Dreißig, erfahren. Am Ende einer Reihe von Bewegungen mit dem Stier ließ er sich mit einem Sprung auf das eine Knie fallen, während der Stier ganz knapp an ihm vorbeiraste, und danach auf das andere Knie. Als er seine Ehrenrunde lief, mit einem Ohr des Stiers in der Hand, hatte er an den Hosenbeinen, an den Knien, zwei schmutzig-gelbe Flecken, vom Sand. Das hat mir gefallen.«

»Das hat dich beeindruckt.«

»Mehr als das.«

»Sogar mehr als das.«

Sie lehnte sich zurück, mit klopfendem Herzen. Hatte sie etwa wieder zuviel erzählt, zuviel von sich offenbart? Aber ein Blick in sein Gesicht sagte ihr, daß sie ihn getroffen hatte, daß er sich unwillkürlich mit diesem mehr als tapferen Mann verglich, von dem sie ihm gerade erzählt hatte.

»Aber was machst du eigentlich?« fragte sie. »Das habe ich dich noch gar nicht gefragt.«

»Was ich mache?«

»Beruflich.«

»Ich arbeite in der Nordsee, auf einer Bohrinsel.«

Im Fernsehen hatte sie vor kurzem eine gesehen, von einem Hubschrauber aus: Sie war rot und gelb gestrichen, Rost tröpfelte überall von den Stahlflanken, das schäumende Meer hob und senkte sich zwischen den Stützpfeilern.

»Und was für eine Arbeit machst du da?«

»Schweißer.«

»Schweißer?«

»Ja. Schmeckt dir der Wein? Nehmen wir noch eine Flasche?«

Das Hauptgericht wurde ohne Pardon vor sie hingestellt, die Gegenstände auf dem Tisch wurden von den Händen des Kellners rasend schnell neu arrangiert, eine neue Flasche Wein wurde gebracht.

Das geschmorte Lammfleisch, das Henri ihr empfohlen und das er selbst auch bestellt hatte, schmeckte Lin vorzüglich. Das kräftige, warme Essen beruhigte sie. Das Gespräch schleppte sich dahin, als würden sie das meiste von dem, was sie sagen wollten, für sich behalten. Ab und zu spürte sie, wie Henri sie anschaute, ihre Schultern, ihre Brüste. Noch nie hatte sie die Blicke eines anderen so stark gespürt. Sie sah, wie er einen Knochen abnagte. Heimlich beobachtete sie, was sich zwischen seinen Lippen abspielte.

Im Gedränge des Rotlichtbezirks nahm sie Henri, der die Hände in die Taschen gesteckt hatte, am Arm. Schüchtern lag ihre Hand um seinen Ellbogen. Manchmal, wenn sie ihn zu verlieren drohte, klammerte sie sich kurz an seinen Oberarm. Durch den Stoff seines Sakkos spürte sie seine Muskeln, den Knochen seines Ellbogens. Es gab nicht einen einzigen Augenblick, an dem sie sich dessen nicht bewußt gewesen wäre. Jetzt, da sie direkt neben ihm ging, fiel ihr wieder auf, daß er kleiner war als sie, wenn auch höchstens fünf Zentimeter. Trotzdem hatte sie diese Empfindung des Größerseins.

Sie hatte das Jäckchen locker um die Schultern gelegt, mit einem gewissen Schwung, genau so, wie sie sich das vorgestellt hatte. Aber sie hatte nicht an die Menschenmassen gedacht, die hier abends die Wege und schmalen Uferstreifen entlang der Grachten füllen und sich an den Prostituierten vorbeischieben. Immer wieder stieß sie mit der Schulter an andere Passanten, so daß ihr das Jäckchen hinunterrutschte und sie es mit der freien Hand wieder hochziehen mußte. Es war lästig. Aber sie wollte nicht stehenbleiben, um es anzuziehen, weil sie Henri dann loslassen und anschließend wieder all ihren Mut zusammennehmen müßte, um ihn wieder am Arm zu nehmen. An seinem Arm fühlte sie sich sicher.

In einer Seitengasse, kurz bevor sie das Gewimmel hinter sich ließen, tauchte gut zehn Meter vor ihr ein Kopf aus der Menge auf, der ihr bekannt vorkam. Ein Haarschopf, ein Ohr, ein Profil. Sie erschrak sehr. Einen Augenblick lang war sie davon überzeugt, daß es Marcus war, so sehr drängte sich ihr die Ähnlichkeit auf. Als sie sah, daß er es nicht war, atmete sie auf.

Es war nicht ausgeschlossen, daß er sich hier herumtrieb, hektisch auf der Suche nach Geld und Dope. Vielleicht hatte er sich bereits den Gang eines Junkies zugelegt – diese kurzen, abgehackten Schritte.

Gegen Mitternacht standen sie auf der Tanzfläche. Henri tanzte ebenso unbeholfen wie leidenschaftlich. Ein richtiger Mann, fand sie, wie er so tanzte. Er hatte absolut nichts von diesen routinierten, beinahe professionellen Nachtschwärmern an sich, die sämtliche »gut aussehenden« Tanzschritte einüben und die folglich genau die gleichen Bewegungen draufhaben wie fast alle anderen. Henri hatte ein begrenztes, dafür aber ganz persönliches Repertoire, und er hatte Sex – was durch die Unbeholfenheit seiner Bewegungen nur noch stärker zum Ausdruck kam. Sein Gesicht glänzte bald vor Schweiß, seine unbewegliche Miene machte ab und zu einem Lächeln Platz. Jedesmal, wenn er in ihre Nähe kam, schoß ihr vom Steiß ausgehend ein Schauer das Rückgrat hoch; in diesen Momenten wollte sie seinen Arm um sich fühlen.

Lin tanzte zurückhaltend. Wie eine Prinzessin, dachte sie selbst voller Abscheu – weil jemand das mal zu ihr gesagt hatte und weil sie immer noch nicht wußte, wie sie das auffassen sollte. Der Ausdruck schmeichelte ihrer Eitelkeit, aber irgendwie klang es andererseits nicht gut: tanzen wie eine Prinzessin. Diese Bemerkung steckte ihr wie ein Pfeil im Fleisch, und jedesmal, wenn sie tanzte, fühlte sie ein Stechen.

Auf dem Weg zur Theke hielt Henri sie am Oberarm fest, um sie zu führen, beinahe väterlich. Es stimmte sie weich, und sie wollte nichts lieber, als daß er sie so festhielt, so nachdrücklich, daß es beinahe weh tat, daß sie seine Fingerspitzen in ihrem Fleisch spürte.

Henri traf Bekannte. Zweimal hörte sie, wie andere Leute deutlich seinen Namen nannten. Sie wurde von Zweifeln befallen. Wieso hatte sie das Gefühl gehabt, daß er sie belogen und nicht seinen wirklichen Namen genannt hatte? Welchen Grund sollte er haben, ihr nicht seinen richtigen Namen zu sagen? Oder wollte sie vielleicht gar nicht wissen, wie er hieß, erregte es ihre Einbildungskraft, mit jemandem auszugehen, dessen Namen sie nicht kannte? Sie versuchte sich selbst davon zu überzeugen, daß er einfach Henri hieß. Aber er blieb ein Mann ohne Namen.

An der Theke ließ sie sich gegen ihn drängen und streifte ihn wie zufällig mit den Brüsten. Sofort legte er ihr eine Hand um die Taille, zog sie an sich, spielerisch, als hätte er sie gefangen, und lächelte. Zum ersten Mal hatte sie keine Angst vor ihm. Er gab ihr einen Kuß auf die glühende Wange und rief, die Lippen dicht an ihrem Ohr, daß sie »spitze« aussehe. Als Antwort schob sie eine Hand unter seinen Sakko und griff in das verschwitzte T-Shirt auf seinem Rücken. Darunter spürte sie die Furche seines Rückgrats mit den festen, starken Muskeln. Kurz standen sie aneinandergedrückt da. Lins Lippen schwollen an.

Später wunderte sie sich darüber, daß sie ihn damals nicht gerochen hatte. Das geschah erst, als sie auf dem Weg zum Ausgang waren, im Gedränge an der Tür, durch die die frische Nachtluft hereinströmte. Da roch sie ihn plötzlich: einen prickelnden und leicht bitteren Geruch, wie nach verkohltem Holz. Es war ein Geruch, in den sie hineingesogen wurde.

Es war schon kurz vor zwei, als sie ins Freie kamen. Henri fragte sie, ob sie noch Lust hätte. Ja, sie hatte.

Sie gingen zu seinem Auto, das er ganz in der Nähe geparkt hatte – er hatte diesen Fall offenbar einkalkuliert. Es war ein Gebrauchtwagen mit einer Delle in der Fahrertür. Auf dem Rücksitz lagen Werkzeug und ein Overall. Um zu verschnaufen, fuhren sie eine Weile durch die Stadt, die Fensterscheiben heruntergedreht, rauchend, mit laufendem Radio. Die kühle

Luft tat ihnen gut. Außerhalb des Zentrums wurde es eine nächtliche Stadt mit wenig Verkehr, stillen Straßen und leeren Bürgersteigen. Zunächst bereitete es ihr Vergnügen, entspannt durch verschiedene Viertel zu fahren, doch allmählich bekam sie wieder Angst vor ihm.

In der Sarphatistraat, nicht weit von ihrer Wohnung entfernt, parkte er unter einem Baum und machte den Motor aus. Das schmutzig-gelbe Licht der Lampen über den Straßenbahnschienen fiel ins Innere des Wagens, der von den Blättern des Baums überschattet wurde. Ein sanfter Wind hatte sich erhoben. Die Schatten der Blätter bewegten sich über die Motorhaube, der Baum raschelte leise. Henri saß mit der Schulter an die Tür gelehnt da und rauchte. Lin starrte vor sich hin.

»Das mache ich liebend gern«, sagte er, »irgendwo parken, in aller Ruhe dasitzen und schauen, was so alles vorbeikommt.«

»Allzuviel kommt jetzt aber nicht mehr vorbei.«

Sie fing an zu lachen, verkrampft, unaufhaltsam; sie konnte beinahe nicht mehr aufhören. Henri wartete, bis sie fertig war.

»Nein«, sagte er, »es ist ein ruhiger Abend. Aber jetzt habe ich ja dich zum Anschauen.«

Er drehte sich zu ihr und schaute sie an, er schaute sie genau so an, wie er sie an jenem Abend in dem Café am Oosterpark angeschaut hatte. Lin fühlte, wie sie die gleiche Lähmung wieder überkam. Sie versuchte, seinem Blick standzuhalten, hatte gegen ihn aber keine Chance.

»Deine Lippen erinnern mich ein bißchen an die von, wie heißt sie gleich, Liv Ullmann.«

»Ach ja?«

Sie fand keine Ähnlichkeit von ihren eigenen mit diesen vollen schwedischen Lippen, wagte aber nicht, ihm zu widersprechen, und wollte sich auch keine Blöße geben – es war schließlich nichts als Spott.

»Die kennst du also«, stellte Henri fest.

»Ich schaue mir auch schon mal einen alten Film an.«

Er ergriff ihre Hand. »Und du hast schöne Hände.«

»Sie sind zu breit.«

»Sie sind breit, aber das ist ja gerade das Schöne an ihnen.« Er folgte einem vorbeikommenden Nachtbus mit dem Blick. »Hast du nie jemanden gehabt, der dir gesagt hat, was an dir schön ist?«

»Hab ich, klar.«

Henri lächelte. »Glaub ich nicht.«

»Dann eben nicht.«

Sie wollte die Hand wegziehen, aber er hielt sie fest.

»Und du hast schöne große Augen.«

»Sie treten ein wenig hervor.«

»Ach, nennt man das hervortreten, dieses Gewölbte? Aber das ist ja gerade das Schöne an ihnen. Süße Augen hast du.«

Seiner Stimme war nicht anzumerken, ob er es ernst meinte oder ob er sie verspottete. Lin konnte ihre Tränen kaum noch zurückhalten. Was sie auch anstellte, sie konnte ihre Ängstlichkeit nicht überwinden, und je länger diese anhielt, desto tiefer schien sie sie niederzudrücken. Noch immer hielt Henri ihre Hand fest, ohne sie zu streicheln, nur, um sie in seinem Besitz zu haben. Schließlich bat sie ihn um eine Zigarette. Er ließ die Hand los.

Während sie die Zigarette in die Flamme seines Feuerzeugs hielt, dachte sie: Ich bringe es zu Ende, ich bedanke mich und steige aus, meine Wohnung ist ganz in der Nähe. Aber sie tat es nicht, und kurz danach war der richtige Augenblick vorbei. Henri ließ den Motor an, ohne etwas zu fragen, und fuhr los.

III

Ein eisernes Bett

Er fuhr ins Viertel De Pijp. Dort durchkämmte er auf der Suche nach einem Parkplatz so ungefähr alle Straßen. Es war bereits nach drei Uhr. Die Kneipen waren geschlossen. Irgendwo fand in einem zweiten Stockwerk hinter beschlagenen Fensterscheiben noch eine Party in rotem und blauem Licht statt. Hier und dort waren Menschen auf dem Heimweg. Ein Anwohner stand im Morgenmantel auf dem Bürgersteig und blickte gähnend auf etwas hinunter, das sie nicht sehen konnte: wahrscheinlich auf seinen Hund, der mit gekrümmtem Rücken zwischen den Autos auf den Hinterpfoten saß. Zwischen ein paar Fahrrädern, die mit den Vorderreifen in einem Ständer standen, sah sie einen auf den Fersen hockenden Jungen, beinahe unsichtbar, der gerade dabei war, ein Schloß aufzubrechen. Das Licht der Straßenlaternen glitt über das Auto. Sie fuhren eine Straße nach der anderen ab. Henri sagte nichts, und sie schwieg ebenfalls. Sie wollte eine andere sein.

Als Henri endlich einen Parkplatz gefunden hatte, stützte er sich mit den Unterarmen aufs Lenkrad, seufzte und lächelte ihr zu. Das Suchen hatte ihm viel Geduld abverlangt. Sie wollte über die Haare auf seinem Hinterkopf streichen, traute sich aber nicht. Nachdem sie ausgestiegen war, knallte sie die Tür mit der Ferse hinter sich zu. Einen Augenblick später stand Henri neben ihr. Er umklammerte ihren Oberarm, öffnete die Beifahrertür wieder und legte ihre Hand auf den Griff.

»Und jetzt noch mal ganz sanft.«

Sie tat es. »So in Ordnung?«

»Gut gemacht.«

Henri legte ihr einen Arm um die Taille und führte sie durch die Straßen. Eine gewisse Desorientiertheit überfiel sie und beschäftigte sie unaufhörlich: Sie erkannte nichts wieder und wähnte sich in einem anderen Viertel, in dem sie unmöglich sein konnte. Die Straßennamen sagten ihr nicht das geringste. Sie suchte den Mond, den sie gerade noch gesehen hatte, und fand ihn nicht. Zwei Tankstellen tauchten auf, die sie sich einzuprägen versuchte. Schließlich konzentrierte sie sich auf das Geräusch ihrer Absätze, das von den Häuserfronten widerhallte, dieses laute und so entschieden wirkende Klappern.

Es passiert, dachte sie, jetzt passiert es.

Von der Tür des Hauses, in dem er wohnte, war im unteren Bereich die Farbe abgeblättert; offenbar trat man immer dagegen, wenn sie klemmte. Eine der Mattglasscheiben war zerbrochen. Die Treppe war steil, das Treppenhaus eng. Im obersten Stockwerk öffnete Henri im Dunkeln die drei Schlösser an seiner Wohnungstür, die an der Innenseite mit einer Eisenplatte verstärkt war.

In dem nach vorne gelegenen Zimmer konnte sie durch einen Schlitz in den Vorhängen auf die Straße hinunterschauen, auf die Dächer der Autos. Die Vorhänge bewegten sich leicht in dem Luftzug, der durch die geöffneten Schiebefenster hereinströmte. Es war gerade hell genug, um Gegenstände erkennen zu können. In einer Ecke stand neben dem letzten Fenster ein eisernes Bett mit Gitterstäben, ein Wandschirm zwischen Bett und Fenster; über dem Bett hing ein Gemälde. Ein Rennrad stand auf Lenker und Sattel da, mit den Rädern in der Luft. Hier und dort auf dem Fußboden lagen Kleidungsstücke von ihm. Hatte er wirklich nicht daran gedacht?

»Hier entlang.«

Henri schob sie durch eine Schiebetür ins Hinterzimmer, das um einiges größer war als das vordere. Ein paar Lampen gingen an. Die Stuckdecke blieb im Dämmerlicht. Auf dem Holzfußboden lag ein Berberteppich. An den Wänden hingen einander gegenüber zwei mannshohe Spiegel mit vergoldeten Rahmen. Eine schwarze Ledercouch stand da, daneben zwei Sessel, sachlich. Weiter hinten befanden sich zwei Fenster, die auf dunkle Höfe hinausgingen. Über den Häusern fand sie in einer Wake von eisigem Licht den Mond wieder.

»Hier wohne ich«, erklärte Henri. »Und dann habe ich noch das Hinterhaus.«

Er deutete in einen Gang, der vor ein paar Treppenstufen endete. Sie sah einen Teil einer Küche. Dahinter mußte wohl das Badezimmer sein. Auf dem Eßtisch am Fenster zündete er die Kerzen in einem Ständer an und zog die Vorhänge zu. Der Tisch war mit antiken Fliesen und Keramikteilchen übersät, manche gesprungen, manche geklebt.

»Was ist das?« fragte sie mit dünner Stimme. »Sammelst du das?«

»Das kommt alles aus Kellern und Abfallgruben in der Innenstadt. Das meiste davon stammt aus dem siebzehnten Jahrhundert, aber manche Teile sind noch älter. Ich handle ein wenig damit.«

»Gräbst du das selbst aus?«

»Ich kaufe es den Ausgräbern ab. Schau mal, das ist ein Fruchtbarkeitssymbol.«

Er hob eine gelb glasierte Fliese auf, auf der ein aufgeplatzter Granatapfel zu sehen war, und legte sie in ihre Hände. Ob sie so etwas schon einmal gesehen habe? Nein, so etwas hatte sie noch nie gesehen. Sie hatte den Eindruck, ihn bewundern zu müssen, weil er ihr das hier zeigte. Während sie den Granatapfel betrachtete, wartete sie darauf, daß er die Arme um sie legte. Aber er tat nichts. Sekundenlang starrte sie ihn wie hypnotisiert an.

Henri verschwand ins Hinterhaus.

Sie saß auf dem Rand der Couch und spürte die Kühle des Leders unter den Oberschenkeln. Das Jäckchen hatte sie abgelegt. Sie ließ sich in die Kissen zurückfallen, setzte sich aber sofort wieder auf und blieb gerade sitzen. Sie wartete und spürte, wie der Punkt näherrückte, an dem ihre in die Höhe geschraubten Erwartungen in grenzenlose Niedergeschlagenheit umschlagen konnten. Da hörte sie ihn zurückkommen; er ging barfuß.

Henri schenkte Whiskey in zwei riesige Gläser ein und setzte sich in seinem hellblauen T-Shirt neben sie. Sie fand ihn sehr schön. Immer wenn sie ihn anschaute, spürte sie seine Kraft, eine ausgeprägte Animalität, die von ihr Besitz ergriff und der sie nur entkommen konnte, wenn sie die Augen abwandte. Henri sagte nicht viel. Lin wagte es kaum, einen Blick auf seine nackten Füße zu werfen, aus Angst, diese könnten ihr fürchterliche Dinge enthüllen.

Sie redete ins Blaue hinein, noch immer auf dem Rand der Couch, kerzengerade. Henri saß zurückgelehnt, die Arme auf der Rückenlehne der Couch, und schaute sie an. Sie wurde immer verlegener. Warum tat er nichts? Langweilte sie ihn? Sollte sie mit Reden aufhören? Sollte sie sich ebenfalls zurücklehnen und ihre Titten in die Höhe strecken? Schließlich stand sie auf.

»Willst du noch mit mir ins Bett oder nicht?«

Henri stand auf und nahm ihr lächelnd das Glas aus der Hand.

»Zieh dich aus.«

Sie ging ins dunkle vordere Zimmer. Henri machte das Licht aus und folgte ihr mit dem Kerzenständer, den er neben dem Bett auf den Boden stellte. Lange, zittrige Schatten fielen an die Wände und gegen die Decke. Er machte keine Anstalten, ihren Körper zu berühren.

»Gefalle ich dir etwa nicht?«

Henri schwieg.

»Ich gefalle dir.«

»Zieh dich aus, Schatz.«

Sie schaute seine Füße auf den Kelims an, die den Holzboden bedeckten. Es waren keine krummen und behaarten Füße, wie sie befürchtet hatte, es waren auch keine Höcker darauf, die Zehen waren nicht außergewöhnlich lang – es waren schöne, männliche Füße, die sie gerne geküßt hätte, wie sie seinen ganzen Körper gerne mit Küssen bedeckt hätte, wenn sie sich nicht so sehr vor ihm gefürchtet hätte.

»Zieh dich aus.«

Aber sie wagte es nicht, sich auszuziehen. Bei Marcus und ein paar anderen Liebhabern hatte sie nie darüber nachzudenken brauchen, was zu tun war, wenn sie mit ihnen schlafen wollte, aber bei diesem Mann wußte sie es nicht. Es schien, als hätte sie vergessen, wie es ging, als hätte sie noch keinerlei Erfahrung damit, als wäre sie noch nie mit jemandem mitgegangen, als wäre es ihr erstes Mal.

Sie sah, wie Henri sich das T-Shirt über den Kopf zog und es auf den Boden fallen ließ. Sein Brustkorb war leicht behaart, seine Schultern waren wundervoll gewölbt, seine Achseln dunkle Höhlen. Die Kerzen auf dem Fußboden beleuchteten seinen Rumpf effektvoll von unten. Lin schaute zur Seite, sie konnte ihn nicht länger ansehen, so sehr sehnte sie sich danach, seine Haut zu spüren. Es war, als spürte sie sie bereits unter ihren ungeduldigen Fingerspitzen. Sie hörte, wie er den Gürtel löste und die Nappalederhose von den Beinen streifte, und nun schaute sie ihn an. Sein Geschlecht war lang und schlank, und so, halb aufgerichtet, erinnerte es sie an einen Pferdehals oder an etwas anderes Gebogenes eines Pferdes, es wollte ihr nicht so schnell einfallen.

Ungestüm zog sie sich aus. Vornübergebeugt öffnete sie mit der einen Hand die Fersenbänder ihrer Schuhe und gleichzeitig mit der anderen ihre Haare, die neben ihrem Kopf herabfielen.

Mit zwei schnellen Bewegungen – eine nach oben, eine nach unten – streifte sie ihre Kleider von sich ab. Das Herz schlug ihr im Hals. Sie spürte, wie warm sie war, es war, als würde eine Welle von Wärme ihren Körper entlang nach oben fließen und ihr ins Gesicht schlagen – sie roch ihre eigene Lust.

Sie legte sich aufs Bett, auf die eine Hälfte.

Henri streckte sich neben ihr aus.

Sie zuckte zusammen, als er ihren Bauch berührte. Er streichelte sie. Sie hatte nur eine vage Vorstellung davon, was geschah, was er tat. Plötzlich war er über ihr, glitt in sie.

»Nicht so«, keuchte sie, das Wort »schnell« vergessend, »nicht so.«

Henri reagierte nicht.

»Hey …« Sie wollte ihn beim Namen nennen, traute sich aber nicht mehr, ihn auszusprechen, als wäre das zu intim. »Hey, hör mal.«

Henri blieb unbeirrt. An der Decke bewegte sich ein furchterregender Schatten. Sie wand sich mit den Hüften hin und her, versuchte sich aufzurichten, wurde aber niedergedrückt. Sie lag reglos. Als sie ihn anschaute, sah sie in seinen Augen etwas aufleuchten – ein herausforderndes Lächeln –, und in demselben Augenblick wurde sie eine andere. Chaos verschluckte sie.

Mit einer schwungvollen Bewegung schleuderte sie ihn von sich herunter, und als er neben ihr lag, stieß sie ihn mit beiden Füßen vom Bett. Henri fiel mit dem Rücken auf fünf brennende Kerzen, an denen er sich verbrannte, bevor sie erloschen. Anschließend nahm sie im Dunkeln nicht mehr viel wahr. Da war nur noch ein Wirbel von Wut, Trunkenheit, Bildern des Abends, ein Zusammenstoß mit dem Wandschirm, der umfiel, Henris Körper, Geschrei und Schläge in ihr Gesicht, die sie wie in weiter Ferne spürte. Henri zwängte sich wieder zwischen ihre Oberschenkel. Während sie weinend dalag und er sie zu beruhigen versuchte, fickte er sie.

Sie schlummerte eine Weile.

Sie wurde wach, als Henri sie ins Hinterzimmer trug. Es war herrlich, so aufgehoben zu werden, aber als ihr klar wurde, wie herrlich sie es fand, fing sie wieder an zu weinen. Henri legte sie auf die Couch und schob ihr ein Handtuch unter, damit sie das Leder nicht schmutzig machte.

»Ich muß noch einmal«, sagte er leise und schwer atmend, »ich kann nichts dafür.«

Ihr linker Fuß stand auf dem Berber, ihr rechter höher, auf der Couch. Ihr Kopf fiel zur Seite. Durch ihre Tränen hindurch sah sie die Umrisse eines Sessels und die untere Hälfte eines Spiegels.

»Ich bringe dich nach Hause«, sagte Henri, »ich muß morgen arbeitsmäßig früh raus.«

Sie stand vor ihm. Halb benommen nahm sie sein Geschlecht, dieses Glibberding, kurz in die Hand und betastete es, als wollte sie, bevor sie Abschied nahm, wissen, was so tief in ihr gewesen war. Ohne ein weiteres Wort zog sie sich an, und noch ehe er soweit war, ging sie die Treppe hinunter, mit den Absätzen klappernd. Auf der Straße holte Henri sie ein.

»Du bist erste Sahne«, sagte er und legte ihr eine Hand auf den Po.

Sie blieb bei ihrem Schweigen. Im Auto drehte sie die Fensterscheibe herunter. Beim Fahren hörte sie überall die Vögel, es wurde gerade langsam hell. Sie stieg beim Oosterpark aus, da sie nicht wollte, daß er erfuhr, wo sie wohnte. Henri wendete den Wagen mit quietschenden Reifen auf der Kreuzung und fuhr weg, ohne ihr noch einen Blick zugeworfen zu haben, über das Lenkrad gebeugt, als könnte er, weil es plötzlich heftig zu regnen angefangen hatte, die Straße nicht gut sehen.

Sie schlief lange, unruhig, schwitzend, und wurde erst am Nachmittag wach. Nach dem Duschen kroch sie wieder ins Bett. In ihrem Kopf drehte sich alles. Sie konnte sich noch so gut wie kein Bild davon machen, was mit ihr geschehen war: Alles in ihr war aufgewühlt, nichts schien eine feste Form annehmen zu können. Sie brauchte dringend frische Luft und machte die Türen zum hinteren Balkon und die Schiebetür zum vorderen Raum weit auf; an der Straßenseite schob sie ein Fenster hoch. Frische Luft strömte nun durchs Haus.

Im Bett lauschte sie den Geräuschen der Straße: den Stimmen spielender Kinder, dem Rasseln eines Kettenschlosses, das um einen Fahrradrahmen gelegt wurde, dem Rauschen der Ulmen und dem leisen und monotonen Brummen der Autoflut in der Wibautstraat im Hintergrund. Aus den Gärten drang das Geräusch von Balkontüren, die auf- und zugingen. Von einem nicht weit entfernten Balkon war von Zeit zu Zeit die dunkle Stimme eines Mannes zu hören, der jemandem, der aus der Wohnung heraus zu ihm sprach, kurze Antworten gab.

Nach und nach konnte sie sich an die vergangene Nacht erinnern. Wie üblich fielen ihr zuerst die Dinge wieder ein, für die sie sich schämte. Flammen der Scham stiegen in ihrem Körper nach oben. Am höchsten loderten sie auf, als sie sich daran erinnerte, wie sie – sie wollte es nicht wissen und schob es von sich weg, aber nicht schnell genug, um nicht doch noch etwas davon mitzubekommen –, wie sie von der Couch aufgestanden war und gesagt hatte: »Willst du noch mit mir ins Bett oder nicht?« Später würde sie darüber lachen, vorläufig aber war es einfach nur schrecklich. Um den Qualen ihrer Erinnerungen zu entkommen, fixierte sie den Plastikvorhang der Duschkabine und die Decke, die im Laufe eines Jahrhunderts so häufig getüncht worden war, daß von den Stuckverzierungen nicht viel mehr übriggeblieben war als plumpe, undefinierbare Formen. Doch das Bewußtsein ihrer eigenen Naivität schaffte es sogar, in dieses fanatische Starren einzudringen. Stöhnend verbarg Lin den Kopf unter ihrem Kissen.

Der Scham folgten Fröhlichkeit und Stolz. Sie war noch nie zuvor einfach so mit einem Typen mitgegangen, jetzt hatte sie es getan. Solche Dinge mußte man einfach mal tun; davon wurde man groß und stark. Das hätte sie auch wieder überlebt. Erst als sie mit einemmal die sanfte Frühjahrsluft an ihrem nackten Körper spürte, kamen die Tränen, überreichlich.

Traurigkeit und Müdigkeit verwandelten sich in dicke, träge Lust. Sie fing an, sich selbst zu streicheln, und sah Henris Körper über sich. Erst als es ihr gelang, dieses Bild durch das von Marcus zu ersetzen, ihrem scheuen Geliebten, konnte sie sich ihrer Lust entledigen.

Um vier Uhr kam der sonntägliche Anruf ihrer Mutter. Während sie mit ihr sprach, musterte sie ihren Körper und konnte es nicht lassen, eine Hand zwischen ihre Oberschenkel zu schieben und anschließend daran zu riechen.

Stundenlang spazierte sie durch die Stadt, um ein immer schmerzhafteres Gefühl des Verlustes abzuschütteln, doch als sie gegen die Zeit des Sonnenuntergangs den Oosterpark betrat, war sie noch immer davon erfüllt. Sie betrachtete die Jogger und die Schweißflecken in ihren T-Shirts – sie wollte immer wissen, wo sie sich befanden und welche Form sie hatten. Sie betrachtete die Fußballspieler, den Himmel über den Bäumen, eine schwangere junge Frau, und kam an dem Café vorbei, in dem sie Henri zum ersten Mal gesehen hatte. Sie vermißte ihn. Es war, als hätte er in ihrem Körper einen Abdruck hinterlassen. Aber wie konnte sie jemanden vermissen, der sie schlecht behandelt hatte?

Als sie in der Abenddämmerung in die lange, gerade Straße einbog, schlug ihr Herz plötzlich schneller.

Wenige Schritte entfernt von dem Haus, in dem sie wohnte,

sah sie ihn in seinem Wagen sitzen, der mit zwei Rädern auf dem Bürgersteig stand. An einer Kopfbewegung erkannte sie, daß er sie ebenfalls bemerkt hatte. Sie ging schneller und hielt den Blick auf den Boden gerichtet. Sie hörte die Fahrertür ins Schloß fallen, sie sah aus den Augenwinkeln, daß er näher kam, während sie mit zitternden Fingern ihre Schlüssel suchte. Wie gelähmt schaute sie ihn an. Er trug dieselbe Kleidung wie gestern.

»Hallo, Lin.«

Sie schwieg und roch, daß er getrunken hatte.

»Ich habe es verbockt«, sagte er, »ich war nicht nett zu dir, zu einer so schönen Frau.«

Er hielt ihr einen Strauß dunkelroter Rosen hin; ein süßlicher Duft stieg daraus auf.

»Hier.«

»Von dir nehme ich nichts mehr an.«

»Du hältst mich für ein Schwein – zu Recht. Bitte nimm sie trotzdem.«

Sie schüttelte den Kopf. Kurz berührte Henri mit den Stielen der Rosen ihren Arm, herausfordernd, seine Augen funkelten. Dann ging er zurück zu seinem Wagen, öffnete die Tür und warf die Rosen auf den Rücksitz. Lin sah es nicht mehr. Mit klopfendem Herzen stand sie hinter der geschlossenen Haustür.

IV

Auf dem Markt

Als Lin Henris Wohnung zum zweiten Mal betrat, war es Nachmittag. Bei Tageslicht machten die Zimmer einen ganz anderen Eindruck. In ihrer Erinnerung hatte sich das Bild nächtlicher Räume festgesetzt, kaum beleuchtet, von deren Ausmaßen sie sich keine deutlichen Vorstellungen hatte machen können und die anscheinend vieles enthielten, was sie nicht hatte erkennen können. Außerdem war sie ja betrunken gewesen. Als sie die Zimmer jetzt wiedersah, hatten sie den von ihnen ausgehenden Zauber größtenteils verloren.

Im vorderen Raum sah sie wieder das eiserne Bett mit den Gitterstäben an Kopf- und Fußende und den Kupferkugeln an den Eckpfosten, in denen sich der ganze Raum verzerrt spiegelte. Das Gemälde über dem Bett: zwei Fischerboote an einem Strand. Der Wandschirm, das Rennrad und die Kelims auf dem Fußboden. Es waren unschuldige Gegenstände geworden. In dem Zimmer hinter der Schiebetür fiel in schrägen Bahnen das Sonnenlicht herein. Es war ein helles und geräumiges Zimmer, das ihr mit den goldumrahmten Spiegeln, der schwarzen Ledercouch, den bis auf den Boden reichenden Vorhängen sowie der Krone einer mächtigen Kastanie und der herrlichen Aussicht auf den Wolkenhimmel darüber jetzt schon beinahe schick vorkam.

Als sie die Couch sah, auf der sie gelegen hatte, wurde sie rot.

»Setz dich«, sagte Henri.

Sie entschied sich für einen Stuhl am Eßtisch neben dem geöffneten Fenster. Henri verschwand ins Hinterhaus. Sie hörte, wie er in der Küche hin und her ging, und folgte ihm mit den Ohren. Im Badezimmer lief die Waschmaschine – klar, er war ja gerade zwei Wochen auf See gewesen. Kein Geräusch in der Wohnung entging ihr. Draußen rauschten die Blätter der Kastanie, ein Geräusch, das im böigen Wind an- und abschwoll. Im Hintergrund die Klangkulisse der Stadt, ein amorpher Lärm, aus dem sich bisweilen eine Autohupe oder das helle Klingeln einer Straßenbahn erhob – an diesem Nachmittag war es für sie ein erregender Lärm, die Geschäftigkeit der Stadt, in der nun auch ihr Leben quirlte und in der sie vollauf *da* war.

Es war Montagnachmittag.

Aber sie konnte sich kaum vorstellen, daß es Montagnachmittag war, der Nachmittag, an dem sie normalerweise in die Stadt ging. Es ist Montag nachmittag, sagte sie sich immer wieder und lächelte. Montag nachmittag? Das Leben schien sich von der Einteilung in Tage gelöst zu haben.

Henri kam mit Kaffee und Kuchen zurück. Mit einem Tablett in den Händen wirkte er rührend.

Während sie sich unterhielten, beschlich Lin wieder das Gefühl, seinen wahren Namen nicht zu kennen. Sie hatte das Namensschild neben der Wohnungstür gesehen, auf dem »H. Kist« stand. Aber sie glaubte noch immer nicht, daß er Henri hieß; noch immer war sie davon überzeugt, daß er ihr nicht seinen wahren Namen genannt hatte.

»Warum lügst du, was deinen Namen betrifft?« fragte sie.

Vor ein paar Tagen hatte sie abends bei ihm vor der Tür gestanden. Erst war sie an die Amstel gegangen, um sich die abendliche Betriebsamkeit neben dem Gebäude des Rudervereins anzuschauen, das Trockenreiben der Boote, danach hatte sie den Fluß überquert und in dem angrenzenden Viertel die Straße gesucht, in der er wohnte, zum Spaß, weil es ihr blöd vorkam, daß sie noch nicht einmal wußte, wo sich das alles zugetragen hatte, wo sie im Dunkeln einen Kerl von sich geschleudert hatte, so daß er auf einem Kerzenständer mit brennenden Kerzen gelandet war – und auf einmal hatte sie vor seiner Tür gestanden. Sie hatte die Tür erkannt: der untere Bereich abgeblättert, die zerbrochene Mattglasscheibe in der Mitte unten. Im Türpfosten waren noch die Bohrlöcher der vielen entfernten Namensschilder erkennbar. Drei Namensschilder hingen noch da. Auf dem obersten stand »H. Kist«. Das mußte er sein. Er wohnte im obersten Stockwerk.

Gerade eben war diese Tür zum zweiten Mal für sie geöffnet worden. Henri hatte sie vorgehen lassen. Auf einer der unteren Treppenstufen hatte sie eine Postüberweisung und einen Brief liegen sehen, der an einen gewissen Henk Kist gerichtet war. Der Name war in einer schräg nach hinten geneigten Handschrift geschrieben, von einer Frau, wie sie festgestellt hatte. Hinter ihrem Rücken hatte Henri die Umschläge hastig von der Treppe aufgehoben. Sie hatte seine Fingernägel über das Holz kratzen hören.

Aber Henk Kist schien ebensowenig sein wahrer Name zu sein. Der Mann, der ihr gegenübersaß – er war namenlos, er war ihr fremder als irgend jemand zuvor. Doch das ignorierte sie. Sie biß sich an dem Unterschied zwischen Henk und Henri fest.

In der Stille, die sich nach dem Ende des Schleudergangs der Waschmaschine im Badezimmer einstellte, fragte sie ihn, warum er gelogen hatte, was seinen Namen betraf.

»Gelogen?«

Er sprang auf dieses Wort an – das entging ihr nicht.

»Ja. Warum lügst du, was deinen Namen betrifft?«

»Weil ich furchtbar gern lüge. Okay?«

Er lächelte gekünstelt, und einen Augenblick später lächelte auch sie gekünstelt, ihn perfekt nachahmend, und so schauten sie einander an.

»Gut zu wissen«, sagte sie.

»Gern geschehen, mein Schatz.«

»Gut auch von dir, gleich zu sagen, daß du furchtbar gern lügst.«

»Hey, was soll das, war doch nur ein Witz.«

Er legte eine Hand auf die ihre. Sie zog sie weg.

»Ehrlich gesagt habe ich angefangen, mich selbst Henri zu nennen, als ich sechzehn war. Ich war damals in Frankreich. Nur meine Verwandten nennen mich nach wie vor Henk.«

Offensichtlich hatte er dem nichts hinzuzufügen, weder über seine Verwandten noch über seinen Aufenthalt in Frankreich im Alter von sechzehn Jahren. Sie schwiegen. Zur Abkühlung ging sie aufs Klo. Im Badezimmer überraschten sie die Größe des Raums und die flache Plexiglaskuppel, durch die das Sonnenlicht verschwenderisch hereinflutete. Eine elegante Badewanne mit einer altmodischen Armatur. Sie wusch sich das Gesicht und trocknete es mit Toilettenpapier ab. Durch ein kleines Fenster in der Rückfront – so klein, daß sie kaum den Kopf hindurchstecken konnte – schaute sie in die Krone der Kastanie, sah die Sonnenflecken, die auf den Ästen und Blättern flirrten, einen kleinen Vogel, der in einer spiralförmigen Bewegung den dicken Stamm hinaufhüpfte, wobei er unablässig mit dem Schnabel pickte.

Mit klopfendem Herzen kehrte sie ins Zimmer zurück. Henri saß rauchend am Tisch; er stand auf, zögerlich, als erwartete er, daß sie jetzt ginge.

»Tut mir leid«, sagte sie, »ich bin manchmal ziemlich aggressiv.«

»Das fällt so langsam auf.«

»Tut mir leid.«

Er profitierte sofort von ihrer Demut und zog sie an sich. Erst legte er ihr die Hände auf die Hüften, väterlich, beruhigend, und als sie keinen Widerstand bot, glitt sein Arm um ihre Taille.

Er zog ihren Unterkörper an sich heran. Vorsichtig machte sie sich los. Im letzten Moment gab sie ihm, wie um sich freizukaufen, einen schnellen Kuß.

»Komm, gehen wir nach draußen«, sagte sie.

Im Freien begrüßte sie das Gewühl. Es erleichterte sie, nicht mehr mit ihm allein zu sein.

Es war ein schöner Tag: warm und voller Wind. Über den Häusern lachte ein blauer Himmel mit Wolken, großen Ungetümen, die über die Stadt hinwegtrieben, gefolgt von ihren Schatten. Der Wind trug Gerüche von außerhalb in die Stadt hinein. Sie roch die Polder, einen wilden und torfigen Geruch, der schwarze Gräben heraufbeschwor und sie an ihre Kinderjahre in einem friesischen Dorf erinnerte. Wenn sie als Kind auf den Wiesen gespielt hatte, war es für sie immer ein besonderes Erlebnis gewesen, den Schatten einer Wolke über sich hinweggleiten zu sehen.

Sie hielt es für vernünftig, mit ihm nach draußen zu gehen. Sie fühlte sich ruhiger.

Henri hatte beim Gehen die Hände in die Taschen gesteckt, Lin eine Hand in die Ellenbeuge seines linken Armes geschoben, schon ein bißchen weniger befangen als das erste Mal. Sie kam sich erwachsen vor, wie eine Frau von Welt: mit einem Mann gemütlich spazierengehen, ihrem letzten Mann für eine Nacht, ohne daß dies vorerst viel zu bedeuten hatte. Sie mußten Kindern ausweichen, die auf dem Bürgersteig Fangen spielten. Ein paar von ihnen waren so außer Rand und Band, daß sie mit ihnen zusammenstießen und sich laut lachend zwischen ihren Beinen hindurchzwängten. »Entschuldigung, tut uns leid«, riefen sie übertrieben, »tut uns wirklich riesig leid.« Lin wurde zur Seite gedrückt, ließ Henri aber nicht los. Als sie wieder neben ihm herging, schob sie die Hand tiefer in die Ellenbeuge seines Arms, während sie über die Schulter zu den Kindern zurückblickte – leicht geziert, das spürte sie schon –, die bereits neue Beine gefunden hatten, zwischen denen sie sich hindurchzwängen konnten.

Auf dem Markt in der Albert-Cuyp-Straat genoß sie die Menschenmenge, die sich an den Buden vorbeischob, die Rufe der Händler, den Wind, der die Zeltplanen knattern ließ. Henri sagte nicht viel und war leicht verlegen mit so einer jungen Frau an seinem Arm. Er erledigte seine Einkäufe immer auf diesem Markt und war bei den Besitzern der Buden, bei denen er immer einkaufte, gut bekannt. Deswegen mußte er auf entsprechende Blicke und Bemerkungen gefaßt sein.

Während sie unterwegs waren zu den Fischbuden und im Gedränge nur langsam vorwärtskamen, war Lin beinahe glücklich. Da ging sie nun, am Arm eines Mannes, nicht eines Jungen oder eines Halbwüchsigen, sondern eines richtigen Mannes von zweiunddreißig Jahren. Sie hatte sich manchmal gedacht, daß sie lieber einen Mann hätte, der etwas älter war als sie. Wie beiläufig schaute sie Henri an, von der Seite, von schräg hinten. Er gefiel ihr mit seinen zerzausten Haaren, den flach an den Kopf gedrückten Ohren, die sie »Schlägerohren« nannte, den Schultern, die sich eckig unter dem Stoff seines Hemdes abzeichneten, und den etwas krummen Beinen, mit denen er einen festen Stand hatte. Seine Fremdheit empfand sie nicht länger als furchterregend, sondern als anziehend. Daß er ein wenig kleiner war als sie, stimmte sie unermeßlich zärtlich. Einmal wurde sie ziemlich fest gegen ihn gestoßen, doch er gab keinen Daumenbreit nach. Sie erinnerte sich daran, wie vor kurzem ein Hund mit ihr zusammengeprallt war; sie hatte es als angenehm empfunden und sich noch lange danach an die Kompaktheit seines Körpers erinnert.

Auch in dem Gedränge vor einer der Fischbuden ließ sie Henri nicht los. Er kaufte Seezunge und nahm außerdem ein Dutzend Austern mit. Augenzwinkernd legte der Verkäufer zwei weitere Austern obendrauf. Henri zog ein zusammengefaltetes Bündel Banknoten aus der hinteren Hosentasche und zählte mit dem Daumen ein paar davon ab. Lin beobachtete den Daumen, der die Geldscheine geschmeidig herunterschob. Als sie aus dem Gedränge herauskam, hatte sie Schleim von einem Fisch an den Fingern: Sie hatte eine Lachsforelle angefaßt, um deren festen, aber biegsamen Körper zu befühlen.

»Jetzt laß mich mal das Gemüse kaufen«, sagte sie entschieden, »und den Wein.«

»Wenn du darauf bestehst«, sagte Henri, »aber das zahle ich dir irgendwann heim.«

Er sah, daß diese Worte ihr einen Schrecken einjagten.

Henri schaute sie von der Seite an, während sie vor dem Gemüsestand wartete. Er versuchte zwar, sie nicht anzuschauen, um so mehr, als sie sich seines Blickes bewußt zu sein schien, aber er konnte nicht anders. Immer wenn er sich kurz vergaß, fiel sein Blick wieder auf sie. Manchmal erhaschte er eine kurze Ansicht ihres Rückens, ihrer hohen Taille, ihrer Hüften.

Zwei Wochen lang war sie nicht aus seinen Gedanken verschwunden. Immer wenn er nicht arbeiten mußte, war sie ihm vor seinem geistigen Auge erschienen. Eins war klar: Er mußte sie wiedersehen, und mit diesem Gedanken war er gestern in Den Helder aus dem Hubschrauber gestiegen. Kaum hatte er festen Boden unter den Füßen gehabt, hatte er sich schon auf den Weg zu ihr gemacht. Wenn er zwei Wochen auf See gewesen war, wollte er nach seiner Rückkehr immer nur eins: ausgehen, Menschen sehen und trinken. Aber gestern abend war er zu Hause geblieben. Er hatte sie angerufen, aber sie war nicht dagewesen. Heute morgen hatte er sie erreicht und ihrer Stimme sofort angehört, daß sie ihn nicht vergessen hatte. Sie hatte nachgegeben, als er gesagt hatte, daß er etwas für sie kochen wolle.

Henri lächelte ihr zu, als sie seinen Blick auffing. Er steckte sich eine Zigarette an und schaute weg. Doch auch noch danach irrte sein Blick immer wieder zu der jungen Frau in der Menge, als wollte er begreifen, was er mit ihr zu tun hatte.

V

Austern essen

Henri hatte einen Weinkühler, den man auf einen Ständer neben den Eßtisch stellen konnte, eine Tonschale, auf die er die Austern legte, die er mit Seetang und Zitronenstückchen dekorierte, zwei Damastservietten, zwei Weingläser aus Kristall, ein paar Fischteller, altes Silberbesteck – lauter zusammengesammelter Kram. Über dem Herd hingen drei schwarze Bratpfannen, die – ebenso wie der Weinkühler – aus der Konkursmasse eines Restaurants stammten, das zahlungsunfähig geworden war. Mit Messern war er gut ausgestattet, und sie waren alle scharf.

Mitten in der Küche stand ein viereckiger alter Hackklotz. Henri hatte ihn seinem Metzger abgekauft, der den Beruf an den Nagel gehängt und sich gefreut hatte, daß überhaupt irgend jemand dieses Ungetüm haben wollte. Vierzig Jahre lang war auf diesem Klotz gearbeitet worden; in die Oberfläche war eine Mulde gescheuert. Henri hatte den Hackklotz gekauft, weil er ihm in all seiner Plumpheit und Robustheit gefiel, weil es eine »geschäftliche« Angelegenheit war (er konnte ihn schließlich weiterverkaufen) und weil er unterwegs war zu einer neuen Frau, wie er es nannte. Aus irgendeinem Grund schien der Kauf dieses Hackklotzes die Ankunft einer Frau zu beschleunigen.

Es war eine Heidenarbeit gewesen, das Ding hierher zu befördern. Vier Mann waren nötig, um den Klotz in die Höhe zu hieven. Henri hatte einen Lieferwagen gemietet und drei

Freunde zusammengetrommelt. Sie hatten das Ding aus der Metzgerei geschleift und mit dem Wagen abtransportiert, ihn mit einem Flaschenzug an der Vorderseite des Hauses nach oben gezogen und durch die Zimmer ins Hinterhaus gezerrt. Weil der verfluchte Klotz ein paar Zentimeter zu breit war, mußte Henri letztlich sogar noch die Pfosten der Küchentür herausschlagen. Als er endlich an seinem Platz stand und Henri allein war, betrunken, nach Mitternacht, hatte ihn dieses Gefühl beschlichen: daß der Hackklotz etwas mit »einer neuen Frau« zu tun hatte. Ganz allein hatte er ihn dann genau in die Mitte der Küche geschoben. Da stand er nun, unverrückbar, mit Einkäufen beladen.

Lin stand bewundernd vor dem Hackklotz und strich mit der Hand über die Wölbungen des glatten Holzes.

»Buchenholz«, erklärte Henri, »das ist steinhart. Aus lauter kleinen Blöckchen zusammengesetzt, mit der Schmalseite nach oben. Sieht aus wie ein Damebrett, abwechselnd hell und dunkel. Vierzig Jahre lang sind jeden Tag nach der Arbeit das Blut und das Fett abgescheuert worden. So ist die Mulde entstanden.«

Während er die Austern auf die Tonschale legte, lehnte Lin sich vorsichtig mit dem Po gegen den Rand des Hackklotzes, wie um ihn zu testen. Er ließ sich keinen Millimeter bewegen.

Am Tisch, vor dem geöffneten Fenster, betrachtete sie Henris Hände. Um die Linke hatte er ein Geschirrtuch gewickelt, in der Rechten hielt er das Austernmesser. Die Messerspitze glitt am Rand der bizarr geformten Schale entlang, um eine schwache Stelle zu finden, an der sie eindringen konnte. Irgendwo stieß Henri in die Auster und rüttelte dann so lange behutsam, bis er die Schale mit einer einzigen Drehbewegung öffnen konnte. Alles, was er mit den Händen machte, hatte eine anziehende Wirkung auf Lin, weil es ihr stets so einfach und geschmeidig erschien: Auto fahren, Geldscheine von einem Bündel Banknoten herunterschieben oder Austern öffnen. Sosehr sie sich vor dem Anblick seiner kräftigen Füße fürchtete, so gern schaute sie seinen Händen zu. Sie mußte aufpassen, nicht in diesem Hinschauen zu versinken, und warf deswegen ab und zu einen Blick nach draußen. Der Wind hatte sich gelegt; nur die Krone der Kastanie fing noch das Sonnenlicht auf.

Lin hatte noch nie Austern gegessen, sie hatte sie bisher noch nicht einmal so gesehen wie jetzt, in ihrem Perlmutterbett, vom Meerwasser feucht glänzend. Henri stach eine Auster nach der anderen auf, wobei er all seine Handgriffe ungefragt kommentierte – es war klar, daß er von ihr Aufmerksamkeit erwartete. »Schau mal«, sagte er, und sie schaute. »Dann legt man die Auster so hin«, sagte er. »Dann legt man die Auster so hin«, wiederholte sie spöttisch und merkte, daß er das schlecht vertragen konnte.

Schließlich stand eine Tonschale mit vierzehn geöffneten Austern auf dem Tisch. Unter Henris kritischem Blick nahm sie die größte und legte sich den Rand der Schale auf die Unterlippe. Die salzige Flüssigkeit und das weiche Fleisch glitten in ihren Mund, sie biß zu, und zum ersten Mal wurde ihre Mundhöhle vom fettigen, wilden Geschmack einer Auster überwältigt. Sie verschluckte sich beinahe, so viel spielte sich in ihrem Mund ab. Dann schloß sie die Augen. Während sie kaute und schmeckte, sah sie sich plötzlich nackt durch die Gischt eines Meeresstrands rennen, die Arme nach vorne gestreckt, Seetang im Haar, verfolgt von Henri, der ihr die Hände auf die Hüften klatschte, sie zu Fall brachte und mit Zunge und Schwanz in sie eindrang.

Errötend schaute sie Henri an.

»Das hätte ich nie gedacht«, sagte sie ehrlich überrascht, »daß Austern einen so starken Geschmack haben. Das macht mich sofort süchtig!«

Henri war stolz. Er wischte das Austernmesser sorgfältig an dem naß gewordenen Geschirrtuch ab.

Nach einem halben Dutzend Austern und ein paar Gläsern Wein konnte ihr nichts mehr passieren. Ein sanfter Genuß durchströmte ihren Körper, sie fühlte sich leicht. In der Kastanie sang eine Amsel. Im Hintergrund war noch immer das lärmende Gewühle der Stadt zu hören.

Nach einem Augenblick der Stille fragte sie: »Du hast gesagt, daß du sechzehn warst, als du angefangen hast, dich Henri zu nennen. Wie bist du darauf gekommen?«

Henri schaute sie an.

»Du bist ziemlich neugierig!«

Er stand auf und wollte mit dem Kochen beginnen, doch als er sah, daß er sie verletzt hatte, sagte er, er werde es ihr später irgendwann erklären. Er hasse diese typisch weibliche Neugierde. Alles wollten sie von einem wissen, alles aufdröseln, alles entwirren, bis sie genau wüßten, was Sache ist. Sie sei auch nicht anders. Ständig fühle sie ihm auf den Zahn und werde auch in Zukunft keine Ruhe geben, bis sie ihm alles aus der Nase gezogen habe, dessen sei er sich jetzt schon ganz sicher.

In der Küche gab er ihr einen Klaps auf den Po, womit er alles nur noch schlimmer machte.

»Komm, sei lieb, du neugieriges Ding.«

»Warum kannst du meine Frage nicht einfach beantworten?«

»Kann ich schon, will ich aber nicht.«

»Deswegen brauchst du mich aber noch lange kein neugieriges Ding zu nennen!«

»Immer mit der Ruhe, mein Schatz.«

»Ruhe?«

Sie schwieg. Mit rotem Kopf kam sie auf ihn zu und bohrte sich praktisch in seinen Körper. Ihre Arme schlangen sich um seine Taille. Henri spürte ihr Herz heftig klopfen, ein junges, wildes Herz. Er schob eine Hand in ihre Hose und drückte sie an sich. Minutenlang stand sie bewegungslos da, bis sie sich allmählich beruhigte.

»Ich fange jetzt an zu kochen«, sagte Henri, »und du machst, was ich dir sage.«

»Ja«, sagte sie leise, »ich werde alles tun, was du mir sagst.«

Henri nahm die Seezungen aus der Tüte und legte sie sich eine nach der anderen auf die Handfläche, wobei er sie am Schwanz festhielt und umdrehte. »Sind das nicht prachtvolle Biester«, sagte er und drapierte sie nebeneinander auf den Hackklotz.

Lin brauchte nur den Tisch zu decken. In der Küche lehnte sie sich an den Hackklotz. Henri hatte bereits Kartoffeln und Gemüse vorbereitet, den Herd angemacht, zwei Bratpfannen auf das Feuer gestellt und war nun dabei, auf dem Hackklotz die Fische auszunehmen. Anschließend hackte er Petersilie und andere Kräuter. Er war gut organisiert, wie sie sah. Es gefiel ihr, daß der Hackklotz viereckig war und daß er mitten in der Küche stand.

Die Seezunge wurde in zerlaufener Butter mit Petersilie serviert. Sie war zart und sämig und so geschmackvoll, daß Lin sich fragte, was er damit gemacht hatte. Der Salat war frisch, der Fenchel in Weißwein und Butter geschmort, die Soße leckte sie sich von den Fingern, und die mehligen Kartoffeln rutschten ihr so durch die Kehle, wie sie es gerne hatte – und um das alles herum das Bukett des Weines, stark, frisch und leicht fettig, den Henri ihr immer wieder nachfüllte. Es überraschte sie, daß Henri genau so kochte, wie sie es am liebsten mochte – das galt auch für den Salat, was darin war und womit er ihn besprengt hatte –, daß Henri wie sie ein Knoblauchfan war, daß er es nicht gerne kompliziert machte und es schon gar nicht mochte, wenn zuwenig auf dem Teller war, daß er einen Geschmack gerne pur und unverändert beließ. Das alles übte einen beruhigenden Einfluß auf sie aus. Jemand, der so kochte, konnte ihr nichts Böses wollen. Er war nervös, wollte die Oberhand behalten.

Neben ihr stand der Kerzenständer mit den fünf Kerzen, die brannten, obwohl es noch nicht dunkel war. Es war derselbe Kerzenständer, auf den Henri so schmerzhaft gefallen war. Es machte sie verlegen, diesen Kerzenständer zu sehen; trotzdem trug er seinen Teil zu der Magie der Mahlzeit, zu dem Rausch bei, in dem sie sich befand und in dem alles, gut und schlecht, selbst die Erinnerung an jene Nacht, seinen Platz hatte.

Sie erinnerte sich dunkel daran, daß ihr Vater mit den Kartoffeln immer so penibel gewesen war. War das typisch für Friesen? Jedes Jahr ging er sie persönlich bei einem Bauern kaufen, zwei Jutesäcke voll, eine ganz bestimmte Kartoffelsorte aus einem ganz bestimmten Lehmboden – die einzige Sorte, die er essen wollte. Nach dem Kochen mußten sie trocken und locker sein, außerdem so heiß, daß man sie in der Speiseröhre spürte und daß sie einem den Magen wärmten.

Während sie diesen Gedanken nachhing, fragte Henri: »Und worin bist *du* gut?«

Sie hob den Blick. Darauf gab es nur eine Antwort: »Tischtennis.«

Henri schob sich ein Stück Fisch in den Mund und nahm einen Schluck Wein: »Du meinst, du kannst ganz gut Pingpong spielen.«

Er lachte.

Lin lehnte sich zurück. »Stimmt«, sagte sie. »Ich war niederländische Jugendmeisterin, zweimal, und als ich neunzehn war, wurde ich niederländische Meisterin; im selben Jahr gewann ich außerdem die Bronzemedaille bei der Europameisterschaft. Noch besser war ich, als ich vor dieser EM zwei Wochen lang mit chinesischen Spielerinnen trainierte, acht Stunden jeden Tag; das waren nämlich die besten auf der ganzen Welt.«

Als sie fertig war, war sie beinahe außer Atem. Henri schaute sie an, ohne eine Miene zu verziehen. »Ich kann mir nicht vorstellen«, sagte er, »daß du, so wie du jetzt aussiehst, an so einem Tisch hin und her springst.«

»Mach ich auch nicht mehr.«

»Du hast aufgehört.«

»Ja.«

Eine kurze Pause trat ein.

»Aber als ich noch gespielt habe«, fuhr sie fort, »wog ich fünfzehn Kilo weniger, trug die Haare kurz, und mein Gesicht sah so aus.« Sie kniff sich in das errötete Gesicht, zog das Fleisch über die Wangenknochen und drückte es nach innen.

»Durchtrainiert«, sagte Henri.

»So durchtrainiert, wie es nur geht. Mit ganz tiefliegenden Augen. Ein wildes, ausgehungertes Biest hatte ich aus mir gemacht. Wenn ich Fotos aus jener Zeit betrachte, erschrecke ich vor mir selbst.«

»Tut es dir nicht trotzdem leid?«

»Nein.«

»Dann freu dich doch einfach über die fünfzehn Kilo mehr. Aber warum hast du aufgehört?«

»Als ich zwanzig war, habe ich mich mit meinem Trainer zerstritten. Acht Jahre lang hatte ich mit ihm gearbeitet, ihn fast jeden Tag gesehen. Janosz hieß er, er war Ungar. Als ich die paar Wochen in China trainierte, habe ich mir eine Verletzung zugezogen: eine Entzündung in der Fußsohle, um die ich mich damals nicht richtig gekümmert habe, vielleicht sogar absichtlich nicht. Als die Wunde fürchterlich zu eitern begann, konnte ich nicht mal mehr richtig gehen. Während ich mich noch damit herumplagte, verliebte ich mich und beschloß, alles hinzuwerfen. Ich wollte endlich ein normales Leben führen.«

All das erzählte sie in einem beinahe entschuldigenden Ton.

»Wie lange hast du gespielt?«

Henri stopfte sich ein paar Salatblätter in den Mund, an denen Pinienkerne in gelb schimmerndem Olivenöl klebten.

Es interessierte ihn nicht besonders, was sie erzählte, vor allem nicht, weil sie damals so mager gewesen war. Magere Frauen weckten bei ihm Ekelgefühle.

»Angefangen habe ich mit zehn«, antwortete Lin. »Als ich nach Amsterdam kam, nach der Scheidung meiner Eltern, und ich war gleich völlig hin und weg. Als ich zwölf war, hat Janosz mich entdeckt. Er hat mich jeden Tag so richtig durch die Mühle gedreht.«

»Ein Menschenschinder.«

Das Wort erschreckte sie.

»Er war hart«, räumte sie ein, »aber er hatte auch Charme und war sehr intelligent.«

Sie mußte lachen.

»Ich höre sofort wieder seine Stimme mit diesem Akzent: Lien, du wirrst häute gewienen, dös sogt mir main Gefiehl. Wenn du dust, wos ich sog, brauchst kaine Ongst zu hoam vor dieses Mädchen! Du wirrst sie kaputtmoachen!«

Sie lachte, spürte aber, wie die Beklemmung jener Jahre wieder hochkam, und für einen Augenblick waren da auch wieder der Geruch der Umkleidekabinen, der chaotische Rhythmus der klickenden und tockenden Bälle, das Quietschen der Sportschuhe auf dem Hallenboden. Es war ihr noch immer ein Rätsel, wie sie in dieser Welt so weit nach oben hatte kommen können. Sie hatte blind operiert. Bei Tests hatte sich herausgestellt, daß ihr Reaktionsvermögen außergewöhnlich gut entwickelt war. Ihr Körperbau war für Tischtennis nicht ideal, doch das kompensierte sie mit Technik und Spielverständnis; sie konnte das Spiel ihrer Gegnerin rasend schnell analysieren, sie trainierte härter als ihre Altersgenossinnen, und sie spielte mitleidlos. Trotzdem verstand sie nicht, wie sie es so weit hatte bringen können. Nach jedem Spiel war sie wieder genauso verschlossen und verlegen gewesen wie zuvor.

»Nach dieser Verletzung haben sie alles versucht, um mich

wieder zurückzuholen«, sagte sie, nicht ohne Stolz, »der Dachverband, mein Verein, sie haben einen neuen Trainer für mich organisiert, es war Geld da. Aber ich habe aufgehört, und von all den Leuten, die ich damals kannte, habe ich nicht einen wiedergesehen.«

»Und dieser Ungar?«

»Janosz ist mir irgendwann noch einmal über den Weg gelaufen, in der Stadt, auf dem Rokin. Ich bin stehengeblieben, aber er ist weitergegangen, ohne mich zu grüßen. Acht Joar mit dieses Mädchen georbaitet, und alles fir nix. Das hat er bestimmt bei sich gedacht.« Sie lachte wieder. »Manchmal vermisse ich das Ganze trotzdem.«

»Und ein Neuanfang?«

»Unmöglich. Den Rückstand, den ich jetzt habe, kann ich nicht mehr aufholen, und ich bin jemand, der ... Ich gebe mich nicht mit dem zweiten Platz zufrieden.«

Henri zog die Weinflasche aus dem Kühler und leerte sie in ihr Glas.

»Tut mir leid«, sagte sie, »daß ich kein Ende finde.«

Sie starrte ihn kurz an, widerstandslos, und machte sich dann daran, den Rest der Seezunge zu essen. Henri schwieg ebenfalls. Er konnte kaum Interesse für ihre abgebrochene Sportlerlaufbahn aufbringen. So eine fanatische Sportlerin war sie gewesen, die mit dem Fuß auf den Boden stampfte, wenn sie einen Fehler gemacht hatte, die die Faust ballte und in die Luft stieß, wenn sie einen wichtigen Punkt gemacht hatte. Und dann dieses Magere. Er wollte sie so, wie sie jetzt vor ihm saß, wie sie jetzt aussah. Es war, als hätte sie von einer anderen erzählt, einer Schwester, der er noch nicht begegnet war.

Zugleich konnte er nicht leugnen, daß er beeindruckt war. Er saß einer jungen Frau gegenüber, die in ihrer Sportart niederländische Meisterin gewesen war, und das wurde man schließlich nicht einfach so. Aber er konnte ihr das nicht ansehen, diesem naiven Wesen. Außerdem machte es ihn unsicher, daß so vieles in dieser jungen Frau steckte, was für ihn unsichtbar blieb, wovon er auch nicht die geringste Ahnung hatte.

»Aber du hast gefragt, worin ich gut bin«, sagte Lin mit einem scheuen Lächeln, »und eigentlich müßte ich antworten, daß ich in gar nichts gut bin, denn Tischtennis spiele ich ja nicht mehr.«

Sie sagte das, weil sie hoffte, damit seiner spürbaren Verstimmung entgegenzuwirken.

Nach dem Essen ging Henri kurz aus dem Haus, um Zigaretten zu holen. Lin blieb am Tisch sitzen, berauscht vom Wein und von dem Gespräch, und betrachtete die Flüssigkeit, die in den Muschelschalen zurückgeblieben war und das Perlmutt funkeln ließ. Draußen wurde es dämmerig. Die Amsel war verstummt, an der Kastanie bewegte sich kein Blatt mehr. Auf der gegenüberliegenden Straßenseite, unmittelbar neben der dunklen Silhouette des Baums, waren zwei Balkontüren weit geöffnet, im Zimmer hingen drei Figuren zusammengesunken vor dem Fernseher. Auf dem Balkon darunter lehnte ein alter Mann in Hemdsärmeln mit den Ellbogen auf dem Geländer. Er starrte in die Gärten; immer wenn ein Geräusch erklang, hob er den Kopf. Er schaute eine Weile in die Richtung, aus der es gekommen war, und senkte dann wieder den Kopf.

Lin rauchte die Zigarette, die Henri für sie dagelassen hatte; sie war erregt: endlich Veränderung, endlich wurde ihr Leben größer! Sie stand auf, ging langsam in die Küche, wo nur eine einsame Kerze Licht spendete. Sie fuhr mit einer Hand über das Holz des Hackklotzes, nahm eines der geschliffenen Fleischmesser und brachte es immer näher an ihre Fingerspitze heran, bis es ihr kalt über den Rücken lief. Sie öffnete die Schränke, um Henris Sachen zu betrachten und zu sehen, was er alles hatte. Im Badezimmer machte sie sich frisch, löste die Haare, kämmte sich mit Henris Kamm und steckte die Haare wieder auf. Während sie durch das sehr kleine Fenster die Kastanie betrachtete, klingelte das Telefon. Sie ließ es klingeln. Kurz danach klingelte es zum zweiten Mal, nur kurz; gleich darauf rief jemand zum dritten Mal an. Es mußte Henri sein.

Sie rannte nach nebenan und nahm ab.

»Hallo, Schatz. Hör mal, mir ist da jemand über den Weg gelaufen, mit dem ich ins Geschäft kommen kann. Hast du eine Viertelstunde Geduld? Mach eine neue Flasche auf, schalt den Fernseher ein, ich bin gleich wieder da.«

Er hängte auf. Du Gauner, dachte sie. Sie hatte im Hintergrund die Geräusche einer Kneipe erkannt.

Sie kehrte zurück zu ihrem Platz am Tisch. Dort glänzte noch alles: die Gläser, der Weinkühler, die Muscheln, die Teller, die Schale mit den Gräten, die zusammengeknüllten Servietten – alles im Licht der Kerzen. Aber langsam verblaßte nun der Glanz, der über allen Dingen lag. Ihr Rausch ließ ebenfalls nach, und sie spürte eine gewisse Abkühlung. Lin wurde düster zumute. War das Ganze nicht eine große Komödie, ein sinnloses Spiel, ein Spiel, in dem sie beide Gefangene des jeweils anderen waren?

Nach einer Dreiviertelstunde kam Henri zurück. Er hatte kein Geschäft gemacht. Er hatte in einer Kneipe gestanden, und immer war ein hämisches Lächeln auf seine Lippen getreten, wenn er an sie gedacht hatte, an diese Extischtennismeisterin bei sich in der Wohnung. Ein wunderliches Haßgefühl hatte von ihm Besitz ergriffen – und eine Zufriedenheit, als hätte sie es verdient, daß er so lange wegblieb. Jetzt, da er die schmale Treppe zu seiner Wohnung hinaufstieg, spürte er plötzlich Bedauern und Ärger.

Lin hörte, wie die Haustür ins Schloß fiel, sie hörte Schritte auf der Treppe, das Geräusch eines Schlüssels, der ins Schloß gesteckt wurde, das Kratzen von Metall auf Metall. Ihr Herz raste.

»Hallo, Lin.«

»Hallo.«

»Wieso sitzt du denn hier im Dunkeln, Kleines? Es hat doch nicht etwa zu lange gedauert?«

»Ging schon. Ich habe mir deine Wohnung etwas genauer angeguckt.«

Henri schwieg.

»Geschäft abgeschlossen?«

»Wird sich zeigen.«

Henri machte Licht in der Küche, schaltete im Zimmer die Stehlampe und die Wandlampen neben den Spiegeln an und machte sich dann daran, den Tisch abzuräumen, eine Zigarette im Mundwinkel, Rauchfahnen hinter seinem sich schnell bewegenden Körper. Lin versuchte, ihre Erstarrung abzuschütteln. Umschalten, dachte sie, du mußt umschalten, blöde Kuh. Sie half ihm. In der Küche bot sie sich zu einer Umarmung an, aber er merkte es noch nicht einmal, so sehr war er damit beschäftigt, zurückzukommen.

Langsam entstand wieder etwas.

Henri zeigte ihr Aufnahmen von der Bohrinsel, auf der er arbeitete, Hunderte von Kilometern nördlich von Texel. Es waren große, farbige Hochglanzabzüge. Ein mit ihm befreundeter Fotograf – »mein bester Freund«, sagte Henri – hatte sie im Rahmen einer Fotoreportage über Bohrinseln für eine Wochenzeitschrift gemacht. Sie sah Henri zusammen mit anderen aus einem Hubschrauber steigen, seine Haare gepeitscht von den Druckwellen der Rotorblätter, sich instinktiv bükkend – er schaute grimmig drein. Auf einem anderen Foto sah er mit zwei anderen zu dem Versorgungsschiff hinunter, das in der Tiefe bei einem der Stützpfeiler der Bohrinsel in den Wellen stampfte. Ein paar Männer in leuchtend gelben Anzügen, schlammbespritzt, Helme auf dem Kopf, standen neben dem Bohrkragen, der Tausende von Metern tief in den Meeresboden gerammt wurde.

»Das ist die gefährlichste Stelle«, sagte Henri, »aber dort arbeite ich nicht.«

Sie sah ihn kniend, seine Züge hinter einem Gesichtsschutz verborgen – und erkannte ihn an seinem Körper, jener Haltung, die so viel Stärke ausstrahlte. Henri im Speisesaal, gemeinsam mit anderen Männern am Tisch. Henri in seiner Kajüte, auf der unteren von zwei Kojen. Auf fast allen Fotos, auf denen er zu sehen war, schaute er grimmig oder mürrisch drein. Sie machte ihn darauf aufmerksam.

»Ach, das habe ich nur gemacht, um Alex zu ärgern.«

»Den Fotografen.«

»Ja, Alex Wüstge heißt er. Er ist ziemlich bekannt. Ich kenne ihn seit meinem zwölften Lebensjahr. Er wohnte damals ein paar Häuser weiter. Sein Vater arbeitete auf derselben Werft wie meiner. Hier, noch ein paar Werbeprospekte.«

Er faltete eine großformatige Luftaufnahme der Bohrinsel auseinander, die aus einem Hubschrauber heraus gemacht worden war. Auf ihren schwarzen Stützpfeilern, an denen sich braune Roststreifen nach unten zogen, stand die Plattform in einem schäumenden und dunkelblauen Meer, gelb und rot, mit dem Bohrturm auf einer der Ecken.

»Das sieht spannend aus«, sagte Lin. »Schöne Farben.«

»Das Meer langweilt einen schnell. Das ist nichts Besonderes. Und man hat sowieso keine Zeit, es sich anzuschauen.«

Henri erzählte ihr erst mehr von seiner Arbeit, als sie ihn danach fragte und die Fotos noch einmal durchsah: daß er immer abwechselnd zwei Wochen auf See und zwei Wochen an Land sei, daß er auf der Bohrinsel im Schichtdienst arbeite, wer sein Chef sei, der da; wer sein bester Kumpel sei – ein Norweger, den er manchmal zu Hause besuche und der ihm letzten Winter

Skilanglauf beigebracht habe. Daß in der Nähe seiner Bohrinsel noch ein paar andere stünden, die, ähnlich wie ein Teil des Rotterdamer Hafens, nachts wie Christbäume beleuchtet seien, daß die leuchtende Plattform Vögel anlocke, manchmal Tausende, so viele, daß es nach Vögeln rieche, wie in einer Voliere. Daß alles wackele, wenn gebohrt werde, daß man bei einem Sturm spüren könne, wie die Wellen gegen die Stützpfeiler schlagen, daß die Arbeit gut bezahlt sei, daß man bei den warmen Mahlzeiten zwischen drei Fleischgerichten wählen könne und daß Alkohol verboten sei.

»Aber letzteres ist für mich nicht schlecht«, sagte er.

Lin schaute ihn an. Küßt du mich, fragte sie ihn mit den Augen, und er tat es. Auf einmal roch sie wieder diesen würzigen und bitteren Geruch, wie von verkohltem Holz.

»Sag du mir, was ich tun soll.«

Sie hatten zu Bluesmusik getanzt, eng aneinandergeschmiegt, sie ein wenig größer als er, und sie waren im vorderen Raum neben dem eisernen Bett gelandet. Henri hatte die Lampen ausgemacht und war mit dem fünfarmigen Kerzenständer in der Hand zurückgekehrt (wie im Film, dachte sie bei sich), den Kerzenständer mit den flackernden Kerzen hoch in die Luft haltend (als würde er durch ein großes, dunkles Haus streifen), und hatte ihn dann auf den Boden neben das Bett gestellt, genau an dieselbe Stelle wie beim ersten Mal.

»Zieh dich aus.« Seine Stimme klang ein wenig heiser.

»Willst du mich nicht ausziehen?« Sie ging einen Schritt auf ihn zu. Henri schüttelte den Kopf und öffnete ein paar Knöpfe seines Hemdes. »Du hast gesagt, du würdest tun, was ich dir sage.«

»O ja!«

Noch nie hatte er eine Frau so schnell aus ihren Kleidern steigen sehen. Vornübergebeugt zog sie zuerst die Schuhe aus.

Dann öffnete sie ihre Hose und zog sie, zusammen mit dem Slip, die Beine herunter. Einen Augenblick später hatte sie die Hände zwischen den Schulterblättern zusammengeführt und löste den Verschluß ihres BHs, und mit der sich daran anschließenden Bewegung kreuzte sie die Arme vor der Brust, zog Bluse und BH über den Kopf und warf auch die auf den Boden. Zwei Haarklammern wurden herausgenommen, und zum Schluß schüttelte sie mit schräg gelegtem Kopf die Haare auseinander.

Für Verführungskünste blieb keine Zeit. Sie ging ohne Umwege auf ihr Ziel los.

Henri mußte schlucken, als sie mit ihrem warmen Körper auf ihn zukam. Am meisten beeindruckt war er von den vollen Haaren, die ihr über die linke Schulter fielen. Ihr glänzendes Gesicht und diese Haarpracht auf der einen Seite ihres Kopfes. Alles, was außerhalb des Raums war, verschwand. Auch den Raum selbst nahm er nicht mehr richtig wahr, eher wurde ihm etwas Zeitloses bewußt: daß eine Frau schon unzählige Male so auf einen Mann zugekommen war. Als sie vor ihm stand, legte er eine Hand auf die fleischige Stelle oberhalb ihres Steißbeins – es war eine Stelle, die seine Hand immer suchte – und zog sie zu sich heran.

Lin legte die Hände auf seine Hüften und stellte sich mit den Füßen auf seine Stiefel. Henri schaute nach unten und sah, daß ihre Füße ebenso breit waren wie ihre Hände.

»Kannst du gehen, wenn ich auf deinen Füßen stehe?«

Henri ging im Zimmer auf und ab, während Lin auf seinen Füßen stand und sich an ihm festhielt. An den Wänden und an der Decke begleitete die beiden ihr eigenes Schattenbild. Lin lachte leise und schaute nach unten, auf Henris Stiefel und ihre eigenen Füße: wie sie hochgehoben wurden und dumpf wieder auf den Boden kamen. Sie spürte, wie sich die Muskeln auf seinem Rücken unter ihren Fingern bewegten. Henri ging im

Zimmer auf und ab und brachte sie zum Bett, wo er sie auf der zum Wandschirm hin gelegenen Seite ablegte. Willig ließ sie sich auf der dunkelroten Steppdecke zurückfallen, die sich kühl anfühlte. Ihr linker Fuß berührte noch den Boden, der andere lag auf dem Bett. Henri stand zwischen ihren Beinen.

»Einen Moment.«

Er verschwand ins Badezimmer.

Entspannt und berauscht lag sie da und wartete; sie spürte ihre aufgerichteten, geschwollenen Brustwarzen und bewegte beinahe unmerklich – dafür aber um so spürbarer – das Becken. Plötzlich dachte sie daran, daß jetzt überall um sie herum Menschen miteinander schliefen; wie sie es häufiger tat, so stellte sie sich auch jetzt entsprechende Szenen vor: die nackten Körper in den dunklen und halbdunklen Zimmern, träge Beine, saugende Münder, das Keuchen und Flüstern und Stöhnen, Frauen, die ihre Schenkel öffneten, nasses Schamhaar, Brüste, die zur Seite glitten, Schweiß auf fetten Männerrücken. Überall wurde es getan, überall schliefen Leute miteinander. Sie wollte dazugehören, und ihr Herz begann zu pochen, weil sie wußte, daß sie gleich dazugehören würde, zu diesem Meer miteinander schlafender Paare, zum Normalen. Sie hörte Henri kommen. Er ging auf bloßen Füßen. Im Kerzenschein sah sie seine behaarte Brust.

Sie lag noch genau so da, wie er sie abgelegt hatte, mit dem linken Fuß auf dem Boden, und schaute ihn an, als hätte sie geschlafen: mit glänzenden und leeren Augen. Henri blieb neben dem Bett stehen. Er küßte sie und zuckte zusammen, als sie mit den Händen seinen Rücken berührte.

»Du hast so einen süßen Geschmack im Mund«, sagte er.

In seinem Mund fand sie den Geschmack von Zigarettenrauch, das sagte sie aber nicht. Sie sagte nichts mehr.

Henri schob eine Hand in ihr Schamhaar, einen dichten, dunklen Schopf, und sah, daß eine leichte Behaarung auf ihren

Oberschenkeln weiterlief, die in ihrer ganzen Breite auf dem Bett lagen. Mit dem Daumen legte er sie offen (wie er das nannte), und hingerissen von dem, was er fühlte, zog er einen Fingerknöchel durch den nassen Spalt. Danach drückte er den Handrücken dagegen, um diese behaarte Feuchtigkeit überall zu spüren. Mit dem Daumen öffnete er sie noch weiter. Lin, die sich mit den Ellbogen aufgestützt hatte, sah zu und dachte an die Daumen und die schmutzigen Fingernägel eines spanischen Bauern, der ihr gezeigt hatte, wie man die Haut einer reifen Feige öffnet, um sie auszusaugen; sie stöhnte – ihre Mundhöhle fühlte sich leer und unbenutzt an – und starrte die breiten Nägel von Henris Daumen an, die sie streichelten. Sie bewegte das Becken in seine Richtung, sie wollte in seinen Mund.

Endlich begann Henri, sie zu lecken. Sie ließ sich nach hinten fallen, in eine rote Hügellandschaft, während sie die Augen schloß, und streichelte sich selbst die Brustwarzen mit leichten Berührungen der Handflächen. Es kollerte in ihrem Magen, und sie schämte sich, doch nicht lange, denn Henris Zunge war vom Feinsten. Immer tiefer schien seine Zunge, seine schnüffelnde Schnauze in ihren Körper einzudringen. Sie hob den linken Fuß, ertastete seinen Oberschenkel und fand sein Geschlecht, unter das sie ihren Fuß schob. Es reichte ihr bis zum Gelenk und war warm. Mit den Zehen drückte sie seinen Hodensack fest nach hinten. Danach bewegte sie den Fuß langsam an seinem Geschlecht hin und her.

Henri spürte ihren Fuß. Es war, als täte sie es im Halbschlaf, so verträumt, so außer sich. Lin hielt sich an den Stäben hinter ihrem Kopf fest, bewegte den Fuß unter dem warmen, sanften Gewicht, sie streckte sich, sie stöhnte, und etwas, das sich nicht aufhalten ließ und sie mitriß, begann zu strömen; sie wollte sich jetzt beeilen, los, mach schon, und es strömte noch stärker, sie wurde noch heftiger mitgerissen und ließ sich gehen.

Als sie kam, fing sie an zu weinen. Im Nu waren ihre Wangen

naß. Sie glänzten in dem schwachen Licht. Henri schob sie nun ganz aufs Bett, stand auf Händen und Knien über ihr und küßte ihre nassen Wangen, ihren klatschnassen Mund. Sie schmeckte ihren eigenen Mösensaft. Ihre Tränen, die Weichheit ihres Körpers erregten ihn noch mehr. Er schob einen Arm unter ihre Taille und zog sie auf dem Bett nach unten. Sein Geschlecht war fast schmerzhaft steif und wippte zwischen seinen Oberschenkeln auf und ab. Er krümmte die Zehen um die Eisenstangen, an denen er sich schon so oft abgestützt hatte, und drang mit derselben Sorgfalt, mit der er die Austern geöffnet hatte, in sie ein. Er war überrascht von der Glut in ihr. Wie davor auch hatte Lin sich wieder mit den Ellbogen aufgestützt, um sehen zu können, »wie es aussah, wenn er in ihr kam«; sie schluchzte noch leise vor sich hin.

»Machst du es mir?« sagte sie mir ihrer verlockendsten Kinderstimme, »machst du es mir?«

Sie schaute ihn an und sah, wie sein Blick zur Seite glitt. Henri drang tiefer in sie ein. Das eiserne Bett gab ein schwaches, federndes Geräusch von sich, das ihr ebenso fröhlich und provokativ wie gediegen und beruhigend vorkam – gefickt werden, genau so mußte sich das anhören! Henri spürte ihre Glut. Zuerst stützte er sich auf seine Fäuste, die in Höhe ihrer Achseln auf der roten Steppdecke lagen, doch dann legte er sich auf diesen warmen, fleischigen Körper. Jetzt war sie überall um ihn herum.

Im Dunkeln und unter der Bettdecke lagen sie still nebeneinander, auf der Seite, Henri mit einem Knie zwischen ihren Oberschenkeln, an ihre Feuchtigkeit gedrückt. Er streichelte sie, er wollte noch einmal, aber nach einer Weile blieb seine Hand ruhig liegen. Eine immer größere Ruhe ergriff ihn. Er streichelte sie zwar noch kurz, doch diese plötzliche, ungeahnte Ruhe war verführerischer als ihr Körper. Er probierte noch einmal diesen süßen Geschmack in ihrem Mund, er drückte noch einmal seine Brust an ihre Brustwarzen, doch dann glitt er in etwas weg, das sich immer weiter ausdehnte. Bilder des zurückliegenden Tages, der letzten zwei Wochen auf dem Meer, kehrten zurück, außerdem etwas, das ihn quälte; aber es kam ihm unwichtig und klein vor und löste sich in der sich immer mehr ausdehnenden, immer tieferen Ruhe auf, die ihn davontrug.

Lin war hellwach.

Als sie spürte, daß Henri einschlummerte, begann sie ihn sanft zu streicheln. Es war ein zögernder Streifzug, den ihre linke Hand auf seinem Körper unternahm, diesem Körper, der zwei Wochen lang wie ein Phantom bei ihr gewesen war. Zuerst betastete und streichelte sie seine Ohren. Sie untersuchte die Festigkeit seiner Haare. Sein Gesicht wagte sie kaum zu berühren. Sie streichelte seinen Rücken, behutsam um die Stellen herum, wo die Haut verbrannt war. Sie zog sein Knie tiefer zwischen ihre Oberschenkel, drückte es fester an ihr nasses Schamhaar.

Henri lag reglos da und fühlte ihre Hand über seinen Körper gleiten. Schon lange, schon seit Jahren hatte er keine solche Ruhe mehr verspürt.

»Tschüs, Henri«, flüsterte sie, »tschüs, mein lieber Koch.« Resolut hob sie seinen Kopf etwas an, um den rechten Arm darunterzuschieben, damit er auf ihrer Schulter liegen konnte.

»Hey.«

Henri wollte aufwachen. Sie legte ihm eine Hand auf die Stirn.

»Schlaf ruhig. Wir haben genug Zeit.«

Hellwach schaute sie sich in dem dunklen Zimmer um: die geknickten Lichtstreifen an der Decke und auf der Schiebetür, die Umrisse des Wandschirms, die Eisenstäbe am Fußende, das Rennrad vor dem Fenster. Sie spürte Henri, sie spürte sich selbst, endlich so berührt, wie sie sich das schon so lange gewünscht hatte. Sie schloß die Augen und sah das Dorf und den breiten Ee, auf dem sie einmal eine Tjalk mit weit geöffneten Segeln gesehen hatte, den Gemüsegarten und den Schuppen mit den Werkzeugen, das Frühbeet, ihren Vater, der mit ihr spielte und sie über den Schilfgürtel hinweg ins Wasser warf, seinen Wagen, ihre Mutter mit einem blauen Auge, den Tag, an dem diese mit ihren beiden Töchtern das Dorf verlassen hatte. Sie sah die Vespuccistraat mit den graziösen Ginkgos, den Weg zur Sporthalle, von Straßenecke zu Straßenecke, ihre Tasche mit dem Trainingszeug, Janosz und Ausschnitte einzelner Spiele, die jungen chinesischen Frauen, die sie schwer beeindruckt hatten, die Monate nach dem Bruch mit Janosz, die sie in einem Lagerhaus an der Oostelijke Handelskade verbracht hatte, Marcus und die Wanderung über die spanischen Hochebenen, den uralten Olivenbaum, dessen Zweige von gabelförmigen Ästen gestützt wurden, die ihrerseits in Steinhaufen steckten, die Flugzeuge auf dem nächtlichen Flughafen in Schiphol, die Routine des Reinemachens, die Gesichter in dem Kleinbus, der sie abholte und wieder zurückbrachte, den ersten Blick auf ihre leerstehende Wohnung, den Star Shop; und jetzt lag sie hier im Dunkeln neben einem atmenden Mann. Ungewollt, ungeplant zogen die Erinnerungen an ihr vorbei, als wollte ihr Leben sich ihr plötzlich offenbaren.

Nach einer Weile verlor sich diese berauschende Klarheit. Sie spürte Henri wieder neben sich. Ihre Hand glitt zu allerlei Stellen an seinem Körper, um sie zu befühlen, zu seinem feuchtwarmen Geschlecht, um es wieder anschwellen zu lassen. Sie wollte noch einmal mit ihm schlafen. Sie spürte ihn, und sie spürte sich selbst: ihren keuchenden und flehenden Körper. Doch Henri schlief wie ein Bär.

VI

Veränderter Körper

Ihr Körper kam ihr an diesem Morgen verändert vor. Während sie auf die Straße trat und durch das Viertel hindurch zur nächsten Straßenbahnhaltestelle ging, fiel es ihr nach und nach auf: Ihr Körper wirkte leichter und lockerer, runder und anmutiger, und er war plötzlich so präsent, daß sie beinahe erschrocken wäre. Sie spürte bei jedem Schritt ihre Brüste, zwischen ihren Oberschenkeln dampfte es noch immer von dem gerade erst Genossenen, und auf dem Rücken stand ihr noch der Schweiß, der bei der letzten Umarmung aus den Poren gesprungen war. Sie ging schnell und verwegen und fand es schade, so schnell an der Haltestelle anzukommen. Wenn sie Zeit gehabt hätte, wäre sie die ganze Strecke zur Arbeit zu Fuß gegangen, um ihren Körper in all seiner herrlichen, unbekümmerten Bewegung fühlen zu können.

Sie stieg in den ersten Wagen der Straßenbahn und ließ sich auf irgendeinen Sitz fallen. Ihr Blick glitt zu den Sitzreihen auf der rechten Seite, fünfter Sitz von vorne, wo sie am liebsten saß. Er war frei. Aber es mußte nicht sein. Sie schaute hinaus und genoß die neue Route durch die Stadt. Immer wenn sie an Henri dachte, senkte sie den Blick und wurde rot. Ihre Handflächen waren noch voller Erinnerungen an seinen Körper, es war, als könnte sie ihn immer noch fühlen. Auf dem Rokin schaute sie zu dem Gebäude hinüber, in dem ihre Mutter arbeitete, etwas, was sie für gewöhnlich vermied (allein schon dadurch, daß sie sich für einen Platz auf der anderen Seite der Straßenbahn entschied). Jetzt hätte sie vor diesem Eingang aus blinkendem Panzerglas gerne ihre Mutter gesehen, mit einemmal ihre Gestalt, mitten in der Stadt, zwischen den Passanten – um die Distanz zu spüren.

Nachdem sie ausgestiegen war, versuchte sie, ihre Munterkeit ein wenig in den Griff zu bekommen, sich in ihr Schnekkenhaus zurückzuziehen, aber sie wußte nicht so richtig, wie sie verbergen sollte, was sie so fühlbar ausstrahlte.

Ach, du bist eben endlich mal wieder richtig gut gebumst worden, hielt sie sich selbst vor Augen, und das war auch schon alles, davon kannst du ausgehen; er hat bekommen, was er wollte, und du auch, und jetzt malst du dir vielleicht noch alles mögliche aus, aber heute abend wirst du schon ganz anders darüber denken. Es waren Gedanken, wie sie eher zu Yvonne Wijnberg paßten, die sie kurz darauf vor dem Laden antraf. Yvonne kramte mit den für sie typischen temperamentvollen Bewegungen in ihrer Handtasche herum. Chadia stand daneben und schaute ihr zu.

»Halli, hallo, mein Schatz.«

»Hallo, Yvonne.«

»Hast *du* wenigstens gut geschlafen, Mädel?«

»Ich schon, du etwa nicht?«

»Bei uns war letzte Nacht Ball der Hengste.«

»Na, Hauptsache, du hast nicht darunter gelitten.«

Irgendwo auf dem Boden ihrer Handtasche klirrte ein Schlüsselbund. Ächzend ging Yvonne in die Knie, um das Vorhängeschloß des Rolladens zu öffnen. Lin sah, wie sich ihre Oberschenkel in einer engen schwarzen Hose aufblähten, sie sah den Spalt zwischen Yvonnes Brüsten, sie roch ihr Parfüm – und plötzlich widerte sie das alles an. Die mit ihrem ewigen Ball der Hengste, dachte sie, wenn die wüßte, woher ich gerade komme! Vor noch nicht ganz einer Dreiviertelstunde hatte sie in Henris

Badezimmer gestanden, Henris warmen Schwanz in der Hand, während er es ihr mit den Fingern besorgt hatte; fast ohne sich zu bewegen, hatten sie eng aneinandergeschmiegt dagestanden, und kurz bevor sie selbst gekommen war, hatte sie auf einmal sein Sperma in einem Bogen über ihren Unterarm spritzen sehen.

Yvonne Wijnberg richtete sich auf. Aufreizend langsam ging der Rolladen in die Höhe. Die Chefin des Star Shop schaute Lin an, die sich ziemlich verlegen Chadia zugewandt hatte. Mit ihrem erzneugierigen Blick hatte Yvonne der jungen Frau gleich angesehen, daß irgend etwas anders war als sonst, sie wußte nur noch nicht, was.

Die Arbeit tat Lin gut. Sie fand sich selbst in einer vertrauten Gestalt wieder, und danach verlangte sie jetzt: nach etwas Vertrautem. Gemeinsam mit Chadia packte sie im Lager eine Partie Jacken aus und hängte sie an die Ständer. Indem sie in diesen Routinebewegungen aufging, konnte sie ihr Geheimnis wahren. Doch im Büro hinter dem Lager, wo sie allein war, kam alles wieder hoch, und ihr Gesicht begann unwillkürlich zu glänzen. Sie arbeitete mit wüster Energie. Rasend schnell gab sie Daten in den PC ein und hämmerte auf die *Enter*-Taste: *Enter, Enter, Enter* – als wollte sie selbst in irgend etwas eindringen, als wollte sie selbst Neuland betreten. Oder wollte sie nur hämmern, um die Unsicherheit für immer loszuwerden? Im Lager vergrub sie das Gesicht in einer Herrenjacke und fuhr mit der Zunge über die scharfen, kalten Zähne des Reißverschlusses. Auf der Toilette durchwühlte sie mit den Fingern ihr Schamhaar, um nachzusehen, ob er darunter vielleicht eine Schramme hinterlassen hatte.

Am frühen Nachmittag hing sie ein wenig durch. Sie stand an ihrem angestammten Platz im hinteren Teil des Ladens und konnte ein Gähnen kaum unterdrücken. Yvonne sah, wie sich ihr Unterkiefer verzog.

»Ist es etwa doch spät geworden gestern?«

»Du bist vielleicht neugierig.«

»Na, na.«

»Warst du etwa mit deinem Ball der Hengste nicht zufrieden?«

»Hast du aber auf einmal eine große Klappe, mein Schatz.«

Kurz vor Ladenschluß fürchtete Lin, daß Henri sie im Laden abholen oder draußen auf sie warten könnte. Am liebsten wollte sie jetzt allein sein. Kaum stand sie vor der Tür, setzte sie sich die Sonnenbrille auf und stürzte sich in die Menge; sie rannte durch die Gasse zum Damrak und stieg in die erstbeste Straßenbahn, die an der Haltestelle vorfuhr.

Erst als sie ihrer Freiheit gewiß war, überließ sie sich ihren Träumen. Sie lächelte und schaute auf ihre Oberschenkel hinab, die sie beinahe unmerklich zusammenpreßte, immer wieder, bis sie davon ganz weich wurde; sie steckte eine Hand in ihre Tasche und befühlte die Austernschale, die sie mitgenommen hatte, die rauhe Außenseite und die glatte Innenseite. Als sie nach Hause kam, hatte sie das Gefühl, zwei Tage weggewesen zu sein.

Nach dem Essen legte sie sich aufs Bett und starrte unaufhörlich lächelnd vor sich hin.

Was sich heute morgen abgespielt hatte, ließ alles andere in den Hintergrund treten. Trotz eines ganzen Tages im Laden, trotz des Wirbels aus Gesichtern und Gestalten, war es ihr noch immer gegenwärtig und lebte nun wieder auf, als wäre es erst vor einer Stunde geschehen. Sanft preßte sie die Oberschenkel zusammen.

Sie waren sich im Badezimmer begegnet. Sie hatte bereits geduscht, hatte aber ihre Unterwäsche vergessen und war zurückgekommen, um sie zu holen. Henri trocknete sich gerade ab, einen Fuß auf dem Rand der Badewanne, und schaute sie an, ebenso mürrisch wie verlegen. Auf einmal wurde sie wie von einer Welle ergriffen und zu ihm getragen. Sie streichelte seine Seite, berührte seine Brust mit ihren Brustwarzen und küßte ihn auf den Mundwinkel. Henri stand reglos da, den Fuß noch immer auf dem Rand der Badewanne. Dann berührte sie seinen langen Pimmel, nahm ihn in die Hand und spürte, wie er anschwoll. Henri sagte nichts. Er ließ sie streicheln und kneten und drücken, bis er es nicht mehr aushielt, sie nicht zu berühren, und seine Finger zwischen ihre Oberschenkel schob.

Sie bewegten sich kaum und sprachen nicht.

Sie sah ihn vor sich stehen, still und nackt, die Augen geschlossen, neben dem Kopf das kleine Fenster und draußen die Kastanie im Morgenlicht. Sie spürte die frische Luft, die ihr übers Gesicht und die Schultern strich, sie hörte ihre immer tieferen Atemzüge und deren leichtes Echo in dem gekachelten Raum. Als sie beinahe soweit war, schaute sie nach unten, zu ihren zitternden und zuckenden Beinen, seiner wühlenden Hand, und kurz bevor ihre Augen sich schlossen, sah sie durch die Wimpern auf einmal sein Sperma in einem weißen Bogen über ihren Unterarm spritzen, schnell wie eine Eidechse.

Sie war ihm im Badezimmer begegnet, und plötzlich war es still geworden, und es war geschehen, wonach sie, ohne sich dessen bewußt zu sein, stets suchte.

Mit einem Sprung verließ sie das Bett.

Auf der Straße merkte sie wieder, wie sich ihr Körper verändert hatte, er hatte jetzt etwas Kokettes an sich, wollte gesehen werden. Noch nie war sie darauf aus gewesen, gesehen zu werden, eher im Gegenteil; doch jetzt wollte ihr Körper genau das, und sie hatte nichts mehr zu sagen. Er schritt keck aus, mit einem Hintern, der gestreichelt und umfaßt worden war, mit Augen, die geküßt, Händen, die bewundert worden waren, und Brüsten, die immer wieder den Blick eines Mannes auf sich gezogen hatten.

Im Park betrachtete sie die Jogger und die dunklen Schweißflecken in ihren T-Shirts. Ein vorbeitrabender Junge lenkte ihre Aufmerksamkeit auf sich, weil sein Gang etwas von dem Marcus' an sich hatte, aber auch, weil er sie angeschaut hatte und verlegen geworden war. Sie hätte ihn gerne gestreichelt und ihm einen heruntergeholt, am Fuß einer dieser enormen Ulmen, versteckt im Gebüsch, sie hätte ihn gerne mit einer sanften, allzu sanften Berührung seines geschwollenen Ständers gequält, der ihm beinahe weh tat und der vor Lust wippte – so wie sie Henris Ständer hatte wippen sehen, bevor er in sie eingedrungen war.

Von selbst erreichte sie jenen Ausgang des Parks, von wo aus sie zu dem Café gelangte, in dem sie Henri zum ersten Mal gesehen hatte. Sie versuchte sich selbst zu bremsen, ging dann aber doch die Treppe zur Toilette hinunter. In dem breiten Flur neben dem Zigarettenautomaten und den leeren Kästen konnte sie es nicht lassen, einen verstohlenen Blick auf den Türpfosten zu werfen, an den Henri sich damals gelehnt hatte. Doch sofort riß sie die Augen wieder von dieser Stelle los, erschrocken, als würde sie durch die Rückkehr an diesen Ort einen Kreis schließen und ihre Geschichte mit Henri zu früh beenden.

Sie war bereits mehr als eine Stunde unterwegs, als sie sich dem Fluß näherte. Dort begann sie plötzlich auf sich selbst einzureden, dort kam der zynische Geist von Yvonne Wijnberg über sie. Schaut sie euch an, sagte sie höhnisch, schaut sie euch nur an. Kaum ist diese Schnecke mal wieder so richtig gut gebumst worden, bildet sie sich gleich der Himmel weiß was ein. Schaut sie euch an! Dem ersten besten will sie sich an den Hals werfen, so gut hat er es ihr gegeben, so geil ist sie. Kleine Hure! Traumtänzerin! Ach Mädel, ach mein Schatz, komm mal wieder runter, bleib auf dem Teppich. Er hat gekriegt, was er wollte, du auch, und das war's, wirklich, du kannst mir glauben. Und wenn du noch mal willst: Laß dann doch ihn den ersten

Schritt machen. Aber du wirst sehen: Er kommt nicht, er wird sich hüten, denn du bist ihm zu jung.

So ging sie unter den Bäumen am Fluß entlang. Die Wasseroberfläche war glatt, lag fast ohne das geringste Kräuseln da. Eine Zeitlang blieb sie vor dem Gebäude des Rudervereins stehen und beobachtete die Ruderer, die ihr Boot aus dem Wasser hoben, es auf die Schultern hievten und dann mit kurzen, aufeinander abgestimmten Schritten zum Bootshaus gingen. Das mit Hochglanzfarbe lackierte Boot wurde auf Stützböcke gelegt, kieloben, und mit einem Tuch trockengerieben. Das hätte sie auch gerne getan: so ein Boot mit einem Tuch trockenreiben, bis es glänzte, und es anschließend an seinen Platz in einer der Stellagen an der Wand bringen, dann auch noch die Ruder, alles an seinen Platz.

Mit klopfendem Herzen ging sie über die Brücke. Sie hatte sich nicht gewaschen, fiel ihr ein, sie hatte noch dieselben Sachen an wie heute morgen und wie gestern. Vom gegenüberliegenden Ufer aus schaute sie zurück zu dem Gebäude des Rudervereins, wo nun die Lampen an waren, und hinauf in den dunkelnden Himmel über der Stadt. Immer noch klopfte ihr Herz. Kehr um, dachte sie, stell dich nicht an. Sie ging weiter und sah bereits den Türpfosten mit den Bohrlöchern der verschwundenen Namensschilder vor sich. Sie fragte sich, was sie sagen sollte, doch noch bevor ihr etwas eingefallen war, sah sie ihn auf der gegenüberliegenden Straßenseite entlanglaufen, die Hände in den Taschen versenkt.

Henri überquerte die Straße. Als er nur noch wenige Meter von ihr entfernt war, schaute er zur Seite. Doch dann gab er sich einen Ruck und kam unverzagt auf sie zu.

Teil Zwei

I

Zerknüllte Banknoten

Am Samstag nachmittag kam Henri von seiner Arbeit auf der Bohrinsel zurück, und am Abend holte er sie ab.

Lin hatte auf ihn gewartet. Nach dem Duschen hatte sie Kleidungsstücke und alles andere, was sie in den nächsten beiden Tagen brauchen würde, in einen kleinen Koffer gepackt. Unter ihren Kleidern lag eine Lappenpuppe, die sie irgendwann auf der Straße gefunden hatte und die so klein war, daß nur der Kopf, die steif ausgestreckten Arme und die Füße zu sehen waren, wenn sie sie in der Hand hielt. Das Püppchen war ihr Talisman geworden. Jahrelang hatte es sie zu jedem Tischtennisspiel begleitet.

Immer hatte sie ein Geschenk für Henri dabei. Sie kaufte ihm Sachen zum Anziehen, er selbst hatte dafür kein Gespür. Wenn sie allerdings mal etwas anderes für ihn besorgt hatte, hatte sie immer alles falsch gemacht: Sie hätte in den und den Laden gehen sollen, da bekomme man so etwas schließlich billiger, es war zu groß oder zu klein oder zu teuer, er hatte es schon oder hatte es gerade weggegeben – ihm war immer sofort anzusehen, daß sie etwas Falsches gekauft hatte. Darum beließ sie es bei Kleidungsstücken. Sie wußte, was ihm stand, und brauchte nicht lange zu suchen. Mit wundersamer Leichtigkeit suchte sie genau die Hemden, Jacken und Hosen aus, die zu ihm paßten – mit derselben Leichtigkeit, mit der Henri genau das kochte, was ihr schmeckte, oder mit der sie miteinander schliefen. Schon bald fand sie auch die Sachen für ihn, die aus ihm den Mann machten, der er sein wollte – kein Schweißer auf einer Bohrinsel. Ein für allemal hatte sie in seinen Augen ihren guten Geschmack unter Beweis gestellt, als sie im Ausverkauf zwei Anzugwesten für ihn ergattert hatte. Über einem schönen und weiten Hemd getragen, standen sie ihm ausnehmend gut und verliehen ihm genau jene lässige Eleganz, um die er andere beneidete und die er nachzuahmen versuchte.

Jedesmal wenn sie ihren Koffer packte, stopfte sie ein ungewaschenes T-Shirt von Henri mit hinein. Es hatte in ihrem Bett gelegen, damit sie ihn während seiner Abwesenheit wenigstens riechen konnte.

Gegen acht Uhr hörte sie die Hupe seines Wagens. Lin war wie eine Feder, die aufsprang. In einer einzigen fließenden Bewegung gelangte sie aus dem Zimmer in den Flur, wo sie ihren Koffer nahm, durch die Tür und die Treppe hinunter, und jetzt erst zügelte sie sich selbst wieder – denn nach aller Träumerei kam nun wieder die Realität aus Henris Arbeitsalltag mit Messern, Vorschlaghämmern und hinterlistigeren Folterwerkzeugen auf sie zu, wie sie instinktiv spürte. Doch kaum hatte sie die Haustür geöffnet und Henri in seinem halb auf dem Bürgersteig stehenden Wagen entdeckt, verlor sie den Kopf. Gleichzeitig wollte sie aber auch nicht verlegen wirken und lief unverzagt auf den Wagen zu. Die Beifahrertür wurde aufgestoßen.

»Hallo, Schatz.«

Mit einem kurzen Blick versuchte sie, Henri einzuschätzen, das heißt, das Ausmaß seiner Erschöpfung, das Ausmaß seiner Verschlossenheit. Sie bemerkte das Neue an ihm: Schuhe, die sie nicht kannte, ein Hemd, das sie ihn noch nie hatte tragen sehen. Sie schob den Koffer auf den Rücksitz und ließ sich auf den Beifahrersitz fallen. Dann kam sein schneller Blick, ein Mund, der ihr vorläufig nicht viele Rechte einräumte. Als sie sich zur

Seite beugte, um die Tür zu schließen, traf sie ein Stoß in den Rücken – er fuhr mit Vollgas los.

»Mensch, Henri!«

Er sagte nichts.

»Kannst du denn nicht einen Moment warten?«

Henri war total fertig. Vierzehn Tage lang hatte er in einer Fabrik gelebt, in der nonstop gearbeitet wurde, in der das Zittern des Stahls unter seinen Füßen und das Dröhnen der Maschinen nie aufhörten. Die Tage waren lang geworden. Als er Lin über den Bürgersteig auf seinen Wagen hatte zugehen sehen, war er aufgelebt, doch aus seiner Verschlossenheit konnte er nicht mir nichts, dir nichts ausbrechen. Er hatte aussteigen wollen, um ihr den Koffer abzunehmen und ihn in den Kofferraum zu legen, hatte es aber nicht getan. Als sie eingestiegen war, hatte ihn ihr brüskes Auftreten gestört. Vielleicht war er deshalb angefahren, bevor sie die Tür hatte zumachen können.

Irgendwo in der Wibautstraat nahm er ihre Hand, die warm und abweisend war.

»Hey, Kleines.«

Sie schaute weg, ließ die Hand aber, wo sie war. Langsam rückte sie von ihrer abweisenden Haltung ab. Mit dem Daumen streichelte sie die breiten, starken Nägel seiner Hand.

Eine halbe Stunde später lagen sie im Bett. Während sie sich aneinander festsaugten, schlüpften sie aus den Kleidern. Henri zog sie auf dem Bett nach unten, suchte mit den Füßen Halt am Eisengestell und fickte sie. Lin machte es sich selbst, um zusammen mit ihm zu kommen. Nach ein paar Minuten war es schon wieder vorbei. Schwer atmend blieb Henri auf ihr liegen. Beide fühlten sie ihre dröhnenden Herzen. Dann sprang er vom Bett auf. Was er an Kleidung noch am Leib hatte, zog er aus und warf alles mit einem Jauchzen auf den Boden.

»Endlich wieder zu Hause!«

Er schaute zu Lin, die sich aufgerichtet hatte, um ebenfalls die letzten Kleidungsstücke abzulegen und die Haare zu lösen. Er konnte sich nicht an ihr sattsehen, wenn sie sich auszog.

»Kommst du?« fragte sie. »Wir sind noch nicht fertig.«

Sie schob die Bettdecke in Richtung Fußende, um auf dem Laken liegen zu können. Da lag sie nun mit aufgefächerten Haaren, voller Anmut.

»Bin gleich wieder da.«

In der Küche stürzte Henri einen Whiskey hinunter, um »runterzukommen«. Er spürte, wie erschöpft er war, und zugleich, wie sein Körper noch mehr aufgeputscht wurde. Er nahm einen Schluck aus der Flasche. Aus der Flasche zu trinken gab ihm das Gefühl, er wäre am Saufen, hemmungslos, und das tat ihm gut. Er nahm noch einen Schluck und blieb bei dem Hackklotz stehen, die Hände auf dem glatten, gewölbten Holz. Er wußte, daß Lin auf ihn wartete.

Schließlich kehrte er zurück.

»Was hast du so lange gemacht?«

Wortlos legte er sich neben sie und zog sie an sich, ein Knie zwischen ihre Schenkel schiebend. Sie lagen bewegungslos da, die Augen geschlossen. Für Lin war dies der Augenblick, an dem sie wieder »zusammenkamen«. So lange wie möglich wollte sie ihn spüren.

Gegen neun betraten sie das »Da Claudio«. An den Abenden von Henris Rückkehr aßen sie immer in diesem Restaurant. Dinge, die gut waren, wollte Henri immer gern wiederholen, sie zu einer Gewohnheit machen und diese Gewohnheit beibehalten; in dieser Beziehung konnte er sehr hartnäckig sein. Lin hatte nichts dagegen. Sie mochte Wiederholung und Regelmaß, sie wußte, daß sie in einem festumrissenen Leben blühte und gedieh. In der Zeit, die sie für den Hinweg brauchten, befanden sie sich in einem Zustand äußerster Einmütigkeit.

Das Restaurant lag ein paar Straßen entfernt. Es war einer dieser Italiener, bei dem Korbflaschen an der Decke hängen, wo die Wände übersät sind mit touristischen Plakaten des Landstrichs, aus dem der Besitzer stammt, wo hinter der Theke eine Ansammlung von Farbfotos hängt, auf denen der Besitzer in vertraulichen Posen mit seinen Gästen zu sehen ist und die zum Teil mit Unterschriften versehen sind, und wo die Wand an der Kasse mit Banknoten aus der ganzen Welt beklebt ist. Das Restaurant war klein, knapp bemessen. Henri ging schon seit Jahren dorthin, da das Essen gut war; nirgendwo sonst in der Stadt bekam man ein so herrliches Vitello tonnato wie hier.

Auch Lin hatte Claudio, einen hochgewachsenen Italiener mit allerbesten Manieren, allmählich schätzen gelernt. Er war nicht aufdringlich, sondern ruhig und freundlich und schien immer bester Laune zu sein, obwohl er schwer arbeiten mußte, um den Kopf über Wasser zu halten. Nachdem er Henri begrüßt hatte, gab er auch ihr die Hand und küßte sie auf die Wange, nur einmal, was sie für viel stilvoller hielt als die drei nachlässigen Küsse, die andere Männer ihr gaben, links-rechts-links. Noch mehr als dieser eine, stilvolle Kuß beeindruckte sie sein Händedruck, die Leichtigkeit, mit der ihre Hände ineinanderglitten und ineinander paßten. Jedesmal war sie davon berührt: von diesem vollendeten und auch beinahe begierigen Ineinanderschieben ihrer Hände.

Hinter der Theke stand Anna, seine etwas verhuschte und mürrische holländische Frau, mit der er vier noch junge Kinder hatte. Lin winkte ihr zu, mit einem leichten Schuldgefühl wegen der so leicht ineinandergleitenden Hände. Anna winkte zurück. Claudio lotste das Paar zu einem Tisch; er brachte den Wein, den sie gerne tranken, öffnete die Flasche und schwätzte ein paar Takte mit ihnen. Kurz darauf kamen die Pasta, dampfend heiß, und danach bekam Henri das Kalbfleisch in Thunfischsauce, auf das er so verrückt war.

Als Henri merkte, daß Claudio Lin faszinierte und sie öfter zu ihm hinüberschaute, erzählte er ihr, als ihm das eines Abends zu weit ging, daß Claudio seine Frau mit einem jungen Ding betrog. Es stimmte, was er sagte – sie hörte es seiner Stimme an. Ihre erste Reaktion war, daß sie nie mehr einen Fuß in dieses Restaurant setzen wollte. Wie sei es nur möglich, daß er so etwas tue, dieser ruhige und freundliche Mann, wie sei es nur möglich, daß er so eine liebe Frau betrüge, mit der er schließlich vier Kinder habe, und was habe diese Person davon, was finde sie nur an ihm, warum müsse es unbedingt ein verheirateter Mann sein, und warum könne er seinerseits nicht die Finger von ihr lassen, und schließlich: Woher nehme er um Himmels willen die Zeit?

»Daß sie nichts merkt«, sagte sie erstaunt.

»Sie will es nicht wissen«, antwortete Henri, »und darum sieht sie es nicht.«

»Ich würde es merken, verlaß dich drauf. Wenn mir ein Mann so etwas antun würde, würde ich es merken.«

Doch schon während sie das sagte, war sie sich nicht mehr sicher.

»Du könntest genausogut jemanden verraten. Jeder hat das in sich. Mit einem guten oder schlechten Charakter hat es nichts zu tun. Es passiert einfach«, meinte Henri.

»Ich würde das keine Woche lang aushalten.«

»Betrug macht gerissen, mein Liebes.«

Obwohl sie Claudio nun für ein »Schwein« und einen »Heuchler« hielt, kam sie nach wie vor in sein Restaurant, da Henri keinen Grund sah, nicht hinzugehen, und auch nicht auf sein Vitello tonnato verzichten wollte. Aber als sie Claudios Hand erneut so mühelos in die ihre gleiten fühlte, erschrak sie; es lief ihr eiskalt den Rücken hinunter, und sofort klappte etwas mit dem stilvollen Kuß nicht. Es entging Claudio nicht, daß ihre Sympathie abgekühlt war. Seine Begrüßung wurde nachlässig, er war fortan mit den Gedanken woanders, und eines Abends »vergaß« er sogar seinen Kuß. Das verletzte sie. Trotz allem. Und so entstand die Figur, daß sie einen Mann verabscheute, weil er seine Frau betrog, sich zugleich aber nach ihm sehnte und sich sogar darum bemühte, daß dieser Mann, der ihr außerhalb seines Restaurants nichts bedeutete, sie wieder galant, freundschaftlich und für alle sichtbar begrüßte.

Nach der Mahlzeit bei Claudio ließen sie sich stets von einem Taxi in die Innenstadt bringen. Es wurde dann gerade dunkel, nach einem langen Sommerabend, und meistens war es warm. Sie trug ein Kleid, sie spürte ihre aneinanderliegenden nackten Schenkel, sie sah ihre Schuhe auf dem Boden des Taxis stehen, sie sah aus den Augenwinkeln Henri, der sich schweigend zurückgelehnt hatte und noch immer damit beschäftigt war, zurückzukehren; wie im Rausch sah sie die Stadt vorbeigleiten, und erregt dachte sie: Jetzt, es passiert jetzt, alles passiert nur jetzt.

In der Innenstadt besuchten sie Cafés und Tanzlokale. Immer waren dort Männer, die Henri auf die Schulter schlugen, Frauen, die ihn auf den Mund küßten und mit einer einzigen Körperbewegung verrieten, daß sie ehemalige Geliebte waren. Die Männer waren nett zu ihr. Die Frauen musterten sie von oben bis unten, und sie beantwortete diese Blicke mit ihrem Berufslächeln oder einem schreckhaften Starren. Henri half ihr, das alles zu überstehen, er stellte sie links und rechts vor; den Arm um ihre Taille gelegt, hielt er sie in seiner Nähe, er war stolz und wollte sie überall präsentieren.

Wie sie früher einmal das Spiel einer Gegnerin rasend schnell hatte analysieren können, so gelang es ihr jetzt im Nu, seine Freunde und Bekannten einzuordnen, sich selbst einen Platz zu erobern und sich bei ihnen beliebt zu machen. Henri staunte über das Tempo, mit dem sie trotz ihrer nicht zu übersehenden Verlegenheit die Personen in seiner Umgebung kennenlernte, und noch mehr darüber, was sie nach einem einzigen Treffen über sie zu sagen wußte. Mal erfüllte ihn das mit Stolz, mal flößte es ihm Angst ein: Diese kleine Hexe, dachte er dann, in null komma nix hat sie überall die Finger im Spiel, alles will sie wissen, und sie wird keine Ruhe geben, bevor sie nicht die Zügel fest in der Hand hat, aufgepaßt, das ist eine Kämpfernatur.

Einen Sommer brauchte Lin, um sie kennenzulernen, auf den Terrassen der Cafés entlang der Gracht, wo die Kellner die leeren Biergläser ineinanderschoben, bis ein Rüssel aus Gläsern an ihren Schultern lag, an eine Theke gelehnt, mit den Lippen ganz nah an einem Ohr, auf dem Tanzboden, in den Toiletten, wo sie mit den Frauen zusammenstieß, mit denen Henri sein Bett geteilt hatte, an den Taxiständen und in den Taxis, die sie von hier nach dort brachten, in den Häusern, in denen die Partys – oder was es auch war, das dort stattfand – noch Stunden weitergehen würden. Handwerker waren es, die nebenher in der Innenstadt Apartments sanierten, der Fotograf Alex Wüstge, dessen Blick ihr überallhin folgte, ein Mann, der mit klassischen Fahrzeugmodellen handelte, ein Bühnenbildner, ein Beleuchter von einer Filmfirma, eine Designerin von einer Zeitschrift für Innenarchitektur, eine Frau, die in einem Kino arbeitete, eine junge Mitarbeiterin aus der Werbeabteilung einer Zeitung, ein zwielichtiger Antikmöbelhändler und noch ein paar andere Typen, die irgendwelchen Geschäften nachgingen, ein Baum von einem Mann, der Chef einer Firma für Werkzeugverleih war, eine Frau, die in Nachtklubs tanzte und manchmal »auf Tournee« ging, eine Friseuse, eine über fünfzigjährige Schlampe, die sich ins Grab trank, eine Zigarre rauchende Frau, die sich als »jüngste Witwe der Niederlande« bezeichnete (ihr Mann hatte Selbstmord begangen), eine junge Frau, die für Modeschöpfer Kleidungsstücke nähte, ein bereits ergrauter und ewig stoppelbärtiger Mann, der in einem staubigen Laden afrikanische Masken verkaufte, ein Journalist von einem Klatschblatt, und noch zwanzig andere.

Henri kannte viele Leute, doch mit Ausnahme von Alex Wüstge kam ihn selten jemand zu Hause besuchen. Er galt als netter und freigebiger, aber nicht gerade pflegeleichter Mensch – das merkte sie durchaus. Beiläufig erkundigte sie sich nach seiner Vergangenheit mit Frauen, erfuhr aber nicht mehr als das bißchen, was er ihr selbst schon erzählt hatte: Er hatte mit zwei Frauen zusammengewohnt. Die eine hieß Kit, die andere trug den klangvollen Namen Amanda. Nie begegneten ihr diese Frauen. Sie schienen aus seinem Leben verschwunden zu sein.

Im Laufe des Abends wurde Henri immer ungezügelter. Nach Mitternacht begann er, Wildfremde anzusprechen, nach zwei Uhr fing er an, Leute zu provozieren und Streit zu suchen – wenn er zuviel getrunken hatte, wurde er aggressiv. Wenn sie in der Morgenröte mit dem Taxi durch die leeren Straßen nach Hause fuhren, legte er sich entweder mit dem Fahrer an oder starrte mürrisch aus dem Fenster. Zum letzten Mal zog er den Stapel zusammengefalteter Banknoten aus der Tasche, schob einen oder zwei Scheine herunter, knüllte sie zusammen und drückte sie dem Fahrer in die Hand. Das Geräusch der zuknallenden Autotüren hallte in der ruhigen Straße wider. Der Gedanke, mit ihm hinaufzugehen, stieß sie ab.

Kaum zu Hause angekommen, platzte es aus ihm heraus. Unter den Leuten, denen sie begegnet waren, gab es immer jemanden, der ihm übel mitgespielt hatte. Anfangs glaubte sie seine Geschichten, doch bald dämmerte ihr, daß er mißtrauisch war und sich Dinge einbildete, daß er das, was er gehört oder gesehen hatte, verdrehte, daß irgend jemand den Kopf hinhalten mußte. Sein Gesicht glänzte vor Schweiß, seine sonst so klaren hellblauen Augen waren trübe. Er trank Whiskey aus einem protzigen Glas, er spielte sich auf. Henri fühlte sich verkannt, er fühlte sich eigentlich immer verkannt, wie ihr klar wurde. Jeder Versuch, ihn zu beruhigen, machte das Ganze nur noch schlimmer.

Letzten Endes war sie es, die den Kopf hinhalten mußte. Sein Mißtrauen richtete sich dann gegen sie. Immer wußte er, mit wem sie sich gut unterhalten hatte, mit wem sie Spaß gehabt hatte, wen sie nett zu finden begann. Ein paar Bemerkungen genügten, um sie in die Falle zu locken. Sie tendierte darüber hinaus dazu, keinerlei Gegenwehr zu leisten, ausgerechnet dann, wenn sie ihn zähnefletschend auf sie zukommen sah. Sie wußte es selbst: daß sie ihm genau, aber auch wirklich haargenau das zur Antwort gab, was sie angreifbar machte, sie sah es kommen, sie fühlte die falsche Antwort in sich aufsteigen und konnte nicht verhindern, daß sie ihr über die Lippen kam. Sie verhalf ihm zu seiner Beute. Hatte er sie erst einmal verletzt, dann ging sie ihrerseits zum Angriff über. Sie stritten sich. Henri regte sich dabei manchmal so auf, daß er sie schlug.

Sie entdeckte, daß sie bessere Chancen hatte, seiner Wut und seinen Schlägen zu entgehen, wenn sie nackt war, als könnte sie ihn durch den Anblick ihres schutzlosen Körpers besänftigen. Aber es gehörte Mut dazu, sich auszuziehen, wenn er in seiner bedrohlichen Haltung vor ihr stand. Am schwersten fiel es ihr, die Schuhe auszuziehen, als wäre sie erst ohne Schuhe, barfuß, vollkommen wehrlos.

Sie entdeckte außerdem, daß sie imstande war, nackt, eine in aller Hast mitgenommene Hose und Bluse in der Hand, seine Wohnung zu verlassen. Im Treppenhaus schlüpfte sie schnell in ihre Kleider. Henri schrie ihr etwas hinterher, bevor er die Tür zuknallte. Sie ging hinaus und lief auf bloßen Füßen zum Fluß, wo sie die Sonne rot, still und kolossal über den Häusern auftauchen sah. Anfangs hatte sie Angst wegen der Glasscherben und des Unrats, beruhigte sich dann aber allmählich und wurde zu guter Letzt von Stolz erfüllt, weil sie es wagte, barfuß über das Straßenpflaster zu laufen, diese Stadthaut aus Stein und Asphalt.

Henri war still und verschämt, wenn sie zurückkam und wortlos ins Bad ging, um sich die Füße zu waschen. Er kam hinter ihr her und bot sich an, den Schmutz von ihren Sohlen zu schrubben. Plötzlich kehrte sich alles um: Seine Abscheu verwandelte sich in Zärtlichkeit, seine Verachtung in Bewunderung. Er schaute sie an, wie sie auf dem Rand der Badewanne saß. Das war nicht irgendeine junge Frau – sie war eine, die nackt die Wohnung verließ, auf bloßen Füßen einen Spaziergang durch die Stadt machte und anschließend wieder zurückkam! Der Schmutz der Straße hatte sich bereits tief in die Hornhaut an ihren Füßen eingegraben. Sie wunderten sich beide darüber, wie tief er bereits saß. Sie zog sich aus. Warmer Dampf stieg aus dem Wasser auf.

Aber häufig landeten sie auch unversöhnt im Bett. Unversöhnt konnte Lin nicht schlafen. Nachdem sie eine Weile abgewartet hatte, sagte sie im Flüsterton: »Henri? Henri, Liebling, wollen wir das Ganze vergessen?«

Er schwieg.

»Bitte, Liebling, können wir uns nicht wieder versöhnen?«

Behutsam begann sie, ihn zu streicheln, weiterhin flüsternd und bettelnd. Sie nahm sein Geschlecht in die Hand. Sobald sie fühlte, wie es anschwoll, zog sie sanft, aber eindringlich daran, um ihn dazu zu bewegen, mit ihr zu schlafen. Er drehte sich weg und schlief ein.

Lin lag wach da. Das erste Licht kroch durch den Spalt im Vorhang. Aus den Gärten kam der Gesang der Vögel. Sie weinte, geräuschlos, und wußte nicht, was sie tun sollte. Sie beugte sich zu ihrem Koffer hinunter, der neben dem Bett stand, und fand unter ihren Kleidern die Lappenpuppe. Sie küßte sie und hielt sie in der Hand. Oft dachte sie an einen dicken Mann mit Overall, den sie einmal vor einer Autowerkstatt hatte stehen sehen, mit schwarzen Händen und verklebten Haaren, und erinnerte sich daran, wie er sie traurig und so hungrig angesehen hatte, daß sie unwillkürlich stehengeblieben war, als müßte sie sich ihm an Ort und Stelle hingeben. Das hatte kaum eine Sekunde gedauert. Dann war sie weitergegangen. Später hatte sie oft an ihn zurückgedacht. Sie sah ihn, wie er mit zwei Plastiktüten voller Einkäufe die Treppenstufen zu der Etagenwohnung hinaufstieg, in der er wohnte, allein natürlich, und wie er die Tüten auf die Anrichte stellte und alles auspackte. Manchmal war sie bei ihm in der Küche. Sie quälte ihn. Er ließ sie gewähren. Manchmal ging sie mit ihm ins Bett, weil er das so gerne wollte, und das brachte sie fertig, trotz seines Bauches und seiner klammen Haut und trotz seiner Häßlichkeit, weil sie ihn so süß fand, so überwältigend süß. Sie versuchte, dieses Gefühl von überwältigend süß in sich wachzurufen, wie groß es war, wie überwältigend, und wie es sie in die Lage versetzte, mit ihm ins Bett zu gehen.

Schließlich glitt ihr Bewußtsein in einen Dämmerzustand hinüber. Sie konnte die Welt, in der sie umherschweifte, vorübergehend verlassen. Sie fühlte, wie der Schlaf sich näherte. Betrübt drehte sie sich auf die Seite, von Henri weg. Kurz bevor sie einschlief, fiel ihr gerade noch ein, die Puppe in den Koffer zu legen, so daß niemand sie sehen konnte.

II

Ein normales Leben

Im Auto, auf dem Weg zum Strand, vergaß sie nach und nach die Unannehmlichkeiten der vergangenen Nacht. Henri hatte Dampf abgelassen. Von dem Falschen und Dämonischen, das irgendwo in ihm hauste, war nichts mehr zu spüren. Er war erschöpft, und wenn er erschöpft war, war er immer süß. Falls er sie geschlagen hatte, hatte er sich bei ihr entschuldigt. Und sie, sie hegte wieder Hoffnung.

Sie mochte seinen Fahrstil. Jede Kurve, jedes zügige Anfahren oder starke Abbremsen, jede Bewegung des Wagens empfand sie als Äußerung seiner selbst, als Äußerung seines Temperaments, und sie fühlte sich mitgerissen von seinem Tempo, seiner Entschlossenheit. Außerdem mochte sie den Wagen, der eine Delle in einer der Türen und im Inneren ein Durcheinander und somit etwas Unbekümmertes an sich hatte. Auf dem Boden lagen leere Dosen herum, auf dem Rücksitz Werkzeug, ein Overall und Arbeitsschuhe, auf der Hutablage Regenschirme und Zeitschriften, die sich in der Sonne aufrollten. »Warum räumst du den Wagen nicht mal auf?« rief sie manchmal, und es juckte sie in den Fingern, selbst damit anzufangen, aber sie war froh, daß er es dann doch nicht tat.

Im Wagen, so gekonnt gesteuert, auf dem Weg zum Meer, fühlte sie sich leicht und hoffnungsvoll. Sie hatte sich zu Henri hingedreht, ein Bein unter sich auf den Sitz gezogen, und sie wollte reden, vertraulich mit ihm reden, nachdem sie einander zwei Wochen lang hatten entbehren müssen.

»Willst du nicht was erzählen, Henri?«

»Erzähl du.«

»Nein, du.«

Henri seufzte. Warum wollten Frauen immer reden? Warum mußten sie immer quasseln? Noch nicht einmal, wenn sie im Park joggten, keuchend und japsend, legten sie eine Pause ein. Lin redete sogar noch beim Zähneputzen.

»Darüber, daß ich so ein tolles Geschenk von dir gekriegt hab«, sagte er.

»Ja, zum Beispiel.«

»Nun, ich hab also … Mensch Meier! Arschloch! Ja, und dann auch noch den Vogel zeigen!« Henri drückte wild auf die Hupe. »Wo war ich stehengeblieben? O ja, ich hab also ein Hemd von meinem Schatz gekriegt, das ich sofort angezogen hab und das ich jetzt also anhab, sozusagen während ich im Auto sitze und nach Castricum fahre.«

»Weiter.«

Henri drückte sich die Sonnenbrille fester auf die Nase. Weil er so stark schwitzte, rutschte ihm das Ding ständig herunter. Die Augäpfel taten ihm weh, als würde jemand mit den Daumen draufdrücken.

»Mehr, Henri.«

»Mehr hab ich nicht zu erzählen, Schatz.«

Eine Zeitlang fiel ihm wirklich nichts ein, müde, von Natur aus schweigsam. Schweigsamkeit löschte alles aus, was er hätte erzählen können. Dann legte er ihr eine Hand auf den Oberschenkel und fragte mit seiner einschmeichelndsten Stimme: »He, darf ich dich etwas Intimes fragen?«

»Nicht, wenn du so schleimig tust.«

Henri tat, als zögerte er. »Ach, vielleicht ist es auch zu intim, zu früh, um dich das jetzt schon zu fragen.«

Er wollte die Hand wegziehen, aber sie klemmte sie sich zwischen die Schenkel.

»Etwas über uns?«

»Etwas über früher.«

Henri schwieg.

»Wer mich entjungfert hat oder so?«

Er war zu erstaunt, um es abzustreiten: Genau das war es, was er sie hatte fragen wollen. Lins Herz fing an zu pochen – daß sein Besitzanspruch bereits so weit reichte! –, und sie konnte ein triumphierendes Lächeln nicht unterdrücken.

»Ich glaube, du wärst gerne der erste bei mir gewesen.«

»Sind wir heute wieder schnell von Begriff.«

»Etwa nicht?«

Henri zog seine rechte Hand zwischen ihren schweren zusammengepreßten Oberschenkeln hervor, und sie ließ es zu. Erneut schob er die Sonnenbrille auf der Nase nach oben. Er bekam allmählich Durst.

»Wer war es?«

»Er hieß Marcus.«

»Marcus.«

Der Name schien ihm zu gefallen. Er sah einen kräftigen Burschen vor sich, jemanden, mit dem er sich identifizieren konnte, jemanden wie sich selbst – und nicht den mageren und ungeschickten jungen Mann, der er in Wirklichkeit gewesen war.

»Als ich zwanzig war«, fügte Lin hinzu.

»Davor nie einen Freund gehabt?«

»Vor lauter Tischtennis kam ich nicht dazu. Und mein Trainer war dagegen.«

»Mit viel Blut?«

»Ziemlich viel. Hast du noch nie ein Mädchen entjungfert?«

»Mir ist nie eine begegnet, die noch Jungfrau war.«

»Schade, daß ich mich nicht für dich aufgehoben habe.«

Henri spürte, daß er einen Steifen bekam: Langsam glitt sein

Pimmel den Oberschenkel entlang nach oben. Er machte sich lang, die Hände auf das Lenkrad gestützt, die Arme durchgestreckt, und gähnte.

»Darf ich deine Hand wieder haben?«

Wieder schob Henri ihr die Hand zwischen die Oberschenkel. Lin dachte an Marcus. Sie vermißte ihn nicht mehr. Sie erinnerte sich an das erste Mal mit ihm, daran, wie sie sich auf dem Rücken liegend aufgerichtet hatte, um alles zu sehen und auch um ihn wegschieben zu können, wenn es zu sehr weh tun würde. Sie mußte daran denken, während sie Henris Handgelenk streichelte und seine Schlagader unter ihren Fingerspitzen klopfen fühlte. Den Blick auf die Fußmatte des Wagens und die dort herrschende Unordnung gerichtet, auf das Loch in dieser Fußmatte, versuchte sie, den einst so großen Schmerz um Marcus noch einmal in sich wachzurufen. Aber es gelang ihr nicht. Er war nicht mehr da.

Kaum war Lin am Strand, zog sie die Schuhe aus. Nie wartete sie damit auch nur eine Sekunde. Gleich die Schuhe aus. Sie schlug die Hosenbeine ein paarmal um. Kurz darauf ging sie barfuß durchs Wasser, das hauchdünn über den Sand lief. Henri folgte ihr und schaute sie an. Sie vor dem Hintergrund des Meers zu sehen gab ihm immer »ein besonderes Gefühl«; er konnte es nicht erklären, aber er sah sie gerne gehen, während hinter ihr das Meer lag und die Wellen sich überschlugen und brachen.

»Soll ich die Taschen tragen, Liebling?«

Auf dem Strand hörte er auf einmal, wie klar ihre Stimme war, und sah, wie offen ihr Gesicht war. Seine vorigen Freundinnen hatten immer ihn alles tragen lassen, sie aber nahm ihm oft mehr als die Hälfte der Sachen ab. Er sah auch gern, wie stark sie war. Es machte ihr nichts aus, zwei schwere Taschen zu tragen, und selbst dann hatte sie noch genug Reserven, um mit staksigen Füßen vor einer ausströmenden Welle wegzurennen.

Sie gingen, bis sie die lange Reihe der Umkleidekabinen am Fuß der Dünen hinter sich gelassen und einen leeren Abschnitt des Strandes gefunden hatten. Henri fand es unnötig, so weit zu laufen, »Menschen aus dem Weg zu gehen«, wie er es nannte; Lin aber war gern an einem leeren Strand. Außerdem wollte sie nicht »die ganze Zeit« das Gefühl haben, beobachtet zu werden.

Henri baute den Windschutz auf.

Im Abstellraum auf Henris Dachboden hatte Lin zwischen allerlei dort eingelagerten Sachen den Windschutz entdeckt, ein altmodisches Ding. Sie hatte ihn an dem Sack erkannt, der mit einem Stück Schnur zugebunden war, und mit letzter Sicherheit an dem leisen Klirren der Aluminiumrohre im Innern. Er hatte sie an früher erinnert, an die breiten Strände der Westfriesischen Inseln, wo sie mit ihren Eltern und ihrer Schwester gewesen war, an das Schleppen durch den Sand, an das Sonnenlicht, das so gleißend war, daß man die Augen zusammenkneifen mußte. An ihren Kinderkörper hatte er sie erinnert, daran, wie dieser sich angefühlt hatte – sie wußte es noch genau. An ihren Vater mit seinen langen blonden Haaren, die ihm ins Gesicht geweht waren, während er den Windschutz mit Heringen im Sand verankert hatte.

Jetzt war es Henri, der den Windschutz aufbaute. Er steckte die Aluminiumrohre zu Ständern ineinander und schob diese anschließend durch die ausgeblichene rote Plane hindurch und mit der Spitze in die Schlaufen. Lin hielt mit ausgebreiteten Armen zwei der vier Ständer fest, drückte sie in den Sand. Über die Plane hinweg schaute sie zu Henri: wie er auf einem Knie im Sand hockte, die Leinen spannte und die Heringe mit dem Gummihammer einschlug.

»Schau mal«, sagte sie, nachdem der Windschutz zum ersten Mal aufgebaut worden war, und deutete auf den Beutel, der auf den Stoff aufgenäht war, »das ist der Beutel für die Armbanduhr. Da mußt du deine Uhr reinstecken.«

Sie lachte fröhlich. Offenbar fand sie das lächerlich. Sie selbst trug keine Armbanduhr.

Sie ging auch sofort ins Meer – in ihrem Badeanzug, wenn Leute in der Nähe waren, und nackt, wenn niemand zu sehen war. Henri sah sie zum Wasser gehen, die Schultern leicht nach hinten gezogen, verlegen, weil sie sich beobachtet fühlte. Sie brauchte nicht lange, um sich an die Wassertemperatur zu gewöhnen. Henri wußte, daß sie mindestens zwanzig Minuten lang drinbleiben würde, in einem aufmerksam und fast scheu ausgeführten Tanz aufgehend, wenn die Wellen »normal« waren, und in einem wilden und lachenden Kampf, wenn sie hoch und heftig waren, und daß sie erst wieder herauskommen würde, wenn sie nicht mehr konnte.

Mit den Händen grub Henri eine Mulde in den Sand, bis er auf eine kühle Schicht stieß, in die er Dosen mit Bier und Mineralwasser legte. Nachdem er um jede einzelne Dose einen Faden gebunden hatte, schüttete er die Mulde wieder zu. Auf dem Sand legte er die Enden in regelmäßigen Abständen nebeneinander: gelb für Mineralwasser, rot für Bier.

Er schaute zu Lin, die sich von den Wellen emporheben ließ und dabei die Arme ausbreitete. Noch immer drängten sich ihm Erinnerungen an die Wochen auf der Bohrinsel auf; stärker waren sie als die Ereignisse einer einzigen Nacht. Mehr als an die Leute dort mußte er an die Plattform selbst denken, an die fünfundsiebzig mal zwanzig Meter, das Deck, den Wind, die Treppen, den Bohrturm am Rand, die Pumpen, die Geräusche, wenn ein neues Stück auf den Bohrkragen aufgesetzt wurde, die Arbeiten, die er ausgeführt hatte. Während er hier im Sand lag und sein Mädchen betrachtete, fraß sich der enorme Meißel durch die Erdkruste, einen halben Meter pro Stunde, bis er bei einer Tiefe von vier Kilometern angekommen wäre. Es war, als würde sein Körper die Erinnerung an die Arbeit festhalten und noch immer die Spannung produzieren, mit der er gearbeitet hatte.

Endlich stand er auf.

Wie ein Fußballspieler, der beim Betreten des Platzes die Schnur am Bund seiner Hose noch einmal löst, enger zieht und neu knüpft, den Bauch eingezogen, den Brustkorb vorgestreckt und die Beine leicht gespreizt, als wollte er gleichzeitig auch seine edlen Teile ordentlich zurechtlegen, so ging Henri ins Wasser, die Schnur am Bund seiner Badehose lösend und neu knüpfend. In seinen jungen Jahren war er rechter Verteidiger gewesen.

Im Meer blieb er für sich.

Lin winkte ihm zu. Ihr Gesicht war noch sanfter als sonst, widerstandslos, genau so, wie es aussah, wenn sie miteinander geschlafen hatten. Er winkte nicht zurück, sondern stürzte sich mit einem seitlichen Sprung in die Wellen und schwamm auf sie zu.

»Hallo, Liebling!«

Schwer atmend wischte sie sich die nassen Haare aus dem Gesicht.

»Hallo, Lin.«

Sie wollte jetzt nur noch eins: daß er sie hochhob, die Hände um ihren Hintern, so daß sie die Beine um seine Taille und die Arme um seinen Hals legen könnte, und daß er sie dann – während sie ihm so nah war, naß und schwer atmend, die Lippen an seinem Ohr, die Brüste an ihn gepreßt – durch die Wellen trug und daß die Wellen sie beide hochhoben.

Aber sie wußte, daß er das nicht wollte.

»Gut für deinen Kater«, rief sie.

Unwillkürlich kam sie doch näher heran, mit den Füßen stieß sie sich vom Boden ab, so daß sie wie der Schwimmer einer Angel im Wasser auf und ab hüpfte, und manchmal, wenn sie nackt war, drückte sie die Brüste für ihn in die Höhe und lächelte mit schräg gelegtem Kopf. Aber Henri wollte sie nicht tragen.

Bald hatte er genug und ging zurück. Dann dauerte es noch eine Weile, bis sie ihm folgte. Sie rubbelte ihren Körper trokken. Henri betrachtete verstohlen die dunklen Härchen an der Innenseite ihrer Oberschenkel, die das Wasser in eine Richtung gelegt hatte. Auf den Brüsten hatte sie eine Gänsehaut. Wenn das Meer besonders rauh gewesen war und die Wellen sie zu Boden geworfen hatten, hatte sie rote Flecken an den Hüften.

»Ist das nicht wunderschön?« fragte sie, während sie im Schatten hinter dem Windschutz auf dem Rücken im Sand lag und die Möwen beobachtete, die sich vom Luftstrom die Dünen entlangtragen ließen, »die Möwen, meine ich.«

»Wieso?«

»Wie sie so seitlich schweben, ohne selbst etwas zu tun, und dann auch noch ab und zu nach unten schauen. Sie müssen sich überhaupt nicht anstrengen.«

»Glaubst du?«

An einem der roten Fäden zog Henri eine Bierdose aus dem Sand. Kaltes Bier. Gleich ging es ihm besser.

»Welche Vögel kommen eigentlich auf die Bohrinsel?«

»Alle möglichen Arten, sogar Rotkehlchen auf der Durchreise. Vor einiger Zeit hatten wir Besuch von einem Baßtölpel, das ist ein Kerl mit einer Spannweite von fast zwei Metern.«

Sie schwiegen.

»Mir gefallen Strandläufer am besten«, sagte sie dann. »Diese kleinen Trippler, die man zu Dutzenden an der Strandlinie findet. Kennst du die? Wenn das Wasser auf sie zu kommt, trippeln sie alle zugleich rasend schnell weg. Hier gibt es nicht so viele, dafür aber auf den Westfriesischen Inseln schon. Schon als Kind fand ich, daß das die schönsten Vögel sind.«

Henri war erstaunt, daß eine kräftige Frau wie sie einen so zierlichen Vogel am meisten mochte.

»Du bist mit deinem Vater also manchmal nach Ameland gefahren?«

»Mit meinen Eltern und meiner Schwester, mit der ganzen Familie also. Nach Schiermonnikoog oder Ameland, wo meine Mutter herkommt.«

»Und gewohnt habt ihr in … äh … Bierbart.« Henri kicherte.

»Bird*aard*, Blödmann.«

»Okay.«

»Mein Vater hatte zwei kleine Häuser am Ufer gekauft und umgebaut. Wir fuhren auf die Inseln, weil er nicht in Urlaub fahren wollte. Wir haben hier doch alles vor der Tür, sagte er immer.«

»Ihr habt in einer schönen Gegend gewohnt.«

»Wir wohnten außerhalb des Dorfs, am Ee. Die Inseln waren ganz in der Nähe. Er hatte ein Ruderboot und fuhr oft zum Fischen, er hatte Reusen aufgestellt … Das Verrückte dabei war, daß er meine Mutter nicht bei sich im Boot haben wollte. In ganz seltenen Ausnahmefällen durfte ich mal mit ihm mit, manchmal auch meine Schwester, aber meine Mutter hat er nie mitgenommen.«

»Verstehe ich gut.«

»Du verstehst das?« Sie richtete sich auf, stützte sich auf einen Ellbogen, warf dabei die Haare über die Schulter.

»Man geht nicht mit der eigenen Frau fischen.«

»Das wollte sie auch gar nicht. Bloß irgendwohin fahren, im Schilf anlegen und picknicken. Aber eine reine Vergnügungsfahrt kam für ihn nicht in Frage. Er wollte sie nicht bei sich im Boot haben! Ich weiß das noch genau, weil ich immer Schuldgefühle hatte, wenn er mich mitnahm, um die Reusen hochzuziehen.«

Sie streckte sich wieder lang aus und schob die Hände in den warmen Sand. »Aber im Sommer haben wir manchmal das Boot genommen und sind zu einer der Inseln gefahren, wo wir den ganzen Tag am Strand sitzengeblieben sind.«

»Siehst du ihn noch ab und zu?«

»Seit meinem zehnten Lebensjahr habe ich ihn nicht mehr gesehen.«

Lin schwieg. Sie dachte lieber nicht an ihren Vater und betrachtete darum die Möwen, die schnell und ohne Flügelschlag vorbeikamen, von der warmen Luft getragen, die am Fuß der Dünen aufstieg. Ihre Brustfedern blitzten auf, gleißend weiß in Blau. Lin betrachtete die Möwen. Sie mochte es, wenn ihr Kopf völlig leer wurde.

Henris Kater endete in einem trägen und betäubenden Lustgefühl. Geilheit durchflutete seine Mundhöhle, seine Lippen schwollen, seine Augen suchten immer wieder ihren Körper. Er legte sich neben sie, drückte sich an sie, aber auch so wurde es nicht besser; seine Erregung nahm sogar noch zu. Lin war zurückhaltend. »Ach, nein«, sagte sie. Oder: »Nicht so aufdringlich.« Sie mochte es, im Freien miteinander zu schlafen, aber nicht, wenn Leute in der Nähe waren. Am Strand – auch in diesem leeren Abschnitt – waren immer Menschen, die sie sehen konnten, und schon die fernen Spaziergänger in Höhe der Strandlinie machten sie nervös.

Henri schaffte es, sie auf die Düne zu kriegen. Auf dem Bauch rutschten sie unter dem Stacheldraht durch, betraten die verbotene Küstenbefestigung und kletterten unter den Blicken anderer Strandgäste nach oben, während ganze Sandmassen unter ihren Füßen wegrutschten. Oben angekommen, streifte sie ohne Umschweife ihren Badeanzug ab. Der Wind jagte durch ihr Schamhaar. Bereitwillig schmiegte sie sich auf die leicht unebene Kuppe, die mit Helmgras bewachsen war, auf dem Bauch, die Beine tiefer als der Oberkörper. Sie legte die Wange in den warmen Sand und starrte durch das Helmgras, das sie mit den

Fingern betastete und streichelte. So gab sie sich ihm hin. Sie ließ alles wie ein Tier über sich ergehen.

Kaum eine Viertelstunde später glitten sie an der Böschung nach unten, inmitten von aufstiebendem Sand, erneut von Blikken verfolgt. Lin schämte sich. Henri machte das Ganze nichts aus; er kam schließlich mit einer gutaussehenden jungen Frau von der Düne herunter – das durfte ruhig jeder sehen. Doch Lin wollte das »nie wieder« und sagte ihm das auch gleich. Sie hockte bei dem Windschutz und tat, als suche sie etwas.

»Ich tue gerne alles, was du willst, aber manche Dinge kann ich nicht. Warum wolltest du heute morgen nicht mit mir schlafen?«

»Da hatten wir noch Streit, Schatz.«

»Das spielt doch keine Rolle, oder?«

Henri konnte ein Lächeln nicht unterdrücken.

»Jetzt fängst du auch noch an zu lachen!«

»Sorry, Schatz.«

Wütend, den Blick von einer Gewitterwolke aus Mißvergnügen verdüstert, starrte sie in den Sand. Henri durfte sie nicht berühren. Sie versteckte den Kopf in einem Handtuch. Als sie sich beruhigt hatte und wieder auftauchte, sagte sie trocken: »Na ja, das war kein so großer Erfolg.«

»Ach, am Anfang muß man sich noch abtasten.«

Lin spitzte die Ohren.

»Komm«, sagte sie, »wir gehen ins Wasser. Ich werde dich waschen.«

Eines Nachmittags wurden sie von einem Mann beobachtet. Sie lagen verknäult im Sand, halb schlafend; Lin hatte lediglich einen Slip an. Sie bemerkte den Mann, als sie kurz die Augen öffnete.

»Henri«, flüsterte sie mit pochendem Herzen, »da steht ein Mann.«

Der Mann stand am Stacheldraht mit dem Rücken an einen Pfahl gelehnt. Er war ungefähr vierzig Jahre alt, schütteres Haar wehte über seinen rotverbrannten Schädel. Er hatte ein T-Shirt und weite Shorts an, die ihm bis an die Knie reichten. Eine Sonnenbrille verdeckte seine Augen, aber es war offensichtlich, daß er zu ihnen herüberschaute, genauer gesagt zu ihr, und auch, daß er schon eine ganze Weile dort stand. In der linken Hand hatte er eine Plastiktüte. Seine rechte Hand hatte er in die Hosentasche gesteckt; sie machte dort heftige Bewegungen. Er stand keine zehn Schritte entfernt.

»Er guckt zu uns herüber.«

Henri hörte ihrer Stimme an, daß sie erschrocken war. Er drehte sich auf den Bauch, schaute zu dem Typen hinüber, der in der lodernden Sonne am Stacheldraht stand, und sah, wie sich dessen Hand in der Hose bewegte. Der Mann wandte den Kopf jetzt ein wenig ab, fuhr aber unerschütterlich in seinem Tun fort, sogar noch heftiger.

Henri sprang auf. Seine Kehle wurde trocken. Der Mann hörte nicht auf mit seinen heftigen Bewegungen. Erst als Henri direkt vor ihm stand, kam die Hand in seiner Hosentasche zur Ruhe.

»Wirklich schade, daß du aufhören mußt.«

Der Mann wandte den Kopf noch ein wenig mehr ab.

»Oder bist du gerade rechtzeitig fertig geworden?«

Der Mann tat, als hätte er nichts gehört. Er atmete schwer, und aus einem seiner Mundwinkel rann ein Tropfen Speichel. In den Gläsern der Sonnenbrille sah Henri den Strand gespiegelt und sein eigenes Gesicht, durch die Wölbung des Brillenglases verformt. Einen Augenblick lang sah er haarscharf die Poren im Gesicht des Mannes, Stoppeln, Schweißtropfen über der Oberlippe. Er hatte Lust, diese Kehle mit der Hand zusammenzupressen, er spürte die Kraft bereits in seinen Arm schießen, er hatte Lust, diesen Kehlkopf zu umklammern.

»Mach, daß du wegkommst!«

»Laß mich in Ruhe.« Die Stimme des Mannes klang dumpf, abwesend.

»Du sollst *uns* in Ruhe lassen! Hau ab, Mann, verpiß dich!« Henri spürte, wie seine Wut ihm zu Kopfe stieg. Er hatte Lust. Er hatte Lust, zuzuschlagen. »Ich zähle bis drei, dann hängst du im Stacheldraht!«

Da stieß sich der Mann von dem Pfahl ab, an dem er gelehnt hatte, und schleppte sich durch den Sand davon. Er hob die linke Hand mit der Plastiktüte umständlich an den Kopf, um sich ein paar Haare hinters Ohr zu streifen, und schob gleichzeitig die Rechte tiefer in die Hosentasche, vielleicht, um sein kläglich zusammenschrumpfendes Glied zu trösten. Henri schaute ihm nach.

»Ich bin froh, daß du ihn nicht geschlagen hast«, sagte Lin.

Henri hörte einen Vorwurf heraus. Er regte sich auf. Er hatte sie in Schutz genommen, er hatte diesen schmierigen Typen verjagt. Doch statt ihm zu danken, warf sie ihm seine Aggressivität vor, daß er auch sie schon mal geschlagen hatte. Er hielt dies für einen weiteren Beleg jener subtilen, typisch weiblichen Gemeinheit, gegen die er sich nicht verteidigen konnte. Dies bestärkte ihn in der Überzeugung, die er unter Freunden zum besten gab: Kein Mann kann dir so weh tun wie eine Frau.

»Hast du das schon häufiger erlebt?« fragte er Lin.

»Oh, das weiß ich nicht«, erwiderte sie, »ich habe es immer gleich wieder vergessen. Aber in den letzten Monaten bin ich in der Stadt öfter mal belästigt worden. Vor kurzem noch, als ich vor einem Schaufenster stand, griff mir plötzlich jemand an den Hintern. Ich hab gedacht, ich spinne. Ich wollte es erst gar nicht glauben.«

»Du ziehst so was an.«

»Das passiert doch wohl jeder Frau.«

»O nein.«

»Und womit ziehe ich das bitte an?«

Henri legte ihr einen Arm um die Schulter. Sie schob ihn sofort von sich weg.

Kurz bevor sie den Strand verließen, ging Lin noch einmal ins Wasser. Henri legte den Windschutz zusammen. Er schob die Ständer aus dem Tuch und zog die Aluminiumröhre auseinander, er wickelte die Leinen um die Heringe, legte Rohre und Heringe auf das Zelttuch und rollte das Ganze fest auf, um die Rolle anschließend in den Sack zu schieben. Er packte auch die Taschen ein und stopfte die leeren Dosen in eine Plastiktüte. Wenn er mit einer Frau zusammen war – und vor allem, wenn er mit ihr zufrieden war –, wurde er von einer Art Gediegenheit erfaßt: Er wollte, daß alles ordentlich war. Er merkte es daran, wie er in diesem Sommer immer wieder den Windschutz fest und faltenlos aufrollte und die Taschen einpackte.

Die Sonne stand tief, dick und rot. Das Meer hatte sich beruhigt und glänzte. Am Strand breitete sich die Leere aus. Auf dem Weg zum Dünenübergang *mußte* Henri sie anschauen. Sie ging schräg vor ihm, in der linken Hand hatte sie eine Tasche, mit der rechten hielt sie den Sack mit dem Windschutz auf ihrer Schulter im Gleichgewicht. Weil dieser Sack auf ihrer Schulter lag, hielt sie den Kopf, die nassen Haare aufgesteckt, ein bißchen schief.

Henri ging die ganze Zeit hinter ihr.

Vielleicht war es die Leere des Strandes, der überall mit Fußspuren übersät war, die überquellenden Mülleimer, die Umkleidekabinen, die geschlossen wurden, vielleicht war es die Ruhe des Meeres, vielleicht waren es die gesättigten Farben des Abends – viel stärker als sonst war er sich ihrer Schönheit bewußt. Diese Gestalt, das Weiß ihrer Leinenhose, das zerknitterte Weiß, der Sand, der an ihren noch feuchten Waden hing, ihre Füße, die kräftig im Sand ausschritten, ihre hohe Taille, der dunkelblaue Pullover mit dem Schulterverschluß um ihren

Oberkörper, die breiten Schultern. Manchmal tauchte ihr Gesicht kurz auf, ihr fröhliches Gesicht, mit den dunklen Linien der Augenbrauen, die lebendigen Lippen, die von Natur aus rot waren. Aber es war vor allem ihre Gestalt, die Eindruck auf ihn machte. Manchmal senkte er beinahe verlegen den Kopf.

Nichts fand Lin schöner, als nach so einem Tag nach Hause zu kommen, in eine Wohnung, in der die Wärme des Tages hängengeblieben war, die Vorhänge noch halb zugezogen waren und alles noch so war, wie sie es am Morgen zurückgelassen hatten: die Kleidungsstücke auf dem Boden, das Bett zerwühlt und auf dem Eßtisch die Reste des Frühstücks. Alles mußte so bleiben, am morgendlichen Zustand der Dinge durfte nichts verändert werden. Es tat ihr jedesmal leid, wenn Henri die Vorhänge öffnete und die Fenster in die Höhe schob, um Frischluft durch die Wohnung strömen zu lassen. Aber eine Minute später machte ihr das nichts mehr aus. Sie lebte dann bereits wieder »in einem ganz anderen Gefühl« und wunderte sich darüber, daß sie eben noch gewollt hatte, daß sich nichts im Zimmer veränderte, schon gar nicht das Dämmerlicht, und daß es ihr jetzt schon nichts mehr ausmachte, daß es sich verändert hatte, verschwunden war.

Kaum war sie in der Wohnung, lief sie barfuß und mit nacktem Hintern herum.

Henri ging unter die Dusche.

Sie lauschte und spürte, wie sich ihre Brustwarzen aufrichteten. Gut, daß Henri die Vorhänge der Fenster geöffnet hatte, daß es jetzt wieder anders in der Wohnung war, daß wieder etwas Neues kommen würde. Sie stöhnte leise vor Erregung. Sie zögerte ein wenig und drückte den Hintern gegen den Holzklotz. Henri kam mit nassen Haaren aus dem Badezimmer, in sauberen Jeans und einem frischen T-Shirt, er schnürte den Gürtel zu und wollte mit den Vorbereitungen fürs Kochen beginnen. Lin zögerte.

»Hallo, Henri …«

»Schatz, ich koche jetzt.«

»Oh.«

Unter der Dusche in der Badewanne spülte sie den Sand und die Fettigkeit der Sonnencreme und der Meeresluft ab, immer mit einem leichten Bedauern, und warf durch das kleine Fenster einen Blick auf die Kastanie, die mit ihren schattenreichen Blätterhöhlen den Abend anzeigte. Alles schien ihr jetzt die Mühe wert zu sein: von der Kastanie über den Abendhimmel bis hin zu ihren auf dem Boden liegenden Kleidungsstücken und den Sandkörnchen auf dem Boden der Badewanne. Über allem lag ein Glanz.

Während sie sich abtrocknete, langsam, erinnerte sie sich an den Strand, das Meer, noch genau an die Farben, an die eine Welle und an Henri, der über den Strand auf sie zugekommen war und die Schnur an seiner Badehose noch einmal angezogen hatte, das Weiß der Möwen am blauen Himmel, dann wieder an diese Welle, wie sie über ihr zusammengeschlagen war, eine glatte Wasserwand – alle Strandbilder glühten noch in ihrem Kopf nach. Sie stieg aus der Wanne, auf den breiten vorderen Teil ihres Fußes, der nun schön war, weil Henri ihn schön fand. Während sie mit ihren Haaren zugange war, lauschte sie den Geräuschen in der Küche, wo Pfannen auf dem Herd standen und etwas gebraten wurde. Sie genoß die Vorfreude auf eine baldige schmackhafte Mahlzeit, genoß die Aussicht darauf, ihre bloßen Füße auf Henris Füße zu stellen, es dunkel werden zu sehen, wie immer von unten die marokkanische Musik und den Fernseher zu hören, früh ins Bett zu gehen, um viel Zeit für ihre Liebesspiele zu haben, genau zu wissen, daß Henri nachher in ihr kommen würde, daß er das tun würde, was ihr Spaß machte, daß das Bett unter ihren langsamen Bewegungen ächzen würde. Sie genoß, daß endlich alles normal war.

III

Sich ausdehnende Zeit

»Fahrt ihr ins Ausland?«

Es war Yvonne Wijnberg, die das fragte, eines späten Samstagnachmittags, im Lager des Star Shop; sie lehnte mit dem Rücken an in Plastikfolie verpackten Jacken und hielt die Brieftasche mit den Tageseinnahmen vor dem Bauch fest. Sie war noch immer aufgewühlt und erhitzt von der Arbeit. Die Ladentür war geschlossen, der Rolladen halb heruntergelassen.

»Nein, wir bleiben lieber hier«, antwortete Lin, die ihr gegenüberstand.

»Sehr vernünftig, Mädel. Ihr kennt euch ja auch noch nicht so lange. Wenn ihr jetzt für zwei Wochen nach Kreta fliegt, und es läuft nicht, dann hast du nur Streß. Nein, bleibt mal lieber hier.«

Eine Pause trat ein. Lin hatte – nicht zum ersten Mal – das Gefühl, daß Yonne sie umarmen und küssen wollte. Oder war sie es selbst, die die Arme um Yvonne legen und sie auf die verschwitzte Wange, auf den speckigen Hals küssen wollte? Yvonne schob sich eine Hand in die Bluse und zog den heruntergerutschten Träger ihres BHs über die Schulter – das machte sie gern, wenn andere in der Nähe waren. Lin drückte sich an die Jacken hinter sich, daß das Plastik raschelte.

»Was stehst du denn hier rum?«

»Bin schon weg.« Lin ging in den leeren Laden.

An diesem Abend war sie nervöser als sonst. Beim Verlassen der Wohnung war sie scheu wie ein wildes Pferd. Aber als Henri aus dem Wagen stieg, um ihren Koffer und eine Tasche mit Einkäufen in den Kofferraum zu legen, als er mit dem Anfahren wartete, bis sie die Tür zugezogen hatte, legte sich ihre Unruhe allmählich.

Er sah aus, als ginge er auf eine Reise: ein sauberes kurzärmeliges Hemd – in dem die Bügelfalten noch zu sehen waren –, eine Hose mit Umschlägen, und an den bloßen Füßen trug er Schuhe, deren Lederkappen mit einer Durchbrucharbeit verziert waren, teure Schuhe. Er sah schick aus. Das erregte sie so, daß sich die Härchen auf ihren Unterarmen aufrichteten.

In seiner Wohnung brach die Stille über sie herein. Immer wieder verlegen lachend, standen sie aneinandergeschmiegt zusammen. Lin hatte ihm eine Hand in den Schritt gelegt. Henri hatte eine Hand in ihre Hose geschoben und auf die fleischige Stelle oberhalb ihres Hinterns gelegt, den Mittelfinger auf ihrem Steißbein.

»Vierzehn Tage«, sagte sie, »das ist ziemlich lang.«

»Verdammt lang.«

Henri räumte im Leinenschrank ein paar Bretter für sie leer und gab ihr Kleiderbügel. Er besprach den Anrufbeantworter mit einem neuen Text, er sei zwei Wochen lang nicht zu erreichen. Lin machte sich daran, ihren Koffer auszupacken, doch immer wieder saß sie träumend da und lauschte dem sanften Knarren von Henris Schuhen. Sie mochte es, wenn er schöne Schuhe anhatte, Schuhe aus schönem Leder, teure; ja, sie mußten teuer sein und sanft knarren. Am Wandschirm hängte sie die drei Kleider auf, die sie gekauft hatte.

Sie zog sich bis auf ihr Unterhemd aus und legte sich aufs Bett. Als sie Henri kommen hörte, schloß sie die Augen. Sie hörte, wie er die Schuhe abstreifte und sich auszog. Erst als er sich zwischen ihre Beine gekniet hatte, öffnete sie sie wieder.

»Zwei Wochen«, sagte sie, »und wir brauchen nichts zu tun, was wir nicht wollen.«

Henri streichelte sie.

»Riechst du etwas? Ich habe eine neue Creme.«

Henri beugte sich vor, um zu riechen, roch aber vor allem an ihrem Schamhaar, an dieser dunklen Haarpracht, in die er mit der Hand faßte, und als er sich aufrichtete, hatte er diesen lauen, feuchten Fischgeruch in der Nase. Verlegen schaute Lin zu ihm auf. Henris Blick glitt zu ihren freiliegenden Achselhöhlen. Mit einer Hand zog sie sich die Klammer aus den Haaren – eine beinerne doppelte Klammer mit einer geschnitzten balinesischen Göttin darauf – und zeigte sie ihm.

»Jeden Tag getragen und jeden Tag bestimmt zehnmal reingesteckt und wieder rausgeholt.«

Sie beugte sich zur Seite, um die Klammer in den Koffer fallenzulassen, und legte sich dann wieder in genau derselben Haltung hin, die Hände unter dem Kopf verschränkt. Henri streichelte die Innenseite ihrer Schenkel.

»Das ist ein wunderschönes Gefühl«, sagte sie, »daß ich genau weiß, daß du nachher in mir kommst.«

Lin zog die Knie an und rutschte nach vorne, näher an ihn heran, und legte eine Hand um sein Geschlecht. Mit der anderen Hand zog sie gleichzeitig ein Kissen unter ihrem Kopf hervor und stopfte es sich unter den Hintern.

»Gleich machst du es mir, ja?«

»Ja, Schatz.«

Seine Stimme klang belegt. Sie fühlte, wie sein Schwanz in ihrer Hand schwoll, schob die Vorhaut zurück und drehte dann ihre Hand um, so daß er auf der Innenseite ihres Handgelenks lag, auf der pochenden Ader.

»Ja, gleich machst du es mir … Mein geiler Schatz … Mein Anschweller … Mein Näher-zu-mir-Kriecher …«

Henri nahm ihr Unterhemd zwischen Daumen und Zeigefinger und schob es über ihren Bauch nach oben, bis ihre zusammengepreßten Brüste darunter hervorhüpften. Sie pflanzte sich seinen Schwanz zwischen die Schamlippen und richtete sich halb auf, auf die Ellbogen gestützt, um alles sehen zu können. Henri versetzte seine Hände und drang mit einem einzigen Stoß in sie ein. Lin mußte lachen. Sie mußte immer lachen, wenn er das tat, weil es sie daran erinnerte, wie er sein Auto einparkte: Er gab Vollgas, um mit einer schnellen, exakten Drehung am Lenkrad in die Lücke zwischen zwei Fahrzeugen zu stoßen.

»Warum lachst du?«

Er wußte, warum sie lachte.

»Auf Anhieb«, sagte sie.

Wiederholung kam bei ihr immer gut an. Henri rührte sich nicht, auch wenn es ihn die größte Mühe kostete; nur in ihr bewegte er sich. Auch Lin blieb noch reglos. Der Schweiß brach ihr aus.

»Jedesmal wenn du zurückkommst, läuft es besser zwischen uns«, sagte sie mit einem unterdrückten Stöhnen.

»Ja ...«

Dann sagte sie nichts mehr und preßte sich fester an ihn.

Drei Tage lang verließen sie nicht das Haus, außer zu einem nächtlichen Spaziergang, um sich die Beine zu vertreten. Sogar das Bett verließen sie nur selten. Henri schaute ab und zu nach der Zeit, indem er im Badezimmer einen Blick auf seine dort liegende Armbanduhr warf, obwohl ihm die Zeit immer weniger bedeutete. Lin kümmerte es nicht im geringsten, wie spät es war, sie wollte es auch überhaupt nicht wissen, sie sah es hell und dunkel werden und begann in einer ozeanischen Zeit zu leben, in der Zeit des sich ausdehnenden Augenblicks, in der sie ihre Zehen sah, die sich um einen Gitterstab des Bettgestells gekrümmt hatten, und nicht wußte, wie lange das schon dauerte.

Schlafen und bumsen, etwas anderes taten sie nicht; dann

und wann ein Happen Essen, dann und wann reden, soll heißen: Sie stellte Fragen oder erzählte, während sie auf seinem Arm lag oder auf ihm saß und an ihm »herumzupfte« (sie hatte Mitesser in seiner Haut entdeckt und drückte sie aus, sie schnitt ihm die Nasenhaare, die Fingernägel der rechten Hand und verdonnerte ihn dazu, fortan darauf zu achten, daß sie kurz blieben). Ganz selten einmal schauten sie durch die halbgeschlossenen Vorhänge nach draußen, aber ohne Interesse, wie Tiere lagen sie beieinander, immer vertrauter mit dem Körper des anderen.

Lin erzählte. Sie erzählte von ihrem Nabel, der groß und tief war. Daß sie von Kindesbeinen an Angst davor gehabt habe, daß jemand ihren Nabel berühren, den Finger hineinstecken würde, daß sie das noch keinem erlaubt habe, daß er der erste sei. Daß sie sich selbst deswegen für verrückt halte. Ob er verstehe, warum sie Angst davor habe, daß jemand ihren Nabel berühre?

»Nein, das mußt du wirklich einen Psychiater fragen.«

»Der denkt sich auch nur irgend etwas aus. Ich werde es mal in einem Lexikon nachschlagen, Nabel und alles, was es so darüber gibt, der Nabel als Symbol, denn das ist er natürlich auch, und dann werde ich es schon rauskriegen. Vielleicht komme ich ja selbst dahinter, warum ich so viel Angst davor habe.«

»Warum darf ich ihn denn jetzt doch berühren?«

»Weil du vorsichtig bist. Trotzdem darfst du niemals einfach so deinen Finger reinstecken!«

Sie nahm seine Hand und dirigierte eine seiner Fingerspitzen am Rand ihres Nabels entlang, als müßte sie sich selbst noch daran gewöhnen und als wollte sie ihm zeigen, wie er es machen mußte.

Einmal, irgendwann in dieser sich ausdehnenden Zeit, während sie rittlings auf ihm saß und die feuchten Härchen seines Unterleibs in eine Richtung strich, erzählte sie ihm, mit wem sie zum ersten Mal ins Bett gegangen war. Es war eine junge Molukkin gewesen, ein besonders geschmeidiges Mädchen, dessen Eltern von der Insel Ambon stammten.

»Damals war ich elf«, sagte sie, »und wohnte noch nicht lange in Amsterdam. Ich durfte manchmal bei ihr übernachten, und wenn wir dann abends im Gästebett lagen, streichelten wir uns gegenseitig.«

Henri hörte ihr erstaunt zu.

»Aber eines Tages sagte sie mir, daß ich nicht mehr zu ihr kommen dürfe. Sie hatte ihrer Mutter erzählt, was wir im Bett machten.«

»Da hast du aber ganz schön früh angefangen.«

»Ich fand es schön, sie zu streicheln, und ich hatte das Gefühl, daß es gut für mich war, daß ich es brauchte. Zu Hause bekam ich nichts. Meine Mutter hat mich nie angefaßt, und mit meiner Schwester habe ich mich nicht gut verstanden. Ich habe versucht, möglichst oft bei anderen zu übernachten.« Sie lachte. »Und jetzt bin ich bei dir zu Gast.« Sie schwieg einen Augenblick. »Stimmt nicht, oder? Das hier ist etwas anderes.«

»Wir sind auf einer Reise.«

»Ja.«

»War das Mädchen schön?«

»Sie war ruhig und süß, aber im Bett, wenn ich sie streichelte, krümmte sie sich und glitt schwer atmend über mich. Sie war geschmeidig und zeigte mir Kunststückchen. Ich fand es auch schön, neben ihr zu liegen und sie einfach nur ganz lange anzuschauen.«

»Und dann war es auf einmal verboten.«

»Total bescheuert! Als hätten wir irgendeine Schweinerei gemacht. Wir schämten uns. Wir dachten, wir hätten etwas

Schlimmes getan, und haben nie mehr miteinander geredet. Ich glaube jetzt manchmal, daß ich sie irgendwo auf einem Bahnsteig stehen sehe. Vielleicht bin ich ihr danach ja tatsächlich einmal auf irgendeinem Bahnsteig begegnet.«

Henri verschränkte die Hände hinter dem Kopf. »Und dann kamen Jungs.«

»Als ich fünfzehn war, hatte ich meinen ersten Freund. Tischtennis war damals allerdings schon so wichtig, daß das nicht mehr drin war. Janosz sagte, ich solle den Jungen anrufen und ihm sagen, daß Schluß sei, und das habe ich gemacht.«

»Alles für deinen Sport.«

»Alles. Aber ich war auch wirklich wie besessen davon, ich habe das nicht nur ihm zuliebe getan. Und ich habe schnell Fortschritte gemacht. Jedes halbe Jahr spielte ich besser. ›Progression‹, so nannte Janosz das. Von ihm habe ich das Wort gelernt.«

»Und er hat dich natürlich angeschaut.«

»Wer?«

»Dein Trainer.«

»Ja.«

Lin schwieg unvermittelt. Henri streichelte ihre Oberschenkel, während sie weiter seine Schamhaare in eine Richtung strich.

»Bei mir läuft doch nichts heraus, oder?«

»Macht nichts.«

Sie schwiegen. Henri merkte, wie sein Sperma aus ihr herauslief und kalt wurde, während es an seinen Beinen herablief und aufs Bettuch tropfte. Er streichelte weiter ihre Oberschenkel und genoß den Hauch von Fischluft, der ihm immer dann, wenn sie sich bewegte, in die Nase drang.

»Dann hast du also jahrelang mit niemandem geschlafen«, fuhr er fort.

»Genau, mit niemandem.«

»Überhaupt nichts? Noch nicht einmal abends tanzen gegangen und dann auf der Straße ...?«

»Getanzt habe ich auch nicht. Immer früh ins Bett. Doch als ich zwanzig war, fing das mit Marcus an, und da habe ich alles nachgeholt. Ich würde am liebsten jeden Tag ein paar Stunden lang bumsen. Dann erst habe ich das Gefühl, daß ich genug hatte.«

»War er gut, dieser Marcus?«

»Er war ungeschickt. Aber ich habe ihm alles beigebracht.«

»Und wer hat es dir beigebracht?«

»Ich konnte es von selbst. Ich lerne alles selbst!«

Ihr letzter Satz klang wild und stolz. Sie schwieg, und ihre bis dahin unablässig streichenden Hände blieben reglos auf seinem Bauch liegen. Das Erzählen und all das, woran sie dabei gerührt hatte, machte sie schwermütig; plötzlich fühlte sie sich allein. Henri sah, wie ihr Bauch ein paarmal heftig bebte, als wollte sich irgend etwas von dort aus mit Gewalt einen Weg durch ihren Körper nach oben bahnen. Als er zu ihr aufsah, ließ sie sich die Haare vors Gesicht fallen.

»Hey, Kleines.«

Er zog sie auf sich. Halb widersetzte sie sich, stolz, ängstlich – und als sie auf ihm lag, fühlte er, wie ihr Herz pochte, hämmerte, ein junges, wildes Herz. Sein Mund suchte einen Weg durch ihre Haare, um sie auf ihre weichen Lippen zu küssen, doch sie entzog sich ihm. Daß er sie küssen wollte, kam ihr plötzlich obszön vor.

»Ich wasch mich doch schnell«, sagte sie und stand auf.

Am Nachmittag des dritten Tages, irgendwo in einer Stille aus rauschenden Kastanienblättern, Stimmen in der Wohnung der Nachbarn unten und dem leisen Ächzen des eisernen Bettes, kam ein Umschwung.

»Henri, da ist etwas, das ich gerne tun würde«, sagte Lin, »aber ich trau mich nicht, dich darum zu bitten.«

»Ich bin gespannt.«

»Aber ich hab Angst, du könntest beleidigt sein.«

»Jetzt will ich es erst recht wissen.«

»Ich würde gerne dein Badezimmer putzen.«

Henri war kurz still. »Ist nicht sauber.«

»Nicht wirklich, nein.«

»Nun, wenn es dich in den Fingern juckt, wenn du unbedingt putzen willst – dann mal los.«

Lin sprang vom Bett herunter und zog zur Vorbereitung auf ihre Betätigung ihren BH an. Henri schaute ihr dabei zu.

»Du hast vergessen, sie gerade zu rücken«, sagte er.

»Ach ja.«

Sie schob eine Hand in die Körbchen, erst die rechte Hand in das linke, dann die linke in das rechte, um die Brüste gerade zu rücken. Beim Anlegen des BHs waren sie von der Spannung des Stoffs zur Seite gezogen worden. Henri schaute ihr voller Interesse dabei zu, wie sie sich selbst berührte. Er hätte ihr gerne dabei zugesehen, wie sie sich vor seinen Augen streichelte, wie sie es sich selbst machte – aber das lehnte sie ab. Es erregte ihn, zu sehen, wie sie ihre Brüste in die Hand nahm, sogar so eine praktische und schnell ausgeführte Bewegung wie die, die Brüste gerade zu rücken. Er schaute ihr zu, wenn sie unter der Dusche stand und sich wusch, wenn sie auf dem Klo saß und sich einen Knäuel Toilettenpapier zwischen die Oberschenkel schob.

Als er eine Viertelstunde später aufstand und ins Hinterhaus ging, fand er auf dem Küchenboden mehr oder weniger das vollständige Inventar des Badezimmers. Hinter der Tür hörte er das Rauschen von Wasser und das Schrubben einer Bürste. Das Badezimmer hing voller Wasserdampf. Lin saß neben der Badewanne auf den Knien und schrubbte die Fliesen. Sie lachte und richtete den Wasserstrahl auf ihn.

»Genau so hab ich mir das vorgestellt«, rief sie.

Henri schaute sie schweigend an und fand, daß sie wunderbar aussah, wie sie da auf dem Badezimmerboden herumkroch:

dieser rosige Kraftleib, die Furche ihrer Wirbelsäule, der breite Hintern, ihre Fersen, ihre sich verbreiternden Fußsohlen, die durch die gekrümmten Zehen unter Spannung standen.

»So sehe ich dich am liebsten«, witzelte er.

»Was sagst du?«

»Daß ich dich so am liebsten sehe!«

Sie hörte gar nicht hin, so sehr ging sie im Schrubben und Wienern auf. Henri ließ sie allein. Als er eine Stunde später zurückkam, hatten sich die Dämpfe verzogen und trockneten die Fliesen, die schwarzen auf dem Boden, die blauen und weißen an den Wänden; den Raum erfüllte der Geruch von Reinigungsmitteln. Lin trocknete sich gerade ab.

»Eigentlich mußt du das jede Woche tun«, sagte sie in liebevollem und ernsthaft belehrendem Ton.

»Da hab ich was Besseres zu tun.«

»Daß dir das niemand beigebracht hat!«

Henri schaute sie an. »Was hältst du davon«, sagte er dann, »wenn wir jetzt etwas unternehmen würden? Drei Tage im Bett sind mir lang genug.«

»Genau das habe ich auch gerade gedacht.«

»Dann bringe ich dich jetzt an einen Ort, der dir gefallen wird. Du hast erst heute morgen noch davon gesprochen.«

»Heute morgen?«

IV

Weniger allein

Henri fuhr mit Lin nach Schiermonnikoog, wo sie seit ihrer Kindheit nicht mehr gewesen war. Er hielt es nicht gerade für ein aufregendes Reiseziel. Im Norden Frieslands schlug er vor, weiterzufahren an die dänische Küste und auf eine der dortigen Watteninseln, da sei er noch nie gewesen, oder nach Norwegen, wo sein norwegischer Freund bestimmt ein tolles Häuschen an irgendeinem Fjord für sie wisse. Lin mußte jedoch an Yvonne Wijnbergs Worte denken und bestand darauf, nach Schiermonnikoog zu fahren – von dort aus konnte sie jedenfalls innerhalb eines halben Tages zurück in der Stadt sein.

Während des Sonnenuntergangs standen sie auf der Fähre, an das Geländer gelehnt, rötliches Licht auf den Gesichtern, und schauten der buckligen Insel am Horizont entgegen. Auf der Insel fanden sie innerhalb einer Stunde ein Zimmer. Daß sie in der Hochsaison und spät am Abend noch ein Hotelzimmer finden konnten, hatte etwas Magisches an sich: Es schien zu beweisen, daß es gut zwischen ihnen lief, daß es in Ordnung war, was sie taten.

»Komm, laß uns lieber hier etwas essen«, sagte sie, »ich habe alles mögliche mitgebracht.«

Sie aßen auf dem Balkon, von dem aus man Tennisplätze und die Dünen sah.

Gegen Mitternacht machten sie noch einen Spaziergang zum Strand hinunter, wo Lin die Schuhe abstreifte und in der warmen Dunkelheit der Sommernacht weiterging, bis sie ans Wasser kam. Kleine Wellen brachen sich an ihren Füßen. Das Wasser war lauwarm. Sie starrte in die Dunkelheit und sah die Lichtkegel des Leuchtturms über dem Meer kreisen. Sie lauschte der Stille, dem dumpfen Brechen der Wellen. Fühle ich mich jetzt noch immer allein, fragte sie sich. Ja, noch immer, mußte sie sich eingestehen. Aber es hatte abgenommen, es hatte stark abgenommen.

In dieser Nacht schlief sie zwischen Henris Beinen. Vor langer Zeit hatte sie geglaubt, daß es vielleicht das Beste für sie wäre, wenn sie einen Mann hätte, der älter wäre als sie, und jetzt hatte sie einen. Vor langer Zeit hatte sie sich ausgemalt, zwischen den Beinen eines Mannes zu schlafen, auf der Seite, die Knie angezogen, den Kopf auf einem seiner Oberschenkel, und jetzt lag sie wirklich so da. Wie kam es, daß dieses Bild, das einfach so in ihr aufgekommen war, Jahre später Wirklichkeit wurde? Sie versuchte sich vorzustellen, wie das funktionierte, wie sich das eine aus dem anderen ergab, eine unendlich komplexe Logik von Ereignissen, aber sie war zu müde, zu erfüllt von all dem, was sie überkam, und letztendlich war es ihr auch egal. Reglos und schwer lag sie zwischen Henris Beinen, unter einem frischen Bettuch, wie in einem Zelt. Es war, als würde ihr Leben seine eigenen Wege gehen, als würde es sich selbst etwas ausdenken, damit sie überlebte, als könnte sie sich auf irgend etwas verlassen, vielleicht jedenfalls.

»Schläfst du schon, Liebling?« flüsterte sie.

»Noch nicht.«

»Es war ein wunderschöner Tag. Heute morgen haben wir uns geliebt, heute nachmittag habe ich dein Badezimmer geschrubbt, dann sind wir weggefahren, haben auf der Fähre gestanden, wir sind im Dunkeln am Strand gewesen, und jetzt liegen wir hier.«

Sie wollte nicht sagen: Und jetzt liege ich zwischen deinen Beinen, aus Angst, dieser märchenhafte Zustand könnte ein Ende nehmen, wenn sie ihn in Worte faßte. Außerdem konnte sie kaum noch reden. Ihre Atemzüge wurden schwerer, ein paar Sekunden später fiel sie abrupt in Schlaf.

Henri wußte nicht, was er davon halten sollte, daß sie zwischen seinen Beinen liegen wollte. Er spürte ihren Atem über seinen Oberschenkel streifen. Er fand es seltsam, daß sie in dieser Haltung schlafen wollte, ein wenig kindisch. Eine Hand unter dem Kopf, in der anderen eine halbe Flasche Whiskey, lag er in den Kissen mit ihren frischen und noch leicht steifen Überzügen. Sie ist seltsam, dachte er, sie hat ein paar seltsame Dinge erlebt, sie hat sich jahrelang, vielleicht sogar ihr ganzes Leben lang, schutzlos gefühlt, und deswegen übertreibt sie jetzt. Das wird sich geben. Das Seltsame wird schon nachlassen, wenn sie sich erst einmal sicher fühlt.

Sein Verständnis tat ihm gut.

Er fühlte sich großmütig.

Sie stimmte ihn zärtlich. Doch neben seiner Zärtlichkeit war auch Mißtrauen in ihm. Er war davon überzeugt, daß sie ihn lenkte, manipulierte, zwang, so lange, bis sie ihren Willen durchgesetzt hatte. Sie hatte dies alles inszeniert. Daran zweifelte er nicht. Sie hatte Schiermonnikoog als erste erwähnt, sie hatte den Namen später noch einmal fallenlassen und heute morgen wieder, ausgerechnet zu einem Zeitpunkt, als Langeweile und Ruhelosigkeit sich ankündigten. Und er hatte in seiner Naivität geglaubt, er sei selbst auf diese Idee gekommen! Unterdessen geschah immer nur, was *sie* wollte. Vielleicht war ihr selbst nicht klar, was sie tat, wie sie es tat, aber dennoch hatte sie alles so in die Wege geleitet, wie sie es sich vorgestellt hatte.

Jetzt lag sie wie ein Kind zwischen seinen Beinen.

Henri goß sich Whiskey in den Mund. Er behielt ihn einen

Moment unter der Zunge und spürte ihn beißen. Ihr warmer Atem glitt über seinen Oberschenkel. Ihre Haare lagen fächerförmig über seinem Bauch. Er erinnerte sich, wie er auf ihrem Arm eingeschlafen war, am Abend der Austern, und welche Ruhe er damals empfunden hatte. Die gleiche Ruhe senkte sich nun wieder auf ihn herab, während sie zwischen seinen Beinen lag, ihre Haare warm auf seinem Bauch. Sie war sein Kind. Er fühlte sich als ihr Beschützer und stets mehr, je verschwommener seine Gedanken wurden, als Baum, ein immer größer und mächtiger werdender Baum, an dessen Fuß sie in einer Mulde zwischen den Wurzeln lag.

Lin fand den Dünenübergang wieder, den Strandpavillon auf Pfählen, wo sie als Kind die Treppenstufen hinaufgeklettert war, um Eis zu holen und Bierflaschen für ihren Vater, und am Strand meinte sie sogar, die Stelle genau bestimmen zu können, wo sie immer mit ihren Eltern und ihrer Schwester gesessen hatte. Als Henri dort den Sack mit dem Windschutz in den Sand fallenließ, hob sie ihn schnell wieder auf.

»Bist du verrückt? Das lassen wir schön bleiben!«

Schwungvoll warf sie sich den Sack über die Schulter. Während sie mit dem Windschutz über der Schulter von der Stelle weglief, mußte sie daran denken, wie sie an diesem breiten Strand manchmal von ihren Eltern weggelaufen war, ein paar hundert Meter weit, wie sie in die Hocke gegangen war, sie von weitem beobachtet und sich darüber gewundert hatte, daß diese Menschen ihre Eltern sein sollten. Immer hatte sie sich dann den Moment herbeigesehnt, wo sie alt genug wäre, sie zu verlassen.

»Schau«, sagte sie zu Henri, »so bin ich oft gegangen, als ich noch klein war.«

Sie schleifte beim Gehen den rechten Fuß durch den Sand. So war sie manchmal abends durchs Dorf gegangen, wenn kaum noch jemand auf der Straße war, und manchmal auch auf einem

Feldweg außerhalb des Dorfs. Immer hatte dies ein und denselben Traum in ihr wachgerufen: daß eine Kutsche neben ihr halten und eine Stimme aus dem Halbdunkel heraus zu ihr sagen würde: »Steig ein, Kleine.« In der Kutsche saßen eine Dame und ein Herr. Es roch nach Holz, Leder, Pferden und Parfüm. Ein geflochtener Korb wurde geöffnet, und man reichte ihr ein Stück Kuchen auf einem kleinen Tellerchen, daneben eine silberne Gabel. Die Kutschenräder ratterten. Sie sah durch die Fensterscheibe die Landschaft um Birdaard, aber in einer anderen Zeit.

»Schau her.« Sie machte ihm vor, wie sie als Kind das Bein durch den Sand gezogen hatte, fast fanatisch.

»Albernheit«, sagte Henri.

Sofort hörte sie damit auf.

Ein paar hundert Meter weiter baute er den Windschutz auf, mit dem starken Wind kämpfend, der an dem Zelttuch zerrte. Außerdem kämpfte er mit seinem Widerwillen gegen ihre Vergangenheit, diese Vergangenheit, die sie mit sich herumschleppte wie einen Klumpfuß und ihm nun jeden Tag zeigte. Sie erinnerte ihn an seine eigene Jugend, eine Zeit, die er vergessen wollte. Die Aluminiumrohre fielen immer wieder auseinander, wenn er den Windschutz gerade aufstellen wollte; ständig mußte er von vorne anfangen. Schweigend half sie ihm, süß, betörend süß.

Als er endlich die Heringe eingeschlagen hatte, kam sie zu ihm, beugte sich vor und küßte ihm unter Tränen die Hand.

Einen Tag später, als sie mit Henri an der Strandlinie entlangspazierte, sah sie Strandläufer: einen ganzen Schwarm dieser kleinen Stelzenläufer, die in einer hauchdünnen Wasserpfütze, in der sich der Wolkenhimmel spiegelte, hektisch zugange waren; sie trippelten vor dem schäumenden Wasser her, wurden von ihm überspült. Sie hielt es für ein günstiges Omen, daß sie diese Vögel jetzt, nach vielen Jahren, wiedersah und daß es so viele waren. Der Schwarm erhob sich vor ihnen in die Luft, wurde vom Wind erfaßt und weggeblasen, schwang sich wirbelnd über die Wellen und ließ sich ein Stück entfernt wieder nieder. Dies geschah dreimal. Auch das hielt sie für ein günstiges Zeichen, sagte aber nichts davon.

Nicht viel später sah sie Henri vor sich hergehen, während sie in die Hocke ging, um einen Muschelhaufen zu durchwühlen. Sie bemerkte die leichte Krümmung seiner Beine. Man mußte es eigentlich wissen, um zu sehen, daß er leichte O-Beine hatte. Sie sah ihm an, daß er nicht pflegeleicht war. Daß er eitel war und nicht so unerschütterlich, wie er zu sein vorgab. Sie betrachtete ihn, eine Hand bewegungslos in einem Haufen nasser Muscheln, und zum ersten Mal hatte sie dieses Gefühl. Sie sah ihn gerne gehen, auf seinen schönen, kräftigen Beinen, aber das war es nicht, was sie fühlte. Sie war verrückt nach seinem Körper. Aber auch das war es nicht. Es war ein neues Gefühl, von dem sie in diesen wenigen Sekunden, in denen sie ihm wie beiläufig nachschaute, überwältigt wurde. Dieser Mann tat ihr leid, sie wollte ihm helfen.

Nach drei Tagen mußten sie das Hotelzimmer räumen. Nachdem sie noch eine halbe Minute in einem unfreundlichen Gästezimmer über einer Metzgerei gestanden hatten, beschlossen sie, die Insel zu verlassen. Lin sehnte sich nach zu Hause, nach einer vertrauten Umgebung. Auf dem Parkplatz an Land erkannte sie von weitem Henris Wagen. Als sie darin saß, die Türen zum Lüften weit geöffnet, sog sie voller Wohlbehagen den Geruch des Wagens ein.

Auf der Fahrt in Richtung Nordfriesland schlug Henri vor, einen Abstecher nach Birdaard zu machen und ihren Vater zu besuchen: Es sei nur ein kleiner Umweg. Lin bekam Herzklopfen.

»Unmöglich«, sagte sie mit erstickter Stimme.

»Unmöglich?«

»Er hat vierzehn Jahre lang nichts von sich hören lassen. Dann kann ich doch nicht eines Tages einfach so vorbeigucken!«

»Ein Überraschungsangriff kann manchmal ganz gut sein. Ich bombardiere ihn mit Fragen über sein Geschäft, dann kannst du dir in der Zwischenzeit alles genau anschauen. Nach einer halben Stunde verschwinden wir wieder.«

»Du bist ja verrückt! Wieso fängst du eigentlich damit an?«

Sie schrie fast und schnappte nach Luft. Erst als sie Friesland verließen und auf den Abschlußdeich hinausfuhren, erholte sie sich langsam wieder von dem Schrecken. Henri entschuldigte sich. In Amsterdam kaufte er ihr Pfingstrosen, den größten Strauß, den sie jemals geschenkt bekommen hatte.

Die Wohnung wies die Spuren ihrer abrupten Abreise auf. Das Bett war nicht gemacht, auf dem Boden daneben standen noch immer ihre leeren Teller, auf der Couch lag der Fön, mit dem sie sich die Haare getrocknet hatte, das Badezimmer war erfüllt vom Geruch der Reinigungsmittel. Sie konnten dort weitermachen, wo sie aufgehört hatten, zurückkehren in die endlose, sich ausdehnende Zeit.

Am Nachmittag, als sie nach einem postkoitalen Schläfchen erwachte, sah sie Henri auf der Couch vor dem Fernseher sitzen. Er schaute sich eine Bergetappe in der Tour de France an und ging so darin auf, daß er sich nach vorne lehnte, die Unterarme auf die Knie stützte und alles um sich herum vergaß. Mit nacktem Hintern setzte sie sich neben ihn. Noch nicht einmal einen Kuß hatte er für sie übrig.

Henri deutete mit der Hand. »Chiapucci«, sagte er, ohne den Blick von der Mattscheibe abzuwenden, »er liegt schon seit fast zweihundert Kilometern mit großem Abstand in Führung. Das ist bei einer so schweren Etappe unmöglich. Aber er schafft es. Vier Berge ist er als erster hinaufgeklommen, jetzt hat er sich den letzten vorgeknöpft.«

Das Bild wechselte. Er deutete wieder mit der Hand. »Das sind die Verfolger: Indurain und noch ein paar. Sie holen ihn allmählich ein, jeden Kilometer kommen sie näher heran.«

Danach sagte er nichts mehr und folgte Chiapucci bei seinem Aufstieg. Zwischen zwei Hecken aus aufdringlichen, jubelnden Zuschauern hindurch fuhr er, angefeuert, ständig in den Pedalen stehend, auf dem Zahnfleisch, wie es so schön heißt, in Richtung Ziel. Henri stellte den Kommentar lauter. Es lief ihm kalt über den Rücken vor Aufregung. Sein Oberkörper und seine Beine bewegten sich im Rhythmus von Chiapuccis stampfenden Beinen.

Am Abend vor Henris Abreise ließ das Geräusch der Klingel sie erstarren. Sie saßen am Tisch. Ihr Besteck blieb unvermittelt in der Luft hängen, als hätte jemand den Zauberstab erhoben. Henri trat an ein zur Straße gelegenes Fenster.

»Es ist Alex«, sagte er, »den kann ich nicht draußen stehenlassen.«

Lin erteilte ihre Zustimmung, denn sie wollte ihn lieben, doch selten hatte sie sich so gestört gefühlt wie jetzt.

Auf einmal stand Alex Wüstge in der Wohnung, in der sie außer Henri bisher noch keinen anderen Menschen gesehen hatte. Groß und fremd erschien er im vorderen Raum und berührte im Vorbeigehen achtlos eine der Kupferkugeln des Bettes. Er glitt durch die Schiebetür und ließ dann die schwere Tasche mit der Fotoausrüstung von der Schulter auf den Boden gleiten, als käme er nach Hause. Er lächelte, wie sie ihn in der Kneipe auch immer lächeln sah, eine Art gezwungenes Lächeln war es. Er war ein verlegener und sanftmütiger Mann. Für einen Augenblick schaute er sie schweigend an. Lin spürte, daß ihre Anwesenheit ihn überraschte. Langsam erhob sie sich, um sich zur Begrüßung küssen zu lassen.

»Ich habe seinen Wagen stehen sehen«, sagte Alex zu ihr.

Die Männer umarmten sich. Dann legte Alex quasi spontan einen Arm um Henris Schultern und wandte sich zu ihr um, so daß sie die beiden Busenfreunde nebeneinander stehen sehen konnte.

Aus einem Ledersessel heraus schaute Alex Wüstge kurz darauf diese fabelhafte, breitschultrige junge Frau an, nach der Henri schon seit Monaten ganz verrückt war und die er überall präsentiert hatte. Für ihn war *sie* der Fremdkörper in dieser Wohnung, in der er schon seit zehn Jahren häufig zu Gast war, in der er in Henris Abwesenheit gewohnt hatte, wo er Henri mit zwei früheren Freundinnen gesehen hatte, mit Amanda und mit Kit, die am Eßtisch beim Fenster gesessen hatten, an derselben Stelle, an der nun sie saß.

»Ich bin gekommen, um Bilder von dir zu machen«, sagte er lächelnd.

»Oh.«

»Er versucht, unverschämt zu sein«, sagte Henri.

»War nur ein Witz.«

Henri ging in die Küche, um ein Glas und eine neue Flasche Wein zu holen, und in der Zeit, in der er weg war, wußten die beiden anderen nicht, was sie einander sagen sollten. Als Henri zurückkam, fand der Fotograf sein Sprachvermögen wieder.

»Ihr seht gut aus, wirklich«, sagte er.

»Du bleibst nicht lange, okay«, sagte Henri und reichte ihm ein Glas. »Ein Glas, und dann machst du dich dünne.«

Er zwinkerte Lin zu.

Sie nahmen ein Gespräch auf, Lin und Henri am Eßtisch, Alex in seinem Sessel, zurückgelehnt, die Beine übereinandergeschlagen, unaufhörlich lächelnd, um die beiden da mit seinem beobachtenden Blick in Schach zu halten. Viel lieber hätte er sich zu ihnen an den Tisch gesetzt, aber jetzt, da er sich für den Sessel entschieden hatte, wagte er das nicht mehr. Es hatte trotzdem etwas Unnatürliches an sich, daß er dort sitzenblieb.

Lin hatte Angst vor ihm. So sanftmütig er auch wirkte, sie hatte Angst vor ihm.

Henri schaute seinen Freund an, seinen ältesten Freund. Er sah ihn nur selten. Es lag schon über ein Jahr zurück, daß Alex das letzte Mal hier gewesen war. Wie immer war er auch nun wieder leicht beeindruckt von Alex' augenscheinlichem Mangel an Geltungsbedürfnis, von dessen Zurückhaltung, die ihm eine gewisse Überlegenheit verlieh. Es berührte ihn, daß es bestimmte Ähnlichkeiten zwischen diesem ersten Freund – er war zwölf gewesen, als er Alex kennengelernt hatte – und dieser jungen Frau gab: die gleiche Verlegenheit, der gleiche Stolz, die gleiche sichtbare Sanftmut, die ihn so anzog. Alex hatte mehr von der Welt gesehen, er war älter, er hatte in viel höherem Maße als sie eine Maske entwickelt – dennoch ähnelten sie einander. Angetrunken und verliebt, wie er war, schaute Henri seinen Freund voller Zärtlichkeit an. Er hätte ihm Lin sogar geschenkt. Er sah es vor sich: Er zog sie für ihn aus. Sie lag mit dem Kopf auf seinen Knien, während Alex sie fickte, er streichelte ihre Brüste und schaute auf Alex' Ding, das sich in ihr bewegte. Im Rücken spürte er dabei die Stäbe des Bettes. Oder zu zweit gleichzeitig in sie eindringen, während sie auf der Seite zwischen ihnen lag. Schließlich würden sie zu dritt in seinem Bett schlafen.

Das Gespräch geriet immer wieder ins Stocken.

»Ich mache doch mal ein paar Fotos von euch«, sagte Alex schließlich, mit beruflicher Gewandtheit. Er erhob sich und zog den Reißverschluß seiner Tasche auf. »Ein paar Fotos, und dann bin ich weg. Ihr seht so gut aus heute.« Schon hatte er seine Kamera in der Hand.

Lin schwieg ablehnend. Alex traute sich nicht, sie anzuschauen, und richtete den Blick statt dessen auf ihre nackten Füße.

»Warum nicht?« sagte er. »Das ist der richtige Augenblick. Ich verlange ja nicht von dir, daß zu dich ausziehst.«

Eine kurze Pause trat ein.

»Ja, warum eigentlich nicht?« sagte Henri. »Professionelle Fotos. Und du guckst einfach böse, das mache ich auch immer, wenn er Fotos von mir macht.«

»Ich lieber nicht«, sagte sie dickköpfig.

»Komm schon!«

Sie gab nicht nach, wie lächerlich sie sich dabei auch vorkam, und zog sich ins Badezimmer zurück. Als Henri nach zehn Minuten an die Tür klopfte, sagte sie, sie fühle sich nicht wohl. Alex Wüstge brach auf, ohne sich von ihr verabschiedet zu haben. Noch lange danach meinte sie, ihn in ihrem Revier riechen zu können.

Der Fotograf hatte etwas gesagt, was ihnen beiden im Gedächtnis blieb. Stellt euch eure Freunde vor, hatte er gesagt, und fragt euch bei jedem einzelnen, ob zu ihm oder ihr ein Hund passen würde. Um sofort hinzuzufügen: Ich bin ein Mann, den ihr euch nicht mit einem Hund vorstellen könnt, Henri dagegen schon. Als sie im Bett lagen, dachten sie beide an Alex Wüstge.

»Er war traurig«, sagte Lin. Sie schaute zu der Kupferkugel an der Ecke des Bettes, die er im Vorbeigehen berührt hatte.

Am nächsten Tag, ein paar Stunden vor seiner Abfahrt zur Bohrinsel, fotografierte Henri sie. Er hatte Einkäufe gemacht und eine Wegwerfkamera mitgebracht. Es war eine gelbe Pappkartonschachtel mit einer Filmkassette und einer Linse. Sie zog sich für ihn aus und ließ sich widerwillig auf dem Bett und im Badezimmer fotografieren. Henri knipste alle Bilder auf der Rolle voll.

»Es ist, als würdest du Abschied von mir nehmen«, sagte sie.

Er hielt dies für eine Provokation und hüllte sich in Schweigen. Er brachte sie mit dem Wagen nach Hause. Sie hatte die Pfingstrosen in Papier eingepackt und trug sie auf dem Arm.

»Ich finde es nicht einfach«, sagte sie, als er sie zum Abschied umarmte, »daß du jetzt wieder zwei Wochen lang weg bist.«

»Nein, das ist nicht schön.«

»Aber es war eine tolle Zeit.«

»Fand ich auch.«

Henri küßte sie und versuchte sie zu trösten, ungeduldig. Als er wegfuhr, verspürte er Erleichterung.

V

Einen Afrikaner gehabt

Es war dunkel, als sie aus dem Wagen stiegen und zu dem Schiff gingen, an einem Septemberabend irgendwo im Westlichen Hafengebiet. Es fiel ein leichter Regen, so leicht, daß man keine einzelnen Tropfen spürte, sondern nur eine zerstiebende Feuchtigkeit. Alles glänzte naß: das Kopfsteinpflaster auf dem Kai, die aufeinandergestapelten Container, der hohe Schiffsrumpf.

Sie gingen am Rand des Kais entlang. Zwischen dem Schiff und der Hafenmauer kabbelte das Wasser unruhig, schmatzend, leckend, klatschend, den angespülten Abfall immer wieder aufwühlend. Das Ende eines Balkens schlug unaufhörlich wummernd an den Schiffsrumpf. Hoch über ihnen, auf dem Schiff, war ein monotones Summen zu hören.

Lin hatte sich bei Henri untergehakt, widerwillig, und ihre Lederjacke locker über die Schulter gelegt. Bereits nach zehn Schritten merkte sie, wie unpraktisch das war, diese Jacke, die ihr locker über der Schulter lag: Sie konnte herunterrutschen, ins Wasser fallen. Sie hatte aber keine Lust, die Jacke jetzt noch anzuziehen, noch nicht einmal, sie mit der freien Hand am Hals zusammenzuziehen. Wenn es sein mußte, dann sollte sie halt fallen. Sie war wütend. Sie hielt es für eine Schnapsidee von Henri, auf diesem Schiff ein paar seiner sogenannten Freunde zu besuchen. Es war *ihr* Montag, der erste Tag, an dem sie wieder zusammen waren, nachdem sie sich zwei Wochen lang nicht gesehen hatten. Zu Anfang dieses Abends war ein vager

Telefonanruf gekommen. Henri hatte darauf bestanden, daß sie ihn begleitete.

Am Schiffsrumpf war eine Treppe heruntergelassen worden. Während sie hinter Henri nach oben kletterte, blies ihr ein Windstoß den Fisselregen ins Gesicht. Sie wunderte sich, daß sie den Regen zwar auf der Haut spüren, ihn aber nicht sehen konnte. Die Luft war mit Feuchtigkeit gesättigt, ihr Gesicht war bereits naß, sie konnte sich die Feuchtigkeit von den Lippen lecken – aber den Regen sah sie nicht. Das Schiff war höher, als sie gedacht hatte. Schwer atmend kam sie oben an.

An der Reling wurden sie von einem Mann mit rötlichem Haar und Sommersprossen begrüßt, der offenbar schon eine ganze Weile im Freien gestanden hatte, da ihm sein Hemd durchweicht an den Schultern klebte. Er schüttelte Henri die Hand und kniff ihn spielerisch ins Genick.

»Old friends«, rief er Lin lachend zu, mit rauher Stimme. Der Mann war betrunken.

»Das ist Jack«, sagte Henri.

»Hello! I'm Jack from Newcastle!«

Seine Hand war schwielig, sein Händedruck ungemein fest. Lachend und ohne Unterlaß redend ging der Mann aus Newcastle ihnen voraus. Während sie über das nasse Deck gingen, in Richtung des weißen Gebäudes hinten auf dem Schiff, berührte er zweimal ihren Arm und sagte: »Take care, lady.«

Warum sagt er *lady*, fragte sie sich. Sie schaute Henri an. Aber Henri schaute nicht in ihre Richtung. Sie ging Treppen hinauf und fühlte den Stahl unter ihren Füßen beben. Sie leckte sich den Regen von den Lippen und schaute hinunter zu dem Kai in der Tiefe, zu dem schwarzen Wasser des Stichhafens, zum IJ und zu den Lichtern der Stadt in der Ferne. Alles, was sie berührte, war fettig.

Nach drei Treppen und einem Gang blieben sie vor einer Kabine stehen. Jack öffnete die Tür. »Ladies first.«

Sie hob den Fuß und stieg über die hohe Schwelle.

»Here we are!«

Den Farbigen hinten in der Kabine erkannte sie. In der vergangenen Nacht hatte sie ihn in einer Kneipe gesehen und den Blick nicht von ihm abwenden können; dort war, wie ihr jetzt erst wieder einfiel, auch dieser Engländer gewesen. Henri hatte sich eine Zeitlang mit den beiden unterhalten. Später war er mit dem Schwarzen zu ihr gekommen. Der Mann kam aus Senegal und hieß Abdou.

Nun saß er in dieser Schiffskajüte auf einer grünen Kunstledercouch, die an zwei Wänden befestigt war, neben einem auf dem Boden festgeschraubten Tisch, auf dem Bierdosen standen. Anfangs ließ er sich nicht anmerken, ob er sie wiedererkannt hatte; seine Miene blieb unbewegt. Er war der dunkelste Schwarze, den sie je gesehen hatte; er war groß und hatte eine glänzende Haut. Erst als sie alle drei in der Kajüte waren und die Tür hinter ihnen ins Schloß gefallen war, stand er auf, künstlich langsam.

»Henri!« Seine Stimme war tief und schwang in seiner Brust wie in einem leeren Ölfaß mit. Er kam nach vorne und umarmte Henri, beließ es aber bei der reinen Geste, sein Körper blieb unbeteiligt. Diese Geste verlieh ihm etwas Überlegenes. Henri versuchte reflexartig, selbst ebenso kühl zu wirken – der Unterlegene, der sich anpaßt –, aber sein Körper war nicht still, vielmehr *schwieg* er, erschreckt, verkrampft. Das überraschte Lin; sie hatte ihn noch nie ängstlich gesehen.

»Hello.«

Abdou gab ihr eine Hand, höflich, schaute sie dabei aber nicht an. Mit einer einladenden Handbewegung deutete er auf die Couch und setzte sich wieder auf seinen Platz. Jack öffnete einen Kühlschrank. Als er sich vorbeugte, fiel das weiße Licht von innen auf sein Gesicht, auf seine blasse und aufgedunsene Haut. Während er sich das nasse Gesicht an den Hemdsärmeln abwischte, rief er: »Allright! Beer for the men! And what's it gonna be for the lady? What's it the lady wants? You tell me. Come on!«

Lin nahm Mineralwasser.

Sie hatte sich auf die Längsseite der Couch gesetzt, Abdou saß neben ihr auf der Schmalseite, Henri zu ihrer Linken. Jack hatte auf einem Stuhl auf der anderen Tischseite Platz genommen. Sie schaute sich in der schmalen Kabine um. Ihr gegenüber, direkt hinter Jack, lagen zwei Kojen übereinander, daneben waren zwei Einbauschränke, daneben wiederum eine Duschkabine. Über die Decke liefen in dicken Bündeln Elektrokabel. Die Tischplatte vibrierte, die Bierdosen vibrierten. Die Kajüte war von stickiger, warmer Luft erfüllt.

Jack und Abdou rissen ein paar Witze; vor allem Jack gab sein Bestes, um Lin aus der Reserve zu locken. Die beiden lachten, mit Seitenblicken auf Henri, der dann auch lachte. Doch besonders entgegenkommend wurde sie nicht. Schließlich ließen die beiden sie in Ruhe und wandten sich Henri zu.

Das Gespräch der Männer befremdete sie, und nach einer Weile war ihr auch klar, warum: Es schien, als warteten sie auf ein unmittelbar bevorstehendes Ereignis und wollten so lange die Zeit mit Reden totschlagen, über die Kneipe von gestern abend, über das Schiff, das morgen ablegen sollte, und über dessen nächstes Reiseziel. Sie fragte sich, warum diese Männer sich hatten sehen wollen, was hinter ihren Worten steckte. Zugleich wollte sie es aber auch nicht wissen. Sie langweilte sich, regte sich über diesen idiotischen Ausflug auf und wollte nach Hause.

Den Schwarzen wagte sie kaum anzuschauen. Sie spürte, daß sie ihn beschäftigte, auch wenn er nicht mit ihr sprach, daß er sich ständig ihrer Anwesenheit bewußt war. Sie hatte Angst vor ihm, konnte aber nichts dagegen tun, daß sie ihn ab und zu anschaute: die kräftigen, gleichsam geschliffenen Formen seines Kopfs, die glänzende Gesichtshaut, die festen Zähne. Er hatte etwas Vornehmes an sich, nicht weil er er selbst war, sondern einzig und allein, weil er einem bestimmten Stamm angehörte. Sie war ständig versucht, ihn anzustarren, so schön war er. Aber es war nicht nur seine Schönheit, die sie zum Hinschauen zwang, oder das Unbekannte in seinen Gesichtszügen – es war vor allem seine Unergründlichkeit. Sie sah Jack mit seinen rötlichen Haaren und seinem sommersprossigen Gesicht, der Trunkenheit in seinen Zügen, seinen Liebedienereien, seiner Durchtriebenheit, und nach einem einzigen Blick wußte sie schon eine ganze Menge von ihm. Sie sah Abdou, aber auch nach zehn Blicken wußte sie nichts von ihm, sie kam nicht an ihn heran, sah keinen Charakter, noch nicht einmal sein Alter konnte sie genau schätzen.

Der Schwarze beschäftigte ihre Gedanken, so wie sie seine beschäftigte. Aber sie war sich dessen nur halb bewußt. Ein Schleier der Unruhe und des Unwillens lag über all ihren Wahrnehmungen. Sie wollte weg von diesem Schiff, und je mehr Zeit verging, desto mehr verrannte sie sich in diesen Gedanken. Sie lächelte gezwungen und sprach wenig. Vergeblich schaute sie Henri an, der ihrem Blick auswich, einsilbig war und sich nicht wohl zu fühlen schien.

Nach einer halben Stunde klopfte jemand mit einem Ring auf das Bullauge neben der Tür. Abdou wandte sich an Henri.

»They need you now.«

Lins Herz fing an zu pochen. Henri ging zur Tür, gefolgt von Jack. Bevor er hinausging, drehte er sich zu Lin um und machte eine beruhigende Handbewegung.

»Ich löse schnell ein technisches Problem für sie.«

»Mußt ausgerechnet du das tun?« fragte sie spitz.

»Sie haben schnell jemanden gebraucht. Ich bin da, und ich mache es nicht umsonst, wie du dir denken kannst.«

»Wie lange wird das dauern? Mensch, Henri, das hättest du mir doch sagen können!«

»In einer halben Stunde bin ich wieder da.«

Er öffnete die Tür. Das Summen, das überall auf dem Schiff zu hören war, wurde lauter, und es war, als würde die Dunkelheit des Abends die Kajüte überfluten. Sie sah die naß glänzende Reling und roch die frische Luft. Jack fummelte im Kleiderschrank herum und holte zwei Overalls heraus. Henri war bereits verschwunden, als der Engländer hastig hinausging.

»Want another drink?« Der Schwarze war aufgestanden. »Whiskey?« Er sprach langsam und hatte etwas Gemeines und Provozierendes in der Stimme. »Do you want whiskey?« Er ging zur Kajütentür, zog an der Klinke und schloß ab. Mit einem kurzen Ruck zog er die Gardinen vor den Bullaugen auf beiden Seiten der Tür zu, schaltete die vergitterte Deckenlampe aus, drehte sich um und sagte lächelnd: »You're my guest now.«

Nur eine Stehlampe auf dem Tisch spendete jetzt noch Licht. Lins Herz schlug ihr im Hals.

»Another drink?«

Sie sagte nichts. Das hatte sie nach fünf Monaten mit Henri gelernt: Worte an sich abprallen zu lassen. Mit einem mürrischen Gesichtsausdruck starrte sie vor sich hin und versuchte nachzudenken. Was konnte sie tun? Ihn in ein Gespräch verwickeln, dachte sie bei sich, und so lange warten, bis Henri zurückkommt. Es war, als könnte der Schwarze ihre Gedanken lesen.

»Henri won't come back«, sagte er. »Er wird eine ganze Weile dort unten gebraucht, ein paar Stunden, und danach wird man ihm sagen, du seist mit einem Taxi nach Hause gefahren. Another drink?«

Lin hatte den Eindruck, daß das Licht in der Kajüte schwächer wurde. Die Stehlampe warf einen Lichtkreis auf den Tisch, die Sitzbänke und einen Teil des Bodens, aber dieses Licht schien schwächer zu werden, die Dunkelheit schien es zu überlagern. Oder lag es an ihren Augen, wurde es an den Rändern ihres Blickfeldes dunkler? Die Kahlheit der Kajüte wurde ihr bewußt, die herumliegenden Kleidungsstücke, die halb geöffnete Duschkabine, die abgestandene Luft. Plötzlich sah sie sich selbst in dieser Kajüte sitzen, irgendwo in einem Stahlkoloß, in einem verlassenen Hafengebiet, weit entfernt von der bewohnten Welt. Mitternacht war bereits vorüber.

Sie warf einen Blick auf den Schwarzen und spürte die Gefahr: eine Kälte, eine Leere in ihm, als wäre er jeden Augenblick zu allem möglichen in der Lage.

»In den nächsten Wochen wirst du an Bord dieses Schiffes bleiben«, sagte er, »in dieser Kajüte. Du gehörst mir, du gehörst jetzt ganz und gar mir. Verstehst du denn nicht, was er getan hat?«

»Fuck you!«

Er brach in Lachen aus. »Dutch girl, eh? No sense of humour.«

Er lachte. Aber es war ein solches Lachen, das jeden Augenblick abbrechen konnte. »Come on, you serious girl! Let's have a good time! Es kostet dich nichts, du brauchst nichts zu tun, und morgen hast du etwas, an das du dich erinnern kannst. Ich wette, daß du noch nie einen Afrikaner gehabt hast.«

»Nein, und ich will auch keinen haben!«

Er lachte über ihre ungeschickte Gegenwehr. »Du verstehst nicht.« Er beugte sich über den Tisch zu ihr herüber. Etwas Hysterisches überkam sie. »Du verstehst immer noch nicht. Du gehörst mir. Henri kommt nicht wieder. Es ist niemand da, der dir helfen könnte.«

Er zog sein Hemd aus, das er ordentlich in den Schrank hängte, und dann sein T-Shirt. Sein Oberkörper war eine Pracht, und auch dort glänzte seine Haut vor Gesundheit. Trotz ihres Widerwillens gegen diesen Mann mit seinem hohlen Lachen und seiner gespielten Überlegenheit *mußte* sie ihn anschauen.

Ihr Interesse dauerte nicht länger als eine Sekunde, blieb aber nicht unbemerkt.

»Like it, eh?«

Sie schaute weg. Die Angst nahm ihr den Atem. Als er ihren Arm ergriff und sie hinter dem Tisch hervorzog, biß sie ihm in den Unterarm. Der Mann verzog keine Miene, er bewegte sich noch nicht einmal, als ihre Zähne in sein Fleisch eindrangen, er hielt lediglich den Atem an. Vom Geschmack seines Blutes wurde ihr schlecht. Sie ließ los.

»Du bist vielleicht ein toller Hecht«, stieß sie in höhnischem Tonfall hervor. »Wirklich große Klasse!«

Sie bemühte sich nicht länger, Englisch zu sprechen. Abdou schleifte sie mit zur unteren Koje und knipste dort eine Lampe an. Als er sie auf die Pritsche zerrte und sie an sich drückte, spuckte sie ihm ein Gemisch aus Speichel und Blut ins Gesicht.

»Wow!«

Er kniff die Augen zusammen. Einen Augenblick stand er unbeweglich da, als würde er sich konzentrieren – dann stieß er plötzlich seine Stirn gegen ihre. Ein starker Schmerz durchfuhr sie, von den Schläfen bis zum Hinterkopf. Sie japste, wimmerte vor Angst und versuchte sich loszureißen.

»Wenn ich das noch einmal mache«, sagte er, »aber dann richtig fest, dann bist du weg, und ich mache trotzdem, was ich will. Ist dir das klar? Du hast die Wahl: mit oder ohne Betäubung?«

»Laß mich los!«

Er setzte sie ab. Die Außenwelt gab es nicht mehr. Zitternd zog sie sich aus, und als sie die Füße auf den fettigen Boden stellte, spürte sie es auch dort beben.

Eine halbe Stunde später saß sie im Wagen auf dem Kai. Sie hatte einen Afrikaner gehabt.

»Ganz normal weiß«, hatte er spöttisch gesagt, während er

das Kondom vor ihrem Gesicht hin und her baumeln ließ, »wie du siehst, ist unser Sperma ganz normal weiß, wie das von euren eigenen Männern.« Danach hatte er es ihr an die Wange gedrückt. Das Gummi hatte sich lauwarm angefühlt.

Der Wind war stärker geworden und peitschte durch die Pfützen auf dem Kai. Lin drehte die Fensterscheibe herunter. Der Wagen stand auf einem Parkplatz hinter einem Containerstapel, der die Sicht auf das Schiff blockierte. Aber sie hörte das Summen in der Stille der Nacht. Durch die Windschutzscheibe konnte sie den Stichhafen überblicken. Auf der gegenüberliegenden Seite sah sie die Lichter eines anderen Schiffes. Im Handschuhfach fand sie Zigaretten. Sie steckte sich eine an und blies den Rauch immer wieder durch das offene Fenster hinaus, wo der Wind ihn erfaßte und forttrug. Das Zittern in ihren Beinen, das wieder angefangen hatte, als sie die Treppe am Schiffsrumpf hinuntergestiegen war, hielt an. Sie starrte vor sich hin und drehte mechanisch den Kopf, um den Rauch hinauszublasen.

Plötzlich stand Henri neben dem Auto. Er öffnete die Tür. Sie knarrte, wie immer. »Hallo, mein Schatz.«

Er schob sich hinters Lenkrad, zog die Tür zu und wollte den Motor anlassen, aber Lins reglose Haltung hielt ihn davon ab.

»Hey, Lin.«

Sie sagte nichts und blieb reglos sitzen.

»Hat es dir nicht gefallen, mein Schatz?«

Lin hüllte sich in Schweigen. Henri ließ den Motor an. Lin sah, daß seine Hände schmutzig waren, und sie konnte riechen, daß er geschweißt hatte. Die Scham lähmte sie. Sie wollte am liebsten kein Wort darüber verlieren, sie nahm sich vor, alles zu verschweigen. Aber der spöttische Unterton, mit dem er sie gefragt hatte: »Hat es dir nicht gefallen, mein Schatz?«, tat ihr weh, tat ihr immer mehr weh; sie tastete nach dem Zündschlüssel und stellte den Motor ab.

»Nein, hat es nicht.«

»Sondern?«

»Er hat mich flachgelegt.«

»Flachgelegt? Wer hat dich flachgelegt?«

»Dieser Kumpel von dir!«

Sie schaute zu Henri hinüber, konnte seine Augen aber nicht sehen, da er geradeaus vor sich hin starrte.

»Abdou?«

»Ja.«

Ihre Stimme klang dumpf. Eine Pause trat ein. Der Wind heulte schwach zwischen den Containern hindurch. Langsam wandte Henri sich ihr zu, schaute sie mit einem unsicheren Ausdruck in den Augen an.

»Das muß ich erst einmal verarbeiten.«

Lin schaute von ihm weg, als könnte sie seinen Anblick nicht ertragen, und hörte, wie er ausstieg. Sie steckte sich eine neue Zigarette an und drehte den Kopf, um den Rauch hinauszublasen.

Henri ging zurück zum Schiff. Er nahm zwei Stufen auf einmal, als er die Schiffstreppe hinaufstieg. Die Wache ließ ihn passieren, als er sagte, er habe etwas vergessen. Zehn Minuten lang blieb er auf der anderen Schiffsseite stehen und schaute auf den Hafen hinaus, die rechte Hand in der Innentasche seiner Jacke, wo das Geld steckte, das er mit seiner Arbeit verdient hatte: fünf Riesen. Sein Herz pochte. Es war geschehen! Er versuchte nachzudenken, schaffte es aber nicht, an etwas anderes zu denken als daran, daß es geschehen war, mehr konnte er im Moment nicht begreifen. Es war geschehen. Immer wieder spürte er die Geldscheine unter den Fingerspitzen. Sie störten ihn. Aber er mußte sie immer wieder berühren. Als er sich ein wenig beruhigt hatte, erinnerte er sich an seinen Abstieg in den Schiffsraum, an die Schweißarbeiten, die er dort verrichtet hatte, an die ungeschickte Art, in der zwei Afrikaner ihm zur Hand hatten gehen wollen, ihre riesigen Schatten an der Wand des Schiffsraums, daran, wie der Engländer ihm das Geld gegeben hatte, daß er den Schwarzen später nicht mehr gesehen hatte.

Das Herzklopfen wollte kein Ende nehmen. Er mußte sich zwingen, zum Auto zurückzukehren. Von der Schiffstreppe rannte er zu den Containern; er war sich bewußt, daß er gleich vor ihr stehen, ihrem untersuchenden Blick ausgesetzt sein würde. Er riß die Wagentür auf.

»Nirgends zu finden.«

Sie schwieg.

»Wie zu erwarten war.«

Keuchend stieg er ein. Er ließ den Motor an und wendete den Wagen mit quietschenden Reifen, wie er es auch nach ihrer ersten Nacht getan hatte, auf der leeren Kreuzung beim Oosterpark, und auch diesmal lehnte er sich beim Fahren vor, als hätte es so heftig angefangen zu regnen, daß er die Straße nicht richtig sehen konnte.

Lin wollte nicht duschen. Schweigend, reglos, beinahe wie in Trance saß sie im Hinterraum am Tisch und starrte auf die Teller, Schüsseln und Gläser – Gegenstände, die vor ein paar Stunden noch einer vertrauten Welt angehört hatten, einer Welt, in der sie unter dem Tisch ihre nackten Füße auf Henris Schuhe gestellt hatte, die ihr nun fremd waren und ihr sogar Widerwillen einflößten, während sie noch immer dieses Vertraute an sich hatten. Der fünfarmige Kerzenständer, den sie so häufig durch das dunkle Haus getragen hatte, gehörte noch zu ihr und zugleich bereits nicht mehr.

Im Badezimmer wusch sich Henri den Schmutz von den Händen und vom Gesicht. Er vermied es, sich im Spiegel anzuschauen. Der Rausch, in dem er sich schon seit ein paar Stunden befand, dauerte an, aber seine Intensität ließ nach. Wie um sich auf das Gespräch mit Lin vorzubereiten, das er gleich führen mußte, dachte er noch einmal an den letzten Anruf des Senegalesen. Am späten Nachmittag hatte der Mann noch einmal angerufen, *just to make sure*, und ihn beiläufig gebeten, seine Freundin mitzubringen. Mehr nicht. Schließlich hatte er den für den Job vereinbarten Preis genannt. Der Betrag war höher gewesen als der, den sie am Abend zuvor verabredet hatten: Auf einmal hatte es sich um fünftausend Gulden gehandelt. Fünftausend, hatte er den Mann gefragt, um es zu besiegeln. Ja, fünftausend, hatte dieser erwidert, und bring deine Freundin mit. Mehr hatte er nicht gesagt.

Henri konnte kaum glauben, daß es geschehen war.

Der Anblick seines Badezimmers mit den schwarzen, blauen und weißen Fliesen, die er selbst gelegt hatte, stimmte ihn zufrieden, ebenso der Anblick ihres Bademantels, der ihm ihren warmen, nackten Körper ins Gedächtnis rief, der ihn zufrieden stimmte. Nichts schien sich verändert zu haben.

Und doch war etwas geschehen, mit ihr, auf dem Schiff.

Er ging ins Hinterzimmer. Wieder war er sich des Augenblicks bewußt, in dem er ihr unter die Augen trat.

»Willst du nicht duschen?«

Sie schüttelte den Kopf. Henri schenkte sich einen Whiskey ein und nahm dazu eines der protzigen Gläser, die er auch benutzt hatte, als sie zum ersten Mal seine Wohnung betreten hatte. Er merkte es selbst, da er diese Gläser sonst nie benutzte – und hätte statt dessen gern ein anderes genommen. Aber es war schon passiert, ganz, als müßte es so sein.

»Du auch einen Whiskey?« fragte er.

Sie schwieg. Sie war nicht in der Lage, sich zu erheben und zu duschen, obwohl sie sich unglaublich schmutzig fühlte und am liebsten stundenlang unter heißem, strömendem Wasser gestanden hätte. Ihr Schambein brannte, der Hintern tat ihr immer mehr weh.

»Wieviel hast du verdient?« fragte sie schließlich.

»Fünftausend.«

»Und wieviel hast du für mich gekriegt?«

»Für dich gekriegt?«

»Ja, für mich.«

»Ich hab nichts für dich gekriegt. Bist du jetzt völlig übergeschnappt?«

Sie schwiegen.

»Bring deine Freundin mit, hat er gesagt. Hätte ich daraus ableiten sollen, was er vorhatte?«

»Du bist gar nicht wütend.«

»Wieso wütend?«

»Du bist gar nicht wütend.«

»Ich bin zurückgegangen.«

»Aber du bist gar nicht wütend.«

»Solche Dinge passieren nun einmal, Lin.«

»Herrgott, du bist gar nicht wütend!«

»Ja, jetzt wissen wir es ja! Die Welt wird schon nicht untergehen, nur weil du zehn Minuten lang für irgend so ein Arschloch die Beine gespreizt hast! Es gibt Schlimmeres.«

»Jetzt weiß ich genug.«

»Was genug? Was weißt du?«

»Herrgott, wie du das sagst.«

»Ich setz sogar noch einen drauf: Es ist alles *deine* Schuld! Gestern abend in der Kneipe hast du ihn doch die ganze Zeit angeglotzt. Und in seiner Kajüte hast du dich neben ihn gesetzt.«

»Er hat sich neben *mich* gesetzt.«

»Du hast dich neben *ihn* gesetzt. Als wir reinkamen, saß er am Tisch, dann stand er auf, um uns zu begrüßen, und hat sich wieder hingesetzt, und du bist neben ihn gerutscht.«

»Jemanden anzuschauen, sich neben jemanden zu setzen, heißt noch lange nicht, daß man von ihm flachgelegt werden will!«

»Für solche Typen aber schon.«

»Und mit so einem Kerl läßt du mich allein!«

»Ich dachte, daß du mit ihm umgehen kannst, ich dachte, daß du in fünf Monaten was gelernt hast, du blöde Kuh!« Außer Atem ließ Henri sich in einen seiner Sessel fallen, streckte die Beine aus und schwieg.

Er hatte genug von ihr. Am Samstag abend, gleich im Wagen, hatte sie ihm mitgeteilt, sie würde es nicht mehr lange aushalten, ihn stets zwei Wochen lang nicht zu sehen, und seither hatte es die ganze Zeit nur Ärger gegeben. Ob er sich nicht eine Stelle auf dem Festland suchen könne. Ob sie nicht in seiner Wohnung wohnen dürfe, solange er auf dem Meer sei, so daß sie ihn zumindest um sich herum spüren könne. Er hatte sich alles angehört, er hatte versucht, sie zu beruhigen, er hatte sie fast bewußtlos gefickt. Alles umsonst: Auf einmal hatte er genug von ihr gehabt.

Henri hielt die Beine steif von sich gestreckt und rührte sich nicht. Langsam wurde ihm klar, was er angerichtet hatte. Er sah Lin dasitzen, reglos, in sich zusammengesunken. Er begriff, daß er sich verriet, wenn er nichts tun und nichts sagen würde, doch auch das wollte er geschehen lassen: ihr schamlos zeigen, was er getan hatte.

Sie schwiegen lange.

In der Stille schien es, als entstünde so etwas wie Besänftigung, Annäherung, als würde sich etwas öffnen. Aber es schloß sich wieder.

»Ich gehe«, sagte sie schließlich.

Als sie das beschlossen hatte, konnte sie sich wieder bewegen. Sie ging schnell und entschlossen vor. In der ganzen Wohnung sammelte sie ihre Kleidungsstücke und ihr sonstiges Hab und Gut zusammen und stopfte alles in ihren kleinen Koffer. Sie hockte sich sogar vor den Kühlschrank und holte alles heraus, was sie mitgebracht hatte. Henri ließ sie gewähren. Aber als sie dicht an ihm vorbeikam und er ihren Geruch wahrnahm, spürte er auf einmal – als hätte die Mauer, die er um sich herum errichtet hatte, einen Riß bekommen –, daß er sich nach ihr sehnte, und in dieser Sehnsucht lebte auch die Erinnerung an all das Gute wieder auf, das es zwischen ihnen gegeben hatte. Nach einigen Sekunden war es vorbei. Er tat nichts und erstarrte. Lin fuhr in blindem Eifer fort, erleichtert darüber, daß sie wegkonnte, daß der Bann gebrochen war.

Henri wechselte die Haltung: Er stützte die Ellbogen auf die Knie und starrte auf die Zeitung, die er zwischen den Füßen liegen hatte; so blieb er sitzen, auch nachdem er die Wohnungstür mit der Eisenplatte schwer ins Schloß hatte fallen hören.

Draußen, im feuchten Wind, der der gleiche Wind war wie eine Stunde zuvor auf dem Kai im Hafen, begannen ihre Beine wieder zu zittern; außerdem spürte sie wieder das lauwarme Kondom, das ihr an die Wange gedrückt worden war. Ihr wurde schlecht. Sie ging ein Stück zu Fuß, um sich zu erholen. In der Ferdinand Bolstraat hielt sie ein Taxi an. Als der junge Fahrer sie mit erhobener Hand am Straßenrand sah, bremste er so stark, daß sein Wagen auf dem nassen Asphalt ins Rutschen kam. Kaum war sie eingestiegen, begann der junge Mann sich lebhaft mit ihr zu unterhalten, aber schon nach wenigen Minuten wurde er immer verlegener, da sie einen dermaßen aufgelösten Eindruck machte; schließlich, beinahe betreten, schwieg er.

Gegen drei Uhr nachts stand sie bei sich im Treppenhaus. Sie lauschte. Der Wind draußen, ein vereinzelter Wagen in der Wibautstraat. Im dunklen Treppenhaus nur Stille. Während sie lauschte und nur ihren eigenen Atem hörte, erinnerte sie sich an den Abend, an dem Henri sie vor dem Haus erwartet hatte, einen Strauß Rosen in der Hand, um sich zu entschuldigen, ganz zu Anfang war das gewesen, nach ihrer ersten Nacht, wie sie die Rosen zurückgewiesen hatte, wie er daraufhin provokativ mit den in dem Zellophan verpackten Stielen über ihren

Arm gestrichen hatte – los, nimm sie schon – und sie in seinen Augen diese helle Glut erblickt hatte. Sie hatte alles schon gewußt, schon am allerersten Abend. Dennoch hatte sie sich mit ihm eingelassen.

Sie ließ sich vornüberfallen. Kurz bevor sie mit dem Körper auf den Treppenstufen aufkommen konnte, stemmte sie die Hände auf die siebte Stufe und fing sich so ab. Sie stützte sich mit gebeugten Armen ab und hielt die Nase direkt über den Treppenläufer, um den fauligen Geruch einzuatmen, immer wieder, bis sie ihn nicht mehr wahrnahm. Dann ging sie hinauf.

Als sie neben dem Bett das Foto sah, auf dem Henri die Arme um sie gelegt hatte, kamen die Tränen.

VI

Zwei Pferde

Sechs Wochen später, an einem Samstag morgen, ging sie auf den Markt in der Albert-Cuyp-Straat, um Fisch zu kaufen.

Es war einer der letzten schönen Herbsttage. Die Sonne stand verschleiert an einem neblig-blauen Himmel, in den Straßen fielen Blätter von den Ulmen, bedächtig, fast behutsam, in einer schaukelnden Bewegung, auf den Bürgersteig oder auf die Dächer der Autos. Als Lin auf die Straße trat, fühlte sie sich wie neugeboren, vom Fieber gereinigt.

Alles, was sie an Henri erinnerte, hatte sie in eine Plastiktragetasche gestopft und weggeräumt: Fotos, einen Strauß getrockneter Rosen, die sexy Unterwäsche, die er eines Abends unter den Gleisen des Hauptbahnhofs aus einem Automaten gezogen hatte, das ausklappbare Foto der Bohrinsel, ein paar Schuhe, ein Armband, eines seiner T-Shirts, in dem sie geschlafen hatte, wenn sie allein gewesen war, ein kleines Champagnerfläschchen, eine Karte von Schiermonnikoog, auf deren Rückseite sich die Zeichnung befand, mit der Henri ihr die Gasbohrungen erklärt hatte, und ihre eigene Zeichnung von einem Strandläufer, eine Erinnerung an den Schwarm, der für sie ein Zeichen des Glücks gewesen war. Sie war erstaunt gewesen, daß es so wenig war, was sie von ihm bekommen hatte, noch nicht einmal genug, um eine Plastiktragetasche zu füllen, so wenig, nach all den Monaten, in denen sie so von ihm erfüllt gewesen war. Als sie die Tragetasche unten in ihren Kleiderschrank donnerte, hörte sie, wie Glas zerbrach – das Glas vor dem Foto, auf dem er sie mit beiden Armen umklammerte, eine Wange an ihre gepreßt, und lachend in die Kamera schaute.

Henri hatte nichts mehr von sich hören lassen. Sie hatte nicht gewußt, wie sie sich von ihrer Wut befreien sollte, einer Wut, die um so größer wurde, je mehr ihr bewußt wurde, was geschehen war, was er mit ihr getan hatte. Schließlich hatte sie ihm einen Brief geschrieben, zehn Zeilen, mehr hatte sie nicht gebraucht. Manche Leute wollen das Glück nicht, hatte sie ihm geschrieben, sie wollen es nicht und zerstören es, sobald es in ihre Nähe kommt.

Sie hatte ihn abgeschrieben.

Aber nach der Arbeit lag sie doch auf dem Bett und sehnte sich nach ihm, während es dunkel wurde und sie im Stockwerk unter sich das Radio hörte und die Stimme der alten Frau, die mit ihrem Hund redete. In ihrer Phantasie war Henri ein anderer Mensch geworden, so daß sie sich nach ihm sehnen durfte. Er erschien ihr als der Mann, zwischen dessen Beinen sie geschlafen hatte, der Mann, der sie an dem Tag begleiten sollte, an dem sie ihren Vater wieder besuchte. Sie sehnte sich nach jemandem, den sie nie mehr sehen wollte.

Nach sechs Wochen schien es, als hätte sie das Schlimmste hinter sich. Die Blutergüsse, die ihr der Afrikaner in den Körper gekniffen hatte, waren verschwunden, ebenso wie die Angstträume und die Mattheit tagsüber, und sie dachte nicht mehr an ihn. Sie war fünfundzwanzig geworden, eine erwachsene Frau, wie sie selbst fand. Sie hatte sich gezwungen, ihren Geburtstag zu feiern, und alte Freundschaftsbande erneuert; mit einem dieser Freunde, dem, der am längsten geblieben war, war sie im Bett gelandet. Sie war mit ihrer Mutter essen gegangen, und sie hatte es überstanden, ohne in ein beinahe nicht mehr zu überwindendes Schweigen zu verfallen. Sie hatte Yvonne Wijnberg mitgeteilt, daß sie den Star Shop bis zum Jahresende verlassen wolle, und war bereits dabei, eine neue Stelle zu suchen, endlich etwas »Anspruchsvolles«. Schließlich war sie krank geworden. Sie hatte eine Woche mit Fieber im Bett gelegen und die Bettücher mit ihrem Schweiß getränkt, wie sie es schon einmal in Henris Bett getan hatte.

Als sie an diesem Samstag morgen ins Freie trat, fühlte sie sich verändert, schwach noch, aber zugleich stark, da sie ihr Leben blitzschnell reorganisiert und ihm eine andere Farbe gegeben hatte. An diesem Abend würde sie Besuch bekommen: Sie wollte den Freund, mit dem sie geschlafen hatte, bekochen. Auch für den Sonntag hatte sie bereits Pläne geschmiedet.

Auf dem Markt in der Albert-Cuyp-Straat war viel los: Tausende von Menschen drängten sich zwischen den Marktbuden, mit denen die Straße gesäumt war. Sie hätte auch zum näher gelegenen Dappermarkt gehen können, aber dieser hier war größer, interessanter, und die Fischbuden waren hier besser. Zuerst spazierte sie über den ganzen Markt, um sich zu beweisen, daß sie auch ohne Henri hier umhergehen konnte. Natürlich fühlte sie sich nicht ganz wohl in ihrer Haut; er wohnte ja nur ein paar Straßen entfernt. Aber wichtiger war die Selbstüberwindung.

Während sie vor einer der Fischbuden wartete, erinnerte sie sich daran, wie sie hier mit Henri gestanden hatte, der ein Bündel Banknoten aus der Gesäßtasche geholt und mit dem Daumen ein paar davon heruntergeschoben hatte. Um sich abzulenken, betrachtete sie zwischen den Köpfen hindurch die glänzenden Fische in dem zerstoßenen Eis, die Forellen, die Seezungen, die Schollen, die fetten Aale, die Austern und einen der Witze reißenden jungen Männer hinter dem Stand, von dem sie sich gleich bedienen lassen wollte. Sie drängte sich tiefer in das Grüppchen der Wartenden, beinahe, als wollte sie sich vordrängen, und errötend, plötzlich errötend, schaute sie sich um, nach jemandem Ausschau haltend, zu dem sie etwas sagen könnte, und fand eine Frau, der sie zulächelte.

Sie wurde von dem jungen Mann bedient, den sie sich ausgesucht hatte; seine Unbekümmertheit gab ihr Mut. Sie kaufte zwei Scheiben Schwertfisch, für heute abend, und nahm außerdem noch ein Pfund isländische Garnelen mit, die sie morgen backen würde, wenn sie wieder jemanden zum Essen da haben würde.

Als sie sich aus dem Gedränge löste, mit ihrer Einkaufstasche manövrierend, stand auf einmal Henri neben ihr.

»Hallo, Lin.«

Sie schaute auf.

Einen Augenblick fühlte sie Freude: daß sie ihn wiedersah. Danach erstarrte ihre Miene. Ihre Beine begannen zu zittern. Jemand schob sie zur Seite, wodurch sie ihm ganz nahe kam; hastig wich sie zurück. Einige Sekunden verstrichen. Dann sagte sie: »Sorry, ich weiß einfach nicht, was ich sagen soll.«

»Gehen wir ein bißchen zur Seite.«

Für Henri war der Schock des Wiedersehens weniger heftig: Er hatte sie schon eine Weile beobachtet. Aber nun, da er ihr direkt gegenüberstand, geriet er dennoch in Verwirrung. Sie kam ihm verändert vor. Er wollte wissen, was anders war. Um sie aus dem Gedränge zu lotsen, legte er eine Hand an die Innenseite ihres Unterarms und führte sie. Er erkannte die Form ihres Oberarms, das weiche Leder ihrer Jacke, aus ihrer Achselhöhle strömte Wärme. Nach ein paar Schritten entzog sie sich mit einer Armbewegung seiner Berührung.

Hinter den Ständen war es ruhiger. Sie blieben neben einem Stapel leerer Fischkisten stehen. Henri fragte, wie es ihr gehe. Ganz gut, antwortete sie. Und ihm? Er sagte, ihm gehe es auch ganz gut. Sie nickten dabei und lächelten munter: Ja, es ging ganz gut. Lin klemmte sich die Einkaufstasche zwischen die Beine, die noch immer zitterten. Als sie seine Schuhe auf dem Bürgersteig stehen sah – unausstehlich eigensinnig und selbstzufrieden, wie es schien –, spürte sie den Wunsch, mit dem Absatz draufzutreten. Sie wollte ihm den Rücken zukehren und weggehen. Aber zugleich stellte sie fest, daß seine Haare geschnitten waren und daß er an der Wange eine Schramme hatte. Hatte jemand ihn gekratzt? Aber was ging sie das an, und was machte es schon aus? Es würde doch nie eine Frau bei ihm bleiben.

Henri erzählte ihr, daß er in einem Café gesessen und sie habe vorbeikommen sehen und daß er in einer Stunde zur Arbeit müsse.

»Noch immer diese Bohrinsel?« fragte sie, als hätte sie ihn jahrelang nicht gesehen, und fügte hinzu, daß sie selbst auf der Suche nach einer neuen Stelle sei. »Verrückt, daß wir uns begegnet sind«, sagte sie, um das Ganze zu beenden, und hob die abgestellte Tasche wieder auf.

»So geht es nun einmal.«

»Ja, du machst das natürlich regelmäßig mit.«

Henri schwieg. Der Stapel mit den Fischkisten kam ins Wanken, als noch ein paar leere obendrauf gestellt wurden. Henri hielt ihn mit einer Hand im Gleichgewicht.

»Ich möchte noch mal mit dir reden«, sagte er.

Das Café war voll und laut. Ohne ein Wort saßen sie einander gegenüber.

»Hast du meinen Brief bekommen?« fragte sie schließlich.

»Ja.«

Lin verfiel wieder in Schweigen. Der Kellner wand sich mit hoch in die Luft gehaltenem Tablett durch das Stehpublikum und stieß sie dabei an. Hinter ihr saß eine Viererrunde, die ständig vor Lachen prustete; und immer wenn sich die Leute ein wenig beruhigt hatten, preßte einer wieder eine Bemerkung hervor, die zum nächsten Lachanfall führte.

»Ich glaube, du hast recht«, sagte Henri.

»Womit?«

»Daß manche Leute das Glück nicht wollen.«

Er hatte noch mehr sagen wollen. Das Lachen hinter ihr nahm kein Ende – das ärgerte ihn, traf ihn wie Spott, er hatte das Gefühl, ausgelacht zu werden. Irgendwo rief ein Mann mit rauher Stimme etwas aus. Hinter der Theke wurden frisch gespülte Tassen und Teller aufeinandergestapelt, die Aufschäumdüse der Espressomaschine hing zischend und fauchend in der Milchkanne und übertönte sogar die lauthals geführten Gespräche. An jenem Morgen war in dieser Eckkneipe mit ihren hohen Fenstern bereits eine ganze Menge Bier gezapft worden. Die Sonne schien herein. Es herrschte eine Atmosphäre wüster, früher Trunkenheit.

Verstohlen schaute Henri in ihr abgewandtes Gesicht. In einer Dreiviertelstunde mußte er die Stadt verlassen.

»Ich habe noch ein Geschenk für dich.«

Es war ein Schritt ins Ungewisse.

»Ein Geschenk?«

»Ja, du hattest doch Geburtstag.«

Er hatte kein Geschenk für sie.

»Dann laß uns gehen«, sagte sie. »Hier kann man sich doch nicht unterhalten.«

»Ja, komm kurz mit.«

Ihm folgend, zwängte sie sich zwischen den Leuten hindurch zum Ausgang. Es hatte etwas Vertrautes. Wie oft hatte sie sich schon so hinter Henri, der als spaltender Bug diente, in Richtung Ausgang geschoben? Draußen wurde ihr wieder bewußt, was für ein schöner Herbsttag es war. Sie fühlte sich wie eine Gefangene, gefangen im Käfig ihres eigenen Lebens.

Sie ging neben Henri her. Auf einmal nahm sie seinen Geruch wahr. Sie hatte ihn nicht zur Begrüßung geküßt, ihm nicht die Hand gegeben, sie hatte seine körperliche Nähe gemieden, aber seinem Geruch konnte sie nicht entkommen: Er drang ihr immer wieder in die Nase, stechend, bitter wie der Geruch von verkohltem Holz. Sie wollte seinen Geruch ausstoßen, atmete ihn jedoch gerade ein. Sie wollte ihn nicht wieder riechen, ging dann aber so, daß sie ihn wieder riechen konnte. Es war falsch, was sie tat – das war ihr klar. Aber was machte es schon aus? Es war vorbei.

Sie bog um die Ecke. Danach versuchte sie sich selbst klarzumachen, daß sie neben dem Mann herging, der zugelassen hatte, daß sie vergewaltigt worden war – es war das erste Mal, daß sie dieses Wort dafür verwendete. Von der Seite betrachtete sie Henri, diesen Charakterkopf, diesen Körper, diese Kleidungsstücke. Ein Samstagmorgen im Oktober in einer Amsterdamer Straße, und sie versuchte, diesem Mann den Makel seiner Schuld, seiner Schandtat, anzusehen.

Henri war mißtrauisch geworden. Dieses Mißtrauen hatte ihn plötzlich beschlichen und war der Grund, daß er von ihr wegschaute. Auf einmal kam er sich vor wie ein Einfaltspinsel, der einer durchtriebenen Frau in die Fänge geraten war, ein Mann, der glaubt, er sei der Verführer, obwohl er nur das tut, was sie sich schon lange vorher ausgedacht hat. Es war kein Zufall, daß sie sich getroffen hatten. Sie hatte gewußt, daß er heute nachmittag zur Bohrinsel fahren würde, und sie hatte gewußt, daß er in den Stunden vor seiner Abfahrt meistens unterwegs war, auf dem Markt, in einem Café. Sie war zur Albert-Cuyp-Straat gekommen, an dem Kaffeehaus vorbeigegangen, wo er sich häufig aufhielt, war danach über den ganzen Markt gegangen und letzten Endes zu dem Fischhändler, wo er immer seine Einkäufe machte. Vom Instinkt geleitet, vielleicht ohne sich klarzumachen, was sie tat oder was sie eigentlich erreichen wollte, hatte *sie* diese Begegnung, diese unwahrscheinliche Begegnung im Gewühle auf dem Markt in die Wege geleitet.

Er hielt den Blick von ihr abgewandt.

Lin versuchte sich vor Augen zu führen, daß der Mann neben ihr durchtrieben und unzuverlässig war. Sie versuchte sich in Erinnerung zu rufen, wie es an jenem Abend auf dem Schiff gewesen war, mit diesem Afrikaner in dessen Koje, wie elend ihr in den darauffolgenden Tagen zumute gewesen war. Aber die Erinnerung an diese Ereignisse blieb unerreichbar. Es gab nur das Jetzt.

Früher, als sie gedacht hatte, stand sie vor der Eingangstür seines Hauses. Sie wandte den Blick ab, hatte sie aber schon gesehen: die Namensschilder, seines und die der anderen, die schlampig angebrachten Klingeln dazwischen sowie hier und da die Bohrlöcher von verschwundenen Namensschildern und Klingeln. Und da, in der Türmitte, die schmale vertikale Mattglasscheibe, durch Leisten in drei Vierecke unterteilt, dessen unterstes noch immer kaputt war. Und durch das Loch in dieser Scheibe schaute sie hinein, an seinen Beinen vorbei, und ihr Blick fiel auf die unterste Treppenstufe mit den Resten fahlblauer Farbe.

Henri hatte sich vorgenommen, allein hinaufzugehen und ein Geschenk zu finden, hörte sich aber sagen: »Kommst du kurz mit? Oder wird dir das zuviel?«

»Zuviel? Wieso?«

Sie wollte nicht ängstlich wirken und ihm zeigen, daß sie sich von ihm gelöst hatte.

»Ich gehe kurz mit hoch«, antwortete sie. »Hast du übrigens noch Sachen von mir gefunden?«

Sie drückte die Tür hinter sich ins Schloß und erkannte das Geräusch wieder. Auf der Treppe erinnerte sie sich an das erste Mal, daß sie hiergewesen war. Auf einer der unteren Treppenstufen hatte sie seine Post liegen sehen, ganz oben ein Brief mit seinem Nachnamen und einem *anderen* Vornamen, und sie hatte seine Fingernägel über das Holz der Treppenstufe kratzen hören, als er die Finger unter den Stapel geschoben hatte.

Sie verdrängte diese Erinnerung, sie wollte sich an nichts erinnern, und am liebsten hätte sie auch nichts von dem Treppenhaus gesehen.

Henri schwitzte. Er wußte nicht, was er ihr schenken sollte, und er war nicht imstande nachzudenken. Hinter sich hörte er ihre Schritte auf der Treppe – als hätte sich nichts verändert, als kämen sie zusammen vom Markt nach Hause. Er wollte schneller hinaufsteigen, um einen Vorsprung herauszuholen, Zeit zu gewinnen, aber er ging langsam, einzig und allein, um sie hinter sich auf der Treppe zu hören. Wahrscheinlich war es das letzte Mal. Alles schien vorbei zu sein, alles schien entschieden, auch, wie sich gleich herausstellen würde, daß er kein Geschenk für sie hatte, daß er sie angelogen hatte. Sie kannte ihn inzwischen gut genug, um sofort zu durchschauen, falls er versuchen würde, irgend etwas zu improvisieren. Im halbdunklen Treppenhaus öffnete er die drei Schlösser an seiner Wohnungstür, wiederum langsam, nur um noch eine kleine Weile mit ihr im Treppenhaus zu stehen. Lin war auf der zweitletzten Treppenstufe stehengeblieben.

Im zur Straße hin gelegenen Zimmer waren die Vorhänge zugezogen; zwei Stores bauschten sich in der Zugluft, die durch ein geöffnetes Fenster hereinkam. Henri zog einen Vorhang zur Seite, und als er sich umdrehte, sah er neben der Schiebetür den Gegenstand, den er ihr schenken würde. Er blieb stehen. Es war eine wundersame Eingebung, dies sofort zu wissen, um so wundersamer, als er es eigentlich schon lange gewußt hatte, gestern noch hatte er daran gedacht, und auch vor zwei Wochen war dieser Gedanke bereits in ihm aufgekommen.

»Ich hole schnell Packpapier.«

Nach ein paar scheuen Blicken durch den Raum senkte Lin die Augen und schaute durch die Gardinen hinunter in die Straße, betrachtete dann die Pedalen seines Rennrades und blieb mit dem Blick schließlich an der Einkaufstasche hängen, an den Einkäufen selbst, an dem Päckchen mit dem Fisch und den Garnelen, die sie an ihre Vorsätze, an ihren Plan für den heutigen Abend, an ein Leben ohne Henri erinnerte. Sie hörte, wie er zurückkam. Henri ging zu dem Bild, das neben der Schiebetür hing, und nahm es von der Wand.

»Das hat dir doch immer so gut gefallen.«

Es war ein kleines Gemälde mit zwei Pferden, das er irgendwann mal auf einem Flohmarkt gekauft hatte. Jemand, der es wissen mußte, hatte ihm gesagt, daß es handwerklich gar nicht schlecht sei, und danach hatte Henri sich selbst weisgemacht, daß er das eigentlich selbst auch erkannt hatte. Zwei schwarzbraune Pferde waren darauf zu sehen, vielleicht sollte es sogar ein Porträt sein, schräg von der Seite. Ihr Fell glänzte matt. Sie standen nebeneinander, beinahe Seite an Seite, ziemlich grobknochig, mit leicht hängenden Köpfen. Das Gemälde atmete eine traurige Atmosphäre: Es gab keinerlei Hinweis auf eine Landschaft, die Pferde standen vor einem grauen Himmel – weit von der bewohnten Welt entfernt, wie es schien, in einer graugrünen Verlorenheit, wie Lin sie sich von der Landschaft ihrer Kindheit her erinnerte. Aber die Traurigkeit, die der Maler in das Bild hatte einfließen lassen, genau die mochte sie so gerne. »Das sind wir«, hatte sie einmal gesagt und auf die Pferde gezeigt, »alle beide traurig, ohne zu wissen, warum.« Manchmal, wenn sie sich an Henri geschmiegt hatte, hatte sie über seine Schulter hinweg das Bild angeschaut.

»Die Pferde.«

»Ja.«

»Willst du das verschenken?«

»Ja. Wenn es dir gefällt.«

»Es hat mir schon immer gefallen.«

Schnell kniete er sich auf den Boden, um das Bild einzupacken; erst schlug er es in Zeitungen ein, dann umwickelte er alles mit Packpapier. Er klebte das Paket mit silbernem Klebeband zu, das er stets mit den Zähnen festhielt, um ein Stück davon abzureißen.

Lin schaute zu. Sie war eifersüchtig auf das Gemälde, die Zeitungen, das Packpapier, das Klebeband, alles, was von seinen Händen, seinem Mund und seinen Lippen berührt wurde, und sie hatte gedacht, daß ihr das alles nichts ausmachen würde. Henri gab ihr das Paket. Sie errötete und stieß mit ihm zusammen, als sie ihm einen Kuß geben wollte, während er sich gerade zu seiner Reisetasche neben dem Bett umdrehen wollte. Ohne ein Wort zog Henri sie an sich, um sie noch ein letztes Mal zu spüren, die Sanftheit ihres Bauches, die feste Ausbuchtung ihrer Brüste, die Furche ihrer Wirbelsäule. Lin atmete mit offenem Mund und starrte über seine Schulter hinweg durch die Schiebetür ins Hinterzimmer.

»Tut es dir leid?« fragte sie gedankenverloren.

»Was soll mir leid tun?«

»Du weißt genau, was.«

Henri schwieg kurz.

»Ja, das tut mir leid.«

Sofort glitt seine Hand auf ihrem Rücken unter ihre Bluse. Sie machte eine Wegjagbewegung mit der Schulter, eine Losreißkrümmung mit dem Rest ihres Körpers, aber ein paar Sekunden später stand sie, fest umklammert, bewegungslos an ihn gedrückt, den Mund geöffnet.

»Stille Pferde«, sagte sie, als würde sie einen Witz machen.

Henri zwängte seine Hand unter ihren eng anliegenden Hosenbund und legte sie auf die fleischige Stelle oberhalb ihres Hinterns, den Mittelfinger auf ihrem Steißbein, die Fingerspitze in die kleine Vertiefung darunter. Dort war es feucht.

»Unsere Bäuche haben sich schon immer gut verstanden«, sagte sie, »nur unsere Köpfe nicht.«

Es hieß Abschied nehmen. Noch ein letztes Mal die vertrauten Formen spüren, mit dem Kummer in den Händen, bereits mit dem Gefühl der Distanz, immer die Überzeugung, daß man alles im Griff hätte, gerade, weil man einander so gut kannte. Aber plötzlich quollen die Aale über den Rand. Lin wurde ganz weich in den Knien, so wollte sie nicht Abschied nehmen. Was machte es aus, was machte es schon aus, wenn sie es noch ein letztes Mal täten, war es nicht vielleicht sogar besser? Ihr Mund war ganz trocken vom schweren Atmen.

»Kannst du nicht ein wenig später wegfahren?« fragte sie sanft.

»Ich bin schon spät dran.«

»Laß es uns noch ein letztes Mal tun.«

Es hörte sich an wie ein praktischer Vorschlag: es tun, noch ein einziges Mal, um es loszuwerden. Henri zögerte. Er kannte diese Situation und wußte, daß ihm nachher nur noch elender zumute sein würde. Ohne seine Antwort abzuwarten – sein Zögern war für sie Antwort genug –, bückte sie sich, um sich die Schuhe von den Füßen zu streifen und bei der Gelegenheit gleich auch die Socken. In einer einzigen fließenden Bewegung streifte sie Slip und Hose ab. Henri sah, daß der Stoff ihres Slips zwischen ihren Oberschenkeln kurz an ihrer Scham hängenblieb.

»Kommst du?« fragte sie und ging zum Bett.

Henri zog sich aus. Federnd kam sein Ständer hoch. Lin sah zu, wie er in sie eindrang. Henri umklammerte ihren Körper. Das eiserne Bett begann zu ächzen. Während sie es sich mit einer Hand wie wahnsinnig selbst machte, um mit ihm zusammen zu kommen, schob sie die andere mit gespreizten Fingern in seine Haare und packte zu. Henri versuchte sich zu befreien, indem er den Kopf ruckartig zur Seite riß, wie ein Tier, das den Kopf aus einem Halfter zu befreien versucht. Aber sie hielt ihn eisern fest und zog seinen Kopf herunter. Das stachelte ihn noch mehr an. Nach ein paar Minuten war das Ganze vorbei.

Nicht lange blieben sie mit pochenden Herzen aufeinander liegen. Henri war in Gedanken bereits auf der Suche nach der Straße, der Stelle, wo er seinen Wagen abgestellt hatte. Er würde wie ein Wahnsinniger fahren müssen, um den Flugplatz noch rechtzeitig zu erreichen. Sie standen auf. Sofort wurden sie von Niedergeschlagenheit befallen. Beschämt zogen sie sich an. Henri spürte Krämpfe in seinem Unterleib.

»Vergiß dein Bild nicht.«

Sie polterten die Treppe hinunter. Draußen kniffen sie wegen der Helligkeit die Augen zusammen. Henri gab ihr einen Kuß. Sie sah, wie er mit der Reisetasche über der Schulter die Straße hinunterrannte, und drehte sich um, bevor er die Ecke erreicht hatte.

Langsam ging sie zurück zum Markt. Es kam ihr vor, als wären Stunden verstrichen, seit sie Henri plötzlich Auge in Auge gegenübergestanden war, aber es war kaum eine halbe Stunde vergangen. Unter dem Arm hatte sie das eingepackte Gemälde, den Beweis, daß sie wirklich bei ihm gewesen war. Sie kehrte zum Kaffeehaus und zum Fischstand zurück, wobei sie dem Weg folgte, den sie mit Henri gegangen war, als wollte sie das, was geschehen war, auslöschen, indem sie in ihren eigenen Spuren zurückkehrte. Sie schloß sich den am Fischstand Wartenden an. Erst als sie an der Reihe war, wurde ihr klar, welchen Fehler sie begangen hatte.

VII

Unerreichbar

Eines Sonntag nachmittags blieb Lin beim Zappen an einem Film über Wale hängen. Sie schaltete um, als gerade eine Herde Wale vor der Küste von Alaska im Bild war. Dort war ein nebliger Tag. Ein Mann in einem Gummiboot fuhr auf die Wale zu und erzählte dabei, daß er sie schon von weitem riechen könne: an der Gischt, die sie mehrere Meter hoch in die Luft bliesen; über der Wasseroberfläche hing dann eine fade Salzluft. Das Meer war flach, grau und ölig. Es überspülte langsam die Rücken der Wale.

Die Tiere zogen in Richtung Süden. Ein paar Wochen später waren sie vor der mexikanischen Küste, sie schwammen in eine blaugrüne Meeresbucht hinein, in der sie sich jedes Jahr versammelten, um sich zu paaren und Junge zur Welt zu bringen. Um die Bucht herum lag ein Stück Flachland mit Brutvögelschwärmen; die Luft über dem salzigen Boden flimmerte vor Hitze. Die Wale umkreisten einander an der Wasseroberfläche, je ein Männchen und ein Weibchen, nebeneinander, aneinandergepreßt, die Körper in träger Lust übereinander hinweggleitend. Lin erinnerte sich an einen Sommernachmittag, an dem Henri ihren und sie Henris Körper im Bett mit Olivenöl aus einer Sardinenbüchse eingerieben hatte, wie ihre Körper übereinandergeglitten waren und sie ständig Meersalz und Fisch gerochen hatte.

Der Mann in dem Gummiboot fuhr wieder zwischen den Walen herum. Das Wasser war hellblau und funkelte in der

Sonne. Zwei Wale kamen auf ihn zu, neugierig: eine Mutter und ihr Junges, das schräg unter ihr trieb. Der Mann beugte sich über Bord, berührte das Walfischweibchen und sagte, daß seine Haut »ganz weich« sei. Lin saß jetzt reglos da und schaute zu. Mit einer Unterwasserkamera wurde das Auge dieses Wals gefilmt. Es war so groß wie zwei geballte Fäuste, glänzte feucht und lag eingebettet zwischen dicken Hautfalten. Es war ein Auge, das schaute, es war das Auge von jemandem, es war, als würde jemand, der in diesem riesigen Körper saß, durch das Auge hinausblicken.

Plötzlich fühlte sie sich benommen und schaltete den Fernseher aus.

In der Stille hörte sie wieder den Wind und das Klappern der Balkontüren. Über den Häusern hinter dem Bahndamm hingen Regenwolken. Hier und dort fiel das Sonnenlicht in breit aufgefächerten Bündeln hindurch. Sie wollte ins Freie, die Stadt hinter sich lassen, in den Dünen spazierengehen. Der Regen konnte ihr nichts anhaben, würde ihr vielmehr guttun. Aber sie blieb, wo sie war.

Eine halbe Stunde später klingelte das Telefon. Atemlos hob sie ab. Es war ihre Mutter.

»Warum keuchst du so?«

»Keuche ich?«

»Und ob du keuchst.«

»Ich komme vom Balkon.«

Ihre Mutter fragte, wie es ihr gehe, eine Frage, die wie immer emotional aufgeladen war, egal wie oberflächlich und beiläufig sie gestellt wurde. Es war die einfachste und zugleich komplizierteste Frage, die sie ihrer Tochter stellen konnte. Lin erwiderte, ihr gehe es ganz gut. Ob sie gerade beschäftigt sei? Nein, nichts Besonderes. Ob sie zufälligerweise gerade die Sendung über Wale im Fernsehen gesehen habe?

»Nein, hab ich nicht.«

Es war ihr einfach so herausgerutscht.

»Schade.«

»Wieso?«

»Ich habe sie *genossen!*«

Irgend etwas in Lin begann zu kochen.

»Genossen?«

»Ja, Kind, *genossen.*«

Es war eine Ausdrucksweise, die nicht zu ihrer Mutter paßte. Übernommen. Mit ihrem scharfen Ohr hörte Lin aus dem, was ihre Mutter sagte, sofort die Stimmen und die Ausdrucksweisen anderer Leute heraus, der Kunden in dem Juwelierladen, mit denen ihre Mutter sich unterhielt, reiche und kultivierte Damen, die sagten, daß sie etwas genossen hätten, *genossen* – genauso affektiert. Aber dann war zumindest von einer Party, einem Konzert, einem Wochenende in New York die Rede, nicht von einem Filmbericht über Wale!

»Es war wunderschön«, sagte ihre Mutter. »Eine Meeresbucht irgendwo an der Küste von Mexiko, in der sich jedes Jahr ganze Walherden zum Paaren und Gebären treffen. Prachtvolles hellblaues Wasser, ganz klar, man konnte ganz tief hinunterschauen, und dort in der Tiefe schwebten die Wale und umkreisten einander, ganz friedlich. Und eine Mutter mit ihrem Jungen kam einmal auch an die Wasseroberfläche.«

»Und Unterwasseraufnahmen?«

»O ja.«

Lin wurde nicht einmal mehr rot. Im Nu hatte ihr Hirn die Wirklichkeit angepaßt: Es schien, als hätte sie die Sendung wirklich nicht gesehen oder als würde sie sich an eine andere Sendung über Wale erinnern, nicht an die, die sie gerade beide gesehen hatten, jede für sich auf einer Couch.

»Und was kam dann?«

»Ja, was kam dann? Die Wale natürlich, und einmal das Auge eines Wals, von ganz nahe.«

»Gruselig?«

»O nein, überhaupt nicht. Ganz im Gegenteil.«

»Außergewöhnlich.«

»Ja, das schon. Ein intelligentes, neugieriges Auge, das mitten aus dem Ozean heraus kurz in eine unserer Kameras schaut.«

»Du bist in einer romantischen Stimmung.«

»Ach.«

Sie schwiegen einen Augenblick.

»Hast du dich in deiner neuen Wohnung schon ein bißchen eingelebt?« fragte Lin.

»O ja.«

»Es klingt so hohl. Sind die Vorhänge schon angekommen?«

»Die kommen nächste Woche.«

Vor ein paar Wochen war ihre Mutter umgezogen. Nach fünfzehn Jahren hatte sie die Mietwohnung in der Vespuccistraat verlassen, in die sie nach der Scheidung und ihrer Rückkehr nach Amsterdam mit ihren Töchtern eingezogen war. Vor zwei Jahren waren ihre Eltern kurz hintereinander gestorben. Mit dem Geld aus ihrem Erbteil hatte sie sich gerade ein Apartment am Koninginneweg gekauft, »nicht weit vom Concertgebouw entfernt und ganz in der Nähe des Vondelparks«, wie Lin sie am Tag des Umzugs bestimmt zehnmal hatte sagen hören. In einer Kurve zu Beginn des Koninginnewegs (weiter hinten wurde die Straße »weniger exklusiv«) bewohnte sie nun eine Beletage mit zwei hohen Räumen en suite und einem Wintergarten, außerdem ein Souterrain mit Schlafzimmern und einem Badezimmer sowie einen kleinen Garten. Die beiden Räume der Beletage mit den Parkettböden, den Kamineinfassungen aus Marmor und den Stuckdecken waren sehr schön. Sogar als sie noch leer gestanden hatten, waren es bereits schöne Räume gewesen.

Am Tag des Umzugs hatte Lin ihrer Mutter geholfen. Sie hatte sie fünf Monate nicht gesehen, genau so lange, wie sie mit Henri zusammen gewesen war.

Sie hatte in beiden Wohnungen saubergemacht. In der Vespuccistraat hatte sie sich nur noch für die Ginkgos interessiert; sie hatte einige der fächerförmigen Blätter von den Zweigen gepflückt und in die Tasche gesteckt. Diese Bäume prägten das Bild der Straße. Vom einen bis zum anderen Ende standen dort nur Ginkgos. Sie wußte noch, wie die Bäume nachts aussahen, in der Dämmerung, im Schnee, und erinnerte sich daran, wie sie als Kind geglaubt hatte, ihr Leben würde sich irgendwann einmal auf wundersame, unbegreifliche Weise durch diese Ginkgos verändern. Der märchenhafte Anblick dieser Bäume rief stets eine andere Welt in ihr hervor.

Sie mußte daran denken, wie sie ihre Tasche mit den Trainingsutensilien auf den Bürgersteig hatte plumpsen lassen, jeden Tag, und ihr Rad an einem Gitterzaun angeschlossen hatte. Im Treppenhaus erinnerte sie sich an die Erwartung, die die Stille und die von irgendwoher kommenden Geräusche in ihr wachgerufen hatten. In der ausgeräumten Wohnung im zweiten Stock staunte sie darüber, daß sie es hier acht Jahre lang zu dritt ausgehalten hatten.

In dem Haus am Koninginneweg bewunderte sie die Räume und begriff, wieso sich ihre Mutter so sehr darauf gefreut hatte, in hohen Räumen zu wohnen. Gleichzeitig redete sie viel zu laut, sie versuchte sogar, mit ihrer widerhallenden Stimme und ihren Schritten die Höhe lächerlich zu machen. Dann erblickte sie ihre Mutter, von hinten, in einem unbewachten Augenblick, ganz unter dem Eindruck der Zimmer, die sie künftig bewohnen würde, und hätte gerne zu ihr gesagt: Du hast es verdient. Aber sie wagte es nicht. Danach ergab sich keine Gelegenheit für solche Worte mehr, da ihre Mutter, wie es ihre Gewohnheit war, dichtmachte.

Während sie die Regalbretter eines tiefen Schrankes putzte und im Hintergrund eine Straßenbahn vorbeifahren hörte (in der Vespuccistraat war keine Straßenbahn gefahren), konnte sie mit einemmal definieren, was bislang immer ungreifbar geblieben war. Ihre Mutter und Emma hielten sich selbst für Realisten, sie wußten, wie es in der Welt zuging und wie man in der Welt vorankam; Lin war in ihren Augen eine Träumerin. Sie hatte sich zwar Janosz' Disziplin unterworfen und jeden Tag trainiert, sie war Jugendmeisterin geworden, Meisterin bei den Frauen, sie hatte sich in einer knallharten Welt behauptet – aber all das hatte keinen Einfluß auf das Bild, das sich bei ihrer Mutter und Emma verfestigt hatte. Als sie energisch und wütend tiefer in den Schrank tauchte, um den hintersten Teil der Regalbretter zu erreichen, wurde ihr noch mehr klar. Daß die beiden sie immer als das Kind eines von ihnen verabscheuten Mannes gesehen hatten, das Kind, das ihm ähnlich war: wild, unausgeglichen, aggressiv, ruhelos. Tag für Tag hatten sie in ihr denjenigen gesehen, über den sie nie sprachen und den sie für immer aus ihrem Leben verbannt hatten.

Zum ersten Mal seit vielen Jahren waren sie wieder einen Tag lang zu dritt gewesen. Aber an den alten Mustern hatte sich nichts geändert. Wie immer hatte sie sich unterlegen gefühlt, sowohl ihrer älteren Schwester als auch ihrer Mutter, und wie immer hatten beide sie ständig mit einer für andere unsichtbaren Raffinesse in diese Position gedrängt. Der Tag hatte beinahe im Streit geendet, mit flüchtigen Küssen zum Abschied. Sie war allein mit dem Rad nach Hause gefahren, obwohl sie einen Teil der Strecke zusammen mit ihrer Schwester hätte radeln können.

Durchs Telefon hörte Lin das Geräusch einer vorbeifahrenden Straßenbahn.

»Hast du dich schon an die Straßenbahnen gewöhnt?«

»O ja. Nach drei Tagen hört man das nicht mehr, und ich habe Verkehrsgeräusche schon immer gern gemocht. In der Vespuccistraat war es mir viel zu still.«

»Von Birdaard ganz zu schweigen.«

»Genau.«

»Und du genießt die hohen Räume.«

»Die werde ich den Rest meiner Tage genießen.«

»Emma behauptet, daß du bei jedem Telefongespräch mindestens einmal das Feuerzeug auf den Boden fallen läßt, um zu demonstrieren, wie hoch die Räume sind.«

»Ach, Emma redet viel. Augenblick.«

Ihre Mutter steckte sich eine Zigarette an.

»Sie sagt beispielsweise auch, daß sie dich vor einiger Zeit gesehen hat, irgendwo in der Albert-Cuyp-Straat, am Arm eines Mannes – verliebt, sozusagen. Er war einen Kopf kleiner als du, sagte sie, und ein ganzes Stück älter.«

»Ach, der.«

»Na, und?«

»Das ist schon lange wieder vorbei.«

»Emma sagte, sie könne sich gut vorstellen, daß du ihn für einen ziemlich aufregenden Mann hältst.«

Das Blut stieg Lin in den Kopf. »Ja, typisch Emma, die mit ihrem braven, folgsamen, unterwürfigen Paul!«

»Ach, Emma redet viel.«

»Aber das von dem Feuerzeug, das du so ab und an fallen läßt, wenn du am Telefonieren bist – das fand ich gut.«

Sie schwiegen. Lin lag ihr nächster Satz bereits auf den Lippen, aber sie zögerte. Einen Augenblick lang war es so, als balancierte sie auf einem Schwebebalken, mal zur einen, dann wieder zur anderen Seite geneigt. Dann konnte sie sich nicht mehr zurückhalten.

»Hast du eine Karte mit deiner neuen Adresse nach Birdaard geschickt?«

»Nach Birdaard?«

Es war ein bewußter Versuch, ihrer Mutter einen Schlag zu versetzen. Einen Augenblick lang blieb es still. Ihre Mutter zog an ihrer Zigarette und stieß den Rauch aus.

»Ach nein, das hat doch keinen Sinn, oder?«

»Aber er muß doch wenigstens wissen, wie er seine Kinder erreichen kann.«

»Nach fünfzehn Jahren?«

Ihre Mutter sagte dies mit einem Mund voller Rauch. Als hätte sie einen Happen aus dem Rauch herausgebissen. Lin hörte, wie sie ein paar Schritte machte, wahrscheinlich, um sich einen Aschenbecher zu holen. Wieder kam eine Straßenbahn vorbei.

»Vielleicht wohnt er ja gar nicht mehr in diesem Dorf.«

»Er wohnt noch da. Er steht im Telefonbuch. Momentan nennt er sich Auto Hokwerda.«

»Schau mal einer an.« Ihre Mutter mußte lachen. »Auto Hokwerda«, sagte sie mit nachgeahmtem nördlichem Akzent. »Auto Hokwerda!«

»Nur die Anschrift ist eine andere.«

Obwohl sie gerade noch ihre Mutter in den hohen Räumen am Koninginneweg hatte sitzen sehen, tauchte nun das Wasser des Ee vor ihrem geistigen Auge auf, die beiden Arbeiterhäuschen, der schräg abfallende Rasen und der Schilfgürtel. Es lag ihr auf der Zunge, zu sagen, daß sie im vergangenen Sommer direkt an Birdaard vorbeigekommen war, aber sie hielt sich zurück.

»Ich denke manchmal noch an den Ort«, sagte sie.

»Nicht an ihn«, stellte ihre Mutter fest; ihrer Stimme war eine gewisse Erleichterung anzumerken.

»Nein, an den Ort. Es war ein schöner Ort zum Wohnen.«

»Ich hatte ständig Angst, daß eine von euch beiden ins Wasser fallen würde. Er sagte immer, alle Kinder aus dem Dorf wüchsen am Wasser auf, und es sei noch nie etwas passiert. Aber ihr seid beide ins Wasser gefallen, mehrmals sogar, und zweimal erst im letzten Moment herausgezogen worden.«

»Oh.«

Lin verspürte plötzlich eine unerklärliche Beklemmung.

»Bei anderen Familien ist so etwas tatsächlich nicht passiert«, sagte ihre Mutter. »Nie ist ein Kind ins Wasser gefallen, nie. Aber bei uns ist es passiert.«

Lin wagte nicht, noch etwas zu sagen.

Sie erinnerte sich an das eine Mal, als sie sich abends, an einem Sommerabend war es gewesen, im Schilf verfangen hatte, mit den Füßen im Schlamm versunken war und gesehen hatte, wie ihr Kleidchen sich auf dem Wasser aufbauschte. Ihr Vater hatte ein Stück entfernt gefischt. Sie war wie gelähmt gewesen, während das Wasser kühl und gleichgültig an ihrem Körper nach oben gekrochen war, bis über ihre Taille; sie hatte nichts tun können. Dennoch mußte sie gerufen haben. Er hatte sie herausgezogen. Sie hatte neben einem Eimer Wasser gestanden, gelblich hellem Wasser. Mit dem Wasser hatte er ihr den Schlamm von den Beinen, von den Füßen gespült. Er hatte ihr die Sandalen wieder angezogen und die vom Schlamm schwarz gewordenen Socken ins Schilf geworfen.

»Ich kann mich nur an einmal erinnern«, sagte sie.

»Es ist mehrmals passiert, Kind. Einmal kamst du wirklich schreiend gerannt, weil Emma ins Wasser gefallen war.«

»Daran kann ich mich nicht erinnern.«

»So war es aber.«

Ihre Mutter steckte sich eine neue Zigarette an und inhalierte zischend den ersten Zug. Sie ließ eine Pause eintreten, während sie den Rauch in den Lungen hielt, um ihn schließlich heftig herauszustoßen.

»Das ist das Schlimmste, was dir mit einem Mann passieren kann«, sagte sie, »daß du ihm nicht vertrauen kannst.«

»Nicht vertrauen.«

»Ja, nicht ver-trau-en.« Sie betonte jede Silbe einzeln. Es war, als wollte sie es Lin einbläuen.

Lin erinnerte sich an jenen Nachmittag, an dem ihre Mutter

sie von der Schule abgeholt hatte. Sie hatte den Kombi genommen, ein paar Koffer und vollgestopfte Müllsäcke hintenrein geworfen. Alle konnten es sehen und sollten es offenbar auch sehen: das Gepäck hintendrin, wie sie ihre Töchter abholte und wegfuhr. Bereits im Gedränge an der Schultür hatte sie den Wagen gesehen. Sie war fast zehn und begriff, was vor sich ging; es hatte bereits eine ganze Weile drohend in der Luft gehangen. Sie wurde zusammen mit Emma auf den Rücksitz verfrachtet. Totenstill. Innerhalb weniger Minuten – so lange wie es dauerte, aus dem Dorf hinauszufahren – hatte sie Abschied nehmen müssen. Von den Kindern aus ihrer Klasse, die sie gerade noch um sich gehabt hatte, sollte sie niemanden jemals wiedersehen. Jedes der Häuser sah sie zum letzten Mal. Innerhalb weniger Minuten hatte sie eine ganze Welt verloren, ihre erste Welt. Ihre Mutter war aus dem Dorf herausgefahren. Keine von ihnen dreien hatte gewagt, sich umzudrehen, als wären sie auf der Flucht, als wäre es verboten, was sie taten.

»Verrückt, daß wir auf einmal darüber reden«, sagte ihre Mutter. »Ich habe eigentlich nur angerufen, um dich zum Essen einzuladen. Ich bereite eine Kleinigkeit vor, um mich bei denen zu bedanken, die so lieb waren, mir zu helfen: Jasper, Dina, Emma und Paul. Und dazu gehörst du letztlich auch.«

Letztlich, registrierte sie.

»Ich bin nachher verabredet.«

»O nein.«

»Ja, schade. Warum rufst du auch so spät an?«

»Ach, es ist nur improvisiert. Ich hatte auf einmal Lust, was zu machen, und mir gedacht: Leg nicht alles wochenlang im voraus fest, dann wird es gleich so offiziell, ich mache es jetzt, wer kann, der kommt, und wer nicht, für den koche ich später noch mal was.«

»Ich kann wirklich nicht.«

»Dann ein andermal.«

Eine Pause trat ein.

»Nett übrigens, dich mal wieder an der Strippe zu haben. Du bist häufig über längere Zeit hinweg so unerreichbar. Aber, na ja, du warst auch als Kind schon so.«

Es hörte sich herablassend an, und ihre Mutter gab dabei auch noch ein nonchalantes Lachen von sich.

Nach dem Gespräch blieb Lin reglos sitzen. Ihr rechtes Ohr tat weh, so fest hatte sie den Hörer dagegengepreßt. Ihr Rücken war von dem langen Geradesitzen ganz steif – wie von selbst hatte sie während des Gesprächs die Haltung eingenommen, die ihre Mutter ihr so oft abverlangt hatte. Nach einiger Zeit hörte sie allmählich wieder das Klappern der Balkontüren. Sie hatte Lust, das Telefon an die Wand zu schmeißen.

Eine Viertelstunde später klingelte es erneut. Wieder kam sie keuchend ans Telefon. Es war Henri. Sie merkte, daß sie zwei Wochen darauf gewartet hatte. Er klang »anders«.

Sie fuhren aus der Stadt heraus, über das Spinngewebe der Schnellstraßen, ohne viel mehr als ein paar Worte zu wechseln. Das Radio lief. Lin hatte gesagt, daß sie gerne ins Freie wollte, trotz des schlechten Wetters. Henri lenkte den Wagen durch Regen und Windstöße zum Meer.

Auf dem Dünenübergang stob ihnen Sand ins Gesicht. Über dem Meer standen drohende Wolken am Himmel, aus denen sich dann und wann ein Bündel falsches Licht in das dunkle Meer ergoß. Über dem Horizont hingen Schauer. Es war Ebbe. Vor ihnen lag ein breiter, naß glänzender Strand, bedeckt mit Gischtflocken, die im Wind zitterten. Die Wellen brachen sich mühsam, schwer vom aufgewühlten Sand.

Es war November, aber auf dem Strand wollte sie dennoch die Schuhe ausziehen. Während sie im Sand saß und die Reißverschlüsse ihrer Stiefeletten aufzog, schaute sie zu Henri auf.

»Es ist bestimmt kalt, nicht?«

»Ich würde es nicht tun.«

»Aber es ist so ein angenehmes Gefühl.«

»Ich würde es nicht tun, du wirst sonst krank.«

Sie zog die Reißverschlüsse wieder zu und stand auf. Nebeneinander gingen sie weiter, gegen den Wind. Die Strandpavillons waren abgetragen worden; auch die Reihe der Umkleidekabinen war verschwunden. Lin vermied es, zu der Stelle hinüberzuschauen, an der sie in diesem Sommer meistens gelegen hatten, hinter dem Windschutz. Der Wind raste durch das Helmgras auf den Dünen.

Während sie neben Henri herging, kam er ihr verändert vor. Er war ihr näher. Sie spürte es an der Art, wie er neben ihr ging. Nach einer Weile drängte sich ihr doch noch das Bild ihrer Mutter auf. Sogar in dem kalten Wind brach ihr der Schweiß aus.

»Tut mir leid, daß ich so still bin«, sagte sie. »Ich habe gerade ein Gespräch mit meiner Mutter hinter mir.«

Henri wußte mittlerweile über ihre Mutter Bescheid.

»Sie hat mich angerufen.«

»Sonntagnachmittag.«

»Zuerst war sie nett. Sie ist umgezogen. Ich habe ihr dabei geholfen. Den ganzen Tag geputzt, zwei Wohnungen, harte Arbeit, ich habe wirklich mein Bestes gegeben. Darum war sie nett. Aber am Schluß hat sie wieder etwas gesagt ...«

»Was denn?«

»So etwas kann man nicht erklären. Das sind Familienverhältnisse. Wie drückt man so etwas aus? Wie sich alles entwickelt hat, die Geschichte, die man miteinander teilt, und wie tödlich dann eine einzige Bemerkung sein kann. Für einen anderen hätte das keine Bedeutung. Er würde es nicht hören oder nicht verstehen, worum es geht. Während einem selbst das Blut in den Kopf steigt.«

»Ja was hat sie denn nun gesagt?« Henri war ziemlich neugierig auf diese eine tödliche Bemerkung.

»Daß ich manchmal über längere Zeit hinweg völlig unerreichbar bin. Für sie jedenfalls. Und dann hat sie auch noch hinzugefügt, so ganz herablassend, mit einem Lachen, als hätte man schon früher nie etwas mit mir anfangen können: Aber, na ja, du warst auch als Kind schon so. Ich hätte sie erwürgen können.«

»Du findest es ungerecht.«

»Ungerecht, ja. Als Kind haben sie und meine Schwester mich immer von oben herab behandelt. Die zwei hatten sich gegen mich verschworen. Sie haben mir immer das Gefühl gegeben, ich sei ihnen unterlegen ... Und dann entblödet sie sich nicht, mir vorzuwerfen, ich sei häufig über längere Zeit hinweg völlig *unerreichbar*.«

»Da ist was dran.«

»Na klar, ich bin ja nicht blöd!«

»So habe ich das nicht gemeint, mein Schatz.«

Schweigend ging sie weiter, das Gesicht dem Meer zugewandt.

»Tut mir leid«, sagte sie, »ich kann einfach an nichts anderes mehr denken.«

»Dagegen weiß ich was.«

Henri gab ihr einen Schubs. Sie blieb stehen. Er faßte sie an den Schultern und zog sie daran zurück.

»Nein«, sagte sie, »darauf habe ich jetzt keine Lust.«

»Du wirst wohl müssen.«

»Henri, hör auf.«

Sie wollte wegrennen, hatte aber noch keine fünf Schritte gemacht, als sie schon im Sand lag. Im Grätschen war er noch immer so gut wie früher als Verteidiger.

»Henri, hör auf!«

»Komm schon.«

Sie stand auf und zog die Jacke aus; darunter hatte sie lediglich einen dünnen Pullover an. Sie streifte die Ärmel hoch und griff ihn an. Sie trat und schlug. Henri wehrte sie nur ab. Zuerst kämpfte sie wie ein Mädchen: Sie hatte Angst, hart zuzuschlagen, Angst, sich selbst weh zu tun. Aber plötzlich, als sie sich an seinem harten Ellbogen gestoßen hatte, kam etwas anderes in ihr hoch. Sie verlor ihre Scheu. Es schien, als würde sie leichter und schneller, und jetzt schlug sie hart zu. Auf einmal sah er Schärfe, pure Angriffslust. Aha, dachte er bei sich, so hat sie also früher in der Sporthalle auf das kleine Bällchen eingeschlagen.

Sofort überschritt sie eine Grenze. Sie bückte sich und warf ihm eine Handvoll nassen Sand ins Gesicht. Er peitschte ihm ins Gesicht, biß in seinen Augen und blendete ihn. Einen Augenblick später ging sie wie ein Stier auf ihn los, bohrte ihm den Kopf in den Bauch, warf sich mit ihrem ganzen Gewicht auf ihn und riß ihn zu Boden, wie ein Rugbyspieler das tun würde. Als sie auf ihm saß, mußte sie lachen, ein Lachen, das aus der Tiefe ihres Bauches kam. Sie hob scherzhaft die Arme, um ihre Muskeln zu zeigen.

»Ist es jetzt weg«, fragte er, »dieses Mistweib?«

Betrübt schüttelte sie den Kopf. Ihr Lachen verschwand. Henri sah ihren Kopf und ihre Schultern vor dem Hintergrund der tiefstehenden Wolken über dem Meer, er sah den Sand, der auf ihren Wangen klebte. Sie war schon wieder irgendwo anders. Er zog sie über sich. Sie zitterte in ihrem dünnen Pullover. Als er die Zartheit, diese erschütternd bereitwillige Zartheit ihres Körpers wahrnahm, fühlte er, wie schuldig er war.

Im Dunkeln trafen sie bei seiner Wohnung ein. Das schlechte Wetter hatte Lin gutgetan. Gegen den Wind anzukämpfen, die Regenschauer im Gesicht, in den Dünen waren sie sogar von einem kurzen Hagelschauer heimgesucht worden. Früher war das Training oft so gewesen wie dieser Streifzug bei schlechtem Wetter: Es hatte sie aus ihrer Trübseligkeit herausgerissen. In diesem Hagelschauer, peitschend, eiskalt, hatte sie ihre Mutter von sich abgeschüttelt, und verschwunden war auch die Verzweiflung über ihre Familie, die Angst, daß sie für andere wirklich »unerreichbar« war.

Während der Rückfahrt hatte sie auf dem Rücksitz gelegen und Zeit zum Nachdenken gehabt.

War es möglich, daß eine Beziehung sich entwickelte, auch wenn man einander nicht sah? So etwas mußte geschehen sein; und so etwas konnte nur geschehen, wenn man sich Gedanken gemacht hatte. Henri mußte in den vergangenen vierzehn Tagen hart mit sich ins Gericht gegangen sein. Er hatte sicher in seiner Koje gelegen und nachgedacht. Er hatte nachgedacht und etwas begriffen. Seine Einstellung hatte sich geändert. Lin bekam wieder Hoffnung. Langsam, aber sicher kamen sie sich näher.

In dem dunklen Treppenhaus seines Hauses hielt sie Henri an und drückte ihn an die Wand. Sie preßte sich an ihn und gab ihm mit weit geöffnetem Mund große, nasse Zungenküsse.

»Oh, Liebling«, sagte sie, »lieber Henri, lieber Koch, bist du wieder da, bist du wieder da?«

An seinem Bauch spürte sie, daß er lachen mußte. Aber immer wieder happte sie mit weit geöffnetem hungrigen Mund in sein Gesicht. »Ich kann nicht aufhören«, sagte sie außer Atem, »ich kann einfach nicht aufhören.« Sie atmete den Geruch seiner Haare ein, den Geruch, der aus seinen Kleidungsstücken aufstieg, und küßte ihn dann weiter. Sie erinnerte an einen Hund, der immer wieder an seinem Herrchen hochspringt und vor lauter Freude nicht ein noch aus weiß.

Das ist etwas voreilig, dachte sie bei sich. Aber das Küssen hörte nicht auf.

Schließlich stand sie ruhig an ihn geschmiegt, mit noch immer pochendem Herzen, das sich aber langsam beruhigte, und lauschte den Geräuschen, die von irgendwoher ins Treppenhaus drangen. Der Wind pfiff durch den Spalt zwischen Haustür und Rahmen. Ein Luftzug streifte ihre Fersen.

»Ich trage dich hinauf«, sagte Henri.

»Ist es dafür nicht zu schmal?«

»Ich quetsche dich schon durch.«

Er hob sie hoch, einen Arm unter ihrem Rücken, den anderen unter ihren Beinen, und machte sich daran, die steile und schmale Treppe hinaufzusteigen.

»Du bist schwerer geworden«, sagte er ächzend.

Lin sagte nichts. In Wirklichkeit hatte sie abgenommen, fünf Kilo. Sie sagte nichts, während er sie hinauftrug. Henri wunderte sich über das kindliche Vertrauen, mit dem sie sich ihm überließ: Nirgendwo war ihr Körper verkrampft. Schwer und hingebungsvoll lag sie in seinen Armen. In der Kurve der zweiten Treppe schwankte er und hörte das Geländer heftig knarren, als er sich mit seinem ganzen Gewicht, vermehrt um das ihre, daran festhielt. Ohne sie abzusetzen, öffnete er die Schlösser an seiner Wohnungstür. Er ging in die Knie, um den Schlüssel ins unterste Schloß zu stecken. Ihr Rücken berührte seine Knie, und sie zog instinktiv die Füße hoch, damit sie den Boden nicht berührten.

Als sie so, von Henri getragen, in seine dunkle Wohnung kam, diese sich vertraut anfühlte und auch so roch, wußte sie, was diese Wohnung ihr bedeutete, warum sie einen ganzen Sommer lang die Vorhänge halb geschlossen hatte halten wollen, warum sie hier zur Ruhe gekommen war, warum sie hier so viel Neues hatte erfahren können: Die Wohnung war eine Höhle, ein verborgener Ort. Sogar ohne die Wohnung zu sehen, fühlte sie deren Kraft, die Kraft der Gegenstände, die Henri dort um sich geschart hatte: das eiserne Bett mit den Kupferkugeln, der Wandschirm und der Schrank mit den ausgegrabenen Tonscherben, schließlich die schwarzen Bratpfannen und der Hackklotz. Auf diesem Hackklotz setzte Henri sie ab und zog ihr die nassen Schuhe aus.

Nach dem Essen krochen sie ins Bett. Die Wohnung war dunkel. Durch einen Spalt in den Vorhängen auf der Straßenseite fiel ein Streifen gelbes Licht, der sich am Boden mit den Kelims, der Schiebetür und der Decke brach und sich unruhig bewegte. Draußen heulte der Wind durch die Straße.

Sie lagen still da. Henri wagte nicht, sie zu berühren. Allerdings hörte er jede ihrer Bewegungen.

»Was hatte es für einen Sinn?« fragte sie mühselig. »Was hatte es für einen Sinn, Henri?«

Er gab keinen Laut von sich.

»Warst du verliebt in diesen Afrikaner?«

»Jetzt hör aber auf!«

Aber so hatte sie es sich vorgestellt, es zu verstehen versucht: daß es zwischen den beiden Männern irgend etwas gegeben hatte, etwas, das ihnen selbst nicht aufgefallen war, und daß es darum geschehen war. Henri und Alex, Henri und sein norwegischer Freund, der ihm den Skilanglauf beigebracht hatte, Henri und dieser Afrikaner.

»Verstehst du, warum du es getan hast?«

»Nein.«

»Kein bißchen?«

»Nein.«

»Und was du da gemacht hast, war das Schwarzarbeit?«

»Ja.«

»Du hast mehr gekriegt, weil du mich mitgebracht hast.«

»Das war es nicht. Du hast mich angewidert, ich hatte die Nase voll von dir, und als er anrief und sagte: Bring deine Freundin mit, war mir zwar klar, daß ich dich mit ihm allein lassen sollte und daß etwas passieren konnte, aber das war mir egal.«

»Du hast sogar gewollt, daß etwas passiert.«

»Ich habe nicht weiter darüber nachgedacht.«

»Du hast gewußt, was passieren würde, was er vorhatte. Als

wir zum Hafen fuhren, warst du so komisch. Als wir auf dem Schiff zu seiner Kajüte gingen, hast du dich nicht mehr getraut, mich anzuschauen. In seiner Kajüte hast du mich kein einziges Mal angeschaut.«

Henri schwieg.

»Du hast gewußt, was er vorhatte.«

»Ich habe nicht darüber nachgedacht.«

»Du hast gewußt, was mich auf diesem Schiff erwartet.«

Henri sagte nichts mehr. Lin spürte, daß er sich abkapselte. Bewegungslos lag sie auf dem Bett und starrte eine der Kupferkugeln am Fußende an. Sie versuchte, sich und Henri von dort, von der Kupferkugel aus, zu sehen, sie versuchte sich vorzustellen, wie sie dalagen, im Dunkeln, die Köpfe voneinander abgewandt. Als sie das versucht hatte, konnte sie sich auf die Seite drehen, zu ihm hin.

»Es macht mir nichts mehr aus«, sagte sie, »was geschehen ist.«

Henri wußte, daß das nicht ihr Ernst sein konnte. Er lag still da. Sie beugte sich über ihn. Begierig erkannte er mit den Lippen ihren Mund, ihre süße Zunge, das Gleiten ihrer Brüste unter seiner Hand, und begierig erkannte er die vertrauten und sofortigen Reaktionen seines eigenen Körpers. Er streichelte ihren Hintern, seine Finger in ihrer Furche, zum Nassen hin, bis er es berührte. »Komm«, sagte sie, »komm«, und sie zog ihn über sich. Henri drang in sie ein. Aber seine Bewegungen waren nicht überzeugend, sie stockten.

Er zog sich zurück.

»Was machst du?«

Sie öffnete die Augen. Henri kniete reglos zwischen ihren angewinkelten Beinen. Instinktiv richtete sie sich auf, beunruhigt, tief beunruhigt, als müßte gleich etwas geschehen. Ihre Nackenhaare richteten sich auf. Wie erstarrt saßen die beiden sich gegenüber.

Henri sah es in Zeitlupe: erst, wie sie die linke Hand ausstreckte und ihn an den Haaren packte, wobei sie seinen Kopf nach unten und zur Seite zog, und dann, wie sie die rechte Hand hob und ihm träge, als wäre sie nicht ganz bei der Sache, die geballte Faust ins Gesicht pflanzte. Der Schmerz knallte durch sein Nasenbein nach oben. Einen Augenblick später schmeckte er das Blut auf den Lippen. Sie schrie vor Abscheu auf und ließ ihn los.

»Mein Gott, Henri«, rief sie, »das wollte ich gar nicht!«

Henri reagierte nicht. Das Blut lief über seinen halb geöffneten Mund zu seinem Kinn hinab und tropfte von dort auf seine gehobenen Hände. Er stand vom Bett auf, ging zu seinen Kleidern und nahm das weiße T-Shirt, das er sich an die Nase hielt, um das Blut zu stillen.

»Soll ich dir einen Wattebausch holen, Henri?«

Er kam zurück und legte sich aufs Bett, ihr den Rücken zuwendend, die Bettdecke über sich ziehend, und dann rührte er sich nicht mehr und wollte auch nichts mehr sagen. Sie schaute ihn an. Seine Bewegungslosigkeit jagte ihr von Minute zu Minute mehr Angst ein. Jeden Augenblick konnte er aufspringen und sie schlagen. Sie lief davon, in der Eile gegen die Möbel im Hinterraum stoßend, sich in der Küche vor den Messern im Messerblock fürchtend, den sie in einem Schrank unter der Anrichte versteckte, und schloß sich zuletzt im Badezimmer ein. Nichts geschah. Schließlich zog sie ihren Bademantel an und kehrte zum Bett zurück.

»Schläfst du, Henri?«

Er lag noch immer so da, wie sie ihn verlassen hatte. Das blutbefleckte T-Shirt hatte er auf den Boden rutschen lassen. Er sagte nichts und bewegte sich nicht. Sie kroch von hinten an ihn heran, öffnete dabei den Bademantel und schmiegte sich an seinen Körper. Sie versuchte, das oberste Teil ihres Bademantels über ihn zu ziehen, über seine Hüfte, seinen Oberschenkel, sie mußte an ihre Mutter denken, die gesagt hatte, daß sie häufig über längere Zeit hinweg völlig unerreichbar sei, sie mußte an den Wolkenhimmel über dem Meer denken, den peitschenden Hagelschauer, sie sah die Hälfte des Erdballs in Finsternis gehüllt und überall Männer und Frauen, die in dunklen Zimmern aneinandergeschmiegt dalagen, noch einmal jagte ihr die Äußerung ihrer Mutter einen fürchterlichen, über die Maßen großen Schrecken ein: daß sie häufig über längere Zeit hinweg völlig unerreichbar sei, und dann hielt sie es nicht mehr aus, und sie fragte: »Sagst du noch etwas, Henri, sagst du noch etwas?«

Sie fragte es mit ihrer hellsten Kinderstimme. Aber er antwortete nicht. Und sie fragte sich, ob sein Schweigen eine Gemeinheit sei, ein Schachzug, sich ihr doch wieder zu entziehen, gleich nachdem er seine Strafe über sich hatte ergehen lassen.

VIII

Ertappt beim Liebeslunch

Morgenlicht strömte durch die Kuppel des Badezimmers. Auf der Plexiglasscheibe klebten Kastanienblätter.

Henri schaute in den Spiegel über dem Waschbecken. Zwischen den Bartstoppeln über der Oberlippe und auf dem Kinn fand er nur winzige Blutreste, lediglich in seiner Nase waren es dicke Krusten. Er war enttäuscht. Letzte Nacht, nach dem Faustschlag, hatte er gefühlt, wie ihm das Blut aus der Nase geflossen war, es war ihm über den Mund geströmt, er hatte es von den Lippen abgeleckt und gemerkt, wie es auf seine Handflächen getropft war. Er hatte geglaubt, es würde sich um eine schwere Blutung handeln.

Er spritzte sich kaltes Wasser ins Gesicht. Als er den Kopf in ein Handtuch drückte, mußte er an das T-Shirt denken, das er sich vergangene Nacht ins Gesicht gedrückt hatte, um das Blut zu stillen. Auch nachdem das Bluten aufgehört hatte, hatte er sich das T-Shirt vors Gesicht gehalten. Er hatte nichts mehr gesagt. Sie hatte sich an ihn geschmiegt, den Bademantel geöffnet, um ihn zum Reden zu bewegen. Er hatte Mitleid mit ihr gehabt. Doch je länger ihre Schmeichelei gedauert hatte, desto stärker war sein Wille geworden, sich nicht davon erweichen zu lassen.

Er hörte Schritte, zog das Handtuch vor dem Gesicht weg und trocknete sich den Hals ab.

»Hallo, Henri.«

Schläfrig, noch halb in einem Traum, setzte Lin sich auf die

Kloschüssel, die Unterarme auf die Knie gestützt. Es tat ihm gut, sie wieder in einer ihm so vertrauten Haltung zu sehen. Er schaute auf ihre Oberschenkel, die breit dalagen, auf die leichte Behaarung an deren Innenseite.

»Guck nicht so«, sagte sie schlaftrunken.

Henri wandte sich ab. Hinter sich hörte er, wie sich die Toilettenpapierrolle drehte. Sie zog einen Streifen von zwei, drei Meter Länge ab, pfropfte ihn zusammen und schob sich das Knäuel zwischen die Oberschenkel. Als er sich umdrehte, saß sie wieder vorgebeugt da, die Augen geschlossen.

»Gehen wir heute wieder raus?« fragte sie.

Ein Streifen Sonnenlicht glitt über den Boden. Henri trat neben sie und strich ihr übers Haar.

»Warum wolltest du nichts mehr sagen?« fragte sie.

Henri schwieg.

»Du konntest es nicht.«

Sie legte eine Hand um das Knie, das ihr am nächsten war, und lehnte den Kopf an seinen Oberschenkel. Henri schaute nach oben zur Kuppel, die er eigenhändig auf dem Dach angebracht hatte, zu den Kastanienblättern und den Regentropfen auf dem Plexiglas und stellte zufrieden fest, daß auch nach zwei Jahren nicht die Spur eines Lecks zu entdecken war.

Lin trug ein enganliegendes Kleid. Sie hatte sich von Henri überreden lassen, mit ihm in ihre Wohnung zu fahren, um dieses Kleid aus dem Schrank hervorzukramen, wo es zwischen den selten getragenen Klamotten hing, versteckt, den Blicken entzogen, nachdem sie es ein einziges Mal getragen hatte.

Henri erinnerte sich an dieses eine Mal.

Es war ein Kleid, das ihr gefiel und das zu ihr paßte: stark durch seine Schlichtheit, von einem besonderen Dunkelblau und aus einem schönen Stoff. Aber nach diesem einen Mal hatte sie es mißmutig weggeräumt: Sie war nun einmal nicht der Typ, um so etwas zu tragen! Sie hatte eher die Neigung, ihren Körper zu verhüllen, als ihn zur Schau zu stellen. Sie mochte enge Kleidungsstücke nicht, weil sich ihr Körper, an dem sie selbst so viel auszusetzen hatte, in ihnen so deutlich abzeichnete, und sie konnte es nicht ausstehen, wenn man ihr hinterherschaute, wenn man sie ständig überall mit Blicken betastete und auszog.

In Henris Badezimmer zog sie das Ding an: vor Erregung errötend, schon von vornherein verärgert. Zum Glück hatte sie fünf Kilo abgenommen. Sie strich den Falten schlagenden Stoff an den Hüften glatt. Sie schlüpfte in ihre Schuhe, die sich seufzend um ihre Ferse schlossen. Sie legte eine Kette um. Ihre Arme waren nackt. Sie musterte sie eine Weile, argwöhnisch. Sie hatte sich die Achselhöhlen nicht rasiert, fiel ihr ein. Ihre Schultern waren zu breit. Als sie sich bückte, um eine heruntergefallene Haarnadel aufzuheben, hörte sie ihr Kleid in den Nähten krachen.

»Henri, wenn ich mich bücke, reißt es«, rief sie wütend.

»Dann darfst du dich nicht bücken.«

»Ich muß mich in dem Ding doch bücken können.«

Sie bekam keine Antwort.

»Henri!«

»Ja?«

»Warum sagst du nichts?«

»Ich hab doch gesagt, nicht bücken.«

»Ja, du kannst mich mal. Du kannst mich mal!«

Sie zog das Kleid aus.

Später zog sie es wieder an. Henri stand daneben; er trug einen dunklen Anzug mit einer schwarzen Lederkrawatte. Sie ging vom Badezimmer in den vorderen Raum, unbehaglich, sich ihrer Brüste schämend, die ihr nun doch recht auffällig vorkamen, ihrer Hüften, die zu schwer, ihrer Knie, die zu dick waren. Außerdem war sie es nicht gewohnt, Stöckelschuhe zu tragen.

»Das geht wirklich nicht!«

»Du bist wunderschön«, sagte Henri. »Warte mal ab, nachher drehen sich wieder alle nach dir um.«

»Aber das will ich ja gerade nicht.«

»Genieß das Ganze doch! Und ich gehe hinter dir und sorge dafür, daß all diese Blicke wieder zu Boden gerichtet werden.«

Am Rembrandtplein stiegen sie aus dem Taxi. Sie gingen eine Treppe mit rotem Läufer hinauf, durchquerten ein Vestibül mit Spiegeln und einer Garderobe, an der sie die Jacken abgaben, und betraten einen Saal mit Säulen und hohen Palmen, in dem lautes Stimmengewirr und Musik erklangen. Blindlings schritt Lin nun dahin, völlig im Bann der Bewegungen ihres eigenen Körpers. Henri ging schräg hinter ihr und lenkte sie mit fünf Fingerspitzen in ihrem Rücken.

In Claudios kleinem Restaurant war es auch schon vorgekommen, doch hier in diesem Saal war es viel auffälliger: daß überall die Männerköpfe sich drehten, um ihr hinterherzuschauen, wie Automaten. Während sie sich mit ihren Frauen unterhielten, ihre Gläser zum Mund führten, die Zeitung umschlugen oder sich vorbeugten, um einen Bissen zu nehmen, drehten sie die Köpfe, um Lin anzuschauen. Henri setzte eine mürrische Miene auf. Unter seinen Fingerspitzen spannte sich der Stoff ihres Kleids, und wenn er fester drückte, spürte er, wie sich darunter ihr Rücken bewegte. Ihre Absätze klackten auf dem Boden, und bei jedem Schritt hörte er, wie das Seidenfutter ihres Kleids innen an ihrer Hüfte und ihrem Hintern entlangstreifte. Er spürte, daß sie kopfscheu war, launisch, wild, und das erfüllte ihn mit Genugtuung und einem Gefühl von Macht. Mit dieser Kopfscheuheit bewies sie einmal mehr, daß sie ein Rassepferd war.

»Moment mal.«

Er genoß es, mit den Fingern ihren nackten Arm zu umfassen und sie zum Stehen zu bringen. Sie hatten den ganzen Saal durchquert und standen nun an dem überdachten Balkon auf der dem Platz zugewandten Seite, wo er einen Tisch reserviert hatte. Das Licht fiel durch das gläserne Dach, es roch nach warmem Essen, und man konnte das Klacken von Besteck auf Tellern hören. Leicht außer Atem stand sie neben ihm. Henri schob die Hand ein wenig nach oben, so daß er die Seite ihrer Brust fühlen konnte.

Ein Kellner brachte sie zu ihrem Tisch, nahm mit einer schnellen Bewegung das »Reserviert«-Schild weg, wischte eine letzte Falte aus dem schneeweißen Tischtuch und zeigte sich außerordentlich zuvorkommend. So eine Ausstrahlung haben wir als Paar, dachte Henri bei sich. Nur mit Mühe behielt er seinen gleichgültigen Gesichtsausdruck bei, er mußte sich beherrschen, um nicht zu strahlen: Für ihn war der Weg vom Taxi auf dem Platz bis zu diesem Tisch am Fenster, mit den breiten Treppen, dem Vestibül, dem Durchqueren des Saals mit dieser jungen Frau, die alle Männer dazu brachte, ihre Köpfe zu drehen, ein einziger vollendeter Triumphzug gewesen.

Als er erst einmal saß und auf den bekannten, aber nicht besonders sehenswerten oder interessanten Platz hinausblickte, überwältigten ihn seine Gefühle. Er dachte an das Dorf an der Nordseite des IJ, in dem er geboren worden war und aus dem er im Alter von sechzehn Jahren geflohen war, daran, was seither in seinem Leben geschehen war. Damals, mit sechzehn, hatten seine Irrfahrten begonnen, und jetzt saß er hier mit dieser Frau, die Veränderung in sein Leben brachte – die schweren Jahre schienen vorüber zu sein.

Der Kellner brachte die Speisekarte und fragte, ob sie »inzwischen etwas trinken« wollten. Henri fühlte sich gestört, er erkannte etwas im Blick des Kellners, das ihm nicht gefiel (der Mann hielt sie für *overdressed*), und sagte: »Bringen Sie uns eine Flasche Weißwein.«

Über das Gesicht des Kellners glitt ein amüsiertes Lächeln. »Welcher Wein darf es sein?«

Der Mann wies mit einer vagen Geste auf die Weinkarte.

»Bringen Sie uns eine Flasche zu achtzig Gulden«, sagte Henri und fixierte ihn; in seinen hellblauen Augen leuchtete etwas auf, das den Mann erstarren ließ.

»Achtzig Gulden.«

»Ja.«

Henri schaute dem Kellner hinterher, bis er in den Saal verschwunden war. Lin schwieg beharrlich.

»Ist was?«

»Warum bist du so komisch zu dem Mann?«

»Komisch?«

»Ja, komisch. Frustriert.«

»Das findest du frustriert?«

Henri schaute auf den Platz hinaus, zu einer Straßenbahn, die an der Haltestelle anhielt, die Türen öffnete und leerströmte, dann wieder in ihr sowohl verlegenes als auch zorniges Gesicht.

»Du hast recht«, sagte er und war selbst auch überrascht über diese für ihn ungewöhnliche Nachgiebigkeit, die Bereitwilligkeit, sich über die ihm widerfahrene Kränkung hinwegzusetzen.

In den vergangenen vierzehn Tagen hatte Henri tatsächlich nachgedacht. Kaum hatte er in seiner Koje gelegen, war er eingeschlafen, müde von zwölf Stunden schwerer Arbeit an Deck bei stürmischem Wetter, träge vom Essen, aber ein paar Stunden später war er jählings wach geworden, weil es in seinem Kopf zu spuken begonnen hatte. Allerlei Episoden aus seinem Leben waren an seinem geistigen Auge vorbeigezogen. Die zwei Frauen, mit denen er zusammengelebt hatte und die ihn verlassen hatten. Die Vergangenheit hatte sich ihm aufgedrängt. Es hatte kein Entkommen gegeben. Die Bohrinsel hatte jedesmal, wenn sich eine Welle an ihnen gebrochen hatte, auf ihren sechzig Meter hohen Stützpfeilern gebebt, der Wind hatte in der Stahlkonstruktion geheult, und mitten in dieser wilden Bewegung hatte er reglos in seiner Koje gelegen.

Eines Morgens hatte er in der Duschkabine die eigene Stirn gegen die Trennwand gestoßen, um sich seine Schlußfolgerung bewußt zu machen: daß er auf sie hören sollte. Es hatte ihm wie die rettende Wahrheit in den Ohren geklungen: auf diese junge Frau hören, die ihn in der ersten gemeinsamen Nacht aus dem Bett geworfen hatte, die ihm im Abendlicht am Strand mit ihrer Schönheit so imponiert hatte, daß er verlegen den Kopf gesenkt hatte, die ihm unaufhörlich etwas sagte und der selbst nicht klar war, wie recht sie mit allem hatte. Er hatte die Stirn an die Trennwand gestoßen: Hör auf sie, Mann, hör doch auf sie!

Der Kellner stellte einen Weinkühler neben den Tisch und zog die Flasche heraus. Henri dachte gar nicht daran, auf das Etikett zu schauen, das ihm hingehalten wurde. »Schenken Sie ein«, sagte er. Der Wein war von strohgelber Farbe mit einem hellgrünen Schimmer, er hing wunderbar träge im Glas. Henri kostete.

»Ich hätte mehr erwartet«, sagte er mißbilligend.

»Ich bringe Ihnen sofort einen anderen, mein Herr«, erwiderte der Kellner eisig.

»Nein, nein«, sagte Henri, plötzlich einen anderen Ton anschlagend, »er ist gut, schenken Sie ruhig ein.«

Lin mußte an ihren Vater denken, der bei den seltenen Gelegenheiten, zu denen er mit Frau und Kindern ein Restaurant besucht hatte, ein ähnliches Verhalten an den Tag gelegt hatte: auf den Inseln und im Hafen von Zoutkamp. Nur ein paar Sekunden stand ihr die haarsträubende Tatsache dieser Übereinstimmung vor Augen, dann wurde sie von Henris Anwesenheit verdrängt, von der Schönheit seines Mundes, der Enge ihres Kleides, der Frage, ob das Tischtuch aus Damast oder nur aus einem Damast täuschend ähnlichen dicken Papier war, von einem Blick auf seine Nase, die nach ihrem Faustschlag zum

Glück unversehrt geblieben war, und von ihren Erwartungen an den Abend überlagert.

Henri genoß die Situation. Der Wintergarten war von einer Atmosphäre von Luxus und Komfort erfüllt, es roch nach warmen Gerichten, der Weinkühler glänzte, vierzehn freie Tage lagen vor ihm, und ihm gegenüber saß sie, blühend, eine leichte Röte auf den Wangen, die Arme nackt, auf dem Tisch die breiten Hände, die er so prachtvoll fand. Henri schaute sie mit glänzenden Augen an. Er spürte, wieviel Eindruck sie auf ihn machte. Er ergriff ihre Hand und sagte: »Ich liebe dich.«

Es war das erste Mal, das er ihr das sagte. Ihr kam es vor wie ein Satz aus einem Film.

»Ich dich auch«, antwortete sie, vom Augenblick überwältigt, aber doch nicht so sehr, daß sie das Mechanische in ihrer eigenen Antwort nicht selbst bemerkt hätte. »Ich finde es schön mit dir«, fügte sie hinzu, um etwas zu sagen, was im Augenblick jedenfalls der Wahrheit entsprach.

Während sie die Speisekarte durchsah, fragte sie sich, ob sie Henri liebte. Jetzt, da er gesagt hatte, daß er sie liebe, erschien es ihr wichtig, das zu wissen. Sie fühlte sich durch sein Geständnis in die Enge getrieben. Aber sie konnte nicht gleichzeitig die Speisekarte lesen und über die Frage nachdenken, ob sie Henri liebte, und dann auch noch in einem engen Kleid dasitzen.

Beim Essen setzte Henri ihr seine Pläne auseinander, wie er es am Morgen bereits angekündigt hatte. Er habe jetzt sieben Jahre lang auf verschiedenen Bohrinseln in der Nordsee gearbeitet, drei Jahre in Sibirien, und so langsam habe er genug davon, immer so lange weg zu sein. In den vergangenen vierzehn Tagen sei ihm das klargeworden. In ungefähr ein, zwei Monaten sei die Sache, an der er jetzt gerade arbeite, wahrscheinlich beendet; dann laufe sein Vertrag mit der Gesellschaft aus, die die Bohrinseln verpachte. Er wolle damit aufhören, er wolle das Ganze hinwerfen, es reiche ihm.

»Und dann?« fragte sie.

»Ich will eine Firma gründen.«

Das Wort »Firma« gefiel ihm – und der Ausdruck »eine Firma gründen« noch mehr. Es war, als würde er allein schon durch seine Absicht, eine Firma zu gründen, mehr als nur ein Schweißer.

»Es ist etwas, worüber ich mit ein paar Leuten schon seit einer ganzen Weile rede. Ich will in der Innenstadt Apartments sanieren.«

»Darin bist du gut«, sagte Lin.

Henri hatte seine eigene Wohnung saniert, das seines Freundes Alex Wüstge und noch ein paar andere.

»Momentan ist so enorm viel Geld im Umlauf«, fuhr Henri fort, »und es sieht nicht danach aus, daß das in den nächsten Jahren weniger würde, der Wohlstand wird nur noch mehr zunehmen, Apartments in der Innenstadt werden immer teurer und luxuriöser. Bald haben wir hier dieselben Preise wie in Paris. Ich will Apartments bauen, und wenn ich mir erst einmal einen Namen in den einschlägigen Kreisen gemacht habe, will ich mir jemanden dazuholen, der Entwürfe machen kann; dann stürze ich mich auf die Inneneinrichtung von Restaurants, das ist nämlich auch ein *booming business.*«

Lin wußte nicht auf Anhieb, was sie sagen sollte.

»Das also sind meine Pläne«, sagte Henri.

»Finde ich eine prima Idee.«

»Eine prima Idee.«

»Ja, du bist genau der Richtige dafür, glaube ich.«

Sie wußte wirklich nicht, was sie sagen sollte. Gestern am Strand war Henri ihr plötzlich so viel näher gewesen als früher, und jetzt verschoben die Dinge sich schon wieder. In weniger als vierundzwanzig Stunden hatte sich ihre Beziehung völlig verändert. Mit einemmal saß ihr ein Mann gegenüber, den sie wirklich kennenlernen konnte, und nicht jemand, dessen halbe Existenz sich ihrer Wahrnehmung entzog; sie konnte nun von Tag zu Tag mit ihm leben.

Der Kellner nahm die Teller mit, aus denen sie Nudeln mit Lachsstreifen gegessen hatten, und servierte den Salat. Henri legte die Unterarme auf den Tisch und streichelte ihre Hände. Lin schaute zur Seite: Im glänzenden Metall des Weinkühlers spiegelten sich der Tisch, sie beide, einander gegenübersitzend, die Unterarme auf dem weißen Tischtuch, die Palmen zwischen den Säulen des Saals – und dies alles gekrümmt, verzerrt durch die Rundung des Kühlers.

»Schau«, sagte sie mit einem Nicken in Richtung Weinkühler, »da sitzen wir.«

Sie beugten sich vor, um sich als Paar zu sehen.

Einen Augenblick später wurden sie von Blitzlicht, dem metallischen Rascheln eines Kameraverschlusses und dem Surren eines elektrischen Filmtransports aufgeschreckt. Als sie die Köpfe umwandten, wurden sie nochmals fotografiert. Die anderen Gäste wurden aufmerksam: Sie unterbrachen die Gespräche oder ließen eine bereits erhobene Gabel kurz zwischen Teller und Mund hängen, sie drehten sich zur Seite oder schauten über die Schulter zu ihnen, um zu sehen, wer die beiden wohl waren, die da so unerwartet und ausführlich fotografiert wurden, offenbar von einem Berufsfotografen im Auftrag der Boulevardzeitungen, einem echten Paparazzo.

Der Fotograf kam aus seinem Versteck hinter den Palmen zum Vorschein. Es war Alex Wüstge.

»Ertappt«, sagte er lachend. »Ertappt beim äh ... Tja, wie wollen wir das nennen ... Nun denn, ertappt beim Liebeslunch.«

Er ging in die Hocke und machte noch ein paar Aufnahmen, wobei er einfach weiterredete. Es war das erste Mal, daß Lin ihn bei der Arbeit sah, und obwohl sie darüber erschrak, daß sie fotografiert wurde, kam ein Gefühl des Wohlwollens bei ihr auf, das sie früher nicht für ihn empfunden hatte. Jetzt, da sie ihn bei der Arbeit sah, schnell und fachmännisch, fand sie ihn auf einmal überzeugend.

Während Alex Wüstge sie beide fotografierte, wirkten sie mehr als zuvor wie ein Paar. Es war, als würde die Kamera etwas besiegeln. Lin entspannte sich, und jäh kam eine wundersame Freude in ihr auf, ein für sie ganz neues Gefühl. Flexibel bewegte sie sich mit der ständig ihren Platz verändernden Kamera mit. Unter ihrer rechten Hand fühlte sie Henris. Sie hoffte, daß der glänzende Weinkühler mit der gekrümmten Widerspiegelung auch mit aufs Bild kommen würde.

Alex Wüstge richtete sich auf, ließ die Kamera sinken und tastete nach der Tasche, die er um die Schulter hängen hatte; seine Miene nahm wieder den gewohnten lächelnden Ausdruck an.

»Setzt du dich zu uns, Alex?«

Es war Lin, die diese Frage stellte.

»Nein, nein«, sagte er, während er die Kamera in die Tasche legte, »ich bin unterwegs zu einer Verabredung, da hab ich euch sitzen sehen und konnte der Versuchung nicht widerstehen, aber jetzt muß ich weiter.« Noch immer war er ganz der Fotograf: Routiniert bewegte er sich unter den neugierigen Blicken der Zuschauer; er konnte sich unsichtbar machen, sich in jemanden verwandeln, auf den man schon nach kurzer Zeit nicht mehr achtete. Zugleich aber war er mehr denn je er selbst; er schien etwas mit sich herumzutragen, das er unmöglich länger verbergen konnte. Er errötete, und auf seiner Stirn, über den dichten schwarzen Augenbrauen, erschienen Schweißtropfen. Er sah aus, als müßte er einen starken Gefühlsausbruch unterdrücken.

»Komm schon«, sagte Henri, »wir haben hier einen guten Wein stehen, nimm einen Schluck.«

Er nahm sein zweites, noch sauberes Glas und schenkte ein. Lin stand auf, um den Fotografen zu begrüßen. Alex hob beschwörend die Hände, er wollte weg, gab dann aber doch nach.

»Aber nur ein paar Minuten.«

Er wollte nicht, er wollte fort von diesem glücklichen Paar. Beim Überqueren des Platzes hatte er sie am Fenster des Restaurants erkannt und sich an ihrem Glück wärmen wollen. Jetzt, da er sich daran wärmen konnte, leistete sein Stolz Widerstand; er bedauerte, das Restaurant überhaupt betreten zu haben. Er hatte sie zwar ertappt und mit seinem Blitzlicht überrumpelt, aber er hatte sich gleichermaßen auch nützlich gemacht, Henris kleiner Diener. Alex Wüstge wollte weg. Aber es zwar zu spät. Er hatte nachgegeben, weil Lin aufgestanden war. Ihrer Erscheinung konnte er sich nicht widersetzen. Da kam sie. Er küßte wie im Rausch ihre Wangen und sagte eigenartig leise, als dürfe Henri es nicht hören: »Hallo, wie geht's dir?« Als Lin ihm plötzlich als spontane Geste der Zuneigung eine Hand auf die Hüfte legte und ihn kurz mit einer Brust streifte, spürte sie, wie ein Schock seinen Körper durchzuckte.

Draußen, auf dem Heimweg, fanden beide den Tag denkwürdig. Der stürmische Wind erfrischte sie. Sie gingen langsam. Die Stadt schien nur für sie da zu sein: Welchen Laden oder welche Kneipe sie auch betreten würden, überall würde man sie mit der gleichen Zuvorkommenheit behandeln, überall würden sie dem Abglanz ihres Glücks begegnen. Es war ein Gefühl von Selbstvertrauen und Unverletzbarkeit, wie Lin es bisher nur am Tag nach ihrem Sieg im Finale der niederländischen Meisterschaften gehabt hatte. In der Jackentasche die Zeitung, in der ihr Bild abgedruckt war, war sie damals durch die Stadt gegangen. Henri hatte ihr einen Arm um die Taille gelegt. Bei jedem Schritt hörte er ihren Körper, der sich im Seidenfutter ihres Kleides bewegte.

»Verrückt«, sagte er, »daß wir ausgerechnet heute Alex treffen und daß er Bilder von uns macht.«

»Das wollte er doch schon im Sommer.«

»Aber heute hat er es getan.«

»Ja, das ist verrückt.« Sie überquerten das Amstelveld, das übersät war mit Blättern. Ein Ball rollte auf sie zu. Ohne Lin loszulassen, kickte Henri den Ball zu einigen Fußball spielenden Jungen zurück, ein schöner Schuß mit dem rechten Fuß; er schaute dem steigenden und wieder fallenden Ball hinterher und mußte an den Fußballplatz in Amsterdam-Noord denken, wo die hohen Bälle bei Gegenwind sozusagen in der Luft hängengeblieben waren, und es war, als könnte er die verwehten Schreie seines Tormanns hinter sich wieder hören. Nun ging er hier. Er war älter geworden. Er hatte sie überwunden, die schlimmen Jahre. Hier ging er, auf seinen schönen, starken Hachsen, wie Lin seine Beine mal genannt hatte.

»Hat Alex keine Freundin?«

»Ich weiß nicht genau. Bei ihm weiß man nie genau. Jedenfalls hält es nie lange.«

»Ich glaube, er hat schon lange keine mehr gehabt.«

»Das kann ich mir nicht vorstellen. Er trifft bei seiner Arbeit jeden Tag so viele Leute, da muß doch ab und zu mal eine Frau für ihn dabei sein.«

»Dafür ist er nicht der Typ. Er ist verlegen.«

»Er hat ein Auge für Frauen, und viele Frauen sind ganz weg von ihm. Ich hab es selbst gesehen.«

»Trotzdem hat er schon lange keine mehr gehabt.«

»Woher willst du das denn wissen?«

»Ich habe ihn zufällig mit meiner Brust gestreift, und er zuckte zusammen, als hätte er einen Schlag gekriegt.«

»Wann war das denn?«

»Ja, komm, das erzähl ich doch nicht alles. Als er mich zur Begrüßung küßte, habe ich ihn zufällig mit meiner Brust berührt und dabei gespürt, daß er zusammenzuckte ... Vielleicht lügt er ja, wenn es um Frauen geht. Er tut so, als wenn er ab und zu eine hat, und dabei stimmt es gar nicht.«

»Du machst das Ganze viel zu kompliziert.«

»Redet ihr manchmal darüber?«

»Nein. Männer reden nicht über solche Dinge.«

»Also weißt du es nicht, von deinem besten Freund ...«

»Du machst das Ganze viel zu kompliziert, mein Schatz. Alex ist ein sensibler Junge. Du zuckst auch manchmal zusammen, wenn ich dich berühre. Obwohl du doch gut bedient wirst.«

Eine Zeitlang gingen sie schweigend weiter durch ihren denkwürdigen Tag, den Tag, an dem sie zusammen essen waren, er im Anzug und sie in einem enganliegenden Kleid, und an dem Bilder von ihnen gemacht worden waren, den Tag, an dem Henri gesagt hatte, daß er sie liebe und daß er beschlossen habe, sein Leben zu ändern, den Tag im November, an dem der Wind stürmisch gewesen war, wundervoll zum Spaziergehen.

Sie küßte ihn auf den Hals.

»Hey, nun noch eine andere Frage.«

»Über Alex.«

»Ja. Hast du nie zusammen mit ihm eine Freundin gehabt?«

»Nein.«

»Und hast du nie selbst mit ihm ...«

»Auch nicht.«

Henri mußte an einen Nachmittag im Frühjahr denken. Sie waren damals ungefähr vierzehn gewesen und hatten in den Schrebergärten am Fuß des alten und längst überflüssigen Deichs gearbeitet, an dem sie beide wohnten. Sie hatten den Acker von Alex' Vater umgegraben, um ein paar Gulden zu verdienen. Alex war still gewesen – niedergeschlagen, wie Henri jetzt klar wurde. Um ihn aufzumuntern, hatte er gerufen: »Nachher holen wir uns einen runter, Alex, einen runterholen, weißt du noch, mit der Hand um das Ding zwischen deinen Beinen.« So etwas in der Art hatte er gerufen, und danach hatte es angefangen, etwas, das stundenlang gedauert hatte: eine undeutliche Spannung, Bemerkungen, Erdklumpen werfen, einander berühren und stoßen – bis sie irgendwo hinter einem Komposthaufen auf den Knien einander gegenüber gesessen hatten und er Alex soweit gekriegt hatte, ihm einen runterzuholen, den Kopf abgewandt. Danach waren sie einander eine Zeitlang aus dem Weg gegangen.

Noch nie hatte Henri an diesen Nachmittag in den Schrebergärten zurückgedacht. Es erstaunte ihn, daß sich so etwas zwischen ihnen abgespielt hatte. Ja, sie hatten diesen Acker umgegraben, einander mit Erdklumpen beworfen, und Alex hatte ihm einen runtergeholt – daß das auch noch passiert war! Alles lebte wieder in ihm auf, während er unter den Bäumen am Weteringplantsoen entlangging, und verwischte bereits wieder, als er die verkehrsreiche Stadhouderskade überqueren mußte. Es schien so wenig zu bedeuten. Alles hingegen bedeutete ihre Hand, mit der sie ihn kraftvoll am Ärmel festhielt, als er bei Rot zwischen den fahrenden Autos hindurch auf die andere Straßenseite gehen wollte.

Kaum waren sie in seiner Wohnung angekommen, streifte sie sich das Kleid vom Körper, schlüpfte aus den Schuhen und zog gleich auch noch – mit den bekannten effizienten Bewegungen – die restlichen Kleidungsstücke aus. Nach einem kurzen Aufenthalt im Badezimmer ging sie nackt und verlegen an Henri vorbei und schlüpfte ins Bett. Von dort aus lachte sie ihm zu.

»Warte.«

Sie zog das T-Shirt mit den Blutflecken unter dem Kissen hervor, pfropfte es zu einem Knäuel zusammen und warf es ihm zu.

»Wirfst du das schnell weg?«

Henri ließ es im Mülleimer verschwinden, nachdem er es auseinandergefaltet und festgestellt hatte, daß vergangene Nacht eine ansehnliche Menge Blut geflossen war. Ein Krieger, stolz auf seine Wunden. Und stolz auf seinen Körper: Er erinnerte sich daran, wie er bei dem Spaziergang auf dem Amstelveld den Ball zurückgeschossen hatte, es war so eine angeschnittene Vorlage gewesen, die sein Mittelstürmer früher knallhart ins Tor hätte köpfen können, ja, als Verteidiger war er regelmäßig bis an die gegnerische Torauslinie gekommen.

Im Badezimmer zog er sich aus, voller Vorfreude auf das Kommende. Er war stolz. Jetzt stimmte einfach alles. Endlich hatte er sich selbst unter Kontrolle. Ein drittes Mal sollte es ihm nicht passieren, daß ihm die Frau weglief. Ein nasses Kastanienblatt wurde an die Kuppel geblasen und blieb daran hängen. Der Wind tobte sich zwischen den Ziegeldächern der Nachbarhäuser aus. Henri hörte Glas zerbrechen. Irgendwo in der Stadt war Alex bei der Arbeit.

Henri zauderte. Er erinnerte sich an Nieuwendam. Schon den ganzen Tag mußte er an seine jungen Jahre denken, sah er die Orte vor sich, an denen sich alles abgespielt hatte: das Haus am Deich, immer im Schatten der hohen Ulmen, der Keller, in dem sein Vater ihn verprügelt hatte, die Schrebergärten am Fuß des Deichs, ein Stück Ried, wo er Feuer gemacht hatte, das langgestreckte Gelände der Schiffswerft, das erste Mal, daß er mit seinem Vater eins der Docks betreten und ein Schiff gesehen hatte, das so hoch wie ein Gebäude zwischen den Wänden des Docks gestanden hatte, das IJ und auf der gegenüberliegenden Seite die Stadt, die halbrunden Hauben des Hauptbahnhofs, die Neubauviertel, die das Dorf umzingelt hatten, seine Schule, eine Snackbar, den Fußballplatz, einen ausgebrannten Schuppen, wie er am Tag der Beerdigung seiner Mutter die Trauerkarte in kleine Stücke zerrissen hatte, irgendwo bei einem Wassergraben mit schnatternden Enten. Es befremdete ihn, daß diese Zeit plötzlich wieder da war, obwohl er doch selten oder gar nicht daran zurückdachte.

Er ging zum Bett.

»Oh, da bist du ja«, sagte Lin mit schläfriger Stimme und öffnete die Augen.

Henri stellte sich auf allen vieren unter der Bettdecke über sie und schaute sie an. Sie lag bewegungslos da, eine Hand unter dem Kopf, die andere auf ihrem Schamhaar.

»Liebst du mich?« fragte sie.

»Ja.«

»Ich dich auch.«

Jetzt, da sie die Nähe seines Körper spürte, war sie sich ihrer Worte sicherer. Sie wiederholte sie noch einmal. Dann begann sie das zu tun, womit sie ihn immer blindlings fand.

An diesem Nachmittag erzählte Henri ihr von seinen Jahren in Nieuwendam, ein Thema, das er bisher immer vermieden hatte.

Auf dem Rücken hatte er eine Narbe, die er zunächst einem Unfall auf der Bohrinsel zugeschrieben hatte, aber jetzt erzählte er ihr den wahren Hergang. Sein Vater hatte die Angewohnheit gehabt, ihn durchzuprügeln, und einmal hatte er in einem Wutanfall zu einem Stück Holz gegriffen, in dem ein Nagel gesteckt hatte, und ihm damit »ein Loch« in den Rücken geschlagen. Nach dem frühen Tod seiner Frau hatte er ein zweites Mal geheiratet, eine Frau, die seinen Söhnen nicht gefiel. Die Schiffswerften am IJ waren nach und nach alle geschlossen worden. Henris Vater war entlassen worden und hatte keine neue Stelle mehr gefunden – der Terror zu Hause war unerträglich geworden. Als Henri sechzehn geworden war, war er von zu Hause weggelaufen. Irgendwo in Frankreich, in einem Auffangheim für Obdachlose, hatte er in der Küche gearbeitet und einen neuen Namen angenommen. Er hatte schweißen gelernt und in Sibirien an den Gasprom-Pipelines gearbeitet. Als er von seinen Irrfahrten nach Amsterdam zurückgekehrt war, war Alex Wüstge der erste Bekannte gewesen, der ihm über den Weg gelaufen war. Er hatte ein paar Jahre lang bei ihm gewohnt. Seinem Vater und seiner Stiefmutter war er bei der einen oder anderen Hochzeit begegnet; sie gehörten einer lang vergangenen Zeit an, und er hatte lediglich ein paar Belanglosigkeiten mit ihnen ausgetauscht. Mit seinem Bruder, der sehr in sich gekehrt war, hatte er kaum Kontakt.

Nachdem er diese Dinge erzählt hatte, begann Henri sie erneut zu erregen. Weich vor Hingabe lag sie in seinen Armen, und als er in sie eindrang, spürte er in ihrem Innern nicht wie sonst Wärme, sondern Hitze, eine Glut, die ihm einen tiefen Seufzer entlockte.

Ein paar Tage später kamen die Bilder: ein Umschlag mit großen farbigen Hochglanzfotos. Strahlend waren sie darauf abgebildet, einander über den Tisch des Restaurants hinweg anschauend, dann zur Seite blickend, zum Fotografen, mit einem von Foto zu Foto größer werdenden Lächeln des Erkennens.

Die Fotos faszinierten Lin. In ihren Tischtennisjahren war sie ein paarmal gut fotografiert worden, aber seither nicht mehr. Es war, als bekäme sie ein neues Bild von sich selbst. Da saß sie in ihrem engen Kleid, mit ihren nackten Armen und dem aufgesteckten Haar: nicht länger ein Mädchen, sondern eine junge Frau. Ihr gegenüber saß Henri in seinem Anzug mit der schwarzen Lederkrawatte. Sie waren ein Paar, und durch die Art, wie Alex Wüstge sie fotografiert hatte, waren sie gewissermaßen schöner geworden – rührend, verletzlich. Es wollte ihr kaum in den Kopf, daß sie so aussehen konnten, und immer wieder nahm sie heimlich die Fotos zur Hand, um sich von diesem Bild einer jungen Liebe überrumpeln zu lassen.

IX

Danach aß sie eine Fleischkrokette

Früher als erwartet saß Lin an diesem Tag in der Straßenbahn und fuhr ins Viertel De Pijp: Eine Verabredung war geplatzt. Es wurde langsam dunkel; ein stürmischer Wind klappte an Straßenecken und auf Brücken die Regenschirme um, die dann aussahen wie große Blumenkelche. Der Regen hatte aufgehört. Aber unter den Vorderrädern der Straßenbahn spritzte noch immer das Wasser aus den Schienen, das sich kräuselte und sich zu hauchdünnen Flügeln ausbreitete, bevor es auf den Asphalt platschte. An den Haltestellen standen die Wartenden zusammengedrängt in den Wartehäuschen.

Lin schaute durch die regennasse Scheibe hinaus und lächelte, weil sie gleich Henri wiedersehen und seinen unwilligen Körper umarmen würde, um sich zu entschuldigen. Sie wollte nichts lieber, als sich mit ihm versöhnen.

In den letzten Tagen hatte sie ihn unter Druck gesetzt. Ihr war entschlüpft, daß sie auch in den Wochen, in denen er auf dem Meer war, in seiner Wohnung bleiben wolle. Bei sich zu Hause finde sie keine Ruhe, und sie werde ihn weniger vermissen, wenn sie seine Wohnung um sich habe. Tagelang hatte sie immer wieder entsprechende Anspielungen gemacht, eigentlich ohne es zu wollen und wider besseres Wissen. Henri war launisch geworden und hatte sie bereits vier Nächte lang verschmäht.

Lin lächelte. Sie fühlte sich in der Stadt zu Hause, in dem Gedränge in der Straßenbahn. Jeden Tag machten die Gesichter der Fahrgäste einen anderen Eindruck auf sie. Manchmal waren sie fast ausnahmslos furchterregend oder abstoßend. Heute paßte jedes der Gesichter hierher, naß und zerzaust, selbst die widerlichsten Mienen gehörten dazu. Sie konnte auf den nassen und schmutzigen Boden schauen, ohne traurig zu werden und auf die Untröstlichkeit zu stoßen, die irgendwo in ihr lebte.

Sie stieg aus und ließ sich vom Wind erfassen, der sie vorwärts schob und an ihr riß. Die Lampen über den Straßenbahngleisen schaukelten hin und her. Sie ging ihre feste Strecke und erkannte vergnügt ihr Viertel: die Fahrradtrauben um die Bäume herum, die beschlagenen Fenster des türkischen Metzgers, das Dämmerlicht in einem Fahrradunterstand, die Müllautos auf dem Markt, die vollgestopft wurden, Straßenkehrer, die den Abfall zu Haufen zusammenfegten, die jungen Männer, die geschickt die Buden abbauten. Sie schlüpfte in den spanischen Laden, in dem Schinken und Würste an den Balken hingen, um ihn mit einer raschelnden Plastiktüte wieder zu verlassen.

Dann war der Wind auf einmal weg, denn sie hatte die Haustür hinter sich geschlossen. Sie stieg die Treppe hinauf. Auf der letzten Stufe hörte sie Musik, und auf dem Absatz vor seiner Wohnungstür versetzte diese Musik sie in Erstaunen: Es war klassische Musik, eine Oper, etwas, das Henri sich sonst nie anhörte. Doch ihr Erstaunen schlug erst in Überraschung und dann in Neugier um. Schnell öffnete sie die Wohnungstür. Die Musik wurde lauter. Sie hängte ihre Jacke auf, nahm die Plastiktüte wieder in die Hand und blieb wie am Boden festgenagelt stehen.

Die Schiebetür war weiter geschlossen als sonst. Durch einen Spalt konnte sie in das erleuchtete hintere Zimmer schauen. Auf der Couch lagen zwei kräftige nackte Frauenbeine. Nach dem ersten Schreck beugte Lin sich zur Seite; jetzt konnte sie die Frau ganz sehen. Sie lag von ihr abgewandt. Eine ziemlich kleine Frau mit kurzgeschnittenem blonden Haar. Sie hatte den Kopf und die Schulter auf die Armlehne gelegt und die rechte Hand unter den Kopf geschoben; in der Linken hielt sie eine umgeschlagene Zeitschrift, in der sie las. Ihr rechtes Bein lag ausgestreckt auf der Couch, ihr linkes hing halb herunter, faul, zufrieden, die Ferse versank in der Wolle des Berberteppichs. Unter ihrem kompakten Körper lag eines von Henris Handtüchern.

Sie lag da, als ob sie dort hingehörte.

Einen Augenblick hatte Lin das Gefühl, die Wohnung eines Fremden betreten zu haben, ein Eindruck, der von der ihr unbekannten Musik noch verstärkt wurde, die laut durch die Wohnung schallte und von ihr Besitz ergriffen hatte.

Das dauerte nur ein paar Sekunden, bis Lin sich zurückzog, rückwärts gehend, auf Zehenspitzen. Zu ihrer eigenen Überraschung wollte sie nicht bemerkt werden, wollte sie *nicht stören*. In der Diele zog sie mit pochendem Herzen ihre Jacke wieder an. Sie lauschte. Dann gab sie sich einen Ruck, tat erneut ein paar Schritte in dem dunklen Vorraum, hielt aber erneut inne. Sie schaute durch den Spalt. Jetzt sah sie plötzlich auch Henri, mit seinem nackten Körper, seinem baumelnden Geschlecht. Er beugte sich über die Frau, drückte seine Nase in ihr Schamhaar und erhielt dafür mit der Zeitschrift einen spielerischen Tick auf den Kopf – einen Tick, der wegen der lauten Musik für Lin unhörbar blieb.

Erneut schreckte sie zurück und ging rückwärts in die Diele. Die Wohnungstür mit der Eisenplatte zog sie unbeabsichtigt fest zu; der Lärm erschreckte sie. Als sie wenig später, sie war kaum eine Minute zu Hause gewesen, wieder die Treppe hinunterging, in derselben nassen Jacke, die raschelnde Plastiktüte noch in der Hand, auf der Straße derselbe LKW wie gerade eben, der im Leerlauf vor sich hin tuckernde Motor, der die Scheiben in der Haustür erzittern ließ, da kam es ihr vor, als wäre es nicht wahr, was sie gerade gesehen hatte, als wäre alles noch wie immer. So vertraut war es, die drei Treppen hinunterzulaufen, die Kurven und Unebenheiten des Geländers zu fühlen, das Zugseil darunter zum Öffnen der Haustür, so normal – als ginge sie nur kurz zu dem spanischen Laden zurück, weil sie etwas vergessen hatte. Hinter dem LKW, der ausgeladen wurde, stand dieselbe Reihe wartender Autos wie gerade eben.

Aber ihr Herz raste wie wild, sie atmete schwer und wurde vom Haus weggetrieben. Als sie an der Straßenecke stehenblieb und sich umdrehte, begann sie plötzlich am ganzen Körper zu zittern. Ihr Körper bewies ihr jetzt, daß es der Wahrheit entsprach, was sie gesehen hatte, daß sich innerhalb einiger Sekunden alles verändert hatte. Das Zittern in den Beinen wurde so stark, daß sie eine Hand nach dem Pfahl eines Verkehrsschildes ausstreckte. Sie stellte sich vor, wie es aussah, während sie sich an diesem Pfahl festhielt. Es hatte etwas Komisches an sich, und aus ihrem Mund kam ein bebendes Lachen.

Eine halbe Stunde lang wartete Lin in einer Haustürnische, rauchend aus einer in aller Eile besorgten Schachtel Zigaretten. Dann sah sie die Frau das Haus verlassen. Sie war klein und kräftig, ein ganz anderer Typ als sie selbst, außerdem ein Stück älter, vielleicht zehn Jahre. Sie trug Jeans von der schicken Sorte, die Bügelfalte war noch zu sehen, teure Pumps und ein tailliertes Wolljäckchen, in dem ihre Brüste und Hüften gut zur Geltung kamen. Es war offensichtlich, daß die Frau die Kleidungsstücke, die sie anhatte, für »Freizeitkleidung« hielt. Aber sogar in Freizeitkleidung paßte sie nicht zu den Häusern in dieser Straße, zu der Haustür mit dem abgeblätterten Anstrich, durch die sie gekommen war. An ihrer linken Schulter hing eine glänzende schwarz-rosa Lacktasche, in der einen Hand hielt sie einen Regenschirm, in der anderen zwei Tragetaschen, auffällig groß, in denen sich die Kleidungsstücke befanden, die sie am Nachmittag gekauft hatte.

Lin folgte der Frau bis zur Stadhouderskade, von dort bis zum Rijksmuseum. Ihr Herz pochte. Du fette kleine Nutte, dachte sie bei sich, was glaubst du, wer du bist! In ihrem Körper entstand eine katzenhafte Behendigkeit. Sie wurde sich ihrer eigenen Größe, der Breite ihrer Schultern, ihrer Hände bewußt – ihr ganzer Körper meldete sich, zum Sprung bereit. Sie beschleunigte ihren Schritt. Im Gedränge auf der Brücke vor dem Museum holte sie die Frau ein, ging dicht hinter ihr, schaute ihr in den Nacken und hätte am liebsten zugebissen. Direkt vor ihr war der Körper, den sie noch vor wenigen Minuten nackt gesehen hatte. Auf der Weteringsschans sah sie die Nebenbuhlerin auf der gegenüberliegenden Seite in schnellem Tempo weitergehen. Erfolgsfrau, dachte sie herablassend bei sich, Personalchefin oder etwas in der Art, jeden Tag im Kostüm ins Büro. Die Frau ging leichtfüßig, trotz ihrer kräftigen Statur. Zu Fuß unterwegs zu sein bereitete ihr offensichtlich Spaß.

Aus einem Automaten in der Leidsestraat zog sie eine heiße Fleischkrokette. Eine Straßenbahn fuhr vorbei. Lin verlor die andere aus den Augen, erspähte sie aber kurz darauf wieder in der Menge der Fußgänger: Sie hatte die Tragetaschen nun in die linke Hand genommen, in der sie auch den Regenschirm hielt; die Fleischkrokette hatte sie in der Rechten. Beim Gehen zog sie die linke Schulter leicht nach oben, damit die Lacktasche nicht herunterrutschen konnte. Zum Abbeißen machte sie den Hals lang und reckte den Mund nach der Fleischkrokette; jedesmal wenn sie hineinbiß, spreizte sie unwillkürlich die Finger der Hand, mit der sie sie festhielt.

Nachdem die Frau in die Prinsengracht abgebogen war, erfüllte sich die Luft zum wiederholten Mal an diesem Tag mit dem Toben von Düsentriebwerken, das mal im Wind verwehte und dann wieder in Stößen in die Straßen geschleudert wurde. Bald war der Lärm so stark, daß er alles übertönte; zwischen tiefhängenden Wolkenfetzen tauchte die Nase einer Boeing 747 auf. Die Frau schaute hinauf zu dem riesigen Flugzeug, das sich über die Stadt schob, ganz langsam; fast schien es ein Wunder, daß es überhaupt in der Luft blieb. Dabei steckte sie sich das letzte Stückchen der Fleischkrokette in den Mund und leckte sich die Finger ab.

Lin spürte, daß sich der Spaziergang seinem Ende näherte, daß die Frau ganz in der Nähe ihrer Wohnung angekommen war, aber sie wußte nicht, was sie tun sollte. Als sie sah, daß die andere vor dem Treppenabsatz eines Grachtenhauses stehenblieb und in ihrer Lacktasche herumwühlte, nahm sie all ihren Mut zusammen. Doch es war nicht der Mut allein, es war die Verzweiflung, die sie dazu brachte, den Schritt zu beschleunigen. Die Frau ging die Treppenstufen hinauf und warf einen Blick über die Schulter zurück, als sie die schnell näherkommenden Schritte hörte. Oben angekommen, blieb sie stehen, um der jungen Frau entgegenzusehen, die da die Treppe heraufgestürmt kam, und steckte schon mal den Schlüssel ins Schloß.

Lin roch sie. Das war das erste: ein Hauch Parfüm, ein läufiges Aroma, von dem ihr übel wurde. Ohne es zu wollen, hatte sie die Frau bereits berührt. Erst rutschte ihre Hand kraftlos über die Wölbung einer Brust, die sie deutlich und voller Abscheu fühlte, dann gelang es ihr, einen Revers ihres Jäckchens zu ergreifen.

»Laß ihn in Ruhe«, stammelte sie, »komm ihm nicht zu nah!«

Der Frau gelang es, ihren Schreck zu überwinden, und schaute Lin an.

»Wer bist du?«

»Henris Freundin.«

»Ach, bist du das.«

Die Frau riß sich los. Sie musterte Lin von Kopf bis Fuß, während sie sich den Riemen ihrer Lacktasche höher über die Schulter zog, und sagte dann lachend und wirklich erstaunt: »Aber du paßt doch überhaupt nicht zu ihm.«

Lin war von diesem Urteil aus dem Mund einer älteren Frau völlig aus dem Feld geschlagen. Bevor sie etwas erwidern konnte, hatte die Frau sich abgewandt, die wuchtige Tür mit der Schulter aufgeschoben und war hindurchgeschlüpft. Lin hörte, wie ihre Schritte, schnelle Schritte, in der marmornen Diele verhallten. Da stand sie nun, atemlos vor Haß.

Eine Stunde später rief sie Henri von einer Telefonzelle aus an. Er klang nett, ein wenig netter, als er in den vergangenen Tagen zu ihr gewesen war, er klang nichtsahnend und schien zu glauben, daß sie sich irgendwo in der Stadt mit einer Freundin amüsierte und ihn einfach so anrief, wie sie es häufiger tat; er hörte sich bestimmt nicht an wie jemand, der etwas zu verbergen hat. Lin hörte seine vertraute Stimme, sie dachte an seine Wohnung, sie erinnerte sich daran, wie sie noch am Morgen nach dem Erwachen im Bett aneinandergeschmiegt gelegen hatten, und einen Augenblick lang spürte sie die Versuchung, so zu tun, als wüßte sie von nichts.

Innerhalb weniger Sekunden war es entschieden. Henri hörte die Zurückhaltung in ihrer Stimme und fragte, ob alles in Ordnung sei. Lin zögerte.

»Du Idiot«, sagte sie dann mit erstickter Stimme.

Henri schwieg.

»Was für ein unglaublicher Idiot du bist«, rief sie und trat gegen die Glaswand der Telefonzelle.

»Schau an«, sagte er, »was hast du dir jetzt wieder einfallen lassen?«

Henri begann auf irgend etwas herumzukauen.

»Was hast *du* dir jetzt wieder einfallen lassen? Das ist eine bessere Frage!«

»Oh.«

»Endlich läuft es, endlich haben wir ein Leben, und dann schleppst du so eine fette kleine Nutte ab. Du legst dir mal wieder eine auf die Couch, mit einem Handtuch darunter natürlich! Wie kannst du nur, Mann! Warum muß das sein? Zugegeben, ich bin in der letzten Woche schrecklich gewesen, ich habe herumgequengelt, ich habe keine Ruhe gegeben, weil ich mich so sehr nach einem Ort sehne, an dem ich mich gut fühle. Ich hasse mich selbst, wenn ich so bin. Aber mußt du ausgerechnet so etwas tun, um mich zu bestrafen?«

Henri schwieg und kaute.

»Sag was!«

»Was soll ich sagen?«

»Du willst es nicht, Mensch, du willst nicht, daß es gut läuft. Sobald es das tut, machst du es kaputt.«

»Stellst du dich nicht ein bißchen an, mein Schatz?«

»Zwischen uns ist es aus, Henri.«

Lin erschrak über diese letzten Worte.

»Ich habe mir von dir etwas gefallen lassen, was sich keine andere Frau hätte bieten lassen. Ich habe alles geschluckt. Und jetzt tust du das. Bist du überhaupt noch dran? Jetzt tust du das, mit so einem kleinen Fettfleck! In ein paar Monaten ist wieder etwas anderes. Aber darauf warte ich jetzt nicht mehr.«

Henri ließ sie toben. Er kaute weiter, kaute hörbar weiter. Er saß auf der Couch, das Handtuch lag noch immer neben ihm. Während Lin im Hörer wütete, mußte er an seine Besucherin denken, fühlte er erneut die kräftigen Schenkel um seine Hüften, erinnerte er sich an diesen festen Körper, die kurzen Beine, die ihn auf einmal so geil gemacht hatten. Gerade jetzt, da er Lins Stimme hörte, erwachte die Erinnerung an seine Lust mit aller Heftigkeit von neuem. Er schaute auf das Handtuch, auf dem er ein paar gekräuselte blonde Schamhaare entdeckt hatte, er benetzte einen Finger und pickte eines der Schamhaare damit auf, ein hartes Haar.

Nach dem Schock des Erwischt-worden-Seins waren ihre Worte ihm ebenso gleichgültig wie die Katastrophe, die nun hereinzubrechen drohte. Er stellte sein Glas Wein ab, warf das Stück Brot weg, stand auf, um sich besser auf das Gespräch konzentrieren zu können, geriet dann aber in den Bann seines Spiegelbildes. Mit starrem Blick betrachtete er sich in einem der Spiegel – bis es ihm gelang, sich davon loszureißen.

»Darf ich auch mal«, sagte er.

»Wirst du endlich wach?«

»Wo bist du?«

»Das spielt keine Rolle.«

»Sag mir, wo du bist, dann hole ich dich ab.«

»Ich will dich nicht mehr sehen, Henri.«

Das hatte sie bereits entschieden. Sie hatte daran denken müssen, wie sie ihm nach ihrem ersten Bruch erneut erlegen war, als sie ihn auf dem Markt getroffen hatte. Sobald er vor ihr stand, hatte er Macht über sie. Sie konnte es schon spüren, wenn sie nur an ihn dachte: wie er sie mit seinen hellblauen Augen in Besitz nahm, welchen Einfluß seine Erscheinung auf sie ausübte, wie das Verlangen in ihr aufkam, ihn zu berühren. Dieser Versuchung wollte sie aus dem Weg gehen, indem sie ihm nicht mehr unter die Augen trat.

»Laß uns darüber reden«, sagte Henri.

»Ich brauche nicht mehr darüber zu reden. Ich weiß allmählich genug von dir. Ich verlasse dich.«

»Wegen so was?«

»Weil man dir nicht vertrauen kann.«

Bei Lin krümmte sich alles zusammen, sie konnte ihre Tränen kaum noch unterdrücken.

»Das mußt du noch einmal sagen.«

»Du hast mich genau verstanden.«

»Aber du mußt es noch einmal sagen.«

Sie hörte seinen schweren Atem.

»Du hast mich verstanden.«

»Aber du mußt es noch einmal *sagen*, mein Schatz.«

In seiner Stimme hörte sie etwas Unberechenbares und Düsteres, etwas, das er nicht unter Kontrolle hatte.

»Sag es schon, Kleines.«

Das war der alte Henri, das war Henri, wie er zu Anfang gewesen war, derjenige, der ihr herausfordernd mit den Stielen eines verweigerten Rosenstraußes über den Arm gestrichen hatte. Das nahm ihr jede Hoffnung.

»Weil man dir nicht vertrauen kann. Ver-trau-en!«

Henri warf den Hörer auf die Gabel. Lin überließ sich ihren Tränen. Als sie die Telefonzelle verließ, waren die Glaswände beschlagen. Die Tüte mit den Lebensmitteln ließ sie stehen.

Sie irrte durch die Stadt, wobei sie immer wieder unter Torbogen Schutz vor dem Regen suchte. Sofort wurde sie von irgendwelchen Gestalten angesprochen, von denen sie sich sonst fernhielt. Ein völlig durchnäßter Junkie stellte sich in einem Torbogen neben sie, bat sie erst um eine Zigarette, dann um Geld und redete schließlich in nörgeligem und gekränktem Tonfall auf sie ein. Irgendwo anders wurde sie von einem höflichen jungen Mann angesprochen, der eine Decke um die Schultern trug, sich namentlich vorstellte und ihr mitteilte, er lebe auf der Straße, sei aber nicht unglücklich; ob sie wohl ein wenig Kleingeld für ihn übrig habe. In einer stillen Straße sah sie, wie sich ihr auf dem Bürgersteig die Frau mit dem vollgestopften Einkaufswagen näherte, seit Jahren ein Schreckgespenst für sie, und sie wechselte die Straßenseite, um ihr auszuweichen. Ein Auto hielt neben ihr an, die Fensterscheibe wurde heruntergekurbelt; sie verstand nicht einmal, was der Fahrer fragte, und konnte lediglich stumpfsinnig den Kopf schütteln. Stundenlang irrte sie herum. Schließlich bat sie an einer Straßenbahnhaltestelle einen alten Mann um Feuer, wechselte ein paar Worte mit ihm, und da hörte es auf, da kam sie zu sich.

Unter den Bäumen an der Amstel, auf dem Nachhauseweg,

wurde sie von Zweifeln gequält. Hatte sie übertrieben und kindisch reagiert? Hätte sie so tun sollen, als wüßte sie von nichts, und alles beim alten lassen sollen? Hätte sie ihm vergeben sollen? War sie auf fatale Weise von der Bemerkung jener Frau beeinflußt worden, mit der er sie betrogen hatte? Vor dem Gebäude des Rudervereins blieb sie stehen. Es lag dunkel und verlassen da, das Wasser schwappte an die Bootsstege, an einer Fahnenstange knatterte ein Seil. Sie mußte daran denken, wie sie im Frühjahr oft in der Dämmerung hier gestanden und dem Trockenreiben der Boote zugeschaut hatte, und fing erneut an zu weinen.

Zunächst unternahm Henri nichts; er war davon überzeugt, daß sie spätestens nach ein paar Tagen zu Kreuze kriechen und zu ihm zurückkehren würde. Aber er täuschte sich. So wankelmütig und leicht beeinflußbar sie oft sein mochte, sie konnte auch hart bleiben und an einem einmal gefaßten Beschluß festhalten, mit einer an Sturheit grenzenden Unerschütterlichkeit, die ihn an seinen Hackklotz erinnerte. Abrupt hatte sie sich von ihm abgewandt, ebenso abrupt, wie sie sich einst von ihrem Vater, ihrem Trainer und ihrer ersten Liebe abgewandt hatte.

Nach ein paar Tagen bekam er einen kühlen Brief, in dem sie ihn bat, den Koffer mit ihrer Kleidung und ihren anderen Habseligkeiten in ein Schließfach im Hauptbahnhof zu bringen und ihr anschließend Schlüssel und Quittung zu schicken. Der kühle Ton des Briefs machte ihn rasend. Dennoch tat er unverzüglich, worum sie ihn gebeten hatte. Noch am selben Tag schob er einen Umschlag in ihren Briefkasten. Sie ließ nichts mehr von sich hören. Wenn er anrief, legte sie auf.

Er arbeitete zwei Wochen auf der Bohrinsel, während Lin ihre letzten Tage im Star Shop verbrachte.

Wieder in der Stadt, versuchte er sie zu einem Treffen zu bewegen, doch vergeblich. Schließlich schrieb er ihr einen Brief, in dem er sie als »schwach« und »lieblos« bezeichnete, eine Frau,

»die Männer benutzt, um sich selbst besser zu fühlen«. Sie antwortete nicht.

Im Januar begegneten sie sich noch ein paarmal. In der Unterführung unter dem Hauptbahnhof stieß sie einmal buchstäblich mit ihm zusammen. Während sie sich kreuz und quer durch die Menge schlängelte, prallte sie auf jemanden, der plötzlich stehengeblieben war und sich vorbeugte. Es war Henri, der sich gerade eine Zigarette anzünden wollte und den Kopf zum Feuerzeug vorstreckte, das er in seinen gewölbten Händen hielt. Sie war schon fast an ihm vorbei, als sie sich umdrehte und ihn erkannte. Sie blieb stehen, wagte aber nicht, etwas zu sagen. Nach kurzem Zögern sagte Henri herausfordernd: »Hallo, mein Schatz.« Für eine lange Sekunde schauten sie einander an, mitten im Tumult. Lin hatte Angst vor ihm, dennoch registrierte sie genau, wie er aussah: daß er sich die Haare hatte schneiden lassen, daß er blaß war und Ringe unter den Augen hatte, daß er eine Jacke trug, die sie nicht kannte. Henri zog an seiner Zigarette und sagte: »Sicher erleichtert.« Er hatte eigentlich etwas anderes sagen wollen, und zur Wiedergutmachung legte er ihr eine Hand auf den Oberarm. Lin riß sich los und ging weiter, ohne ein Wort zu erwidern. Henri blieb stehen, plötzlich von Sehnsucht ergriffen, weil er kurz die vertraute Form ihres Armes gespürt hatte.

Zehn Tage später sah sie ihn erneut, diesmal aus einer Straßenbahn heraus, auf einer Amstelbrücke. Sie erschrak und wandte sich ab, sah ihn aber noch lange Zeit vor sich, die Hände in den Taschen, gegen den Wind ankämpfend.

Noch einmal zwei Wochen später geschah es zum letzten Mal. Henri wartete in seinem Wagen vor einer Ampel. Er entdeckte sie am Rand des Bürgersteigs vor dem Zebrastreifen. Als auch Lin ihn gesehen hatte, zog sie sich in das Gedränge zurück, sich beinahe unmerklich bewegend, bis sie einander nicht mehr sehen konnten.

Teil Drei

I

Jelmer

Eines Abends im Juni ging Lin neben ihrer Mutter durch die Churchilllaan. Auf dem Grünstreifen in der Mitte der Allee sang eine Amsel. Das Lied des Singvogels hallte zwischen den Häusern wider. Er unterbrach seine Phrasen immer wieder für ein paar Sekunden und stimmte dann die nächste an: laut und grell, ungehemmt.

Frau Kooiker war einen Kopf kleiner als ihre Tochter. Sie war eine betont aufrecht gehende und noch gut aussehende Frau Anfang Fünfzig. Sie hatte die gleiche Figur wie Lin und die gleichen leicht hervortretenden Augen; nur im Gesicht ähnelte sie nicht ihrer Tochter. Ebensowenig waren ihre Schultern, Hände und Füße so breit wie die Lins – das war, wie sie es zu nennen pflegte, das »bäuerliche Element« der Hokwerdas, die in der Tat jahrhundertelang den schweren friesischen Lehmboden bestellt hatten. Weil sie sich an diesem Abend unter junge Leute mischen würde, trug sie eine Hose und ein Jäckchen, die sie für »flott« hielt. Das blondierte Haar hatte sie hochgesteckt, die Zehennägel rot lackiert. Sie duftete nach Parfüm. Vor ihrer Brust baumelte auch jetzt, nach Feierabend, die halbe Brille. Mit dieser Brille auf der Nasenspitze beugte sie sich in ihrem Juweliergeschäft am Rokin über eine Vitrine oder betrachtete ein Kollier auf ihrer Handfläche, um den Kunden anschließend über die halben Gläser hinweg anzuschauen, die Augenbrauen in die Höhe gezogen. Der

Parfümgeruch wurde wie immer von Zigarettengeruch überlagert.

Lin roch ihre Mutter.

In peinlichem Stillschweigen gingen sie nebeneinander. Die Mutter war erst kurz zuvor an ihrer Tochter vorbeigegangen, ohne sie zu erkennen. Auf der Brücke am Anfang der Allee hatte sie im Vorbeigehen zwar eine junge Frau bemerkt, die vorgebeugt ihr Rad mit einer Kette am Brückengeländer anschloß, doch sie hatte nicht bemerkt, daß es ihre Tochter war. Sie hatte schnelle Schritte hinter sich gehört, eine bekannte Stimme, und war stehengeblieben. »Kind, hast du mich vielleicht erschreckt«, hatte sie gesagt. Und gleich darauf: »Warum stellst du dein Rad denn hier auf der Brücke ab, so weit weg von Emmas Wohnung?« Und schließlich: »Ach, es liegt an dieser idiotisch großen Sonnenbrille, daß ich dich nicht erkannt habe. Kannst du die eigentlich nicht abnehmen? Ich kann es partout nicht ausstehen, mich mit jemandem zu unterhalten, der eine Sonnenbrille trägt.«

Lin schwitzte. In einer Hand hatte sie einen Blumenstrauß, in der anderen die Sonnenbrille. Sie wollte sie wieder aufsetzen, doch die tiefstehende Sonne schien ihr nicht länger ins Gesicht, sie traute sich nicht, sich ihrer Mutter zu widersetzen, und sie selbst fand es auch nicht gerade angenehm, sich mit jemandem zu unterhalten, der ihr seine Augen nicht zeigte. Eingeschüchtert und wütend ging sie neben der Frau her, die ihre Mutter war und immer ihre Mutter sein würde, und sie hörte die Amsel auf dem Grünstreifen singen: laut und ungeniert.

»Diese Ruhe«, sagte ihre Mutter, »Emma wohnt wirklich schön hier.«

»Ja, wunderschön.«

»Hört sich nicht gerade begeistert an.«

»Ich bin im Moment auch nicht gerade begeistert.«

Sie schwiegen und hörten ihre eigenen Schritte auf dem Bürgersteig. Als sie sich einigermaßen von dem Schock erholt hatten – sie stand aber auch wirklich ganz vornübergebeugt da, dachte die Mutter noch bei sich, und ich hätte sie auch nicht dort erwartet –, als sie sich wieder gefangen hatten, wurde ihnen bewußt, daß sie einander in den vergangenen sechs Monaten weder gesehen noch gesprochen hatten.

»Wie geht's denn so?« fing ihre Mutter an.

»Sehr gut.«

»Bist du das Ekzem mittlerweile losgeworden?«

»Ekzem? Das war nicht ich!«

»Kind, du hast es mir doch selbst erzählt.«

»Du verwechselst mich mit jemand anderem. Ich habe noch nie im Leben ein Ekzem gehabt.«

»Ach, dann wird es wohl jemand anders gewesen sein.«

»Hast du vielleicht selbst ein Ekzem gehabt?«

Lin umklammerte die feuchten Blumenstiele. Ihre Mutter tastete in ihren hochgesteckten Haaren nach den Kämmen und streckte plötzlich den Rücken durch, als hätte sie einen Beschluß gefaßt: Nein, es hatte nichts, absolut nichts zu bedeuten, daß sie an ihrer Tochter vorbeigegangen war, ohne sie zu erkennen, und es war albern und sentimental, wegen eines so unschuldigen Zwischenfalls die Fassung zu verlieren.

Schweigend erreichten sie Emmas Wohnung. Vor der Tür warf die Mutter einen Blick auf ihre mürrisch dreinblickende Tochter und erschrak – weil sie es so lange nicht mehr bemerkt hatte – über deren Ähnlichkeit mit Hokwerda, dem Mann, den sie vor fünfzehn Jahren verlassen hatte. Die junge Frau hatte die Nase und den Mund ihres Vaters; sogar in ihrem mürrischen Gesichtsausdruck war der Vater anwesend. Das schockierte sie. Wie sie manchmal erschrak, wenn sie die Gesichtszüge eines Verstorbenen in denen eines Lebenden erkannte, weil es genau die gleichen Augen, Lippen, genau die gleiche Haut waren wie die einer Person, die nicht mehr da war, so erkannte sie nun

Hokwerdas Gesicht in dem ihrer Tochter. Sie konnte ein Gefühl der Abscheu nicht unterdrücken, obwohl es sich um ihre eigene Tochter handelte. Lin war immer Hokwerdas Kind gewesen, sie hatte ihn fürchterlich vermißt.

Hinter ihrer Mutter stieg Lin die Treppenstufen zum Apartment ihrer Schwester Emma hinauf, die neunundzwanzig wurde, eine neue Stelle bei einer Werbeagentur angefangen hatte und, einer ansehnlichen Gehaltserhöhung vorgreifend, in ihrem Wohnzimmer gleich Parkettboden hatte legen lassen – alles zusammengenommen »Grund für eine Party«, wie es auf der Einladung geheißen hatte.

»Haaaaaiii!« Mit diesem langgezogenen und unnatürlich begeisterten Kehllaut begrüßte sie ihre neuen Gäste, als sie sie die Treppe heraufkommen hörte.

»Hal-looooo«, antwortete die Mutter.

Strahlend, blond und gebräunt erwartete Emma sie, auf dem Arm ihr erstes Kind.

»Was ich da sehen?« witzelte sie, »zu zweit?«

»Zu zweit«, antwortete ihre Mutter, wobei sie versuchte, Zufriedenheit in ihre Stimme zu legen, als wäre es zu einer von ihr inständig herbeigesehnten Wiedervereinigung mit ihrer Tochter gekommen, und alles wäre wieder in Ordnung. Dann wandte sie ihre ganze Aufmerksamkeit ihrem Enkelkind zu, das sie mit einem Strom von Worten und gurrenden Geräuschen begrüßte. »Oh, was bist du doch für ein Schnuckelchen! Hallo, mein Wonneproppen, hallo, Gijsje!«

Es war ein kleiner Junge von anderthalb, der unter dem Namen Gijsbert durchs Leben würde gehen müssen, vorläufig aber noch Gijsje genannt wurde. Es war ein verlegenes und herrschsüchtiges Kerlchen. Nachdem er sich, seine Mutter nachahmend, übers Treppengeländer gebeugt hatte, um dem Besuch entgegenzusehen, zog er sich an ihre Schulter zurück und verbarg das Gesicht. Frau Kooiker, vom Treppensteigen außer Atem, küßte das Kind; nach längerem Hin und Her gelang es ihr, auch ihm einen Kuß abzuluchsen. Als Lin sich schüchtern über den Jungen beugte, wandte er sich ab und schlug ihr mit der Faust ins linke Auge.

»He, Gijseman, das war aber ein Volltreffer«, rief Emma, »schlägst du deiner Tante zur Begrüßung etwa gleich ein blaues Auge?« Sie lachte und strich dem Kind übers Haar. »Das wird ein enormer Tyrann, so viel ist wohl klar. Hallooo, Schwesterlein! Oh, du bringst mir meine alljährlichen Pfingstrosen! Wie schön sie wieder sind, nicht wahr? Ich habe schon eine ganze Menge davon, aber auch diese sind sehr willkommen. Danke schön.«

Die Schwestern küßten einander hastig. Auf dem Treppenabsatz herrschte ziemlich viel Gedränge. In der Türöffnung erschien nun Paul, Emmas Mann, der wie immer eine erschöpfte und gleichmütige Haltung einnahm und versuchte, eine muntere Ironie in seinem Blick funkeln zu lassen. Über die Schulter hatte er häuslich ein Geschirrtuch drapiert.

»Halli-hallo, Familie.«

Lin hatte Lust, ihm einen Tritt zu versetzen. Statt dessen aber – und statt ihm auf seine Zehen zu steigen oder ihm ins Ohr zu beißen – ließ sie sich von ihm zur Begrüßung küssen und produzierte bei jedem der drei Küsse ein quasibegeistertes Schmatzen. Ehe sie sich versah, hatte sie sich wieder diesem gespielten Zusammengehörigkeitsgefühl, diesem Code der Überschwenglichkeit angepaßt.

Die Familie ging hinein.

»Und, wie ist es mit dem Fußboden?« fragte Frau Kooiker.

»Alles unter Kontrolle«, erwiderte ihr Schwiegersohn.

Der neue Parkettboden glänzte. Er war aus hellbrauner Eiche, in Fischgrätenmuster gelegt, klassisch, denn das war »eigentlich doch am schönsten«. Lin hörte, wie ihre Schwester das alles sagte, erklärte und rechtfertigte und es dabei stets so drehte und wendete, daß ihr nichts als allgemeine Bewunderung zuteil werden konnte. Ihr Blick glitt durch das geräumige Zimmer, das an der zur Straße hin gelegenen Seite auf die Bäume auf dem Grünstreifen hinausging. Es waren ungefähr dreißig Leute zu Besuch. Überall gebräunte Gesichter, Frauen mit nackten Armen, glänzenden Schienbeinen und offenen Schuhen. Alle strahlten. Lin sehnte sich nach einem Glas Weißwein. Aber sie mußte Emma zuhören, die Paul das Kind gegeben hatte, um besser erzählen zu können. Ihre Geschichte über die Probleme mit dem Parkett war witzig gemeint, ihr zuzuhören löste jedoch Ungeduld aus, vor allem, als Emma begann, Fetzen aus den Telefongesprächen mit dem Parkettleger wiederzugeben.

Lins Blick schweifte ab. Neben den offenen Balkontüren stand ein Tisch mit kalten Speisen. Zwischen den Gestalten hindurch sah sie Weißweinflaschen in einem Kühler. In demselben Gleitflug ihres Blicks nahm sie auf dem Balkon einen großen Mann wahr, der sich nicht wohl zu fühlen schien – und er sah sie auch.

Kostümschneiderin war sie jetzt. Nach dem Abschied vom Star Shop hatte sie Arbeit in einem Atelier gefunden, in dem Kostüme für Film und Theater gefertigt wurden. Es war nicht für immer, das wußte sie vom ersten Tag an, es war noch immer nicht das, was sie suchte, aber die Arbeit war auf jeden Fall ein bißchen interessanter als im Star Shop. Wie immer lernte sie schnell. Sie hatte sich ihrer neuen Umgebung angepaßt, mit ihrer Kleidung, ihrer Art, sich zu bewegen, ja sogar mit ihrer Ausdrucksweise: Sie hatte neue Wörter und Ausdrücke aufgeschnappt; ab und zu wurde sogar ihre Aussprache ebenso schleppend wie die ihrer schwulen Chefs. Als sie sich dessen bewußt wurde, fand sie es beängstigend: Es war, als könnten andere Besitz von ihr ergreifen.

Das Buch, das sie momentan am häufigsten in die Hand nahm, war das umfangreiche *Bilderlexikon der Mode*, in dem sie ständig die unzähligen Abbildungen betrachtete. Sie schaute sich Kostümsammlungen in Museen an und hatte dort auch viele Gemälde auf Kostüme hin untersucht. Sie fing an, von Kostümen zu träumen, vor allem von den Kleidern, die reiche Frauen früher getragen hatten. Sie stellte sich sich selbst in einem tief ausgeschnittenen Kleid aus dem achtzehnten Jahrhundert mit einem Korsett darunter vor, wie es wäre, solch ein Kleid zu tragen. Es mußte furchtbar sein; ständig würde man in seinen Bewegungen gehindert, rennen wäre einfach unmöglich. Dennoch faszinierte es sie; sie versuchte sich vorzustellen, wie man sich in so einem wogenden und raschelnden Kleid bewegen mußte, welchen Einfluß es auf die Trägerin hätte, wie ihr weiteres Leben davon beeinflußt würde.

Ich arbeite in einem Kostümatelier, antwortete sie auf entsprechende Fragen, und ein paarmal mußte sie zugeben: Nein, zum Tischtennisspielen komme ich nicht mehr. Sie trank ihren Weißwein zu schnell, sie sah, wie ihre Schwester heimliche Blicke auf den Parkettboden warf, sie sah ihre Mutter, die mit der halben Brille auf der Nasenspitze auf der Couch saß und das Handgelenk einer jungen Frau in der Hand hielt; offensichtlich war sie dabei, ihr fachkundiges Urteil über ein Armband abzugeben – noch immer war Lin über diese Begegnung mit ihrer Mutter bestürzt. Von Zeit zu Zeit zog sie den breiten Gürtel um ihre Taille nach unten, zupfte einmal kurz links hinten, einmal kurz rechts hinten und einmal kurz vorne; sie traute sich nicht, ihre neuen Schuhe anzuschauen, sie schwatzte einfach drauflos – und die ganze Zeit über behielt sie im Auge, wo der große Mann sich befand.

Jelmer Halbertsma brauchte über anderthalb Stunden, bis er sie endlich ansprach. Eigentlich hatte er gar nicht so lange bleiben wollen. Mit Emma hatte er kaum noch Kontakt, so wenig eigentlich, daß es fast peinlich war, ihre Einladung angenommen zu haben, ein Zeichen der Treue, das zu weit ging, das fast aussah wie eine Art Unterwürfigkeit. Es ärgerte ihn, daß er gekommen war, daß er so schlecht alte Kontakte aufgeben konnte, daß er schlecht nein sagen konnte.

Dann Emmas Schwester. Aus den Tiefen seiner Erinnerung wollte einfach kein Name auftauchen. Vor sieben, acht Jahren hatte er sie schon einmal gesehen: vorbeiradelndes Mädchen, spielte gut Tischtennis, niederländische Meisterin. Sie sah jetzt anders aus, war schöner geworden. Immer wieder entdeckte er sie zwischen den anderen Gästen, und jedesmal wurde ihm dabei warm; seine Kehle schien wie zugeschnürt. Doch auch sie war von einem Schleier der Verlegenheit umgeben. Stark und verlegen war sie.

Immer wieder glitt sein Blick zu dem breiten Ledergürtel, den sie trug. Er hatte etwas Rührendes, dieser Gürtel. Als hätte sie beschlossen, auch einmal etwas Auffälliges zu tragen. Einen leicht ratlosen Eindruck machte sie damit allerdings auch, um so mehr, als sie den Gürtel immer wieder nach unten ziehen mußte. Der Gürtel brachte sie nur noch mehr in Verlegenheit. Sie hatte eigentlich keinen nötig, fand er, auch ohne Gürtel würde sie mit diesen breiten Schultern und ihrem robusten Körper stark genug aussehen. Sie schien sich nicht besonders wohl zu fühlen, und das wirkte anziehend auf ihn. Irgendwas war los mit ihr, das entging ihm nicht, und auch das wirkte anziehend auf ihn. Noch eine Zeitlang versuchte er, sich dieser Anziehungskraft zu entziehen, als hätte er von Anfang an gewußt, daß ein Gespräch mit ihr nicht ohne Folgen bleiben würde, daß er damit unwiderruflich etwas einleiten würde. Jelmer drehte sich um, so daß er mit dem Rücken zu ihr stand, er verließ sogar das Zimmer, in der halbherzigen Absicht, sich zu verabschieden, ein bißchen auch, um das Schicksal herauszufordern.

Dann stand er plötzlich neben ihr – oder sie neben ihm. Mit einem großen Schluck Wein gelang es ihm, die sich anbahnende Sprachlosigkeit wegzuspülen, und danach war er – was er sich selbst sogleich vorwarf – ganz der routinierte Plauderer.

»Ich bin Emmas Schwester«, sagte sie.

»Aber natürlich, jetzt, wo du es sagst!«

Diese Tarnung war ganz sicher notwendig. Er schaute ihr ins Gesicht, als wollte er sich noch einmal von der Ähnlichkeit mit ihrer Schwester überzeugen. Aber er schaffte es nicht, sie länger als einen Augenblick anzuschauen. So schnell und hastig wandte er den Blick ab, daß er sich damit sofort verriet.

»Die Tischtennis spielende Schwester.«

»Ja.«

»Immer noch?«

»Nein, nicht mehr. Ich habe mich wieder dem normalen Leben zugewandt.«

Das war ihre Standardantwort geworden. Viele Leute hielten es für eine Niederlage, wenn man die Arena des Leistungssports vorzeitig verließ – als hätte man nicht bereits jahrelang Leistungen erbracht, zu denen sie selbst nicht in der Lage waren. Trotzdem wurde man dann leicht als Loser angesehen. Aber eine »Rückkehr ins normale Leben« – das hörte sich gut an, das klang solide, dagegen konnte niemand etwas einwenden.

»Vermißt du es nicht? Klar, das fragen natürlich alle. Nun gut, ich eben auch.«

»Nein, ich vermisse es nicht. Ich hatte die Nase voll. Und wenn ich Lust verspüre, mich selbst mal wieder so richtig zu quälen, dann gehe ich joggen.«

»Und was machst du jetzt so?«

Während sie von ihrer Arbeit erzählte und er das Gespräch mit Fragen fütterte und in Gang hielt, war Jelmer im Bann ihres Gesichtes. Es kostete ihn Mühe, sie nicht anzustarren. Sie war blond, aber ihre Augenbrauen waren dunkel, schöne Bögen.

Ihre großen, feuchten und leicht hervortretenden Augen hatten ihm bei Frauen schon immer gut gefallen. Und auch jetzt wußte er wieder nicht, ob solche Augen etwas mit einer zu starken oder im Gegenteil einer zu schwachen Funktion der Schilddrüse zu tun hatten. Er schaute auf ihre Lippen, ihre Wangen, ihre Ohren, und so beiläufig seine Blicke auch sein mochten, es erschien ihm unmöglich, daß sie nichts von dieser intensiven Betrachtung merken sollte. Ihre Körperkraft sah er auch in ihren Haaren: schwer und glänzend. Haare, wie sie sich jede Frau wünscht. Zeichen der Fruchtbarkeit. Unglaublich imponierend bist du, hätte er am liebsten gesagt, und allerlei andere kindische Dinge. Darf ich dich anfassen? Ist deine Bluse feucht unter den Achseln? Er kannte sie noch keine zehn Minuten, und schon hätte er sie am liebsten geküßt, diese geschmeidigen, sanftroten Lippen.

»Woher hast du diesen tollen Gürtel?«

Sofort tat ihm die Frage leid. Das war viel zu direkt.

»Den hab ich geschenkt gekriegt.«

»Von einem Liebhaber.« Jelmer sagte nur noch Sachen, die er nicht sagen wollte.

»Von einem Liebhaber?«

»Ja, liegt das nicht nah?« Trotz ihrer Verlegenheit, ihrer anmutigen Schüchternheit, kam ihr Körper ihm sehr erfahren vor.

»Nun, wenn du es unbedingt wissen willst … Diesen Gürtel habe ich von Frau Yvonne Wijnberg gekriegt.« Sie sprach den Namen mit plattem Amsterdamer Akzent aus.

»Und wer ist Yvonne Wijnberg?« fragte Jelmer lachend, denselben Akzent wiederholend.

»Ich hab früher mal in einem Lederbekleidungsgeschäft gearbeitet. Yvonne Wijnberg war meine Chefin. Eines Tages hat sie mir diesen Gürtel geschenkt, weil ich ihn so schön fand. Er ist aus Hirschleder.«

Es trat eine kurze Pause ein.

»Aber was machst du eigentlich?«

»Ich arbeite in einem Anwaltsbüro.«

»Als Anwalt?«

»Genau.«

Lin war, sehr gegen ihre Absicht, doch beeindruckt. Es wunderte sie, daß er einen Beruf hatte. Sie hatte sich noch überhaupt keinen Beruf bei ihm vorgestellt und ihn nur als großen und athletischen Mann mit einem gutmütigen Gesichtsausdruck eingeordnet, bei dem sie sich auf Anhieb wohl fühlte. Glatte blonde Haare, aufmerksame Augen, große Hände, in denen sein Weinglas fast völlig verschwand. Seine bloßen Füße steckten lässig in sehr schönen Slippern, die übrigens ihre beste Zeit gehabt hatten. Mit seinem Blick suchte er stets den ihren, behutsam, glücklich, wenn sie ihn kurz anschaute. Bisher war er nicht mehr gewesen als ein Mann, eine Erscheinung, die sie auf tausend unterschiedliche Arten in sich aufnahm.

»Ach, das ist ja interessant«, fuhr sie fort. »Du hältst also Plädoyers und so.«

»Ich bin kein Strafrechtler. Ich bin gerade dabei, mich zu spezialisieren, und zwar, halt dich fest und erschrick nicht, in Firmenübernahmen.«

»Firmenübernahmen?«

»Ja.«

Jelmer versuchte, stolz zu sein auf das, was er machte, aber er war es nicht. Er schaute sie an und spürte, daß ihm etwas auf der Zunge lag, was er kaum sich selbst gegenüber zuzugeben bereit war. »Aber das halte ich nicht für meine Zukunft, glaub mir, Firmenübernahmen abwickeln, achtzig Stunden in der Woche arbeiten, einen Haufen Kohle machen, aber keine Freizeit mehr haben. Das mache ich noch, bis ich dreißig bin, und dann steige ich aus.«

»Und dann?«

»Tja, was dann?« Er schaute auf ihren Mund.

»Amüsiert ihr euch?«

Emma stellte sich zu ihnen, aufgeregt, beschwipst. Von einer beherrschten jungen Geschäftsfrau hatte sie sich in eine lose Schlampe verwandelt.

»Hallooo, Schwesterlein! Alles in Ordnung?«

»Bestens.«

»Warum guckst du dann so komisch?«

»Komisch?«

»Ja, komisch. Erschreckt. Ach, vergiß es.«

Emma legte einen Arm um Jelmers Taille und schmiegte sich an ihn. »Das Mädchen da«, sagte sie und zeigte auf Lin, »ist meine Schwester. Und das Mädchen da, das meine Schwester ist, will nichts von mir wissen. So ist es. Wenn sie mich nur sieht, kapselt sie sich sofort ab. Das macht sie schon, seit ich sie kenne. Sie kapselt sich von mir ab. Das sieht man an ihren Augen, an ihrer, wie heißt das auch gleich wieder, an ihrer Körpersprache, der *body language*, genau! Sie kapselt sich ab, versteckt sich vor mir, weicht mir aus, sie findet es sogar unangenehm, mich zu berühren. Wie findest du das?«

»Mußt du ihn damit belästigen, Em?«

»Ihn?« Emma legte auch den anderen Arm um Jelmer und zog ihn an sich. Ihre Augen verengten sich zu einem Schlitz. »Dieser Mann heißt Jelmer. Und dieser Mann, der Jelmer heißt, war irgendwann einmal total in mich verknallt. Nicht wahr, Ihn? Mein *lover*!«

Jelmer sah den Schreck und die Wut in den Augen der jüngeren Schwester. Eine leichte Röte überzog von unten ihre Wangen. Er versuchte sie anzuschauen, sie mit seinem Blick zu beruhigen, aber sie hatte die Augen bereits abgewandt, als könnte sie nicht ertragen, Emma an ihn geschmiegt zu sehen. Jelmer löste sich aus der Umarmung.

»Du bist betrunken, Em.«

»Warst du mein *lover* oder warst du es nicht?«

»Hey, verpiß dich, Em, ich bin beschäftigt.« Er sagte es lachend und mit gespielter Grobheit. Gleichzeitig sah er Lins Gesicht, noch immer rot angelaufen, so verletzt, so verwundet kam sie ihm vor, daß er erschrak. Spielerisch, noch immer – aber mit vor Wut pochendem Herzen – legte er seine große Hand in Emmas Nacken und drückte zu, als wollte er sie ins Joch spannen. Er war groß, aber auf einmal *fühlte* er sich auch groß. »Sei zur Abwechslung mal nett zu deiner Schwester, Em, und heb dir deine Bulldozerneigungen fürs Büro auf.«

Er schob sie weg. Sein Herz schlug wie wild. Er nahm Rache, das war ihm klar, für ihre Herrschsucht vor sieben Jahren, für den sachlichen Sex, für die Demütigungen, die er von ihr erlitten hatte. Auf einmal war es aus ihm hervorgebrochen. Lin ließ ostentativ die Asche ihrer Zigarette auf den neuen Parkettboden fallen. Emma erstarrte und schaute Jelmer an.

»Hast du auf einmal aber ein großes Maulwerk, Jellie.«

»Für mich noch ein Glas Rotwein, werte Gastgeberin, und schenk deiner Schwester doch auch gleich noch mal nach.«

Emma lief davon. Jelmer schaute ihr hinterher, und schon fühlte er sich schuldig. War er zu weit gegangen? Er versuchte, das Gespräch mit Lin fortzusetzen, aber es kam nicht mehr richtig in Gang. Es war inzwischen zuviel geschehen.

Als Jelmer ins Freie trat, dachte er an ihre Hand: wie sanft sie in der seinen gelegen hatte, obwohl es doch eine kräftige Hand war. Er überquerte die Straße, um im Dunkeln unter den Bäumen auf dem Grünstreifen entlanggehen zu können. Er hatte noch keine Lust, nach Hause zu gehen. Er ging unter den Bäumen entlang, weil sie gesagt hatte, daß dies etwas Besonderes sei: Bäume in der Nacht. Ihre Hand, wie die sich angefühlt hatte, Vorbotin, Vorposten ihres Körpers! Während er da entlangging, sich seiner Umgebung kaum bewußt, hörte er hinter sich ein klapperndes Fahrrad näher kommen.

»Hallo, Jelmer!« Ihre Stimme klang hell. Sie winkte.

»Hallo«, rief er, ohne ihren Namen.

Munter fuhr sie an ihm vorbei. Eines ihrer Schutzbleche klapperte. Trotz seines Rausches stellte Jelmer fest, daß es das hintere war. Er mußte über sich selbst lachen. Nur ein paar Sekunden lang schaute er ihr hinterher: diesem munteren Treten, diesem kräftigen Hintern auf dem Sattel. Dann drehte er sich um, um sie nicht mehr zu sehen und um mit dem, was mit ihm geschah, allein zu sein.

II

Ein Bund Rhabarber

Drei Wochen danach saß Lin eines Abends mitten im Rhabarber. Sie war mit ein paar anderen Leuten zu Besuch bei »den Jungs«, ihren Chefs vom Kostümatelier: Sie wohnten außerhalb der Stadt in einem umgebauten Bauernhof hinter dem IJsselmeerdeich. Unter dem Vorwand, Rhabarber pflücken zu wollen, war Lin in den Garten gegangen; sie wollte allein sein.

Seit ihrer Kindheit war sie in keinem Gemüsegarten mehr gewesen, aber sie erkannte die riesigen Blätter und die roten Stiele sofort. Ihr Vater liebte Rhabarber. Jedes Jahr im Frühling hatte er sie auf die anschwellenden Knospen aufmerksam gemacht, die aus dem Schlamm auftauchten. Als Kind hatte sie sich unter die Rhabarberblätter gelegt, um sich zu verstecken oder Schutz vor dem Regen zu suchen – das Blätterdach war so dicht, daß man darunter trocken blieb.

Auf den Fersen saß sie zwischen den Blättern. Sie machte sich ans Pflücken. Ihre Hand glitt an dem eckigen Stiel hinab, bis sie unten angekommen war, ihre Knöchel den Boden berührten und sie fühlen konnte, wo die Wurzel anfing. Dann beugte sie den Stiel um, immer weiter, wobei sie ihn umklammerte, bis er von der Staude abbrach. Es war so still, daß das Abbrechen gut zu hören war. Sie tastete nach den dicksten Stielen. Jedesmal glitt ihre Hand nach unten, bis zu der Stelle, wo sie ihn abbrechen konnte.

Währenddessen dachte sie an Jelmer. In den vergangenen

Wochen hatten sie sich ein paarmal getroffen: zweimal auf eine entsprechende Verabredung hin in einem Café und einmal zufälligerweise auf der Straße. Ihr waren dabei allerlei durchsichtige und blöde Bemerkungen entschlüpft: daß sie mit dem Rad regelmäßig an seinem Büro vorbeikomme und daß ihr das Gebäude immer so aufgefallen sei, daß er immer Farben trage, die ihr sehr gut gefielen, daß sie seinen Namen für witzig halte. Wieder allein, hatte sie vor Scham ein paarmal mit den Füßen auf den Boden gestampft. Jelmer hatte so getan, als entgingen ihm all diese Anspielungen, als säße er jede Woche mit immer neuen Frauen im Café und wäre eine gewisse Aufdringlichkeit gewöhnt. Aber auch er hatte sich verraten: durch ebendiese Lässigkeit. Während der einen zufälligen Begegnung auf der Straße war eine Stille entstanden, die sie schließlich durchbrochen hatte: Sie hatte ihn eingeladen, mit ihr zum Strand zu gehen. Er hatte angenommen. Sie hatte sofort einen neuen Badeanzug gekauft.

Tastend glitt ihre Hand an den Stielen nach unten. Zu guter Letzt nicht mehr ihre ganze Hand, sondern nur noch ihre Fingerspitzen, nach unten, bis sie die Wurzel erreicht hatten. Das Umbiegen des elastischen Stiels, den sie die ganze Zeit umklammerte, und dessen Abbrechen ließen sie erröten.

Am nächsten Morgen fuhr sie mit dem Rad zu ihm. Es war Samstag. Er wohnte in einer Nebenstraße der Spiegelgracht, in einem schmalen Haus aus dem siebzehnten Jahrhundert, das seine Eltern ihm gekauft hatten, als er noch studiert hatte; das Obergeschoß nutzten sie selbst als gelegentliche Übernachtungsmöglichkeit. Er hatte angeboten, sie mit dem Wagen abzuholen. Ich komme lieber zu dir, hatte sie gesagt. Wenn er sie abholen würde, würde er sie auch wieder zurückbringen; dann würde der Tag wahrscheinlich bei ihr enden. Sie empfing ihn lieber nicht in dieser kahlen Wohnung.

Jelmer hörte sie von ferne: Er erkannte das Klappern ihres Fahrrads. Er öffnete die Haustür, bevor sie klingeln konnte, und sah sie die vier Stufen der Eingangstreppe heraufkommen. Sie sah frisch und rosig aus. An ihrer rechten Schulter hing ein kleiner Lederrucksack, im linken Arm hielt sie ein dickes Bund Rhabarber. Die großen Blätter saßen noch an den Stielen und lagen an ihrer Schulter. Das berührte ihn. Wie die zeitgenössische Version einer Fruchtbarkeitsgöttin, einer Erntegöttin, so kam sie ihm entgegen mit ihrem vollen weiblichen Körper, die roten Stiele im Arm, die Schulter unter den großen, fächerförmigen Blättern versteckt. Er küßte sie auf die Wangen, seine Hand lag kurz auf ihrer Hüfte. Die leichte Feuchtigkeit ihrer Haut erregte ihn.

Dann stand sie auf einmal in seinem Haus, mit diesem Bund Rhabarber. Sie versteht es, sich zu schmücken, dachte er bei sich.

»Magst du Rhabarber?«

»O ja, sehr.«

»Dann mache ich heute abend welchen für dich, mit Erdbeeren und Schlagsahne.«

Der Rhabarber landete auf dem Küchentisch. Aus dem Rucksack nahm sie zwei Schalen mit Erdbeeren und einen Becher Schlagsahne, den sie ihm in die Hand drückte, damit er ihn in den Kühlschrank stellen konnte. Dann zog sie sich aus der kleinen Küche in das größere Wohnzimmer zurück.

»Schau dich um«, sagte er, »ich muß meine Sachen noch packen.«

In einer Ecke des Zimmers verschwand er über eine enge Wendeltreppe ins Souterrain. Um sich nicht den Kopf an den Balken zu stoßen, mußte er in der Biegung der Treppe seinen langen Körper zur Seite beugen. Trotz seiner Größe bewegte er sich geschmeidig und gewandt.

Lin schaute sich um. Das Haus war von vorne bis hinten zu

einem einzigen großen Zimmer durchbrochen worden, das zwei Fenster zur Straße und ein großes Fenster in der Rückwand hatte. Am Hinterhaus vorbei, das halb so breit war wie das Vorderhaus, sah man auf einen verwahrlosten Garten mit einem Kastanienbaum vor einem Zaun hinaus. Die breiten Teile des Bodens waren in einem hellen, blaugrünen Farbton gehalten, einer Meerfarbe, die ihr sehr gut gefiel. Die Morgensonne fiel durch das Fenster in der Rückwand und lag in einer Schräge auf dem Boden. Unter dem Fenster stand ein antikes Sofa mit gewölbten Armlehnen, wunderschön bezogen; das Holz glänzte und war mit Palmetten verziert. Lin verliebte sich auf Anhieb in das Möbelstück. Neben dem Sofa stand eine auffallend große Platten- und CD-Sammlung.

An der Wand zwischen dem rückwärtigen Fenster und dem schmalen Gang nach hinten hing ein kleines, dunkles Gemälde, ein Stilleben, das sofort ihre Aufmerksamkeit auf sich zog. Es war nichts anderes zu sehen als eine Glasschale auf einem hohen Fuß, in der Birnen lagen. Der Hintergrund war völlig dunkel, die Schale stand in einem Streifen Licht. Sie betrachtete es nicht lange, um sich nicht allzusehr beeindrucken zu lassen. Auch dieser Gegenstand war, ebenso wie das Sofa, etwas Besonderes. Um ihre Scheu zu überwinden, ging sie ins Hinterhaus, am Badezimmer vorbei, dessen Tür einen Spaltbreit geöffnet war, und weiter in die Küche, um sich die Hände zu waschen.

Wieder im Zimmer, sah sie Jelmer im Treppenloch auftauchen, der, den Kopf gebeugt, eine Tasche vor sich herschob. Es war, als tauchte er mit seinem Seesack aus einem Schiffsbauch auf.

»Das kleine Gemälde mit den Birnen finde ich ganz toll«, sagte sie.

»Ach ja?«

»Woher hast du es?«

»Es stammt aus der Familie meines Vaters. Ich habe es von meinem Großvater geerbt, weil ich früher immer davorgestanden und es mir angeschaut habe. Es hat etwas Geheimnisvolles.«

»Und aus welchem Land?«

»Es ist spanisch, Anfang siebzehntes Jahrhundert.«

»Über dreihundert Jahre alt.«

Er nahm das Bild von der Wand und zeigte ihr die Rückseite der Tafel: ziemlich staubig, noch immer das vergilbte Etikett eines Auktionshauses tragend. Er hatte absolut keine Ahnung, wieso er das tat. Noch nie hatte er jemandem die Rückseite dieses Gemäldes gezeigt. Vielleicht wollte er sie ernüchtern. Er schämte sich immer ein wenig dafür, daß er derartige Dinge besaß.

»Und der Boden?«

»Wieso?«

»Die Farbe, meine ich.«

»Das ist ein Farbton des Mittelmeers.«

»Gut gegen Depressionen.«

»Ja, das kann gut sein.«

Sie schwiegen.

»Und diese Bank da vorne hat auch meinem Großvater gehört, dem Großvater von dem Gemälde. Die Bank ist auch spanisch.«

Er deutete auf eine große und asketisch wirkende Holzbank unter den Fenstern zur Straße, die sie noch nicht bemerkt hatte. Da war seine Arbeitsecke mit einem Schreibtisch und einem bis unter die Decke reichenden Bücherregal. Sie trat zu der Bank. Das Eichenholz war verwittert, an einigen Stellen eingekerbt und vom Alter beinahe schwarz; die Sitzfläche war bedeckt mit Schafsfellen. Darauf lagen stapelweise Akten, Zeitungen und Zeitschriften, eine Sporttasche und mehrere Krawatten – die er offenbar beim Hereinkommen sofort ablegte und wieder auflas, wenn er zur Arbeit ging. Die Holzbank besaß die gleiche Ebenmäßigkeit, die gleiche verhaltene Kraft wie das dunkle Gemälde. Als Jelmer sich direkt neben sie stellte, wurde sie nervös.

»Gehen wir?« fragte sie.

Am Strand von Castricum zog sie sofort ihre Schuhe aus; mit geschultertem Rucksack und den Schuhen in der Hand ging sie durchs Wasser. Jelmer folgte ihrem Beispiel. Das Wasser war kalt, tat ihm aber gut. Der Wind riß an seinem Hemd. Auf einmal war er müde. Jetzt erst spürte er, wie hart er diese Woche gearbeitet hatte.

Er ging neben ihr. Manchmal ließ er sich zurückfallen, um ihre Gestalt von hinten zu sehen. Der Gedanke, daß sie Emmas Schwester war, erregte ihn, verwirrte ihn zugleich aber auch. Es schien eine geheimnisvolle Verbindung zwischen ihm und diesen beiden Frauen zu bestehen, von denen er die ältere beinahe unausstehlich und trotzdem anziehend fand, während ihn die jüngere, eine Wilde, nun schon seit einigen Wochen bezauberte und ihm die Sprache raubte. Aus dieser geheimnisvollen Verbindung schien es kein Entrinnen zu geben.

Lin zeigte sich von ihrer ausgelassenen Seite. Sie trat ins Wasser, daß es in die Höhe spritzte – gegen die Windrichtung, so daß sie selbst naß wurde –, und lachte ihm zu. Ihre Ausgelassenheit sollte aber vor allem eine Vergangenheit zurückdrängen, die ihr immer wieder zu Bewußtsein kam. Die auf Pfählen ruhenden Strandpavillons zu beiden Seiten des Dünenübergangs waren wieder aufgebaut, die Umkleidekabinen wieder aufgestellt, die Laufplanken wieder in den lockeren Sand gelegt und die Fahnen wieder gehißt worden, aber Henri war nicht da. Lins Blick wurde von der Stacheldrahtumzäunung am Fuß der Dünen angezogen, von der Stelle, wo sie meistens gesessen hatten. Sie hatte früher immer die Pfähle gezählt und sich, wenn sie die Stelle erreicht hatte, auf die Knie in den Sand fallenlassen; wenn sie besetzt gewesen war, war sie enttäuscht gewesen. An dieser Stelle hatte Henri den Windschutz aufgebaut, die Heringe in den Sand geschlagen, da hatte er seine mit Schnüren versehenen Bierdosen im kühlen Sand vergraben, da hatte er gesessen, reglos, mit Sonnenbrille, wenn sie aus dem Meer gekommen und auf ihn zugegangen war. Henri. Wie war es nur möglich, daß er ihr plötzlich so präsent war? Wie konnte sie sich nur nach ihm sehnen, auch nur für einen Augenblick? Lin ging weiter, bis sie die Stelle weit hinter sich gelassen hatte, immer durchs Wasser, und betrat dann erst den Strand in Richtung Dünen. Sie schämte sich ihrer Findigkeit.

Nachdem sie eine Stelle ausgewählt hatten, wollte sie sofort ins Meer. Aus den Augenwinkeln sah Jelmer, wie sie sich auszog. Unter der Kleidung trug sie bereits ihren Badeanzug. Auf der Innenseite ihrer Oberschenkel sah er eine helle Spur von Schamhaaren. Er schämte sich dafür, daß sein Blick sofort darauf gefallen war, daß er sie nicht in Ruhe lassen konnte. Offenbar machte ihr das nichts aus, die Haare an ihren Oberschenkeln, oder sie achtete einfach nicht darauf. Er fand, daß es zu ihr paßte, zu dieser Rhabarberfrau. Schließlich zog sie das farbige Band aus den Haaren, um sie zu schütteln, anschließend wieder hochzustecken und mit einer doppelten Klammer zu befestigen.

Als er neben ihr zum Meer ging, sah er, daß sie aus Verlegenheit die Schultern nach hinten zog. Oder war es eine Albernheit, mit der sie die Aufmerksamkeit auf sich lenken wollte? Es war ihm aber egal, was sie damit bezweckte oder was es zu bedeuten hatte – heute mußte er nichts durchschauen. Sie hatte einen schönen Busen. Irgendwie beruhigte ihn ihr Körper.

Nach dem Schwimmen saßen sie auf ihren Badetüchern. Zwischen ihnen lagen ein paar Stücke Treibholz, die als Tischplatte fungierten, und darauf ein Geschirrtuch, zwei Teller, Gläser, eine Flasche Wein, ein paar Brötchen, ein Salat, ein Stück Salami, ein

Messer – prunkvoll glitzerte alles im Licht des Meeres, das so gleißend war, daß sie die Augen zusammenkneifen mußten. Lin hatte das meiste davon mitgebracht, da sie an die üppigen Einkäufe von Henri gewöhnt war.

Sie saßen einander gegenüber, ruhten sich aus, zitterten vor Kälte und wärmten sich in der Sonne. Es herrschte Flut. Das Meer glitzerte und brach sich mit einem dumpfen Dröhnen. An der Strandlinie bebten Schaumflocken im Wind. Um sie herum stob der Sand, die Körner peitschten gegen eine flatternde Plastiktüte.

»Was für ein schönes Messer das ist«, sagte Jelmer und betrachtete es genauer. »Hast du es selbst repariert?«

Es war ein altes Messer. Das Holz des Griffs war gelaugt worden und ganz glatt, wie Treibholz, das lange im Meer gelegen hat. Irgendwann einmal war der Griff geborsten, mit einem Stück Eisendraht umwickelt und damit notdürftig repariert worden. Henri hatte es ihr geschenkt. Er hatte es in einem bretonischen Fischerdorf gefunden, zwischen den Felsen, mit Schuppen auf der Klinge: Wahrscheinlich war es jahrelang benutzt worden, um Fische abzuschuppen. Sie nahm es immer mit zum Strand. Aus Gewohnheit hatte sie es auch an diesem Morgen mit in den Rucksack gesteckt.

»Hast du das auch von jemandem geschenkt bekommen?«

Er drehte das Messer unaufhörlich in der Hand, eifersüchtig auf jeden Mann, den sie vor ihm gekannt hatte.

»Nein, ich habe es irgendwo gebraucht gekauft.«

»Es ist eigentlich nur noch schöner geworden durch diesen Eisendraht. Meine Eltern haben eine alte Tonschale, die irgendwann zerbrochen ist und daraufhin mit eisernen Klammern repariert wurde. An die erinnert es mich.«

Sie fand es unangenehm, dieses Messer in Jelmers Hand zu sehen, und beruhigte sich erst wieder, als er es zurückgelegt hatte.

»In deinem Haus stehen lauter schöne Dinge«, sagte sie.

»Was schön ist, habe ich geerbt.«

Sie dachte an das kleine, dunkle Stilleben: die Glasschale auf einem Fuß, in der Birnen lagen. Sie sah es noch deutlich vor sich. Sie erkundigte sich nach dem Großvater, von dem er es geerbt hatte. Er sei Wissenschaftler gewesen, sagte Jelmer, Biologe, und zu Forschungszwecken viel herumgereist. Und er erzählte von einem alten Haus und einem Obstgarten dahinter, wie er manchmal aus dem vollen Licht des Sommertags ins Haus ging, wo es kühl war in dem marmornen Gang und es ihm beinahe dämmrig vorkam, und da habe er dann dieses dunkle Stilleben gesehen, das er immer geheimnisvoll gefunden habe. Er erzählte von seiner Verwandtschaft väterlicherseits, in der die Männer über Generationen hinweg meistens Gelehrte oder Geschäftsleute gewesen seien. Seine Kenntnisse über seine Verwandten, auch mütterlicherseits, reichten zurück bis weit ins neunzehnte Jahrhundert, sogar von seinen Urgroßvätern wußte er, was sie gemacht hatten.

Es wunderte Lin, daß er so viel von seinen Vorfahren wußte, und noch mehr, daß er ohne Bitterkeit darüber sprach. Für sie war Familie ausschließlich mit negativen Gefühlen verbunden, und sie wollte möglichst wenig damit zu tun haben. Beim Zuhören fragte sie sich, was der Vater ihres Vater gemacht hatte, na ja, das wußte sie gerade noch: Er war Bauer gewesen, und der Vater ihres Großvaters, ach ja, der war Torfstecher gewesen und danach Erdarbeiter, und er hatte noch beim Bau irgendeines Kanals mitgearbeitet. Wenn sie mit ihrem Vater auf diesem Kanal gefahren war, hatte er immer gesagt: »Hier hat dein Urgroßvater seinerzeit gestanden und gegraben.« Nach der Scheidung hatte sie die Familie ihres Vaters aus den Augen verloren, die ihrer Mutter hatte sie immer so gut es ging gemieden.

Ihre Familie interessierte sie nicht. Aber *seine* Familie interessierte sie schon.

»Liest du viel?« fragte sie.

»Im Moment so gut wie nichts.«

»Du hast aber einen fetten Bücherschrank in deinem Haus stehen.«

»Ach ja? Vor meinem fünfundzwanzigsten Geburtstag habe ich viel gelesen. Dann habe ich meine erste Stelle bekommen, und seitdem habe ich kaum noch Zeit dafür. Im Urlaub versuche ich, den Schaden wettzumachen.« Er verzog den Mund zu einem schrägen und leicht trübseligen Lächeln, das sie bezauberte, und fügte hinzu: »Ich bin wahrscheinlich so jemand, der in seiner Jugend wahnsinnig gern gelesen hat und damit aufhören mußte, weil er immer mehr arbeiten mußte, und der erst am Ende seiner Laufbahn wieder dazu kommen wird.«

»Wenn du schon so darüber sprichst, heißt das doch schon, daß du dich nicht zu so jemandem entwickeln wirst.«

»Mmh.«

»Willst du mit dem, was du machst, nicht weitermachen?«

Jelmer zögerte. Der Wind zerrte an seinem halboffenen Hemd, auf Unterarmen und Beinen hatten sich alle Härchen vital aufgerichtet, in seinem Körper kribbelte es, der Wein funkelte in den Gläsern, er hatte Hunger und gerade das Messer in die Salami gesteckt. Er hatte nicht die geringste Lust, über seine Karriere zu reden. Er hatte aus ihrer Frage etwas Eindringliches und Neugieriges herausgehört, das ihm nicht gefiel, und wollte nicht darauf eingehen.

Außerdem hörte er viel lieber sie reden, so daß er sie in sich aufnehmen und sich von der Knochenarbeit der letzten Wochen erholen konnte. Er dachte wieder an den Augenblick, als er sich abgetrocknet hatte, gerade zurück aus dem Meer, bibbernd, zitternd, und wie er in der feuchtwarmen Umhüllung des Badetuchs unaufhaltsam eine Erektion bekommen hatte, lebenslustig, unbekümmert. Er hatte seine Hose angezogen. Dann hatte er plötzlich ein paar Schritte gemacht, im Sand versinkend, und ihr einen Arm um die Taille gelegt, um ihren nassen Badeanzug, und sie an sich gezogen. Behutsam hatte er ihr Gesicht geküßt, das vom Meer noch ganz kalt war. Aber sie war erstarrt, eine tödliche Verlegenheit hatte sie ergriffen, als hätte sie nicht gewußt, wie ihr geschah.

Er ließ sie reden.

Sie lese gerne, sagte sie. Als er sie fragte, was sie gerne lese, mußte sie die Antwort schuldig bleiben. Die Namen der Schriftsteller könne sie sich selten oder gar nicht merken und die Titel nur halb oder in verhaspelter Form. Sie geniere sich deswegen, gab sie zu, es mache so einen chaotischen Eindruck, es sei linkisch, aber so sei es nun einmal. Sie kaufe ihre Bücher immer in ein und demselben Antiquariat in der Innenstadt, weil das billiger sei, weil es die überwältigende Anzahl der Bücher auf etwas Überschaubares reduziere und weil dort ein Mann arbeite, der ihr bei der Auswahl behilflich sei. Sie lese vor allem nachts, weil sie dann erst zur Ruhe komme, und langsam, weil sie leicht legasthenisch veranlagt sei.

»Du liest bestimmt sehr schnell.«

»Muß ich ja wohl oder übel.«

Vor kurzem hatte sie *Jenseits von Afrika* gelesen. Die Beschreibung eines Tanzes habe sie sehr beeindruckt: Die jungen Frauen eines Stammes tanzten mit den jungen Männern, wobei sie sich auf ihre Füße stellten und ihnen die Arme um die Hüften legten, so als suchten sie bei ihnen Schutz; und die jungen Männer, die jungen Krieger mit den jungen Frauen auf den Füßen, schwenkten in jeder Hand einen Speer und stießen damit auf den Boden. So tanzten sie stundenlang, und schließlich erschien im Licht der Feuer auf ihren Gesichtern ein ekstatischer Ausdruck. Es wurde genau darauf geachtet, daß beim Tanzen nichts »Ungehöriges« geschah, und wer sich dennoch »ungehörig« benahm, bekam von den älteren Männern mit einem Bündel brennender Zweige Schläge auf den Rücken.

Ohne Sex, sagte sie, und dennoch diese Ekstase. Obwohl sie sich nur einfach nah seien, obwohl die jungen Frauen einfach nur auf den Füßen der jungen Männer stünden. »Aber was spürst du nicht alles«, fügte sie hinzu, »wenn du auf seinen sich bewegenden Füßen stehst und ihn festhältst: seine Rückenmuskeln, seine Haut, die zu schwitzen beginnt, du hörst ihn atmen, du spürst seine Kraft, du berührst seine Schenkel, manchmal siehst du seine Augen.« Und dann diese immer wiederkehrende Bewegung, der aufpeitschende Rhythmus der Trommeln, die Feuer und die Nacht über den Bäumen.

»Vielleicht ist das Ganze ja besser als Sex«, sagte sie.

Die Beschreibung dieses Tanzes sei ihr um so mehr aufgefallen, als dieser sie an ein Spiel erinnert habe, das sie in ihrer Kindheit gespielt habe. Sie habe dabei auf den Füßen oder Schuhen ihres Vaters gestanden, sich an seinen Hosentaschen oder an seinem Gürtel festgehalten oder sich mit den Armen an seine Hüften geklammert (als sie schon größer gewesen sei), und er sei mit ihr auf den Füßen am Schilf des Ee entlanggegangen, wobei er seltsam hohe Schritte gemacht habe, wie ein Reiher.

Solche Dinge erzählte sie ihm, wobei sie ihr Bestes gab, ihn zu beeindrucken. Sie schämte sich, daß sie so furchtbar verlegen geworden war, als er versucht hatte, sie zu küssen, und daß sie nicht gewußt hatte, was sie tun sollte, als hätte sie vergessen, wie das noch mal ging mit einem Mann. Langsam, aber sicher überwand sie nun ihre Verlegenheit. Nach einiger Zeit kam es ihr fast so vor, als hätte all das gar nicht stattgefunden: die ungeschickte Bewegung, die voreilige Umarmung, die sie so stark verwirrt hatte. Aber trotzdem blieb etwas davon hängen. Und jedesmal, wenn sie an Jelmer vorbeischaute, sah sie hinter ihm in der Ferne die Reihe weißer Umkleidekabinen und die Strandpavillons und die Stelle, wo sie so oft mit Henri gesessen hatte.

Sie gingen noch einmal ins Meer. Jelmer hatte nach kurzer Zeit genug. Als Lin endlich wankend und keuchend aus der

Brandung kam, wartete er mit einem Badetuch auf sie, begeistert von ihrem mythisch anmutenden Näherkommen aus dem Meer, ihrem strahlenden Gesicht. Als sie sich abtrocknete, sah er ihren nackten Körper schräg von hinten. Das Licht fiel seitlich auf ihren Rücken und ihren Hintern, während sie sich vorbeugte, um eine Wade abzutrocknen. Er fand sie göttlich schön. Die Begegnung mit ihr kam ihm bedeutungsvoll vor, geheimnisvoll, unausweichlich. Doch andererseits hatte es auch nicht viel zu bedeuten, und er hielt sich selbst für einen Voyeur, irgendwo an einem Strand, für einen überarbeiteten Büroangestellten, der nach wochenlangem Streß endlich den Weg ans Meer gefunden hat und sich dort, vom kalten Wasser erfrischt, an einer Frau labt und sich gleich alles mögliche einbildet.

In den Dünen herrschte die wohltuende Ruhe eines Sommernachmittags. Der Wind war hier nicht ganz so stark, sondern angenehm warm, ein voller, warmer Wind. Die Vögel gaben keinen Laut von sich. Ab und zu brummte eine Hummel vorbei. Nur der Wind war in der großen Leere zu hören – und hin und wieder eine Fahrradklingel.

In den Dünen fühlte Lin ihre beginnende Erregung. Ihr Slip saß wie ein straffes Band zwischen ihren geschwollenen Schamlippen, ihr Körper war schwer, weich und willig, die Wärme lud dazu ein, sich hinzulegen, und bei jedem schräg abfallenden Dünenweg dachte sie daran, was eine Frau aus Henris Bekanntenkreis ihr einmal erzählt hatte: daß es ihr als Mädchen manchmal gekommen war, wenn sie ganz schnell einen Hügel hinuntergerannt war. Jelmer, der sie begehrlich anstarrte, machte keine weiteren Annäherungsversuche. Hatte sie ihn mit ihrer an Panik grenzenden Verlegenheit abgeschreckt, als er sie am Strand küssen wollte und sie noch ganz kalt und naß gewesen war?

Nach einem zweistündigen Spaziergang schlug sie ihm vor,

über den Stacheldraht eines Vogelreservats zu klettern und sich an einem Weiher ein wenig hinzulegen. Er wollte nicht.

»Traust du dich nicht?« fragte sie und blies sich ein paar Haare aus dem erhitzten Gesicht.

»Traust du dich was nicht?«

»Das Reservat zu betreten.«

»Ich traue mich schon, und als ich sechzehn war, habe ich so etwas auch gemacht. Mittlerweile nervt es mich aber, Sachen zu machen, über die ich mich ärgern würde, wenn ich andere dabei erwische. Mensch, diese Blödmänner, denkt man sich, wenn man andere über Stacheldraht klettern sieht, aber wenn man selbst Lust dazu hat, dann glaubt man sich auf einmal völlig im Recht. Regeln gelten immer nur für andere.«

Dagegen ließ sich nichts sagen. Die eiskalte Logik seiner Begründung befriedigte sie jedoch nicht. Dennoch bestand sie nicht darauf, er war nämlich nett und sie ungeduldig, das wußte sie, sie wollte immer ihren Kopf durchsetzen. Sie hatte sich hoch und heilig vorgenommen, das Herrische in sich selbst zu zügeln.

Aber allmählich, sie konnte nichts dagegen tun, widerte er sie fast ein wenig an. Sein Gesicht, das ihr so schön vorgekommen war, nahm karikaturhafte Züge an; immer wenn sie es von der Seite betrachtete, sah sie darin etwas Lächerliches. Seine Stimme nervte sie. Sie schämte sich vor sich selbst, wegen des Blicks, mit dem sie ihn häßlich machte. Aber nachdem sie erst einmal ihre Natürlichkeit verloren hatte, konnte sie sie nicht wiederfinden, und je mehr sie sich anstrengte, desto mehr geriet sie in Verwirrung, desto fremder wurde sie sich selbst.

Das Restaurant, das plötzlich zwischen den Bäumen auftauchte, war geradezu eine Erlösung.

Von hier aus brachte ein Bus sie zu dem Parkplatz, auf dem sie den Wagen hatten stehenlassen; er stand inzwischen inmitten Hunderter anderer. Im Wagen – die Türen weit geöffnet, um für Durchzug zu sorgen – ergriff er ihre Hand, worauf sie sich langsam wieder fing. Sie entschuldigte sich dafür, daß sie so »komisch« gewesen sei.

Jelmer sagte nichts mehr. Ihre Lippen waren trocken, als sie einander berührten; winzige Krusten verhakten sich ineinander. Für sie unsichtbar, gingen ein paar Kinder an den geöffneten Türen vorbei, deren Badeschlappen an ihre Fersen klatschten; eine Schaufel schleifte provokativ über den Asphalt, es wurde gekichert. Auf einmal glitten ihre Zungen umeinander, dicke, träge Zungen.

In seinem Haus lenkte das dunkle Stilleben sofort wieder ihre Aufmerksamkeit auf sich, das Hunderte von Jahren durch Europa gewandert war und alles überstanden hatte; immer wieder hatte sich jemand gefunden, der sich darum kümmern wollte. Nachdem Jelmer sich ins Badezimmer zurückgezogen hatte, stellte sie sich vor das Gemälde, um es sich genauer anzuschauen. Im Dunkeln stand da auf ihrem hohen Fuß eine Glasschale und fing das Licht ein. In dem nahezu flachen Kelch aus durchsichtigem Glas lagen die Birnen, neun an der Zahl, hellbraun und gelblich, höckerige Birnen mit Stielen, wie Tierjunge lagen sie nebeneinander. Sonst war nichts zu sehen. Es lag nichts neben dem Fuß der Schale, nicht einmal ein heruntergefallenes Blatt. In dem dunklen Hintergrund ließ sich ebensowenig etwas erkennen. Licht und Dunkel, ein gläserner Kelch und einige Birnen, die von etwas Durchsichtigem getragen wurden, mehr nicht. Wie war es nur möglich, daß dieses Gemälde nach Hunderten von Jahren noch immer so lebendig war? Doch wohl nur durch die Art, wie der Künstler die Dinge gesehen und gemalt hatte, ein anderer Schluß war nicht möglich.

Je länger sie das Stilleben betrachtete, desto mehr innere Unruhe spürte sie. Warum diese Unruhe? Und warum jetzt? Was hatte sie zu befürchten? Er war lieb zu ihr. Warum immer diese Angst? Sie setzte sich auf das Sofa, um sich die Schuhe auszuziehen. Als sie sich vorbeugte, stiegen ihr die Tränen in die Augen.

Sie fuhr erschreckt auf. Da stand Jelmer, barfuß.

»Willst du duschen?«

»Duschen?«

»Was war das auch gleich wieder?«

»Ja, ich gehe unter die Dusche.«

Jelmer hob charmant und entschuldigend die Hände. »Ich hätte dich natürlich vorlassen müssen. Aber ich habe mich beeilt.«

In dem kleinen Badezimmer, dessen Raum fast zur Hälfte von der Badewanne eingenommen wurde, zog sie sich aus. Es war noch von feuchter Luft erfüllt, und sie roch die Seife, die er benutzt hatte. Es gab nur ein Fenster, gerade groß genug, um den Kopf hindurchzustecken, genau wie in Henris Badezimmer. Aus diesem Fenster konnte sie nicht in die Krone einer Kastanie schauen, sondern sah nur eine fensterlose Mauer, die Seite des benachbarten Hinterhauses. Wenn sie sich unter das Fenster stellte, konnte sie ein Stück des Himmels erkennen. Nachdem sie sich geduscht hatte, spülte sie den Sand aus ihrem Badetuch und hängte es zum Trocknen neben seines über die Stange des Duschvorhangs. Sie hatte es ganz gedankenlos getan, wie von selbst.

Jelmer saß auf der Veranda hinter der Küche, als er sie barfuß aus dem Bad kommen hörte. Er stand auf. Das Licht funkelte in dem Glas mit gelblichem Wein, das er ihr reichte.

»Wie schön du bist«, sagte er und stieß mit ihr an.

»Danke.«

Sie hatte immer so ihre Mühe mit Komplimenten und nippte schweigend an dem Wein. Auch Jelmer schwieg. Er erinnerte sich, wie sie im Wagen, in dem glühendheißen Wagen auf dem Parkplatz, die Türen weit geöffnet, Zungenküsse ausgetauscht hatten. Das schien weit zurückzuliegen. Jetzt schämte er sich schon fast für die Nacktheit seiner Füße. Sie stellte ihr Glas auf die Anrichte.

»Ich mache jetzt schnell den Rhabarber«, sagte sie. »Dann kann er abkühlen.«

»Gut.«

Sie machte sich sofort an die Arbeit; blitzschnell wurde der Rhabarber zubereitet. Sie schnitt die Blätter ab, die prächtigen Blätter, und stopfte sie ohne Pardon in die Abfalltonne. Sie schnitt die Stiele in Stücke, putzte sie und stellte sie auf eine Gasflamme. Im Nu war die Anrichte auch wieder aufgeräumt. Mittlerweile hatte sie die einzige schöne Tonschale entdeckt, die er besaß, und goß den dampfenden roten Brei hinein.

Jelmer beobachtete sie, einen Fuß auf der Veranda, den anderen in der Küche, mit dem Rücken an den Türpfosten gelehnt, sich bewußt, daß er, wenn er so dastand – kaum eine Handbreit Platz zwischen Kopf und Türsturz lassend –, groß wirken mußte. Er genoß es, ihr beim Arbeiten zuzusehen, barfuß, die Hosenbeine umgeschlagen, die Ärmel ihres Pullis hochgekrempelt. Es war schon lange her, daß er eine Frau im Haus gehabt hatte. Er folgte all ihren Bewegungen, weil sie neu für ihn waren, weil er sie bei ihr zum ersten Mal sah – mit der Hand den Rhabarber unter dem sprudelnden Wasserhahn im Sieb durchrühren – und weil sie dabei *seine* Sachen benutzte. Am meisten genoß er die Entschlossenheit, mit der sie vorging.

»Jetzt bist du dran, und ich sehe zu.«

Verlegen schob sie sich an ihm vorbei auf die Veranda. Ein leichter Geruch von Schweiß und feuchten Haaren glitt an ihm vorbei, die Ausstrahlung ihres warmen Körpers. Wegen ihrer ungestümen Bewegungen ein wenig verdutzt, drückte er sich an den Türpfosten, um sie vorbeizulassen. Er ging hinein, um zu kochen. Von der Veranda aus sah sie ihm zu.

Während des Essens kapselte Jelmer sich immer mehr ab; zugleich nahm sein Verlangen immer mehr zu. Er redete zuviel und wurde für sie immer ungreifbarer. Im Badezimmer drückte er das Gesicht in ihr noch immer feuchtes Badetuch und roch daran. Angetrunken flüsterte er Liebkosungen in das Badetuch. Doch in der Küche fing die Quälerei einer nicht zu überwindenden Reserviertheit von neuem an. Er verschanzte sich hinter einer lässigen und bisweilen sogar herablassenden Freundlichkeit, um seine starken Gefühle zu verbergen. Lin glaubte, ihm nicht zu gefallen. Sie sah sich bereits mit dem Rad nach Hause fahren und schärfte sich ein, daß sie ihr Badetuch, das noch im Badezimmer hing, nicht vergessen durfte.

Nach dem Nachtisch entstand eine Stille.

Lin schaute auf ihren Teller und fühlte sich beklommen. Was war nur schiefgegangen? Sie erwartete nichts mehr, nur noch ein schnelles Ende. Er würde ihr noch Kaffee anbieten, den würde sie dann trinken, danach würde sie ihre Schuhe anziehen und zum Abschied sagen: Bis zum nächsten Mal vielleicht. Jelmer war in Sprachlosigkeit versunken – etwas, das ihm noch nie passiert war. Aber er *wollte* diese Sprachlosigkeit, er weigerte sich, noch etwas zu sagen, er hielt dickköpfig an etwas fest, weswegen er sich schrecklich schämte, ohne zu wissen, warum er dabei blieb. Blindlings suchte er eine Art Untergang.

»Wir sagen nichts mehr«, sagte sie leise.

Sie hörte das Brummen des Kühlschranks, über ihrem Kopf, in der Wohnung seiner Eltern, das Poltern eines ausländischen Gastes, ein paar lärmende Passanten auf der Straße, eine Bierdose, die von jemandem zertreten wurde.

»Wann werden wir wieder etwas sagen?«

Plötzlich war es, als würde sich der Himmel aufhellen, als würde das Drückende daraus verschwinden. Sie registrierte dies und spürte, sogar ohne ihn anzuschauen, daß er seinen Widerstand aufgegeben hatte.

Als sie den Blick hob, schob er seine Hand über den Tisch, ergriff die ihre und streichelte sie. Es war, als würde es in der Küche heller werden. Hatte sie zuerst den Eindruck gehabt, daß zuwenig Licht brannte, ja sogar, daß sich aus den Ecken eine Art »Dunkelheit« heranschob, so gab es mit einemmal genug Licht, mehr als genug, von den Kerzen auf dem Tisch und von der Neonröhre, die unter einem der Schränke über der Anrichte brannte.

Sie standen auf.

Mit den Lippen kam sie gerade an seinen Adamsapfel heran. Sie versuchte, daran zu saugen. Jelmer erinnerte sich später daran als an etwas Seltsames, diese Saugbewegung, dieses zustoßende Saugen an seinem Adamsapfel, wie von einem ungeduldigen Lamm. So wie er es im nachhinein seltsam fand, daß er sie sofort fragte, ob er ihre Achseln küssen dürfe. Ihre Achseln. Sie schob ihren Pulli in die Höhe, hob die Arme und entblößte ihre ausrasierten Achseln. Über den Rand ihres Pullis hinweg schaute sie ihn an, wollte sehen, was er tat. Er leckte und küßte ihre Achseln.

»Wie eine Katze, die mich ableckt«, sagte sie.

»Lecken Katzen Achseln ab?«

»Katzen lecken Achseln ab.«

Er zog sie auf seine bloßen Füße und ging hoch ausschreitend mit ihr ins Zimmer.

»Hast du Fados?« fragte sie.

Irgendwo stand noch eine alte Platte mit Fadomusik. Die Nadel hüpfte über die Rillen, so stürmisch legte er sie auf. Beim Tanzen hörte er, wie sie ganz nah an seinem Ohr den Text des Liedes mitsang. »Kennst du das Lied?« fragte er. Nein, sie kenne es nicht, und Portugiesisch könne sie schon gar nicht. Sie ahme es nach. Wie denn? Sie folge einfach in sehr kurzem Abstand der Musik. Das erstaunte ihn. Sie sang gut, rein, die Nachahmung hörte sich überraschend gut an. Wie schaffte sie es nur, sich so leer zu machen, so passiv zu sein, daß sie den Klang der Musik und der Worte fehlerlos aufnehmen und sofort darauf mit der eigenen Stimme wiedergeben konnte? Beim Tanzen paßte sie sich den Bewegungen seines Körpers ebenso vollkommen an wie denen der Musik.

Das können wir, dachte Jelmer bei sich, miteinander tanzen. Das hatte er noch mit keiner anderen Frau erlebt.

Sie gingen hinunter ins Souterrain. Die mitgenommenen Kerzen flackerten. Unter den Balken konnte Jelmer kaum aufrecht stehen, und gewohnheitsgemäß hielt er den Kopf gesenkt. In einer Ecke stand ein großes Bett.

»Frisch gemacht«, sagte sie lächelnd und roch am Bettuch.

Jelmer verschwand noch einmal kurz nach oben. Während sie auf ihn wartete und spürte, wie ihr die kühle Luft über den Körper strich, dachte sie an Henri und fragte sich, wo er in diesem Augenblick war. Aber sie wollte nicht an ihn denken, hob den Kopf vom Kissen und spähte in das dunkle Souterrain. Jelmers Beine erschienen auf der Wendeltreppe.

Unter der ersten Berührung seiner Hand zuckte ihr Bauch zusammen. Als er mit einem Finger in ihren Nabel glitt – weil dieser so auffallend groß war –, hielt sie ihn zurück und sagte: »Nicht in meinen Nabel, davor fürchte ich mich ein bißchen, sonst hast du überall freien Zutritt.« Sie nahm den Finger, den sie von ihrem Nabel fortgenommen hatte, und steckte ihn sich in den Mund. Reglos, die Augen geschlossen, saugte sie daran und streichelte seine Hand, während er an sie geschmiegt lag, sein Geschlecht auf ihrem Schenkel. Nachdem sie eine Zeitlang so liegengeblieben war, um sich an ihn zu gewöhnen, wollte sie ihn schließlich doch näher an sich herankommen lassen und zog ihn über sich.

III

Auf dem Fluessen

Zwei Monate später fuhr sie an einem Samstag im August mit Jelmer zum Fluessen, um seine Eltern zu besuchen. Etwas außerhalb von Amsterdam sahen sie eine Frau neben der sechsspurigen Autobahn hergehen. Der Wind blies ihr Bluse und Rock an Rücken und Beine, und zwischen ihren Haaren, die an den Ohren vorbei nach vorne wehten, war kurz ihre bleiche Kopfhaut zu sehen. Lin drehte sich um und schaute durch die Heckscheibe, um das Gesicht der Frau zu sehen.

»Verrückt, daß diese Frau hier herumspaziert.«

Jelmer warf einen Blick in den Rückspiegel. »Streit gekriegt und ausgestiegen«, mutmaßte er.

Sie schaute sich noch einmal um. Ihr Herz pochte.

»Ich hoffe, daß wir das niemals tun«, sagte sie dann, »uns so fürchterlich streiten, daß einer von uns aussteigt und der andere einfach weiterfährt.«

»Ihr Macker kommt bestimmt wieder zurück. Der fährt noch zwanzig Kilometer mit Vollgas weiter, und dann dreht er um.«

»Dann muß sie die Fahrbahn überqueren und wird überfahren.«

Jelmer nahm ihre Hand und legte sie auf seinen Oberschenkel. Trotz des warmen Wetters spürte er die Wärme ihrer Handfläche durch den Stoff seiner Hose hindurch. Doch bald schon zog sie die Hand zurück und starrte nach draußen, auf die großen Äcker des Polders, über die die Schatten der Wolken hinwegglitten. Die Pappeln zeigten die silbrige Unterseite ihrer Blätter. Es war, als würden die langen Baumreihen jedesmal, wenn ein Windstoß durch sie hindurchfuhr, ihre Farbe ändern. Lin setzte ihre Sonnenbrille auf und schwieg.

Jelmer drückte die Arme durch, ließ seinen Körper in den Sitz seines alten Volvos zurückfallen und räkelte sich. Er war ein zufriedener Mann. Der Sommertag lag vor ihm, er hatte ein Ziel, sein Wagen glänzte und spaltete die Ferne vor ihm, und *sie* saß neben ihm, die Frau, die ihn schon seit zwei Monaten bezauberte, mit ihrem Körper, mit ihrer Geschichte, die für ihn langsam, aber sicher deutliche Konturen annahm, mit ihren wundervollen Träumen *in full colour*, die sie ihm gleich nach dem Wachwerden erzählte, mit der Unvermitteltheit, mit der sie einschlief oder krank wurde oder mit der es ihr wieder besser ging, mit ihrem Gesicht, das immer wieder anders aussah, mit der Knappheit, mit der sie ihre Ansichten zum Ausdruck brachte, mit den Zetteln, die sie ihm hinterlegte, mit den riesigen Knäueln Toilettenpapier, die sie zwischen ihren Schenkeln verschwinden ließ, mit der Wildheit, mit der sie, nichts anderes am Körper als einen BH, auf den Knien und in Wasserdampf gehüllt sein Badezimmer schrubbte, mit ihrem Lachen und Quasseln am Telefon, das ihm von etwas weiter weg bisweilen wie Musik in den Ohren klang: die kleinen Aufschreie, die schleppenden Töne des Mitgefühls, das immer schnellere und lautere Reden, das in einem Crescendo des Lachens gipfelte, dann wieder das Gequassel, das ab und zu in hell klingenden Ausrufen aufspritzte, und schließlich die hohen, in die Länge gezogenen und beinahe gesungenen Klänge, mit denen sie sich verabschiedete.

Noch einmal stemmte er die Hände gegen das Lenkrad und drückte die Arme durch.

Er erinnerte sich an ihren Körper, an den Schweiß, der am Morgen in der schmalen Furche ihres Rückgrats gewesen war.

Auch das verwunderte ihn: wie schnell ihr der Liebesschweiß aus dem Körper sprang und wieviel es war; auf ihrem Bauch und Rücken konnte er manchmal lange Bahnen mit dem Finger ziehen. An diesem Morgen war er nach dem Aufwachen in sie eingedrungen. Sie hatte nichts dagegen, daß er mit dem Liebesspiel begann, auch wenn sie noch schlief. Nachdem er ein paarmal zugestoßen hatte, hatte sie sich umgedreht, sich auf ihn gesetzt und ihn beritten, starke geile Frau.

Jetzt wollte sie nicht, daß er sie berührte.

Schweigend fuhr er mit einer Geschwindigkeit von konstant 120 km/h in Richtung Norden und hatte Spaß an seinem Wagen, der ihm noch verlockender vorkam als sonst, weil sie darin saß und ihre Tasche auf dem Rücksitz stand, wie er auch sein Haus verlockender fand, wenn sie dort war. Wie sein Leben sich innerhalb einiger weniger Monate verändert hatte! Auch sein Körper wirkte stärker und männlicher, manchmal betrachtete er ihn voller Zufriedenheit, ja sogar voller Liebe, während er ihn früher immer nur für eine Selbstverständlichkeit gehalten hatte. Jelmers Lebenseinstellung hatte sich geändert: Er war anderen gegenüber lockerer, freimütiger, wohlwollender.

Seiner Sekretärin war es als erster aufgefallen, schon nach einer Woche, und sie hatte ihn mit weiblichem Fingerspitzengefühl wissen lassen, daß sie »es« wisse, ohne zu sagen, was genau es war, das sie wußte. Seither begrüßte sie ihn morgens, wenn er, nicht gerade erfrischt und ausgeschlafen, ins Büro kam, mit einem Lächeln und einer ironisch in die Höhe gezogenen linken Augenbraue.

»Alles in Ordnung?« fragte er.

»Geht schon.«

»Du brauchst dir wirklich keine Sorgen zu machen. Du bist eingeladen, und du bist willkommen.«

»Aber trotzdem werden sie mich beurteilen.«

Sie wandte sich ab und starrte hinaus. Zum zehnten Mal

machte sie sich an ihrem Schal zu schaffen, aus Furcht, einen steifen Hals zu bekommen. Dabei hatte sie das Fenster neben sich selbst heruntergekurbelt, weil ihr so warm gewesen war.

»Ich habe die ganze Zeit das Gefühl, daß wir heute noch Streit bekommen«, sagte sie.

»Das werden wir nicht.«

»Das kannst du gar nicht wissen.«

»Nicht, solange du das wilde Pferd in dir zügeln kannst.«

»Ich werde mir Mühe geben.«

Es rumorte in ihren Eingeweiden. Ein Schreckbild nach dem anderen tauchte vor ihrem geistigen Auge auf: wie sie die Tür öffnet und sich aus dem fahrenden Auto fallen läßt; wie sie von einem Pferd getreten wird, was ihr als Kind schon einmal passiert war. Wie sie das Cello seiner Mutter in die Hand nimmt und – keiner weiß, wie so etwas möglich ist – den Hals abbricht. Oder: Sie ist allein mit dem Cello, hebt es vorsichtig hoch, stößt aber aus Versehen irgendwo gegen und hört, wie es im Schallkasten knackst. Sie läßt ein paar Gläser fallen und schneidet sich beim Aufräumen an den Scherben.

Lin fing wieder an, auf den Nägeln zu kauen, eine Angewohnheit, die sie sich gerade erst vor ein paar Wochen abgewöhnt hatte. Aus den Augenwinkeln sah Jelmer, wie einer ihrer Finger in ihrem Mund verschwand, wie sich ihre Lippen verbissen schlossen, sofort gefolgt von den charakteristischen ziehenden und losreißenden Kieferbewegungen des Nägelkauers.

»Warum tust du das jetzt?«

»Heute kann ich nicht damit aufhören!«

Je mehr sie sich Friesland näherten, desto größer wurde ihre Verwirrung. Sie fürchtete sich vor seiner Mutter. Außerdem kam es ihr vor, als würden sie nach Birdaard fahren, obwohl sie wußte, daß dem nicht so war. Trotzdem kam es ihr so vor, als befände sie sich auf einer Zeitreise in die Vergangenheit.

Das erste, was Jelmer ihr zeigte, war ein abgelegener kleiner Friedhof, der mitten in den Weiden lag. Es war ein leicht hügeliges Gelände, ein Oval, von einem breiten Graben umgeben. Am Rand dieser Begräbnisstätte stand eine Reihe niedriger Eichen, durch deren grüne Perücken der Wind blies. Zwischen den Stämmen erkannte sie ein paar schiefe alte Grabsteine.

»Aussteigen?«

»Ja, gut.«

Jelmer stellte den Motor ab. Als Lin ausstieg, wurde sie von der ländlichen Ruhe, von wohltuender Leere überflutet. Ihr gefiel dieser Friedhof auf Anhieb sehr. Für einen kurzen Augenblick wurde sie ruhiger. Worüber mache ich mir nur solche Sorgen, dachte sie bei sich. Warum mache ich mir immer so viele Sorgen? Wenn es mit Jelmer schiefgeht, wenn alles schiefgeht, kann ich immer noch zurück zu den einfachen Dingen, oder nicht? Dann kaufe ich mir irgendwo eine alte Scheune, bringe sie in Schuß, lege einen Gemüsegarten an und warte ab, wie es weitergeht.

Von der Weide kamen langsam ein paar Pferde auf sie zu, und die Friedhofsbäume rauschten. Es mußte etwas bedeuten, daß Pferde auf sie zukamen. Aber was? Es waren keine besonders schönen Pferde, doch ihre Haut glänzte prachtvoll in einem tiefen Schwarzbraun, ihre Mähnen und Schwänze waren lang und sahen zottig aus, die Schweife reichten sogar bis auf den Boden. Durch ihr glänzendes, dunkles Fell, ihre langen Schweife und Mähnen, ihr langsames Näherkommen, den Wind und das Geräusch ihrer Hufe im Gras hatten sie etwas Geheimnisvolles an sich, war der Augenblick ihres Herannahens geheimnisvoll.

»Es sind Showpferde«, sagte Jelmer.

»Showpferde?«

»Sie werden nur noch bei bestimmten folkloristischen Veranstaltungen gebraucht. Dann müssen sie die Kutschen ziehen.

Ihre Mähnen und Schweife werden geflochten, darum sind sie so lang.«

Lin schwieg einen Augenblick.

»Du machst auch immer das Märchenhafte kaputt, weißt du das?«

»Ja, mache ich das?«

Das mache ich absichtlich, wollte er hinzufügen. Doch statt zu sticheln, strich er sich die zerzausten Haare aus dem Gesicht. Unnötig lange blieb Lin am Gatter stehen. Sie streichelte die Pferde und ließ sie mit den Lippen an ihren Händen knabbern. Jelmer betrachtete die dicken, feuchten Lippen der Pferde um ihre Finger. Es erregte ihn. Es machte ihn eifersüchtig. Er war davon überzeugt, daß das ihre Absicht war.

Am Ufer des langgezogenen Sees, der nun in Sichtweite kam, lagen ausschließlich Bauernhöfe. Sie kannte solche Bauernhöfe. Das stattliche Vorderhaus, immer im Schatten der Bäume gelegen, mit einer Rasenfläche, die schräg nach unten zu einem breiten Graben führte, und der riesige Dachstuhl der Scheune, die hinter dem Haus aufragte. Ins Schilfdach der Scheunen war manchmal eine Jahreszahl hineingeschnitten. Lin beugte sich vor, um die Bauernhöfe aus dem fahrenden Wagen heraus besser sehen zu können.

Ein Bruder ihres Vaters hatte einen Bauernhof, nicht weit von Birdaard entfernt. Sie waren meistens sonntags dorthin gegangen. Sie erinnerte sich an das Vorderhaus, in dem man nur auf Strümpfen gehen durfte, an den Marmor im Flur hinter der Vordertür (die nur selten benutzt wurde), an die »gute Stube«, die sie nicht betreten durfte, an die Reglosigkeit der Möbel dort, an das Ticken der Standuhr in der Stille (hinter einer Glastür bewegte sich das Pendel); von draußen drangen gedämpft das Rauschen der Bäume, das Gurren der Tauben und vereinzelte Schreie ihrer Cousinen herein, die den Kiesweg vor dem

Haus entlangrannten und plötzlich, wie vom Erdboden verschluckt, um die Ecke verschwunden waren. Sie betrat die gute Stube, um sich das Pendel hinter dem Glasfenster anzuschauen, und starrte auf die mattkupferne Exzenterscheibe, die hin und her schwang. In der Küche saßen die Erwachsenen mit ihren lauten Stimmen, Zigarrenqualm und Schnapsgläser auf dem Tisch. Ihr Onkel zog sie zwischen seine Beine, seine große Hand auf ihrem Bauch, und sie lehnte sich zurück. Das machte ihr angst. Doch bei jedem Besuch ließ sie sich wieder zwischen seine Beine ziehen und lehnte sich zurück, während sie an ihrem Rücken etwas nach oben kommen fühlte, das sie sich als kleinen Ast vorstellte. Schließlich ließ ihr Onkel sie los. Aus der Küche kam man durch einen Gang mit Holzschuhen und Overalls in die Scheune, wo das Heu bis ins Halbdunkel des Dachfirstes hinein gestapelt lag. Die Kuhställe waren leer, weil Sommer war.

Eine Welle der Trauer durchströmte sie. Vielleicht will ich gar nicht leben, dachte sie bei sich. Ist das möglich? Gibt es das? Daß jemand nicht will? Natürlich gibt es das. Aber wie kann sich so etwas in einem Körper festsetzen? Kann ein Baum nicht wachsen wollen? Nein, das ist unmöglich. Es gibt nur schwache Bäume, Bäume, die nicht richtig wachsen und infolge einer Wurzelkrankheit absterben. Eine Krankheit in den Wurzeln. Vielleicht bin ich auch einfach nur schwach, ist etwas in mir schwach, gibt es etwas in mir, das nicht wachsen will, etwas, das zurückbleibt.

»Nanu«, sagte Jelmer erstaunt.

Ein Traktor, der ihnen entgegenkam, wurde von seinem Fahrer in der Böschung neben dem schmalen Weg zum Stehen gebracht. Jelmer bremste neben der Führerkabine, kurbelte die Scheibe herunter, lehnte sich hinaus und wartete, bis oben die kleine Tür heruntergeklappt wurde.

»Du bist aber höflich geworden!« rief er.

Das Dröhnen des Traktormotors machte seine Worte für sie beinahe unverständlich. Der junge Mann in der Kabine antwortete auf Friesisch. Lin schnappte lediglich ein paar Klänge auf. Es war die Sprache ihres Vaters, eine Sprache, die sie selbst auch gesprochen hatte, in einer Zeit, an die sie nicht erinnert werden wollte; dennoch beugte sie sich jetzt zur Seite, um mehr mitzubekommen.

»Alles in Ordnung mit deinen Eltern?«

Jetzt trieb der Wind die Worte des Traktorfahrers in ihre Richtung, oder vielleicht war es ihrem Hirn mittlerweile gelungen, das Dröhnen des Motors und die friesischen Klänge voneinander zu unterscheiden – mit einemmal verstand sie nämlich, was er sagte. Ja, alles in Ordnung, seine Mutter sei krank gewesen, inzwischen aber wieder auf den Beinen, ja, sie sei halt nicht mehr die jüngste, nicht wahr? Diese Worte berührten sie, wie alltäglich und banal sie auch sein mochten. Weitere Bemerkungen wurden ausgetauscht. Dann ein Gruß. Der Traktor gab Gas. Auch Jelmer beschleunigte, schaltete, kurbelte die Scheibe hoch, wischte sich die Haare aus der Stirn, gab Vollgas, wurde wieder munter.

»Das war Gjalt«, sagte er. »Ich habe früher mal ein paar Sommer lang mit ihm gespielt. Als ich zehn war oder so. Ich war oft bei ihm zu Hause.«

Er lächelte.

»Was ist?« fragte sie.

»Ich denke an das, was er über dich gesagt hat.«

»Was denn?«

»Du hast da aber etwas Schönes bei dir, hat er gerufen, das sehe ich auf Anhieb.«

»Ach, er hat mich gar nicht richtig gesehen.«

Allmählich ärgerte Jelmer sich über sie, weil sie ihn doch noch mit ihrer Stimmung ansteckte, wie sie ihn in ihrer Unruhe mitriß. Der Schweiß brach ihm aus.

Das Haus lag unter ein paar Ulmen, hinter einer Hecke und ein paar verwilderten Sträuchern. Es war kleiner, als sie gedacht hatte, eher eine intime und versteckte Unterkunft als ein großes Anwesen. Auf der Vorderseite war etwas, das kaum den Namen Garten verdient hatte: ein kurzer Kiesweg, der zur Haustür führte, von Rabatten mit Rosen gesäumt. Auch an der weißgetünchten Wand wuchsen Rosen in die Höhe. Das Reetdach reichte so weit herunter, daß sie es berühren konnte. Im Vorbeigehen drückte sie kurz die Handfläche auf die harten Enden der Schilfstengel.

Jelmer bemerkte es. Er fragte sich, ob sie es vielleicht genoß, sich selbst Schmerz zuzufügen: Sie klemmte sich Wäscheklammern an Ohrmuscheln und Lippen, sie drückte sich die Metallränder von Kronenkorken ins Fleisch. Als sie sich vor kurzem in einem Wutanfall die Spitze einer Schere in den Finger gerammt hatte, war sie nach dem ersten Schreck nahezu verzückt gewesen über diese Verwundung.

Es war still ums Haus herum. Sie hörten nur den Wind in den Baumwipfeln, ihre eigenen Schritte auf den Klinkersteinen, das Tschilpen von Spatzen, die ein Sandbad nahmen. Über den Boden bewegten sich die Schatten der Ulmen. Aus einer sonnigen Ecke erhoben sich zwei Schmetterlinge.

Hinter dem Haus lag ein großer Garten mit einem Kiesweg, der weiß aufzuleuchten schien und zu einer Sonnenuhr führte, von wo aus er sich nach links und rechts in Wege aus Klinkersteinen gabelte. Es gab Spalierbäume, einen Gemüsegarten mit Beeten, Obstbäume, eine Rasenfläche, die schräg zum See abfiel, und dort, zwischen den Bäumen versteckt, ein schwarz geteertes Bootshaus. Sie gingen die ganze Rückfront entlang, ohne auf eine Spur von Leben zu stoßen.

»Ist deine Mutter nicht zu Hause?«

»Ihr Wagen steht doch da.«

»Ach ja.«

Die Küchentür stand offen. Lins Blick erhaschte einen Steinboden, alte Töpferware in einem Wandregal, eine Decke mit Balken, einen riesigen Tisch, übersät mit Papieren, geöffneter Post, Zeitungen und Büchern, einen großen Kerzenständer mit halb heruntergebrannten Kerzen, an einem Tischende zwei Teller und die Reste des Frühstücks. In einer Ecke stand ein Cello, dunkel, glänzend; der Bogen steckte zwischen den Saiten.

»Da ist sie«, sagte Lin leise.

Hinten im Garten stand eine hochgewachsene Frau mit einem Sonnenhut, die sich im hellen Mittagslicht fast aufzulösen schien. Weit ausholend, winkte sie ihnen zu. Sie gingen zu ihr. Lin konnte Jelmers beruhigend gemeinte Hand im Rücken kaum ertragen, sie hatte Angst, sie könnte stolpern, und spürte eine gewisse Feindseligkeit gegenüber der Frau, der sie entgegenging.

Sie trafen sich im Schatten eines Apfelbaums. Eine Leiter lag im Gras. Hedda Halbertsma streckte ihr eine lange, schlanke Hand entgegen, die wie von selbst in die ihre glitt. Lin spürte, wie ihre eigene Hand verkrampfte. Die Frau machte einen fröhlichen und erhitzten Eindruck, ihre Augen strahlten vor Aufregung. Sie »kämpfe« gerade mit einem Strauch, sagte sie, den sie bereits seit einer Stunde vergeblich aus dem Boden zu kriegen versuche, vergeblich vielleicht auch deshalb, weil sie es so schlimm finde, ihn von dort zu entfernen, wo er bereits seit Jahren gestanden habe. Ein häßlicher Strauch allerdings, aber jetzt habe sie es sich in den Kopf gesetzt, jetzt müsse das Ding heraus. Während sie damit beschäftigt gewesen sei, sei ihr Blick auf ein paar Beerenstöcke gefallen, die ebenfalls dran glauben müßten, so habe sie auch da gleich die Mistgabel in die Wurzeln getrieben. »Kurz: Streß ohne Ende«, sagte sie lachend.

Jelmer lächelte nachsichtig.

So warm war es, daß sie sich unwillkürlich tiefer in den Schatten der Bäume zurückzogen. Freundlichkeiten wurden ausgetauscht. Lin warf einen heimlichen Blick auf Hedda Halbertsmas Busen: Stramme, noch lustige Brüste waren es, von denen in ihrer weit geöffneten Bluse viel zu sehen war. Unwillkürlich verglich Lin sie mit ihren eigenen Brüsten – um mit einer gewissen Erleichterung festzustellen, daß ihre größer waren.

»Du siehst übrigens sexy aus, Mama«, sagte Jelmer.

»Oh, ist irgendwas offen?«

»Deine Bluse.«

Während sie zwei Knöpfe zumachte, wandte sie sich Lin zu und legte ihr eine Hand auf die Schulter. »Ist das nicht herrlich«, fragte sie, »daß er sich noch für seine Mutter schämen kann?«

Sie folgten ihr ins Haus. Jetzt, da Lin die Frau von hinten betrachten konnte, sah sie auf einmal viel deutlicher die Mutter in ihrer Figur: Sie hatte einen mütterlichen Rücken. Sie fragte sich, warum Hedda Halbertsma an diesem Morgen, trotz der Hitze und kurz bevor ihr Besuch ankommen mußte, plötzlich auf den Gedanken gekommen war, einen alten Strauch auszugraben.

In der Küche war es wegen des Steinbodens kühler. Sie setzten sich an eine Ecke des riesigen Tisches, die mehr oder weniger Heddas Schreibtisch war: Sie arbeitete am liebsten in der Küche. Sie tranken eiskalte selbstgemachte Holunderbeerlimonade mit Zitrone. Lin gab sich alle Mühe, taute aber nicht auf. Alles, was sie sah oder was man ihr zeigte, rief Aversionen bei ihr hervor: gegen die alte Tonschale aus Spanien, die mit eisernen Klammern repariert worden war, gegen das wunderschöne Gebinde, das sie aus einer Ecke heraus anstrahlte, gegen die Kellerluke, die sich mit einer Schnur an einer Rolle und einem Gegengewicht ganz leicht öffnen ließ, gegen den imposanten Keller mit den glasierten roten Fliesen und den Gewölben aus einem viel älteren Haus, das einst an der gleichen Stelle gestanden hatte, gegen alle Herrlichkeiten, die in diesem Keller aufbewahrt wurden, und schließlich gegen diese nette und lebhafte Frau, die einen Mann hatte, den sie liebte, die begabt war und die mit ihrem Streichquartett ganz Europa bereiste. Alles, bis hin zu der selbstgemachten Holunderbeerlimonade, machte sie verbohrt.

Die ganze Zeit über hörte sie draußen den Wind, den befreienden Wind. Schließlich hielt sie es nicht mehr aus und stand abrupt auf. Hedda verstand den Wink: Sie entschuldigte sich für ihr Geplauder und ging wieder in den Garten. Jelmer konnte seinen Ärger kaum noch unterdrücken.

»Ich will durchaus«, sagte sie herausfordernd.

»Du willst durchaus.«

»Ja, ich will durchaus. Es ist nicht mein erstes Mal.«

»Mit wem warst du denn segeln?«

»Ich habe mit Marcus auf dem IJsselmeer in einem Katamaran gesegelt. Wir haben immer einen gemietet, wenn starker Wind war. Und mit meinem Vater. Er hat auch Boote gemietet. Einmal hat er mich ins Wasser geworfen, weil ich Angst hatte.«

»Durftest du keine Angst haben?«

»Er dachte, daß ich nicht wachsen wollte, weil ich Angst hatte. Er wollte mir helfen, meine Angst loszuwerden.«

Sie standen auf dem Steg neben dem Bootshaus. Der Wind wühlte in ihren Haaren, unter den Bohlen gluckerte das Wasser, und zwischen ihnen lag ein Segelboot, dessen Mastspitze in den Bäumen verschwand. Jelmer hatte die Plane heruntergezogen, um es ihr zu zeigen – was wie eine symbolische Geste ausgesehen hatte. Es war, als würden sie in dem Gespräch, das sie nun bereits seit zwei Monaten miteinander führten, beinahe Tag und Nacht, als würden sie in diesem Gespräch ständig eine Plane von irgend etwas herunterziehen. Er hatte die Plane von seinem Segelboot heruntergezogen, und dann hatte sie ihrerseits auch wieder eine Plane heruntergezogen, erneut etwas aus ihrer Vergangenheit enthüllt: ihren Vater, der mit ihr zum Segeln gegangen war und sie ins Wasser geworfen hatte; Marcus, der einen Katamaran gemietet hatte, um bei starkem Wind über das IJsselmeer zu flitzen, ohne Zweifel die Gefahr suchend, und sie mitgenommen hatte.

»Du willst wirklich.«

»Ja, klar.«

»Du willst nicht lieber im Motorboot herumtuckern.«

»Das können wir doch immer noch tun. Laß uns erst eine Stunde segeln.«

Jelmer war müde. Er hatte in dieser Woche Überstunden machen müssen und nur wenig geschlafen. Er schaute auf den großen See hinaus und hörte, wie das Wasser unter dem Bootssteg aufspritzte. Es war stürmisch. Sie hatte wenig Erfahrung. Aber sie hatte ihn herausgefordert, ihn aufgebracht.

Eine halbe Stunde später lag das Boot mit knatternden Segeln im Wasser, an einer Boje in einigem Abstand vom Ufer. Jelmer stand daneben und traf die letzten Vorbereitungen. Seine Kehle war plötzlich staubtrocken. Das Wasser preßte den Segelanzug an seine Beine. Es tat ihm gut, im kühlen Wasser zu stehen, im Schatten der überhängenden Bäume. So langsam besserte sich seine Laune. Er legte ab und zog sich an Bord.

Kaum waren die Schote mit einem subtilen Ticken der Taljen angezogen worden, geriet das Boot in Fahrt: Es bekam Schlagseite und glitt leicht und schnell über das Wasser dahin. Lin saß auf dem Gangbord und hielt sich an einem Drahtseil fest; sie hatte gelernt, dieses Seil als »Stag« zu bezeichnen. Sie fand es herrlich, das schnelle Dahingleiten, die leichte Schlagseite des Boots und das Wasser, das funkelnd aufspritzte. Sie schaute zurück und konnte zwischen den Bäumen gerade noch das Bootshaus erkennen. Als sie sich kurz darauf noch einmal umdrehte, fand sie am Ufer keinen einzigen Erkennungspunkt mehr. Als sie am Bootsrumpf vorbei nach unten schaute, sah sie das weiße Schwert durchs Wasser flitzen, wie einen Fisch, gefolgt von einem zweiten, kleineren Fisch, dem Ruderblatt.

»Fahren wir in die richtige Richtung?« rief sie.

Das stimmte ihn zärtlich.

»Voll und ganz.«

»Man kann hin, wohin man will, natürlich.«

»Was?«

»Man kann hin, wohin man will. Ich meine: Man kann natürlich überall hin.«

»Genau erkannt.«

»Spitze ist das, Mensch. Sag mir, wenn ich was machen soll.«

Das Boot halste. Das wußte sie noch. Sie mußte tief gebückt unter dem Segel hindurchkriechen und sich auf der anderen Seite auf das Gangbord setzen. Die Segel knatterten, etwas schlängelte sich um ihre Knöchel, wo war der Horizont? Auf gut Glück kletterte sie in dem schräg geneigten Segelboot nach oben. Sie stieß sich den Fuß. Das Knattern hörte auf, fing wieder an, weil sich irgend etwas löste – allmählich machte es sie doch nervös –, und hörte dann endgültig auf.

»Geht das so weiter?«

»Es ist ziemlich stürmisch.«

»Sag mir doch, was ich machen soll.«

»Hängen.«

»Ach ja. Hängen.«

»Deine Füße unter dieses Band da auf dem Boden stecken und dich raushängen lassen. Dann sehen wir auch gleich, ob deine Bauchmuskeln was taugen.«

Er machte es ihr vor. Es sah ganz einfach aus. Sie hängte sich über Bord, die Füße unter dem Band, eine Hand um das Stag geklammert. Wieso Bauchmuskeln? Von Bauchmuskeln merkte sie vorläufig nichts. Sie schaute in die Wolken und ins Wasser, auf die Unterseite des Boots, wobei sie feststellte, daß diese schmutzig war und mal wieder geschrubbt werden müßte, und immer wieder zum Schwert, das wie ein Fisch durchs Wasser flitzte und mit dem Boot mühelos Schritt hielt. Sie versuchte, das vorbeischießende Wasser mit den Fingerspitzen zu berühren, und es war hart: Ihre Hand hüpfte auf und ab. Dann und wann warf sie Jelmer einen Blick zu.

»Ich entdecke ganz neue Seiten an dir«, rief sie munter.

Das schien ihn nicht zu interessieren. Er hielt den Blick fest auf den Bug gerichtet oder nach vorne auf den See, wobei er hin und wieder kurz am Segel entlang nach oben schaute. Sie stellte fest, daß er auf einmal viel resoluter wirkte, als sie gedacht hätte. Wenn er sie anschaute, lächelte er, sagte aber nichts.

Eine halbe Stunde später hatte er sie soweit.

Sie hakte sich ein und schaute am Mast entlang nach oben: Hoffentlich hielt dieses Seil. Natürlich hält das Seil, sagte er, deine Hand um den Griff, welchen Griff, wo, oh, da, den rechten Fuß ans Stag und das rechte Bein ganz steif machen, mit dem anderen Bein drückst du dich hinaus, und mit dem anderen Bein drückte sie sich hinaus. Sie schaute hinauf zu dem Mast, an dem sie hing. Dann mußte sie schnell wieder hereinkommen, dann wieder hinaus, auch schnell. Das Wasser schoß unter ihr hindurch, und der Weißfisch schwamm mit.

Zuerst hing sie dort verkrampft, ungeschickt, doch schon bald traute sie sich, sich ganz lang zu machen. Obwohl sie jahrelang nicht mehr trainiert hatte, nur gejoggt, hatte sie dafür noch genügend Ausdauer und Kraft in sich. Als sie es geschafft hatte, war sie stolz.

Plötzlich lag sie im Wasser. Es war so schnell gegangen, daß sie nicht wußte, wie es hatte geschehen können. Sie schlug auf der Wasseroberfläche auf, sank und sah das Sonnenlicht in der grünlichen Dämmerung unter Wasser. Kurz darauf tauchte sie auf und spürte wieder den Wind, der ihr um die Ohren pfiff.

Das Boot mit seinen gleißend weißen Segeln war bereits hundert Meter weiter. Jelmer schaute sich um. Sie winkte ihm zu und ließ sich auf ihrer Schwimmweste treiben. Für den Augenblick genoß sie es, plötzlich mitten in einem See zu liegen, im weiten Raum, es war still, und sie schaute über das Wasser, hinauf zu den Wolken und hinüber zu den Ufern mit ihren Zackenrändern aus verschwommenen Sträuchern. Sie schaukelte auf den Wellen wie eine Ente.

Begleitet vom Brausen des Wassers, kam das Boot längsseits, drehte um sie herum und blieb liegen. Die Segel knatterten. Aus eigener Kraft konnte sie nicht an Bord kommen. Jelmer zog sie ziemlich unsanft ins Boot, wobei sie sich weh tat. War er sauer? Hatte er ihr absichtlich weh getan? Sie blieb kurz auf dem Boden des Boots liegen, sich vor Schmerzen krümmend. Jelmer schlug vor, zurückzufahren. Eigentlich wollte sie das auch. Aber dann meldete sich ihr friesisches Blut, in das eine gehörige Portion Ehrgeiz gemengt ist: Sie würde es ihm schon zeigen! Sie richtete sich aus der Pfütze auf, in der sie lag.

»Steiger dich doch nicht so rein«, rief sie, gegen die knatternden Segel ankämpfend.

»Du stümperst nur herum. Du kannst es nicht.«

»Mensch, ich muß halt erst wieder ein wenig reinkommen.«

Jelmer gab keine Antwort und schaute weg. Innerlich kochte er, er hatte genug von ihrer herrischen Art.

Knapp hinter ihnen fuhr eine Segeljacht vorbei, an Bord ein paar Männer und Frauen mit Biergläsern in der Hand, die die mißliche Lage der beiden und das Boot mit seinen frenetisch knatternden Segeln neugierig unter die Lupe nahmen – und die plötzliche Nähe Dritter, auch wenn diese sich nur in einer vorüberschäumenden Jacht befanden, besänftigte die beiden.

Noch eine halbe Stunde, sagte er, dann fahren wir zurück. Sie fand ihn lächerlich mit seinem Zeitlimit und fragte ihn, ob sie die Zeit vielleicht bezahlen solle. Die Kälte dieser Bemerkung brachte ihn aus der Fassung. Seine Hände bebten. Dann entschied er sich dafür, sie nicht gehört zu haben. Darin war er Meister. Lin fühlte sich gedemütigt.

Jelmer versuchte, ihr beizubringen, Fockmaat im Trapez zu sein. Trotz seines Widerwillens erwies er sich als geduldiger Lehrer. Weil er ihr etwas beibrachte, entstand auch wieder eine gewisse Annäherung. Sie konnte es. Sie war dafür stark genug und besaß Gespür für die Bewegung des Boots, ein Gefühl, das sich vielleicht während der Segelfahrten mit ihrem Vater herausgebildet hatte. Noch zweimal fiel sie ins Wasser, beim zweiten Mal blieb sie am Haken hängen und wurde neben dem Boot durchs Wasser geschleift.

Auf dem Rückweg war die Stimmung dennoch gedrückt.

Das Boot flog mit gebauschten Segeln über den See, wie eine Feder im Wind.

Lin saß auf dem Schwertkasten in der Bootsmitte, Jelmer auf dem Gangbord, nasse Haare, die Augen wegen der gleißenden Sonne zusammengekniffen, ständig damit beschäftigt, sein Boot unter Kontrolle zu halten. Mit Scherzen versuchten beide, die Situation zu entschärfen, aber es gelang ihnen nicht, jede Äußerung wirkte gezwungen. Das Schweigen wurde immer bedrückender. Sie vermieden es, einander anzuschauen.

Lin war verzweifelt. Ein Arm und ein Knie taten ihr weh. Ihre Füße waren weiß und kalt. Auf ihrem Gesicht lag ein starrer Zug. Vielleicht war jetzt alles vorbei, wegen dieser einen Bemerkung über das Bezahlen für die Segelstunde. Plötzlich hielt sie es nicht mehr aus. Sie stand auf, machte zwei Schritte in dem wackligen Boot, griff nach seiner Hand, mit der er die Segelschote festhielt, und bedeckte sie mit Küssen.

»Paß auf!«

Er schob sie weg. Wasser strömte über den Rückspiegel ins Innere. Schnell zog sie sich auf den Schwertkasten zurück.

»Du willst wohl im letzten Moment noch schnell das Boot zum Kentern bringen«, sagte er.

»Glaubst du das wirklich?«

»War nur ein Witz.«

»Das ist doch paranoid. Du denkst schlecht von mir.«

Sie schwieg bedrückt.

»Dann kentern wir eben«, sagte sie.

Ihre Verzweiflung war aufrichtig und stimmte ihn zärtlich.

»Wenn du das willst«, sagte er, und sie konnte ihm anhören, daß er ihr verzeihen wollte, »dann laß ich es für dich umkippen.«

»Nein, nicht gleich! Erst sagen, was ich tun muß!«

Er erklärte ihr, was sie tun mußte.

Das Bootshaus kam näher, das Rauschen von Schilf und Bäumen wurde hörbar. Jelmer ließ das Boot auf den Steg zufliegen, wartete und riß dann mit einem Ruck das Ruder herum. Das Boot machte eine so scharfe Drehung, daß es kenterte. Fast gravitätisch fielen die Segel auf das überschattete dunkle Wasser. Jelmer ließ sich nach hinten fallen und verschwand unter der Wasseroberfläche. Als er wieder auftauchte, lachte er. Lin saß rittlings auf dem Bootsrumpf, wie eine Schiffbrüchige. Über ihrem Kopf rauschten die Blätter der Ulmen. Im Wasser bewegten sich die Segel auf und ab, direkt unter der Oberfläche, plötzlich grau. Lin kam es vor, als stiegen vor ihr die weiten Gewänder von Ertrunkenen auf.

Schnell glitt sie vom Rumpf ins Wasser. Mit einem seltsamen, verzerrten Lächeln watete sie an ihm vorbei zum Bootssteg. Es ist vorbei, dachte sie bei sich, er hat das Boot zum Kentern gebracht. Mit einem Witz, einem beiläufigen Witz, hatte er ihr verdeutlicht, daß es vorbei war, daß sie nicht zueinander paßten. Sie zog an dem schwergängigen Reißverschluß des Segelanzugs, um ihn auszuziehen, um möglichst schnell abfahrbereit zu sein. Vor ihrem geistigen Auge sah sie sich bereits den

Weg entlanggehen, wie diese Frau heute morgen, und nahtlos, als hätte sie darauf gewartet, wurde ihr das Bild der nächstgelegenen Bushaltestelle gegenwärtig.

Währenddessen richtete Jelmer das Boot wieder auf und strich die Segel glatt. Sein Ärger war verschwunden, ebenso wie die Müdigkeit des Samstagmorgens, die ihn lustlos gemacht hatte. Es machte ihm Spaß, im Wasser zu stehen und sich mit seinem Boot zu beschäftigen. Gut, daß sie nicht aufgegeben hatte. Das Boot ließ er an der Boje liegen. Heute abend konnten sie, wenn der Wind sich bis dahin gelegt hätte, noch einmal hinausfahren. Heute abend. Der Tag kam ihm noch lang vor. Während er durch das mit Sonnenflecken übersäte Wasser zum Bootssteg watete, schaute er zu Lin hinüber. Sie hatte den Segelanzug abgestreift und war gerade dabei, ihre offenbar naß gewordene Hose auszuziehen. Sie stand auf dem rechten Bein, das nackt war, vorgebeugt, das andere Bein angewinkelt, und zerrte wild an einem Hosenbein, um ihren Fuß daraus zu befreien. Ihr Slip war heruntergerutscht und hing an ihren Oberschenkeln. Ihr Schamhaar kräuselte unter dem Bund hervor.

Dann wankte sie, vielleicht weil sie ihn näherkommen sah. Sie machte einen Sprung rückwärts, um das Gleichgewicht wiederzugewinnen. Das Holz des Bootssteges knarrte, zerbrach und zersplitterte unter ihrem Fuß. Mit dem nackten rechten Bein brach sie durch den Steg; es verschwand beinahe völlig im Wasser darunter. Ein paar Sekunden später beugte Jelmer sich über sie.

Sie war eingeklemmt.

Vergeblich versuchte er, das Holz mit den Händen wegzubrechen. Aus dem Bootshaus holte er ein Brett, das er als Hebel benutzen konnte, um eine Bohle anzuheben und gleichzeitig die andere daneben nach unten zu drücken. Behutsam zog sie ihr Bein aus dem Steg. Es sah fürchterlich zugerichtet aus: Die Haut war von oben bis unten aufgeschürft, rote und bläuliche

Striemen waren zu sehen, Blutstropfen glitten hinab. Es dauerte ein paar Minuten, bis sie ihre Fassung wiedergewonnen hatte. Dann musterte sie ihr verwundetes Bein.

»Rohes Fleisch!« sagte sie.

Es hörte sich sowohl erschrocken als auch entzückt an.

Der Schreck und der Schmerz hatten sie inzwischen ernüchtert. Schweigend drückte sie die Stirn an Jelmers Brust.

»Endlich stehe ich wieder mit beiden Beinen auf dem Boden«, sagte sie.

»War es so schlimm?«

Sie schwieg.

»Es ist noch immer jede Stunde anders zwischen uns«, sagte sie dann.

»Für mich nicht«, erwiderte er, um sie zu beruhigen – und sich selbst.

Im Bootshaus war das Licht gedämpft. Der Wind war ausgesperrt. Das Wasser leckte mit kleinen, spitzen Zungen an den Rümpfen des Salonboots und des Bojers, die dort vertäut lagen. Ein Hauch von Dieselöl lag in der Luft. Staubpartikel wirbelten im Licht, das in messerscharfen Bündeln durch die Ritzen hereindrang. Ihre Augen mußten sich an das Licht gewöhnen.

»Schön ist es hier«, sagte sie, »mit dem Wind, der draußen an allem rüttelt.«

Jelmer zog seinen Segelanzug aus.

Lin lehnte sich an die Wand und spürte, wie das Holz an ihren noch feuchten Hintern drückte. Tief atmete sie den Geruch des Dieselöls ein. Ihr Bein brannte, ihr Knie wurde steif, und dennoch überkam sie eine immer größere Ruhe. Sie griff nach seiner Hand und legte sie zwischen ihre kühlen Oberschenkel. Ihre andere Hand schob sie in seine Hose. Sie dachte an das stille morgendliche Badezimmer, wo sie so mit Henri gestanden hatte, und sie verjagte diese Erinnerung.

Jelmer zögerte.

Er schlief nicht gern mit ihr, wenn seine Eltern in der Nähe waren, und er fand es jetzt um so unangenehmer, als nur seine Mutter da war – deren Bootsschuhe er hier stehen sah. Aber Lins süßen Lippen, ihren schüchternen Augen konnte er nicht widerstehen.

Als es Abend wurde, schaute sie zu Jelmer hinüber, der das Segelboot auf die Seite gelegt hatte und die Unterseite des Rumpfes schrubbte. Der Wind hatte sich gelegt. In der Abendstille hörte sie das Scheuern und Wummern der Bürste auf dem Rumpf. In Birdaard war an Abenden wie diesen auch jedes Geräusch zu hören gewesen: wenn im Dorf ein Auto über die Brücke fuhr und die Bohlen unter den Rädern rumpelten; wenn ein Vogel sich aus dem Schilf erhob und es dabei zerknickte; Stimmen, das Zuschlagen einer Tür – jedes einzelne Geräusch war klar und unterscheidbar zu ihr herübergetragen worden, wie jetzt die Geräusche der Bürste auf dem Rumpf des Segelboots.

Im Gemüsegarten traf sie Hedda, die bei einem der Beete hockte, um Kräuter für den Salat zu pflücken. Die Wassertropfen des Sprengers tickten auf die Blätter der Pflanzen. Es roch frisch.

»Gefällt es dir hier?« fragte Hedda.

»Ja.«

»Geht es mit deinem Bein? Ich schäme mich immer noch.«

»Es war meine eigene Schuld.«

»Weil wir schon seit Jahren kaum noch mit dem Boot segeln, haben wir den Steg vernachlässigt. Aber am Montag kommt der Schreiner, ich habe ihn gerade angerufen.«

Lin lenkte das Gespräch auf den Gemüsegarten. Ihr gefiel es hier wirklich. So wie der Wind sich gelegt hatte, so war auch ihre Unruhe verebbt. Noch immer spürte sie die Auswirkung des Schocks und des brennenden Schmerzes, der ihren Körper durchzuckt hatte, als sie durch das morsche Holz des Bootssteges gebrochen war. Es war, als hätte sie frisches Blut in die Adern bekommen.

Hedda zeigte ihr den Gemüsegarten. An manche Pflanzen erinnerte sie sich aus dem Garten ihres Vaters. Durch die Nähe des Wassers, des Schilfkragens und die Geräusche der Wasservögel wurde die Erinnerung an den Gemüsegarten am Ee noch verstärkt. Zum ersten Mal fragte sie sich, ob es ihn noch gab und ob sie ihn jemals wiedersehen würde.

»Schau mal, Lin.«

Hedda zeigte ihr etwas. Es war das erste Mal, daß sie sie mit Namen ansprach. Lin registrierte es erfreut, es verursachte ein Beben in ihrem Innern. Sofort wollte sie ihren Namen noch einmal hören, aus dem Mund dieser Frau. Sie folgte Hedda durch den Garten. Jetzt, da die Sonne untergegangen war, strahlten die Pflanzen. Im warmen und sanften Abendlicht schienen sie tatsächlich aus eigener Kraft zu leuchten.

In der Küche half sie bei den Essensvorbereitungen. Von der Aversion, die diese prachtvoll eingerichtete und komfortable Küche beim ersten Anblick in ihr ausgelöst hatte, spürte sie nun nichts mehr. Die Kellerluke im Fußboden faszinierte sie. Als sie geöffnet wurde, zögerte Lin keine Sekunde und stieg die steinernen Treppenstufen hinab, um sich die gemauerten Gewölbe noch einmal anzuschauen, die staubbedeckten Weinflaschen, die Einmachgläser, die dunkelroten glasierten Fliesen auf dem Boden, und sie ließ sich zwei dieser kleinen, harten, sauren Äpfel zustecken, die sie so gerne aß. Doch sie wagte es nicht, Hedda nach dem Cello und nach ihrem Musikleben zu fragen.

Sie aßen auf der Terrasse hinter dem Haus, unter einem großen weißen Sonnenschirm. Als die Dämmerung bereits hereinbrach, hörten sie, wie ein Wagen näher kam und in den Pfad zur Garage einbog. Der Motor wurde abgestellt, eine Tür geöffnet und wieder zugeschlagen. Lin errötete, als sie Schritte auf dem Pfad hörte, und langte nach ihrem Weinglas – das leer war.

Pieter Halbertsma war ein großer Mann von knapp sechzig Jahren mit dichtem weißen Haar. Er trug eine Brille mit kleinen, runden Gläsern. Um seine hagere Gestalt hing locker ein Anzug. Er hatte den gleichen Körperbau wie Jelmer und die gleiche Reserviertheit. Er machte einen ruhigen Eindruck. Lin hatte sich einen Mann mit einem lauten Wesen vorgestellt, der sofort alles und jeden dominierte, und war erstaunt, daß diese unscheinbare Person ein großes Unternehmen führte und auf der ganzen Welt Geschäfte machte. Doch als er ihr eine Hand gab, ein paar Freundlichkeiten sagte und dabei mit seiner sanften Stimme ihre Aufmerksamkeit erzwang, sah sie etwas ganz Routiniertes in ihm aufblitzen – etwas von dem Mann, der er den ganzen Tag über beruflich gewesen war.

Nachdem solcherart der Herr des Hauses heimgekehrt war, hatte sie das wundersame Gefühl, daß sie nun komplett waren. Sie blieben bis nach Mitternacht sitzen und unterhielten sich. Ab und zu hob Hedda plötzlich einen Finger, um sie zur Stille zu mahnen; dann lauschten sie dem Ruf der Eulen.

Am Sonntag nachmittag glitt Lin vom Motorboot ins Wasser und schwamm auf den See hinaus, der an dieser Stelle nicht sehr tief war. Ständig mußte sie aufpassen, mit den Füßen nicht den Boden zu berühren. Als Kind hatte sie Angst gehabt vor dem Schlamm auf dem Boden dieser Moorseen, vor der dicken Schicht abgestorbener Pflanzenreste und am meisten vor den harten Teilen darin, den Ästen, die in ihrer Einbildung die Knochen einer Kuh waren – weil ihr Vater einmal gesagt hatte, daß überall im Ee die Gerippe ertrunkener Kühe lägen. Jedesmal wenn sie unter Wasser irgendwo anstieß oder es auch nur glaubte, zog sie schnell den Fuß an.

Sie erkannte den Geruch und die außergewöhnliche Sanftheit des Wassers, das ihr anders als welches Wasser auch immer durch die Finger glitt. Aus dem Schilf und dem sumpfigen Wäldchen dahinter trug der Wind einen unbestimmten Geruch von Fäulnis herüber. Ganz in der Nähe schwebten Libellen über dem See, deren Körper im grellen Mittagslicht schwarz und blau glänzten. Ihre Flügel erinnerten sie an Tüll. In der Ferne war das Geräusch spielender Kinder zu hören, die immer wieder mit Anlauf von einem Steg ins Wasser plumpsten.

Sie schaute zurück zum Motorboot, das mit dem Bug im Schilf lag. Jelmer ließ sich gerade ins Wasser gleiten. All seine Bewegungen berührten sie. Sie konnte ihn nicht mehr anschauen, ohne in Verzückung zu geraten, ohne die größte Zärtlichkeit zu empfinden. Genau wie sie schwamm er mit langsamen, nahezu geräuschlosen Armbewegungen auf den See hinaus. Als er sie erreicht hatte, suchte er mit den Füßen Halt am Boden. Luftbläschen stiegen an seinem Körper auf und zerplatzten an der Wasseroberfläche. Um den Boden nicht berühren zu müssen, legte sie die Beine um seine Taille, wobei sie das linke Knie nur mit Mühe beugte, und die Arme um seinen Hals. Sie wußte nicht, was sie sagen sollte. Jetzt war sie ganz bei ihm.

»Du bist mein Geliebter«, sagte sie, mit gedämpfter Stimme, als könnte sie selbst hier seine schlafenden Eltern aufwecken.

Jelmer hatte ein Déjà-vu-Erlebnis: daß er schon einmal hier gestanden hatte, in solch einem Moorsee, die Füße im weichen Schlamm, eine Frau so um seinen Körper gewunden, in einiger Entfernung das Boot seiner Eltern, das mit dem Bug das Schilf spaltete, Libellen ganz in der Nähe, in der Ferne das Geräusch von Kindern, johlenden Kindern, die ins Wasser platschten, genau so, wie er es jetzt auch hörte.

Teil Vier

I

Ein Foto

Eines Abends im Juli betraten sie das Grand Café De Jaren. Sie waren an diesem Tag zwei Jahre zusammen, und das wollten sie feiern. Jelmer war in Hochstimmung. Als er den Rokin überquerte, hatte er sie auf der Brücke vor dem Hotel de l'Europe stehen sehen und wieder diesen Zauber empfunden. Die Art, wie sie dastand, hatte ihn gerührt: reglos, nachdem sie kurz gewinkt hatte, und verlegen, weil er näher gekommen war. Er hatte sie wunderschön gefunden und sich gewundert, daß er eine so schöne Frau abbekommen hatte.

Mit ihr dieses Café zu betreten war für ihn ein großer Moment. In der Halle schabte einer ihrer Absätze über den Fliesenboden; das Geräusch erregte ihn. Er hätte gerne die Glastüren mit Schwung geöffnet, doch wegen der Wärme waren diese bereits offen. Stimmengewirr schlug ihnen entgegen, Hunderte von Menschen standen und saßen in dem hohen Raum. Es gab Tage, an denen der Anblick einer solchen Menschenmenge Jelmer anwiderte, doch an diesem Tag sehnte er sich danach, in der Menge aufzugehen. Er drängte sich zwischen den gebräunten Gesichtern und nackten Schultern hindurch, um schon einmal zwei Gläser Bier zu bestellen. Lin folgte ihm und blieb stehen, als sie die Bar erreicht hatte.

»Hallo, Lin!«

Vor Schreck schaute sie zuerst in die falsche Richtung. Dann spürte sie eine Hand auf ihrem Unterarm, wandte den Kopf um und sah Alex Wüstge, der sie lachend anschaute und scherzhaft ihr Zurückschrecken nachahmte.

»Kennst du mich noch?«

Äußerlich hatte er sich nicht verändert, höchstens etwas zugenommen. Er hatte noch immer dieses gleichsam unaufhörliche Lächeln, das sein Gesicht leuchten ließ, aber einem auch das Gefühl vermittelte, daß er sich todunglücklich fühlte.

»Hallo, Alex.«

»Na, zum Glück kennst du meinen Namen noch.«

Er rutschte von seinem Hocker herunter. Leicht zurückgebeugt machte Lin die rituellen Bewegungen mit dem Kopf und hielt ihm dreimal eine Wange hin, um seine Begrüßungsküsse entgegenzunehmen. Während sie sich küssen ließ, schaute sie aus den Augenwinkeln zu Jelmer, der ihr den Rücken zugekehrt hatte und auf das bestellte Bier wartete.

»Das ist ja ewig her. Wie geht es dir? Was treibst du momentan?« fragte Alex, während er sie mit einem scheuen Blick vom Scheitel bis zur Sohle musterte. »Du siehst übrigens sehr gut aus.«

»Oh, danke.«

Sie trug ein Kostüm aus dunkelroter Seide, matt glänzend, mit etwas Dunkelgelbem darin: eine Hose, ein schulterfreies Top und ein Jäckchen, das sie ausgezogen hatte und über dem Arm trug – alles selbstgenäht. Dazu hatte sie die hochhackigen Schuhe mit den gelben und schwarzen Riemchen angezogen, die sie an dem Abend getragen hatte, an dem sie Jelmer kennengelernt hatte.

»Ich arbeite in einem Kostümatelier.«

»Hey, das ist ja toll. Für Filme und so?«

»Ja.«

Der Fotograf flößte ihr Angst ein, weil sein plötzliches Auftauchen sie an Henri erinnerte, ihn plötzlich wieder ganz nahebrachte. Wartete er hier vielleicht sogar auf Henri? Während sie weitersprach, versuchte sie ihre Angst in den Griff zu bekommen. Sie bemerkte, daß Alex ziemlich beschwipst war, insofern war er vermutlich doch allein hierhergekommen und wartete auf niemanden.

»Da kommt dein Bier«, sagte Alex.

Jelmer stellte sich mit zwei Gläsern Bier zu ihnen. Er nannte seinen Namen und beugte sich leicht vor, um den des Fotografen zu verstehen. Gleich darauf schaute er Lin an, um zu sehen, wie das Ganze weitergehen sollte. Sie tat genau das, was sie nicht wollte.

»Wenn du schon mal einen Platz auf der Terrasse suchst«, sagte sie, »ich komme dann gleich nach.«

»Bestens.«

Mit einem Nicken verabschiedete er sich und ging los.

»Das ist aber ein wohlerzogener Mann«, sagte Alex langsam und nachdrücklich, während er ihm hinterhersah.

»Findest du?«

»Ja. Wohlerzogen. Das mag ich.«

Sie schwiegen. Lin fand unbegreiflich, was sie getan hatte; erneut bekam sie Angst. Das Schweigen hielt an. Schließlich beugte sich der Fotograf von seinem Hocker zu ihr vor – blitzartig sah sie seine hängenden Lider –, näherte sich mit dem Mund ihrem Ohr und ihren geöffneten Haaren, als könnte er sich im Stimmengewirr des Cafés nur auf diese Weise verständlich machen.

»Du brauchst keine Angst zu haben«, sagte er sanft, »ich mag dich.«

»Na, zum Glück.«

»Genauer gesagt: Ich bewundere dich, mich hat deine Erscheinung immer beeindruckt. Vielleicht sogar etwas zu sehr, ja, vielleicht zu sehr!«

Sie lächelte und schlug ihm auf die Schulter, nachsichtig. Alex leerte sein Glas. Wieder beugte er sich zu ihr vor, mit diesen hängenden Lidern, näherte sich mit dem Mund ganz nah ihrem Ohr, die Nase beinahe in ihren Haaren.

»Du willst wissen, wie es Henri geht.«

»Eigentlich wollte ich ein wenig mit *dir* plaudern.«

»Du willst bestimmt wissen, wie es Henri geht, Mensch, stell dich doch nicht so an.«

Er richtete sich auf, ziemlich mühsam, leicht schwankend. Es war, als würde der Alkohol ihn plötzlich überwältigen, als würde er sich selbst plötzlich *erlauben*, betrunken zu sein.

»Wie geht es dir, Alex?«

»Mir?«

»Ja, dir.«

»Anscheinend immer besser, aber eigentlich immer schlechter. Wie soll ich mich ausdrücken? Je höher ich in der Gesellschaft aufsteige oder je tiefer ich mich in sie verstricke, desto schlechter geht es mir. So etwa. Ach, ich weiß es nicht. Vielleicht kommt es davon, daß ich älter werde. Ich bin fast vierzig. Aus mir ist einfach ein *crook* geworden.«

»Ein *crook*?«

»Ein *crook* ist ein Betrüger.«

»Was für Geständnisse, Alex!«

»Ich sage das, weil ich dich mag, weil ich dir ein einziges Mal wirklich etwas sagen will, etwas über mich, verstehst du?«

»Hast du noch Kontakt mit Henri?«

»Immer weniger. Das ist die Geschichte vom Untergang einer Freundschaft. Wir sind zusammen aufgewachsen, wie du weißt. Henri konnte zu uns kommen, wenn sein Vater es mal wieder zu weit getrieben hatte. Ich weiß nicht, ob du weißt, wie schlimm sein Vater manchmal war, ob Henri dir das erzählt hat.«

»Mehr oder weniger.«

»Der Kerl hat ihn mißhandelt. Jahrelang. Henri hat versucht, alles zu ertragen, und nichts gesagt. Aber manchmal wurde es ihm zuviel, und dann blieb er ein paar Tage bei uns. Irgendwann ist er schließlich ganz weggelaufen und hat sein berühmtes Wanderleben angefangen. Na ja, die Geschichte kennst du. Als er nach vier Jahren zurückkam, war ich der erste Bekannte, dem er in der Stadt begegnete. Er war total mager. Furchterregend mager. Um es kurz zu machen: Ich habe mich um ihn gekümmert. Wir haben ein paar Jahre in demselben Haus gewohnt. Aber jetzt haben wir uns auseinanderentwickelt. Er ist unausstehlich geworden: Alles dreht sich nur um ihn, er ist der Größte. Man kann nicht mehr mit ihm reden. Alles, was er erzählt, dient letzten Endes nur dem einen Zweck: zu demonstrieren, was für ein toller Typ er ist. Über dich hat er kein Wort mehr verloren, seit du ausgezogen bist, nicht eine Silbe. Das findet er dann klasse: dich einfach nicht mehr zu erwähnen, so zu tun, als hätte es dich nie gegeben. Obwohl du das Beste bist, was ihm jemals passiert ist.«

Lin schwieg. Sie hatte noch immer Angst, sie wollte sich aus dieser Umarmung eines Betrunkenen lösen. Alex schaute sie an.

»Aber dir geht es auch gut, wenn ich das richtig verstanden habe«, sagte Lin.

»Beruflich, ja. Endlich passiert beruflich mal was.« Er wühlte ein wenig in einer Plastiktüte mit Büchern, die vor ihm auf der Theke lag, und holte eine Karte heraus. »Schau mal. Die Eröffnung hat bereits stattgefunden, aber die Ausstellung läuft noch zwei Monate.«

Er gab ihr ein Foto in Postkartenformat. Auf der Rückseite war der Text einer Einladung abgedruckt, in der eine Ausstellung seiner Arbeiten angekündigt wurde. Lin warf einen Blick darauf.

Das Foto war anscheinend auf irgendeiner Party aufgenommen worden. Sie sah eine Frau, von hinten, eine Frau mit dicken, rabenschwarzen Haaren in einem dunkelblauen Kleid. Sie stand in einer Zimmerecke, ihr Körper warf einen Schatten an die Wand. Um ihre Taille lag der nackte, muskulöse Arm eines Mannes, der ansonsten ganz hinter ihr verborgen war. Der Mann preßte sie an sich, und sie hatte ihre nackten Arme um seine Schultern gelegt.

»Ich komme sie mir anschauen.«

Lin wollte das Foto bereits in ihre Tasche stecken, als Alex Wüstge sich noch einmal zu ihr vorbeugte und mit einer Fingerspitze auf das Foto tippte.

»Dieser Arm«, sagte er, »das ist Henris.«

Nachdem sie sich von dem Fotografen gelöst hatte, ging sie die Treppe zu den Toiletten hinunter. Sie wusch sich die Hände und zog die Lippen nach. Diese Verrichtungen, das Geräusch der Stimmen, der Wasserstrahlen, die brausend in die Waschbecken strömten, beruhigten sie. Die Erregung ebbte ab. Wie hatte sie sich nur so erschrecken können?

Sie zog das Foto aus der Tasche und betrachtete es. Jetzt, da sie wußte, daß es sein Arm war, erkannte sie ihn auch, vor allem am Bau der Hand, am Daumen, der gut zu erkennen war, und an dem breiten Nagel dieses Daumens. Die Frau mit dem schwarzen Haarschopf kannte sie nicht, ebensowenig wie das Zimmer. Das Kleid der Frau war im Rücken tief ausgeschnitten – vorne wahrscheinlich auch. Henri trug offenbar ein ärmelloses T-Shirt; sein nackter Arm war fast bis zur Achselhöhle sichtbar. Mitternacht war wahrscheinlich bereits vorbei: Es war die Stunde des Rausches. Hob er die Frau in die Höhe? Die Muskeln seines Unter- und Oberarms waren angespannt. Ja, sie wurde hochgehoben, an ihn gedrückt, ihre Haare fegten durch die Luft, fächerten sich auf. Henris Gesicht befand sich in Höhe ihrer Brüste. Ohne Zweifel spürte er an der Wange oder an den Lippen ihr schweißfeuchtes Fleisch.

Wütend faltete sie das Foto erst einmal, dann noch ein zweites Mal in der Mitte zusammen. Mit Genugtuung sah sie, wie

Risse hineinsprangen, in das Blau des Kleides und in den Rükken der Frau, quer durch seinen Arm, und mit ebenso großer Genugtuung ließ sie das Foto zwischen den zusammengeknüllten Papiertüchern im Mülleimer verschwinden.

Als sie die Treppe hinaufging, fiel ihr Blick auf die Schuhe, die sie für Jelmer angezogen hatte, die dunkelrote Seide, die er so gerne mochte, und sie schämte sich. Als sie ihn auf der Terrasse sitzen sah, auf der Bank unter den hohen Bambusstöcken, erinnerte sie sich wieder an das Gefühl, mit dem sie das Café betreten hatte. Neben ihm war ein leerer Platz. Er schaute von seiner Zeitung auf. Sie lächelte, als sie sich auf dem Weg zu ihm zwischen den Tischen hindurchschlängelte, vor Verlegenheit in den Hüften wiegend.

Jelmer war verärgert. Geschlagene zwanzig Minuten saß er schon hier und wartete auf sie. Sein Ärger nahm noch zu, als er sie geziert in den Hüften wiegend näherkommen sah – was war jetzt wieder in sie gefahren? – und sich brüsk auf den Platz neben ihn fallenließ. Ihr brüskes Auftreten hatte immer etwas Herrisches.

»Sorry«, sagte sie.

»Ist wirklich nicht schlimm«, erwiderte er ironisch, wissend, daß sie das nicht ausstehen konnte.

»Nochmals Sorry.«

»Ist nicht schlimm, hab ich doch gesagt.«

»Das war jemand, den ich von früher kannte und der mir plötzlich unbedingt erzählen mußte, wie verliebt er mal in mich war.«

»Und du konntest gar nicht genug davon bekommen.«

»Ich kann ihn doch nicht einfach stehenlassen!«

Sie schwiegen.

»Laß uns irgendwo anders hingehen«, schlug sie vor, »dann werden wir das Ganze wieder los.«

Abrupt standen sie. Blicke trafen sie. Hintereinander durchquerten sie das Café. Aus den Augenwinkeln sah Lin, daß der Fotograf nicht mehr da war. Dort hatte sie gestanden, genau dort, und hinter ihr lag die Treppe zu den Toiletten, und dort unten stand der Mülleimer, und darin, zwischen den Papierknäueln immer tiefer versinkend, bereits unsichtbar geworden, lag das zerrissene Foto. Jelmer ließ sie am Ausgang vorgehen. Als er auf die Straße trat, sah sie, wie er einen Blick auf seine neuen Schuhe warf.

Sie gingen schnell und hielten beim Gehen Abstand zueinander.

»Hier wird es schon besser«, sagte sie.

»Schade.«

»Wieso schade?«

»Streiten macht Spaß.«

»Meinst du das wirklich?«

»Es muntert einen auf.«

»Sollen wir uns dann häufiger streiten?«

»Ich mache nur einen Witz.«

Jelmer sagte nichts mehr. Er mochte es, sie in Verwirrung zu bringen. Sie näherten sich der Brücke vor dem Hotel de l'Europe. In der Menschenmenge auf der Brücke hielt Lin ihn an.

»Wir fangen einfach noch einmal von vorne an«, sagte sie. Sie stellte sich an die Stelle, wo er sie gesehen hatte, als er den Rokin überquert hatte. »Ich stand hier, und dann kamst du und warst unheimlich gut gelaunt.« Sie lachte. »Komm schon, du warst schrecklich gut gelaunt.« Jelmer blieb stehen, noch immer grollend. »Los, komm schon.«

Er umarmte sie.

»Vergeben und vergessen?« fragte sie.

»Ich muß schon schlucken. Daß du dich zwanzig Minuten lang mit so einem betrunkenen Fatzke unterhältst!«

»Er mußte sich das alles von der Leber reden, mein Schatz. Wohin gehen wir?«

Am Dorfrand stiegen sie auf ihre Räder, die sie auf dem Dachgepäckträger des Volvo mitgenommen hatten. In den Dünen hing eine tiefe Stille. Der Abend brach herein. In den Wäldern fiel das Licht der untergehenden Sonne in Bündeln zwischen den Stämmen hindurch, auf den Lichtungen warfen die Sträucher lange Schatten. Es würde noch ein paar Stunden hell bleiben.

Jelmer ging davon aus, daß sie bleiben wollte, bis es dunkel war, daß sie im Dunkeln schwimmen gehen wollte, um beispielsweise sehen zu können, ob das Meer fluoreszierte, und daß sie dann, weil es ohnehin bereits so spät wäre, vorschlagen würde, die Nacht neben einem Feuer am Strand zu verbringen – schließlich wollte sie ständig »im Freien« sein. Er hatte zwei aufgerollte Schlafmatten bei sich, Pullover, eine Plastikfolie, die an Stöcken befestigt werden konnte, und alles, was man brauchte, um problemlos ein Feuer anzuzünden.

Ein kleines Abenteuer in den Niederlanden: im Freien übernachten. Wahrscheinlich war es auch gesetzlich verboten. So wie man ein Preisgefühl hatte und meistens schon ungefähr wußte, wieviel etwas kostete, so hatte man auch ein Gefühl, das einem sagte, was in diesem gerammelt vollen Land alles verboten war oder zumindest mit irgendwelchen Vorschriften geregelt. Heutzutage durfte man in Amsterdam nicht mehr auf die Straße pinkeln. Das wurde als »wild pinkeln« bezeichnet. Hatte der Gesetzgeber sich hier erlaubt, den Straftatbestand ironisch zu umschreiben? Wahrscheinlich war dieser Begriff allen Ernstes erdacht, um nicht zu sagen: entworfen worden. Ein unglaublicher Geistesblitz. Aber wild schlafen, am Strand, am Meer, am unzähmbaren Meer – durfte man das denn noch? Wahrscheinlich war es mittlerweile auch verboten worden. Warum eigentlich? Nein, so war es nicht. Am Strand übernachten war zulässig, der Strand war schließlich öffentlicher Raum, wo man sich rund um die Uhr frei bewegen und sich folglich auch in liegender Haltung aufhalten durfte, eventuell sogar mit geschlossenen Augen; doch selbstverständlich war es verboten, ein Zelt aufzustellen, sogar dann, wenn nicht darin geschlafen wurde.

»Woran denkst du?«

Ihrer Stimme war anzuhören, daß sie in ihrem Element war.

»Das kann ich nicht sagen, dann verrate ich zuviel.«

»Oh.«

Sie fragte nicht weiter. Dann und wann schaute er sie zärtlich an. Manchmal wandte sie ihm lächelnd das Gesicht zu; dann sah er sein Spiegelbild in den Gläsern ihrer Sonnenbrille. Er war glücklich. Ihren Körper betrachtete er noch mit Besitzerstolz. Im Badezimmer war sie in die Hocke gegangen, um sich »von unten« zu waschen. Er hatte es im Vorbeigehen gesehen, und es hatte ihn glücklich gemacht. Er war tief in ihr gewesen. Er hatte gegen diesen kleinen runden Mund gestoßen.

Sie lehnten ihre Räder an einen Zaun. Mit Gepäck beladen betraten sie einen Weg, der an der äußersten Dünenreihe entlangführte, verschwanden nach einer Weile im Gebüsch, rutschten unter Stacheldraht hindurch und machten sich an den Aufstieg. Auf halber Strecke, als sie die letzten Sträucher hinter sich gelassen hatten, blieb Lin unvermittelt stehen.

»Jetzt weiß ich es«, sagte sie, beinahe schuldbewußt, als hätte sie ihm bis zum letzten Moment sein Geheimnis lassen sollen. »Soll ich es sagen?«

Jelmer sagte nichts und lächelte.

»Oder darf ich es nicht sagen?«

Er fing an zu lachen.

»Dann sage ich es.«

»Natürlich.«

»Wir setzen uns auf die Pyramide.«

Ohne seine Antwort abzuwarten, stellte sie ihr Gepäck ab, um ihn zu küssen. Sie drückte sich an ihn, drehte den Kopf und spähte den Dünenrand entlang, die Augen wegen der tiefstehenden Sonne zusammengekniffen. Das Licht kam ihr auf der anderen Seite der Düne heller vor.

»Laß uns lieber nicht bis ganz nach oben gehen«, schlug sie vor.

»Wieso nicht?«

»Wenn wir ein Stückchen unter dem Gipfel sitzen, so daß wir ihn noch sehen können, das ist schöner.«

»Wie du willst.«

»Es ist immer besser, ganz nahe dran zu sein, als obendrauf«, sagte sie.

Das hörte sich ziemlich rätselhaft an. Jelmer hatte sich allerdings mittlerweile so sehr an ihre Ausdrucksweise gewöhnt, daß er diese nachlässig formulierte Maxime trotzdem verstand, jedenfalls so ungefähr. Sie hob ihr Gepäck wieder auf und kletterte das letzte steile Stückchen hinauf, wobei ihre Füße immer wieder im lockeren Sand versanken.

Auf dem Rücken der Düne fanden sie eine Stelle, die sich zum Hinsetzen eignete: eine von Helmgras gesäumte Mulde, von der aus sie das Meer, den Strand und die zerklüftete Erhebung sehen konnten, die sie immer »die Pyramide« nannte. Das Meer war ruhig und funkelte. Das Brechen der kleinen Wellen konnten sie hier oben kaum hören; nur ab und zu stieg ein schwaches, aber helles Geräusch zu ihnen auf. Die Strandspaziergänger waren kleine Punkte.

Lin hatte einen Picknickkorb abgestellt. Es war ihr Geschenk für ihn, eigentlich für sie beide, ihr erster gemeinsamer Besitz. Vor einer Woche hatte sie ihn gekauft und in ihre Wohnung in der Vrolikstraat gebracht, in die sie nur noch selten kam. Die ganze Woche hatte sie immer wieder an den Korb gedacht. Der Korb, hatte sie sich selbst entzückt murmeln hören, der Korb! Zweimal war sie nach der Arbeit mit dem Rad in ihre alte Wohnung geflitzt, sich selbst einredend, daß sie noch ein paar Sachen holen wollte, in Wirklichkeit aber, um den Picknickkorb aufs Bett zu legen, ihn aus- und wieder einzupacken: die Teller, die Gläser, die Schälchen, das Besteck, die Servietten, den Korkenzieher, das Pfeffer-und-Salz-Set und was sonst noch alles zur Ausstattung gehörte. Sie hatte dauernd neue Dinge hinzugekauft: ein Tischtuch, ein Klappmesser, eine winzige Dose Senf, zwei Fläschchen mit Korken für Öl und Essig, einen praktischen Weinkühler, sogar Zahnstocher. Und dank dieses Picknickkorbs mit seinen gemütlich knarrenden Griffen war ihr klargeworden, daß sie sich weniger nach dem Perfekten sehnte als vielmehr nach dem Vollständigen. Perfektion sagte ihr eigentlich nichts, das Wort selbst rief sogar eine gewisse Abneigung in ihr hervor; worum es ihr ging, war Vollständigkeit, daß alles da war, was man brauchte.

Sie konnte nicht anders, sie mußte sich einfach selbst verspotten und auslachen, als sie mit vor Aufregung gerötetem Gesicht das Tischtuch – das natürlich ganz oben lag – aus dem Korb nahm und auf dem Sand ausbreitete. Es war ein blauweiß gemustertes Tuch, das Blau und Weiß der Häuser auf griechischen Inseln. In der Abendsonne sah es wundervoll aus, sauber und neu, es leuchtete, das Weiß erhellt vom Blau, das Blau vom Weiß. Sie breitete die Dinge darauf aus.

»Ich habe auch die Kleinen mitgebracht«, sagte sie.

»Aha.«

»Sie gehören einfach dazu, finde ich.«

Sie zog zwei kleine Püppchen hervor. Normalerweise saßen die beiden in einer Nische in der Wand neben ihrem Bett, direkt neben ihrem Kopfkissen. Es waren ein Junge und ein Mädchen mit Mützen und lustigen Gesichtern. Wenn man sie in den Oberkörper kniff, stießen sie ein klägliches Geräusch hervor. Namen hatten sie noch keine. Lin lehnte sie mit dem Rücken an den Korb, so daß sie alles, was auf dem Tuch stand, sehen konnten.

»Das ist für dich«, sagte sie. Sie hielt ihm zwei Schallplatten hin.

Jelmer erhob sich aus der liegenden Stellung, in der er sie beobachtet hatte. Er streifte das Papier ab und erkannte an den Hüllen sofort, daß es Platten aus den sechziger Jahren waren.

»Oh, phantastisch!«

»Klasse, was? Auf dem Noordermarkt.«

»Und ausgerechnet du findest sie da.«

Es waren Aufnahmen von zwei Pianisten, die er sehr mochte – und er hatte sie noch nicht, er kannte sie noch nicht einmal. Jelmer zog ein Döschen aus der Brusttasche.

»Das ist für dich.«

In dem Döschen funkelten zwei goldene Ohrstecker mit dunkelroten Steinen. Lin errötete tief. Sie nahm sie heraus und steckte sie sich sofort in die Ohrlöcher. Ein wenig ängstlich schaute sie ihn an.

»Stehen sie mir gut?«

»Wie für dich gemacht.«

»Stehen sie mir wirklich gut?«

Sie holte einen kleinen Spiegel aus ihrer Tasche. Er war stolz auf sie: Die Ohrstecker standen ihr phantastisch. Er hatte sie in einem Schaufenster liegen sehen, auf schwarzem Samt – an sich bereits ein beinahe wundersam zu nennendes Ereignis, da er nie in die Auslage eines Juweliers schaute –, und fünf Minuten später hatte er sie gekauft. Allmählich kannte er Lin. Das Tuch, das sie gerade auf dem Sand ausgebreitet hatte, hatte er sofort als ein typisches Lin-Tischtuch erkannt: heiter durch das Blau und das Weiß sowie mit einem kraftvollen Muster von Urformen aus dem Meer versehen.

Beim Essen erzählte er von der Mezzosopranistin, die er am Nachmittag im Concertgebouw gehört hatte.

Er hatte eine neue Stelle. Zum allgemeinen Erstaunen hatte

er in der Anwaltskanzlei gekündigt, wo er Karriere gemacht und wo man ihm in einigen Jahren die Assoziierung in Aussicht gestellt hätte. Statt dessen hatte er das Angebot eines Freundes seiner Mutter angenommen und in dessen Künstleragentur angefangen, wo man ihn damit betraut hatte, die Karrieren einiger Nachwuchsmusiker zu begleiten, während sein Chef sich künftig um die ältere Garde kümmern wollte. Jelmer bewährte sich schnell: Nach sechs Monaten bestand kein Zweifel mehr an seiner Eignung. Er hatte von klein auf Musiker gekannt und mit ihnen zu tun gehabt, er verfügte über ein gutes Gehör und die erforderlichen Musikkenntnisse, er besaß Taktgefühl, war zuvorkommend und zudem ein gestandener Jurist, der sich bestens mit Verträgen auskannte.

An diesem Nachmittag hatte er im Kleinen Saal einer Meisterklasse beigewohnt, um sich einige junge Sängerinnen anzuhören. Er hatte sich bequem zurückgelehnt, einen Arm über dem leeren Sitz neben sich, einen seiner schönen neuen Schuhe über dem Knie, im Halbdunkel glänzend – ganz der junge Herr. An der Grenze zur Selbstgenügsamkeit – eigentlich sogar schon darüber hinaus. Eine der sechs Singstimmen war wirklich gut: eine siebenundzwanzigjährige Mezzosopranistin, mit den Schultern einer Schwimmweltmeisterin, die eine Arie aus Tschaikowskis *Pique Dame* sang. Auf einmal hörte er auf zu denken und ließ sich in die Musik hineinziehen. Auch im Saal um sich herum nahm er eine erhöhte Aufmerksamkeit wahr. Die junge Frau hatte eine echte Opernstimme: groß, mit etwas Metallischem darin, das dem Klang etwas Besonderes verlieh. Es war eine Stimme, die berührte, um so mehr, als ihre fünf Vorgängerinnen dies mit all ihrem Talent und Eifer nicht vermocht hatten. Plötzlich stand da jemand, der es sich zutraute und es auch konnte. Sie sang die ganze Arie, ohne sich zu bewegen.

Nachdem er dieser Stimme gelauscht hatte, saß er mit Tränen in den Augen da.

Auf einmal wurde ihm klar, wie sehr sich sein Leben verändert hatte. Er hatte Lin gefunden, und alle sahen sofort ein Paar in ihnen. Er hatte sich der Macht seines Vaters entzogen, indem er die Anwaltskanzlei verlassen hatte. Und er war jemandem begegnet, der ihn genau dorthin gebracht hatte, wo er richtig war, zu einer Arbeitsstelle, die ihm auf den Leib geschrieben war. So wie die Stimme der Mezzosopranistin sein Inneres in Wallung gebracht hatte, so hatte Lin Schwung in sein Leben gebracht.

Er hatte den Saal verlassen. Kurz darauf hatte er sich auf dem Flur an einem Fenster mit der Mezzosopranistin unterhalten. Erst als er mit ihr redete, wurde ihm bewußt, daß diese Frau etwas von Lin hatte: den gleichen kräftigen, urweiblichen Körper, die gleichen breiten Schultern, die gleiche Bündigkeit in ihren Reaktionen, die gleiche arglose Direktheit. Und wie Lin hatte er vielleicht auch sie unterschätzt. Da sie so offen war, dachte er schon bald, daß nicht viel mehr dahintersteckte: kein Innenleben, in dem sie manches für sich behielt, keine Absicht, kein Wille. Er befand sich noch immer in einem Rausch. Vielleicht war er nicht geschäftstüchtig genug gewesen. Es war ihm egal gewesen, was für einen Eindruck er hinterlassen hatte. Es war ein einfaches und schnelles Gespräch geworden. Sie wußte nun jedenfalls, daß es ihn gab. Im Laufe des Gesprächs hatte er sich immer mehr nach Lin gesehnt.

Auf der Düne, in der Abendstille, erzählte er von der Mezzosopranistin und von dem Eindruck, den ihre Stimme auf ihn gemacht hatte, ließ aber alles weg, was Lins Eifersucht hätte wecken können.

»Auf uns«, sagte er und hob sein Glas.

Auf ihrem Gesicht lag ein verträumter Ausdruck, passend zu der abendlichen Landschaft, der großen Ruhe. Hinter ihrem Kopf und ihren Schultern bog sich das Helmgras in der leichten Brise, die sich erhoben hatte. Ein Flugzeug zog einen weißen

Strich hoch oben durch den blauen Himmel; sein Rumpf glänzte in der letzten Sonne. Vom Strand drang ganz schwach das klatschende Geräusch von Pferdehufen auf nassem Ebbesand herauf.

Sie dachten zurück an den ersten Tag. Lin konnte sich an viel mehr erinnern als er. Was für eine Miene er gemacht habe, als sie mit dem wirklich sehr groß ausgefallenen Bund Rhabarber hereingekommen war, daß er deswegen beinahe erschrocken sei (Unsinn, fand Jelmer), wie lange es gedauert habe, bevor sie sich getraut hatten, einander zu berühren, nach jenem Fehlstart am Strand – als er sie umarmt hatte, während sie sich abtrocknete, noch naß und kalt und schwer atmend. An allerlei Sätze erinnerte sie sich. Kleine, verheißungsvolle Sätze. Wie er ihr hinterhergeschaut habe, als sie über den Stacheldrahtzaun des Vogelreservats geklettert war, was er dazu gesagt habe. Im Wagen auf dem Parkplatz habe er ihre Hand genommen, und sie hätten sich geküßt.

»Als wir das taten«, sagte Jelmer, »gingen gerade ein paar Kinder am Wagen vorbei. Eins davon hat eine Schaufel über den Asphalt geschleift.«

»Oh, darauf habe ich nicht geachtet.«

»Ich bin ein wachsamer Mensch.«

Aber danach habe es wieder so lange gedauert. In seinem Haus habe sie geduscht, recht ausführlich, aber er sei nicht ins Bad gekommen. Sie hatte das Badetuch hängen lassen, erinnerte Jelmer sich. »Ach«, sagte sie, »das ist dir also doch aufgefallen.« In der Küche habe er sie beim Zubereiten des Rhabarbers auf eine Weise angeschaut, daß ihr ganz weich in den Knien geworden sei. Am Ende des Abends habe sie das Gefühl gehabt, daß etwas schiefgegangen sei und sie vielleicht lieber nach Hause gehen sollte, bis er seine Hand über den Tisch ausgestreckt habe.

»Das hört sich beinahe beschuldigend an«, sagte Jelmer, »als hättest du dich den ganzen Tag nur zurückgewiesen gefühlt oder gefürchtet, zurückgewiesen zu werden.«

»Davor habe ich mich auch gefürchtet.«

Sie schwieg. Dann nahm sie über das Tuch hinweg seinen Zeigefinger und umklammerte ihn mit ihrer warmen Hand.

Im Laufe des Abends schweiften Lins Gedanken immer mehr ab. Die Begegnung mit Alex Wüstge beschäftigte sie, hatte sie aus dem Gleichgewicht gebracht. Noch stärker war die Erinnerung an das Foto von Henris Arm, das sie zerrissen und weggeworfen hatte. Sie bemühte sich wirklich, sie versuchte, sich auf das Gespräch zu konzentrieren, aber ihre Aufmerksamkeit ließ immer mehr nach.

Nachdem die Sonne dick und rot hinter dem Horizont verschwunden war, war sie kurz davor, zu sagen: Henri hat mir einmal erzählt, daß man auf dem Meer nach dem Sonnenuntergang manchmal ein grünliches Licht über dem Horizont sieht; ein Phänomen, das man nur auf hoher See beobachten kann. Aber sie schluckte es hinunter, obwohl sie in der Regel ganz offen von Henri sprach – mit der Einschränkung, daß ihre Geschichte bei weitem nicht vollständig war und daß sie ihn als einen Mann kategorisiert hatte, mit dem sie »nur ganz kurz« etwas gehabt habe. Mit einemmal wagte sie es nicht mehr, seinen Namen in den Mund zu nehmen.

In der Dämmerung verstummte auch Jelmer. Sie lagen auf der Seite und schauten zu den kleinen Wolken hinauf, die am Firmament ausschwärmten, in allerlei Grautönen, in denen bisweilen ein Tupfer Rot auftauchte.

Jelmer wollte schwimmen. Sie ging mit. Im Dunkeln rutschte sie die Böschung hinunter, der Sand war noch warm. Am Wasser blieb sie stehen. Während laue Wellen ihre Füße umspülten, rieb sie sich fröstelnd die Oberarme. Im Meer hörte sie das Platschen von Jelmers Füßen und das Geräusch, mit dem seine kraulenden Arme in das Wasser stießen. Sie sah, wie das Wasser silbrig aufspritzte. Er rief sie. Im Dunkeln hörte sich das anders an als tagsüber, gedämpft, es schien von weiter weg zu kommen. Es war unangenehm, seine Stimme aus dem Dunkeln heraus zu hören, während sie ihn nicht sehen konnte.

Im Meer fürchtete sie sich, weil es dunkel war. Ständig schien irgend etwas ihren Körper zu streifen, als wäre das Wasser voller winziger, glitschiger Gestalten, aus denen Quallen wuchsen. Der Sand unter ihren Füßen fühlte sich auf einmal so rauh und grobkörnig an. Da bist du ja, sagte er und hob sie hoch. Als sie die Beine um ihn schlang, rieb der Bund seiner Badehose schmerzhaft über die Innenseite ihrer Oberschenkel.

Sie packten ihre Sachen zusammen, stiegen die Düne hinab und fuhren schweigend auf ihren Rädern zurück ins Dorf. Jelmer war enttäuscht. Er hätte gerne die Nacht im Freien verbracht, er hatte sich darauf gefreut, auf der Düne im Helmgras liegen zu bleiben und an nichts mehr zu denken, den Sand zu riechen, das Meer zu hören, ab und zu den Ruf einer Eule, die über den Dünentälern auf Jagd war, und sich der großen Ruhe der Nacht zu überlassen. Aber er hatte sich daran gewöhnt, daß man sich bei Lin nie ganz sicher sein konnte, daß selten ein Plan ohne spontane Änderungen umgesetzt wurde, daß es beinahe immer unvorhergesehene Entwicklungen gab, zum Guten wie zum Schlechten. Auf diese Weise trainierte er seine geistige Beweglichkeit. So versuchte er es jedenfalls zu sehen. Während er vor ihr fuhr – sie wollte nur noch hinterherfahren, sein rotes Rücklicht fixierend –, nahm er den Geruch wahr, der aus den Dünen aufstieg: den starken Geruch von trockenem Sand, trockenen Sträuchern. Von Zeit zu Zeit wandte er kurz den Kopf um und sah, daß ihre Miene starr war.

Als er im Wagen den Zündschlüssel umdrehte, um den Motor anzulassen, fiel ihm etwas ein.

»Du müßtest demnächst deine Tage kriegen«, sagte er.

»Jetzt fahr schon.«

»Das ist es.«

»Mensch, die hab ich doch gerade erst gehabt.«

»Dieses ›gerade erst‹ liegt schon fast vier Wochen zurück.«

»Das müßte ich doch wohl am besten wissen.«

»Ich kann gleich mal in meinem Terminkalender nachschauen, die letzten drei Male habe ich notiert.«

»Du mit deinem Terminkalender! Das hat mir gerade noch gefehlt, daß du über meine Periode Buch führst!«

»Dann schreib du es gefälligst auf! Dann hätten wir uns die letzten dreitausend Auseinandersetzungen ersparen können!«

»Du findest es doch so toll, wenn wir uns streiten!«

»Ja, wirklich toll.«

Jelmer drehte die Fensterscheibe herunter und starrte wütend hinaus. Sie tat das gleiche, als müßte sie ihn nachahmen.

Eine Viertelstunde später war er auf der Autobahn. Lin hatte den Kopf in seinen Schoß gelegt. Er streichelte ihre Haare, ihre Ohren, ihr Atem strich über sein Bein, er schwitzte, der Wind brüllte am offenen Fenster vorbei. Es war noch ziemlich viel Verkehr, trotz der späten Stunde, er lehnte sich voller Zufriedenheit zurück und dachte daran, wo er an diesem Tag überall gewesen war: an den Garten mit den gestutzten Buchsbaumhecken hinter seinem Büro, in dem er telefoniert hatte, an den halbdunklen Kleinen Saal im Concertgebouw, an einen der verschlissenen Stühle dort, an den Gang mit dem roten Teppich, an das Café, an sein Bett, in dem er zwischen ihren Schenkeln gelegen hatte, an die Dünenkuppe, ans Meer und an seinen Wagen, in dem er jetzt saß, ihren Kopf im Schoß. Es war, als bestünde er nur noch aus diesem Wirbel von Eindrücken, aus dieser Geschwindigkeit, dieser Fülle.

In Amsterdam waren die Kneipen und Straßencafés noch total überfüllt, es war nach Mitternacht. Lin richtete sich schläfrig auf, legte sich dann wieder hin und blieb liegen, bis er den Wagen irgendwo geparkt hatte. Zu Hause schaute er in seinen Terminkalender, zählte die Tage und wußte dann genau, daß es wieder soweit war.

Drei Tage später begannen die Blutungen, was meistens für Erleichterung sorgte. Diesmal erleichterte es sie nicht.

II

Alte Freunde

Es war, als hätte sich in der Stadt eine andere Konstellation ergeben, als hätten sich bestimmte für unveränderlich gehaltene Verhältnisse neu gestaltet. Zweieinhalb Jahre lang war Lin Henri nicht mehr begegnet – nachdem sie ihn zum letzten Mal gesehen hatte, als er in seinem Wagen vor einer Ampel stand –, und die ganze Zeit über hatte sie mit dem völlig unbegründeten, aber blindlings akzeptierten Gedanken gelebt, daß es nicht mehr geschehen würde: einander begegnen.

Seit sie Alex Wüstge über den Weg gelaufen war und sich darauf eingelassen hatte, mit ihm zu reden, hatte sich etwas verändert. Plötzlich gab es Straßen, die sich mit einer unbestimmten Drohung vor ihr auftaten und in die sie aus diesem Grund nicht hineinfuhr. Einmal stieg sie Hals über Kopf aus der Straßenbahn aus, weil sie das Gefühl hatte, daß »etwas auf sie zukam«. Bei der Arbeit im Atelier, über Stoffe und Entwürfe von Designern gebeugt oder beim Maßnehmen an Statisten, schien Henri sie zu beobachten, schien er durch eine der Lichtkuppeln in dem flachen Dach auf sie herabzuschauen. Auf einmal fing sie wieder an, ihn in anderen wiederzuerkennen: in einem Gesichtsausdruck, einem Blick, einer bestimmten Art zu gehen.

Das ist der letzte Rest Verwirrung, dachte sie bei sich, das letzte Restchen Kummer. Sie verdrängte ihr verändertes Gefühl bezüglich der Stadt und betrachtete all diese Anzeichen als

Folge einer unangenehmen Begegnung, die Nachwirkungen eines langsam abklingenden Giftes.

Eines Tages sah sie das Resultat einer unergründlichen Chemie. Sie hatte sich nach Feierabend für eine Stunde mit einer Freundin in ein Café gesetzt, hatte sich dann auf den Heimweg gemacht und ging nun das Gerichtsgebäude in der Prinsengracht mit seiner strengen und endlos langen Fassade entlang, als sie in der Ferne einen Mann näher kommen sah, der sie an Henri erinnerte. Sie achtete weiter nicht auf ihn, bis ihr klar wurde, daß es wirklich Henri war.

Sie hätte noch umkehren können, aber das ging ihr zu weit, so unglaublich feige konnte sie nicht sein. Außerdem hatte die Angst bereits eine Vorwärtsbeschleunigung ausgelöst: Sie wollte möglichst schnell an ihm vorbeigehen. Fußgänger gab es keine zwischen ihr und dem Mann, der immer unverkennbarer Henri wurde. Aus einer Veränderung in seiner Haltung, die für jeden anderen unsichtbar gewesen wäre, leitete sie ab, daß auch er sie erkannt hatte.

Der Bürgersteig war schmal. Wenn sie nicht ganz nah aneinander vorbeigehen wollten, mußte einer von ihnen beiden auf die Straße ausweichen. Lin bereitete diese Bewegung vor, schnell weitergehend, leicht vorgebeugt, als müßte sie sich durch irgend etwas hindurchbohren. Als sie sein Gesicht deutlich erkennen konnte, trat sie vom Bürgersteig auf die Fahrbahn. Von hinten kam gerade kein Wagen, doch selbst wenn einer gekommen wäre, hätte sie dieses Manöver ausgeführt. Sie ging Henri in einer immer stärker abweichenden Linie entgegen. Es war, als wirkte außer der Vorwärtskraft noch eine Seitwärtskraft auf sie ein. Wie ein Boot von der Strömung erfaßt wird und abdriftet, so trieb sie immer weiter von ihm weg, um buchstäblich einen Bogen um ihn zu machen.

Als sie auf gleicher Höhe mit ihm war, hörte sie ihn sagen: »Hallo, mein Schatz.«

Seine Stimme klang sanft. Sie schaute auf, als wäre sie in Gedanken versunken gewesen.

»Hallo.«

Und schon war sie an ihm vorbei. Noch ein halbherziges Umsehen, ein gezwungenes Lächeln – er war stehengeblieben –, und fort war sie. Sie bog in die Leidsestraat und blieb schwer atmend stehen. Doch dann fiel ihr wieder ein, daß er ihr vielleicht hinterherging, und schnell mischte sie sich wieder unter die Passanten in der belebten Straße. Ohne sich umzuschauen, ging sie weiter. Sie bog in die Lange Leidsedwarsstraat, die sie fast bis zum Ende hinuntergehen mußte.

Als sie die Haustür hinter sich geschlossen hatte, brach ihr der Schweiß aus. Sie warf ihre Tasche auf die Holzbank, auf der schon lange keine Akten und Krawatten mehr lagen. Sie beugte sich zur Seite, um auf die Straße schauen zu können. Kein Henri. Natürlich nicht. Das Zimmer schien ihr einen Vorwurf zu machen. Sie schaute auf das antike Sofa, das Stilleben, einen Spiegel, eine Vase mit Blumen, und fühlte sich von all diesen Dingen ausgeschlossen, weil sie Henri getroffen hatte.

Erst in dem kleinen Badezimmer konnte sie den Schrecken von sich abstreifen. Sie drehte den Schlüssel um, schaute durch das kleine Fenster direkt über ihrem Kopf in den Abendhimmel und lauschte den vertrauten Geräuschen: dem Kühlschrank in der Küche, den Nachbarn beim Essen auf ihrer Dachterrasse, den Stimmen in einem nahe gelegenen Garten, den Stadtgeräuschen. Henri. Es gab ihn also noch. Henri. Siebenunddreißig war er jetzt und noch immer auf der Suche, wie sie ihm sofort angesehen hatte. Sie nahm eine Dusche. Während sie sich abtrocknete, einen Fuß auf dem Rand der Badewanne, musterte sie sich im Spiegel über dem Waschbecken. War sie schöner geworden, seit sie mit Jelmer zusammenlebte? Alle sagten, sie sei aufgeblüht. Mit den Händen im Badetuch drückte sie ihre Brüste in die Höhe und betrachtete sie. Sie schämte sich dafür, sich selbst so anzuschauen, und schlug die Augen nieder, aber kurz darauf, als sie sich eine Ecke des Badetuchs zwischen die Oberschenkel schob, erinnerte sie sich an Henris Hand und daran, wie er sie auf ihr Schambein gelegt hatte, einen Finger zwischen ihren Lippen.

Noch Stunden später war sie unruhig. Sie nahm es sich selbst übel, daß sie weitergegangen war, obwohl er stehengeblieben war. Sie dachte über die Art und Weise nach, wie er sie gegrüßt hatte. Hatte in seiner Stimme etwas Provozierendes gelegen, hatte er sich über sie lustig gemacht? Er war stehengeblieben, sie war geschwind und feige weitergegangen. Er hatte Mut gezeigt, sie nur Angst, indem sie wie ein Kind in einem Bogen an ihm vorbeigegangen war.

Jelmer kam nach Hause. Lin war nicht sehr aufgeschlossen. Den ganzen Abend lang blieb die Begegnung mit Henri in ihr hängen.

Eine Woche darauf stand sie im Vondelpark. Es war ein stiller, grauer Nachmittag. Wenig Leute im Park. Eine Ahnung von Herbst lag bereits in der Luft. Ein Jogger lief vorbei, schwer atmend. In der Ferne fuhr eine Straßenbahn über das Viadukt in der Van Baerlestraat.

Nervosität machte sie geistesabwesend. Sie mußte an den Oosterpark denken, an die Abende, die sie dort darauf gewartet hatte, daß jemand sie ansprach, wobei sie zugleich alles getan hatte, um genau dies zu verhindern. Wie ein großer Hund einmal gegen ihre Beine gestoßen war und wie lange sie sich an die Kompaktheit seines Körpers erinnert hatte. Eines Frühlingsabends war sie dort im Dunkeln am Zaun vorbeigegangen, nachdem sie Henri zum ersten Mal gesehen hatte, Henri mit den weit aufgerollten Hemdsärmeln. Später, nach ihrer ersten

Nacht, war sie dort entlanggegangen und hatte ihn vermißt. Jetzt, Jahre später, stand sie hier und wartete auf ihn, in einem anderen Park. Sie war älter geworden.

Mit einem Kosmetiktuch wischte sie sich das klamme Gesicht ab.

Plötzlich sah sie Henri näher kommen. Obwohl sie ihn erwartet hatte, war sie von seiner Erscheinung überrumpelt. Sie erschrak über die Kraft, die er ausstrahlte. Er war noch immer – wieso auch nicht? – ein vor Kraft strotzender Mann, die gleiche gedrungene Erscheinung, die sie geliebt hatte, mit kräftigen, etwas krummen Beinen, die sie liebkosend seine »schönen Hachsen« genannt hatte. Sie stand reglos und sah ihm entgegen. Er hatte sich dem Anlaß entsprechend gekleidet: schwarzer Anzug, weißes Hemd, glänzende hellblaue Krawatte, den Knoten ein wenig gelockert, den obersten Hemdenknopf geöffnet, um eine gewisse Lässigkeit auszustrahlen. Die kleinen Steinchen auf dem Asphalt knirschten unter seinen Schuhen.

Henri umarmte sie, das heißt: Er drückte sich an sie. So wie er sich an sie schmiegte, ohne ein Wort zu sagen, wirkte er fast wie ein treuer Hund oder ein kleines Kind mit einem schlechten Gewissen, das schweigend um Entschuldigung bittet. Lin hatte sich eine vorsichtige, behutsame Begrüßung vorgestellt: einen flüchtigen Kuß und dann Distanz. Oder etwas Zögerndes und Ungeschicktes – aber nicht das: einen Mann, der sich an sie drückte.

Henri war von dem, was er tat, genauso überrumpelt wie sie. Er hatte sie von weitem gesehen. Wie sie dagestanden hatte: verlegen, trotz ihrer kräftigen Gestalt, wie verloren. Er hatte ihr einen Arm um die Taille gelegt und den anderen unter der Achsel hindurch auf ihren Rücken geschoben. Die Berührung mit ihrem Körper versetzte ihm einen Schock: die Wölbung ihres Bauches und ihrer Brüste, ein Körper, dem er sich entfremdet hatte und den er doch wiedererkannte. Er roch ihre Haare und eine Creme, die sie damals auch schon benutzt hatte. Ihre Ohrläppchen schmückten zwei goldene Ohrstecker, die er noch nicht kannte. Er sog ihren Geruch ein. Gerade als er sie loslassen wollte und ihr die Hände noch einmal kurz auf die Hüften legte, die Hüften, die für ihn einst der Mittelpunkt der Welt gewesen waren, zuckte sie zurück.

Henri hatte nie wieder ihren Namen in den Mund genommen: vor Wut, aus Scham, um sich zu rächen, um gefühllos zu wirken, aber auch, weil sie für ihn noch immer da war. Nachdem sie ihn mehrmals zurückgewiesen hatte, hatte er nichts mehr unternommen. In der Unterführung unter dem Hauptbahnhof waren sie einander noch einmal begegnet. Danach nichts mehr. Er hatte die Hoffnung aufgegeben. Dennoch war sie nie aus seinen Gedanken verschwunden.

Unten in seinem Wäschekorb lagen seit zweieinhalb Jahren drei Schlüpfer von ihr (die er vergessen hatte, als er ihre Sachen eingepackt und in ein Schließfach im Hauptbahnhof gelegt hatte). Er hatte ein Buch von ihr behalten. Ein kleines Champagnerfläschchen, in das sie einmal ihr Parfüm hineingesprüht hatte; der Duft hatte sich ganz lange gehalten. Er besaß noch die Bilder, die er eines Samstagmorgens mit einer in aller Eile gekauften Wegwerfkamera von ihr gemacht hatte: Nackt lag sie auf seinem Bett, unbehaglich. Aber er schaute sich diese Bilder nur selten an. Er wollte sie auf eine andere Art in Erinnerung behalten. Ihren Körper, wie er in seinem Gedächtnis gespeichert war (und nicht so, wie er auf Bildern zu sehen war). Seine schönsten Augenblicke mit ihr. Gewohnheiten, die sie bei ihm in der Wohnung gehabt hatte. Dinge, die sie sehr mochte. Ihre Stimme, wie sie redete, wie sie war.

Nach einem Jahr hatte er geglaubt, sie wiedererkannt zu haben – in einer Zeitschrift. Am Lesetisch in einem Café hatte er flüchtig darin geblättert, bis sein Blick auf das Werbefoto gefallen war, das eine auf der Seite liegende junge Frau in BH und Slip zeigte. Sie hatte den Kopf auf eine Hand gestützt und schaute direkt in die Kamera, leicht verärgert, düster. Das Foto versetzte ihm einen Schlag. Er hatte auf Anhieb an Lin denken müssen. War sie das? Konnte das sein? Verdiente sie jetzt damit ihr Geld? Das Gesicht der jungen Frau weckte seine Zweifel, doch abgesehen davon sah sie Lin täuschend ähnlich. Da der Körper der jungen Frau Lins Körper derart glich, glaubte er sie auch immer mehr in ihrem Gesicht wiederzuerkennen: Lin, verändert, in einer Stimmung, die er nicht von ihr kannte, unter dem Einfluß eines anderen. Er war sich immer sicherer, daß sie es wirklich war. Aus eigener Erfahrung wußte er, daß sie zu gewaltigen Metamorphosen in der Lage war.

Tagelang hatte er das aus der Zeitschrift herausgerissene Foto mit sich herumgetragen. Jedesmal wenn er einen Blick darauf geworfen hatte, war er von Eifersucht verzehrt worden. Das Foto ließ ihn zusammenzucken. Der Gedanke, daß ein anderer sie nun so sah und sich ihr hingab – und sie sich ihm –, war unerträglich. Nach ein paar Tagen sah er ein, daß sie es nicht war: Sie würde sich für so etwas nie hergeben, für solche pornoartigen Bilder. Er hatte sie in dieser jungen Frau erkannt, weil er sie sehen wollte, und er starrte das Bild an, weil er sie bei sich haben wollte.

Das Gefühl war verebbt, und danach hatte die Zeit ihre Arbeit getan und vieles ausgelöscht. Die Erinnerung an ihren Körper schien für immer verschwunden zu sein, er konnte sich ihre Formen nicht mehr vergegenwärtigen.

Doch jetzt, im Park, zeigte sich, daß diese Erinnerung trotzdem irgendwo gespeichert gewesen war, in irgendeiner Ecke seines Gedächtnisses, denn er erkannte ihren Körper sofort wieder. Und es waren nicht nur seine Finger und Handflächen, die diesen Körper registrierten, nein, auch seine Brust schien sich an Lin zu erinnern, schien genau zu wissen, wie es war, an sie geschmiegt dazustehen, und seine Lippen, die ihre Wange berührten, erkannten mit verblüffender Exaktheit deren Wölbung und Sanftheit wieder.

»Gute Idee von dir«, sagte er, als er sie losgelassen hatte, »sich mal wieder zu treffen.«

Es klang ironisch. Schweigend gingen sie nebeneinander her. Henri wollte sie berühren, er fieberte danach, die Umarmung fortzusetzen, sich erneut dem Wiederfinden ihres Körpers widmen zu können. Er war so benommen von dem Eindruck, den sie auf ihn machte, daß er nicht dazu kam, etwas zu sagen. Unbewußt griff er außerdem zu seinem bewährten Machtmittel: Schweigen, drückendes Schweigen, bis das Gegenüber es nicht mehr aushielt.

Lin konnte ihn nicht anschauen. Während sie schweigend neben ihm herging und seine Schritte hörte, haßte sie ihn. Alles an ihm widerte sie an: sein saugendes Schweigen, wie er angezogen war, wie er ging, das Profil seines Gesichtes, seiner Nase, das ihr nie zuvor Anlaß zur Kritik gegeben hatte, das ihr jetzt allerdings obszön, häßlich und arrogant vorkam. Sie erinnerte sich an seine Wohnung, an die nackten Frauenbeine auf seiner Couch.

»Es stimmt«, sagte sie schließlich, »es stimmt, was ich gehört habe: daß du nach dem Ende einer Beziehung, wenn du deine Ex wiedersiehst, immer an dem Punkt weitermachst, wo du aufgehört hast.«

Henri schien in sich zusammenzusinken.

»Das ist Theorie«, sagte er verächtlich.

»Das ist keine Theorie. Mir fällt gleich wieder der letzte Nachmittag ein und was ich damals gesehen habe, als ich in deine Wohnung kam, durch die Schiebetür, die Frau, die da nackt und völlig entspannt auf deiner Couch lag und las.«

»Ach, hat sie gelesen?«

»Was?«

»War nur ein Witz.«

Lin blieb die Spucke weg. Dann stieg die Wut noch stärker in ihr auf. Sie schlug ihm mit der Faust auf den Hinterkopf. Henri zuckte zusammen und wich aus, wie ein Hund, der einen Tritt bekommen hat. Schnell ging er ein paar Schritte weiter, um außerhalb der Reichweite ihrer Rachsucht zu bleiben. Einige Spaziergänger blieben stehen und schauten sich neugierig um. Lin holte ihn ein.

»Du kriegst gleich noch eins!«

Wieder schlug sie zu, mit einer gewissen Ungeschicklichkeit, aber keinesfalls weniger fest, und traf genau den harten Kopf von Henri Kist, diesmal das Ohr. Mit einemmal blieb er stehen, mit knirschenden Steinchen unter den Schuhsohlen, und griff ihr in den erhobenen Arm.

»Jetzt ist aber Schluß!«

»Du hast es verdient, Mensch.«

»Noch einmal, und ich verpaß dir auch eine, ohne Rücksicht darauf, daß du eine Frau bist!«

»Das ist auch nicht so neu.«

Vor Wut schnaubend standen sie einander gegenüber. Henri hielt seine Hände nur mit größter Mühe unter Kontrolle. Normalerweise ging er in die Luft, wenn ihm jemand so auf den Leib rückte. Er biß die Zähne zusammen, seine Kiefermuskeln schwollen an. Lin spürte, daß er gefährlich war, das Anschwellen seiner Kiefermuskeln jagte ihr Angst ein.

»Wann hörst du endlich mal damit auf?« fragte sie mit erstickter Stimme, »wann hörst du endlich auf, andere zu erniedrigen, nur weil du selbst so schwach bist, so furchtbar schwach!«

In seinen klaren hellblauen Augen las sie Unsicherheit. Noch immer umklammerte er das Handgelenk ihres erhobenen Armes mit eisernem Griff. Dies rief Widerstand in ihr hervor; zugleich tat es ihr auch gut, es beruhigte sie. Als sie seinen Adamsapfel auf und ab hüpfen sah, wurde sie sanfter.

»Laß mich los.«

Er ließ sie los. Auf einmal war da wieder der Park um sie herum. Henri ergriff die Hand, mit der sie ihn geschlagen hatte. Er zog sie an sich heran und hielt sie fest, auf eine keusche Art.

»Sorry«, sagte er.

Er mußte sich zusammenreißen, um nicht seine Hand auf ihrem Rücken in ihre Hose gleiten zu lassen und sie auf die fleischige Verdickung oberhalb ihres Steißbeins zu legen, wie er es früher gerne getan hatte, einen Finger über ihrem Steißbein und die Spitze dieses Fingers in der feuchten Vertiefung darunter. Jetzt legte er die Hand nur kurz auf ihre Hose, um zu fühlen, ob sie noch da war, diese Verdickung.

»Ich wollte mich entschuldigen«, sagte er, »aber du bist ja gleich aus der Haut gefahren. Einfach so um sich zu schlagen! Du bist schon eine komische Frau.«

Lin schwieg.

»Hiermit bitte ich dich also um Entschuldigung. Für damals.«

»Okay.«

Sie machte sich von ihm los. Henri schaffte es, ein paar Finger ihrer Hand zu erwischen.

»Jammerschade eigentlich, daß du deswegen Schluß gemacht hast«, sagte er. »Es war einfach ein Dummerjungenstreich von mir, mehr nicht. Es lief gut mit uns. Ich war dabei, mein Leben zu ändern. Und auf einmal warst du weg.«

»Wenn jemand mich betrügt«, sagte sie, »dann ist für mich alles vorbei. Das kann ich nicht wegstecken.«

Henri spürte, daß ihre Finger, die er festhielt, vor Angst schwitzten.

»Für mich hat sich nichts geändert«, sagte er.

Sie riß sich los.

Auf der Terrasse des Pavillons bestellte sie ein Glas Mineralwasser, Henri eine Tasse Kaffee, einen Cognac und ein Stück Apfelkuchen mit Sahne, das er in die Mitte des Tisches stellte, von dem sie aber nichts nahm. Sie schämte sich wegen ihres Wutanfalls.

Jetzt erst fing die Art von Gespräch an, die sie erwartet hatte: Wie geht's, was machst du so, siehst du diesen und jenen noch, gehst du noch da- und dorthin? Es fiel ihr auf, daß Henri die Ärmel seines Sakkos nicht mehr hochkrempelte, wie er es früher immer getan hatte. Sie hatte versucht, es ihm abzugewöhnen, es war ordinär, sie hochzukrempeln, und offenbar hatte er es jetzt verinnerlicht. Er hatte etwas von ihr gelernt. Das. Sie nahm eine Zigarette an. Henri gab ihr Feuer. Sie erkannte sein Feuerzeug wieder, auch die Art, wie er ihr Feuer gab: das Feuerzeug in den gewölbten Händen, um die Flamme vor dem Wind zu schützen, auch wenn keiner wehte.

Henri arbeitete nicht mehr auf hoher See. Er machte jetzt das, was er seinerzeit mit ihr besprochen hatte: Wohnungen in der Innenstadt sanieren. Das machte er mit zwei Kumpeln zusammen; ihr aktuelles Projekt war ein Haus am Singel: Wände herausbrechen, neue Fußböden legen, die Decken neu verputzen, alle elektrischen Drähte austauschen, neues Bad, neue Küche und eine Dachterrasse bauen – mit einem Kran wollten sie Bäume in Betonkübeln aufs Dach hieven. Sie müsse sich das mal anschauen.

»Ich glaube nicht, daß ich das tun werde.«

»Es geht nicht um mich, sondern um das Haus. Es ist etwas ganz Besonderes. Von 1625. Es hat phantastische Keller mit gemauerten Gewölben.«

»Ich kenn dich doch, Henri.«

»Du bist noch genauso engstirnig wie damals.«

»Manchmal bin ich engstirnig, manchmal bin ich pflegeleicht. Hängt ganz davon ab, mit wem ich es zu tun hab. Bei dir muß man ständig auf der Hut sein. Wenn man nicht aufpaßt, läßt man sich einwickeln. Das macht das Leben mit dir so anstrengend.«

»Danke für die Blumen, mein Schatz.«

Henri bestellte noch einen Kaffee und einen Cognac, sie ein Mineralwasser.

Immer wieder entstanden Pausen im Gespräch, in denen sie die Geräusche aus dem Park und dem Pavillon hörten: die Stimmen der Kinder, die aus der Schule kamen, ihr Geschrei, ein paar Räder, die auf den Boden geschmissen wurden, das Knirschen von Kieselsteinen unter Schuhsohlen, Stuhlbeine, die über die Terrasse geschleift wurden, die Espressomaschine im Innern des Pavillons. Es waren keine unangenehmen Pausen. Es war, als würden sie sich nicht nur mit Geräuschen füllen, sondern auch mit etwas, das zwischen den beiden wühlte.

Henri nahm ihre Hand. Sie ließ ihn gewähren, um ihre Nervosität zu verbergen.

»Deine Hände sind noch genauso schön wie früher«, sagte er, »weil sie so breit sind. Als ich zum ersten Mal mit dir ausging, habe ich das auch schon gesagt. Aber damals hast du mir nicht geglaubt.«

Lin sagte nichts.

»Von wem hast du diese Hände? Von deinem Vater?«

»Von meinem Vater, denke ich.«

»Und er kommt aus einer Bauernfamilie.«

»Ja.«

»Vielleicht sind deine Hände so, weil deine Vorfahren väterlicherseits jahrhundertelang die Erde mit dem Spaten bearbeitet haben. Deine Hände sehen aus, als würde der Griff eines Spatens wunderbar hineinpassen.«

»Red keinen Blödsinn.«

»Wie dafür gemacht.«

Lin schaute ihn an, unsicher, ob er sie verspottete. Sie selbst konnte absolut nichts Schönes an ihren Händen entdecken. Dennoch gefiel ihr seine Erklärung. Das Bild von der alten Scheune mit dem Gemüsegarten, in der sie notfalls überleben könnte, trug sie immer im Kopf mit sich herum, und diesen Gemüsegarten müßte sie natürlich auch umgraben. Es war ein Traumbild, eine alte Scheune, abgelegen, von Bäumen umstanden. Im Augenblick war es eine Van-Gogh-Scheune, weil sie gerade die Briefe von van Gogh las und sich seine Zeichnungen angeschaut hatte. Meistens aber war es eine Scheune, die sie irgendwo in Frankreich gesehen hatte, in hohem Gras, mit schief gewachsenen Obstbäumen, ein paar Gemüsebeeten, einem Frühbeet und Stöcken für die Bohnen.

»Dir ist es immer noch nicht aufgefallen«, sagte Henri.

»Was ist mir nicht aufgefallen?«

»Nicht erschrecken.«

»Ja, jetzt erschreck ich mich natürlich erst recht. Etwas mit deiner Hand? Nein!«

Henri legte seine linke Hand flach auf den Tisch, neben den leeren Kuchenteller, der zwischen ihnen stand. Die Hand war verstümmelt: Der kleine Finger war amputiert worden, der Ringfinger war ein nagelloser Stumpf, dessen oberstes Glied fehlte. Lin schaute hin, eine Hand vor dem Mund.

»Was ist passiert?«

»Unfall.«

»Auf der Plattform?«

»Ja. Ich erzähl lieber nicht, wie es genau passiert ist. Ich wurde ins Krankenhaus geflogen, den kleinen Finger und das Fingerglied in einen Eisbeutel eingepackt. Aber die Operation ist mißlungen.«

Sie schwiegen.

»Meinem Gefühl nach habe ich den kleinen Finger immer noch, aber wenn ich ihn bewegen will, ist er weg.« Henri grinste.

»Kannst du damit arbeiten?«

»Kein Problem.«

Lin starrte seine Hand auf dem Tisch an. Spontan schob sie ihre linke Hand unter seine und legte die rechte obendrauf. Nach einem Moment zog Henri seine Hand zurück. Er hob die Linke mit gespreizten Fingern hoch und sagte lachend, während er mit dem nagellosen Stumpf wackelte: »Viereinhalb!«

Lin verbesserte ihn nicht.

»Wie ist es nur möglich, daß mir das nicht aufgefallen ist«, sagte sie.

»Den wenigsten fällt es auf. Man wird offenbar geschickt darin, so etwas zu verbergen.«

Sie schwiegen eine Weile. Henri trank das Glas mit dem Cognac aus und sagte, er müsse nun gehen.

Verwirrt stand Lin auf. Sie hatte das Gefühl, daß sie ihn vielleicht nie mehr wiedersehen würde. Sie wollte ihm etwas geben, aber sie hatte nichts dabei, außer dem Buch, das sie gerade las. Sie zog die Taschenbuchausgabe aus der Tasche. Es war eine Sammlung mit Briefen von van Gogh. Henri schaute das Buch an, tat so, als läse er ein paar Zeilen auf der Rückseite. Er wußte, daß er es wahrscheinlich nicht lesen würde.

Es störte ihn, daß er nicht wußte, daß dieser allseits bekannte Maler auch interessante Briefe geschrieben hatte, und es störte ihn noch mehr, daß er noch nie ein Buch gelesen hatte, das nur aus Briefen bestand, daß er nicht wußte, daß es solche Bücher überhaupt gab.

»Was hat dir daran gefallen?« fragte er.

»Seine Art zu schreiben, und er ist jemand, der nur schwer seinen eigenen Weg findet, schwierig im Umgang, das interessiert mich.«

Sie gingen durch den Park. Henri hielt das Buch in seiner verstümmelten linken Hand, wie sie mehrmals feststellte. Genausooft sah sie ihrer beider Füße, die nebeneinander über den

Asphalt gingen. Am liebsten hätte sie nur noch diese Füße angeschaut, wie sie nebeneinander ausschritten über dieses zufällige Stück der Erdoberfläche, seine neben ihren, hier, jetzt. Sie nahmen an derselben Stelle Abschied voneinander, wo sie sich getroffen hatten – es war, als schlösse sich auf natürliche Weise ein Kreis. Lin hätte ihn zu einem anderen Ausgang begleiten können, Henri hätte noch ein Stück neben ihr hergehen können, aber sie nahmen genau dort voneinander Abschied, wo sie sich getroffen hatten.

Henri ging nach Hause – er hatte für diese Begegnung einen ganzen Tag freigenommen.

Während dieses Nachhausewegs gaukelte sein Hirn ihm etwas vor: Es präsentierte ihm den angenehmen Eindruck einer ersten Begegnung, einer beginnenden Liebe, und schenkte ihm außerdem die entsprechende unbändige Freude. Der Umschlag ihres Buchs wurde in seiner Handfläche warm und feucht; mit den Fingern befühlte er die Seiten. Zum ersten Mal seit langem breitete sich Ruhe in ihm aus. Aber als er die Treppe zu seiner Wohnung hinaufstieg, war es, als schlüge eine nasse, schwere Decke über ihm zusammen, die ihn unter sich begrub. Eine trübe Stimmung erfaßte ihn, und er fühlte sich auf einmal völlig erschöpft.

Nach einem kleinen Umweg zu einer Buchhandlung, in der sie sich ein neues Exemplar des Briefbuchs kaufte (sie wollte es immer bei sich haben), kehrte sie ins Atelier zurück, wo sie erzählte, daß sie beim Zahnarzt eine Wurzelkanalbehandlung über sich habe ergehen lassen, die ziemlich zeitaufwendig gewesen sei.

Nach Feierabend hatte sie den Rest des Tages für sich allein. Jelmer war in London. Sie nahm eine Dusche und zog andere Sachen an, einen Rock. Wieso einen Rock, dachte sie bei sich. Sie trank mit gierigen Schlucken aus der Packung Magermilch, die im Kühlschrank immer für sie bereitstand, sie aß Brot, las ein paar Briefe aus der Antwerpener Periode und ging dann ins Freie, um im Wind spazierenzugehen.

Das Wetter verschlechterte sich. Windstöße kündigten eine regnerische Nacht an. Über den Häusern sah sie ein paar rote Wolken, die verwehten und sich in der grauen Luft auflösten; zugleich hörte sie Wasser gegen eine Kaimauer schlagen, heftig, unruhig, und sie stellte sich vor, sie säße bei Henri im Wagen, und sie würden irgendwo am Meer parken, in einem stürmischen Wind, der gegen den Wagen stieß und daran rüttelte. Sand stob über den Strand. Durch die Windschutzscheibe hatte sie Aussicht auf ein graues Meer. Aber was sollte das, sie bei Henri im Wagen?

Nachdem sie eine Stunde lang herumgeirrt war, stand sie vor seinem Haus. Das weiße Gesims leuchtete noch im Zwielicht; bei ihm in der Wohnung brannte Licht. Mit einem Schock erkannte sie die Haustür wieder: die vertikale Mattglasscheibe in der Mitte, im unteren Bereich abgeblättert.

Daß er noch hier wohnt, dachte sie bei sich.

Sie klingelte. Irgendwo hoffte sie, daß er nicht zu Hause geblieben, sondern weggegangen war und das Licht angelassen hatte. Doch auf dem Treppenabsatz fingen die Bügel des Zugseils an zu quietschen und zu knirschen, und die Tür öffnete sich. Sie stieg die Treppe hinauf. Henri stand in der geöffneten Tür: die Haare zerzaust, das Hemd hing ihm aus der Hose, barfuß. Er hatte geschlafen.

»Ich hatte das Gefühl, daß wir noch nicht fertig waren.«

Er ließ sie herein. Er küßte sie auf die Wange, und sie küßte ihn auf die Wange. Diese Art der Begrüßung gefiel ihr. Alte Freunde waren sie jetzt. Und es war eine schöne, fließende Bewegung gewesen, mit der sie einander ein einziges Mal auf die Wange geküßt hatten. Ja, von nun an waren sie alte Freunde. Jetzt konnten sie vielleicht reden.

»Hier hat sich einiges verändert«, sagte sie.

Henri warf ihre Jacke über eine der Kupferkugeln seines Bettes. In der Bettdecke sah sie den Abdruck seines Körpers.

»Ach ja, verändert. Fällt mir gar nicht mehr auf«, sagte er und fuhr sich mit einer Hand unters Hemd, um sich zu kratzen. Sie erinnerte sich daran, daß er sich immer kratzte, wenn er gerade erst aufgewacht war.

Unter den Teppichen im vorderen Raum lag ein glänzend lackierter neuer Holzboden. Über dem Bett hatte Henri einen richtigen Baldachin aufgehängt, einen nachtblauen, mit vielen gelben Sternen durchsetzten Stoff. Der Baldachin verlieh dem Zimmer eine märchenhafte Atmosphäre, die von zwei Kandelabern zu beiden Seiten des Bettes noch verstärkt wurde. Das Ganze hatte etwas Rührendes.

Im Hinterzimmer war ebenfalls ein neuer Holzboden gelegt worden. Die einander gegenüberhängenden Spiegel waren noch da. Henri hatte einen antiken Glasschrank gekauft für seine Altertümer aus dem Amsterdamer Boden. An der Wand hingen zwei japanische Schwerter, horizontal auf Stützen, das eine über dem anderen. Noch mehr als früher trug die Wohnung Henris Handschrift. Beinahe alles, was sie sah, jeder Gegenstand, war unverkennbar Henri, in allem erkannte sie seine Hand. Sie bewunderte ihn dafür, daß er es verstand, sich in den Dingen, mit denen er sich umgab, zum Ausdruck zu bringen.

Die Kastanie stand hinter dem Haus in den letzten Tageslichtresten; ihre Blätter drehten sich im Wind. Zwischen den Fenstern erkannte sie voller Schreck das Foto, das Alex Wüstge ihr im Grand Café De Jaren gegeben hatte: die Frau mit dem rabenschwarzen Haar und dem dunkelblauen Kleid, von hinten, um die Taille Henris nackten, muskulösen Arm. Es war eine Vergrößerung. Sie sah in eine andere Richtung. Auch Henri schien es nicht sehen zu wollen.

Er ging in die Küche im Hinterhaus, um eine Flasche Wein

zu entkorken. Sie folgte ihm, um sich die Hände zu waschen und um alles wiederzusehen: den Hackklotz in der Mitte, die schwarzen Bratpfannen mit den langen Stielen, die von einem Balken herabhingen, und alles andere. Sie warf einen Blick ins Badezimmer mit der Kuppel aus Plexiglas und in Richtung des kleinen, kopfgroßen Fensters, durch das sie häufig – und fast immer traurig – die Kastanie angeschaut hatte, die schweren Äste oder eine Spechtmeise, die mit dem Schnabel pickend spiralförmig am Stamm entlang in die Höhe gehüpft war. Es war, als würde sie jetzt, da sie seine Wohnung und all die vertrauten Dinge wiedersah, plötzlich Distanz zu der Zeit mit Henri gewinnen, zu diesen neun versengenden und schockierenden Monaten, als würde diese Zeit jetzt endlich Vergangenheit.

Sie saß in einem schwarzen Ledersessel, den Rücken gerade, die Beine übereinandergeschlagen, Henri, wie es seiner Gewohnheit entsprach, auf der Couch, noch immer barfuß, das Hemd halb geöffnet. Sie sprachen über Dinge, die passiert waren, über andere Dinge, über Belanglosigkeiten, und dann traten Pausen ein, in denen sie wegschauten, den Wind hörten, das Leder, das knarrte, wenn sie sich bewegten, das metallische Klicken von Henris Feuerzeug, und dann sagte sie Dinge wie, daß das Haus »nicht mehr so hellhörig« sei, und Henri erzählte, er habe den Boden »schwimmend« gelegt, und so kamen sie langsam voran, sich gleichsam abtastend.

Lin spürte, daß sie älter geworden war. Noch immer war Henri älter als sie, aber sie war auch nicht mehr dieselbe junge Frau, die er als »naives junges Ding« bezeichnet hatte, die er piesacken und erniedrigen konnte. Sie war nicht mehr das Mädchen, das sich am Anfang sogar vor seinen Füßen, seinen unbeschreiblich kräftigen Füßen gefürchtet und nicht gewagt hatte, sie anzuschauen. Jetzt konnte sie sie anschauen und sehen, daß es schöne Füße waren, und fühlen, daß diese Füße sie nicht kalt ließen – sie fürchtete sich nicht mehr vor ihnen.

Von Zeit zu Zeit warf sie einen Blick auf seine linke Hand, in der er die Zigarette hielt. Es fiel in der Tat nicht sonderlich auf, daß der kleine Finger und ein Glied eines anderen Fingers fehlten: Wie von selbst schien er die Hand so zu halten, daß die Verstümmelung nicht zu sehen war. Da sie es jetzt aber wußte, sah sie es auch. Die Verstümmelung faszinierte sie.

Henri betrachtete sie mit einer Mischung aus Liebe und Abscheu. Sie war schöner geworden, erwachsener, weiblicher; zugleich aber hatte sie noch immer das Verlegene und Kindliche, das ihn so anzog. Er mochte ihre feuchten und leicht hervortretenden Augen. Ihre Sanftheit. Reden wollte sie? Konnte sie haben. An ihm sollte es nicht liegen. Aber es fiel ihm schwer. Er mußte wegschauen, vor allem in den Gesprächspausen, und sich beherrschen. Ihm war elend zumute, weil er nicht einmal für einen kurzen Moment ihre Fußgelenke, das kühle Fleisch ihrer Fußgelenke, mit den Händen umfassen konnte – um ganz bescheiden zu beginnen –, ihre Waden und die Furchen im Fleisch ihrer gebeugten Knie streicheln und dann ihre Beine sanft auseinanderdrücken, um den lauen Geruch einzuatmen, der unter ihrem Rock hervorkam. Sie trug einen Rock. Einen Rock, verdammt noch mal. Nie hatte sie einen Rock angehabt. Hosen schon, Hosen, die sie sich herunterziehen ließ oder sich mit den Beinen zappelnd selbst über die Fersen streifte, und manchmal, wenn man hartnäckig blieb, ein Kleid, und wenn man noch hartnäckiger blieb, ein enges Kleid. Aber einen Rock? Reden, na gut, reden. Ihre goldenen Ohrstecker störten ihn. An der Tür hätte er sie fast zwischen Daumen und Zeigefinger zusammengepreßt, um sie zu beschädigen, nur ganz leicht, aber doch so, daß der andere, der sie ihr geschenkt hatte, es gleich sehen würde. Diese feinen goldenen Ohrstecker, dieser Rock und noch immer diese aufrechte Haltung. Trotzdem war sie auch noch immer seine alte Lin, die verlegene, querköpfige, zurückgezogene junge Frau mit ihrer Geschichte, einer Geschichte, die er nicht in allen Einzelheiten kannte, die sich ihm aber doch von Zeit zu Zeit offenbarte, vielleicht sogar am deutlichsten, wenn er Lin plötzlich irgendwo sah, auf der Straße, an diesem Nachmittag auf dem Markt in der Albert-Cuyp-Straat beispielsweise, als sie vor einer Bude gestanden und gewartet hatte, als er sie zum ersten Mal wirklich *gesehen* und sich gefragt hatte: Was soll ich nur mit ihr, und dabei gewußt hatte, daß er bereits getroffen, durchbohrt gewesen war, bevor er sich diese Frage überhaupt hatte stellen können.

Henri redete, weil sie reden wollte. Allmählich beschlich ihn das Gefühl, daß sie auf etwas Bestimmtes hinauswollte. Schließlich war es soweit.

»Da ist noch etwas, worüber ich mit dir reden wollte«, sagte sie.

»Nämlich.«

»Eines Abends hast du mich auf ein Schiff im Westlichen Hafengebiet mitgenommen, ich weiß genau, wo es war, ich habe nachgeschaut. Auf diesem Schiff war ein Senegalese. Du hast mich mitgenommen, weil er dich darum gebeten hatte. Du hast die Kajüte verlassen, um etwas für ihn zu erledigen, obwohl dir klar war, was er vorhatte. Du hast zugelassen, daß dieser Kerl mich vergewaltigt.«

Ihre Beschuldigung klang ihr selbst seltsam in den Ohren. Aber warum? Stimmte es etwa nicht?

»Es hat lange gedauert, bis ich mich getraut habe, dieses Wort auch nur zu denken«, sagte sie.

»Welches Wort?« Er stellte die Frage mit einem Lächeln.

Sie hielt die Luft an, das Blut stieg ihr in den Kopf. Seine Reaktion verwirrte sie. Noch verwirrender wurde das Ganze, weil das, was ihr auf dem Schiff zugestoßen war, plötzlich vollkommen unwichtig zu sein schien. Henri hatte sie allein in einer Kajüte zurückgelassen, mit einem Unbekannten, der sie bedroht, der ihr einen Stoß mit dem Kopf versetzt, der ihr so viel Angst eingejagt hatte, daß sie sich ihm hingegeben hatte – und zwanzig Minuten später hatte sie wieder auf dem Kai zwischen den Containern gestanden, unter Schock, bodenlos erniedrigt, aber unverletzt. Das Wort »Vergewaltigung« schien auf einmal nicht mehr zutreffend zu sein. Vielmehr war es etwas, das sie zusammen erlebt hatten, in einer Zeit voller Verwirrung, an einem Abend voll düsterer Unruhe. Ihre Beschuldigung hörte sich jetzt, da sie sie endlich aussprechen konnte, nur noch skurril an.

»Welches Wort?« wiederholte Henri.

»Das Wort … ›vergewaltigen‹.« Sie brachte es kaum über die Lippen, klang wenig überzeugend.

»Ach, das Wort.« Henri leerte sein Glas. »Ich hab damals schon gesagt, daß du dich anstellst. Zehn Minuten lang die Beine für einen Unbekannten spreizen – und du tust, als ob es das Ende der Welt wäre! Ich bin in meinem Leben mindestens zwanzigmal mißhandelt worden, und zwar viel schlimmer als du. Beim letzten Mal ist das hier dabei herausgekommen!« Wütend hob er die entstellte Linke, wobei er die Finger spreizte.

»Viereinhalb!« sagte sie leise.

Sofort sprangen ihr Tränen des Bedauerns in die Augen. Henris Gesicht lief rot an. Sie sah die Kiefermuskeln unter seinen Wangenknochen anschwellen, genauso wie an jenem Nachmittag im Park.

»Ich dachte, daß wir das schon besprochen hätten.« Jetzt war es Henri, der die Worte nur mühevoll hervorbrachte.

»Du hast nie zugegeben, daß du wußtest, was mich erwartet, als du mich auf dieses Schiff mitgenommen hast.«

»Ich wußte es wirklich nicht!«

Sie stand auf, im Gefühl des Sieges.

»Eines Tages wirst du den Mut aufbringen, es zuzugeben. Aber das dauert wahrscheinlich noch zehn Jahre.«

»Dann bis in zehn Jahren.«

Henri stand auf und ging ihr voraus zur Tür. Hinter ihm blieb es ein paar Sekunden lang still. Dann hörte er ihre Absätze. Im Vorbeigehen angelte Lin sich ihre Jacke vom Bett. In der Hand hielt sie sein Benzinfeuerzeug umklammert. Sie hörte ihre Absätze auf seinem neuen Fußboden. Bei jedem Schritt wippten ihre Brüste. Auf hohen Absätzen fiel es ihr noch mehr auf, daß er kleiner war als sie. Es rührte sie, und sie wünschte, er möge ihre Brüste berühren, die sie für ihn anhob, indem sie tief einatmete. Doch dann schlüpfte sie schnell und grußlos an ihm vorbei in das dunkle Treppenhaus, Todesängste ausstehend, er könnte sie schlagen.

Im Zimmer beförderte Henri mit einem Tritt sein Glas vom Tisch.

Im Badezimmer stellte er seinen blutenden Fuß in die Wanne. Minutenlang ließ er das Blut fließen, der weiße Boden der Badewanne war hellrot. Als er ins Zimmer zurückkehrte, hörte er, wie sich gerade das Leder des Sessels, in dem sie gesessen hatte, entspannte, und als er eine Wange auf die Sitzfläche preßte, spürte er noch ihre Wärme.

III

Wiedersehen mit Hokwerda

Mitten auf dem Abschlußdeich bekam Lin Herzklopfen und spürte, wie die Nervosität, die sie schon seit Tagen spürte, noch größer wurde. Das IJsselmeer war stahlblau, kleine Wellen brachen sich an den schneebedeckten Basaltbrocken des Deichs. Das Wasser schien sich langsamer zu bewegen als sonst, als würde es gleich erstarren. Die Sonne stand tief und blendete sie mit ihrem Funkeln auf der Wasseroberfläche.

Seitlich zum Meer schauend, stellte sie sich vor, die Wagentür aufzustoßen und sich hinauszuwerfen, den Schlag, mit dem sie auf dem unter ihr vorbeifliegenden Asphalt aufschlagen und sich auf dem hartgefrorenen Boden der Böschung überschlagen würde. Brennende Schürfwunden an den Händen, den Ellbogen, den Knien, dem Kopf, vielleicht ein halb abgerissenes Ohr. Vorstellungen dieser Art überwältigten sie recht häufig.

Jelmer griff nach ihrer Hand.

Aber sie wollte jetzt nicht berührt werden und zog die Hand zurück.

Aus der Handtasche zwischen ihren Füßen zog sie ein Foto. Es war die einzige Aufnahme, die sie von sich und ihrem Vater hatte. Sie saß neben ihm auf der breiten vorderen Sitzbank eines amerikanischen Wagens, in einem hellen Kleid, acht Jahre alt. Das Foto war von der Seite aufgenommen worden, durch ein offenes Fenster, wahrscheinlich von ihrer Mutter. Im Vordergrund ihr Vater hinter dem Lenkrad, ein junger Mann noch. Seine langen blonden Haare reichten ihm fast bis auf die Schulter, er hatte sie sich hinter die Ohren gestreift. Lachend schaute er in die Kamera und streckte die Arme aus in dem sehr geräumigen Wagen, den er gerade erst gekauft hatte ... Eine vage Erinnerung an einen Geruch stieg in ihr auf: den schweren Geruch von Leder oder Kunstleder, der immer in dem Wagen gehangen hatte. Es war, als erinnerten sich ihre Fingerspitzen an die Rippen im Leder der vorderen Sitzbank, an die Wölbungen und Steppnähte und daran, wie sie mit der Fingerspitze den Draht in den Steppnähten entlanggefahren war ... Auch sie schaute zur Seite in die Kamera, nicht von Herzen. Neben ihren Oberschenkeln lagen ihre Hände auf dem Sitz.

»Schau mal«, sagte sie, »das habe ich noch gefunden.«

Jelmer betrachtete das Foto.

Das schlanke Mädchen auf der geräumigen Sitzbank stimmte ihn zärtlich.

»Das bist voll und ganz du«, sagte er mit einem entzückten Lächeln, »diese Schultern, der Mund, deine Augen natürlich.«

Er hielt das Foto zwischen Daumen und Lenkrad und schaute es sich genauer an. Er sah, daß das Mädchen sich nach besten Kräften bemühte, zu lächeln, aber in Wirklichkeit traurig war, daß es sich abkapselte und daß dies wahrscheinlich seine Gewohnheit war. Er fuhr etwas langsamer, so sehr zog das Foto seine Aufmerksamkeit auf sich. Im Vordergrund dieser junge Mann mit den langen Haaren, der die Arme ausstreckte, den einen durchs Fenster, den anderen nach unten in Richtung Gangschaltung. Diese Geste hatte nicht nur etwas Übertriebenes, sondern auch etwas Unaufrichtiges, als gäbe es eine ganze Menge, was er damit überschreien wollte.

Doch was sagt so ein Foto schon aus, dachte Jelmer bei sich. Ist es nicht buchstäblich und bildlich eine Momentaufnahme? Sie hatte an diesem Sommermorgen einfach keine Lust gehabt, mit ihrem Vater mitzufahren, sie war aus irgendeinem Spiel herausgerissen worden, oder man hatte sie gerade wegen irgend etwas bestraft. Und dieser junge Mann in seinem glänzenden Amischlitten hatte schlicht und einfach nicht gewußt, wie er sich verhalten sollte, als eine Kamera auf ihn gerichtet wurde; er war verlegen geworden.

Trotzdem blieb der erste Eindruck hängen, den er von Hokwerda gewonnen hatte: eine Unaufrichtigkeit, etwas Schwaches.

»Jelmer, paß auf!«

Er war auf die linke Fahrbahnhälfte geraten und mußte einem ihn überholenden Wagen mit einem Ruck am Lenkrad ausweichen. Das langgezogene Heulen einer Hupe verstärkte den Schreck der beiden. Sofort gab er ihr das Foto zurück, und Lin steckte es sofort ein, als brächte es Unglück.

Schon seit Monaten hatte Jelmer immer wieder gesagt, daß es für sie vielleicht gar nicht schlecht wäre, sich mit ihrem Vater zu treffen – und sei es nur, um sich aus dem Bann zu lösen, um die spannungsgeladene Stille zu durchbrechen, die seit achtzehn Jahren herrschte, seit sie eines Nachmittags nach Schulschluß mit ihrer Mutter und ihrer Schwester in einem Kombi das Dorf für immer verlassen hatte. Sie wollte nichts davon wissen. »Ich vermisse ihn nicht«, sagte sie. »Warum sollte ich also?« »Weil er dein Vater ist.« »Er ist zehn Jahre lang mein Vater gewesen und danach nicht mehr. Zehn Jahre haben auch wirklich gereicht. Was soll ich mit ihm – und er mit mir?«

Jelmer hatte nicht nachgegeben.

Schließlich hatte sie eingelenkt und den Mann angerufen, ihren Vater. Mit dem Handy, das sie sich am Vortag zugelegt hatte. Sie hatte ihn tagsüber angerufen, während der Arbeit. Erst eine Frauenstimme mit starkem nordniederländischem Akzent, die sie, nach einer verblüfften Pause, in »die Ausstellungshalle« durchgestellt hatte. Dann eine junge Frau, die »Auto Hokwerda, guten Tag« gesagt und das Büro verlassen hatte, um den Chef zu rufen. Sie hatte hallende Schritte näher kommen hören, die der jungen Frau, und schwerere Schritte, eine Tür, die an die Wand schlug, Rumoren, dann eine flache Stimme, die sagte: »Hier Hokwerda.«

Sie war errötet, als sie ihren Namen genannt hatte, ihren Namen mit seinem Nachnamen. »Spricht da Lin?« hatte er dann gefragt. Nach ihrer Bestätigung erneute Stille. »So so, du bist es also«, hatte er schließlich gesagt. Sie hatte seine Stimme sofort erkannt, obwohl sie geglaubt hatte, daß sie keine Erinnerung mehr daran hatte. Sie hatte sich über seinen nördlichen Zungenschlag gewundert, der ihr früher offenbar nie aufgefallen war.

Sie hatten ein Treffen vereinbart. Ein paar Tage später aber hatte Hokwerda abgesagt, weil er plötzlich einem seiner »studierenden Kinder« beim Umzug helfen mußte. Neue Verabredung. Er hatte stets mit der gleichen flachen Stimme gesprochen; sie hatte keinerlei Anhaltspunkte dafür, daß ihre Kontaktaufnahme ihm etwas bedeutet hätte. Dann hatte eines Abends seine Frau angerufen und gesagt: »Hokwerda fühlt sich nicht wohl und möchte verschieben.« »Den Termin?« hatte Lin zum Spaß gefragt. »Ja, was denn sonst«, hatte die Frau spitz entgegnet.

»Aah!«

Jelmer bremste scharf. Lin sah eine Möwe in voller Lebensgröße, deren gelber Schnabel sich feindselig öffnete; gleißendes Winterlicht leuchtete auf ihrer weißen Brust auf. Der Vogel legte sich schief und schoß haarscharf an der Windschutzscheibe vorbei. Lin erschrak so stark, daß sie aufschrie und die Hände vor den Mund schlug. Nachdem es gerade eben schon so knapp gewesen war, kam ihr auch dieses Ereignis wie ein böses Omen vor. Sie schaute zurück und sah die Möwe, die wild mit den Flügeln schlagend über der Straße hing und versuchte, den Fisch aufzupicken, der ihr aus dem Schnabel gefallen war. Das erklärte, wieso sie fast gegen die Windschutzscheibe geknallt wäre. Aber es änderte nichts an dem Bild des zornigen Vogels direkt vor ihrem Gesicht.

»Alles im Griff«, sagte er.

»Fahr bitte nicht so schnell!«

Jelmer drosselte die Geschwindigkeit. Er war noch immer dabei, ihre Abfahrt aus Amsterdam zu verarbeiten.

Natürlich hatte sie nicht gewußt, was sie anziehen sollte, in welchen Kleidungsstücken sie sich ihrem Vater als »erwachsene Frau« präsentieren sollte. Er hatte ein paar Sachen für sie ausgewählt, etwas, das ihr immer gut stand: Zieh das an, dann bist du fertig. Sie hatte seine Hilfe zurückgewiesen und selbst eine Wahl getroffen: wacklige Stiefeletten, schwarze Kunstlederhose, die über ihrem Gesäß spannte, enganliegender Pullover – an dem etwas nicht stimmte, ja, eigentlich ging das nicht, aber sie zog ihn trotzdem an – und rote Lederjacke. Natürlich hatten sie anschließend Zweifel befallen. Ob das Ganze nicht »zuviel des Guten« sei. Wie sie das meine? Na ja, zu auffällig, zu schrill. Er hatte gesagt, daß es tatsächlich eine gewisse provokante Ausstrahlung habe, typisch Großstadt, daß es vielleicht eine gewisse Distanz hervorrufen werde. Wütend hatte sie alles wieder ausgezogen und sich aufs Bett gelegt. Obwohl sie schon eine halbe Stunde zuvor hätten losfahren müssen. Er war zum Wagen gegangen und hatte schon mal das Gepäck eingeladen. Als er wiederkam, lag sie noch immer im Bett.

Er hatte versucht, demütig zu sein, sich zu unterwerfen, er hatte gedacht wie ein *Ehemann*, war erneut in ihren Kleiderschrank getaucht, ohne zu wissen, woher er die erforderliche Geduld nehmen sollte. Aber er hatte seine Ungeduld und Gereiztheit unterdrücken können. Auf einmal war er voller Liebe gewesen. Doch das hatte nicht lange angehalten. Als sie sich hastig in die neuen für sie ausgewählten Kleidungsstücke gezwängt hatte, war etwas gerissen. Sie hatte ihn weggeschickt. Setz dich schon mal in den Wagen. Er hatte über ihrem Kopf Runden gedreht, um sie weiter unter Druck zu setzen. Schließlich war sie in etwas Braunem und Grünem aus dem Souterrain aufgetaucht, einem braunen Rock und einer moosgrünen Bluse, Fehlkäufen von vor einigen Jahren, Sachen, die sie an einem Tag wie diesem gekauft hatte, einem Tag, an dem sie nicht mehr wußte, wer sie war. Sie sah aus wie eine Internatsschülerin; an eine erwachsene Frau erinnerte nur ihr dickes, glänzendes Haar.

Schweigend fuhren sie nach Friesland hinein, kamen an Leeuwarden vorbei. »Ljouwert«, sagte sie und wechselte ins Friesische, rief sich die Wörter in Erinnerung; immer mehr Wörter fielen ihr ein, und ihre Wangen nahmen wieder Farbe an. Dokkum tauchte auf den Schildern auf. Um den Ärger auszuräumen, sich mit ihm zu versöhnen, küßte sie Jelmer auf die Wange und drückte ihre Brüste an seinen Oberarm, weil sie wußte, daß er das mochte. Es betrübte sie, ihn zu küssen. Ich betrüge dich, dachte sie bei sich, mit dem Kopf an seinem, ich habe dich schon dreimal betrogen, und du hörst nicht, was ich denke, obwohl ich dir so nahe bin, du merkst mir nichts an, und ich, ich küsse dich einfach.

»Erwarte nicht zuviel«, sagte er.

Sie löste sich von ihm.

»Ach, ich erwarte gar nichts. An seiner Stimme habe ich alles schon gehört. Er ist weit weg und will das auch bleiben. Ich mache das für mich selbst. Ich besuche ihn nur, um den Bann zu brechen.«

Sie wühlte in ihrer Tasche.

»Noch schnell eine Zigarette, und dann muß ich auch noch mal Pipi machen, irgendwo im Freien.«

Jelmer lächelte.

»Lecker im Freien Pipi machen.«

»Ja.«

Danach sehnte sie sich: in der Stille dieser Winterlandschaft in die Hocke zu gehen, die schneebedeckten Felder in der Umgebung zu sehen, die rote Sonne, die immer größer wurde, entfernte Geräusche in der dünnen Luft, ganz nah der kräftige Strahl, der aus ihr spritzte, vertrauter Klang, und unter sich den Dampf aufsteigen zu sehen, während sie sich mit beiden Händen an Furchen im hartgefrorenen Boden festhielt. War es eine Erinnerung? Das körperliche Empfinden kam außergewöhnlich heftig in ihr auf – einschließlich der Gänsehaut, die jetzt tatsächlich in einem Schauer ihre Hüften überzog. Als sie noch klein war, war sie sehr gerne an irgendeiner geschützten Stelle in die Hocke gegangen, war sitzengeblieben und hatte gelauscht: dem Wind in den Bäumen oder dem Schilf am Ufer des Ee, dem Summen der Insekten, den Stimmen in der Nähe, einem Wagen auf der Brücke im Dorf, den spielenden Kindern, einem Traktor auf den Äckern. Es hatte ihr einen Augenblick der Ruhe bedeutet. Auch im Winter hatte sie draußen Pipi gemacht. Vor ihrem geistigen Auge sah sie sich auf den Fersen über einem kleinen gelbweißen Loch im Schnee kauern, das langsam größer wurde. In dieser Haltung war sie einmal von einem Schneeball mit einem Stein darin am Kopf getroffen worden.

Im Dorf erkannte sie Häuser und Plätze, wagte aber kaum, sie genauer anzuschauen. Erleichtert atmete sie auf, als sie es nach ein paar Minuten wieder verließen.

Der Ee lag unter einer Schicht Eis, das funkelte und an den Stellen, an denen es nicht von Pulverschnee bedeckt war, fast schwarz war. Offenbar war es noch nicht fest genug, da nirgendwo Schlittschuhläufer zu sehen waren. Die Sonne warf jetzt lange Schatten. Jelmer fuhr langsam. Sie kurbelte die Fensterscheibe herunter. Sofort strömte die ländliche Stille herein, trotz des Motorenlärms. Sie schaute auf den Ee. Zugefroren kam ihr das Gewässer weniger breit vor, als sie es in Erinnerung hatte, auch wenn sie in der weiten Krümmung einer Schleife durchaus das fast Majestätische wiedererkannte, das der Ee in ihren Augen früher verkörpert hatte.

Erregt, doch ohne ein Wort zu sagen, deutete sie seitlich auf zwei niedrige Arbeiterhäuschen. Jelmer bremste und fuhr trotz ihrer Proteste rückwärts an die Häuser heran. Den Gemüsegarten gab es noch, wie sie sah, und am Ufer den Schilfgürtel, steif geworden und gelblich-verdorrt. In der Küche stand eine Frau im Neonlicht hinter halb beschlagenen Fensterscheiben und schaute neugierig zu dem parkenden Wagen hinauf. Unter einem Vordach stand regungslos ein zottiges Pony. Sie hörten das Krächzen einer Krähe, das in der Winterstille widerhallte.

»Fahr weiter«, sagte Lin nach kurzer Zeit.

Sie ließ das Fenster offen. Die Luft war rein. Den leichten Geruch von Dünger atmete sie mit Wohlbehagen ein.

Dann war es plötzlich eine Tatsache. Direkt neben der Straße, auf einem Gelände inmitten der Weiden, lagen ein Ausstellungsraum mit glänzenden Autos hinter einer Glaswand, eine Werkstatt und ein Wohnhaus, alles aneinandergebaut. Schräg hinter dem Gebäude ragten mehrere Stapel mit Autowracks auf.

Aus einem Auto steigen, eine Zigarette unter der Schuhsohle austreten, einen Schal umlegen – zum ersten Mal in ihrem Leben tat sie diese Dinge unter den Augen eines Mannes, der ihr Vater war. Das machte sie verlegen. Einen Augenblick lang überlegte sie, ob sie die Plastiktüte mit der Kuchenschachtel nicht auf dem Rücksitz stehenlassen sollte, nahm sie dann aber doch mit. Noch einmal beugte sie sich grundlos ins Wageninnere. Alle Handgriffe führte sie mit dem Rücken zu ihm aus.

Hokwerda, ein großer, korpulenter Mittfünfziger, war aus dem Haus getreten und stand nun reglos auf der Eingangstreppe vor der Haustür. Trotz der Kälte trug er lediglich ein Hemd, hatte die Ärmel hochgekrempelt, die Krawatte gelöst und den Kragenknopf geöffnet. Zwischen seinen Lippen steckte eine Zigarre. Sein kahler Schädel war von einem spärlichen Haarkranz umgeben, der zerzaust war, als hätte er den ganzen Tag draußen im Wind gearbeitet.

Als seine Gäste näher kamen – jeder ihrer Schritte war in der Stille deutlich vernehmbar –, rief er: »So, da hätten wir ja die Amsterdamer!«

Noch immer rührte er sich nicht vom Fleck. Lin wußte nicht, wie sie ihn begrüßen sollte. Hokwerda gab ihr eine Hand und schaute sie mit einem neckischen Lächeln auf den Lippen und in den hellblauen Augen an. Schweigend nickte er ihr zu, während er ihre Hand festhielt. Sie erwiderte sein Nicken. Dann sagte er: »Du hast gedacht, jetzt muß es endlich mal passieren.«

Etwas Triumphierendes lag in seiner Stimme.

»Ja, jetzt mußte es endlich mal passieren«, bestätigte sie, allzu ungezwungen.

Hokwerda hielt ihre Hand noch einen Moment lang fest, ihre Hand, die unwillig wurde und weg wollte. Dann ließ er los.

»Und du hast deinen Mann oder Freund mitgebracht.«

»Das ist Jelmer.«

In der Hausdiele lag ein Fußboden aus Naturstein, auf dem vereinzelt noch feuchte Flecken zu sehen waren; es roch nach Putzmitteln. Aus der Küche kam eine Frau, ebenso groß wie Hokwerda. Sie war fein gekleidet und roch nach Parfüm. Ihr Kleid mit Brosche lag eng um ihren fülligen und noch attraktiven Körper, ihre Strumpfhose schimmerte, sie hatte schöne Waden. Sie nahm die Schachtel mit den Törtchen in Empfang, machte sie aber nicht auf. »Wir werden nachher mal schauen, was drin ist«, sagte sie und brachte die Schachtel in die Küche.

Sie betraten ein riesiggroßes L-förmiges Zimmer, in dem alles an seinem Platz zu stehen schien. Unter dem Natursteinfußboden hätten sie eine Fußbodenheizung verlegen lassen, teilte Hokwerda mit. Der Fernseher war eines der größten und modernsten Modelle. Sie bewunderten eine friesische Wanduhr, auf der sich Landschaftszeichnungen befanden, und einen Mahagonischrank mit knarrenden Türen und nach Holz riechenden Schubladen, der bereits im Bauernhof von Hokwerdas Großvater gestanden hatte.

»An dem Schrank hören wir, wenn das Wetter umschlägt«, sagte die Frau.

Rührig lief sie hin und her, um Getränke einzuschenken und Schalen mit Erdnüssen und Salzgebäck hinzustellen. Hokwerda rieb sich die Hände und schaute vorwiegend weg, in seinen eigenen Raum, wo keine Menschen waren. Er setzte sich in seinen Ledersessel. Jelmer und Lin nahmen auf der Couch Platz. Die Getränke wurden auf einem silbernen Tablett serviert – alter Genever für Hokwerda, Johannisbeergenever für seine Frau, ein Glas Rotwein für »die junge Frau«, Bier für »den jungen Herrn« – und auf den Wohnzimmertisch gestellt, mit silbernen Untersetzern, damit die Gläser keine Ringe auf der Glasplatte hinterließen.

Hokwerda hob sein Glas, wußte aber nicht, worauf er anstoßen sollte; auch die anderen wußten nicht, was sie sagen sollten, als hätten sie auf seinen Trinkspruch gewartet. Schweigend kippte er den Genever hinunter, in einem Zug. Sie unterhielten sich über die Fahrt und über die Route, die sie genommen hatten – ach, das hätten sie anders machen müssen. Über den gerade erst hereingebrochenen Frost. Über »den Westen«, wie man hier den westlichen Teil der Niederlande zu bezeichnen pflegte, als läge er Tausende Kilometer entfernt, und über Amsterdam. Hokwerda sagte, er sei vor einem halben Jahr zum letzten Mal in Amsterdam gewesen, um den Automobilsalon zu besuchen. Es blieb einen Moment still.

»Es ist eine schöne Stadt«, erklärte er, »ich mag Glockenspiele, und die gibt es dort. Es gibt viel zu sehen, aber wenn ich hier wieder aus dem Wagen steige, bin ich froh, daß ich nicht dort wohnen muß.«

Seine Frau stimmte ihm zu.

»Weißt du noch, was ›Raum‹ auf friesisch ist?« fragte Hokwerda seine Tochter.

»Rûmte«, erwiderte sie leise.

»Schau an, sie weiß es noch. ›Rûmte‹ sagen wir. Das gibt es hier – Rûmte!«

Das Wort, mit Nachdruck ausgesprochen, schien ihn im Innersten zu berühren. Jelmer fragte sich, wieviel Raum dieser Mann wirklich hatte. In diesem Dorf, in dem jeder seine Geschichte kannte (von einem auf den anderen Tag von Frau und Kindern verlassen), in diesem peinlich geordneten Haus, mit einer Frau, die die Zügel fest in der Hand hatte. Wieviel Raum war in diesem widerspenstigen Kopf? Hokwerdas schroffes Wesen ärgerte ihn. Es fiel ihm schwer, Lin so eingeschüchtert neben sich sitzen zu sehen, unglücklich in ihrer wenig Stil bezeugenden Kleidung – obwohl sie sich ganz toll hätte herausputzen können –, kleinlaut, kaum in der Lage, etwas zu sagen. Sie tat ihm leid. Zugleich ärgerte es ihn, daß sie sich so wenig einzubringen vermochte. Vor allem aber erstaunte ihn die Veränderung, die die Nähe ihres Vaters in ihr auszulösen schien. Es war, als würde sie wieder ein Kind, das Mädchen von dem Foto, das sie ihm unterwegs gezeigt hatte: unwillig, abgekapselt, traurig.

Das Gespräch wurde behutsam geführt. Die Hokwerdas blieben am liebsten auf eigenem Terrain. Ganz selten richteten sie eine Frage an die Gäste. Ach, sie mache also Kostüme für den Film. Na, das sei ja ziemlich aufregend. Und er nehme Musiker unter Vertrag für Konzerte, so so. Ein paarmal schaute Hokwerda mit schiefen Blicken auf sein leeres Glas. Endlich wurde ihm ein zweiter Klarer eingeschenkt, und auch den spülte er in einem Zug hinunter, wie um seine Frau zu ärgern.

»Wie wär's?« fragte er dann, »soll ich euch schnell noch alles zeigen, bevor es dunkel wird?«

Er steckte sich speziell dafür eine neue Zigarre an.

In der Werkstatt blieb Hokwerda nur kurz stehen, um knapp auf die Hebebühnen zu deuten.

Aber in der Ausstellungshalle ließ er sich Zeit. Er knipste das Licht an. Mit einem leisen Knistern, ähnlich dem von abbrechenden Eiszapfen, sprangen eine nach der anderen die Neonröhren an der Decke an. Und da standen sie, glänzend und still, an die fünfzehn Autos, in zwei Reihen, alle mit der Motorhaube zur Glaswand. Es roch nach dem Gummi der Autoreifen und nach der Nigelnagelneuheit der noch unbenutzten Innenausstattungen. Zwanzig Meter lang sei die schräg nach innen geneigte Glaswand an der Seite zum Ee, soundso viel hundert Quadratmeter betrage die Oberfläche des glänzenden Natursteinfußbodens, und das Glas allein habe er für soundso viel versichert. Hokwerda erzählte vom Neubau, der bereits einige Jahre zurückliege; für ihn sei es aber noch immer wie gestern. Er nannte seinen Umsatz. Sie verstünden doch wohl, daß man so ein Gebäude nicht hinstellen lassen könne, wenn man nicht ab und zu auch mal ein Auto verkaufe.

Lin beobachtete ihn. Noch immer konnte sie in Hokwerdas Gesicht kaum etwas Vertrautes entdecken. Es war viel älter und schwammiger geworden. Nur seine hellblauen Augen erkannte sie, das neckende, herausfordernde Lächeln, das dann und wann um seine Lippen spielte und in seinen Augen aufblitzte, das Lächeln, das ihn ungreifbar machte. Sie erkannte seine Gestalt, aber es war, als würde derjenige, den sie suchte, sich darin verstecken. Die verworrenen Haarsträhnen am Rand seines Schädels erinnerten sie an ihren Großvater, Pake Hokwerda, wie er auf Friesisch genannt wurde, der auf genau die gleiche Weise kahl geworden war und immer einen Abdruck in den

Haaren gehabt hatte, wenn er seine Mütze abgenommen hatte. Immer wenn Hokwerda sie anschaute, wurde sie unsicher.

Er schritt die ganze Halle mit ihnen ab, um ihnen ein Gefühl für deren Maße zu vermitteln. Zuerst hinter den Wagen entlang, dann davor. Aus Gitterrosten im Fußboden stieg warme Luft auf. Mehrmals blieb er stehen und schaute hinaus, als genieße er es, selbst im Schaufenster zu stehen. Einmal sah er die Widerspiegelung von sich und seiner Tochter in der Scheibe, von oben bis unten. Lin merkte, daß der Anblick ihn berührte, daß er erschrak. Er drehte sich zu ihr um und schaute sie mit diesem provozierenden Lächeln an, zu lange.

»Na, den Schrottplatz auch noch?« fragte er herausfordernd.

»Warum nicht?«

Autowracks interessierten sie überhaupt nicht. Aber sie hoffte, draußen, bei den Minustemperaturen, wieder zu sich zu finden.

»Und vielleicht eine kleine Demonstration?« schlug Jelmer abschätzig vor.

Hokwerda reagierte nicht auf diese Anregung. Manchmal stellte er sich urplötzlich taub.

An der Hintertür des Gebäudes zog er seine Jacke an; die Schuhe zog er aus und schlüpfte statt dessen in Holzschuhe. In seiner zerknitterten Kleidung und mit den Holzschuhen, eine Zigarre zwischen den Lippen, erinnerte er sie unweigerlich an einen Bauern, an die Bauern, die sie früher gekannt hatte. Sie mußte daran denken, wie er in Holzschuhen im Gemüsegarten herumgewerkelt hatte, wie er in dem fetten Lehmboden eingesunken war, wenn er mit dem Spaten zugange gewesen war; und daß er in Holzschuhen in sein Ruderboot gestiegen und auf dem Metall und den Lattenrosten herumgetrampelt war, wenn er »te fiskjen«* ging.

* »zum Fischen«

Draußen atmete sie tief aus und ein. Die Luft war so pur und trocken, daß sie husten mußte. Die Sonne war mittlerweile untergegangen und hatte den Himmel in roten Flammen zurückgelassen. Unhörbar hoch zog ein Flugzeug einen Kondensstreifen durch das ätherische Blau; sein Rumpf funkelte noch im Licht. Über dem Autofriedhof ging langsam ein Vollmond auf. Die Temperatur sank, Eiseskälte biß. Aus den Mündern stiegen graue Wölkchen auf.

Lin schauderte vor Kälte. Hokwerda bemerkte es und sagte, hier im Norden sei es im Winter meistens fünf und manchmal sogar zehn Grad kälter als »im Westen«. Darauf schien er stolz zu sein. »Geht ihr in Amsterdam manchmal Schlittschuh laufen?« fragte er. Als Lin erwiderte, daß man auf den Grachten manchmal laufen könne, gab er zu erkennen, daß er das für großen Unfug hielt, Schlittschuhlaufen in der Stadt. Als sie hinzufügte, daß es in unmittelbarer Nähe von Amsterdam Seen gebe, auf denen man durchaus laufen könne, tat er, als hörte er sie nicht.

Er ging vor ihnen her. Sie gingen die Straße entlang, dann betraten sie einen mit LKW-Spuren gesäumten Weg. In den Vertiefungen war das Wasser zu Lufteis gefroren, weiß und zerbrechlich. Der Boden war steinhart. Jelmer bot ihr seinen Arm an, damit sie auf dem unebenen Boden leichter vorwärtskam, aber sie lehnte ab. Ihn zu berühren würde sie zu sehr ablenken.

Nach kurzer Zeit standen sie auf einem von Fahrzeugen verwüsteten Feld zwischen den Autowracks. Acht, neun Wagen mit zusammengedrückten Dächern lagen aufeinandergestapelt da. Es gab mehrere dieser aneinandergelehnten Stapel. Das Büro der Direktion, das zugleich als Kantine diente, ein schlammbespritzter Wohnwagen, wirkte klein zwischen diesen Bergen von Autos. Es schien, als wären sie in einer barbarischen und unheimlichen Siedlung angekommen. Zwischen den Stapeln mit Autowracks führten Straßen hindurch, es gab auch Querstraßen und sogar kleine Plätze. Die meisten Scheinwerfer und Fensterscheiben waren zersplittert, die Motorhauben aufgesprungen, die Reifen abmontiert. Manchen Wracks war anzusehen, daß es sich um einen Totalschaden gehandelt hatte, bei dem einen oder anderen konnte kaum ein Zweifel daran bestehen, daß der Fahrer den Unfall nicht überlebt hatte. Die Wagen lagen da wie tote Tiere, die nach einer Massenschlachtung zu Haufen aufgeschichtet worden waren.

»Zwischen sieben- und achthundert Wracks habe ich zur Zeit hier«, erklärte Hokwerda, der schwer atmete. »Die Gemeindeverwaltung will mich schon seit Jahren von hier verjagen, aber vorläufig gelingt ihr das nicht.«

»Sie verschmutzen den Boden und die Wassergräben«, sagte Jelmer.

»Ich verschmutze überhaupt nichts. Das ganze Öl wird ordentlich abgelassen und beseitigt, nichts wird angezündet. Es ist wegen der Aussicht, daß sie mich von hier verjagen wollen. Ich soll in einem Industriegebiet angesiedelt werden. Aber die Verwaltung hat nichts in der Hand.« Er trat gegen die harten Schollen. »Dieser Boden befindet sich schon seit drei Generationen im Besitz der Familie, und jetzt gehört er mir. Und damit entscheide ich, was ich mit dem Boden mache, nicht wahr? Ich sehe keinen Grund, mit meiner Autoverwertung umzuziehen.«

»Es sei denn, Sie werden gut dafür bezahlt«, vermutete Jelmer.

»Ich sehe, du kennst dich aus, min Jong.«

»Darauf kann doch jeder kommen, Herr Hokwerda.«

Sie schwiegen. Hokwerda zog an seiner Zigarre und stieß eine Rauchwolke hervor. Lin wandte sich ab, um den von ihrem Vater ausgestoßenen Rauch nicht einatmen zu müssen. Danach blieb sie mit abgewandtem Kopf stehen, warum, war ihr selbst nicht ganz klar. Irgendwo auf den Autowracks hatten sich Krähen niedergelassen. Ihr Krächzen hallte in der Stille wider. Über den Weiden lag Nebel. In der Dämmerung war der aufgehende Mond blutiggelb.

»Na, Famke«, sagte Hokwerda, »fühlst du dich wohl?«

»Ja, schon.«

»Du sagst so wenig.«

»Ach ja?«

»Du bist natürlich ziemlich beeindruckt.«

»Dafür ist schon ein bißchen mehr nötig.«

»So, dafür ist ein bißchen mehr nötig.«

Sie schwiegen wieder. Jelmer hielt sich zurück. Lin starrte zwischen den dunklen Umrissen der Autowracks hindurch in den Nebel, der bewegungslos über den erstarrten Grasbüscheln stand, und zum Mond am grauen Abendhimmel. Sie war nicht mehr in der Lage, sich zu ihrem Vater umzudrehen. Das Schweigen hielt an. Die Krähen krächzten.

»Dann noch schnell die kleine Demonstration«, sagte Hokwerda sarkastisch. »Das wollte der junge Herr doch, oder?«

Er ging zu einem alten Greifbagger, der ganz in der Nähe stand. Lin folgte ihm mit dem Blick. Sie erkannte etwas an der Art, in der er ging: Jähzorn. Er kletterte auf die schlammverschmierten Gleisketten des Greifbaggers, öffnete die Kabinentür, zog sich hinein und ließ sich auf den Kranführersitz fallen. Er beugte sich vor, die Zigarre zwischen den Lippen, und ließ den Motor an. Die Kabine blieb dunkel. Von dem großen Körper ihres Vaters sah Lin lediglich die Umrisse, seine Füße auf den Pedalen, seine Hände an den Hebeln.

Hokwerda ließ den Kranarm bis über ein Wrack schwenken, das mit den Felgen auf dem Gras stand. Der Greifer senkte sich herab und öffnete sich über dem Wrack. Langsam drangen die Zähne in das plötzlich weich wirkende Metall ein. Ruckweise wurde das Wrack vom Gras gehievt und nach oben gezogen, wobei es leicht hin und her schwang. Der Kran drehte sich.

Mit der erforderlichen Präzision, zugleich aber auch recht abrupt – Hokwerda war anscheinend nicht sehr in Übung –, legte er das Wrack auf einem Schrotthaufen ab.

Lin folgte den Bewegungen des Krans mit dem Blick. Jelmer beugte sich zu ihr vor, eine Hand am Mund.

»Er ist verlegen«, rief er, »genau wie ich mir gedacht habe.«

Nur mit Mühe übertönte er das Dröhnen des Motors. Lin gab keine Antwort, sondern schaute weiterhin nach oben. Inzwischen hatte ihr Vater einen anderen Wagen von einem Stapel gehievt. Die Zähne des Greifers waren direkt unter dem Dach ins Wageninnere eingedrungen, wobei sie die Fensterscheiben zersplittert hatten. Die Vordertüren des in der Luft hängenden Wagens schwangen auf. Unwillkürlich trat Lin einen Schritt zurück und zog Jelmer mit sich mit. Der Kranarm kam zum Stillstand. Fast direkt über sich sah Lin das Auto hin und her schaukeln. Das Fahrgestell erinnerte sie an einen Schaltplan. Sie fühlte, daß das schaukelnde Ding da oben sie benommen machte, daß sie erstarrte. Sie sah es: wie die Kiefer des Greifers sich erst ruckelnd und dann mit einem Schlag ganz öffneten.

Jelmer riß sie nach hinten.

Etwas kam auf sie zu. Das war das Wrack. Aber sie glaubte es nicht. Bis es direkt vor ihr auf dem Grasboden aufschlug, an der Stelle, wo sie gestanden hatte. Sie spürte, wie der Boden unter ihren Füßen bebte, und hörte, wie Glas zersplitterte und in winzig kleinen Stücken herunterrieselte.

Der Motor des Baggers setzte aus. In der plötzlich hereingebrochenen Stille hörte sie die Holzschuhe ihres Vaters, der auf die Gleiskette stapfte, die Kabinentür, die zugeschlagen wurde. Hokwerda sprang von der Gleiskette herunter und kam zu ihnen herüber, um den Mund und in den Augen dieses provozierende Lächeln.

»Du hast dich doch nicht etwa erschrocken?«

Lin antwortete nicht. Hokwerda schaute weg. Sein Gesicht war aschgrau. Die Zigarre hing zerbrochen zwischen seinen zitternden Fingern.

Rauchfleisch, Zervelatwurst, Schinken und Katenspeckstreifen auf einer Fleischplatte, in einem Körbchen aufgeschnittenes Weißbrot, Roggenbrot und friesisches Rosinenbrot, Glasschüsseln mit Marmelade, verschiedene Käsesorten, unter anderem friesischer Gewürznelkenkäse, eine Kanne mit Milch, eine Kanne mit Buttermilch – im Hause war mittlerweile zum Abendbrot gedeckt worden. Lin sog die Gerüche ein, die vom Tisch kamen: den Geruch der Fleischwaren, herzhaft, den trockenen Geruch des Weißbrots, den süßen des Rosinenbrots, den kalten Milchgeruch, die Gewürznelken des typisch friesischen Käses. Langsam ließ das Beben in ihren Beinen nach.

Die Frau des Hauses legte ihre Schürze ab, zog mit einer schnellen Handbewegung über die Hüften ihr hochgerutschtes Kleid herunter und stellte sich mit einem Lächeln neben Lin. »Na«, sagte sie mit einem zufriedenen Nicken in Richtung Hokwerda, »er hat es zu etwas gebracht, nicht wahr?«

Lin hatte keine Lust, darauf einzugehen, und stimmte zu. Erneut sog sie die Gerüche des gedeckten Tisches ein. »Das erinnert mich an früher.«

»Ach wirklich?«

»Genauso roch es, wenn wir bei Pake Hokwerda und bei Onkel Rense und Tante Stien zu Abend aßen.«

Die Erinnerung an diesen Onkel – an den Mann, der sie am frühen Abend, wenn man das erste Gläschen trank, zwischen seine Beine zog und sie dort festhielt, seine große Hand auf ihrem Bauch, und sie liebkoste, wobei sein Glied steif wurde und sich in seiner Hose an ihrem Rücken entlang aufrichtete –, das Aussprechen seines Namens, Onkel Rense, ließ sie kurz stocken.

»Und bei Muttern zu Hause«, fragte Frau Hokwerda mit einem Funkeln im Blick, »roch es da etwa nicht so?«

»Ich glaube schon«, antwortete Lin schnell, »aber bei Pake Hokwerda und Onkel Rense, das war auf dem Bauernhof, da war es anders; darum erinnere ich mich wahrscheinlich auch daran, wie dort die Brotmahlzeit roch.«

»Ja, wenn es anders ist, dann kommt es einem schnell wie etwas Besonderes vor, nicht wahr? Na, wollen wir anfangen?«

»Es sieht wunderbar aus.«

Sie bekam diese Worte kaum über die Lippen. Doch beim Essen machte sie damit weiter: sich bei Hokwerdas Frau einzuschmeicheln, um wenigstens irgendwo festen Boden unter die Füße zu bekommen. Die Frau war nicht gerade entgegenkommend, da sie daran gewöhnt war, alle Zügel fest in der Hand zu halten, und von ihrem Dauerbedürfnis nach Ernüchterung behindert wurde. Lin fühlte sich ihr unterlegen und redete schnell. Als sie sich nach Onkeln und Tanten erkundigte, nach Cousins und Cousinen, mit denen sie vor langer Zeit gespielt hatte, nahm ihre Reserviertheit noch mehr zu. Wollte diese Frau ihr etwas vorenthalten, oder hatte Hokwerda sich inzwischen mit seiner ganzen Verwandtschaft überworfen? Lin vermutete, daß letzteres der Fall war. Die Frau gab ausweichende Antworten und lachte ein wenig über Lins plötzliches Interesse für ihre Verwandten. Zwischendurch rieb sie sich ab und zu mit den Fingerspitzen an der Unterseite ihrer ansehnlichen Oberweite, als würde ihr BH dort spannen, und freute sich sichtlich an dem Silberbesteck und dem schönen Service, das nur selten auf den Tisch kam und das sie mit beiläufigen Handbewegungen immer wieder neu anordnete.

Hokwerda unterhielt sich ausschließlich mit Jelmer, der ihm gegenübersaß und den er immer wieder übertrumpfen zu müssen meinte, nachdem er mitbekommen hatte, daß dieser noch so junge Mann einige Jahre lang als Anwalt gearbeitet hatte. Immer wenn Jelmer sich ins Gespräch der Frauen einschalten wollte, verstummte Hokwerda und sann auf eine Gelegenheit, ihn wieder mit Beschlag zu belegen. Je länger dies dauerte, desto mehr belastete sie die Verkrampftheit dieser getrennten Unterhaltungen; es traten Pausen ein, in denen die Frau sich beeilte, noch einmal nachzuschenken, und jedes vorbeifahrende Auto eine willkommene Ablenkung darstellte. Jede weitere Stille war schwerer zu durchbrechen als die vorige. Schließlich bemächtigte Sprachlosigkeit sich der Runde.

Dann holte Lin das Foto hervor und gab es ihrem Vater.

»Das habe ich gefunden.«

»Ach, das ist der alte Buick.«

»Am oberen Rand der Windschutzscheibe war so ein hellblauer Schutzbelag gegen Sonnenlicht.«

»Ja, das war der Buick.«

Lin schaute ihren Vater an, der das Foto aufmerksam betrachtete, und versuchte, etwas an ihm zu finden, das sie lieben könnte, etwas, das sie erweichen würde, das diesen Mann, und wenn auch nur für einen Augenblick, zu ihrem Vater werden ließe. Aber sie fand nichts.

»Zu diesem Foto gehört eine Geschichte«, sagte Hokwerda unvermittelt.

»Na, dann mußt du die uns jetzt erzählen«, sagte seine Frau.

»Ich hatte den Buick kurz vorher gekauft, einen schönen Wagen. Eines Nachmittags wollte ich ein wenig damit herumfahren, und die Kleine wollte ich mitnehmen. Ich fuhr aus dem Dorf heraus, und in einer Kurve – das werde ich nie vergessen – sehe ich auf einmal, wie die Tür auf ihrer Seite aufgeht, und weil sie sich auf die Armlehne gestützt hatte, fiel sie halb aus dem Wagen. Ich hörte sie schreien, ich sah, wie die Tür aufging, und da hing sie, zwischen der Beifahrertür und dem Wagen, direkt über der Straße.«

Er schwieg kurz und genoß die Aufmerksamkeit der Zuhörer.

»Klar, daß ich blitzschnell hinübergelangt und sie ins Wageninnere zurückgezogen habe. Gleich danach habe ich auch die Tür wieder geschlossen.«

Hokwerda gab seiner Tochter das Foto zurück.

»Ihr sind immer solche Sachen passiert«, sagte er. »Kannst du dich noch daran erinnern, daß du beinahe aus diesem Wagen gefallen bist?«

»Nein, davon weiß ich nichts mehr.«

»Ach ja, ein Kind vergißt schnell, nicht wahr?«

»Da wäre ich mir nicht so sicher.«

»Ach nein?« Hokwerda tat erst, als wäre er sehr überrascht, und dann, als wollte er etwas enorm Witziges sagen. Er beugte sich vor und fragte sie, in einem Ton, als spräche er mit einem Kind: »Kannst du dich also doch daran erinnern?«

»Darum geht es nicht.«

»Worum geht es denn dann, Famke?«

»Es geht um die Frage, ob Kinder schnell vergessen. Die wichtigen Dinge vergessen sie nicht.«

»Aber das war doch wichtig! Es hätte böse für dich enden können, wenn du aus dem Wagen gefallen wärst, denn ich bin ziemlich schnell gefahren. Aber du weißt es nicht mehr, nicht die geringste Erinnerung hast du daran. Noch nicht einmal das Foto hat dich wieder darauf gebracht.«

»Schon mal was von Verdrängen gehört?«

»Sicher. Dieses Wort kennen wir hier auch, und ich sage immer: Nur gut, daß ein Mensch so viel verdrängen kann!«

»Und immer weitersaufen, damit nichts mehr hochkommt!«

»Na, na, na«, rief die Frau, beschwichtigend und tadelnd zugleich. »Muß das jetzt sein?«

Es wurde still. Niemand an dem großen Tisch wagte mehr, sich zu bewegen.

»Ach«, sagte Hokwerda schließlich und blinzelte Jelmer dabei zu, »sie hat ihren Vater bestimmt vermißt, nicht wahr?«

Jelmer setzte eine frostige Miene auf und erwiderte mit eisigem Sarkasmus: »Ja, eigentlich lächerlich, den eigenen Vater zu vermissen.«

»Na«, sagte die Frau laut und beschwörend und erhob sich, »wollen Jelmer und Lin vielleicht noch eine Tasse Kaffee und dazu ein Stück Kuchen?«

Während der ersten Kilometer sagte Lin kein Wort. Die roten Neonbuchstaben auf dem Dach der Ausstellungshalle verschwanden aus dem Blickfeld. Sie überquerten den Ee, ließen das Dorf hinter sich und fuhren auf die Autobahn. Lin löste ihre Haare, warf sie schwungvoll über die Schultern und strich eine Zeitlang jede Locke, die nach vorne fiel, wütend wieder zurück. Sie steckte sich eine Zigarette an und umklammerte anschließend das Benzinfeuerzeug. Sie hatte Lust, ihre Finger in die Flamme zu halten, sie hatte Lust, sich die Haare anzuzünden.

Bilder schossen ihr durch den Kopf. Wie ihr Vater ein Stückchen Rauchfleisch von der Platte nahm und sich in den Mund steckte, seine Frau, die die Platte wegschob. Der zerknautschte Anzug ihres Vaters, seine Holzschuhe, die Zigarre, die zerzausten Haarbüschel. Ein richtiger Bauer. Wie er sie in Hemdsärmeln erwartet hatte. So, da hätten wir ja die Amsterdamer. Ihre Hand zu lange festhalten, provozierend, einschüchternd, sie zu lange anschauen, mit diesem Lächeln. So, du hast gedacht, jetzt muß es endlich mal passieren. In der reflektierenden Scheibe der Ausstellungshalle hatte er plötzlich die Widerspiegelung seiner selbst neben seiner Tochter gesehen und sich abgewandt. Der Mond über dem Schrottplatz, der Mond, der auch nichts dafür konnte. Das dünne weiße Eis über den Furchen in der Erde, das sie früher mit dem Absatz zertreten hat. Seine Holzschuhe. Ihre Sehnsucht nach dem Lehmboden des Gemüsegartens, in dem seine Holzschuhe eingesunken waren, der Geruch einer Manchesterhose, der wieder in ihr hochkam, das Klappern seiner Holzschuhe im Boot, auf dem Klinkerweg neben dem Haus. Auf dem Schrottplatz hatte sie sich ihrerseits von ihm abgewandt – um seinen Rauch nicht einatmen zu müssen. Ob sie sich wohl fühle. Dann war er böse geworden. Das Autowrack, das mit aufschwingenden Türen am Greifer hing und plötzlich fiel und immer weiter fiel, während sie nicht glauben konnte, daß es wirklich fiel. Der Boden, der unter ihren Füßen bebte. Die plötzliche Stille. Die Kabinentür, die mit dem schrillen Schlag von Eisen auf Eisen zufiel. Der Schmerz in ihrer Brust. Vergiß es! Denk nicht mehr dran! Weg damit! Auto Hokwerda! Zu etwas gebracht, nicht wahr? Diese blöde Kuh. Diese blöde Kuh mit den Glitzerstrumpfhosen und dem Kleid, das sie stets wieder glatt nach unten streichen mußte. Weg damit! Auto Hokwerda. Weg damit!

Sie stampfte ihre Zigarette im Aschenbecher aus.

Endlich sagte sie: »Das war also mein Vater, mit der Betonung auf *war*.«

Jelmer schreckte aus seinen eigenen Gedankengängen hoch und schaute zu ihr hinüber. »Fandest du es so schlimm?«

»Auto Hokwerda. Zu etwas gebracht. Nach achtzehn Jahren ist das das einzige, was er mir zeigen will: daß er darüber hinweggekommen ist, daß er es richtig gemacht hat, daß er es geschafft hat.«

»Ja.«

»Aber das ist doch furchtbar!«

»Ich verstehe das schon.«

»Du verstehst das schon?«

Er hörte die Wut in ihrer Stimme. Es war ihm klar, daß dies der allerschlechteste Moment war, für ihren Vater Partei zu ergreifen, und es war ihm auch klar, daß er es absichtlich tat.

»Du hast nicht weiter nachgedacht – und ich auch nicht, aber vor achtzehn Jahren ist dieser Mann von einem auf den anderen Tag von seiner Frau und seinen Kindern im Stich gelassen worden, er wurde vor den Augen seiner Verwandten, seiner Freunde, wenn er denn welche hatte, vor den Augen des ganzen Dorfes erniedrigt, er wurde als Ehemann für bankrott erklärt. Und nach alledem hat er von denen, die ihm das angetan haben, nie mehr etwas gehört.«

»Aber man bleibt doch der Vater seiner Kinder.«

»Etwas anderes war stärker.«

»Nämlich was?«

»Er mußte sich zuerst revanchieren.«

Lin schwieg. Ihr Herz pochte. Sie hatte Lust, die Tür aufzureißen, den unter ihnen vorbeischießenden Asphalt anzustarren.

»Und zum Schluß«, sagte sie dann, »nachdem er mir demonstriert hat, zu was er es alles gebracht hat, er, er, er, mit seiner Ausstellungshalle und seiner Göttergattin mit Glitzerstrumpfhosen und seinen studierenden Kindern, zum Schluß verübt er auch noch eine Art von Anschlag auf mich. Einen Anschlag! Er will mich vom Erdboden verschwinden lassen, oder besser gesagt, *in* den Erdboden, weil ich ihn an sein Scheitern erinnere.«

Jelmer seufzte.

»So darfst du das nicht sehen.«

»Er war jähzornig, als er diesen Bagger bestieg.«

»Bitte, Lin.«

»Okay, war nur ein Witz.«

Sie schwieg und schaute weg. Jelmer nahm Gas weg, er fuhr wie immer zu schnell. Er wartete, bis er sich selbst wieder einigermaßen beruhigt hatte, und sagte dann so ruhig wie möglich: »Er hatte getrunken. Hörst du? Er hatte getrunken. Zwei Klare in unserer Gegenwart und vorher schon ein paar, denn er roch schon nach Alkohol, als wir hereinkamen. Als wir auf dem Autofriedhof standen, war es bereits dämmrig, sprich: Er konnte nicht richtig sehen. Mit dem Bagger hat er schon eine Weile nicht mehr gearbeitet, das war offensichtlich. Er wollte uns einen Schrecken einjagen, uns Schlappschwänzen aus der Stadt. Leider war die Art, wie er das machte, ein wenig ungeschickt. Aber Gott sei Dank haben wir gut aufgepaßt und konnten im letzten Moment einen Schritt zurückmachen. *And that's it!* Das ist alles, mehr steckt nicht dahinter. Bitte! Dramatisier das Ganze nicht zu sehr!«

»Du bist verärgert.«

Eine Zeitlang stritten sie sich, die Art von Streit, bei der wütend Fenster heruntergekurbelt werden. Jelmer gab diese Art von Streit einen Kick, und er trat fester aufs Gaspedal. Plötzlich aber bekam er Angst, es könnte ihnen an diesem Tag wirklich noch etwas zustoßen, und bei der nächstbesten Gelegenheit fuhr er auf die Standspur. Lin stieg sofort aus und lief auf eine eingezäunte Weide zu, wo sie reglos, die Schultern bebend hochgezogen, in der eisigen Kälte stehenblieb. Sie wird noch krank, sie ist dabei, sich selbst krank zu machen, dachte er bei sich. Schließlich stieg er ebenfalls aus. Er überredete sie, in den warmen Wagen zurückzukehren.

Sie wollte nicht angefaßt werden.

Plötzlich war sie ungewohnt ruhig.

»Du ärgerst dich über mich«, sagte sie. »Du hast dich schon den ganzen Nachmittag und Abend über mich geärgert. Du willst, daß ich schön bin, aber ich ziehe die falschen Sachen an, in denen ich aussehe wie eine Internatsschülerin. Zu Besuch bei meinem Vater enttäusche ich dich wieder: Ich lasse mich verwirren, ich bin schüchtern, ich verhalte mich wie ein Kind – und das ärgert dich. Du ärgerst dich über meine Unausgeglichenheit, du bist erschrocken wegen meiner Verwandtschaft und meiner Vergangenheit, immer wieder, wegen der Dinge, die ich mitgemacht habe: so einen Vater, einen Trainer, der mich jahrelang in seiner Macht hatte, Marcus mit seiner Drogenabhängigkeit, Henri mit seinen Schlägen … Du willst das alles nicht, du willst eine Frau ohne Probleme, du ärgerst dich ständig über mich, ich genüge dir nicht mehr.«

Jelmer stritt ab, was sie sagte, er stritt es ab.

Schweigend fuhren sie zu dem Haus am Fluessen.

IV

Ein Haufen nasser Kleidungsstücke

Endlich kam der Morgen. Es begann zu dämmern. Im Garten hing unmittelbar über dem Boden dichter Nebel: In der Nacht hatte es ordentlich gefroren. Sowohl draußen als auch im noch dunklen Haus war es totenstill.

Lin hatte die ganze Nacht nicht geschlafen. Nach stundenlangem Herumwälzen war sie aus dem Bett geschlüpft und in die Küche gegangen, um warme Milch zu trinken, hatte sich danach in die Bibliothek gesetzt und in die eisige Nacht hinausgestarrt. Lesen hatte sie nicht gekonnt. Als es endlich hell zu werden begann, erhob sie sich aus dem Sessel, auf dem sie, eine Decke um sich geschlagen, gesessen hatte.

Sie ging von einem Zimmer ins andere und gab einem Bedürfnis nach, das sie als Kind gehabt hatte und das mit ihrer Hoffnung auf Wunder verbunden gewesen war: Sie berührte Dinge, Dinge, die fast nie berührt wurden, Dinge, die nicht berührt werden durften. Die Farbhaut eines Gemäldes, und auf diesem Gemälde, einem Selbstporträt, die merkwürdig breiten Fingerspitzen des Malers. (An diesen Fingerspitzen, so hatte man ihr erzählt, könne man sehen, daß der Maler einen Herzfehler gehabt habe.) Die hohle Innenseite einer afrikanischen Maske, die sich plötzlich kurz bewegte. Den Bauch eines T'ang-Pferdes umfaßte sie mit einer Handfläche und stellte sich vor, wie die runzlige Hand einer Chinesin vor vielen Jahrhunderten das gleiche getan hatte, ebenfalls in der Morgendämmerung.

Sie steckte eine Hand in den Spalt zwischen der Sitzfläche und der Rückenlehne eines Sofas, bis sie steckenblieb. In Heddas Arbeitszimmer quetschte sie einen Finger durch eines der beiden F-Löcher des Cellos und betastete das noch auffallend rauhe Holz an der Innenseite.

Aber jede Berührung konnte, das spürte sie, im Nu in eine unbeherrschte, zerstörerische Bewegung übergehen.

Im Freien lebte sie auf. Die Eiseskälte biß ihr in die Wangen. Lin ging auf dem Klinkerweg bis zur Sonnenuhr und den mit einer dünnen Schicht Schnee bedeckten Buchsbaumhecken. Im Gemüsegarten strichen ihre Finger über die restlichen Kohlstümpfe, schräg im Schnee versunken. In der trockenen Luft mußte sie hüsteln. Das erinnerte sie an Pferde, die sie vor langer Zeit an einem ebensolchen Wintermorgen hatte husten hören. Zottige Pferde, die mit einem Huf in dem gefrorenen Boden gewühlt hatten, um etwas Eßbares zu finden. In aller Frühe war sie aufgestanden, lange vor den anderen, bevor der Tag seine natürliche Gestalt angenommen hatte, und war auf dem Weg durch die Wiesen zu den Pferden gegangen. Die Pferde hatten reglos und dicht aneinandergedrängt im Morgennebel gestanden. Sie am Gatter, lauschend, die Ohren groß wie Kohlblätter, um jedes noch so kleine Geräusch aufzufangen. Als die Pferde zu ihr gekommen waren, hatte sie sich besser gefühlt.

Aus lauter Gewohnheit ging sie zum Bootshaus. Auf den höchsten Ästen der Bäume lag nun die Glut des ersten Lichts, rötlich und gelblich. Am Bootssteg beugte sie sich über das Eis. Gras in Formalin, dachte sie bei sich, als sie die Grasbüschel sah, die im Eis gefangen waren. Vorsichtig stellte sie einen Fuß auf die Oberfläche. Als diese hielt, zog sie den anderen nach, machte ein paar halb gleitende Schritte, schaute sich um und sah dann im Osten oberhalb der Schilfgürtel und Bäume den riesigen roten Himmelskörper, der sich still über den Horizont erhob.

Ins Bootshaus fiel noch kaum Licht. Im Dämmer lagen da der

Bojer mit seinem wuchtigen runden Bug, der Mast umgelegt, und das schlanke Salonboot, im Eis verankert. Lin zog an dem Strick, mit dem die Türen zur Seeseite hin geöffnet werden konnten; die Taljen quietschten, und die Türen glitten ruckweise zur Seite. Vom Steiger zwischen den beiden Booten aus betrat sie das Salonboot, setzte sich auf eine Bank am Heck, eine Decke über den Beinen, und schaute auf den vereisten See hinaus. Das Licht gewann schnell an Kraft. Das Grau des Himmels wurde hellblau, und das Eis spiegelte das ätherische Blau wider. Da draußen fing alles an zu glänzen, zu funkeln, zu glitzern.

Einen Augenblick lang wartete sie auf Hilfe. Als würde sich aus der stillen Natur heraus eine Stimme an sie wenden, als würde jemand auf sie zukommen. Nur wer? So wie sie als Kind einen Fuß hinter sich hergezogen hatte, einsam auf einem Feldweg, in der Hoffnung, jemand würde sie aus einer Kutsche heraus bemerken und mitnehmen, so wie sie in der Vespuccistraat beim Anblick der märchenhaften Ginkgos manchmal auf eine plötzliche, wundersame Veränderung ihres Lebens gehofft hatte, so wartete sie auch jetzt im Bootshaus darauf, daß sich irgend etwas ereignen würde. Aber nichts geschah, kein Helfer ließ sich sehen.

Schon bald sah Lin sich selbst dasitzen. So eine Frau in einem schwedischen Film, die von einem festgefrorenen Boot aus auf einen Eissee hinausstarrt, diese Art von Symbolik, und daß man dann sieht, woran sie sich erinnert. Sie wollte aufstehen, blieb aber sitzen. Es war zu kalt, um ruhig sitzenzubleiben, doch sie rührte sich nicht. In der Ferne hörte sie einen gedämpften Knall, für einen Augenblick war sie abgelenkt. Ein mehrere Kilometer langer Riß tauchte im Eis auf, das entsprechende Geräusch breitete sich sekundenlang in Längsrichtung des Sees aus. Dann wurde es wieder still.

Im Boden des Boots war die Eisenluke über dem Motor zur Seite geschoben worden. Auf der Luke lag Werkzeug: Offenbar hatte Halbertsmas Monteur am Motor gearbeitet. Lin kniete sich neben die Öffnung. Auf dem Boden des Boots, zwischen den Holzspanten, stand eine dünne Pfütze, nicht gefroren, da das Wasser mit Dieselöl vermischt war. Lin roch das Öl und erkannte die blauen Flecken auf der Wasseroberfläche. Sie beugte sich vor und steckte den Kopf in den Motorraum, so wie sie früher gern den Kopf in ein Erdloch gesteckt hatte oder hineingekrochen war. Mit der Nase berührte sie einen gerippten Schlauch. Sie leckte daran und mußte würgen. Aber sie riß sich zusammen und leckte weiter, bis der bittere, ekelerregende Geschmack von Gummi und Staub ihre Mundhöhle füllte. Sie biß in den Schlauch.

Dann betrat sie die Kajüte, als würde sie etwas suchen. Auf dem länglichen Mahagonitisch, mit Schrauben im Deck verankert, stand ein Karton, aus dem Schwimmflossen ragten. Auch im Ruderhaus war eine Luke im Boden zur Seite geschoben worden. Sie kniete nieder, beugte sich in das Loch, tastete hinter den kalten, staubigen Spanten herum, berührte dabei die eingefettete Lenkstange und richtete sich dann wieder auf. Sie atmete schwer und konnte nicht aufhören mit ihrem Tun. Vom Ruderhaus aus ging sie zurück zum Heck. Ohne nachzudenken, betrat sie das Eis. Es knirschte. Schnell machte sie ein paar Schritte in Richtung See, um aus dem Bootshaus herauszukommen. Das Knirschen im Eis hörte nicht auf; es bildete sich ein Riß, und bevor sie sich auch nur umdrehen konnte, gab das Eis unter ihren Füßen nach. Lin brach ein. Wasser schwappte über die Schollen. Im Bootshaus war das Eis noch schwach, wie unter einer Brücke.

Bis zur Brust stand sie im Wasser. Die Geräusche von überschwappendem Wasser und brechendem Eis hallten im Bootshaus wider. Die Schollen waren glitschig und hatten scharfe Ränder. Die Kälte spürte sie nicht, nur das Pochen ihres Herzens und das Gewicht ihrer Kleidung. Einen Augenblick lang war sie wie gelähmt. Dann gab die Angst ihr Kraft. Sie brach das Eis vor sich weg, watete zu dem Steiger zwischen den Booten, der hoch über ihr aufragte, doch mit einem langen Schrei, einen Fuß auf dem Heck des Boots, zog sie sich mit den Händen in die Höhe. Es schien kaum Zeit verstrichen zu sein, seit das Eis unter ihr gebrochen war.

Fünf Minuten später stand sie unter der Dusche, in warme Dämpfe gehüllt.

Jelmer starrte auf den Haufen nasser Kleidungsstücke auf dem Badezimmerboden, auf das schwarze Rinnsal, das darunter hervorlief.

Gegen Ende des Morgens stand der Lieferwagen eines Catering-Unternehmens vor dem Haus. In der Küche machten sich zwei Köche an die Arbeit; schon bald roch es überall nach Suppe, Gewürzen und gebratenem Fleisch. Im großen Wohnzimmer, in der Mitte des Raums, hatte Halbertsma persönlich den Kamin angemacht; das überließ er niemand anderem. Die Teppiche auf dem Steinboden waren aufgerollt und davongetragen worden. Zwei Kellnerinnen stellten Klapptische auf und breiteten Damasttischtücher darüber aus. Kartons mit Tellern, Gläsern und Besteck standen stapelweise im Gang und warteten darauf, ausgepackt zu werden.

Mit vor Aufregung gerötetem Gesicht lief Hedda Halbertsma auf und ab. Am liebsten hätte sie die Düfte, die in der Küche entstanden, mit Fächern im ganzen Haus verteilt. So malte sie sich das aus, denn genau so mußte es bei einem Mittwinterfest riechen, genau so hatte sie sich das vorgestellt, und später würde noch der Geruch von heißem Glühwein hinzukommen. Im Kopf hörte sie bereits immer wieder dieselben paar Takte aus einem Schubert-Quartett und fragte sich, ob sie heute abend überhaupt noch in der Lage sein würde, sie zu spielen. Der Nacken tat ihr allmählich weh, weil sie sich so viel vorgenommen hatte; sie wäre es gern ein wenig langsamer angegangen, doch nach all der Rennerei in den letzten Tagen schaffte sie das nicht mehr. Jetzt versuchte sie sich mit dem Gedanken anzufreunden, daß sie an diesem Abend mit einem steifen Hals im Festgetümmel herumlaufen würde.

Lin legte mit Hand an. Zuerst rollte sie mit Hedda die Teppiche auf und trug sie davon. Als Hedda ein Gespräch anknüpfen wollte, suchte sie sich eine Arbeit vor dem Haus. Sie streute Sand auf den Weg, der zum Haus führte, außerdem auf die zum Garten hin gelegene Terrasse. Schnell und geschickt putzte sie die Fenster der Terrassentüren, während ihr die Wintersonne den Rücken wärmte. Nachdenken konnte sie nicht. Es war, als säße sie auf einer Rutschbahn, auf der sie von einem Ereignis zum nächsten glitt. Im Haus half sie den jungen Frauen vom Catering beim Polieren der Gläser, wobei sie sich fröhlich unterhielten. Wenn sie es wollte, konnte sie ihre wahren Gefühle meisterhaft verschleiern. Oder war es gar keine Verschleierung? Fühlte sie sich etwa wirklich gut, hatten die Vorbereitungen auf das Fest ihre Stimmung gebessert?

Wenn sie den Gang hinabging, kontrollierte sie die Steinplatten, ob sie keine Spuren hinterlassen hatte. Nach dem Duschen hatte sie im Gang und auf der Treppe blitzschnell alle Schlammspuren aufgewischt. Sie wollte nicht, daß irgend jemand erfuhr, was ihr im Bootshaus zugestoßen war, und hatte von Jelmer verlangt, den Mund zu halten. Aber es bedrückte sie, daß sie Hedda nichts gesagt hatte, Hedda, der sie in den vergangenen zwei Jahren so viel anvertraut hatte, mit der sie in Amsterdam ausging, der sie im Gemüsegarten half. Als wollte sie dies wettmachen, begrüßte sie die beiden jüngeren Brüder Jelmers überschwenglich. Sie trafen gleichzeitig ein, in Gesellschaft ihrer jeweiligen Freundin. Doch auch nach dieser Demonstration von Familiensinn fiel es ihr schwer, Hedda anzuschauen, und sie ging ihr aus dem Weg.

Auch gegenüber Pieter Halbertsma blieb sie verschlossen. Vor einigen Wochen war ihm beim Essen entschlüpft, daß sie mit ihrer Arbeit im Kostümatelier »nicht ihre Möglichkeiten« ausschöpfe, und er hatte ihr geraten, ein Universitätsstudium nachzuholen. Jelmer hatte seinem Vater sofort mitgeteilt, daß er dessen Bemerkung für »totalen Quatsch« hielt. Hedda hatte alles mit einem Scherz bemäntelt und geschickt das Thema gewechselt. Aber etwas war hängengeblieben. Lin hatte sich von einem Mann, vor dem sie großen Respekt hatte, zurückgewiesen gefühlt. In ihrer Wut, die sich hinterher entwickelt hatte, glaubte sie immer mehr, daß Jelmer und Hedda insgeheim genauso darüber dachten wie Halbertsma, auch wenn sie sich einmütig auf ihre Seite gestellt hatten. Nach diesem gemeinsamen Essen hatte sie eigentlich kein Wort mehr mit Jelmers Vater gewechselt.

Jetzt stand er in der Winterlandschaft vor seinem Haus: in einem dicken Pullover und Gummistiefeln, eine frische Zigarre im Mund. Sie sah ihn stehen, als sie Sand streute. Auf einer etwas entfernt liegenden Weide, die ein Bauer ihnen als Parkplatz zur Verfügung gestellt hatte, hatte er Eisenbolzen in den Boden geschlagen und dazwischen eine Plastikleine mit roten und weißen Karos gespannt. Danach brachte er, dabei immer näherkommend, mit einem Tacker Hinweispfeile an Pfählen neben der Straße an. Er begrüßte Lin und nietete dabei lachend ein paarmal in die Luft. Er ist unsicher, dachte sie bei sich. Halbertsma sprach sie an. Sie spürte, daß er ihr noch mehr sagen wollte, machte es ihm aber unmöglich, indem sie mit ihrem Sandeimer hinter das Haus ging.

Später, im Innern des Hauses, gab es noch solch einen Augenblick. Mittlerweile war ihr bewußt geworden, was er wollte – nach zweieinhalb Jahren kannte sie ihn so allmählich. Er konnte heftig und hart sein, aber seine Worte taten ihm auch schnell wieder leid. Es tat ihm leid, was er gesagt hatte: daß sie nicht ihre Möglichkeiten ausschöpfe. Jetzt wollte er das wiedergutmachen, damit sie beide diesen Tag unbeschwert genießen konnten. Darum tauchte er in der Türöffnung seines Arbeitszimmers auf und suchte ihren Blick, als sie im Gang auf ihn zukam. Aber sie ging einfach weiter. Kaum war sie an ihm vorbei, schoß ihr eine enorme, versengende Röte vom Hals aus über das Gesicht. Sie spürte, daß sie ihn grob behandelt hatte und daß er sich selbst nur mit größter Mühe bezwingen konnte, sie nicht in gebieterischem Ton, wie eine Untergebene auf seiner Werft, zu sich zu zitieren.

Nein, sie fühlte sich nicht gut. Jedesmal wenn sie sich etwas in den Mund steckte und zu kauen anfing, kehrte dieser ekelerregende Geschmack von Gummi und Staub in ihrer Mundhöhle zurück. Jedesmal wenn sie einen Augenblick allein war und zu sich kam, fühlte sie das Wogen des Wassers und die Eisschollen wieder um sich herum. Und hinter diesem Erlebnis wühlten, wenn auch zunächst noch fast unerreichbar, die quälenden Erinnerungen an ihr Wiedersehen mit Hokwerda.

Das Eis auf dem See war verläßlich. Halbertsma hatte an verschiedenen Stellen Löcher gebohrt und eine Dicke von 15 bis 20 Zentimeter gemessen. Danach hatte sich Jelmer mit einer Schneeschaufel an die Arbeit gemacht und eine ovale Schlittschuhbahn freigelegt.

Am Nachmittag liefen gut zehn Personen auf dem Eis Schlittschuh, Kinder und Erwachsene. Auf dem Bootssteg waren Matten ausgelegt worden. Neu eingetroffene Gäste kamen dann und wann durch den Garten herbei, um einen Blick auf die Eisfläche zu werfen, die so funkelte und glitzerte, daß es die Augen blendete. Das letzte Mal, daß der See zugefroren war, lag Jahre zurück.

Jelmer saß auf einer der Matten und ließ die Füße mit den Schlittschuhen über den Rand des Bootsstegs hängen. Nach den ersten Runden hatte er einen Krampf in den Knöcheln bekommen. Auf die nach hinten gebeugten Arme gestützt, ruhte er sich aus und schaute sich um. Seine Augen glänzten. Er genoß die prickelnde Luft, den Schwung, der seinen Körper erfaßt hatte, die Erschöpfung. Außerdem genoß er die Rückkehr des Bekannten. Das vergilbte Schilf am Ufer. Das Glitzern des Eises, blau und schwarz, soweit das Auge reichte, mit vereinzelten weißen Streifen darin. Die immense, strahlende Stille des Wintertags, in der sich jedes Geräusch fast sofort auflöste. Er genoß sogar seine steif gewordenen Finger, die jetzt zu prickeln anfingen.

Nach langem Drängen hatte er Lin soweit gekriegt, mit ihm aufs Eis zu gehen, die stählernen Norweger seiner Mutter unter den Füßen. Es war das erste Mal, daß er sie auf dem Eis sah. Sie fuhr viel besser als er. Ihr Vater hatte es ihr beigebracht, wie Jelmer wußte; bereits mit vier Jahren hatte er sie hinter einem Stuhl aufs Eis gestellt und sie sich selbst überlassen. Im Winter vor der Scheidung hatte sie ein paar Schlittschuhtouren mit ihm gemacht. Am Ende solch einer Tour hatte er sie, wenn sie wirklich nicht mehr konnte, am Schal mitgeschleift; er lief vor ihr, vorgebeugt, das eine Ende des Schals in den auf dem Rücken zusammengelegten Händen – an alle »Kontakte« mit ihrem Vater hatte sie eine haarscharfe Erinnerung. Hokwerda hatte eine gute Schlittschuhläuferin aus ihr machen wollen. Nach der Trennung von ihrem Vater hatte sie noch einen Winter lang auf der Schlittschuhbahn in Amsterdam speziellen Unterricht genommen, eigentlich nur für ihn, damit er stolz auf sie sein konnte, obwohl er nicht mehr da war.

Jelmer schaute sie an, wenn sie vorbeikam, und lachte ihr zu. Sie hatte gelernt, eine Kurve zu fahren, und wie, Hände auf dem Rücken. Darum beneidete er sie. Daß er sie anschaute, machte sie unsicher; beinahe wäre sie ausgerutscht, doch mit einem Zwischenschritt und zwei Wechselschritten schaffte sie es, auf den Beinen zu bleiben. Weg war sie wieder, zu einer weiteren

Runde. Jelmer betrachtete ihren Hintern, der breiter wirkte, da sie sich vorbeugte, ihren schönen Hintern, den er noch nie derart hatte rucken und gleiten sehen wie jetzt, oberhalb ihrer Schlittschuh laufenden Beine.

In der Art, wie sie ihm zugelächelt hatte, war ihm eine gewisse Zurückhaltung aufgefallen, ein Zögern. Ebenso in der Art, wie sie an ihm vorbeigefahren war, eine Zurückhaltung, als würden sie einander noch nicht lange kennen. Er folgte ihr mit dem Blick, aus zusammengekniffenen Augen, wegen der Helligkeit und wegen des funkelndes Eises, und sah, wie sie über die schmale Bahn lief, ein paar Kinder überholte, zu denen sie zurückschaute und denen sie zulachte. In ihrer Art, Schlittschuh zu laufen, erkannte er die Sanftheit ihres Wesens. Während sie sich von ihm entfernte, auf den Eissee hinaus, tat ihm plötzlich das Herz weh; ein stechender Schmerz, wie er ihn noch nie gespürt hatte, und Traurigkeit breitete sich in ihm aus. Er erschrak sehr über diesen Schmerz. Was war das?

Zweimal kam sie an ihm vorbei, beim zweiten Mal war sie auf die Unsicherheit in der Kurve vorbereitet, sie ruderte mit dem rechten Arm, um schneller zu werden. Als sie zum dritten Mal aus dem herrlichen Glitzern auf ihn zukam, richtete sie sich auf, keuchend, stützte die rechte Hand in die Seite, ließ sich ausgleiten, bremste stark ab, und mit der restlichen Geschwindigkeit glitt sie genau zwischen seine Knie.

»*Hey babe*«, sagte sie herausfordernd.

Während er sie festhielt, spürte er seine Zweifel. Wieder mußte er an den Haufen nasser Kleidungsstücke auf dem Badezimmerboden denken, an das Schlammwasser, das darunter hervor zum Abfluß gelaufen war. Im Bootshaus hatte er das zerbrochene Eis gesehen, im dunklen Wasser glitzernd, und sich gefragt, wie sie um Himmels willen auf die Idee gekommen war, einfach so aufs Eis zu gehen, obwohl ein einziger Blick doch hätte genügen müssen, um zu erkennen, daß es nicht dick genug war. Außerdem mußte er wieder an ihren Vater denken – wie dieser Mann auf dem Autofriedhof vor ihm gestanden hatte, nachdem er aus dem Greifbagger gestiegen war, bleich und verwildert, hinter ihm das herabgestürzte Autowrack mit den geöffneten Türen. Der Mann ist verrückt, hatte er voller Schreck bei sich gedacht, dieser Typ ist wirklich total verrückt, mit Pillen und Alkohol unterdrückt er es zwar, aber er ist verrückt. Nach Hokwerda war dieser Trainer gekommen, der sie zehn Jahre lang in seiner Macht gehabt hatte. Dann Marcus, ein intelligenter Junge, aber rauschgiftsüchtig (erst vor kurzem hatte sie sich getraut, ihm zu erzählen, daß sie mit diesem Typ nach Spanien gegangen sei, um ihm zu helfen, davon loszukommen; sie hatte es geschafft, er war monatelang clean geblieben, aber kaum eine Woche nach ihrer Rückkehr nach Amsterdam hatte er wieder alles gespritzt und geschluckt, was ihm zwischen die Finger gekommen war). Schließlich irgend so ein zwielichtiger Kerl, ein bißchen älter als sie, Schweißer auf einer Bohrinsel, der sie geschlagen und betrogen hatte. Das war ihr Werdegang in der Liebe. Immer war sie an extreme Typen geraten, halbe Kriminelle, wenn man ihr glaubte. Aber das habe sie sich nie ausgesucht, es sei ihr immer alles widerfahren. Mit *ihm* habe sie diese Welt hinter sich gelassen, sagte sie.

Gerade jetzt, da sie sich an ihn schmiegte und er ihren schnellen Atem hörte, spürte er eine Zurückhaltung, die er nicht überspielen konnte. Zuerst war er über den Haufen achtlos hingeworfener Kleidungsstücke erschrocken, dann hatte er plötzlich Widerwillen empfunden, einen starken Widerwillen, und schließlich war eine unbestimmte Angst in ihm aufgelodert.

Jelmer hielt sie zwischen den Knien fest. »Hallo, schöne Frau.«

»Hallo.«

Er registrierte, wie sie aussah, als ob er sich das einprägen wollte. Mit den stählernen Norwegern unter den Füßen, in ihrer dunkelroten Kunstlederhose, dem cremefarbenen Pullover, ihrem Kopf, der anmutig aus dem umgeschlagenen Kragen emporragte, ihren leicht hervortretenden Augen, vor Kälte tränend, ihrem Gesicht und hinter ihr dem funkelnden und grell glitzernden Eis, blau und schwarz. Selten hatte er sie so schön gefunden. Ihr Pullover roch nach ihr. Ihre Haare rochen nach ihr. Sie war warm. War das ein Abschied? Laß den Quatsch, sagte er zu sich selbst, du hast dich bange machen lassen.

»Eine einzige Runde zusammen«, sagte sie, »wenn du dich noch aufraffen kannst.«

»Was soll das heißen: Wenn du dich dazu noch aufraffen kannst?« Das ärgerte ihn: dieser Druck, den sie ständig ausübte.

»War nur ein Witz, Mensch.«

Die freigeräumte Bahn war gerade breit genug, um nebeneinander laufen zu können. Sie liefen langsam, mit kurzen Schritten, und hielten einander an den Händen. Die linke Hand in der Hosentasche, lief Jelmer in genau demselben Rhythmus wie sie.

»Zum ersten Mal sehe ich dich Schlittschuh laufen«, sagte er.

»Und ich dich.«

Sie kam näher, legte ihm einen Arm um die Taille, unter seinen Pullover. Sie sagte nichts. Sie fuhren nebeneinander her. Die Sonne im Süden brannte ihnen ins Gesicht. Mit einem sanften Ruck zog sie sein Hemd ein kleines Stück aus seiner Hose. Es reichte, um ihn zu erregen.

»Ich möchte so gerne mit dir schlafen«, sagte sie.

»Das Haus ist voller Menschen.«

Aber eine von Verzweiflung angetriebene Geilheit hatte bereits von ihm Besitz ergriffen – die unentrinnbarste, die es gibt. Die Welt schrumpfte zu ihrer Hand auf seinem Rücken zusammen, es gab nichts anderes mehr, nur noch diese Hand auf seinem Rücken, die ihm mit kurzen, ruckartigen Bewegungen Hemd und Unterhemd aus der Hose zog. Er steckte die Nase in ihre Haare. Gleich darauf lief sie vor ihm, in ihrer sanften Art. Er sah ihren Hintern, der bei jedem Abstoßen zuckte, dann glitt sie, dann wieder ein Zucken.

Sie verließ das Eis als erste. Zehn Minuten später stieg auch er im Innern des Hauses die Treppe hinauf, die Schlittschuhe demonstrativ in der Hand, seinen Pullover über dem Arm, Haare zerzaust. Im oberen Stockwerk, hinter einem Knick im Gang, gingen die Stimmen von unten in ein undeutliches Gewirr über, verschwanden aber nicht ganz, auch nicht, als er die Tür des Gästezimmers hinter sich geschlossen hatte. Es war, als würde die Anwesenheit Dritter durch Ritzen im Fußboden zu ihnen hereindringen. Das störte ihn. Aber er war ausgeliefert, aufgehetzt.

Lin hatte sich auf dem Rücken über eine Ecke des breiten Bettes ausgestreckt, mit entblößtem Unterkörper; ihre Füße berührten gerade noch den Boden. Sie richtete sich halb auf, stützte sich auf die Ellbogen, schaute ihn an, sagte aber nichts. Sie wurde rot. Mein Gott, warum wurde sie rot? Als er sich über sie beugte und ihre Münder sich berührten, bereits schneller atmend, als ihre Lippen übereinanderglitten, mit genau der quälenden Flüchtigkeit, die er so gerne hatte, die ihn scharf machte, sein Verlangen anstachelte, als sie zum soundsovielten Mal mit dem Vorspiel begannen, erstaunte ihn wieder die Leichtigkeit, mit der sie das machten, ebensosehr wie sie sich aufrichtete, ihm entgegenkam – alles paßte. Aber er wollte nicht. Seine Kleidung fiel auf den Boden. Er schob ihren Pullover in die Höhe, bis ihre Brüste darunter hervorhüpften, auf ewig schön, süß, *sein* Besitz, den er jetzt vielleicht zum letzten Mal sah. Inzwischen hatte sie seine Latte in die Hand genommen, führte sie an ihrer geöffneten Sanftheit entlang, er sah es unter sich, sie umfaßte ihn mit der Hand. Ihr Becken hob sich, Schlittschuhfrau, er stieß in diesen starken Schlittschuhfrauenkörper hinein. Aber noch immer wollte er nicht.

Es wurde eine jämmerliche Bumserei. Nichts taugte mehr, nichts war mehr in Ordnung. Der Schweiß, der ihm aus den Poren strömte, kam ihm auf einmal schmutzig vor, und auch ihr Schweiß widerte ihn an. Er sah die Schweißtropfen auf Lins Stirn und wollte sie nicht mehr mit den Lippen berühren. Am ekligsten war es, wie ihr Schweiß sich mit seinem vermischte. Und wo war ihr vertrauter schweißglatter Körper? Ihre Haut blieb klamm und trocken. Nicht einen Augenblick lang traute er sich, sie anzuschauen. Sie schaute von ihm weg. Zu schnell und unter schmerzhaften Stichen wurde der Samen aus ihm herausgepreßt.

»Das ist abscheulich«, sagte er.

»Ja, es ist aus.«

Das rief sie des öfteren. Aber normalerweise erwiderte er dann irgend etwas, wischte es vom Tisch. Jetzt sagte er nichts. Er hielt den Mund. Während er mit dem Rücken zu ihr dastand – böser Mann mit bösem Rücken –, liebte er sie, liebte er sie so, wie sie gewesen war, es war seine Erinnerung an sie, die er liebte und die er verzweifelt in sich wachrief, um seinen Haß zu verdrängen. Noch immer lag die Stille über ihnen, in der sie auf seine tatkräftige Verneinung, sein zärtlich gestimmtes Lachen wartete. Aber er sagte nichts und ging ins Badezimmer. Er wollte so schnell wie möglich duschen. Noch nie hatte er sich schmutzig gefühlt, nachdem er mit ihr geschlafen hatte; im Gegenteil, er hatte alles immer gleich gern gemocht: ihren Schweiß, ihren Mösensaft, ihren Speichel, ihre Tränen, all ihre Körpersäfte schmeckten ihm gleich gut; am liebsten hatte er sie klatschnaß. Jetzt fühlte er sich schmutzig, durch ihre Berührung verunreinigt, aus sich selbst heraus schmutzig.

Auf dem Badezimmerboden lag noch immer der Haufen nasser Kleidungsstücke, an derselben Stelle wie am Morgen. Es war, als hätte Lin sich nicht getraut, sie anzufassen. Jelmer schob den Haufen mit dem Fuß in eine Ecke. Die verschlammten Kleidungsstücke, schwer und naß, riefen Angstvisionen bei ihm hervor: was ihnen beiden zustoßen konnte, was *ihr* zustoßen konnte – sie war oft so unbewußt. Nichts empfand er als derart bedrohend und bezaubernd zugleich wie diesen wirbelnden Strom ihres Unbewußtseins. Die nassen Kleidungsstücke verärgerten ihn. Er hob sie auf, ging zurück ins Zimmer und warf sie auf ihren nackten Körper: »Und räum das hier endlich weg!«

Einen Augenblick blieb sie reglos liegen, mit diesem Haufen nasser Sachen, kalter, trübsinniger Erinnerungen, auf dem Bauch. Dann begann sie unbändig zu weinen. Sofort nahm er die Kleidungsstücke von ihrem Körper und warf sie auf den Boden. Von Reue aufgewühlt, beugte er sich über sie. Er bekam einen Steifen. Er schob seinen Schwanz wieder in sie, so tief wie möglich. Sie schlug Arme und Beine um ihn und weinte.

Es half nur kurze Zeit.

Als sie aufstanden, war die Entfremdung wieder spürbar.

Eine halbe Stunde später waren sie trotzdem ein Paar, ein herrlicher Anblick, wirklich ein Paar.

In dem großen Wohnzimmer und in den beiden benachbarten Räumen hatten sich knapp einhundert Personen versammelt; das Fest kam allmählich in Gang. Hedda Halbertsma hatte einen steifen Hals, doch das machte ihr nichts aus: Sie war zufrieden, mehr als zufrieden, und es hatte durchaus etwas Hoheitsvolles an sich, wenn sie, um den Kopf zu drehen, den ganzen Oberkörper mitdrehen mußte. Im Kamin brannte ein Feuer, auf dem Eisen lagen große Holzklötze. Die jungen Frauen liefen mit Tabletts in den Händen hin und her, überall hing das würzige Aroma des Glühweins in der Luft, in einer Ecke saß ein bärtiger Mann mit einem Schifferklavier und sang. Als sie das erste Glas zersplittern hörte, leuchteten ihre Augen auf: In diesem Gewirr aus Stimmen und Musik kam ihr das

Geräusch herrlich vor. Zwischen den Köpfen hindurch sah sie dann und wann Halbertsma in den für ihn charakteristischen Haltungen. Sie hatten vor einigen Tagen ihren dreißigsten Hochzeitstag gehabt, aber das wußte kaum jemand.

Vom ersten Augenblick an, seit sie sich ins Gewühl gestürzt hatten, waren Lin und Jelmer beieinander geblieben. Lin hatte eine Hand in seine geschoben, sie wollte ganz nah bei ihm sein. Er hielt sie fest, gerührt davon, wie vertraut ihm ihre Hand in seiner war. Zugleich pochte sein Herz dann und wann vor lauter Angst, was ohne ihr Mitwissen und unabwendbar in Zukunft aus ihnen beiden werden würde. Schon nach kurzer Zeit mußte er sie loslassen, um einige Gäste zu begrüßen. Aber er suchte immer wieder den Kontakt zu ihr und erkannte dabei stets ihren Körper unter seiner Hand: die Wölbung ihrer Hüften, die Mulde in ihrem Rücken, wie genau diese sich anfühlte, wie seine Hand da lag – als würde dies alles bereits der Vergangenheit angehören, als würde er dies alles noch ein letztes Mal schmerzerfüllt erkennen.

Noch nie war er so voller Hingabe gewesen, noch nie war sie ihm so schön vorgekommen und war ihm so deutlich bewußt gewesen, warum sie ihm schön vorkam: wegen der Klarheit und Sanftheit ihres Gesichts, in dem alle Formen deutlich umrissen waren, wegen des leichten Hervortretens ihrer Augen, das ihrem Gesicht seinen Charme verlieh, wegen ihres breiten Mundes. Unter diesem sanften, noch beinahe kindlichen Gesicht stand ihr breitschultriger Körper, halb träumend, sich seiner Kraft nicht bewußt. War sie nicht prachtvoll? Heute nachmittag hatte Schmerz sein Herz durchbohrt, wirklicher Schmerz, als sie auf der Eisbahn von ihm weggelaufen war, hinaus auf den See. Jetzt war er stolz darauf, so etwas zu empfinden. Ach, sie hatte ihn mit ihrer Unsicherheit angesteckt, wie es des öfteren geschah. Mehr war es nicht. Gestern abend im Auto hatte es angefangen: erst aussteigen, im Dunkeln und bei Eiseskälte an einem Gatter stehenbleiben, zurückkommen, dann die Provokation, Mann aufstacheln, wieder das Bedürfnis nach Bestätigung. Weg mit den Zweifeln! Sie war prachtvoll. Ein Rohdiamant, der noch geschliffen werden mußte. Und er war dabei, das zu tun.

Sie beide standen an diesem Nachmittag im Mittelpunkt, wie von einem Lichtschleier umgeben. Jelmer stellte sie seinen Verwandten vor, die er zum Teil seit Jahren nicht mehr gesehen hatte, Freunden seiner Eltern, die er zum Teil schon sein ganzes Leben lang kannte. Alle sahen in ihnen ein Paar. Sie wirkte jung, jünger, als sie in Wirklichkeit war, während er älter aussah, als er war; irgendwie paßte das zueinander. Eine Tante fand, daß sie »beide so hingebungsvoll aussahen«. Eine Zeitlang standen sie – ohne es zu merken – vor dem Gemälde eines Liebespaares. Das hielt irgend jemand dann auf einem Foto fest.

Noch ehe ihre Mutter hereingekommen war, hatte Lin sie bereits bemerkt; sie hatte kurz ihre Frisur auftauchen sehen und ihre Mutter daran erkannt, als diese zwischen den anderen Köpfen an der Tür aufgetaucht war. Zuerst wandte Lin sich ab, dann schaute sie doch wieder hin, denn wenn die eigene Mutter ein Zimmer voller Fremder betritt, in dem man sich bereits befindet, dann schaut man in ihre Richtung, dann fühlt man sich verpflichtet, auf sie zuzugehen und sie zu begrüßen, das ist unumgänglich, das gehört sich so. In genau dieser Geisteshaltung schien Lins Mutter ihre Tochter anzuschauen, nachdem sie von Hedda begrüßt worden war – als wäre es eine nicht zu vermeidende Pflichtübung.

Hinter ihrer Mutter, die sich einen Weg durch die Menge zu bahnen begann, kam Emma in ihre Richtung gedampft, eigentlich als Beschützerin ihrer Mutter, deren herablassendes und brüskes Auftreten sie mit einer übertriebenen Freundlichkeit zu überspielen versuchte. Hinter Emma wiederum drängelte Paul sich zwischen den Menschen hindurch, sichtbar erschöpft, wie immer mit einem ironischen Lächeln, mit dem er sich einerseits über seine eigene Erschöpfung lustig machen, andererseits aber erst die Aufmerksamkeit darauf lenken wollte. Er hatte Gijsje auf dem Arm, wegen des Gedränges, ließ sich aber immer mehr von dem Kleinen in einen Kampf verwickeln, da dieser »selbst« gehen wollte und versuchte, sich loszureißen. Schließlich stellte Paul ihn auf den Boden, so daß Gijsje der Welt seine Gehkunst demonstrieren konnte.

In geschlossener Formation kam ihre Familie auf sie zu. Lin wappnete sich. Ihre Mutter schien irritiert zu sein. Nachdrücklich ließ sie sich zuerst von Jelmer küssen, den sie »Sohn des Hauses« nannte und laut mit »Hallo, mein Junge« begrüßte. Erst dann wandte sie sich ihrer Tochter zu.

»Hallo, mein Kind.«

»Hallo, Mama.«

Lin küßte ihre Mutter, roch das vertraute Parfüm, vermischt mit dem Geruch von Zigaretten, und erinnerte sich, wie sie gestern in Birdaard auf der Toilette vage den Kotgeruch ihres Vaters gerochen und diesen, sogar noch nach achtzehn Jahren, wiedererkannt hatte. Und daß sie diesen Kotgeruch trotz allem – und das hatte sie zutiefst erschüttert – beinahe *angenehm* gefunden hatte, wie jetzt auch den typischen Duft ihrer Mutter.

»Du hättest uns den Weg ruhig etwas genauer beschreiben können, mein Kind«, sagte ihre Mutter. »Paul hat sich dreimal verfahren. Der arme Junge hätte beinahe den Verstand verloren.«

»Oh, wie ärgerlich.«

»Das kann man wohl sagen.«

Unwillkürlich hatte Lin das Wort »ärgerlich« genauso ausgesprochen, wie ihre Mutter das getan hätte; tatsächlich hatte sie mit der Replik überhaupt versucht, die Ausdrucksweise nachzuahmen, die ihrer Mutter angenehm war – einen Tonfall übertriebener Herzlichkeit. Nach diesem ersten Geplänkel – eine

Attacke und deren Parieren – hielten beide für einen Augenblick den Mund.

»Aber du hast doch eine Einladung bekommen«, sagte Lin dann.

»Aber sicher!« Es klang beinahe triumphierend.

»Darin war auch eine Wegbeschreibung, Mama.«

»Davon ist mir nichts bekannt!«

Damit war für Mevrouw Kooiker das Thema erledigt, sie schaute sich um, als hätte sie ihrer Tochter nichts mehr zu sagen. Das verstand Lin nicht. Wurde sie für irgend etwas bestraft? Sie fühlte sich schuldig. Ihr Blick fiel auf die rechte Hand ihrer Mutter. In einem Impuls äußerster Selbsterniedrigung hätte sie diese Hand, die ihr kalt und grausam vorkam, gerne weit vornübergebeugt geküßt und dabei den Geruch ihrer Mutter eingesogen. Einen Augenblick später war ihre Kehle vor Zorn wie zugeschnürt. Der Schweiß brach ihr aus. Sie fühlte sich häßlich und schuldig. Alle Kraft, die sie gerade noch in sich gespürt hatte, schien ihre Mutter ihr entwendet zu haben.

Gott sei Dank gab es auch noch die anderen, die sie begrüßen konnte. Emma mit hastig ausgetauschten Küssen, Paul, der sie wie immer gemütlich-neckisch anschaute, mit seinen Küssen Vertraulichkeit suggerierte und so tat, als wäre die große Distanz zwischen den Schwestern nur von vorübergehender Art und nichts Ernstes. Als sie sich vorbeugte, um Gijsje über den Schopf zu streichen (mehr würde er ohnehin nicht dulden), klammerte der Junge sich am Bein seines Vaters fest, fing an, sich hin und her zu drehen, als wäre er zu sehr in sein Spiel vertieft – ein Spiel, das gleich auch bewundert werden mußte –, um sie anzuschauen, auch das entsprechende Drängen seines Vaters half nicht.

Auf einmal war sie allein mit Emma. Ihre Mutter hatte sich bei Jelmer eingehakt, dem »Sohn des Hauses«, mit dem sie sich gerne gemeinsam zeigte. Paul beschäftigte sich mit Gijsje und versuchte, sich Jelmer als »Vater« zu präsentieren, indem er das Verhalten seines Sohnes ironisch kommentierte. Emma schien in dieser Umgebung plötzlich von Jelmer in Verlegenheit gebracht zu werden, dem Mann, mit dem sie irgendwann einmal ein Verhältnis gehabt hatte, und trat mit einem abrupten Schritt vor ihre Schwester, wodurch sie sie von den anderen abschnitt.

Unbehaglich standen die Schwestern einander gegenüber. Sie hatten sich seit mehreren Monaten nicht mehr gesehen. Vor ein paar Wochen war Emma in der Innenstadt an Lin vorbeigegangen, ohne sie zu bemerken; Lin selbst hatte die Frau dort, die ihre Schwester war, auch nicht auf sich aufmerksam gemacht. Daran mußte Lin jetzt denken. Sie schaute Emma an, die ihr Gesicht den Terrassentüren zugewandt hatte, um in den Garten hinauszuschauen, und fühlte sich deutlich als die jüngere Schwester. Emma würde immer diejenige bleiben, die alles besser wußte. So wie sie sich selbst immer als die Unterlegene fühlen würde.

»Wie geht's?« fragte sie.

»Wir haben wie die Verrückten gesucht, um euch hier zu finden.«

»Ja, wirklich ärgerlich.«

Daß sie der Einladung auch eine Wegbeschreibung beigelegt hatte, erwähnte sie diesmal nicht. Für einen Augenblick spürte sie, wie vertraut Emma ihr war, jetzt, da sie an dem Ort gewesen war, wo sie gemeinsam aufgewachsen waren, scheinbar noch mehr als sonst. Auch Emmas Hand hätte sie gerne geküßt. Dieser Impuls war beinahe unbezwingbar. Seine Stimme war noch genau wie früher, hätte sie am liebsten gesagt. Ich hatte seine Stimme vergessen, ich konnte mich absolut nicht mehr daran erinnern, wie er sich anhörte, doch als ich ihn durchs Telefon hörte, erkannte ich ihn sofort, und bei ihm zu Hause auf der Toilette habe ich gestern sogar seinen Kotgeruch erkannt, nach achtzehn Jahren, es war der Wahnsinn, das ist also alles irgendwo gespeichert.

»Du bist also bei deinem Papa gewesen?« fragte Emma, als sie sich wieder unter Kontrolle hatte.

»Meinem Papa?«

»Ja, bei deinem Papa.«

Lin schwieg. Sie hätte den Besuch bei ihrem Vater vorläufig gerne für sich behalten. Hedda war die einzige, die davon wußte. Also mußte sie es Emma und ihrer Mutter bei der Begrüßung gesagt haben, Hedda, die nie etwas weitererzählte, Hedda, die sonst äußerst verschwiegen war – sie hatte es verraten.

»Ja, ich war in Birdaard«, sagte sie.

»Bei deinem Papa.«

»Bei deinem Vater und meinem.«

»Papa.«

Lins Beine begannen zu beben, wie schon am vergangenen Abend auf dem Autofriedhof, nachdem der Greifer um das Autowrack sich geöffnet hatte und dieses direkt vor ihren Füßen auf dem Boden aufgeschlagen war. »Du bist immer so komisch zu mir«, sagte sie, auch ihre Stimme bebte.

»Komisch.«

»Ja, unglaublich komisch.«

Sie schwiegen. Beide fanden es unerträglich, noch länger einander gegenüber stehenzubleiben – als entstünde zwischen ihnen ein Feuerball, eine Kraft, die sie auseinandertrieb, voneinander wegschleuderte. Gleichzeitig, in einer völlig harmonischen Bewegung, einem vollendeten Kontrapunkt, wandten sie sich voneinander ab. Emma entschied sich für die Seite, wo ihre Familie stand, und schloß sich ihr an. Lin drehte sich zu den Terrassentüren um, zum Garten, und stand allein.

Mehrere Stunden später betrat sie den dunklen Garten. Das gefrorene Gras knirschte unter ihren Schuhen. Wegen des Alkohols spürte sie die Kälte nicht. Als sie sich umschaute, sah sie das erleuchtete Haus breit und stark unter seinem Reetdach liegen. Um ungesehen zu bleiben, ging sie zur Seite hin weg und lief dann mit wilden Schritten am Rand des Gartens entlang in Richtung Bootshaus.

Stundenlang hatte sie es versucht. Durchhalten, mitmachen, hoffen, daß sich irgendwo ein neuer Ansatzpunkt ergeben würde. Aber es hatte nicht sein sollen, wie ihr Vater sagen würde. Ist es nicht gelaufen, Famke? Nein, es hat nicht sollen sein. Jedesmal, wenn Jelmer sie berührte, kam es ihr künstlich vor. Sie selbst konnte ihn nicht mehr anfassen, ohne sich dessen in störender Weise bewußt zu sein; schon mit ihm zu reden bereitete ihr Mühe: Sie spürte, wie ihre Lippen sich bewegten, wenn sie mit ihm sprach, und sein betrübter Blick lähmte sie. Mit Emma zu reden war ausgeschlossen. Ihre Mutter hatte nur noch zu ihr gesagt, daß sie stolz darauf sein könne, hier zu stehen, in so einem Haus, neben so einem Mann – als hätte sie es im Grunde nicht verdient. Hedda hatte sie beiseite genommen und geflüstert: »Ich habe mich verplappert und erzählt, daß du bei deinem Vater in Birdaard warst, furchtbar dumm von mir – war das jetzt schlimm?« Nein, es war nicht schlimm. Nachdem Lin sich am Büfett bedient hatte, stellte sie sich mit Teller und Glas zu Jelmers Brüdern. Aber es war, als könnten alle spüren, daß sie nicht wollte, daß sie sich unwohl fühlte, daß »es« nicht lief.

Sie hatte sich in Heddas Arbeitszimmer zurückgezogen, das »Bibliothek« genannt wurde, weil eine enorme Menge Bücher darin stand. In maßgefertigten Schränken natürlich, die noch von alter Handwerkskunst zeugten, in genau den richtigen schönen alten Farben gestrichen. Und hier stand auch genau das komfortable Sofa, das man hier erwarten durfte, mit den entsprechenden Kissen, Kamelbeuteln aus dem Iran oder aus Afghanistan, und der Stehlampe, die ihren Lichtkreis warf, aber die Ecken des Zimmers angenehm im Schatten ließ, und da waren auch der kleine Kamin – der Frauenkamin, wie Halbertsma ihn liebkosend bezeichnete – und der mit Figuren geschmückte Kaminschirm, der die Wärme des Feuers zurückwarf. Sie spuckte darauf: auf diesen guten Geschmack, darauf, daß alles stimmig war, daß alles *da* war, und schämte sich gleich darauf wegen ihres Widerwillens, der nichts anderes war als Neid.

Sie hatte ein Buch über Bäume aus dem Schrank genommen, darin geblättert und gleich wieder zurückgestellt, weil die Bäume, die darin auf ganzseitigen Farbfotos abgebildet waren, zu schön waren, Stück für Stück viel zu schön. Dann hatte sie an den Feigenbaum gedacht, den sie in Spanien gesehen hatte. Dieser Baum war aus einer Einbuchtung in einer Felswand herausgewachsen, halb über einer Schlucht. Eine kalte, ungünstige Stelle. Dennoch stand – oder besser gesagt: hing – er genau da, hatte er sich mit Urkraft genau da breitgemacht. Seine Wurzeln waren in den Fels eingedrungen. Lin hatte nicht entdeckt, wo diese Wurzeln einen Spalt gefunden hatten, noch nicht einmal, als sie mit den Fingerspitzen darübergefahren war. Irgendwo mußte der Baum doch eine Öffnung gefunden haben. Marcus hatte ein Foto gemacht: sie in dieser Felsenhöhle, an den Wurzeln des Feigenbaums, mit den Fingerspitzen auf der Suche nach einer Öffnung im Stein. Es hatte noch mehr Bäume gegeben, die sie beeindruckt hatten, doch dieser hatte sich ihr am stärksten eingeprägt. Sie hatte seine Blätter gezählt: nicht mehr als sechzehn waren es gewesen, sechzehn. Dennoch lebte er.

Sie hatte versucht, von der Bibliothek zum Fest zurückzukehren, doch im Gang, als sie die Stimmen gehört und alle Anwesenden in ein lebendiges Gespräch vertieft gesehen hatte, hatte sie der Mut verlassen.

Im Dunkeln ging sie jetzt am Rand des Gartens entlang, auf der gefrorenen Erde immer wieder umknickend. Über den Silhouetten der Bäume stand ein riesiger Vollmond, derselbe, den sie gestern über dem Autofriedhof hatte aufgehen sehen, im Grau der Dämmerung blutiggelb. Sie dachte an ihren Vater, an die zerbrochene Zigarre zwischen seinen bebenden Fingern. Plötzlich war er ihr ganz nah. Während sie durch den umgegrabenen Gemüsegarten wankte, über die umgegrabene Erde stolpernd, auf die Knie fallend, war er ihr nah; es war, als verstünde sie ihn, stolpernd und fallend, und für einen Augenblick wurde ihr leichter ums Herz.

Schwer atmend kam sie am Bootshaus an. Auf dem Steg lagen noch immer die Matten, auf denen sie am Nachmittag gesessen hatte, um die Schlittschuhe anzuziehen. Die Eisfläche glitzerte in bitterkalter Verlassenheit. Die auf der Eisbahn am weitesten entfernt aufgestellte Flagge hing schlapp herunter.

Lin dachte an Henri. Es war, als bekäme er einen Teil des Verständnisses ab, das sie einen Augenblick lang für ihren Vater empfunden hatte, Verständnis für Versagen und Unzugänglichkeit. Gehörte sie zu Henri? Mit dem Benzinfeuerzeug, das sie an dem Tag ihres Wiedersehens – auch das Datum wußte sie noch – von ihm stibitzt hatte, steckte sie sich eine Zigarette an. Sie hielt das warme Feuerzeug in der Hand, roch daran und sog den Geruch von Benzin und erhitztem Metall ein. Henri, dachte sie bei sich: Henri auf seinen schönen Hachsen, unter dessen Sohlen der Asphaltgrus knirschte, wenn er stehenblieb oder sich umdrehte; Henri, der Tortillas für sie gebacken hatte und nicht reden wollte, der sie fickte und aufriß, der weglief und zurückkam, Henri, der sie mit immer sanfteren Augen anschaute und sich wie ein treuer Hund an sie drückte, Henri, der jedes halbe Jahr einen anderen Wagen kaufte und ihn im Nu in ein Henri-Auto verwandelte, Henri mit seiner Vitrine voller Topfscherben und seiner Wohnungstür, auf die er eine Eisenplatte geschweißt hatte, Henri mit seinem chaotischen und komplizierten Leben, das sie viel mehr berührte als die stromlinienförmigen Karrieren und vorfabrizierten Leben in Jelmers Welt.

Bevor sie wußte, was sie tat, lag das Handy in ihrer Hand; Lin drückte die grünlich schimmernden Tasten. Als sie Henris schläfrige Stimme hörte, wurde ihr weich ums Herz. »Hallo, mein Schatz«, sagte er, »wo steckst du?« Sie eilte zum Bootshaus und verbarg sich im Schatten.

Nach dem Telefongespräch ging sie unverzagt, mit federnden Schritten, zurück zum Haus.

»Hallo, Jelmer!«

Er stand draußen.

»So, ich hab mich schnell ein bißchen frisch gemacht«, sagte sie. »Du siehst aus, als ob du mich gesucht hast, und dein Gesicht sieht aus, als ob du, wie soll ich mich ausdrücken, als ob du mich schon viel zu lang hast suchen müssen. Aber sag schon, wie läuft das Ganze so?«

Plötzlich hatte die Trunkenheit zugeschlagen.

»Ein paar Leute wollten sich von dir verabschieden«, sagte er. »Deine Mutter und deine Schwester haben eine Zeitlang auf dich gewartet; jetzt sind sie weg.«

»Um so besser.«

Jelmer sah ihren wilden Gesichtsausdruck. Er hatte sie neben dem Bootshaus stehen sehen und aus ihrer Haltung – die erhobene rechte Hand neben dem Ohr – geschlossen, daß sie telefonierte. Mit der Stirn hatte sie sich an die Holzwand des Bootshauses gelehnt, als würde sie bei jemandem Halt suchen, an jemandes Brustkorb.

V

Betrug

Es hatte damit angefangen, daß Alex Wüstge ihr im Grand Café De Jaren dieses Foto von Henri gegeben hatte. Ein Foto, auf dem er wohlgemerkt beinahe unsichtbar war: Nur sein bloßer Unterarm war zu erkennen, der Arm, mit dem er eine Frau umklammerte und an sich drückte. Auf der Toilette hatte sie das Foto zerrissen, doch als sie kurz darauf quer über die Terrasse auf Jelmer zugegangen war, sich nervös in den Hüften wiegend, schien es, als wäre sie ihm untreu gewesen.

War es Absicht von Alex gewesen? Hatte der Alkohol ihn bösartig gemacht? Er war in sie verliebt, das hatte er ihr an diesem Nachmittag gestanden, seine Lippen an ihrem Ohr, beinahe von seinem Barhocker fallend. Aber er war immer zu schüchtern, sich in ihrer Gegenwart etwas anmerken zu lassen. Darum hatte er sie jetzt auf einmal verletzen wollen, sie und vielleicht auch Henri. Hatte er in demselben Gespräch nicht auch gestanden, daß er zu einem »Betrüger« geworden sei? Es kam ihr weit hergeholt vor, etwas zu weit hergeholt: daß Alex Wüstge sie mit einem Foto hatte verführen wollen. Er war einfach stolz auf seine Ausstellung gewesen und hatte sie beeindrucken wollen. Dennoch konnte sie das Gefühl nie ganz abschütteln, es sei Alex Wüstge gewesen, der ihr Leben mit einer einzigen grabbelnden Bewegung in einer Plastiktüte absichtlich aus dem Gleichgewicht gebracht hatte.

Durch dieses Foto war die Sehnsucht nach Henri wieder aufgeflammt. Prompt war sie ihm begegnet. Sie hatten im Vondelpark miteinander geredet, am Abend war sie zu ihm nach Hause gegangen. Beim Abschied hatte sie sein Benzinfeuerzeug stibitzt. Als Andenken, hatte sie bei sich gedacht. Doch zehn Tage darauf stand sie vor dem Haus am Singel, in dem er gerade bei der Arbeit war.

Die Haustür stand offen. Lin stieg die Treppe ins Obergeschoß hinauf, immer näher an das Hämmern heran (ein neuer Fußboden wurde gelegt), und sie vergaß es nie mehr: wie sie noch fünf, sechs Stufen vor sich hatte und über den Fußboden des Flurs hinweg in ein Zimmer hineinschaute, in dem Henri auf den Knien hockte, mit einem Meißel Holzstücke abstach und inmitten der lauten und in den leeren Zimmern widerhallenden Hammerschläge zur Seite schaute, in ihre Richtung, obwohl er sie unmöglich gehört haben konnte. Ein paar Stunden später lag sie auf dem eisernen Bett in seiner Wohnung. Nach zweieinhalb Jahren erkannte sie ebenso begierig wie widerspenstig seinen Körper wieder. Es war, als würde nicht sie selbst, sondern ihre Hände und Lippen sich daran erinnern, als wäre die Erinnerung an die Formen seines Gesichts in ihren Lippen, die Erinnerung an seinen Rücken in ihren Händen gespeichert – wie von selbst fand sie dort die Narbe, die Stelle, an der sein Vater ihn getroffen hatte. Sie bekam Angst, stand auf. Aber sie konnte sich ihm nicht entziehen; wieder unter der Bettdecke, legte sie Arme und Beine um ihn und weinte. Henri fühlte sich von ihren Tränen geschmeichelt. Sie weinte jedoch, weil ihr klar geworden war, daß sie von diesem Mann nicht losgekommen war.

Als sie wieder auf der Straße stand, im Dunkeln, brach sich die Panik wirbelnd in ihr Bahn. Es schien ihr unmöglich, das, was ihr widerfahren war, zu verbergen. Doch bereits bei diesem ersten Mal begriff sie, daß sie zwischen eine Begegnung mit Henri und den Heimweg zu Jelmer andere Ereignisse einbauen mußte. Sie betrat eine Kneipe, um den typischen Kneipengeruch in ihre Kleidung zu bekommen, und ließ sich von einer älteren Frau anquatschen. Als sie nach Hause kam, sagte sie, sie sei mit ein paar Leuten aus dem Atelier in einer Kneipe gelandet, nachdem sie einen dringenden Auftrag für einen Film gerade noch rechtzeitig geschafft hätten, und daß sie vergessen habe, ihn anzurufen. Jelmer war sauer. Über seine Verärgerung war sie nur froh. Er konnte gar nicht sauer genug sein. Ihr Schuldgefühl münzte sie um, bezog es einzig auf ihre Nachlässigkeit, daß sie vergessen hatte, ihn anzurufen. Ihre Entschuldigungen, ihre Küsse, ihr Wunsch nach Versöhnung – alles wirkte aufrichtig, auch auf sie selbst.

Gegen Mitternacht schlief sie mit Jelmer, im dunklen Souterrain, dunkel, weil sie das so wollte. Sie empfand es als Initiation, einen weiteren Verlust der Unschuld, und hielt es für unvermeidlich, etwas, das in jedem Leben vorkam. Trotz ihres Schuldgefühls und einer gewissen Befangenheit, trotz mehrerer Anfälle von Scham, bei denen ihre Kopfhaut prickelte, genoß sie auch eine Art Machtgefühl: Es war das erste Mal, daß sie an einem Tag mit zwei Männern ins Bett ging.

Während Jelmer sie vögelte, mußte sie an Henris Körper denken: kleiner, muskulöser, kerniger. Während sie Jelmers Eier festhielt, mußte sie daran denken, wie sie die von Henri auf der Handfläche hin und her geschoben hatte, das war schön gewesen, und jetzt ließ sie die von Jelmer genauso über die Handfläche gleiten. Sie genoß ihre Lust, ihren eigenen wollüstigen Körper. Mit zwei Männern gleichzeitig, stellte sie sich vor: Henri und Jelmer. Nein, die paßten nicht zueinander. Henri und Alex, das ginge noch. Alex, den armen Kerl, müßte sie zuerst schlagen, mit einem Gürtel, um seinen Zorn zu wecken und ihm über seine Schüchternheit hinwegzuhelfen. Henri, der sie an den Handgelenken am Bett festband und dann Alex überließ. Henri und Alex, die sie nahmen, bis sie total erschöpft war und zugedeckt wurde, wie ein geschundenes Pferd, und zwischen den beiden lag, stöhnend und schluchzend, während sie sie mit ihren muskulösen Armen festhielten.

Sie wischte sich diese Bilder aus dem Kopf. Nur Jelmer! Nur seine hechelnden Flanken, seine Lippen, seine gestöhnten Wörter, seine vertraute Litanei geiler Wörter, Jelmer, ihr Vertrauter, er, der ihr immer half, der sie kannte, Jelmer, der sich im Wald auf ihrem entblößten Oberschenkel einen runtergeholt hatte, wütend darüber, daß sie dort nicht mit ihm hatte schlafen wollen, nur Jelmer allein.

Doch dann hatte sie auch Jelmer nicht mehr. Auf einmal hörte sie die Schritte und Stimmen von Passanten auf der Straße, sie hörte die Geräusche, die sie und Jelmer zusammen machten, etwas, das ihr sonst nie passierte. Ihre Lust kühlte ab. Es fiel ihr schwer, zum Orgasmus zu kommen, obwohl sie doch so gerne wollte, so furchtbar gerne wollte, und als die große Welle sie endlich in die Höhe trug, entwich ihrer Kehle nur ein heiseres und häßliches Geräusch. Jelmer rutschte sofort von ihr herunter und sagte nichts mehr. Nach einer Weile griff er nach ihrer Hand. Ohne noch etwas zu sagen, in einer unwirklichen Stille, lagen sie da und warteten auf den Schlaf.

Lin suchte Henri in den Wohnungen auf, die er in der Innenstadt sanierte. Zuerst war es das Haus am Singel gewesen, in dessen oberen beiden Stockwerken er gearbeitet hatte, dann ein Gebäude im Stadtviertel Jordaan, eine ehemalige Druckerei, in die ein Restaurant kam, und schließlich ein großes Haus an der Amstel, in dem alles schiefging und er sich zuletzt mit sechs Mann abrackerte, um den Übergabetermin einzuhalten.

An seinen Arbeitsstätten traf sie Henri immer in Gesellschaft seiner festen Partner: Harald und Jos. Harald hatte ein Psychologiediplom in der Tasche, war ein Baum von einem Mann, schweigsam; an manchen Tagen hing eine dunkle Wolke von

Depressionen um ihn. Jos hingegen war lebhaft, klein und muskulös; irgendwann einmal war er auf der Kunsthochschule gewesen. Manchmal hatte Henri noch einen Stukkateur dabei, einen jähzornigen rothaarigen Mann, der ihr Angst einjagte. Wenn sie an dem Raum vorbeikam, in dem er gerade arbeitete, mit diesem scheuernden Geräusch, schweißnaß, vom schnell trocknenden Gipsmörtel gehetzt, ging sie möglichst schnell weiter.

Meistens kam sie am späten Nachmittag. Henri war abweisend. Sie ging herum, um sich anzuschauen, was sich seit ihrem letzten Besuch verändert hatte. Obwohl sie wußte, was die anderen beiden gemacht hatten, war ihrem Gefühl nach alles Henris Werk; sie war stolz auf ihn: Aus ein paar verwohnten Stockwerken machte er ein prachtvolles Apartment. Sie mochte leere Häuser, in denen gearbeitet wurde: die Stimmen und Schritte in den hohl klingenden Räumen, das Geräusch der Hämmer, Sägen und Maschinen, in das sich munteres Geschrei, blöde Bemerkungen und Musik mischten. Sie lauschte und träumte vor sich hin und war nervös. In den Häusern am Singel und an der Amstel schaute sie sich jedesmal, fast wie unter Zwang, das alte Glas an. Henri hatte sie zuerst auf dieses alte Fensterglas aufmerksam gemacht. In den hohen Fenstern aus dem achtzehnten Jahrhundert befand sich hier und dort noch eine Scheibe, die nicht glatt war, sondern uneben, hubbelig. Bei Gegenlicht konnte man das erkennen. Das alte Glas war schöner als das neue: Aufgrund seiner Unregelmäßigkeit war es sehr lebendig. Bei jedem Besuch schaute sie es sich an, immer wieder dieselben Scheiben, wobei sie den Kopf so lange hin und her bewegte, bis sie die Unebenheiten im Glas erkennen konnte.

Manchmal hatte Henri Zeit, ein bißchen mit ihr zu plaudern, manchmal nicht. Wenn er Zeit hatte, nahm er sie mit auf die Straße. Da gingen sie dann wie ein Liebespaar. Ich hasse diese Unklarheit, sagte Henri wiederholt, ich hasse sie, so geht's einfach nicht weiter. Aber dann gingen sie doch einfach weiter. Sie konnte kaum mit ihm Schritt halten, so schnell lief er. Erst wenn sie den Mut aufbrachte, ihn am Arm zu nehmen und sich an ihn zu drücken, beruhigte er sich.

»Wohin gehen wir?«

Er brauchte ein Ziel. Ihr war es egal, wohin sie gingen: Sie wollte nur bei ihm sein. Aber er wollte es wissen. Darum suchten sie sich ein Ziel.

In der Stadt entstand auf diese Weise eine neue Reihe von Orten, die sich ihr einprägten. Das Café, in dem sie mit Henri über dessen Vater geredet hatte (weil ein alter Mann hereingekommen war, der ihm geähnelt hatte). Eine Heringsbude auf einer Brücke, die sie regelmäßig mit Henri aufsuchte und auf der sie sich einmal plötzlich zum Wasser hin umgedreht hatte, weil sie einen von Jelmers besten Freunden näher kommen gesehen hatte; mit pochendem Herzen hatte sie gewartet, bis er vorübergegangen war. Ein Abschnitt der Stadhouderskade, wo Henri sie lauthals beschimpft hatte. Die Stelle unter den Bäumen beim Wertheimplantsoen, wo sie und Henri eines späten Abends beim Knutschen von ein paar Straßenbahnfahrern aufgeschreckt worden waren, die in ihrem Wartehäuschen gesessen hatten. Kneipen, in denen sie mit Henri gesessen hatte. Läden, in denen sie zusammen Kleidungsstücke gekauft hatten. Die Stelle, wo sie mit einem Absatz in den Straßenbahnschienen hängengeblieben war, als sie sich beschwipst bei ihm eingehakt hatte.

All diese Orte setzten sich in ihrem Gedächtnis fest, mit all den Dingen, die sich dort zugetragen hatten. Im Vorbeigehen, nicht selten in Jelmers Gesellschaft, erkannte sie sie wieder.

Nur wenn sie bei ihm zu Hause war, fühlte Henri sich in ihrer Gesellschaft wirklich wohl. Wenn er mit ihr im Bett lag, wenn sie auf der Couch saß und ein Buch las, wenn er sie im Badezimmer hörte oder wenn er sie am Tisch sitzen und ein paar abgesprungene Knöpfe an seine Hemden nähen sah. Trafen sie sich in der Stadt, blieb er angespannt; Unruhe und Verärgerung raubten ihm seine Geistesgegenwart. Er kam sich vor wie ein Einfaltspinsel, der sich von einer Frau an der Nase herumführen ließ, wie ein Schlappschwanz, der nichts Besseres abbekam als die Frau eines anderen.

Übrigens hatte er mit diesem anderen nicht das geringste Mitleid. Er betrachtete sich selbst auch nicht als Betrüger. Lin war diejenige, die betrog, und bisweilen empfand er vor ihr den ganzen Ekel, den ein Verrat in ihm verursachte. Sie war also dazu in der Lage: einen Mann zu hintergehen. Das steckte also auch in ihr, das konnte sie also auch, diese Frau, die ihm immer so ehrlich vorgekommen war, übertrieben ehrlich sogar, verletzend ehrlich, weil sie immer alles so sagen mußte, wie sie es empfand, sie konnte nicht anders. Aber das steckte also auch in ihr, das lag hinter dem offenen Gesichtsausdruck verborgen: diese Schläue, diese Fähigkeit, Tatsachen zu verschleiern, Lügen aufzutischen, ohne mit der Wimper zu zucken, zu heucheln, kurz, das ganze Programm, das zu dieser Art von Betrug dazugehörte. Dafür hätte er sie hassen können. Aber letzten Endes war es ihm egal, was sie mit diesem anderen machte, solange sie nur zu ihm kam, so schön und reif und schwer atmend, mit diesem Schleier der Verlegenheit um sich, solange er, wenn er die Wohnungstür mit dem Fuß zugedrückt hatte, ihr nur einen Arm um die Taille legen, eine Hand in die Hose schieben, über den leicht schweißbedeckten Hintern fahren und ihren Duft einatmen konnte.

Mit ihrem Eintreffen war seine Qual jedoch noch nicht ausgestanden: Sie mußte sich erst eingewöhnen.

Er fügte sich, hielt sich zurück – jetzt keine höhnischen Bemerkungen, die hatten genau die entgegengesetzte Wirkung. Nicht so vorlaut, ermahnte er sich selbst, sei froh, daß sie da ist.

Doch solange er nicht mit ihr im Bett gewesen war, fand er keine Ruhe. Nach einer Stunde hatte er sie meistens soweit. Aber dann hatte er es eilig, und sie machte nur mit, um ihm seinen Willen zu lassen, um ihn von seiner Ruhelosigkeit zu befreien. Sex wie in den ersten neun Monaten hatten sie nur noch, wenn sie länger als ein paar Stunden bleiben konnte, eine ganze Nacht, ein Wochenende – und manchmal konnte sie das, weil der andere auf Geschäftsreise mußte.

Wenn sie eine ganze Nacht bei ihm blieb, war Henri glücklich; dann hatte er sofort die Illusion, sie gehöre ihm. Um das zu glauben, reichte es bereits, sie im Bademantel in der Wohnung umhergehen zu sehen oder ihre bloßen Füße beim Essen auf seinen Schuhen zu fühlen. Vollends zufrieden war er, wenn er sich spätabends, genauso wie sein Nachbar unter ihm, eine Viertelstunde lang routiniert dem Liebesspiel hingeben und dann einschlafen konnte. Aber jedesmal wenn er Lin nachts aus dem Bett gleiten hörte, dachte er, daß sie wegginge, daß sie die Wohnungstür gleich mit einem sanften Klick hinter sich zuziehen würde. Wenn er dann hörte, wie sie sich schlaftrunken ins Badezimmer tastete und wieder zurück ins Bett stolperte, erfüllte ihn tiefes Glück. Im Halbschlaf brabbelte sie einige liebkosende Worte, legte eine Hand um sein Geschlecht und sackte dann wieder weg. Er lauschte ihren Atemzügen und spürte die Hand, mit der sie ihn festhielt. Ihre Hand, ihre süße Hand. Sie gehörte zu ihm. Er küßte sie. Manchmal schob er ihr behutsam einen Fingerknöchel zwischen die Lippen. Dann begann sie daran zu saugen, nachdem sie ihn erst mit der Zunge befeuchtet hatte. Er hätte sie gerne als Kind gesehen, ein mageres Mädchen mit Storchenbeinen. Er stellte sich ein Apartment vor, machte sich daran, es zu sanieren und für sie beide einzurichten, sah zwei wieselflinke Mädchen darin herumrennen. Sein Geschlecht schwoll in ihrer Hand an, wenn er daran dachte.

Aber morgens verließ sie ihn wieder. Nach ihrem Abschied verwischte Henri die Spuren, die sie hinterlassen hatte, grausam sich selbst gegenüber, wütend auf sie. In der Leere, die dabei entstand, gab es immer einen Moment, in dem er sich irgendwo in der Wohnung wiederfand, wie er seine entstellte linke Hand anstarrte. Nachdem sie weggegangen war, wurde sein Blick immer von der leeren Stelle an seiner Hand angezogen.

Er hatte ihr nie von dem Unfall auf der Bohrinsel erzählt.

Es war morgens gewesen, bei den Containern, die stets vom Deck auf den *supplier* heruntergelassen wurden. Das Meer war ruhig, es herrschte kaum Wind, der Himmel war grau. Dem ersten Container war er auf dessen Weg nach unten, aus dreißig Meter Höhe, noch mit dem Blick gefolgt, er hatte das weiß schäumende Schraubenwasser des Versorgungsschiffes gesehen, Gestalten auf dem Deck, die dem sich nähernden Monstrum entgegengesehen hatten. Dann hatte er sich wieder seiner Arbeit zugewandt. Er lag auf den Knien und war dabei, ein Stück Reling zu schweißen. Neben ihm sägte jemand mit einem Winkelschleifer Rohre nach Maß – er hörte das gellende Geräusch der Trennscheibe, sah aber nichts, da er die Schutzhaube übers Gesicht gezogen hatte und auf den Schweißpunkt schaute. Ein Beben durchlief das Deck. Ein Container war gleich nach dem Hochhieven aus der Seilschlinge gerutscht und gegen das Deck geknallt. Neben Henri fielen ein paar Eisenrohre um, fielen auf ihn, er tauchte weg, aber ungeschickt, nicht ganz bei der Sache. Ein peitschender Schlag auf seine linke Hand, betäubend. Als er mit der anderen Hand die Schutzhaube in die Höhe schob, sah er, daß er stark blutete, und hörte, daß der Mann neben ihm total ausrastete.

Ein paar Monate später – der Verband an der Hand war entfernt worden, die Stümpfe waren geheilt und mit einer glänzenden neuen Haut bedeckt – hatte er den Moment noch einmal durchlebt. Er war mit großer Schärfe in sein Gedächtnis zurückgekehrt. Henri war bewußt geworden, daß Lin in seinen Gedanken gewesen war, als ihm der Unfall zugestoßen war. Er hatte voller Wut an sie gedacht, zum wiederholten Male, Wut, weil sie ihn verlassen und ihm keine Chance gegeben hatte, seinen Fehler wiedergutzumachen. Wegen dieser Wut, die ihn einige Sekunden lang in Beschlag genommen hatte, hatte er geistesabwesend und übertrieben schreckhaft zugleich reagiert, als diese Eisenstücke auf ihn gefallen waren. Sie konnte nichts dafür, dennoch sah er sie seitdem unwillkürlich als die Ursache seiner Verstümmelung an.

Eines Morgens im Frühling fand Henri sich auf der Couch wieder, die Ellbogen auf den Knien, auf seine linke Hand starrend, die er gedankenlos wieder und wieder umdrehte. Es war noch früh. Die hinteren Fenster standen halb offen (Lin hatte sie noch in die Höhe geschoben). Hinter der hellgrünen Blätterkrone der Kastanie stand ein blauer Himmel, in den Innenhöfen zwitscherten die Vögel. Aber in seiner Wohnung hing eine Leere, die Leere, die sie hinterlassen hatte, eine Leere, von der ihm schlecht wurde. Die Zigarette in seiner Rechten zitterte. Ihm wurde bewußt, daß es vier Jahre zurücklag, daß er sie zum ersten Mal gesehen hatte, in diesem Lederbekleidungsgeschäft und später am selben Tag in einem Café beim Oosterpark; es war Frühjahr gewesen, ungewöhnlich warm für die Jahreszeit. Seitdem war sie nicht mehr aus seinen Gedanken gewichen. Doch von diesen vier Jahren war sie den größten Teil nicht bei ihm gewesen.

Er versuchte nachzudenken, herauszufinden, wie er in diese Lage geraten war, was er tun mußte. Aber er konnte nicht nachdenken. Er konnte nur vor sich hinstarren und sich elend fühlen. Für einen Augenblick sah er sich an dem breiten Graben hinter dem Friedhof stehen und den Trauerbrief für seine Mutter zerreißen, Enten, die schnatternd herumschwammen und nach den Papierfetzen schnappten; und er dachte an die Cousine, ein wehrloses Mädchen, der er den Rest des Tages hinterhergelaufen war und die er so lange gepiesackt hatte, bis sie in Tränen ausgebrochen war. Er verstand nicht, wieso er sich gerade jetzt daran erinnerte. Danach vage und verworrene Szenen mit den zwei Frauen, mit denen er in dieser Wohnung zusammengelebt hatte. Warum waren sie weggegangen? Wann war das gewesen? Was war damals geschehen? Er versuchte sich an den Abschied zu erinnern, den Augenblick selbst, fand aber nicht ein einziges Bild.

Immer wieder drehte er die linke Hand um, betrachtete sie von allen Seiten. Seine Beine bebten.

»Es muß etwas geschehen«, hörte er sich dann sagen, »es muß jetzt etwas geschehen.«

Er stand auf und verließ mit hastigen Schritten die Wohnung. Draußen lief er im gleichen Tempo weiter. Mit seinem Wagen raste er zu dem Haus in der Lange Leidsedwarsstraat, benebelt, als hätte er getrunken, und parkte vor der Tür. Er preßte den Daumen auf die Klingel und nahm ihn nicht mehr weg. Sie machte nicht auf, sie ließ sich nicht sehen, aber er wußte, daß sie da war, weil neben der Tür auf einer Bank aus schwarz gewordenen Eichen ihre Jacke lag. Als er die Jacke sah, wurde er ruhiger. Tränen liefen ihm über die Wangen.

Es mußte etwas geschehen. Diesen Gedanken hatte zur selben Zeit auch Jelmer Halbertsma. Er nahm Lin über ein langes Wochenende mit nach Paris, in der Hoffnung, dort herauszubekommen, was sie in den vergangenen Monaten dermaßen voneinander entfremdet hatte.

In Paris hatte sie die ganze Zeit eiskalte Füße, trotz des warmen Frühlingswetters. Sie hielt dies vor Jelmer geheim und fragte sich, wieso eigentlich sogar das. Im Bett achtete sie darauf, ihn nicht mit ihren Füßen zu berühren. Sie ließ das Bidet mit warmem Wasser vollaufen und stellte die Füße hinein. Eigentlich sollte er es nicht sehen; und als er es dennoch sah, log sie, ihre Füße seien müde.

In der Stadt waren es vor allem Dinge auf dem Boden, die sie innerlich berührten. Das schüchterne Schattenmuster einer Bank im Jardin du Luxembourg, das sie eine geschlagene Viertelstunde lang beschäftigte, der platte Reifen eines Wagens, der halb auf dem Bürgersteig stand, das graugrüne Wasser der Seine, das sie mit seinen funkelnden Lichtreflexen tödlich betrübte, das Wasser, das gurgelnd durch die Rinnsteine floß, die aufgeweichten Jutesäcke, die an bestimmten Stellen in die Rinnsteine gelegt worden waren, um das Wasser aufzuhalten und in einen Gully umzulenken, die schrecklich und unaufhörlich knarrenden Parkettböden im Musée Rodin, die gezähnten Stufen der Rolltreppen, der Müll, der neben überquellenden Mülleimern auf dem Boden lag, und immer und überall wieder das Straßenpflaster, auf das sie am liebsten niederstürzen wollte. Die Stadt selbst kam ihr kaum zu Bewußtsein.

In einem Café versuchte Jelmer schließlich, sie zum Reden zu bewegen. Sie sagte, daß sie ihn bereits seit zwei Tagen beneide, daß sie von Neid zerfressen sei, weil er schon im Alter von zehn Jahren durch diese Stadt spaziert sei, an der Hand eines Vaters und einer Mutter, daß er ein Foto von sich als Kind in Paris habe. Danach verfiel sie wieder in tiefes Schweigen und schaute hinaus. Schließlich sagte sie, daß sie hier nicht reden könne: Es sei zuviel los, und ein paar Tische weiter sitze ein Mann, der sie ständig anstarre. Dann eben wieder weiter auf Schusters Rappen.

Sie gingen zum Place des Vosges, den sie als schönen und ruhigen Platz in Erinnerung hatte. Er lag noch da, noch genauso schön und ruhig wie damals. Sie saßen auf einer Bank unter den Bäumen – nicht weit von jener Bank entfernt, auf der sie mit Marcus gesessen hatte. Doch statt zu reden, schauten sie den

Fußball spielenden Jungen zu, adretten Pariser Jungen, die ihren Ball in einen der Bäume jagten und sich dann nicht trauten, den Baum hinaufzuklettern, sondern einen Parkwächter holten, der die Lage sondierte und ihnen mitteilte, daß der Ball im Baum auch für ihn unerreichbar sei, weshalb sie am besten nach Hause gehen sollten, worauf die Jungen ruhig und grüppchenweise auseinandergingen. All diese Vorgänge verfolgten Lin und Jelmer mit größtmöglicher Aufmerksamkeit; zum Reden kamen sie nicht.

Im Hotelzimmer gab sie zu, was er schon lange wußte: daß sie schon seit Monaten außerordentlich deprimiert sei. Sie saß mit übereinandergeschlagenen Beinen auf dem Bett und spielte mit einem Gummiband.

»Freut mich, das zu hören«, sagte Jelmer.

»Wieso freut dich das?«

»Freut mich, daß es nicht etwas anderes ist.«

Sie schwiegen.

»Etwas anderes …«, wiederholte sie dann.

»Daß du zum Beispiel von mir die Nase voll hast.«

Sie wurde rot. Warum wird sie rot, fragte Jelmer sich.

»Deprimiert also.«

»Ja.«

Es habe nach dem Wiedersehen mit ihrem Vater angefangen, an diesem Winternachmittag in Birdaard, wo sie nach achtzehn Jahren einen Menschen getroffen habe, einen Vater, der überhaupt nicht wußte, wie er sich ihr gegenüber verhalten sollte. Am nächsten Morgen sei sie auf dem Eis eingebrochen. Nachmittags sei sie von ihrer Mutter ignoriert und von ihrer Schwester auf eine nicht hinnehmbare Weise gedemütigt worden, weil sie es gewagt habe, »diesen Mann« zu besuchen; danach habe sie den Kontakt zu ihnen abgebrochen. Von ihrem Vater habe sie nichts mehr gehört. Sie habe ihm einen Brief geschrieben, den er mit einer Karte erwidert habe, auf der nur ein paar formelle Sätze gestanden hatten, die keinerlei Rückschlüsse welcher Art auch immer nahegelegt hätten, Sätze, die Lin in ihrer ohnmächtigen Starrheit geradezu angefleht hätten, von weiteren Annäherungsversuchen abzusehen. Er habe ihr schneidig »das Allerbeste« gewünscht und mit »J. Hokwerda« unterschrieben. Nach dieser Karte sei sie noch tiefer in ihre Depression versunken.

»Mir ist, als wäre ich von allem ausgeschlossen«, sagte sie, »als wäre ich überall außen vor, nichts spielt mehr eine Rolle, und ich bin nicht in der Lage, mich selbst aus diesem Zustand zu befreien. Früher konnte ich das alles irgendwie unterdrücken, jetzt schaffe ich das nicht mehr.«

Sie redeten lange über ihre Depression, über ihre Mutter und ihre Schwester, über die Familie, die sie nicht hatte, über ihre Unsicherheit, über wochenlanges Abnehmen und dann innerhalb weniger Tage alle Kilos wieder anfuttern. Jelmer saß am Fußende des Bettes auf einem Stuhl, die Füße auf der Bettkante. Er hörte genau hin. Endlich gab es wieder etwas zwischen ihnen.

Als das Gespräch allmählich zäher verlief, stand er auf und ging zum Fenster, um auf die Straße hinunterzuschauen.

»Jetzt bekommt sie Geld«, sagte er.

Er meinte eine ungefähr dreißigjährige geistesgestörte Frau, die schon seit ein paar Tagen unter einem Torbogen auf der anderen Straßenseite saß. Sie würdigte die Passanten keines Blickes, redete laut mit sich selbst und rauchte unaufhörlich. Betteln tat sie nicht. Nachts schlief sie unter einer Decke, in die sie sich tagsüber einhüllte.

»Oh, das muß ich sehen.«

Lin stand auf und ging zum Fenster, im T-Shirt, mit nackten Beinen. Sie sah gerade noch, wie eine kleinwüchsige ältere Frau ein paar Sätze wechselte mit der Frau im Torbogen, die ihr das verzerrte Gesicht zugewandt hatte, zuhörte und, kurz abgelenkt, auf eine Frage antwortete und nickte, ein ganz normales Nicken. Während sie Zeugin dieser Szene wurde, spürte Lin plötzlich eine Leichtigkeit in sich aufkommen. Jelmer stand reglos direkt neben ihr.

»Wie sie weitergeht«, sagte er, ohne seinen Blick abzuwenden. »Nicht scheu, nicht bedrückt ...«

Lin drückte sich an ihn, leckte an seinem Adamsapfel und begann, sanft an ihm zu saugen, wobei sie ihn mit den Lippen ab und zu leicht stieß. Als Jelmer kichern mußte, zog sie seinen Kopf zu sich heran und küßte mit der gleichen Sanftheit seine Lippen. »Mein lieber Jellie«, sagte sie, »mein lieber Jellie, mein liebes Pferd.« Es schien möglich, das Schlimmste zu gestehen, für ein paar Augenblicke schien Aufrichtigkeit möglich zu sein, und vielleicht würde er ihr vergeben. Aber etwas in ihr zog sich zurück. Sie ließ ihn los und zog sich an.

Als sie ihre Tasche packte und wieder an ihr Leben in Amsterdam dachte, kehrte die Beklemmung zurück.

In einem Gang der U-Bahn-Station unter dem Gare du Nord mußte sie sich übergeben. In drei unaufhaltsamen Wellen schwappte es ihr aus dem Mund, während sie sich mit der Hand an einem riesigen Plakat mit einer Joghurtreklame abstützte. Jelmer deckte das Erbrochene mit einer Plastiktüte ab.

Im Zug lag sie an ihn geschmiegt da und schlief oder tat jedenfalls so. Jelmer hörte sich ein paar neue CDs an; er dachte allmählich wieder an seine Arbeit, an Jewgeni, den jungen Petersburger Pianisten, dessen Agent er geworden war. Er hätte ihn an diesem Wochenende kennenlernen können, da Jewgeni in Paris studierte, doch Lin hatte es nicht gewollt. In dem dunklen Fenster sah er sich und die an ihn geschmiegte Lin, die er im Arm hielt. Von Zeit zu Zeit mußte er an das Erbrochene unter der Plastiktüte in der U-Bahn-Station denken.

Zu Hause ging sie sofort ins Bad.

Jelmer saß vorgebeugt auf der Couch und starrte in eine Zeitung, die er auf dem Boden vor den Füßen ausgebreitet hatte. Er hörte, wie das Wasser in die Badewanne lief, hörte, wie sie sich in der Küche zu schaffen machte, den Kühlschrank öffnete und Magermilch aus ihrer Packung trank. Als er schließlich das Badezimmer betrat, wurde er vom Anblick brennender Teelichter überrascht, die auf dem Waschbecken und auf dem Rand der Badewanne standen. Im Halbdunkel glänzten die Fliesen, der Spiegel, das Wasser, ihr Körper im Wasser, ihr Gesicht. Auch ihre Augen glänzten. Er sah, daß sie geweint hatte.

»Ach, mein Schatz.« Er küßte sie auf die Lider.

»Ich werde mir Mühe geben«, sagte sie sanft, »ich werde mir wirklich alle Mühe geben, darüber hinwegzukommen.«

Jelmer setzte sich. In der Badewanne beugte Lin sich vor und legte eine Wange auf die angezogenen Knie, nachdem sie ihre schwere Haarpracht auf eine Seite des Kopfes geworfen hatte.

»Wir haben dir jedenfalls zwei Paar Schuhe gekauft«, sagte sie, »und wir sind viel herumgelaufen und haben viel gesehen … Die Frau gegenüber dem Hotel liegt jetzt unter ihrer Decke. Hast du ihr noch etwas gegeben?«

»Ja.«

Sie schwieg und starrte lange in eine der Flammen auf dem Wannenrand. So konnte sie Ruhe finden, wußte Jelmer. Schon als Kind hatte sie das gemacht: in eine Flamme starren. Er schaute ihren glänzenden Rücken an, die Haare, die sie alle auf eine Seite ihres Kopfes gelegt hatte, wo sie nun im Wasser trieben. Einen starken Rücken hatte sie, an ihrer Hüfte und ihrem Hintern breit auslaufend. Kraftvoll sah das aus; trotzdem ragten ihre Schulterblätter zart und zerbrechlich aus ihrem Rücken in die Höhe.

»Woran denkst du?« fragte sie.

»Ich schaue dich an, deinen Rücken.«

»Aber woran denkst du?«

»An eine Kreidezeichnung von Degas, die wir gesehen haben,

und daß ich gerne so eine Zeichnung von dir hätte, wie du jetzt in der Badewanne liegst, vorgebeugt, mit der Wange auf den Knien und den Haaren auf der einen Seite. Gleichzeitig tauchen allerlei Pariser Straßenszenen in meinem Kopf auf. Ich finde es immer so beeindruckend, daß man, wenn man irgendwo war, noch eine Zeitlang danach, manchmal sogar ein paar Tage lang, genau spürt, wie es war, an einem bestimmten Ort zu stehen, ich meine, man hat die räumlichen Verhältnisse irgendwie genau registriert, die Ausmaße einer Brücke, die Breite eines Boulevards, das alles hat sich wie ein Hologramm eingeprägt. Nach ein paar Tagen erlischt es. An diese Art von Dingen denke ich.«

Lin hob ihre Wange kurz vom Knie und legte sie wieder hin. »Das klingt traurig«, sagte sie.

»Nein, das ist es überhaupt nicht.«

Sie schwiegen und warteten noch eine Zeitlang. Aber es geschah nichts mehr.

Eines Abends im April sah Henri, wie Lin und der andere ein Kino an der Plantage Middenlaan betraten. Das war er also. Henri hatte ihn noch nie gesehen, war sich seiner Sache aber sofort sicher. Er sah, wie sie ihre Eintrittskarten abholten – der Typ beugte sich an der Kasse zum Schalterfenster vor, sie stand daneben –, er sah, wie sie in der Besuchermenge im Eingangsbereich verschwanden, und dann fing das Warten an. Er vergaß, daß er auf dem Weg zum Entrepotdock gewesen war, um sich die Neubauten in den alten Lagerhallen anzuschauen. Er holte seinen Wagen und fuhr so lange herum, bis er einen Parkplatz gegenüber dem Kino gefunden hatte.

Es war ein kleines Gebäude aus den zwanziger Jahren mit Backsteinausstülpungen in der Fassade, zwei kleinen Spitzen an beiden Seiten, gekrönt von zwei Glaskugeln in einer anmutigen schmiedeeisernen Einfassung. Über den Türen hing ein Schild, von innen heraus weiß erleuchtet, auf dem zwei Filme angekündigt wurden. Er las die Titel, aber die Worte kamen nicht bei ihm an. Er hätte hinübergehen können, um sich die Bilder in den Schaukästen anzuschauen, aber dazu hatte er keine Lust. Er brauchte nicht zu wissen, welchen Film sie gerade sah.

Aus den Bäumen entlang der Straße rieselten Blütenblätter. Der Wind jagte sie raschelnd über den Asphalt. Radfahrer kamen an seinem geöffneten Autofenster vorbei. Alle soundso viele Minuten eine Straßenbahn. Er hörte, wie sie näher kam, von der einen oder der anderen Seite, immer mit dem gleichen Geräusch. Von den Straßenbahnen, die vom Waterlooplein herkamen, bog die eine zur Endhaltestelle am Wertheimplantsoen ab, wo er und Lin eines Abends miteinander geknutscht hatten; die andere nahm die Kurve, blieb an der Haltestelle stehen und fuhr dann ratternd weiter zum Muiderpoort. In der Dämmerung sprangen die Laternen an.

Beim Warten spürte er seinen Wagen um sich herum. Seit ein paar Monaten fuhr er diesen alten Alfa Romeo, den Giulia Super, das Modell, das lange Zeit bei der italienischen Polizei in Gebrauch gewesen und mittlerweile ein begehrtes Sammlerstück geworden war. In der Regel hatte er anonyme Mittelklassewagen, häßliche Klapperkästen, die er so lange fuhr, bis sie endgültig den Geist aufgaben, Wagen, an denen er nicht sonderlich hing und an denen er auf einem Parkplatz manchmal einfach vorbeiging. In diesem Alfa hatte er sich anfangs sowohl stolz als auch albern gefühlt. Er warf auch sein Werkzeug nicht mehr achtlos auf den Rücksitz und hielt seinen Wagen sauber.

In der Pause drängten sich die Besucher in der Halle, aber die beiden Gesuchten entdeckte er nicht.

Gegen Mitternacht sah er sie endlich herauskommen, auf den Gesichtern den leicht verschlafenen Ausdruck, wie er für Leute typisch ist, die lange im Dunkeln gesessen haben. Neben dem Kino blieben sie stehen, zögernd, während um sie herum dunkle Gestalten sich vorbeugten, um Fahrradschlösser zu öffnen. Henri war wie erstarrt. Er sah Jelmer. Lin sagte etwas zu ihm, das Gesicht ihm zugewandt – und es war für Henri unerträglich, sie etwas zu diesem Mann sagen zu sehen. Die beiden beratschlagten, überlegten, trafen eine Entscheidung: Sie hakte sich bei ihm unter, und beide gingen in Richtung Waterlooplein davon.

Henri schaute ihr hinterher. Jede Bewegung, die sie machte, jede Gebärde kam ihm gekünstelt vor, verlogen.

Er stieg aus und ging ihnen nach. Sein Herz klopfte plötzlich so heftig, daß ihm schwindlig wurde. Während er am Zaun der Parkanlage entlangging, zitterten seine Beine; sie bebten und trugen ihn viel zu schnell vorwärts.

Das ist der Mann, der für mich ausgewählt wurde, überlegte sich Lin, während sie Jelmers Arm an sich drückte und sein Gesicht betrachtete, sein Profil vor dem Hintergrund der Bäume im Park in sich aufnahm. Sie stellte sich das Ganze vor: ein Haus, eine Familie, zu der sie gehörte, Eltern, die sie liebten und einen Mann für sie ausgewählt hatten, einen netten Mann, an den sie sich problemlos gewöhnt hatte, dem sie nach zwei, drei Jahren aufrichtig ergeben war und den sie schließlich lieben gelernt hatte. Es war möglich. Es war noch immer möglich. Seit einiger Zeit kannte sie einen Journalisten indischer Herkunft, der sehr jung mit einem Mädchen verheiratet worden war, das seine Eltern für ihn ausgewählt hatten. Zuerst hatte sie es nicht glauben wollen. Es war dem Anschein nach ein glückliches Paar, sie hatten Kinder, sie waren miteinander zufrieden. Es war also möglich. Das ergab sich auch aus dem Film, den sie gerade gesehen hatten: ein Dokumentarfilm über arrangierte Ehen in einer Stadt in Indien, einem Dorf in der Türkei, einem anderen in Japan und in einer jüdischen Gemeinde in New York.

Von den Filmbildern noch ganz benommen, stellte sie sich das Ganze vor: eine Familie mit Brüdern und Schwestern in einem großen Haus, Schwestern, mit denen man reden konnte, Eltern, die streng, aber liebevoll waren und eines Tages sagten, daß es an der Zeit sei, den Bund fürs Leben zu schließen. Und dann heiratete man. Weil es an der Zeit war. Keine Sucherei, keine Schererei, nicht diese endlosen Wirren, nicht dieser endlose Liebeskummer. Schau, das ist er. Er ähnelt ein wenig einem deiner Brüder, dem, mit dem du dich so gut verstehst. Das ist er dann, der Mann, mit dem du alles gemeinsam erleben wirst, die großen und kleinen Dinge des Lebens, das Gewöhnliche und Ungewöhnliche, das, was man begreifen kann, und das, was man nicht begreifen kann, das, was man will, und auch das, was man nicht will. Und dies war er. Sie ging neben ihm durch die milde Frühlingsnacht.

»Hättest du jemals ein Mädchen geheiratet, das deine Eltern für dich ausgesucht haben?« fragte sie halb lachend.

»Nie im Leben.«

Diese Antwort beeinträchtigte ihren Traum nicht.

»Dann ist die nächste Frage natürlich: Auch nicht, wenn ich dieses Mädchen gewesen wäre?«

»Dann hätte ich nachgegeben, das ist doch wohl klar. Aber vor der Hochzeit hätte ich dich dann, genau wie der Junge in diesem Bergdorf, nur ein einziges Mal sehen dürfen, ganz heimlich, durch einen Spalt zwischen den Zeitungen, mit denen das Fenster zu deinem Zimmer zugeklebt gewesen wäre. Unglaublich!«

»Das kann man nicht mehr machen, oder?«

»Das geht nur in so einer traditionellen Gemeinschaft, in der alles noch immer nach jahrhundertealten Traditionen gemacht wird und in der man eine Höllenangst vor Veränderungen hat, in einer Gemeinschaft, in der Kinder ihren Eltern untertan sind und in der man noch eine Art von, wie nennt man das, eine Art von Demut kennt – die Menschen nehmen hin, was das Leben ihnen bringt, denn es gibt etwas Größeres und Wichtigeres als sie selbst.«

Während sie an der Wand der portugiesischen Synagoge entlanggingen und die verdorrten Blütenblätter der Ulmen an ihren Schuhen in die Höhe stoben, empfand sie es genau so: Sie hatte diese Demut, sie hatte sich ins Unvermeidliche gefügt, sie tat, was alle taten und bereits seit Jahrhunderten getan hatten, sie mußte nicht mehr nachdenken, sie brauchte nur noch ihr Leben zu leben. War das denn nicht genug? Ging es anderen, die sich selbst entschieden hatten, etwa so viel besser? Und was hieß das schon, was war das eigentlich: sich entscheiden? Und was war das eigentlich: frei sein? War man jemals frei? Wenn man sich Hals über Kopf in jemanden verliebte, war man dann eigentlich frei? Sie hatte sich noch nie so unfrei gefühlt wie zu dem Zeitpunkt, als sie sich in Henri verliebt hatte. Schau, das war er. Das war er dann zufälligerweise. Übrigens hatte ihre Mutter sehr genau nachgedacht, lange gesucht: ein Mann, der ihrem Bruder ähnelte, der körperlich zu ihr paßte, der sanftmütig war. Sie hatten sich vorher ein paarmal getroffen und sich sympathisch gefunden, attraktiv, gut genug füreinander. Das lag nun beinahe drei Jahre zurück.

Sie zog Jelmer mit sich mit, quer über die Wibautstraat. Ihre Brüste wogten. Sie war soweit, sie fühlte sich fähig, es mit ihm anzupacken, fähig, glücklich zu sein, das Glück zu wollen. An der Ecke bei der Amstel bogen sie in eine Kneipe ab. Dabei warf Lin einen Blick über die Straßenbahngleise in Richtung des hell erleuchteten Opernhauses zurück. Sie erschrak. Alles, was sie sich selbst weisgemacht hatte, war mit einem Schlag wie weggefegt.

Für einen Augenblick war Henri zufrieden: Er war gesehen worden. Über eine Entfernung von dreißig, vierzig Metern hinweg, von der gegenüberliegenden Straßenseite aus, zwischen Dutzenden von Passanten hatte sie ihn auf Anhieb erkannt. Das berührte ihn. Einen Augenblick lang blieb er in dem noch immer lebhaften mitternächtlichen Verkehr neben der Brücke über die Amstel stehen, siebenunddreißig und froh, daß eine Frau ihn aus der Ferne bemerkt hatte. Dann lockerte er seine Lederkrawatte ein wenig und überquerte die Straße.

In der Kneipe war viel los; es herrschte starker Lärm, die Gäste waren angetrunken. Die beiden saßen im hinteren Bereich, an einem Tisch auf dem Halbgeschoß, Lin mit dem Rücken zur Tür. Henri schob sich durch das Gedränge an der Theke und bestellte sein Bier. In der Ecke zwischen dem Fenster und dem Vorhang an der Tür stehend, beobachtete er die beiden. Eine allzu blonde Frau an der Theke sprach ihn an, doch das bekam er kaum mit; auf seinem Gesicht lag ein abwesender Ausdruck. Er drehte sich um und schaute auf den Fluß hinaus. Am Kai, direkt an der Brücke, lag die Tjalk, auf der dieser Amerikaner gewohnt hatte, der immer barfuß durch die Stadt gestreift war, sommers wie winters, die langen grauen Haare dick und struppig um den Kopf, ein hochgewachsener Mann. Stets war er mit Treibholz zugange gewesen, das stapelweise auf dem Vorderdeck und den Luken seines alten Segelboots gelegen hatte. Im Schiffsraum hatte er ein Atelier gehabt, wo er gemalt hatte. Vor ein paar Jahren war er unter einem der Flöße, die um sein Boot herum lagen, ertrunken. Victor hatte er geheißen. Als Henri sich an diesen Mann erinnerte, der ganz in der Nähe ertrunken war, versuchte er, ihn vor seinem geistigen Auge so auferstehen zu lassen, wie er ihn einst an einem Wintertag auf der Brücke gesehen hatte, als er sich mit einem Lieferrad herumgequält hatte, mit diesen riesigen bloßen Füßen.

Als Henri sich umdrehte, sah er, wie die beiden sich durch das Gedränge an der Theke zwängten. Sie ließ ihn vorgehen. Henri hörte nichts mehr. Er wußte nicht, was jetzt geschehen würde, was er tun würde. Er starrte Jelmer an, um wenigstens von ihm *gesehen* zu werden, doch der sah ihn nicht. Unwillkürlich tat Henri einen Schritt nach vorne, schaute ihm direkt ins Gesicht, doch der Mann achtete kaum auf ihn, so sehr war er darauf fixiert, den Ausgang zu erreichen. Nachdem Jelmer direkt neben ihm durch den Vorhang gegangen war, wollte Henri sich abwenden, um Lin nicht zu sehen, konnte sich aber nicht bewegen. Er schaute sie an, sie schlug die Augen nieder. Als sie an ihm vorbeiging, ergriff er geschickt ihren Gürtel oberhalb ihres Hinterns und hielt sie mit einem Ruck an. Sie nur einen Augenblick so zu fühlen, das Gewicht ihres Körpers, tat ihm bereits gut. Sanft den Stoff verdrehend, zog er ihre Hose im Schritt hoch. Er roch sie. Etwas sagen konnte er nicht. Er hielt sie fest. Da traf ihn ein Faustschlag aufs Handgelenk. Lin stürzte sich durch den Spalt in dem schweren Vorhang. Henris Handgelenk brannte. Doch sogar dieser Schlag machte ihn für einen Augenblick weniger einsam.

Die blondierte Frau an der Theke hatte alles gesehen. »Warum mußt du auch gleich alles begrapschen«, sagte sie.

Henri ging hinaus. Über die Blauwbrug, am Fluß entlang, dann in die Prinsengracht. Er mußte hinter ihr hergehen. Die Nacht war beinahe warm. Unaufhörlich rieselten die Blütenblätter aus den Ulmen an der Gracht, leuchteten im Licht der Laternen auf; ein sanfter Wind fegte sie vor sich her über die Pflastersteine. Er schwitzte in seiner Lederjacke. Seine Mundhöhle fühlte sich wirklich an wie eine Höhle; voller Verlangen fuhr er sich mit der Zunge über den Gaumen. Ständig hörte er das Rascheln der Blütenblätter, die federleichte Berührung, mit der sie auf die Pflastersteine fielen. Manchmal ging er schneller. Dann kam er ihnen so nahe, daß er ihre Schritte hören konnte. Lin hielt den Blick krampfhaft vor sich gerichtet.

Von dem Mann neben ihr hatte er noch immer nicht mehr als einen vagen Eindruck gewonnen. Als dringe es nicht in sein

Bewußtsein vor, was er da sah. Er wirkte auf Henri wie ein Junge, mehr wie ein Junge denn wie ein Mann. Groß und jungenhaft. Typen wie diesen kannte er genug. Die blieben ihr ganzes Leben lang jungenhaft. Was wollte sie mit diesem Knilch? Er paßte nicht zu ihr, auch wenn sie an seinem Arm ging. So jemand sagte ihm nichts, er konnte ihn nicht einordnen.

Die Lenkstange eines Fahrrads stieß schmerzhaft an seine Rippen, an seine hungrige Brust, an seine sich nach einer Berührung sehnende Haut. Er versetzte dem Ding einen Tritt, so fest, daß das Geräusch zwischen den Grachtenhäusern widerhallte. Er sah, daß Lin es hörte; der Kerl drehte sich um. Kurz darauf fiel aus ihrer freien Hand ein zusammengefalteter Zettel. Der Wind erfaßte ihn und blies ihn in ein Kellerloch. Henri fand ihn dort zwischen dem Müll und faltete ihn auseinander. Liebster Henri, schrieb sie, laß mich bitte in Ruhe, geh weg, das hat keinen Sinn! Er starrte auf die resolute runde Handschrift, die ihn an ihren Körper erinnerte, an ihre Brüste, wie sie unter ihrem Hemd hervorkamen, wenn er es hochschob, voll und rund und samtig wie die Buchstaben auf diesem Zettel. Er knüllte die Nachricht zusammen und warf sie weg.

Beim Gehen – er hatte einen Schritt zugelegt, um sie einzuholen – knöpfte er sein Hemd bis nach oben auf und zog es aus der Hose. Der Wind streifte um seinen entblößten Oberkörper. Den zweiten Zettel, der aus ihrer Hand fiel, hob er nicht einmal mehr auf. Er bewunderte ihre Schlauheit und haßte sie zugleich dafür. War sie nicht schlicht und einfach eine berechnende Frau, die ihn benutzte, wie es ihr in den Kram paßte? Er ging nun die ganze Zeit so nah hinter ihr her, daß sie seine bedrohliche Nähe spüren konnte. Aber er war machtlos. Wenn er sie verriet, war alles vorbei. Da war er sich sicher.

Plötzlich stand er in der Spiegelgracht. Ein Stückchen weiter bogen sie in die Seitenstraße, in der sie wohnten. Henri ließ sie gehen. Als er an dem Haus vorbeikam, sah er, daß sich die geschlossenen Vorhänge noch bewegten, Lampen wurden angeknipst. Lag ihre Jacke wieder auf der schwarzen Eichenbank unter dem Fenster? Am liebsten hätte er sich in voller Länge auf die Straße gelegt.

Auf schweren Beinen, von Erregung betäubt, ging er weiter. Auf einem Kai in der Nähe ging er die Stufen eines Treppenaufgangs hinauf, der bei zwei überdachten Haustüren endete, und öffnete seine Hose. Während er mit gespreizten Beinen dastand, mit der linken Hand an die Wand gestützt, dachte er an Lins Hintern in ihrer Nappalederhose, wie er ihn gerade eben noch gesehen hatte, bei jedem Schritt hüpfend und zitternd. Sogleich stand sie vor ihm, seine Hand glitt ihr über den Bauch und weiter zu ihrer nassen Möse, er drang in sie ein, seinen Bauch an ihren kühlen Hintern gedrückt. Bleibst du für immer bei mir, fragte sie schwer atmend, bleibst du für immer bei mir? Für immer, sagte er, für immer für immer. Dann war es vorbei; er stand verschämt und allein auf der obersten Stufe des Treppenaufgangs, seine Schuhsohlen knirschten auf dem Granit, und sein herausgeschleudertes Sperma lief an den Fliesen herab, verloren, herrenloses Gut.

Schritte kamen näher, blieben stehen. Auf dem Bürgersteig standen ein Mann und eine Frau, beide je ein schlafendes Kind auf dem Arm, und sahen ihn an. Henri steckte sich gerade die Zipfel seines Hemdes in die Hose. Er schaute den Mann an und spürte, daß dieser vor Wut erstarrte. Sofort haßte er diesen Typen mit seinem Kind auf dem Arm. Niemand rührte sich.

»Hau ab«, stieß der Mann schließlich mit erstickter Stimme hervor.

Henri blieb stehen und steckte sich eine Zigarette an. Er wollte zwar weggehen, konnte es aber nicht. Schweigend und sich von ihm abwendend kam der Mann die Stufen herauf, angelte ein Schlüsselbund aus der Hosentasche und steckte einen Schlüssel mit der linken Hand unbeholfen in eine der beiden Haustüren. Unwillkürlich verfolgte Henri all seine Handlungen. Die Frau, die ihrem Mann auf dem Fuß gefolgt war, verkroch sich hinter ihm. Henri sah im Halbdunkel das Weiße in ihren Augen, in den Augen, die sie wegdrehte, um ihn nicht anschauen zu müssen. Der friedliche Schlummer der Kinder umhüllte die beiden. Henri roch den Geruch eines Babys.

VI

Felsblöcke fotografieren

Es war schon hell, obwohl die Sonne noch nicht über dem Horizont erschienen war. Im Osten trieben langgestreckte rote Wolken über der Stadt. In den Grachten funkelte das Wasser und spiegelte Häuser, Bäume und den blaßblauen Himmel wider. Vereinzelt fuhren Taxis durch die Straßen, über leere Straßenbahngleise dahinsausend.

Schweigend gingen sie zum Wagen. Jelmer trug einen Anzug und hatte einen Lederkoffer bei sich: Er flog für einen Tag nach London. Er fand es schade, daß Lin nicht mit ihm kommen wollte. Wochenlange Diplomatie war nicht imstande gewesen, ihre Verlegenheit zu überwinden, sie davon zu überzeugen, daß alle sie *lovely* finden und sie *My dear* nennen würden und daß Jewgeni es sehr zu schätzen wissen würde, wenn sie bei seinem ersten Londoner Konzert dabei wäre. Er hatte es schließlich aufgegeben und weiter nicht mehr daran gedacht. Jetzt aber, da der große Tag gekommen war, nahm er es ihr dennoch übel und war sauer. Am Ende einer langen Straße sah er plötzlich die Sonnenscheibe über dem Häuserrand erscheinen, groß und zitternd.

Lin brachte ihn nach Schiphol zum Flughafen.

Auf der Autobahn beugte sie sich wiederholt über das Lenkrad, um die Wegweiser über der Fahrbahn zum zweiten oder dritten Mal zu lesen, aus lauter Angst, sie könnte die Abfahrt zum Flughafen verpassen.

Zurückgelehnt, die Knie am Armaturenbrett, saß Jelmer neben ihr. Unruhig spielte er mit dem Griff seines Koffers. Unruhig auch deshalb, weil er nicht selbst fuhr. Ich bringe dich hin, also fahre ich auch, hatte sie gesagt. Eine Art von Logik, der er sich erst gar nicht zu widersetzen versucht hatte. In der letzten Zeit hatte sie Anwandlungen von Fürsorglichkeit, die ihn erstaunten. Manchmal schien sie von so etwas wie Nesttrieb befallen zu sein. Sie hatte gerade ihre letzten Kleidungsstücke aus der Vrolikstraat zu ihm gebracht. Eines Samstags hatte sie die Küche ausgeräumt und getüncht. Sie hatten Pflanzen für die Veranda gekauft, in dem verwahrlosten Garten hatte sie ein Frühbeet unter einer Abdeckung angelegt, die sie selbst gebaut hatte. Ihre Putzwut nahm mittlerweile ungeahnte Dimensionen an, ebenso wie ihre sexuellen Triebe. War es Unsicherheit? Versuchte sie die Depression abzuschütteln? War es der Frühling? Als er vor kurzem etwas aus *Le Sacre* gehört hatte, eine Passage in wilden, stampfenden Rhythmen, hatte er an sie gedacht, an Naturgewalten, die durch ihren Körper zogen. Aber das hieß, die Dinge zu beschönigen, sie mit einer Waldnymphe, einer tanzenden Mänade zu vergleichen, die Urkraft in ihrem Körper zu bewundern. Eher als der Frühling war es die Unsicherheit, das war ihm eigentlich klar. Machte *er* sie so unsicher? Drei-, viermal am Tag wollte sie gevögelt werden. Ständig wollte sie diesen Mann zwischen den Beinen haben, ihn ständig besitzen. Eine fröhliche, unbekümmerte Lust war es nicht. »Bleibst du für immer bei mir?« fragte sie ein ums andere Mal, kurz bevor sie kam, »bleibst du für immer bei mir?« Seine Antwort bedeutete nichts mehr.

»Was hast du heute vor?« fragte er.

»Weiß ich noch nicht.«

Auf dem Flughafengelände war es noch ruhig. Sie konnte direkt vor der Abfertigungshalle parken. Die Glasfront der Halle spiegelte den strahlend blauen Himmel wider. Einige früh angekommene Reisende standen wartend neben ihren Koffern. Lins Blick blieb an einer großen Afrikanerin in einem ebenso fröhlichen wie würdevollen gelb-schwarzen Gewand hängen. Würde sie selbst je so stolz sein können, so stark? Mußte sie vielleicht andere Kleidungsstücke tragen, andere Farben?

Jelmer nahm Abschied. Sie schaute ihm nach und fühlte sich schuldig, als sie ihn hinter der gläsernen Schiebetür verschwinden sah.

Um sieben Uhr – Jelmers Flugzeug hatte gerade abgehoben – überraschte sie Henri mit ihrer rosigen Erscheinung und einer Tüte frischer Brötchen. Sie umarmte ihn und wußte nicht, ob sie willkommen war.

»Ich mußte daran denken, daß du einmal gesagt hast, du findest es schlimm, jeden Morgen allein aufzuwachen.«

Henri sagte nichts.

»Ist es okay, daß ich gekommen bin?«

»Ja, Schatz.« Er setzte sich auf die Bettkante und rieb sich das Genick. Kurz fiel ihr Blick auf seine verkrüppelte linke Hand auf seinem Knie.

»Kriech doch noch mal rein. Dann komme ich gleich nach«, sagte sie.

Sie zog schon mal die Schuhe aus. Als sie barfuß dastand, wurde sie ruhiger. In den Kupferkugeln an den Ecken des Bettes spiegelte sich der dämmerige Raum wider, und sie sah sich in diesem verzerrten Raum stehen. Hinter dem Kopfende, an der Wand entlang nach oben und über dem Bett hing wie eine Plane das dunkelblaue, golddurchwirkte Tuch, daneben standen die beiden großen Kerzenständer, wahnsinnig schwer, idiotische und witzige Gebilde. Es schien ihr das schönste Bett, das sie je gesehen hatte.

»Ich komme gleich zu dir.«

Seitlich schob sie sich durch die einen Spaltbreit geöffnete

Schiebetür und zog sie hinter sich zu. Im hinteren Raum waren die Vorhänge zugezogen. Der vergangene Abend war noch sichtbar: eine Reihe leerer Bierflaschen, Henris Glas (ein Cidreglas, das sie gerne in der Hand hielt, weil es so groß war: eine ganze Flasche Bier paßte auf einmal hinein), die Reste einer Take-away-Mahlzeit, seine Schuhe, ein voller Aschenbecher, eine aufgeschlagene Zeitung auf der Couch.

Lin blieb stehen. Noch nie hatte sie so deutlich empfunden, daß sie diese Wohnung liebte, die wie eine Höhle für sie war, ein Ort, wo sie sich sicher fühlte, der Welt entkommen. Alles hier trug Henris Stempel, manchmal auf extreme und rührende Weise. Die schweren Vorhänge aus einem schwarzen, violett und gelb durchsetzten Stoff – eine typische Henri-Farbe. Die sachliche schwarze Ledercouch. Die antike Vitrine mit den Topfscherben. Die beiden riesigen Spiegel mit den goldenen Ornamenten. Der Blasebalg, die Schürhaken und Klemmen neben dem Kamin und unter den Teppichen die breiten Holzbohlen, mit Hochglanz lackiert, die aus einem Abbruchhaus stammten.

Lin wurde schwer ums Herz zumute. Sie ging weiter, die Füße auf den Teppichen, deren Textur ihre bloßen Füße erkannten, und auf dem Boden. Im Vorbeigehen nahm sie Aschenbecher und Cidreglas mit. Im Hinterhaus fiel das Tageslicht herein, und auch hier fand sie Anzeichen von Henris gestrigem Leben. Der Hackklotz stand, wo er immer gestanden hatte. Sie mochte dieses wuchtige viereckige Ding. Sie leerte den Aschenbecher aus und füllte ihn mit Wasser. Sie stellte das Cidreglas auf die Anrichte. Es hörte sich so an wie immer, wenn sie es auf den Terrazzo stellte. Im Vorbeigehen öffnete sie die Kühlschranktür, nur um zu sehen, was so alles darin war; auch der Inhalt seines Kühlschranks vermittelte ihr ein Bild von Henri. Sie erschrak. Normalerweise war der Kühlschrank gerammelt voll, jetzt aber war er beinahe leer.

Als sie im Badezimmer auf dem Klo saß und durch die Kuppel den Himmel sah, dachte sie an Jelmer in seinem Flugzeug. Sie betrachtete die Fliesen, die sie auf den Knien geschrubbt hatte. Die Badewanne, in der sie einmal, gerade vom Strand zurückgekehrt, so glücklich gewesen war, Henri hatte in der Küche gewerkelt, sie hatte unter den warmen Strahlen der Dusche gestanden, sie über ihre verbrannte und glühende Haut rinnen lassen, den Sand betrachtet, der zwischen ihren Zehen hervorgespült worden und um das Abflußgitter herum liegengeblieben war. Am Fußende der Badewanne das kleine Fenster, durch das man die Kastanie sehen konnte, das Fenster, das Henri ausgehauen hatte. Immer wenn sie hier geduscht hatte, hatte sie durch das Fenster den Baum angeschaut. Sie hörte das Rauschen der Kastanie mit ihrer schweren Last von jungen Blättern und mußte an jenen Morgen vor vier Jahren denken, als Henri da an der Wand gestanden hatte, sie vor ihm, noch schläfrig, und zwischen ihnen diese Stille entstanden war, das erste Vertrauen. Sie hatte sein Stöhnen gehört, wehrlos, während sie ihm einen runtergeholt hatte, und sein Sperma war über ihren Unterarm gespritzt, in drei Ergüssen; der weiteste Tropfen war genau in die kleine Kuhle ihres Ellbogens gefallen.

Auf dem Rückweg ins vordere Zimmer beeilte sie sich, um nichts mehr zu sehen.

Ohne sich auszuziehen, schlüpfte sie neben Henri ins Bett. Eine Zeitlang lagen sie reglos da. Lin schwitzte. Als Henri sie zu streicheln begann, ihr die Hände unter die Kleidung schob, wollte sie nichts ausziehen. Sie wollte auch nicht, daß er in sie eindrang.

»Stimmt was nicht?«

»Nein, aber ich will jetzt einfach nicht, nur so.«

»Nur so.«

Henri atmete schwer. Er hatte sie zehn Tage lang nicht gesehen, zehn Tage lang enthaltsam gelebt. Das Blut stieg ihm zu

Kopf, seine Geilheit benebelte ihn. Weigerte sie sich nur, um ihn noch schärfer zu machen? Aber sie weigerte sich nie, und noch nie war sie mit Kleidern ins Bett geschlüpft. Wieder lagen sie eine Zeitlang reglos nebeneinander.

»Hallo, Marie.«

»Ja, liebster Henri.«

»Können wir nicht etwas abmachen?«

»Etwas abmachen. Ja, natürlich.« Es war, als würde sie sich etwas ausdenken, sich von etwas befreien, das ihr im Weg gestanden hatte. »Es ist noch früh, ja?« sagte sie, in dem kindlichen Ton, den sie im Bett gerne benutzte.

»Ja, es ist noch früh.«

»Wir spielen, daß ich von draußen gekommen und heimlich zu dir ins Bett geschlüpft bin und daß du ... daß du mich dann zwischen die Schenkel fickst.«

Sie war fünfzehn, stellte sie sich vor, und er war der ältere Mann, der geil auf sie war. Nicht der Mann aus der Werkstatt, von dem sie früher immer geträumt hatte, sondern einfach nur Henri, genauso wie er war, nur sie selbst viel jünger, verlegen, von Verlegenheit benommen, und doch war sie gekommen, war durch das taufrische Gras klammheimlich zu ihm gekommen. Sie hatte sich zwischen peitschenden Zweigen hindurchgezwängt, die halbdunkle Scheune betreten und am Beben seiner Hände gemerkt, daß er geil auf sie war.

»Ja, fick mich.«

»Dann mal los.«

Schnell zog sie die Hose ein Stück auf die Oberschenkel herunter. Henri sah, wie ihr Slip kurz zwischen ihren Schenkeln hängenblieb; die Schamhaare auf ihrem Unterleib waren plattgedrückt. Mit ihrer breiten Hand entwirrte sie diese Schamhaare, drückte ihre geschwollen Schamlippen auseinander – er sah es glänzen – und schmierte den Mösensaft über ihre Schenkel.

»Kommst du?« fragte sie mit lockender Kinderstimme, »kommst du, liebster Henri?«

»Lieber nicht.«

Sie geriet in Verwirrung. »Aber du hast doch gesagt, daß du willst?« Tränen sprangen ihr in die Augen; schon die geringste Grobheit war ihr zuviel. Henri preßte sich an sie und schob ihr den wippenden Ständer zwischen die Schenkel. Dann umklammerte er sie, eine Hand um ihre Pobacken, einen Fuß zwischen ihre Waden geschoben, auf ihr unten liegendes Bein drückend. Er fing einfach an, fickte drauflos, den Blick ständig auf ihren willigen Körper und seinen zustoßenden Unterleib gerichtet. Das Bett begann leicht zu wackeln, der dunkelblaue Himmel wackelte mit, und das Eisen ließ seine vertrauten Geräusche hören.

»Ja ..., ja ...«, flüsterte sie, schwer atmend, während sein lekkeres Ding an ihren Fingerspitzen entlangglitt, »ja ... Ich war früh aufgestanden, um zu dir zu gehen ... Ich ging barfuß, das Gras war noch naß vom Tau ... Ich hatte ein wenig Angst vor dir, ich hatte schon immer ein wenig Angst vor dir gehabt ... Trotzdem ging ich zu dir, in diese Scheune ... In diese Scheune, in der du wohnst ... Und als ich bei dir in dem eisernen Bett lag, hast du mich umklammert und angefangen, mich zu ficken ...«

Henri bewegte sich mal langsam, dann wieder schnell. Lin schaute ihm ins Gesicht. Er hatte die Augen gesenkt. Auf seiner Oberlippe tauchten Schweißtropfen auf. An seinem Hals schwoll eine Ader. Er krümmte den Rücken.

»Liebster Henri ... liebster Henri ...«, sagte sie sanft. Seine Leidenschaft rührte sie. Hatte sie ihn jemals so süß gefunden, hatte sie sich jemals weiter für ihn geöffnet? Noch fester umklammerte er sie, begehrlich, ungeduldig. Sie lachte und dachte an einen Hengst, der seine Stute bereits besprungen hat und sie hernimmt und dann schnell die Hinterbeine anders hinstellt, um noch besser heranzukommen.

»Ja, mach's mir … Mach's mir richtig … Mach's mir …«

Henri schlug die Zähne in den unteren Rand ihres BHs und zog ihn ruckweise nach oben, so daß ihre eine Brust darunter hervorglitt. Sie selbst befreite die andere mit ihrer freien Hand und preßte sich fester an ihn.

»Endlich«, stöhnte Henri, »endlich … Endlich hab ich dich …«

Seine Stöße wurden kürzer, heftiger. Sie spürte, daß er gleich kommen würde. Sein Sperma ergoß sich in ihre Handfläche. Henri ließ sich auf den Rücken fallen, keuchend, mit den Händen umklammerte er die Stangen über seinem Kopf. Mit einem Freudenschrei ruckte er ein paarmal daran, so daß das Bett wackelte. Dann blieb er still liegen. Lin hielt sein Sperma in der Wölbung ihrer Handfläche. Ein paar Tropfen glitten zwischen ihren Fingern hindurch. Noch ein paar Minuten hielt sie seinen Samen in der Hand. Danach ließ sie ihn hinter ihrem Rücken aufs Bettuch gleiten, traurig, aber so mußte es sein, und wischte sich unauffällig die Hand ab.

Schweigend lagen sie nebeneinander, beide in ihre eigenen Gedanken versunken. Lin war noch erregt, wollte weitermachen, sich entblößen, die Beine aus der halb heruntergelassenen Hose befreien, sich ihrer Lust hingeben, alles sollte wie früher sein in diesem halbdunklen Raum, den sie so gut kannte. Aber irgend etwas in ihr befand sich bereits auf dem Rückzug.

Henri lag reglos da. Er war beunruhigt. Irgend etwas stimmte nicht. Er wußte nicht mehr weiter, mit ihr nicht und mit sich selbst nicht. Während er sie streichelte, kamen Erinnerungen in ihm auf, er war gerade von zu Hause weggelaufen, sechzehn Jahre alt. Ein von der Sonne erwärmter Felsblock, auf dem er gelegen hatte, auf dem Bauch, die Spitze des Steins mit den Händen umfassend. Eine winterliche Hügellandschaft unter einer blassen Sonne, wo er in Panik geraten war, nicht länger imstande, neben der Straße herzugehen, und querfeldein gerannt war, die Sporttasche über der Schulter, auf umgepflügten

Äckern stolpernd, geblendet, unterwegs zu einem Dorf, das er manchmal gesehen und dann wieder für lange Zeit aus dem Auge verloren hatte. Der Hund, der ihn in einem Wald angegriffen und dem er in grauenhafter Angst die Kehle zugedrückt hatte, so lange, bis das Tier aufgegeben hatte, ohnmächtig mit den Beinen zu zucken begonnen hatte und reglos liegengeblieben war.

Hilfesuchend küßte er Lins Gesicht. »Hey, Marie.«

»Ja.«

Henri zögerte. »Deine Augen sind so schön.«

Sie lächelte. Sie glaubte ihm. Seit einiger Zeit glaubte sie ihm, wenn er solche Dinge sagte.

»Du warst auch schön gerade eben. Daß du mich nicht anschauen wolltest.«

Henri sah ihre prachtvollen dicken Haare, die auf dem Kissen ausgebreitet lagen und im Zwielicht glänzten. Die Angst, sie zu verlieren, schnürte ihm die Kehle zu.

»Hey, Marie.«

»Was ist?«

Sie war in Gedanken noch immer in der dunklen Scheune, in der er wohnte und zu der sie barfuß durch das kalte und nasse Gras gelaufen war. Neben der Scheune lagen die Beete eines Gemüsegartens, schön in einer Reihe, dann ein Frühbeet mit Abdeckung, deren Glasscheibe im morgendlichen Licht glänzte, und dahinter ein paar verwachsene Obstbäume. Solche Bilder sah sie, und sie versuchte, sich davon zu lösen, von dieser Scheune, von ihm, dem älteren Mann, vor dem sie sich fürchtete, zu dem sie sich zugleich aber auch hingezogen fühlte. Wenn er ihren Hintern anhob, bekam sie gleich wieder weiche Knie, sie war seine Kleine, sein süßer Fratz, seine Marie.

Henri küßte ihre geschlossenen Augen, ihre Wangenknochen, und kam mit den Lippen ganz nah an ihr Ohr. »Willst du es für mich tun?«

Ihre Antwort kam nicht sofort.

»Es mir selbst machen?«

Nie hatte sie das gewollt. Noch nie hatte sie diese intimen Handlungen jemandem gezeigt. Aber jetzt hatte sie keine Bedenken. Henri hatte sie zwischen die Schenkel gefickt, und sie hatte ihn dabei beobachtet, seinen gekrümmten Rücken gesehen, seine gesenkten Lider. Sie hatte ihn süß gefunden. Jetzt war sie an der Reihe. Irgendwie kam ihr das okay vor. Die Erregung benebelte sie. Sie wollte, daß er sie süß fand.

Henri wußte nicht, warum er sie darum gebeten hatte. Als sie zustimmte, erschrak er. Als sie anfing, die Fingerspitzen in ihre Schamhaare schob, wollte er sie daran hindern. Aber er tat es nicht, auch allein schon, weil er den Blick nicht davon lösen konnte.

Auf der Seite lag er neben ihr und sah alles: ihre Verlegenheit, wie sie versuchte, sich zu konzentrieren, die Gänsehaut, die sich um ihre Brustwarzen herum bildete, wie sie mit dem Mittelfinger ihrer rechten Hand über ihre Klitoris rieb, unerwartet fest, zu grob wahrscheinlich, wie sie damit aufhörte, still liegenblieb, erneut begann, und wie es ihr schließlich gelang, seine Anwesenheit zu vergessen, mit sich selbst allein zu sein, wie sie tiefer zu atmen begann, plötzlich ihrer Leidenschaft ausgeliefert, wie ihr Kopf zur Seite fiel und auf der Schulter liegenblieb, wie sie mit offenem Mund atmete. Es war so normal, es unterschied sich so wenig von dem, was er bei anderen Frauen gesehen hatte, aber gerade deswegen fand er sie süß. Er sah auch, daß sie zugenommen hatte; ihre Brüste, ihre Oberschenkel, die sahnig geworden waren, ihr ganzer Körper kam ihm voller vor. Etwas kam ihm zu Bewußtsein, was ihm den Schweiß aus den Poren trieb. Hatte sie mit diesem Kerl im Badezimmer gestanden und auf so ein Stäbchen in einem Glas mit Urin gestarrt? War sie darum so lange weggeblieben? Wollte sie ihn darum nicht mehr in sich haben? Hatte sie auf diese Weise ihrem inneren Zwiespalt ein Ende bereitet: indem sie sich einfach hatte schwängern lassen?

Henri schwitzte. Er kniete vor ihr und streichelte einen ihrer Oberschenkel, er drückte sich ihr angezogenes Bein an die Brust. Sein Schwanz richtete sich wieder auf. Henri preßte ihn an sie, möglichst nahe an die feuchten, glänzenden Lippen. Seine Beklemmung nahm ab, als sie seinen Namen flüsterte, zusammen mit den bekannten Liebkosungen. Entschlossen bearbeitete sie nun sich selbst, das Bett wackelte unter den Bewegungen ihres sehnsüchtigen Körpers. Er schaute auf ihre sich bewegende Hand, auf das glänzende Durcheinander aus Fleisch, aus der »es« kommen würde, ein blutverschmiertes Köpfchen, und es war, als wäre sie bereits nicht mehr die seine. Er hörte allmählich wieder den Straßenverkehr. Es schien, als würde er Abschied von ihrem Körper nehmen.

Sie frühstückten im Hinterzimmer, am Fenster, im üppigsten, fröhlichsten Sonnenlicht, das sie sich wünschen konnten, es strömte aus der frischen, blauen Weite über der Stadt durch das Fenster herein, es wärmte ihre Wangen, ihre Hände, es ließ die Gläser und das Besteck funkeln – aber es war, als würde diese Fülle sie lediglich einschüchtern, als würden sie sie nicht wollen. Sie aßen die frischen Brötchen, dazu Eier mit Speck, und waren schweigsam. Einmal lächelten sie. Henri schälte ein paar Knoblauchzehen, was er häufiger beim Frühstück tat. Der prickelnde Geruch erreichte sofort ihre Nase. Als sie sich beide gleichzeitig den rohen Knoblauch mit ein wenig Brot in den Mund schoben und darauf kauten, mußten sie lächeln.

»Heute stinken wir bestimmt wieder sieben Meilen gegen den Wind«, sagte Henri.

»Den Mund im Aufzug schön weit aufmachen.«

Danach vermied sie jedes Ritual, alles, was sie zueinanderbrachte. Was sie Henri hatte sagen wollen, was sie sich vorgenommen hatte, ihm heute zu sagen, schob sie hinaus.

Alex Wüstge wohnte in einer dieser mehrere hundert Meter breiten Lagerhallen, die im neunzehnten Jahrhundert entlang des IJ gebaut worden waren, um Kolonialwaren einzulagern, und die sich nach dem »Verlust« von Niederländisch-Ostindien nach und nach in leere Räume verwandelt hatten. Große Schiffe hatten hier vor Anker gelegen. Am Kai hatten die Kräne gestanden, mit denen die Ballen in Trossen aus den Schiffsräumen gehievt worden waren – in dem basaltblauen Kopfsteinpflaster verliefen noch immer die Gleise, auf denen die Kräne an den Schiffswänden entlanggefahren waren. Lange Zeit hatte diese Lagerhalle praktisch leergestanden. Einiger Hausrat war hier eingelagert worden, ein paar Fahrzeuge rosteten auf dem Kai vor sich hin, und abends huschten Ratten die Fassade entlang, im Dunkeln naß glänzend. Schließlich war das Gebäude instandgesetzt worden, und eine bunte Gesellschaft von Künstlern, Designern, Architekten und Unternehmern mit dem einen oder anderen *sexy business* hatte Studios und Geschäftsräume hier eingerichtet. Alex Wüstge hatte sich von der Aussicht und einer gewissen Verlassenheit angezogen gefühlt, die – trotz der teuren Autos, die nun hier herumstanden – typisch für den Kai geblieben waren.

Lin war noch nie hier gewesen. Sie schämte sich deswegen, nun, da sie am Telefon die dumpfe, mutlose Stimme des Fotografen gehört hatte. Aus irgendeinem Grund war Alex Wüstge jemand, an den sie immer wieder denken mußte. Hier hatte er also all die Jahre gelebt, hier ging er über den Kai, seine Fototaschen herumschleppend, im Blick die von Gras überwucherten Gleisstücke. Am Kai lagen vertäute Jachten, träge mit der nahezu unsichtbaren Schwellung des Wassers auf und ab schaukelnd, ein Stück entfernt einige Binnenschiffe in Reihen nebeneinander. Hinter den Schiffen funkelte das Wasser, daß es vor Licht geradezu sprühte. Die Vorderseite der Lagerhalle lag im Schatten. Als Lin den Blick an der langen Fassade entlangschweifen ließ, entdeckte sie hinter einem Bogenfenster im obersten Stockwerk auf Anhieb die Gestalt des Fotografen. Es erstaunte sie, daß sie ihn sofort bemerkt hatte. Eine Sekunde später zog sich die Gestalt zurück.

Henri hatte seinen alten Freund seit Monaten nicht mehr gesprochen. Er sah dem Besuch mit gemischten Gefühlen entgegen: Irgend etwas stand zwischen ihnen, etwas, das inzwischen fast unüberwindbar geworden war. Im Treppenhaus legte er eine Hand auf Lins Rücken und fühlte die Herrlichkeit ihres Körpers, mehr als sonst, weil er wußte, daß sein Freund nicht in den Genuß dieser Herrlichkeit kommen konnte. Er roch sie. Sie hatte noch immer diesen salzigen Sexgeruch an sich, obwohl sie geduscht hatte. Er fühlte, wie sich die Muskeln im unteren Bereich ihres Rückens unter seinen Fingerspitzen bewegten. Sie war gesund, sie war stark, sie war fruchtbar, und sie gehörte ihm. Sie war schwanger, im dritten Monat war sie nun, stellte er sich vor, und jeden Morgen enttäuscht wie ein Kind, daß man ihr noch nichts ansah. Vor ein paar Tagen hatte ihm ein Nachbarmädchen das von sich selbst auf der Straße erzählt, lachend, und er wäre ihr am liebsten in die Arme gefallen.

Henri war nur selten ein Träumer. Jetzt überfiel ihn der Traum, er konnte sich nicht dagegen wehren. Sie würde ein Kind bekommen, von ihm. Er glaubte daran. Seine Art zu gehen wurde dadurch lockerer, er wirkte selbstbewußter. In seiner linken Hand raschelte eine Plastiktragetasche mit Weißweinflaschen, einer schicken Tortenschachtel und einer Tüte mit belegten Brötchen, großzügige Geschenke für Alex, Ausdruck seines Wohlstands.

Alex Wüstge erwartete sie in der Türöffnung seiner Wohnung. Während sie die letzten Treppenstufen hinaufstiegen, kratzte er sich mit gespreizten Beinen ausgiebig am Anus.

»Hallo, was für eine nette Überraschung«, sagte er.

Erst dann konnte er mit dem Kratzen aufhören. Lin dachte für einen Augenblick, daß er auch noch an seiner Hand riechen würde.

»Hallo, Alex«, sagte sie.

»Hallo! Endlich wagst du dich in die Höhle des Löwen.«

»Frauen muß man erst einladen, Alex.«

»Ach, so ist das also.«

Trotz seiner achtunddreißig Jahre und erster Anzeichen von Korpulenz wirkte der Fotograf noch jugendlich. Er trug Bootsschuhe an den bloßen Füßen, Jeans und ein sehr schönes weißes Hemd, alt und verschlissen, das einmal zu einem Smoking gehört hatte. Er hatte die Ärmel aufgerollt. Das Hemd war so weit aufgeknöpft, daß sein Bauchansatz zu sehen war. Er lächelte, natürlich lächelte er. Er sah gut aus, leicht gebräunt.

Der Fotograf war auf Reisen gewesen. Eines Montagmorgens hatte ihn, der im Schlamm seiner Depression herumgewatet war, ein maßloser Wutausbruch überwältigt; ein paar Stunden später hatte er in einem Flugzeug nach Catania gesessen, auf Sizilien lag das, ein anerkanntes Frühjahrsparadies. Er war zwei Wochen lang auf der Insel herumgefahren und hatte außerdem noch Malta besucht. Aber als er vor zwei Tagen in seine Wohnung zurückgekehrt war, hatte sich sein Zustand nur noch verschlechtert. Drei Wochen lang hatte er, in immer tiefere Schweigsamkeit versinkend, mit praktisch niemandem geredet. Seine Ruhelosigkeit hatte im selben Maße zugenommen. Er schlief kaum noch, arbeiten konnte er nicht. Es war, als würde er allmählich jeden Bezug zur Außenwelt verlieren. Trotz allem sah er – wie immer – gut aus, sehr gut sogar.

Er küßte Lin auf ihre leicht verschwitzten Wangen, beinahe erschrocken darüber, was da an Weiblichkeit auf ihn zukam. Henri wollte er die Hand geben. Aber als dieser ihn zu sich heranzog und umarmte, ließ er sich überwältigen. Henri sagte nichts und kniff seinem Freund ein paarmal fest in den Nacken.

Lin hatte kaum Zeit, dies zu bemerken, so viele neue Eindrücke überwältigten sie, doch blitzartig erkannte sie die Art, wie Henri den Fotografen festhielt: Wie ein treuer Hund preßte er sich an ihn. So hatte er sich auch an sie gepreßt, als er seine Schuld eingestanden hatte. Alex verstummte kurz.

»Tritt ein«, sagte er zu Lin, »und erschrick nicht über die leere Wohnung.«

Alex' Wohnung machte tatsächlich vor allem den Eindruck eines gigantischen leeren Raumes. Er wurde von gußeisernen Säulen in zwei Hälften unterteilt. Vor der Rückwand, in der sich die Eingangstür befand, war eine halbrunde Mauer errichtet worden, in der eine Tür zur Linken ins Badezimmer und ein Durchgang rechts in die Dunkelkammer führten. Die Mauer endete irgendwo in der Mitte des Stockwerks und entzog eine dahinter gelegene Küche und einen Schlafraum den Blicken.

»Zwanzig Meter«, sagte Henri zu Lin, während er auf die Bogenfenster in der Ferne deutete. »Das hier war mein erster Umbau.«

»Der Anfang des Erfolgs«, sagte Alex sarkastisch.

Zu dritt gingen sie zu den Fenstern hinüber. Lin sah einen Tisch, auf dem mehrere Reihen mit Fotos lagen, eine Hängematte an den Balken, eine Palme auf einem vierrädrigen Karren, Kamerataschen auf dem Boden, ein paar glatte Kieselsteine, die er offenbar in einem Flußbett oder an einem Strand gefunden und mitgebracht hatte. Nur bei den Fenstern standen Möbel. Als sie sich umdrehte, wurde ihr bewußt, daß die eingezogene halbrunde Mauer in Quadern gestrichen war: abwechselnd weiß und ockerfarben. Aus den Augenwinkeln sah sie hinter dem rechten Ende der Mauer ein Doppelbett, noch ungemacht.

Wie von selbst traten sie an das eine Fenster, das geöffnet war, auch, um eine gewisse Beklemmung abzuschütteln. Es stank ein wenig in dieser Wohnung. Sie bewunderten die Aussicht über das IJ, die man ruhig als herrlich bezeichnen durfte und die sich von den Containerschiffen im Westlichen Hafengebiet über die Binnenschiffe in den Holzhäfen und dem Industriegebiet am nördlichen Ufer bis zu der hoch aufragenden Kathedrale eines Getreidesilos im Osten erstreckte, die die Sicht auf die Stadt raubte. Es entstand eine drückende Stille.

»Wie empfindlich manche Menschen doch sind«, sagte Alex leise und höhnisch.

Seine Worte blieben unerwidert. Die Stille hielt an. Bis Henri seine Plastiktragetasche mit den Weinflaschen, der Torte und den Brötchen in die Höhe hielt. »Stimmt, so langsam empfinde ich das Gewicht hier schon als lästig.«

»O je, ihr habt etwas mitgebracht.«

Kurz darauf standen auf dem Tisch eine Schokoladentorte – von beinahe obszönen Ausmaßen, wie der Fotograf bemerkt hatte –, eine Torte, die nach Kakao und Champagner duftete, eine Schale mit Brötchen und Kaffee, den Alex aus einer schwarz versengten Espressokanne in Tassen gefüllt hatte, die Henri noch von vor zehn Jahren kannte, als sie zusammengewohnt hatten, Tassen, die er damals schon hatte wegwerfen wollen.

Henri redete. Henri redete über Henri. Er war gerade dabei, ein großes Projekt vorzubereiten, den Umbau eines Restaurants, und sah sich den Mängeln eines Gebäudes gegenüber, einem Wirrwarr aus gesetzlichen Bestimmungen, der Trägheit der Beamten, den Forderungen seines Auftraggebers und den undurchführbaren Ideen eines Designers. Er erzählte, wie er diesem oder jenem gesagt habe, was Sache sei, daß er bei dem einen oder anderen einen Fuß in der Tür habe und wie er seinen Auftraggeber in Schach halte. Halb war ihm klar, daß die anderen sich nicht besonders für seine Geschichten erwärmten. Wie immer konnte Henri nicht aufhören, seine Anekdoten zu erzählen, bis ihm nicht wenigstens einmal die Huld des Lachens oder der Bewunderung gewährt worden war.

Alex Wüstge betrachtete seine Gäste. Henri saß ihm an der Längsseite des Tisches gegenüber, im Rahmen des geöffneten Bogenfensters; hinter ihm funkelte das Wasser des IJ. Es bereitete Alex Mühe, seine Abneigung gegen diesen Mann zu verbergen; mit seinem unwilligen, halb von ihm abgewandten Körper brachte er dies beredt zum Ausdruck. Er versuchte, freundlich zu sein, und regte sich unterdessen immer mehr auf. Das ewige Gelaber dieses Mannes über sich selbst! Diese primitive Selbstverherrlichung, die kein Ende nehmen wollte, geradezu zwanghaft! Zugleich spürte er noch immer die Anziehungskraft, die von Henri ausging, das Band, das zwischen ihnen nun einmal bestand. Er konnte sich nicht von ihrer alten Freundschaft lösen, wie wenig auch von dem ursprünglichen Feuer noch vorhanden war.

Lin saß an der Schmalseite des Tisches, die Haare aufgesteckt und eine Art feuchter Ausdünstung um sich herum, etwas, das jung und weich war und ihn an die klebrig glänzenden Baumknospen erinnerte, die er vor ein paar Wochen gesehen hatte. Durch die bis über die Ellbogen aufgerollten Ärmel ihres Pullovers machte sie einen noch kräftigeren Eindruck als sonst. Den rechten Fuß hatte sie in einem offenen Schuh lässig und burschikos auf ihr Knie gelegt. Er konnte die Hornhaut an ihrer Ferse sehen, die blonden Härchen am Ansatz ihrer Wade, die sich in der hereinwehenden Zugluft manchmal aufrichteten. Er atmete, als würde ihn etwas bedrücken.

An der Wand hinter ihr hing eines seiner Fotos, schwarzweiß, auf ein Format von anderthalb mal zwei Metern aufgebläht. Vor vielen Jahren hatte er dieses Foto in einem überfluteten Tal in Nordfrankreich aufgenommen. Ein Fluß, der über die Ufer getreten war und die Weiden überschwemmt hatte. Eine Reihe kahler Eichen stand im Wasser, eine davon war entwurzelt und umgefallen, ein paar Pappeln voller Mistelblüten, Gesträuch, ein Stacheldrahtzaun, an dem noch einzelne Büschel Schafwolle hingen. Dies alles im Wasser gespiegelt. Im Vordergrund lag ein flaches Fischerboot, halb aufs Trockene gezogen. Kalt, naß, sumpfig und verlassen war es dort, voller Melancholie.

Vor dieser Landschaft saß nun sie mit ihrem strahlenden Körper, ihrem graziösen Nacken, der Sanftheit ihrer großen, leicht hervortretenden Augen. Der Kontrast war unangenehm. Langsam, aber sicher wurde ihm bewußt, daß es ihm weh tat, sie vor dieser Landschaft zu sehen.

Er hörte Henris Geschichten zu, fütterte sie sogar mit Fragen, trotz seines Abscheus und seines Überdrusses, ständig leicht geistesabwesend. Unterdessen tat er nichts anderes, als die Anwesenheit der beiden zu registrieren, ihre körperliche Anwesenheit, beinahe als wären sie Eindringlinge. Henris Gesicht drängte sich ihm auf, wie sich ihm in den letzten Wochen überhaupt ständig Gesichter aufgedrängt hatten. Er bekam Lust, Henri zu schlagen, ihm eine Augenbraue zu zerschmettern. Er mußte an das eine Mal denken, daß er sich auf Henri gestürzt hatte, mitten in der Nacht, betrunken. Das hatte ihm zwei geprellte Rippen und eine blutige Nase eingebracht. Später hatte er sich geschämt, nicht wegen des Gewaltausbruchs, sondern weil ihm klar geworden war, daß er sich *wie ein Kind* auf ihn gestürzt hatte. Obwohl es kaum einen Altersunterschied zwischen ihnen gab, war Henri für ihn immer der Ältere, der Erfahrenere gewesen. Henris Gesicht, das er so lange nicht gesehen hatte, ging ihm jetzt wieder nah: die auffälligen hellblauen Augen und die blonden Haare, die Lippen, diese Ohren, die so eng an seinem Schädel anlagen, die über die Wangenknochen straffende Haut. Immer wenn er seine Aufmerksamkeit diesem Gesicht zuwandte, begann es sich ihm aufzudrängen. Das ängstigte ihn. Als drohte er seine Selbstbeherrschung zu verlieren. Um Henri nicht sehen zu müssen, schaute er Lin an. Aber wenn er sie vor dieser dunklen und überschwemmten Landschaft sitzen sah, stieg eine unerträgliche Traurigkeit in ihm auf. Schließlich verrückte er seinen Stuhl, einzig und allein, um ihr einen anderen Hintergrund zu geben.

Lin bemerkte seine Unruhe und stellte ihm, Henri damit brüsk unterbrechend, Fragen über seine Reise. Der Fotograf sprach stockend, als wäre er mit seinen Gedanken woanders.

»Hast du unterwegs noch Bilder gemacht?« fragte sie.

»Ach, ich hatte zwar eine Kamera dabei, habe aber nicht viel damit gemacht. Auf Sizilien habe ich nur Felsblöcke fotografiert. Im Landesinneren habe ich überall diese glühenden, frisch gepflügten Äcker mit rotbrauner Erde gesehen, und mittendrin lagen manchmal ein paar riesige Felsblöcke auf einem Haufen. Dafür bin ich dann aus dem Wagen gestiegen.«

Er schien sich nur widerwillig daran zu erinnern.

»Auf Malta habe ich Leute in Bussen fotografiert. Dort fahren noch alte englische Busse herum. Sie sehen noch immer prächtig aus. Jeder Fahrer hat seinen eigenen Bus und poliert zwischen den Fahrten das Chrom. Am Rückspiegel hängt eine Madonna, an der Glasscheibe hinter dem Fahrer hängt oft ein kompletter Schrein. Die Bauern bekreuzigen sich einmal beim Einsteigen und noch einmal beim Aussteigen, so froh sind sie offenbar, daß sie es wieder überlebt haben. Sanftmütige Menschen, die Malteser, wirklich auffallend sanftmütig, wie sie mir noch nirgendwo sonst begegnet sind.«

Er nahm sie mit zu dem Tisch bei der Hängematte, um ihr ein paar Aufnahmen zu zeigen: Felsblöcke auf Sizilien und Malteser in ihren Bussen. Henri folgte schweigend. Er warf einen schnellen Blick auf die Fotos und ging weiter, als hätte er diese Aufnahmen schon einmal gesehen. Das verletzte Alex. Die Wut saß ihm wie ein dicker Kloß in der Kehle. Geistesabwesend hörte er sich Lins Kommentar an. Es konnte kein Zweifel daran bestehen, daß sie sich für seine Arbeit interessierte. Sie spornte ihn auch gleich an: Aus seinen Aufnahmen müsse ein Bildband zusammengestellt werden.

Er zeigte ihr den Rest seines Apartments. Sie war neugierig, sie wollte alles sehen. Mit dem Fuß stieß er die Tür zum Badezimmer auf. Darin roch es muffig.

»Es gab schon zwei Rohrbrüche, und beide Male mußte Henri die Fliesen erneuern«, sagte er mit einem Lachen.

In der Dunkelkammer blieb sie dicht neben ihm stehen. Er wußte nicht mehr, was er sagen sollte, und Lin fielen umgekehrt keine weiteren Fragen mehr ein. Sie wollte nur noch sehen, wo er schlief. Sie gingen zu dem einen Ende der halbrunden Mauer. Dahinter stand das Bett. Alex ließ die Bettdecke aufgeschlagen, absichtlich, sich dem Impuls widersetzend, sie zuzuschlagen. Lin fand es komisch, daß er ihr sein Bett in diesem Zustand zeigte; sie behielt es im Gedächtnis. So wie es sich ihr auch einprägte, daß neben dem Kopfkissen zwei zerknüllte, fettige, ursprünglich gelbe, inzwischen aber fast schwarz gewordene Ohrenstöpsel lagen, die er offenbar immer wieder verwendete. Alex schämte sich. Normalerweise konnte er mit Reden vieles zudecken. Aber nun redete er gar nicht oder fast gar nicht. Irgend etwas in ihm weigerte sich, noch weiterzureden.

Sie gingen um die Mauer herum auf die andere Seite. Henri stand am offenen Fenster und rauchte.

»Klasse, nicht wahr?« rief er Lin zu, noch immer stolz auf sein erstes Umbauprojekt.

In der Küche erkannte sie sofort Henris Handschrift: eine Granitanrichte, Handgriffe aus rostfreiem Stahl, die er in seiner eigenen Küche auch verwendet hatte, an der Wand eine schwarze Bratpfanne, wie er selbst auch eine hatte. Das berührte sie. Erneut wurde ihr klar, wie intensiv die Freundschaft der beiden gewesen war und wie schmerzlich die jetzige Entfremdung für sie sein mußte. Sie deutete auf die Bratpfanne. »Hat Henri dich auch eindringlich darauf hingewiesen, daß du so eine Pfanne nie und nimmer abwaschen darfst?«

Alex schaute sie an und schwieg.

»Daß du sie immer mit einem Papierknäuel auswischen mußt?«

»Ach ja, das hat er dann einmal irgendwo gesehen, und dann ist es für ihn gleich ein ehernes Gesetz.«

Wo sie standen, waren sie unsichtbar für Henri. Alex lehnte gegen die Anrichte. Die Nähe der jungen Frau ließ ihn plötzlich seine Erschöpfung spüren. Drei Wochen lang war er pausenlos unterwegs gewesen, in immer größerer Ruhelosigkeit, die an Panik grenzte, nicht imstande, sich selbst Einhalt zu gebieten, nicht imstande, mit irgend jemandem ein Gespräch zu beginnen. Auf Malta hatte er die Sanftmut der Menschen zwar gespürt, sich ihr aber verschlossen. Er erinnerte sich an einen Bergpfad, den er entlanggegangen war, in der Tiefe die tobende See, zwischen dem Splitt eine zerschmetterte Eidechse, noch jung, Frühjahrsblumen, wogend im Wind. Ständig hatte er auf den Boden vor seinen Füßen geschaut, nicht in die Tiefe, und er hatte Angst gehabt, vor sich selbst. Nun stand er hier, an einem Ort, den er sein Zuhause nannte, an den Füßen die Schuhe mit den dicken Sohlen, die er drei Wochen lang getragen hatte, noch immer staubbedeckt, und er wollte schon wieder weg. Er roch Lin. Sie hatte einen salzigen Geruch an sich. Warum sage ich nichts, fragte er sich, warum will ich nichts sagen? Bin ich hysterisch, ist das hier eine nach innen umgeschlagene Hysterie? Erneut stellte sie sich dicht neben ihn.

Dann war er auf einmal dabei, eine Büchse mit Pfirsichen zu öffnen. Er hatte sich gedacht, daß Pfirsiche vielleicht ganz gut zu Weißwein passen würden, wenn er den süßen Sirup abtropfen ließe. Sonst konnte er nicht viel anbieten. Lin sah sein ungeschicktes Vorgehen: Sein Büchsenöffner war stumpf und saß nicht richtig. Der Saft schwappte über den staubigen Deckel.

»Laß mich mal probieren.«

Seine Hände bebten. Er lachte verkrampft. Etwas Schreckliches schien kurz bevorzustehen. Schließlich schob er ihr die

Büchse über die Anrichte hin, den Büchsenöffner obendrauf, als würde er sich scheuen, ihn ihr in die Hand zu geben. Lin machte einen Schritt nach vorne. Es war, als würde sie aus sich heraussteigen, sich selbst zurücklassen. Sie umarmte ihn. Ein Schock durchfuhr seinen Körper. Fast im gleichen Augenblick schob er sie zurück.

»Was willst du?« fragte er mit rauher Stimme.

»Ja, was willst du?« echote sie.

Sie ging weg. Während sie um die Mauer herum zum Badezimmer ging, wobei sie sich halb zu Henri umdrehte, um ihm zuzuwinken, schimpfte sie sich selbst aus: naiv, naiv, wie unglaublich naiv du doch bist! Sie errötete vor Scham und ärgerte sich über den Mann, dem sie etwas Gutes hatte tun wollen, indem sie ihn für einen Augenblick festhielt. Ein paar Minuten später war sie wieder in der Küche. Nach einem Fauxpas kam sie immer wieder zurück. So war sie nun einmal.

»Tut mir leid«, sagte sie, »das war blöd von mir.«

Alex stand am Küchentisch, im Schatten der Mauer, auf eine Zeitung starrend, in der er schon dreimal ein und denselben Artikel gelesen hatte. Mit der rechten Hand kratzte er sich am Anus.

»Hast du Juckreiz?«

Er gab keine Antwort, hörte aber mit dem heftigen Kratzen auf. Während sie eine Flasche Wein, Gläser, die abgetropften Pfirsiche und ein paar Gabeln auf ein Tablett stellten – trotz allem zusammen, wie um das Geschehene auszulöschen –, fragte Alex mit sanfter Stimme: »Wirst du Henri verlassen?«

Die Überrumpelung, die Blitzesschnelle, mit der er in ihre intimsten Gedanken eindrang, die plötzliche Vertraulichkeit seiner Stimme brachten sie an den Rand eines Geständnisses.

»Wie meinst du das?«

Ihre Erwiderung hatte sich höchst erstaunt anhören sollen, klang aber flach, bedrückt, kraftlos.

»Ach, nur so.«

Das stimmte. Er hatte es nur so gesagt. Irgend etwas hatte es nur so gesagt. Ohne sein Zutun. Alex errötete. Zum ersten Mal seit vielen Jahren spürte er, wie Schamröte von seinem Unterkiefer aus in die Höhe kroch; seine Haarwurzeln kribbelten. Wirst du Henri verlassen, hatte er sie gefragt. Aber sie mußte eine andere Frage herausgehört haben, eine flehentliche Bitte, vier Worte, die er nie über die Lippen bringen würde. Was sonst hatte er gefragt, wenn nicht: Kommst du zu mir?

»Aber ich bin doch gar nicht mit Henri zusammen«, antwortete sie. Sie hörte, wie wenig Überzeugungskraft in ihrer Stimme lag, und fügte darum schnell hinzu: »Was für eine komische Frage, Alex.«

Er sagte nichts mehr. Ein enormes Gähnen bewirkte plötzlich, daß ihm der Unterkiefer herunterklappte.

VII

Heute nachmittag noch

Das Flugzeug schoß über die Startbahn und beschleunigte immer mehr. Jelmer schaute durch das Fenster auf die Lichter neben der Startbahn, die im Dunkeln vorbeiflitzten, mit benebeltem Kopf, voller Eindrücke, von London, von dem großen Salon, in dem Jewgeni gespielt hatte, und von den Menschen, denen er dort begegnet war. Satzfetzen, der Mann in dem eleganten Schuhladen, der ihn, auf dem dunkelroten Teppich kniend, bedient hatte, die routinierte Untertänigkeit und Langeweile in Person, die aufgetakelte Biene in der U-Bahn, die er heimlich angeschaut hatte, fasziniert von ihrer Häßlichkeit und der Geschmacklosigkeit ihrer Kleidung – ein Bild nach dem anderen raste durch seinen Kopf. Die Bilder verschwammen, wie die Lichter neben der Startbahn dort draußen im Dunkeln zu einem gelben, ruckelnden Streifen verschwammen.

Da war der Moment, an dem sich der Flieger vom Boden löste, sich in die Luft schwang und mit seinem steilen Steigflug begann. Jelmer lehnte sich zurück, beugte sich jedoch gleich wieder mit gekrümmtem Rücken und geballten Fäusten nach vorne, als hätte er gerade einen Treffer für Arsenal erzielt.

»Das war Klasse, Mensch, große Klasse!«

Niemand saß neben ihm, und auch in den Reihen vor und hinter ihm waren die Sitze frei geblieben; das Flugzeug war halb leer. Mit den Händen rieb er sich das Gesicht. Er hatte an diesem Tag viel lächeln müssen, und an diese konstante Zurschaustellung von *politeness* war sein Antlitz einfach nicht gewöhnt. Doch was soll's, Jewgeni war *on his way to his London debut*. Debju, so hörte es sich ungefähr an, wenn ein Engländer es aussprach, *his London* debju.

Seit einem halben Jahr hatte er sich dafür ins Zeug gelegt, heute war es soweit gewesen. Jewgeni, sein russischer Pianist von noch nicht ganz fünfundzwanzig Jahren, der noch in Paris studierte, aber bereits zwei große Wettbewerbe gewonnen hatte, dieses schweigsame und dem ersten Eindruck nach ein wenig griesgrämige Talent aus der Taiga, hatte heute nachmittag in einem der reichsten Häuser Londons ein Konzert in geschlossener Gesellschaft gegeben, vor lauter geladenen Gästen, die alle der High-Society angehörten. Er hätte wohl kaum besser spielen können. Bei den Vorbereitungen war mal wieder das eine oder andere schiefgegangen, Jewgeni war erst im letzten Moment erschienen, obwohl er bereits am Vortag in London angekommen war; anscheinend brauchte er jedoch irgendwelche Komplikationen, um das Beste aus sich herauszuholen. *When things run smoothly, I'm getting scared, you know,* hatte der Pianist ihm beim Eintreten zugeflüstert. Jelmer dachte mit einem Lächeln an diese Worte zurück.

Beim Recital hatte er neben einem Picasso gesessen: eine grobschlächtige liegende Frau mit einem Wasserkrug unter dem Arm; auf der anderen Seite neben ihm saß ein junger und angeblich bereits sehr starker Schachspieler, ein weiteres Talent aus der Taiga, und ein paar Meter entfernt saß Jewgeni und spielte seinen Skrjabin. Erst nach zehn Minuten wurde sich Jelmer allmählich der Musik bewußt. Er war glücklich gewesen: Das, wofür er sich so sehr eingesetzt hatte, war gelungen, und aus dem Flügel erklang ein Skrjabin, wie ihn noch niemand gehört hatte. Anschließend hatte er noch ein paar Geschäfte abgeschlossen, nette Leute kennengelernt, Champagner getrunken und sich über die *Britishness* seiner Umgebung amüsiert.

Außerdem hatte er Lin vermißt. Jewgeni hatte sich nach ihr erkundigt. *How's your wife?* Ja, sie mußte das hier jetzt endlich lernen, sie durfte sich nicht länger herausreden.

Irgendwo über der Nordsee öffnete er die Augen wieder. Das halbleere Flugzeug, spät am Abend, brachte ihm die aufgetakelte junge Frau aus der U-Bahn wieder in Erinnerung. Er sah sie vor sich, diese hoch aufgeschossene Puppe mit den Absätzen, dem Minirock, der Lederjacke – das alles ein Versuch, flott auszusehen – und dem Pferdegesicht. Die Vorstellung stimmte ihn zärtlich, und er stellte sich vor, wie sie unter der Dusche hervorkam, mit steifen Brustwarzen, Gänsehaut auf den Pobacken und diesem jämmerlichen Piercing im Nabel. Vor dem Kühlschrank hockend, nahm sie mit einer Gabel ein paar Happen aus einer Dose und spülte danach den Mund aus. Scheu kam sie auf ihn zu und ließ sich mit einem Plumps neben ihm aufs Bett fallen. Jelmer gähnte, streckte sich, sehnte sich plötzlich nach einem dreisten Zungenkuß, einem unbekannten Mund, notfalls mit Kaugummigeschmack, einem unbekannten Körper. Ah, da waren wieder die kräftigen Waden und Schenkel der Stewardeß, in einer knisternden Strumpfhose. Nachher würde auch sie wieder allein in ihrem gemütlichen Apartment sein, unter der Dusche hervorkommen, mit wippenden Pobacken und einem großen Büschel blonder Schamhaare durchs Zimmer gehen, um das Licht auszuknipsen. Auch in ihren grobschlächtigen Körper hätte er gerne seine Latte geschoben, irgendwo im Halbdunkel ihres Apartments.

Der Rausch des hektischen Tages verebbte. Er war müde. Er saß eingeengt. Seine Lendenwirbel schmerzten. Er wäre jetzt gerne schon zu Hause. Zu Hause. Eine unbestimmte Unruhe erfaßte ihn. Lin war bereits auf dem Weg zum Flugplatz. *My regards to your fine, strong and healthy peasant-girl, who has been a ping-pong champ.* Soweit Jewgeni, beim Abschiednehmen im Taxi, beschwipst, im Rausch seines Erfolgs. *Peasant-girl.* Aber einen Eindruck hatte sie während der einen kurzen Begegnung in Amsterdam offenbar schon auf ihn gemacht. *Peasant-girl.* Jelmer lächelte und spürte zugleich, wie sein Gemüt sich verdüsterte. Er war noch ganz von ihr erfüllt, doch mehr und mehr behinderte ihn etwas, etwas, dem er sich nicht zu nähern wagte, das sich nun aber *ihm* näherte. Er sehnte sich nach ihr, nach ihrer klaren Stimme, ihrem Gesicht, ihrer Anhänglichkeit, ihrer Liebe zum Quadrat und daß sie gerne in einem quadratischen Haus wohnen wollte, nach den Teelichtern im Badezimmer, wenn sie nicht gut drauf war, wie sie in Tränen ausbrach, nach dem tiefen Frieden ihres schlafenden Gesichtes, nach ihren Träumen, die sie ihm morgens erzählte, nach dem süßen Geschmack in ihrem Mund. Ja, er sehnte sich nach ihr, und zugleich schreckte er davor zurück, daß er in nicht allzulanger Zeit zu ihr in den Wagen steigen mußte.

Das Flugzeug setzte zum Landeanflug an.

Er schnürte sich wieder die drückenden Schuhe zu und warf zum wiederholten Mal einen prüfenden Blick darauf. Neue Schuhe waren es, ziemlich auffallende. Er hatte sie schon einmal in Amsterdam in einem Schaufenster gesehen. Heute morgen war er ihnen in London erneut begegnet und hatte sie sich selbst mit dem Hintergedanken geschenkt: Wenn das Konzert in die Hose gehen sollte, dann habe ich doch wenigstens diese neuen Schuhe. Heute morgen hatten sie ihm sehr gut gefallen. Nun, im fahlen Licht der Flugzeugkabine, müde, verkatert vom Alkohol, fand er sie nicht mehr so schön: Die Farbe war doch nicht ganz in Ordnung, und sie wirkten so groß. Er drehte den Fuß, um den Lichteinfall zu verändern, der Farbe ein anderes Aussehen zu verleihen. Noch immer gefielen sie ihm nicht. Ihm war beklommen zumute.

Das Flugzeug kippte zur Seite und beschrieb eine lange Kurve. Durch das Fenster schaute Jelmer auf die Lichter unter sich hinab: die endlosen Wohnviertel, Bürogebäude, Autos in

Reihen auf den Schnellstraßen, die hellgelbe Fläche der Gewächshäuser voller Licht, hier und dort vereinzelte dunkle Parzellen, dann wieder Wohnviertel, Schnellstraßen. Das Gedränge dort unten verursachte ihm Beklommenheit, doch etwas anderes bedrückte ihn noch mehr. Um sich abzulenken, steckte er sich die Ohrstöpsel seines Discman in die Ohren und hörte sich Schuberts *Rosamunde*-Quartett an. Aber die Musik verstärkte die Gefühle, die ihn aufwühlten, nur noch mehr. Es war, als würde seine Seele auf einen Schlag bloßgelegt – einige wenige Takte des Quartetts reichten, und er brach in Tränen aus. Vom Gang abgewandt, an dem die knisternden Schenkel noch einmal vorbeikamen, starrte er auf die Lichter in der Tiefe und weinte. So überwältigt zu werden, das hatte er schon lange nicht mehr erlebt.

Der Flieger sank mit heulenden Motoren herab, die Autos auf den Straßen kamen schnell näher, Gebäude wurden erkennbar. Die Annäherung an die vertraute Welt besänftigte ihn. Es war, als müßte er sich wieder von seiner besten Seite zeigen, wieder seine Rolle spielen.

Öfter mal was Neues, murmelte er geringschätzig vor sich hin, diesmal ein Weinkrampf über Holland.

Kurz nach Mitternacht saß der junge Impresario schweigend zu Hause am Küchentisch, Lin ihm gegenüber; sein Schweigen zog sich schon eine ganze Weile hin. Er hatte eine Flasche Wein entkorkt, ein Glas getrunken, eine Kleinigkeit gegessen, sich noch ein Glas eingeschenkt und sein Schweigen beibehalten. Lin war bleich im Gesicht. Sie spielte mit einem Gummiband, quetschte sich ab und zu die Finger damit ab, bis sie rot und blau wurden. Manchmal zog sie ein Bein an, stellte die Ferse auf den Rand der Sitzfläche und legte das Kinn aufs Knie. Sie wartete und starrte die kleine Eule an, die in der Rückenlehne von einem der Küchenstühle ausgespart worden war, und überlegte sich, daß sie später auch solche Stühle in der Küche haben wollte.

»Warum sagst du nichts?« fragte sie schließlich.

»Weil ich keine Lust habe, etwas zu sagen. Weil ich Lust habe, eine ganz lange Stille entstehen zu lassen.«

»Muß ich denn da die ganze Zeit dabeisein?«

»Geh doch, wenn es dich keine Spur mehr interessiert.« Er schaute sie an. Sie mußte den Blick senken.

»Tut mir leid.«

Er nahm einen Schluck Wein. »Wie lange?« Seine Stimme klang umflort.

»Wie lange es gedauert hat?«

»Ja.«

»Sechs Monate.« Unwillkürlich nannte sie doch noch ein paar Monate weniger.

»Sechs Monate?«

»Ja. Vielleicht ein wenig länger. Ich weiß es nicht genau.«

Jelmer zögerte, unsicher, ob er es denn genau wissen wollte. »Du weißt es nicht genau.«

»Nein.«

»Natürlich weißt du genau, wann es angefangen hat.«

»Ich werde es nachschlagen.«

»Und es war dieser Schweißer, der Typ, der zugelassen hat, daß du vergewaltigt wurdest.«

»Er hat nicht zugelassen, daß ich vergewaltigt wurde.«

»So hast du es mir aber erzählt.«

»Das habe ich nicht richtig erzählt.«

»Aber er ist es doch?«

»Ja.«

Schon als er am Flughafen ins Auto gestiegen war, hatte er Unheil gewittert, sofort, es war gewesen, als stoße er seinen einsteigenden Körper in eine Wolke von Unheil. Auf der Schnellstraße hatten sie über London geredet, merkwürdig lebhaft.

Nachdem sie den Wagen an der Gracht geparkt hatte, waren sie beide sitzengeblieben, schweigend, zögernd. Ob er geweint habe, hatte sie auf einmal gefragt. Ja, das habe er. Wegen uns? So ungefähr, ja. Nach einer kurzen Pause hatte sie dann, mit einer Röte im Gesicht, die er sogar im Halbdunkel hatte erkennen können, alles gebeichtet. Als er wütend aus dem Wagen gesprungen war und die Tür hinter sich zugeknallt hatte, hatte er doch noch besorgt an ihre Ohren gedacht: Sie ertrug so ein lautes Geräusch in einem kleinen Raum nicht. Beim Gehen hatte er Lust verspürt, mit den Füßen zu stampfen und zu schreien, um sich selbst zu hören, sich selbst bewußt zu machen, daß er da war und daß es Realität war, was ihm geschah. Sein Körper hatte es bereits gewußt. Denn ihm war schlecht geworden, und er hatte sie nicht mehr anschauen können, nur noch von der Seite, von hinten, nur noch aus den Augenwinkeln. Und sie hatte nicht mehr gewagt, ihn anzuschauen. Wie scheue Tiere waren sie ins Haus geschlichen, scheu voreinander, und jeder scheue Blick, den er ihr zugeworfen hatte, hatte es ihm bestätigt: Sie da, diese vertraute Gestalt, hatte ihn verraten, sie hatte ihn jeden Tag mit Lügen hintergangen, sie mit ihrer Anhänglichkeit und Unvermitteltheit; von allen Frauen, die er kannte, war sie diejenige, der er das am wenigsten zugetraut hätte.

In der Küche war es still.

»Du hast doch noch diese Schuhe gekauft«, sagte sie zaghaft.

»Ja.«

»In dieser Farbe sind sie noch schöner.«

»Was für eine Farbe ist es denn?«

»Gänsekacke nennt man das, glaube ich.«

»Ach, das ist also Gänsekacke. Ich dachte, Kognak.«

Erst jetzt merkte er wieder, wie sehr seine neuen Schuhe drückten. Er riß sie sich von den Füßen. Im Souterrain zog er seinen Anzug aus. Hier unten war es noch nicht geschehen, hier war es noch gestern. Als er in die Küche zurückkam, sah er, daß

Lin ihre Haltung nicht verändert hatte, so, als müßte sie zur Strafe still sitzen.

»Es hat letztes Jahr im September angefangen«, sagte sie.

Jelmer erstarrte. Sein Herz begann zu pochen. Letztes Jahr im September. Rasend schnell zählte er die Monate. Es waren neun. Neun Monate!

»Ich bin Henri in der Stadt begegnet, nachdem ich ihn jahrelang nicht gesehen hatte. Ich habe mich mit ihm verabredet, um mich mit ihm auszusprechen.«

»Und so ist es gekommen.«

Jelmer begann sich einen Henri vorzustellen. Einen Schweißer. Was für ein Typ war er? Ein Rabauke? Er hatte auf Bohrinseln gearbeitet und in Sibirien Gaspipelines geschweißt. Einen halben Kopf kleiner als ich, hatte sie mit einem Lächeln gesagt. Der Kerl wohnte in De Pijp und hatte seine Wohnungstür mit einer Eisenplatte gesichert. Viel mehr Anhaltspunkte gab es nicht. Von Marcus, von Janosz, von ihrem Vater, von allerlei Menschen aus ihrer Vergangenheit hatte sie ihm bisweilen Fotos gezeigt, wenn auch sehr zurückhaltend, aber nicht von diesem Henri.

»Arbeitet er noch immer auf diesen Bohrinseln?«

»Das macht er schon lange nicht mehr«, sagte sie mit gesenktem Blick und dumpfer Stimme. »Momentan ist er so eine Art Bauunternehmer. Er saniert Wohnungen in der Innenstadt.«

»So etwas wie ein Heimwerker.«

»So ein Umbau kostet schnell ein paar hunderttausend. Und Henris Ergebnis kann sich sehen lassen.« Weiter wagte sie nicht zu gehen in ihrer Verteidigung des Mannes, mit dem sie diesen Tag verbracht hatte, der ihr seine Latte zwischen die Schenkel gestoßen und der sie schließlich so erstaunt und verwirrt hatte mit der Unterstellung, sie habe Schluß mit ihm gemacht, weil sie *schwanger* sei.

Sie schwiegen. Es war, als würde auch Jelmer allmählich die

Anwesenheit eines anderen spüren, denn er sagte plötzlich: »Du hast ihn also heute noch gesehen?«

»Ja.«

»Vorhin.«

»Heute nachmittag.«

Jelmer hielt es nicht mehr aus. Er ging ins Wohnzimmer. Dort fand er die Zeit *vor* der Katastrophe: Auf dem Boden lag noch immer die Zeitung vom Freitag, hier und da sah er die Spuren ihres schnellen Aufbruchs zum Flughafen am selben Morgen. Hier wußte er es noch nicht, hier war sein Leben noch wie vorher, hier konnte er noch eine ihrer Hosen liegen sehen und sich von dem Anblick zärtlich stimmen lassen, weil die Hose ihn an die Art erinnerte, wie sie hineingeschlüpft war und errötend, halb schuldbewußt, halb aufbrausend den Bauch eingezogen hatte, um den Verschluß zuzumachen, und wie sie ihm, noch tiefer errötend, zugerufen hatte: Nicht gucken! Für einen Augenblick war die Illusion verblüffend intensiv: Nichts hatte sich verändert. Er setzte sich sogar auf die Couch, in der unbequemen Haltung, in der er normalerweise die Zeitung las: die Beine auseinander, die Ellbogen auf die Knie gestützt, den Kopf in Richtung Zeitung gereckt, die auf dem Boden lag.

Aber nach einem Augenblick trat er die Zeitung mit dem Fuß weg, das Papier zerreißend. Er sprang auf und betrat, die Zeitungsbögen vor sich hertretend, den schmalen Gang zwischen Wohnzimmer und Küche und schrie: »Heute nachmittag noch! Heute nachmittag noch! Heu-te nach-mit-tag!«

Lin stand vor dem Kühlschrank, die Hand an der Tür, ihr Körper erleuchtet von dem Lämpchen, das innen brannte, und setzte sich gerade ihre Packung Magermilch an die Lippen.

»Hör auf mit diesem Babygesöff«, schrie er. »Milch ist was für Babys, was für Kleinkinder!«

»Ich trinke, was ich will!«

»Heute nachmittag noch! Heute nachmittag!«

Sie stellte die Packung zurück und blieb reglos neben dem Kühlschrank stehen. Jelmer starrte ihre Kleidung an. Die hatte dieser Typ heute nachmittag noch mit seinen Dreckspfoten begrapscht, die hatte sie für ihn ausgezogen. Lin schaute panisch an Jelmer vorbei und wagte nicht, sich von der Stelle zu rühren.

In der Morgendämmerung wurde sie auf der Couch wach. Jelmer stand neben ihr. Sie erschrak heftig und lag wie gelähmt da. Was wollte er? Marcus hatte mit einem Messer vor ihr gestanden, Henri hatte sie geschlagen, ihr die Kehle zugedrückt. Blitzartig spielte es sich vor ihrem inneren Auge ab: auf einer Couch niedergestochen werden. Sie konnte sich nicht bewegen. Ihr Herz setzte einen Schlag aus, stand kurz still und nahm dann seine Arbeit mit schnellen, wummernden Schlägen wieder auf.

»Leg dich ruhig noch ein paar Stunden ins Bett«, sagte Jelmer.

Sie stand auf. Die Wärme ihres schläfrigen Körpers schlug Jelmer entgegen. Sie trug einen Pyjama. Zum ersten Mal in den fast drei Jahren, in denen sie nun zusammen waren, hatte sie sich für die Nacht etwas angezogen. Er schob eine Hand unter das Gummi ihrer Hose und betastete sanft ihren Po, strich dann über ihren Bauch und schob eine Fingerspitze in das Weiche, Zurückweichende, Glatte. Ohne zu zögern zog Lin ihre Hose herunter und suchte auf einer der Armlehnen der Couch Halt für ihren Po. Die antike Holzkonstruktion ächzte unter ihrem Gewicht. Jelmer schob seinen Schwanz in sie und bewegte sich kaum, er schlief noch halb, spürte ihren Körper aber um so besser. Sie knetete ihn mit ihrer Muschi, bis zur äußersten Geschwollenheit. Ihr Körper schien sich auszudehnen, immer größer zu werden. Schließlich stieß er vier-, fünfmal zu und spritzte ab.

Sofort danach empfand er wieder Abscheu vor ihr, er ekelte sich vor ihrem Körper und vor sich selbst.

»Das hier geht einfach weiter«, sagte sie leise.

Mitten auf der Wendeltreppe ins Souterrain, im Dämmerlicht, blieb sie stehen. Jelmer war gerade dabei, sich auf der Couch einzurichten; mit ärgerlichen Bewegungen kroch er in den Schlafsack. Sie ging weiter nach unten. Schließlich blieb er reglos liegen, von ihr abgewandt. Im Bett spürte sie, wie sein Sperma aus ihr herauslief. Mehrmals wischte sie es weg, doch es lief immer weiter über ihre Gesäßspalte, als hätte er eine doppelte Dosis in ihr hinterlassen.

Weiterschlafen war eine Sache der Unmöglichkeit. Eine Zeitlang stöhnte sie nur leise vor sich hin, während sie das Gesicht ins Kissen drückte. Flammen der Scham schlugen an ihrem Körper empor. Noch schlimmer als die Scham war die Schuld, die tief in ihr wühlte, die sie biß und durchbohrte, und immer wenn sie diese Schuld empfand, entfuhr ihr ein Stöhnen, das sie im Kissen erstickte. Von Zeit zu Zeit hörte sie draußen die erwachten Vögel singen. Es wunderte sie, daß die Vögel noch sangen, daß es außerhalb ihres Elends noch etwas anderes gab.

Es war, als würde ihr erst jetzt, nachdem sie ihren Betrug gestanden und Jelmers Verletztsein gesehen hatte, richtig bewußt, was sie getan hatte. All die Monate hatte sie sich selbst in die Irre geführt, hatte sie genau gewußt, was sie tat, und sich dennoch in die Irre geführt. Immer hatte es irgendeine Rechtfertigung gegeben. Ihr Betrug war nicht das gleiche wie der von anderen gewesen. Sie hatte sich selbst eine Ausnahmeposition verliehen. Ihre Affäre mit Henri war unabwendbar und nur etwas Vorübergehendes. Sie mußte herausfinden, was sie zu ihm trieb, zu diesem Mann, vor dem sie noch immer Angst hatte. Erst wenn sie das wußte, würde sie sich von ihm lösen können. Henri war ein Problem, das gelöst werden mußte, etwas Abnormales, das sie von sich abschütteln mußte.

Sie wußte es immer noch nicht. Dennoch hatte sie nun Schluß mit ihm gemacht, weil sie es nicht länger aushielt, so zu leben. Sie liebte Jelmer. Darum hatte sie es ihm gebeichtet, um mit ihm weitermachen zu können, mit »dem Mann, den ihre Eltern für sie ausgewählt hatten«. Ja, sie liebte Jelmer. Jetzt, da sein sickerndes Sperma sie beschämte, mehr denn je. Zusammen mit Jelmer wollte sie Kinder haben, mit ihm wollte sie sich langfristig ein Haus im Grünen kaufen, daneben eine Scheune mit Heu für die Tiere, Werkzeug an eisernen Haken, eine Schaukel, zwitschernde Spatzen im halbdunklen Gebälk. Sie würde sich zusammenreißen, die schreiende Unsicherheit überwinden, die kindlichen Ängste unterdrücken, jetzt endlich, da sie auf die Dreißig zuging. Es mußte ein Ende haben. Von nun an würde sie sich dazu durchringen, Jelmer auf seinen Reisen zu begleiten. Es war eine Schande, daß sie ihn allein nach London hatte fliegen lassen. Jewgeni hatte sie als *peasant-girl* bezeichnet. Als *peasant-girl*! Furchtbar! Aber jetzt war Schluß! Jetzt würde sie es lernen!

So entstand zum wiederholten Mal ein Gedankenstrom in ihrem bedrängten Hirn, ein Gedankenstrom, der sie aus dieser bedrängten Lage herausführen sollte. Doch kaum hatte sie sich das alles überlegt, glaubte sie schon nicht mehr daran. Sie wußte nur zu gut, wie leicht sie Gedanken entwickelte und wie wenig sie wert waren. Mit Denken hatte das nichts zu tun. All ihre Gedankenkonstruktionen waren Wunschträume.

Solange sie fieberhaft nachgedacht und versucht hatte, mit Hilfe ihrer Gedanken alles wieder ins rechte Lot zu rücken, war sie ruhig liegengeblieben. Nun begann sie erneut, im Bett herumzuwühlen und ins Kissen zu stöhnen. Was sollte sie nur tun? Sie sah sich selbst bereits nackt, mit offenen Haaren und mit tränenüberströmtem Körper die Treppe hinaufgehen. Warum fickte er sie nicht, warum ließ er nicht seine Wut an ihr aus? Schlief er? Über ihrem Kopf ächzte dann und wann die Couch.

Auf dem Boden neben der Couch hatte Jelmer ihre Handtasche entdeckt. Er lag wach, starrte ins Zimmer, in dem es langsam heller wurde, und versuchte, Distanz zu gewinnen. Tja, jetzt machst du das auch einmal mit, sagte er munter zu sich selbst. Warum hätte es dir auch erspart bleiben sollen? Nachher schmeißt du sie aus dem Haus, und damit basta! Sie kann ihren Koffer packen und sich verdünnisieren! Er schaute zu der Bank hinüber, die er von seinem Großvater geerbt hatte, auf die Wölbungen der Rückenlehne. Mit den Fingern betastete er eines der geschnitzten Beine, wie er es als Kind auch schon getan hatte, und dachte an seinen Großvater, der ihm einmal ein Foto gezeigt hatte, auf dem er in einem Kajak zwischen Eisschollen hindurchfuhr (er war irgendwann zu Forschungszwecken in Grönland gewesen), dieser Mann, der ihm durch seine bedingungslose Liebe so viel Vertrauen mitgegeben hatte. Jelmer versuchte, Distanz zu gewinnen, aber ihm war schlecht; er schwitzte, seine Augen brannten, und Tränen liefen ihm über die stoppligen Wangen.

Da fiel sein Blick auf ihre Tasche. Das erste Sonnenlicht fiel gerade durch das Fenster zum Garten. Das vertraute Bild ihrer Tasche, ihrer vollen, schiefstehenden Tasche. Er hob sie auf. Im mittleren Fach steckte, wie immer, das Buch, das sie gerade las: Briefe von Vincent van Gogh. Wie oft hatte sie das mittlerweile gelesen? Er sah, daß sie eine neue Ausgabe gekauft hatte, sie mußte ihr altes Exemplar irgendwo liegengelassen haben. Schnell bewegten sich seine Hände und Augen durch die Tasche. Ein schönes, teures Benzinfeuerzeug, das er nicht kannte, das er sie noch nie hatte benutzen sehen, und ein normales Wegwerffeuerzeug, das sie ständig benutzte – das war das einzige, was ihm auffiel. Wütend betastete er das Leder der Tasche. Irgendwo im Innenfutter spürte er etwas. Die Stickerei war an dieser Stelle aufgetrennt worden. Er fuhr mit den Fingern hinein und zog zwei Fotos hervor.

Das mußte er sein. Einmal allein, einmal mit ihr im Arm. Jelmer warf flüchtige Blicke auf die Fotos, das erste, das zweite und noch einmal das erste, dann steckte er sie abrupt zurück in die Handtasche und blieb eine Weile totenstill liegen. Ja, ja, sagte er zu sich selbst, ja, ja, das ist ein Schlag, ein schwerer Schlag, besser gesagt, ein Knockout. Keuchen, schwitzen, Beklommenheit, Tobsuchtsanfall, ja, ja. Er lag totenstill. Dann zog er die Fotos erneut hervor.

Das eine war ein Porträt, irgendwo im Freien aufgenommen, auf einem Weiher. Das war er also. Dieser Typ fickte sie. Dieses Gesicht hing dann über ihr. Der Mann lächelte. Lächelte er sie an? Wahrscheinlich hatte Lin das Bild gemacht. Ein Charakterkopf war es, auffallend, mit diesen hellblauen Augen, den wirren blonden Haaren und dem starken Mund. Er hatte eine sehr dichte Kopfbehaarung. Die Ohren des Mannes lagen eng an seinem Schädel an, das hatte Jelmer schon immer als häßlich empfunden. Er hatte ein paar Falten im Gesicht, zwei Linien am Mundwinkel … Während Jelmer das Foto musterte, redete er in Gedanken ständig vor sich hin; seine Worte überlagerten seine Gedanken. Okay, redete er sich ständig ein, okay, das ist er also, finde dich damit ab, es bleibt dir nichts anderes übrig, *c'est la vie*.

Einen Wildfremden sah er vor sich, jemanden, der ihm fremd blieb, einen Mann, in dem er nichts erkannte, der ihm nichts sagte und der trotzdem kein völlig Fremder sein *konnte*, denn er war in dieselbe Frau verliebt. Dieser Mann hatte sie besessen, unzählige Male, vielleicht sogar am selben Tag wie er, sie beide, an ein und demselben Tag, in derselben Frau … Okay, okay, das sind die Fakten, was für ein Witz, finde dich damit ab, *c'est la vie* … Es war, als könnte er sich die Fotos nur anschauen, wenn er ständig dabei quatschte.

Das zweite Foto war während einer Strandparty aufgenommen worden. Im Hintergrund ein flaches Abendmeer, rötliches Licht im Sand, Schatten in den vielen Fußabdrücken, ein paar

Unbekannte im Sand mit Gläsern und Plastiktellern. Im Vordergrund Lin in ihrem hellblauen Badeanzug, darüber eine Bluse, und dieser Henri, der sie, seinen Schatz, zu sich herangezogen, die Arme um sie gelegt und eine Wange an die ihre gedrückt hatte, der mit einem Lachen, verliebt, glücklich und angetrunken, genau in die Kamera schaute, während sie ihn aus den Augenwinkeln ansah, abwehrend, verlegen, aber doch auch lächelnd. Der Mann war deutlich älter als sie und in der Tat einen halben Kopf kleiner.

Auf Anhieb erkannte Jelmer etwas von ihrem Vater in diesem Mann: eine übertriebene Überschwenglichkeit, eine Lebhaftigkeit, die künstlich war und nicht überzeugte. Er erinnerte sich an das einzige Foto, das sie von sich zusammen mit ihrem Vater besaß: sie als kleines Mädchen auf der geräumigen vorderen Sitzbank des Buick, ihr Vater am Steuer, ihr Vater, der mit großer Bravour die Arme ausstreckte, den linken durchs Fenster hindurch, und ein Gesicht schnitt, stolz wie Oskar, schlecht schauspielernd, unsicher.

Daß er in diesem Henri auf Anhieb eine Schwäche entdeckt hatte, tat Jelmer gut.

Während er die Fotos betrachtete und in Gedanken ständig weiterredete, während er ständig Lust hatte, die Fotos zu zerreißen, fing er allmählich auch an, sich selbst mit diesem Unbekannten – der keinen Kilometer entfernt in seinem Bett lag – zu vergleichen, und fühlte sich unterlegen. Der Mann war älter als er und erfahrener, *street-wise*, abgehärtet, und er hatte die Welt gesehen. Daß sein Gesicht bereits vom Alter gezeichnet war – wahrscheinlich von seinem Aufenthalt in Sibirien –, nötigte ihm Respekt ab. Der Mann schien ihm auch körperlich überlegen zu sein, obwohl er zwei Köpfe kleiner war als Jelmer selbst, ein kleiner Kämpfer, der fest auf den Beinen stand, und er wirkte sinnlicher. Eine Zeitlang gelang es Jelmer, diese Feststellungen an den Rand seines Bewußtseins zu verbannen, sie im

Unbestimmten zu belassen. Als sie sich ihm doch mit Gewalt aufdrängten, zerschmetterte er sie mit seiner Verachtung: Ach, es war einfach ein leicht durchschaubarer Macho.

Noch einmal schaute er Lin in der Umarmung dieses Mannes an: ein wenig abwehrend, verlegen, aber auch lächelnd und *froh*, daß jemand sie so ganz und gar haben wollte. Auch aus ihrer Haltung las er eine gewisse Schwäche heraus: Sie war nicht sie selbst, sie paßte sich an.

Für sie ist alles eine Überlebensfrage, dachte er mit einemmal bei sich. Wenn es etwas gibt, das sie prägt, dann das: zu überleben. Von klein an hat sie nichts anderes getan. Wie stark sie auch wirkt, mit den Jungs kämpfend, tief aus dem Bauch heraus lachend – für sie hat es im Leben nie etwas anderes gegeben. In dem Arbeiterhäuschen am Ee, wo sie morgens um fünf Uhr aufstand, um wenigstens ein paar Stunden für sich selbst zu haben. In den zehn Jahren, in denen sie alles andere aufgab, nur um *ping-pong champ* zu werden, dabei immer nach der Aufmerksamkeit und Zustimmung eines Trainers lechzend. In den Jahren mit Marcus hatte sie sein Drogenmilieu überlebt, in dem sie sich todunglücklich gefühlt hatte. Schließlich ihr Verhältnis mit diesem Schaumschläger mit seinem interessanten Charakterkopf, einem älteren Mann, der ihr offenbar eine gewisse Beruhigung eingeflößt hatte, was für sie ein dermaßen tiefes Bedürfnis war, daß sie dafür seine Schläge hinnahm.

Es war, als würde er mit einem einzigen Axthieb einen Holzscheit spalten. Noch nie zuvor hatte er sie so tief ausgelotet.

Auch bei mir geht es ihr also ums Überleben, dachte er bei sich. Aber sie vermißt etwas. Ich bin reserviert. Das macht sie unsicher. Aber spürt sie denn nicht, wie nah ich ihr bin, wie ich für sie sorge? Ein paar Tränen liefen ihm über die Wangen. Für einen Augenblick war er angenehm, dieser Kummer, weil er volles Recht darauf hatte. Noch nie hatte er so viel Recht auf Kummer, ja auf Wut gehabt. Aber er spürte, daß dieser Kummer

Selbstmitleid war, das ihn schwächte, und er streifte ihn ab. Er wurde wütend auf sich selbst. Was für ein unglaublicher Trottel er gewesen war! So selbstsicher, so von sich selbst überzeugt, daß er neun Monate lang überhaupt nichts gemerkt hatte. In Paris hatte sie ihn an der Nase herumgeführt, drei Tage lang. Als sie in dieser Frostnacht mit der Stirn an der Wand des Bootshauses gelehnt hatte, wie an der Brust eines Mannes, das Handy am Ohr. Und wo sonst noch überall? Gestern morgen auf dem Flughafen. Was hast du heute vor? Weiß ich noch nicht. Sie hatte es genau gewußt.

Von so einer Frau mußt du dich trennen, flüsterte es in ihm.

Er wollte die Fotos zerreißen, hielt sie bereits in den Fingern, um sie in einer einzigen Bewegung entzweizureißen, unterdrückte letztlich aber diesen Impuls und steckte sie zurück in die Handtasche. In genau diesem Moment schien etwas Unwiderrufliches zu geschehen. Weil ich nicht imstande bin, diese Fotos einfach zu zerreißen, dachte er bei sich, genau deswegen werde ich sie verlieren.

Später kniete er auf ihrem überquellenden Koffer, im Souterrain, am späten Sonntag nachmittag, und versuchte, den Deckel zu schließen. Es war ein alter Lederkoffer, den sie irgendwann einmal aus dem Sperrmüll gefischt hatte. Er haßte diesen Koffer, nicht nur, weil es ein häßlicher Koffer war, der nicht zu ihr paßte, sondern auch und vor allem, weil sie ihn auf der Straße gefunden hatte, wie viele andere ihrer Sachen auch. Sie hätte ihn schon längst wegwerfen sollen, einfach wieder zum Sperrmüll geben. Aber sie tat es nicht. Noch immer hatte sie diesen Koffer. Er haßte das Ding.

»Geht's?« fragte sie schüchtern.

»Nein, das siehst du doch. Das Ding ist zu voll.«

Eine peinliche Stille trat ein. Sie dachten beide das gleiche. Keiner von ihnen beiden wollte den Koffer noch einmal öffnen, um Kleidungsstücke herauszunehmen und sie zurück in den Schrank zu hängen. Lin hockte sich neben ihn, um ihm zu helfen, achtete aber darauf, ihn nicht zu berühren. Er roch ihren Schweiß.

Endlich klickten die Schlösser.

Als der Koffer dicht war, als der Beschluß über eine vorübergehende Trennung gefaßt zu sein schien, kam eine gewisse Erleichterung über die beiden. Sie hatten stürmische Stunden hinter sich. Jelmer setzte sich auf das Gesims unter dem kleinen Fenster. Er war todmüde, im Hirn ganz benommen. Auf der Straße kamen dann und wann Menschen vorbei, bis zu den Knien sichtbar. Durch das offene Fenster waren deutlich ihre Schritte zu hören, manchmal auch ein paar Worte. Friedliche Geräusche an einem friedlichen Sonntagnachmittag im Mai.

Lin saß auf der Armlehne des Sessels, in dem sie in den vergangenen zweieinhalb Jahren ungeheuer viel gelesen hatte. Nachdem sie Jelmer kennengelernt hatte, hatte sie sich auf einmal wieder auf die Lektüre von Büchern konzentrieren können. Ganze Nachmittage und Abende hatte sie lesend in diesem Sessel verbracht und sich hier sicher gefühlt, unsichtbar und unauffindbar wie in einer Höhle, ein Gefühl, das sie am deutlichsten verspürte, wenn sie die Waden der Passanten am Fenster vorbeigehen sah. Das war dem Anschein nach bereits wieder vorbei. Sie war versucht, den Blick noch ein letztes Mal durch das Souterrain schweifen zu lassen, um sich alles einzuprägen, aber sie hielt sich zurück, als könnte sie mit solch einem Abschiedsblick den Lauf der Dinge ungünstig beeinflussen. Sie schaute Jelmer an.

»Ich habe die Fotos in deiner Handtasche gesehen«, sagte er.

Sie mußte den Schock verarbeiten.

»Welche Fotos?«

»Die Fotos, die du im Futter versteckt hast.«

»Du hast in meiner Tasche nichts zu suchen!« Ihr Protest klang schwach.

Jelmer schwieg eine Zeitlang.

»Sie waren wirklich sehr einfach zu finden«, sagte er schließlich.

»Vielleicht habe ich sogar gehofft, daß du sie findest.«

»Du wolltest erwischt werden.«

»Manchmal schon.«

»Du bist immer größere Risiken eingegangen.«

»Ja.«

Jelmer schaute sie an, während sie vor sich auf den Boden starrte. Den ganzen Tag hatte er ihr Blicke zugeworfen. Ungläubige, naive, als müßte man »es« ihr ansehen können. Jedesmal wenn er sie beobachtete, entstand ein Doppelbild: Sie war noch immer diejenige, die sie bis gestern abend für ihn gewesen war, sein Schatz, sie ließ ihn an sich herankommen, zugleich aber ließ sie niemanden richtig an sich herankommen, ein besudelter Körper, eine Frau, die seinen Abscheu weckte. Sah er ihr Ohr, dann war es das Ohr, in das ein anderer seine Geilheiten geflüstert hatte; sah er ihren Hintern, dann hatte sich ein anderer darangepreßt. Ihr Mund war von der Zunge eines anderen ausgefüllt worden, sie war besudelt, sie war nicht mehr die seine.

»Laß uns gehen«, sagte er.

Er holte den Wagen. Mit einem Umweg fuhr er zu seinem Haus. Es war wahnsinnig heiß in dem Volvo, auf den schon den ganzen Tag die Sonne heruntergebrannt hatte, aber er mochte diese Hitze in einem Wagen. Die Terrassencafés quollen über vor Besuchern, die Stadt dröhnte vor Leben. Was ihm geschah, schien irgendwie nicht wahr zu sein.

Aber als er vor seinem Haus parkte, war es doch wieder die Wahrheit. Auf den Treppenstufen des Nachbarhauses hatte Ilse sich in der Sonne niedergelassen, schlaue Ilse, mit einem Glas Wein und einer Zeitschrift. Er grüßte und öffnete den Kofferraum. Nicht bange machen lassen. Er lächelte ihr zu, blieb sogar auf einen kurzen Plausch stehen. Im Innern des Hauses instruierte er Lin mit gedämpfter Stimme, dann schleppte er den Koffer hinaus. Er schien mit Steinen gefüllt.

»Hallo, Lin«, hörte er seine Nachbarin sagen, »machst du eine Reise?«

Offenbar war es sofort klar, daß es sich um ihren Koffer handelte, den er in den Wagen lud, und nicht um seinen.

»Ich fahre für zwei Wochen nach Spanien«, erwiderte Lin, »mit einer Ladung Kostüme, um am Drehort zu arbeiten.«

»Toll!«

Jelmer klappte die Kofferraumklappe herunter, die ihn den Blicken entzogen hatte, und sah gerade noch, wie Lin schwungvoll, beinahe begeistert, ins Auto stieg. Mit einem Plumps, der ein Ausdruck ihrer Erregung zu sein schien, ließ sie sich auf den Sitz fallen, kurbelte die Fensterscheibe herunter und lächelte Ilse zu. Er grinste über das Dach des Wagens hinweg und sah ihre schönen glatten Waden.

In der Vrolikstraat die gleiche friedliche Ruhe. Die Ulmen rauschten. Auf dem Platz vor Lins Haus waren der Bürgersteig und die Rabatte mit verdorrten Blüten übersät. Im Hintergrund dröhnte leise der Verkehrsstrom in der Wibautstraat.

Lin öffnete die Haustür.

Als er den Koffer anhob, um ihn die Treppe hinaufzutragen, brach der Griff ab. Sie erschrak. Es jagte ihr Angst ein, dieser Koffer ohne Griff, unbrauchbar geworden, und der abgerissene Griff in Jelmers Hand. Zugleich roch sie die muffige Luft im Treppenhaus, in diesem dunklen Treppenhaus, in dem sie abends häufig den Geräuschen gelauscht hatte, die durch die Wände drangen, und ihre Angst nahm noch mehr zu.

»Jelmer?«

Aber sie wußte nicht, was sie sagen sollte. Jelmer trug den Koffer hinauf in ihre Wohnung und stellte ihn keuchend im hinteren Zimmer aufs Bett. Hier roch es muffig. Lin fiel wieder ein, daß in diesem Raum einmal ein alter Mann gestorben war. Der steife Duschvorhang aus Plastik in der Ecke erfüllte sie mit Widerwillen, obwohl er neu war. In der Duschwanne dahinter hatte dieser Mann sich jahrelang gewaschen und auch seine Frau, die ihr einmal bei der Nachbarin unten begegnet war, mit ihrer glasigen Haut, ihren schütteren Haaren und den tränenden Augen, völlig ausgezehrt.

Jelmer gab ihr einen Kuß auf die Lippen, der hart ausfiel. Er sah die Angst in ihrem Blick. Als er bereits im Vestibül stand, sah er ihn noch einmal, diesen Blick voller Angst, und er dachte an den Griff des Koffers, an dem plötzlich kein Gewicht mehr gehangen hatte. Später mußte er an diesen hastigen Abschied zurückdenken: Hatte sie sich da für immer verstoßen gefühlt?

Draußen fing er an zu rennen, in einem Anfall von Wildheit. Er überquerte den Platz und rannte an einem mehrstöckigen Wohnhaus entlang; in der Unterführung unter dem Bahndamm kamen die Tränen. Weinend rannte er weiter den Tugelaweg hinunter. Sein Kummer war nicht so groß, daß er das nicht noch registriert hätte.

VIII

Verstoßen

An diesem Samstag morgen zog Lin endlich die Fotos aus dem Umschlag, in dem sie acht Jahre lang ungesehen gesteckt hatten. Sie erinnerte sich daran, wo sie diesen mittlerweile verblaßten Umschlag bekommen hatte: in einer Lagerhalle am Östlichen Handelskai, wo sie damals hinter einem Bretterverschlag gehaust hatte, nachdem sie ihr Training von einem Augenblick auf den anderen hingeschmissen hatte, mit einer Fußverletzung und ihrer ersten schweren Depression kämpfend. Es war Winter. Durch die Bogenfenster in den dicken Wänden der Lagerhalle hatte sie stundenlang auf den Kai hinausgesehen, zu den Schiffen, die dort vor Anker lagen, rostende Trawler, ausrangierte Kutter aus der Ostsee, ein paar Klipper. Schließlich kannte sie alle Gestalten, die auf diesen Schiffen wohnten, und war mit ihrer täglichen Routine vertraut. Der Umschlag hatte sie erschreckt. Wochenlang hatte sie gezaudert. Sie wußte, daß Fotos in ihm steckten, glaubte zu wissen, was für Fotos das waren und welchen Zweck sie hatten.

Hinterher hatte der Umschlag sie überallhin begleitet. In zwei ledernen Sporttaschen, weiß mit rot, die ein Hersteller von Sportschuhen für sie hatte anfertigen lassen, hob sie alles auf, was mit ihrer Karriere im Tischtennis zu tun hatte. In der einen Tasche waren alle Pokale und Medaillen, mehrere Schnellhefter mit Zeitungsausschnitten, Fotos und Briefen sowie der bewußte braune Umschlag, in der anderen verwahrte sie ihre

Sportkleidung, Schuhe und Schläger. Nach dem letzten Training hatte sie die Tasche nie mehr geöffnet, nicht einmal, um ihre schmutzige Wäsche herauszuholen.

Seit ein paar Tagen lag der Umschlag auf dem Tisch.

Nun, an diesem leeren Morgen, hatte sie ihn geöffnet.

Obenauf lag die Nahaufnahme einer Zwanzigjährigen. Kopf und Schultern, das Gesicht schweißnaß, die Haare in der Stirn klebend, ein halb verlegenes, zugleich aber auch strahlendes Lächeln; in ihrem Blick lag etwas Reines und Aufgeräumtes. Nach dem Spiel. Sie hatte sich völlig verausgabt und gewonnen. Auf der Anzeigetafel im Hintergrund konnte sie den Namen der Gegnerin lesen. Es war ein Fünfsatzspiel gewesen. Gegen eine Russin. Wie oft hatte sie fünf Sätze gebraucht? Die ersten beiden hatte sie verloren. Erst wenn sie mit dem Rücken an der Wand stand, ging sie aus sich heraus.

Auf der Rückseite des Fotos stand: EM Basel, dein Durchbruch! Als sie die Handschrift von Janosz erkannte, zuckte sie zusammen. Die Fotos waren während jener Europameisterschaft aufgenommen waren, bei der sie Dritte geworden war. Eine durchtrainierte Athletin war sie damals gewesen, in ihrem Gesicht hoben sich die Wangenknochen ab. Kurz zuvor war sie in China gewesen, allein, um mit einer Gruppe chinesischer Spielerinnen trainieren zu können. Acht Stunden am Tag hatte sie in einer alten Turnhalle am Tisch gestanden. Mit den Chinesinnen hatte sie kaum ein Wort wechseln können. Sie hatte mehrere Kilo abgenommen, auch, weil ihr Verdauungssystem das ungewohnte Essen nicht vertragen hatte. Aber als sie nach einem Monat zurückgekehrt war, war sie eindeutig viel besser geworden. In ihrem Gesicht nahm sie nun, ganz vage, etwas Chinesisches wahr, vielleicht wegen der auffallend vorstehenden Wangenknochen.

Die anderen Fotos waren während ihrer Spiele aufgenommen worden, als sie zur allgemeinen Überraschung immer wieder eine weitere Runde überlebt hatte. Es waren gute Aufnahmen. Sie könnten in einem Handbuch stehen, dachte sie spottend bei sich: Eine ganze Reihe von Schlagtechniken wurde vorgeführt. Sie wirkte leichtfüßig, explosiv, konzentriert. Schnell blätterte sie durch die Fotos. Unter ihrem Widerwillen glühte für einen kurzen Moment Stolz auf. Das sah doch wirklich sehr gut aus! Sie hatte sich überlegen gefühlt, weil sie in China mit den besten Spielerinnen der Welt trainiert und sich nicht hatte unterkriegen lassen, trotz ihrer Magenkrämpfe und ihrer schreienden Einsamkeit. Im Halbfinale hatte ihr eine Entzündung in ihrem Fuß zu schaffen gemacht; sich vor Schmerzen krümmend, hatte sie verloren. Vor dem Spiel um den dritten Platz hatte sie eine Spritze bekommen, und daraufhin hatte sie gewonnen. Ohne diese Entzündung wäre sie die stärkste Spielerin des Turniers gewesen, das hatte niemand bezweifelt. Dann wäre sie, das *peasant-girl,* ein *European champ* geworden. Hätte sie dann auch aufgehört? Aber gerade in diesen Wochen, in denen sie sich so stark gefühlt hatte, so überlegen, hatte sie die Entzündung in ihrer Fußsohle systematisch ignoriert.

Sie legte die Fotos zur Seite und stand auf. Ihr war beklommen zumute: wieder dieser leere Samstag morgen, dieses tote Haus. Sie hatte Staub gewischt, aufgeräumt, gelüftet, ihre wenigen Möbel umgestellt, aber es blieb ein totes Haus. Die Geräusche gingen ihr auf die Nerven: das Klappern der Balkontüren, aus den Gärten das Rauschen der Bäume, anschwellend und wieder abnehmend, verzerrt wie in einer Röhre. Sogar diese Geräusche schienen der Vergangenheit anzugehören, jahrelang gehört und jetzt nur noch wiedererkannt.

Sie ließ sich aufs Bett fallen, bäuchlings, und schob eine Hand in die Hose. Aber nach ein paar Minuten hörte sie auf, sich selbst zu berühren, und stand wieder auf. Sie schaute hinaus, hinüber zu den Balkonen der Wohnblöcke um die Gärten herum. Schatten von Wolken glitten über die Häuser. Sie mußte an Janosz denken: seine Gestalt, seine sarkastische Stimme, seinen Akzent. Nach acht Jahren empfand sie plötzlich wieder seine körperliche Anwesenheit. Hatte es vielleicht doch auch eine erotische Bindung zu diesem Mann gegeben, den sie immer glühender gehaßt hatte? Wenn er anderen Spielerinnen seine Aufmerksamkeit zuwandte, war sie immer gleich eifersüchtig geworden. Seiner körperlichen Nähe war sie sich immer sehr bewußt gewesen. Doch nie hatte er sie richtig fassen können – sie ihn auch nicht –, immer hatte es irgendwie gehapert, als hätten sie sich beide vor irgend etwas gefürchtet. Janosz, der heimlich ihren heranreifenden Körper gemustert – wobei sie ihn ertappt hatte – und sie »mannstoll« genannt hatte, nur weil sie sich nach jungen Männern umdrehte.

Beim Geräusch der Klingel erstarrte sie. Sie blieb in der Küche neben der offenen Balkontür stehen, wo sie den Geruch von Müll wahrnahm. Nach einer Weile hörte sie Schritte auf der Treppe, die Nachbarin unten, die offenbar aufgemacht hatte und im Treppenhaus etwas sagte, eine Männerstimme, die antwortete. Der Mann hatte einen schweren Schritt, den sie nicht erkannte. Er blieb vor ihrer Tür stehen.

»Lin?«

Es war Henri.

»Lin, ich muß mit dir reden. Mach auf.«

Steif vor Angst blieb sie stehen und gab keinen Laut von sich.

Henri blieb auf dem Treppenabsatz stehen. Ohne sich zu rühren, stand Lin neben der Balkontür. Ein Luftzug streifte ihre Fersen, ein Luftzug, der sich erhoben hatte, weil unten die Haustür noch immer offenstand. Sie roch den Müll. Sie schwitzte in der schwülwarmen Luft, ein Heuschnupfentag war es, ihre Achselhöhlen klebten. Dann und wann hörte sie, wie Henri sich räusperte, die Füße anders hinstellte, das Klicken des Metallverschlusses seines Feuerzeugs. Er war ganz nah, keine fünf Meter von ihr entfernt: Von der Küche aus sah sie die halbdunkle Diele und die Tür, hinter der er stand. Sie hörte, wie er genervt stöhnte. Das Knarren seiner Schuhe. Noch einmal, wie er vor Langeweile seufzte.

»Wovor hast du nur solche Angst, mein Schatz? Mach auf.«

Seine Stimme klang sanft, gedämpft, beschwörend.

»Lin?«

Sie atmete tiefer. Mit einer Hand klammerte sie sich am Rand der kalten Terrazzoanrichte fest. Da roch sie auf einmal, unverwechselbar, vom Luftzug mitgeführt, den prickelnden Geruch seiner Zigarette. Sie wurde schwach. Mit einer Hand strich sie, fast ohne sie zu berühren, über ihre Brüste. Die andere schob sie Zentimeter für Zentimeter in die Hose. Wieder das Knarren seiner Lederschuhe, gedämpft durch die Tür. Langsam glitt sie vor der Anrichte zu Boden, es vergingen mehrere Minuten, bis sie sich auf den Holzdielen ausgestreckt hatte. Es dauerte nicht lange, bis sie kam, den Mund weit geöffnet, beinahe geräuschlos keuchend. Dann lag sie reglos und starrte an die Decke. Sie war davon überzeugt, daß Henri das gleiche getan hatte wie sie. Ein paar Minuten später ging er die Treppe hinunter, mit demselben schweren Schritt, mit dem er heraufgekommen war.

Im Oosterpark holte Henri sie langsam ein. Noch immer und schon seit drei Tagen hatten die Dinge um ihn herum dieses Unwirkliche an sich, als würde die Außenwelt nicht richtig zu ihm durchdringen. Er erkannte den Teil des Parks wieder, in dem er gerade lief: die breite Allee mit dem Musikpavillon unter den Ulmen in der Ferne, aber nur mit unerklärlicher Mühe, und immer wieder verwischte sich seine Vorstellung davon, wo er sich gerade befand. Noch befremdender war eine andere Empfindung: daß irgendwo in ihm etwas weggeschlagen worden war. Ohne daß ihm ein Körperteil abhanden gekommen wäre, hatte er ein Gefühl von Verstümmelung: Etwas Vertrautes, etwas, das immer bei ihm gewesen war, war ihm gewaltsam abgenommen worden.

Er hatte noch immer seinen schwarzen Anzug an.

Niemand hatte in dieser Nacht allein schlafen wollen. Er war mit Kit mitgegangen, seiner zweiten Ex. Trotz der ungeheuren Menge an Alkohol, den sie seit dem Nachmittag zu sich genommen hatten, war es ihnen noch gelungen, ihre Erschütterung in Lust umzusetzen. Schwitzend, stinkend, die Gesichter tränennaß, hatten sie sich aneinander festgeklammert. Ein vögelnder Fleischklumpen, in dem Kit wieder, wie vor langer Zeit, in ihrer Liebessprache geplappert hatte. Aber beim Aufwachen hatte sich die Entfremdung eingestellt. Das hatten sie kurz vergessen. Alter Schmerz erhob sich sofort wieder. Er hatte sich aus dem Staub gemacht, in seinem Begräbnisanzug, nach Kneipe stinkend. Dann hatte er sich nach Lin gesehnt und sich, vom Rest seines Rauschs getragen, von einem Taxi in die Vrolikstraat fahren lassen. Wo sein eigener Wagen stand, daran konnte er sich beim besten Willen nicht erinnern. Aber das war ihm egal. Wenn er nur bei ihr sein konnte. Bei ihr im Bett. Zuerst eine Nummer schieben. Seine Geilheit wollte schon seit Tagen nicht erlöschen. Dann ausschlafen, aufwachen, ein wenig reden, einkaufen, um ein wenig frische Luft zu schnappen und Vorräte fürs Wochenende anzulegen, dann überhaupt nichts mehr, kein Alkohol, kein Essen, nichts mehr, verstummen, büßen, so etwas in der Richtung. In seiner deliriösen Begierde, hinten im Taxi, sah Henri sich sogar vor ihr auf den Knien liegen und sie um Vergebung bitten. Vergebung? Er wußte auch nicht warum. Das mußte wohl der Schock sein.

Er ging schneller.

Lin hörte jemanden näherkommen und erkannte plötzlich diese unverzagten Schritte. Sie ging weiter, ohne sich umzudrehen; zugleich aber schienen ihre Beinmuskeln zu erstarren, hart zu werden, unwillig. Henri hielt sie am Gürtel fest.

»He, Kleines, bleib schon stehen.«

Sie schlug mit der Faust auf sein Handgelenk. »Henri, ich will nicht.«

Er ließ los. Geistesabwesend starrte er sie aus blutunterlaufenen Augen an. Er war bleich im Gesicht. Er wollte ihr eine Hand zwischen die Schenkel schieben, nach oben, gegen ihr Schambein, um die Wärme zu spüren, die an dieser Stelle immer aus ihrer Hose strahlte. Er wollte ihr die Hände um den Hintern legen, die Arme in ihrer Kleidung begraben, er wollte nach Hause kommen, auch wenn es nur für ein paar Minuten wäre. Aber zuerst mußte er etwas sagen, um ihre Wut einzudämmen, die er ausgelöst hatte, indem er sie provokativ am Gürtel gefaßt und angehalten hatte, als wäre sie ein Pferd, das er mit einem Ruck an den Zügeln zum Stehen bringen konnte.

»Schau mich doch mal an, schau mal, was ich anhabe!«

Er versuchte, einen witzigen Ton anzuschlagen. Weil es um Kleidung ging, warf sie unwillkürlich doch noch einen Blick auf ihn.

»Ich habe meinen Begräbnisanzug an, Kleines.«

»Ansonsten stinkst du nach Kneipe.«

»Gestern habe ich Alex begraben.«

Henris Augen wurden feucht, er senkte den Kopf. Lin, die sich bereits halb von ihm abgewandt hatte, blieb stehen.

Sie setzten sich auf eine Bank neben dem Musikpavillon, unter die wogenden und rauschenden Bäume. Ganz in ihrer Nähe wurde eine Partie Boule gespielt. Die silbergrauen Bälle wurden mit Tüchern abgewischt, bevor die Spieler sie wieder warfen. Mit einem dumpfen Plumps fielen sie auf den Boden, rollten, immer langsamer und langsamer, bis sie endlich liegenblieben. Ein Stück weiter Spaziergänger und Radfahrer in der breiten Allee. Ein Stadtstreicher steckte einen Arm in die Abfallbehälter. Neben sich sah sie Henri, Ellbogen auf den Knien, rauchend. Und sich selbst sah sie, die Beine in der schwarzen Hose, die

Schuhe, den Gürtel um die Taille, und aus den Augenwinkeln Henris Hinterkopf und seinen gekrümmten Rücken. Währenddessen, so wurde ihr klar, lag Alex in einem Sarg unter der Erde, in seinem besten Anzug, irgendwo auf einem Friedhof.

Vor zwei Wochen hatte sie ihn noch gesehen und ihren Körper an seinen gepreßt, weil er ihr so furchtbar traurig vorgekommen war. Sein Hemd war halb aufgeknöpft gewesen. Er hatte sich ständig am Anus gekratzt, wie ein Spinner, während sie beide daneben gestanden hatten. Sein Bett war aufgeschlagen gewesen. Auf Sizilien hatte er Felsblöcke fotografiert. Er hatte nur widerwillig geredet. Und er hatte nichts im Haus gehabt, nur eine staubige Dose mit Pfirsichen, die er nicht aufbekommen hatte.

Henri erzählte.

Es war vor ein paar Nächten geschehen, auf dem Kai vor der Lagerhalle. Dem Kai, wo sie entlanggegangen waren. Alex hatte mitten in der Nacht vier Basaltblöcke daraus losgeruckelt, hatte sie sich an die Füße gebunden und war mit ihnen ins Wasser gesprungen. In einem der Boote hatte jemand einen dumpfen Plumps gehört, war aber nicht aufgestanden, um nachzuschauen. Alex hatte seine Jacke und einen Zettel auf dem Kai zurückgelassen. Am nächsten Morgen war beides gefunden und er aus dem Wasser gezogen worden.

Henri schwieg eine Zeitlang.

»Da hat er sich noch ganz schön ins Zeug legen müssen«, sagte er dann, »um diese Basaltblöcke herauszubrechen. Die sitzen total fest.«

»Er hat also ziemlich viel Lärm gemacht.«

»Ja.«

»Vielleicht hat er gehofft, daß noch jemand zu ihm kommen würde.«

»Wer weiß.«

Henri hatte die Stelle am Rand des Kais angestarrt, das Loch in der Lage blaugrauer Basaltblöcke – die viel größer waren, als er gedacht hatte. Mit der Hacke seines Stiefels hatte er versucht, noch einen dieser Blöcke loszutreten. Unverrückbar lagen sie im Boden, von den schwerbeladenen Karren und LKW angedrückt, die ein Jahrhundert lang darübergefahren waren. Neben dem Loch war ein Brecheisen gefunden worden, das Henri als sein eigenes erkannt hatte. Er hatte es bei der Sanierung von Alex' Wohnung benutzt und dabei, wie er immer geglaubt hatte, verloren.

»Daß ihn niemand gehört hat«, sagte sie aufgewühlt.

Henri sah, daß sie verwirrt war. Der Tod war noch so weit weg für sie, so ungreifbar.

»Irgend jemand wird den Lärm schon gehört haben, aber niemand ist hingegangen.«

Sie schwiegen. Ein Windstoß fuhr durch die Bäume. Sie schaute zu den Reiherhorsten in den Baumwipfeln bei der Brücke über den Teich: In einem der Horste stand ein Reiher, der im Wind schwankte. Dann sah sie wieder Alex vor sich, wie er im Dunkel seines Sarges lag, die Hände auf dem Bauch vielleicht, völlig still war es da. Vor zwei Wochen hatte sie ihn noch umarmt, gefühlt – und jetzt war er tot, tot und begraben. Sein Haus war verlassen. Seine Kleidung hing noch im Schrank, in seiner Kamera steckte vielleicht noch ein Film … Aus den Augenwinkeln schaute sie auf Henris Rücken, auf seinen bereits leicht gekrümmten Rücken unter dem straff gespannten Stoff seiner Jacke, und dieser Rücken rührte sie.

Henri steckte sich eine neue Zigarette an und hielt ihr die Schachtel hin. Sie nahm sich auch eine und beugte sich zu seinem Feuerzeug vor, das er mit der Hand vor dem Wind schützte. Der Wind blies ihre Haare zur Seite, in Henris Gesicht. Er lächelte. Dann legte sie ihm einen Arm um die Schulter und rieb ihm über den harten Rücken. Henri saß vorgebeugt da und rauchte. Sie war froh über diesen Augenblick.

»Ich bin wie weggetreten«, sagte Henri, ihr das Gesicht zuwendend, »schon seit Tagen, seit dem Augenblick, als Alex' Vater mich anrief. Manchmal weiß ich kaum noch, wo ich bin. Seinen Vater hatte ich schon seit Jahren nicht mehr gesprochen. Auch so etwas.«

»Auch so etwas?«

Henri gab keine Antwort. Plötzlich zog er die Schultern zusammen und brach in Tränen aus. Lin saß reglos da, den Arm um ihn gelegt. So hatte sie ihn noch nicht erlebt.

Auf ihrem Streifzug durch den Osten der Altstadt, bei dem sie durch Straßen ging, die sie nicht kannte, versuchte sie ständig, sich Alex Wüstge vorzustellen: in seinem Sarg unter der Erde, im dunklen Wasser des IJ, an den Füßen die Basaltblöcke, die wie Ankersteine auf dem Boden ruhten. Sie fühlte sich verpflichtet, an ihn zu denken, jetzt, während sie hier lebendig, so schändlich lebendig herumstreifte. Aber immer wieder wurde sie vom Hier und Jetzt abgelenkt, von einer Frittentüte in der Hand eines Kindes, die umzukippen drohte, von Dingen dieser Art.

Durch den Schock der Neuigkeit war sie aufgelebt.

Aber schon bald ließ sie sich wieder in den Kokon ihrer eigenen Niedergeschlagenheit einspinnen.

Irgend etwas führte sie zum Middenweg. Die alten Bäume der Sommerresidenz von Frankendael, meinte sie. Doch als sie auf der gegenüberliegenden Straßenseite die Neonbuchstaben des Mietwagenunternehmens sah, wurde ihr klar, wieso ihre Füße sie hierhergebracht hatten. Sie hatte da irgendwann einmal einen Wagen gemietet. Vier-, fünfmal ging sie am Büro und an der Werkstatt vorbei. Endlich wagte sie es, hineinzugehen, sich schon von vornherein vor einer Erniedrigung fürchtend. Der Mann hinter dem Schalter beäugte sie mißtrauisch. Aber an ihrem Führerschein und ihrer Kreditkarte war nichts auszusetzen. Nach kurzer Zeit bog sie in einem kleinen metallicblauen Mietwagen in den Middenweg ein.

Sie fuhr ins Viertel Oud-Zuid, am Haus ihrer Mutter im Koninginneweg vorbei, nur um einen Blick darauf zu werfen, auf die Fenster des Holzerkers, den ihre Mutter als »englisch« bezeichnete, weil er sie an die Erker »englischer Häuser« erinnerte. Nicht mehr als einen Blick warf sie auf die reflektierenden Scheiben, froh darüber, daß sie weiterfahren konnte. Wie war es nur möglich, daß diese Frau einen Hokwerda geheiratet hatte und in ein Dorf gezogen war? Aber als sie geheiratet hatten, war sie noch eine junge Frau aus Ameland gewesen, gerade mal zwanzig. Lin fuhr in die Churchilllaan, zu Emmas Wohnblock, der auch schon Erker hatte. Da parkte sie und schaute hinauf zu der Wohnung im Obergeschoß. Vor kurzem hatte sie von einem gemeinsamen Bekannten, dem sie auf der Straße begegnet war, zufällig erfahren, daß Emma wieder schwanger war. Eine Weile musterte sie die Passanten, die in ihrer normalen Welt des Einkaufens an einem Samstagnachmittag anscheinend unerreichbar waren.

Als sie hinter der Dünenreihe ausstieg, stürzte sich der Wind auf sie und riß an ihren Kleidungsstücken. Sand stob unter den Autos hindurch und tickte gegen die Radkappen, die Stoßdämpfer, ihre Schuhe. Die Luft, die sie einatmete, war schwer und voll. Am Dünenübergang knatterten Fahnen, so heftig, daß es schien, als könnte der Stoff jeden Augenblick in Stücke reißen. Die Fahnenschnüre schlugen gegen die Holzmasten, ungeduldig und monoton.

Lin ging auf den Betonplatten, die in eine Mulde zwischen den Dünen gelegt worden waren, schräg hinunter zum Strand. Das Licht war gleißend hell. Haargenau sah sie den Stacheldraht und einzelne Sandkörner in den Ritzen des gewundenen Drahtes und der Widerhaken. So gleißend hell war das Licht, daß sie die Augen zusammenkneifen mußte. Ein paar Kinder kamen ihr halb rennend entgegen, naß, mit Handtüchern um die Schultern. Ein Hund sprang um die Kinder herum. Hinter der Gruppe kam ein frecher Jugendlicher mit klappernden Zähnen in einem Bademantel, der sie sofort aufdringlich musterte. Sie wich seinem Blick aus, aus Angst, er könnte etwas sagen, das ihr weh tun würde.

Das Meer war wild, der Strand lag verlassen da. Der Sand stob in langen, sich schlängelnden Bahnen an ihr vorbei. Sie hatte keine rechte Lust, allein diesen leeren Strand entlangzuspazieren, zwang sich aber dazu, einen Fuß vor den anderen zu setzen. Das war ihre Stärke: sich zu etwas zwingen. Sie verzog die Lippen zu einem Lächeln. Das war ein Trick, den Janosz ihr beigebracht hatte. Verzieh die Lippen zu einem Lächeln, pflegte er zu sagen, einem kolossalen Lächeln, und du wirst dich wie von selbst besser fühlen. Es schien zu klappen. Sobald sie die Lippen zu einem Lächeln verzogen hatte, von den Mundwinkeln bis über die Ohren, entstand vollautomatisch in ihr das entsprechende Gefühl; irgend etwas in ihr fing an zu strahlen, so künstlich dieses Lächeln auch sein mochte. Sie kam noch nicht einmal einen Kilometer weit.

Sie ließ sich in eine halb zugewehte Mulde fallen, steckte die Hände in die Jackentaschen und schloß die Augen. Sie wollte schlafen. Aber verwehte Sandkörner peitschten ihr schmerzlich ins Gesicht. Sie richtete sich wieder auf. Ein Schimmer Sonnenlicht glitt über die schäumenden Wellen. Nachdem sie ihre Sonnenbrille aufgesetzt hatte, wurden die Farben tiefer.

Wo war Jelmer?

An diesem Strand hatte er einmal mit einem von Henris Messern gespielt. Einem alten Messer, das Henri in der Bretagne gefunden hatte und dessen gesprungener Holzgriff mit Eisendraht repariert worden war. Jelmer hatte es bewundert, und sie hatte nicht gesagt, daß es von Henri war. Warum hätte sie es auch sagen sollen? Es hatte keinen Grund gegeben, das zu erwähnen. Trotzdem hatte es den Anschein gehabt, als würde sie etwas für sich behalten, etwas verschweigen. Bereits an ihrem ersten Tag mit Jelmer war der Keim des Verrats eingepflanzt worden. Sie hatte ihn Henris Messer bewundern lassen und gesagt, daß sie es gebraucht gekauft habe. Sie hatte gelogen. Aber war das damals nicht das Beste gewesen?

Lin begann zu stöhnen, während sie zwei beängstigend großen Möwen nachschaute, die ganz in ihrer Nähe flügelschlagend über dem Strand hingen, sich dann niederließen und die Schnäbel in ein Stück Seegras stießen, um fast sofort wieder damit aufzuhören, als hätten sie sich geirrt, und anschließend ziellos um sich spähten – kannte ein Vogel Augenblicke der Zerstreutheit? –, bevor sie sich in die Luft warfen, in den Wind, der sie fortschleuderte. Währenddessen empfand sie ihre Schuld und stöhnte, als litte sie unter starken Schmerzen. Wo war Jelmer? Warum rief er sie nicht an? Zwei Wochen waren vergangen. Sie langte in ihren Rucksack, um ihr Handy herauszuholen, und zog die Hand wieder zurück.

Um Jelmer anrufen zu können, mußte sie sich erst stärker fühlen. Sie schaute hinaus aufs Meer. Sie hatte Angst, in dieses wilde Meer hineinzugehen. Die Brandung hatte Mulden in den Boden geschlagen, trügerische Mulden, und es war Ebbe, das Wasser zog sich zurück. Auf einmal fühlte sie sich schwach.

Dennoch ging sie ins Meer.

Das Wasser hatte sich mit aufgewühltem Sand vermischt und scheuerte schmerzhaft an ihrem Körper entlang. Wellen stürzten sich über sie, die hohle Wasserwand war überraschend hart. Sie wurde zu Boden geworfen und, als sie aufstand, erneut überwältigt und begraben.

Taumelnd kam sie aus dem Wasser. Sie trocknete sich mit ihrem T-Shirt ab und zog sich wieder an. Sie hielt den Kopf schief, um das Wasser aus den Ohren herauslaufen zu lassen. Sie zitterte, doch allmählich wurde ihr in ihrer Kleidung wieder warm. Tatsächlich fühlte sie sich nun stärker. Sie wartete noch auf ein Aufglühen der Sonne zwischen den Wolken, einen Schimmer Sonnenlicht, der über sie hinwegglitt. Dann wählte sie seine Nummer. Er nahm ab. Seiner Stimme hörte sie an, daß er erschrak.

»Wo bist du?« fragte er.

»Am Strand. Und du?«

Er gab keine Antwort. Sie hörte seine Schritte, im Hintergrund war die Stimme seiner Mutter zu hören – ein Schock durchfuhr sie –, eine Tür wurde geöffnet und geschlossen, das Rauschen von Bäumen, und dann sagte er, leicht außer Atem: »Jetzt stehe ich im Garten, bei meinen Eltern.«

»Aha.«

»Ja.«

»Ist es bei euch auch so stürmisch?«

»Ja, ziemlich.«

Sie schwiegen.

»Hast du Zeit?«

»Wofür?«

»Können wir uns heute nicht irgendwo treffen?«

Jelmer schwieg. Sie hörte ihn atmen.

»Jelmer?«

»Ja.«

»Was meinst du?«

»Ich weiß nicht, was es zu besprechen gäbe.«

»Aber wir müssen doch eine Lösung finden. Ich hänge irgendwie total in der Luft!«

»Du ja.«

»Können wir uns nicht irgendwo in Friesland treffen? Ich habe einen Wagen.«

Er sagte nichts.

»Jelmer? Ich möchte dich gerne sehen.«

Sie fing an zu weinen. Jelmer schwieg. Sie spürte, daß er sauer wurde und sich jetzt völlig abkapselte.

»Jelmer?«

»Mit Tränen erreichst du bei mir überhaupt nichts mehr. Bleib mir vom Hals!«

Er unterbrach die Verbindung. Um sie herum lag wieder der leere Strand. Sie weinte unbändig. Ihre Zigarette wurde naß von den Tränen.

Dennoch fuhr sie gen Norden, nach Friesland. Vielleicht fahre ich sogar weiter nach Schweden, dachte sie bei sich. Der Film, den sie letzte Nacht im Fernsehen gesehen hatte, war in Schweden gedreht worden, und man hatte recht viel von dem Land gesehen: Wälder, stahlblaue Seen und Tausende kleiner Inseln vor der Küste, manche gerade groß genug für ein Sommerhaus aus Holz und ein paar Bäume. Sie hatte, während sie die Untertitel las, auch auf die Sprache geachtet: Es hatte ihr gut gefallen, das Schwedische, melodiös. Aber wie kam man nach Schweden? Über Norddeutschland, Dänemark, nach Kopenhagen und von dort mit der Fähre über den Öresund. Na klar, der Öresund. In Kopenhagen konnte sie den Wagen abgeben. In Schweden würde sie zu Fuß gehen, streckenweise den Zug nehmen, per Anhalter weiterkommen. Die Schweden waren zurückhaltend, das gefiel ihr. Und dann diese Weite. Auf dem Land dunkelrote Häuser und dunkelrote Scheunen, alle aus Holz. Und paßte sie mit ihrer Blondheit und ihrem breiten Gesicht etwa nicht zu den Schwedinnen? Vielleicht konnte sie auf dem Feld arbeiten, um Geld zu verdienen. Schlafen in einer Scheune. Ein kleiner Hund würde ihr über den Weg laufen und bei ihr bleiben, sie würde sich ein Zelt kaufen und dann immer drauflosgehen, in Richtung eines immer höheren Nordens, in Richtung der Mitternachtssonne, mit einem Fliegennetz um den Kopf, an kalten und klaren Flüssen entlang, in denen es vor Fischen wimmelte.

Auf dem Abschlußdeich zerrte der Wind am Wagen.

Um nicht länger allein zu sein, legte sie auf halbem Weg eine Pause ein, bei einem Wagen, aus dem heraus Fritten verkauft wurden. Sie bestellte eine Portion. Für kurze Zeit legte sich der Sturm in ihrem Innern, infolge des warmen Essens, infolge der Ablenkung durch eine neue Umgebung: Plastikstühle und -tische im Freien, die Planen eines Windschutzes, auf die Vogelsilhouetten geklebt waren, flatternde Fahnen, der laue Qualm des Frittieröls, das Ehepaar in dem Frittenwagen, ein paar Kunden, die Aussicht auf das Wasser. Schon bald brach sie wieder auf, weil man sich nach ihr umdrehte.

Irgendwo in Friesland hatte sie sich nicht mehr unter Kontrolle und schlug die Richtung von Birdaard ein. Sie versuchte, es leichtzunehmen. Ein kurzer Besuch, einfach so, mehr war es nicht. Vielleicht waren sie ja nicht einmal zu Hause.

Gegen fünf Uhr fuhr sie ins Dorf hinein, über die Brücke, die unter den Rädern des Autos klapperte, und nahm den Weg am Wasser entlang. Sie kam an der Stelle vorbei, wo sie gewohnt hatte: die niedrigen Häuschen, die Ulmen, der Schilfkragen und der Bootssteg mit dem Ruderboot. Kurz darauf tauchten die roten Neonbuchstaben auf, »Auto Hokwerda«, das funkelnde Glas der Ausstellungshalle.

Nachdem sie vor dem Haus geparkt hatte, blieb sie wie gelähmt im Wagen sitzen. Mehrere Minuten verstrichen. Im Innern des Hauses erschien am Fenster eine Frau; sie beugte sich über die Pflanzen auf der Fensterbank hinweg zur Scheibe, um schärfer zu sehen. Kurz darauf an derselben Stelle die Gestalt ihres Vaters, der sich praktisch sofort wieder zurückzog. Die große Scheibe spiegelte den bewölkten Himmel wider. Hatte man sie erkannt? Wieder verstrichen mehrere Minuten. Wind zerrte am Wagen. Die Autouhr tickte. Um das Gebäude herum lag tiefe Ruhe.

Dann kam Hokwerda nach draußen, genau so, wie sie ihn vor sechs Monaten gesehen hatte: Holzschuhe, Hemdsärmel, eine Zigarre in der Hand, zerzauste Haarbüschel am Schädel. Statt auszusteigen, kurbelte sie die Scheibe herunter. Kleine Steinchen knirschten unter seinen Holzschuhen. Er blieb neben dem Wagen stehen und beugte sich vor.

»So, ist das dein neuer Wagen«, sagte er.

Mühsam, als hätte sie Muskelkater, stieg sie aus. Hokwerda reichte ihr die Hand. Während er ihre Hand festhielt, zu lange, schaute er sie herausfordernd an. Sein Blick brachte sie in Verwirrung.

»So, du warst also in der Nähe.«

»Ja, ich war in der Nähe.«

Hokwerda zog an seiner Zigarre und kickte ein Steinchen vom Parkplatz in die Böschung. Sie erinnerte sich, wie Pake Hokwerda jeden Samstagnachmittag, noch nach alter Gewohnheit, die Gartenwege mit der Stoßhacke gesäubert, sämtliches Unkraut beseitigt und die Wege anschließend geharkt hatte, damit sie sonntags »schön« aussahen, auf allen Wegen ein Muster genau parallel verlaufender Linien. Der Impuls ihres Vaters, das Steinchen von seinem leeren und aufgeräumten Parkplatz wegzukicken, setzte diese Tradition fort. Hokwerda schaute weg, auf den Ee hinaus.

»Alles in Ordnung in Amsterdam?«

»Ja, alles in Ordnung.«

»Schön.«

»Und hier?«

»Bestens, uns geht es bestens, wir können wirklich nicht klagen.«

Hokwerda blieb schweigend stehen und starrte über das Wasser hinweg auf die Weide hinter den Bäumen, die zum Teil hellgrüne Abschnitte hatte. Lins Herz schlug ihr im Hals.

»Ich störe hier vielleicht die Ruhe«, sagte sie.

»Ich hab's nicht eilig.«

Aber er blieb stehen, wo er stand, mit dem Rücken zum Haus.

»Ich habe eine Idee«, sagte sie.

»Du hast eine Idee.«

»Wollen wir einen kurzen Spaziergang zusammen machen, dorthin, wo wir früher gewohnt haben?«

Mit seinem herausfordernden Blick, in dem immer auch etwas Überhebliches lag, schaute Hokwerda sie an. Sie schaute weg und spürte, wie eine Röte ihren Nacken entlang nach oben schoß, ihren Nacken wohlgemerkt, als wollte sich sogar ihre Röte vor ihm verbergen.

»Zu den alten Häuschen?« fragte er schließlich.

»Ja.«

Er schüttelte den Kopf. »Ach nein, die sind mir so fremd geworden, so vollkommen fremd.« Seine Stimme klang kläglich und beinahe verletzt, als wäre sie brutal gewesen und hätte ihm weh getan. »Interessierst du dich denn so für diese Häuschen?«

»Ich würde mir den Ort gern noch mal anschauen.«

»Na, dann geh doch gleich mal hin und schau ihn dir an.«

Hokwerda hatte sich noch immer nicht von der Stelle gerührt. Mittlerweile waren zwei Autos und ein Traktor vorbeigefahren; der Traktorfahrer hatte gegrüßt. Die Fahrzeuge hatten jedesmal eine tiefe Stille hinterlassen, eine gesteigerte ländliche Ruhe. Über das Wasser wehte der würzige Geruch von gemähtem Gras herüber. Lin schwitzte. Sie wußte nicht mehr, was sie sagen sollte. Sie wollte Abschied nehmen. Aber sie blieb einfach stehen. Schließlich sagte Hokwerda: »Und, brauchst du nicht noch eine Tasse Kaffee, bevor du weiterfährst?« Es hörte sich unwillig an. Die Einladung kam ihm nur ungern über die Lippen. Lin wollte dankend ablehnen, nahm sein Angebot aber an. Schweigend folgte sie Hokwerda ins Haus, als müßte sie eine Strafe über sich ergehen lassen.

Keine zwanzig Minuten später kam sie wieder heraus. Hokwerda blieb in der geöffneten Tür stehen und rührte sich nicht, als seine Tochter wegfuhr und kurz die Hand hob.

Das Haus am Fluessen wirkte verlassen. Es standen keine Wagen da. Lin parkte in einiger Entfernung am Straßenrand. Nach langem Zögern wagte sie sich in den Garten. Sie haßte das gepflegte Äußere dieses Gartens. Als sie über den Rasen ging, war sie sich bewußt, daß sie ihn zertrat. War doch jemand da? Die Tür des Bootshauses stand offen. Auf dem Bootssteg lag Jelmers Boot, daneben die Plane; das Boot war innen noch naß. Aber auch im Bootshaus war niemand.

Der Abend brach herein. Der Wind legte sich, Vögel sangen, Sonnenlicht fiel durch die Bäume und wärmte ihr Gesicht. Sie liebte diesen geschützten Ort, die über das Wasser hängenden und Schatten spendenden Bäume, das Schilf auf der Landzunge im See, das diese Einbuchtung vom Wasser aus fast unauffindbar machte. Sie hätte hier zu Gast sein können, fühlte sich aber wie ein Eindringling. Noch vor wenigen Wochen war sie hier am frühen Abend hastig in Pullover und Hose geschlüpft. Anfangs war sie fröstelnd herumgelaufen, dann war ihr allmählich wieder warm geworden, als sie Jelmer geholfen hatte, der neben dem auf dem Rasen ausgebreiteten Segel gekniet hatte, um es zusammenzulegen.

Sie rauchte eine halbe Zigarette und zertrat den Rest neben dem Boot. Den Stummel wollte sie erst in eine Ritze zwischen den Bohlen schieben, tat es dann aber nicht. Als sie die leicht ansteigende Rasenfläche hinaufging, schaute sie zu dem Haus unter seinem Reetdach hinauf; es widerte sie ebenso an wie das gepflegte Äußere des Gartens. In einer Ecke des Frühbeets fand sie den Schlüssel.

In der Küche lagen die Reste einer Mahlzeit auf dem Eßtisch. Sie blieb stehen. Wie immer zogen vor allem zwei Dinge ihre

Aufmerksamkeit auf sich: die Kellerluke in den dunkelroten Steinplatten und die große Tonschale, die an der Wand hing und mit blauen und grünen Motiven bemalt war – die Schale, die einst einen Sprung gehabt hatte und mit zwei eisernen Klammern repariert worden war. Diese Schale hielt sie für den schönsten Gegenstand in diesem Haus. Nun hätte sie das Ding am liebsten mit einem Stockhieb von der Wand geschlagen, *a peasant-girl* mit einem Stock in der Hand, *a peasant-girl* auf ihren breiten bloßen Füßen; mit einem einzigen Hieb wollte sie die Schale an der Wand zertrümmern. Sie nahm ein paar Happen von dem Salat, der noch auf dem Tisch stand, stopfte ein Stück Brot hinterher und trank einen Schluck Wein aus Jelmers Glas, denn dort, wo das Glas stand, hatte er immer gesessen, und dort drüben, das war ihr Platz gewesen. Auf dem Tisch entdeckte sie das Programm eines Konzerts, und ihr wurde klar, warum niemand zu Hause war: Hedda stand an diesem Abend auf der Bühne.

Sie machte einen Gang durch das ganze Haus. Sie betrat das Wohnzimmer mit der Feuerstelle in der Mitte und den Gemälden an der Wand, dann Halbertsmas Arbeitszimmer, als wäre es das Zimmer eines strengen Vaters. Im Obergeschoß ging sie ins Schlafzimmer des Ehepaars, in dem es nach dessen Intimität roch. Und nach nebenan in den halbdunklen Umkleideraum, in dem sie auf Heddas Kleider stieß und sich selbst im Spiegel sah, eine erwachsene Frau, und über diese Ausgereiftheit, diesen großen Körper, erschrak. Und dann in dieses geräumige und wunderbar helle Badezimmer, in dem man immer den Himmel sehen konnte. Nachdem sie in dieser Trias der intimsten Räume, in denen sie überall die Spuren des Ehepaars entdeckte, umhergestreift war – so wie sie immer in Wohnungen anderer umhergestreift war –, ging sie wieder hinunter.

In der Bibliothek war sie, wie immer, beeindruckt von den Bücherschränken, die an drei Wänden bis zur Zimmerdecke reichten. Durch das Fenster sah sie den Garten, die Sonnenuhr zwischen den Buchsbaumhecken, das Glas des Frühbeetes, in dem sich der Abendhimmel spiegelte. Am liebsten hätte sie jetzt angefangen, etwas zu lesen. Wie ein Kind auf dem Sofa liegend, den Kopf auf dem großen persischen Kissen, ununterbrochen lesend, und bei der Lektüre würde sie die langen, tiefroten Fäden, die von dem Kissen herabhingen, um die Finger drehen und an ihren Haaren saugen. Tschechow lesen.

Für einen Augenblick atmete sie auf.

Hedda war hier, die gute Hedda, die sie wärmte. Im Holzboden entdeckte sie die kleinen Löcher, in die Hedda die Spitze ihres Cellos stellte, wenn sie übte. Im Bücherschrank suchte und fand sie das Buch, in dem sie Tschechows »In der Schlucht« gelesen hatte, am ersten Abend, den sie allein in der Bibliothek verbracht hatte. Sie wollte das Ende der Erzählung noch einmal lesen, aber sie konnte sich nicht konzentrieren. Sie zog das Buch über Bäume aus dem Schrank und machte sich auf die Suche nach dem Foto jenes Feigenbaums, der sich an einer unmöglichen Stelle, in einer Höhle, halb über einem Abgrund, im Felsen verankert hatte. Aber sie konnte das Foto nicht finden. Dann wurde ihr klar, daß sie diesen Baum selbst einmal gesehen hatte, irgendwo in Spanien. An diesem Abend im Januar hatte sie, nachdem sie von dem Fest weggelaufen war, in dem Bildband geblättert und an den Feigenbaum denken müssen, wie sie in der Höhle gekniet hatte, erstaunt über diesen Baum, mit den Fingern nach einer Naht zwischen Baum und Fels tastend.

Es war der Abend gewesen, an dem Hedda sie verraten hatte. Hedda, der sie ihre Tränen gezeigt hatte, nachdem sie mit Jelmer in Birdaard bei ihrem Vater gewesen war. Nur Hedda hatte sie von dieser Begegnung erzählt. Am nächsten Tag war ihre Mutter zu dem Fest hierhergekommen. Hedda hatte gesagt: Endlich hat sie ihren Vater besucht. Obwohl sie versprochen hatte, es für sich zu behalten. Ihre Mutter war Lin gegenüber daraufhin noch kühler geworden. Später hatte Hedda beteuert: Es ist mir rausgerutscht, glaub mir doch, ich habe mich so darüber gefreut, es ist mir rausgerutscht. Lin hatte versucht, Hedda zu glauben. Aber das Vertrauen war seither weg.

Lin stand reglos da, das Baumbuch klebte in ihren schweißfeuchten Händen. Es schien, als würde ihr allmählich etwas dämmern. Irgend etwas in Hedda hatte das gewollt, irgend etwas in ihr war auf einen Bruch mit Lin ausgewesen. Pieter Halbertsma hatte sie gewogen und für zu leicht befunden. Schließlich hatte auch Hedda sie abgelehnt, weil sie fand, daß sie nicht die richtige Partie für ihren ältesten Sohn sei. Lin warf das Buch auf das Sofa.

Nach einigem Suchen gelang es ihr, in der nordfriesischen »Rûmte« die kleine Kirche wiederzufinden. Da lag sie auf ihrer Warf, versteckt zwischen den Bäumen, über die Weidenlandschaft aufragend. Das Licht der Abendsonne lag auf den Baumkronen und dem Satteldach des robusten Turms. In der Nähe ein paar Häuser und zwei Bauernhöfe, ebenfalls zwischen den Bäumen. Auf beiden Seiten der schmalen Zugangsstraße parkten Dutzende von Autos in der Böschung.

Letztes Jahr war sie schon einmal hiergewesen. Sie hatte in der Kirche gesessen, das abgenutzte Relief eines Grabsteins uneben unter ihren Füßen, ein Holzgewölbe über dem Kopf, und der Musik gelauscht. Es war ein alter Ort. Die wegen ihres Mauerwerks bekannte Kirche wurde in Kunstführern beschrieben. Hier organisierte Hedda Halbertsma jedes Jahr im Sommer eine Reihe von Konzerten. Musiker von hohem Niveau. Die Elite der Provinz Friesland gab sich hier ein Stelldichein. An diesem Abend spielte sie selbst mit ihrem Quartett.

Beim Aussteigen wurde Lin von der Stille überwältigt. Die friedliche Ruhe hatte eine beklemmende Wirkung auf sie. Sie wollte nicht zum Rand des Grabens hinsehen, vor dessen Hintergrund sich Gras und Blumen im späten Licht haarfein abhoben, zum schwarzen und klaren Wasser, über dem Insekten hin und her schossen. Sie wollte es nicht sehen. Sie begab sich in den überschatteten Ort. Am ersten Bauernhof kam ihr zaghaft ein schwarzweiß geflecktes Hündchen entgegen, beschnüffelte ihre Füße und sprang ängstlich zur Seite, als sie es streicheln wollte. Kein Mensch zu sehen. Noch nicht einmal Stimmen in den Häusern. Die Friedhofshecke war heute gestutzt worden.

Sie ging den Pfad zur Kirche entlang. Im Kirchenportal hörte sie Musik. Sie wagte es nicht, die schwere Tür zum Schiff zu öffnen. Aber offenbar hatte jemand sie im Innern gehört: Ein Mann öffnete die Tür einen Spaltbreit und bot ihr flüsternd einen Sitzplatz in der hintersten Reihe an. Sie lehnte ab und ging wieder hinaus. Am Rand des Kirchhofs schaute sie aufs Land hinaus.

In der Pause kam ein Teil des Publikums nach draußen, mit Weingläsern oder Kaffeetassen in der Hand. Man stand grüppchenweise beieinander oder spazierte gemächlich auf den mit Muschelschalen bestreuten Pfaden zwischen den Gräbern umher. Lin wartete eine Weile. Dann ging sie hinein. Die Türen zum Schiff waren weit geöffnet. Ein schaler Menschengeruch schlug ihr entgegen. Fast sofort sah sie Jelmer, der ihr den Rücken zugewandt hatte, neben seiner Mutter und einigen anderen Personen stehen. Es war Hedda, die sie bemerkte. Sie winkte nicht, gab kein Zeichen des Erkennens, sondern beugte sich zu Jelmer vor, um ihm etwas ins Ohr zu flüstern.

Einen Augenblick später gingen sie nebeneinander den Pfad entlang. Wenn sie Dritten begegneten, traten diese leicht verblüfft zur Seite. Schweigend verließen sie den Ort auf dem leicht abschüssigen Weg, zwischen den parkenden Autos hindurch. Als niemand sie mehr hören konnte, brach es aus Jelmer hervor.

»Was soll dieser Überfall?«

Sie sagte nichts.

»Wozu willst du mich jetzt wieder zwingen?«

»Ich will dich zu gar nichts zwingen.«

»Du versuchst mich zu irgendwas zu zwingen. Und du hast es offenbar immer noch nicht kapiert: Mit Zwang erreichst du bei mir überhaupt nichts. Hörst du? Überhaupt nichts!«

»Ich will dich nicht zwingen.«

»Aber was ist das hier denn sonst? Hier unangekündigt zu erscheinen, mich aus der Kirche herauszuholen. Was ist das?«

»Das ist Gefühl, das ist Verwirrung, das ist etwas, das stärker ist als ein Konzert deiner Mutter!«

»Du versuchst mich zu zwingen.«

»Das ist etwas, das plötzlich über mich kam.«

»Das ist Chaos.«

»Was hast du gegen Chaos?«

»Alles.«

»Du hast doch nur Angst vor Frauen!«

»Ja, leg dir ruhig was zurecht, blöde Kuh.«

Dieses Gespräch wurde schreiend geführt, während sie lang und schnell ausschritten. Jelmer schmiß sein Glas gegen einen Zaun. Ein Reiher flog vom Grabenrand empor, gereizt, langsam. In der Weide erhoben sich ein paar Uferschnepfen in die Luft. Lin und Jelmer ließen die letzten Autos hinter sich. Als sie endlich stehenblieben, waren sie außer Atem.

»Du sitzt am Strand«, fuhr Jelmer fort, nach wie vor aufgebracht, »du hast geschwommen, du fühlst dich gut, und dann muß es passieren. Einander sehen. Ob ich zu ihren Diensten stehen will. Sie hat ein Auto gemietet, sie ist bereits unterwegs. Und wenn es nicht mit Worten klappt, dann halt mit Tränen!«

»Gleich schlägst du mich noch.«

»Nach den letzten zwei Wochen hätte ich darauf in der Tat am meisten Lust. Daß ich noch deinen Koffer durch die Gegend geschleppt habe, daß ich dich noch brav nach Hause gebracht habe! Ich hätte dich mit Koffer und allem Drum und Dran einfach auf die Straße werfen sollen!«

Ängstlich lief sie zurück in Richtung des Ortes. Mit ein paar langen Schritten hatte er sie eingeholt und angehalten. Er hielt sie fest, als sie sich losreißen wollte.

»Bleib stehen!«

»Ich will nicht, daß du mich schlägst.«

»Bleib stehen! Keine Angst, schlagen, das tut nur dieser Schweißer, dieser Schaumschläger, dieser leicht durchschaubare Macho, nach dem du so verrückt bist!«

Sie blieb stehen.

Jelmer nahm allmählich den Weg wieder wahr, das Gras in der Böschung, das bereits feucht wurde, ihre Schuhe, ihr Gesicht. Ganz kalt ließ sie ihn nicht. Er roch das Gras, die Feuchtigkeit, die daraus aufstieg, jetzt, da die Sonne untergegangen war. Sie hätten glücklich sein können.

Aber er konnte sie nicht mehr ansehen. Das Profil ihres Gesichts rief Widerwillen in ihm hervor.

»Es ist aus«, sagte er, und er erschrak über diese Worte genauso stark wie sie. Beide schwiegen und rührten sich nicht. Die Uferschnepfen kamen näher, beschrieben einen Bogen in der Luft und ließen sich wieder an derselben Stelle nieder, die sie gerade erst verlassen hatten.

»Jelmer, laß uns über alles reden.« Sie machte einen Schritt auf ihn zu. »Nicht jetzt. Aber morgen, übermorgen, wann immer es dir paßt. Heute habe ich es einfach nicht mehr ausgehalten. Mir tut alles so furchtbar leid.«

Bei diesen Worten wurde ihre Stimme gefährlich hoch; sie ging in ein hohes und langgezogenes Piepsen über, und dann fing Lin an zu weinen. Jelmer schaute zu. Sie konnte wirklich wundervoll weinen. Dicke, helle Tränen liefen ihr über die Wangen. Er wollte sie schon trösten, weil ihre Tränen so aufrichtig wirkten, weil sie einen ganz verlorenen Eindruck machte. Aber er tröstete sie nicht. Er scheute inzwischen jede Berührung mit ihrem Körper.

Nachdem sie ihre Tränen abgewischt hatte, wollte sie sich eine Zigarette anstecken. Als sie das Benzinfeuerzeug aus der Tasche zog, geriet sie in Verlegenheit.

»Das ist von ihm«, stellte Jelmer fest.

»Es ist von mir. Aber ich habe es von Henri bekommen.«

»Es ist ein Henri-Ding.«

»Zufälligerweise mag ich diese Art Feuerzeuge. Aber wenn es dich stört, werfe ich es eben weg.«

Sie warf das Feuerzeug in den Graben, wo es schnell versank und auf dem Boden zwischen den Wasserpflanzen liegenblieb und funkelte. Ihre Geste hatte auf Jelmer nicht die beabsichtigte Wirkung. Wie konnte sie einen so schönen Gegenstand – den ihr darüber hinaus jemand geschenkt hatte – derart achtlos wegwerfen? Für ihn war es ein weiteres Zeichen ihrer Labilität, ihrer Unzuverlässigkeit.

»Ich brauche über gar nichts mehr zu reden«, sagte er.

»Wieso nicht?«

»Weil ich dir nicht mehr vertraue. Ich sehe in dir nur noch eine durchtriebene, verlogene Frau, der man nicht vertrauen kann, trotz dieses unschuldigen Aussehens.«

»Ich bin nicht unzuverlässig«, erwiderte sie heftig.

»Nur eine Verrückte kann so etwas behaupten, nach allem, was geschehen ist!«

»Trotzdem stimmt es: Man kann mir vertrauen!«

»In einer Woche wären wir drei Jahre lang zusammen gewesen. Von diesen drei Jahren hast du mich neun Monate lang betrogen. Neun Monate lang hast du mich jeden Tag belogen. Du kannst hundertmal behaupten, daß du das nicht gewollt hast, aber etwas anderes in dir hat es sehr wohl gewollt, und du hast es getan. Du hast es schlichtweg getan!«

Das schwarzweiß gefleckte Hündchen kam auf dem Weg herangetrippelt. Aber als es ganz nah an sie herangekommen war, wandte es sich der Böschung zu und schnüffelte dort herum.

»Schau, dieser kleine Hund«, sagte sie mit erstickter Stimme.

»Ich will keinen Hund!«

Wütend schauten sie einander an.

»Dann halt nicht.«

Bevor ihm klar wurde, was er tat, hatte er sich bereits in Bewegung gesetzt und ging mit langen, hastigen Schritten zurück in den Ort.

Es war fast dunkel, als sie wieder beim Haus der Halbertsmas ankam. Wie von selbst war sie wieder hierhergefahren. Als ob sie hierhergehören würde, als ob sie hier sein wollte. Solange sie fuhr, konnte sie es einfach alles nicht glauben, sie hatte sogar die Hoffnung auf Versöhnung noch nicht ganz aufgegeben. Doch als sie die Umrisse des Hauses erkannte, verschwand dieser Unglaube, und mit ihm verlor sie jede Hoffnung.

Zwischen den dunklen Baummassen flatterten Fledermäuse in bizarren Mustern.

Mit einem Spaten in der Hand betrat Lin die Küche, und mit einem einzigen Hieb zertrümmerte sie die antike Schale an der Wand, die mit den Klammern, die Schale, die Hedda ihr beinahe geschenkt hätte. Nicht länger als einen Augenblick wagte sie es, die schemenhaften Scherben auf dem Boden zu betrachten, dann floh sie aus dem Haus. Im Bootshaus raffte sie die Sachen zusammen, die sie benutzt hatte, wenn sie Hedda im Gemüsegarten zur Hand gegangen war: Stiefel, Hose, Regenanzug, Sonnenhut. Sie stopfte alles in eine Plastiktüte, doch dann fiel ihr ein, daß das Verschwinden dieser Sachen praktisch ein Beweis ihrer Schuld wäre, und sie hängte sie zurück. Im Dunkeln sah sie Jelmers Boot; das zu einem Stoffhaufen zusammengeballte Segel leuchtete auf. Ein Schock durchfuhr sie. Während sie den Garten durchquerte, erinnerte sie sich daran, daß in der Bibliothek noch immer das Baumbuch auf dem Sofa lag. Aber sie wagte nicht mehr, das Haus nochmals zu betreten, das Haus, das plötzlich einen drohenden Eindruck machte, das sie verstieß, so wie die Halbertsmas sie verstoßen hatten.

Teil Fünf

I

Im Schilf

»Bist du müde?«

»Nein, mir ist nur schlecht.«

»Wir sind gleich da.«

Sie hatten das Dorf gefunden, am Rand desselben den Bauernhof, und dort lag das Ruderboot. Henri hatte mit dem Bauern gesprochen, und der hatte ihm den Außenbordmotor und den Benzintank gegeben. Henri hatte den Motor am Boot befestigt und vorne neben ihrem Gepäck noch fünf Kanister mit Trinkwasser verstaut. Jetzt konnte er ablegen. Er streckte sich, die Abendsonne im Gesicht. Hinter sich hörte er die sich entfernenden Holzschuhe des Bauern, erst im Hof, dann in den leeren Ställen. Ein schönes, authentisches Geräusch.

Lin saß auf der Ruderbank, im Schatten des Schilfs, die Hände zwischen den Schenkeln. Er lächelte ihr zu.

»Noch eine halbe Stunde.«

Außerhalb des Dorfs kamen sie in ein breiteres Gewässer, das sich schnell zu einem See ausweitete. Der Wind hatte sich fast ganz gelegt, die letzten Segelboote waren unterwegs nach Hause. Henri zog die Fotokopie einer Wasserkarte hervor und drückte sie sich mit der freien Hand aufs Knie. Gut zwanzig Minuten lang mußte er am Ufer des Sees entlangfahren, dann lag rechterhand ein kleinerer Teich, den mußte er in Richtung einer vor sich hinrostenden Pumpstation überqueren, und dann würde er auf einen Graben stoßen, der zu einem weiteren kleinen See führte, und da irgendwo lag Kalles Hausboot.

Für Kalle baute er sechs Luxusapartments in einem historischen Gebäude in der Stadtmitte; im Souterrain wurde sogar ein Schwimmbad angelegt, aber damit hatte er zum Glück nichts zu tun. Kalle war reich, so reich, daß er sich von nun an nur noch »den schönen Seiten des Lebens« widmen wollte. Kalle war umgänglich. Kalle hatte irgendwo ein Hausboot, das er nur noch selten nutzte. Kalle lieh ihnen sein Boot.

Henri drehte den Gashebel ganz auf, um möglichst schnell zu dem Hausboot zu kommen und mit seinem Wochenende anfangen zu können: sich ein Bier gönnen und noch eine Angel auswerfen. Er hatte eine schwere Woche hinter sich. Erneut lächelte er Lin zu. Den Motor übertönend, rief er ihr zu: »Ich freue mich riesig!«

Sie blieb sitzen, die Hände zwischen den Schenkeln, den Kopf zwischen den hochgezogenen Schultern. Sie schaute die breit aufgefächerte, V-förmige Heckwelle an, die das Boot hinter sich zurückließ, Enten, die von dieser Welle hochgehoben wurden, ein abgerissenes Schilfbüschel, das sich kurz wild bewegte. Nicht einen Augenblick schaute sie nach vorne. Sie hatte keine Lust, sich über die Karte zu beugen, sich um die Route zu kümmern. Das überraschte sie zwar selbst, aber so war es eben. Sollte er doch machen. Sie behielt lieber das Schilfbüschel im Auge, das von der Heckwelle emporgehoben wurde, und erinnerte sich an den Geruch faulender Wurzeln, wie sie die Hand zwischen diese Wurzeln gesteckt hatte, wenn sie am Ufer des Ee entlanggeschwommen war und angehalten hatte, um ins Schilf zu spähen, Wasser tretend, ängstlich, daß sie unter Wasser mit ihren Füßen irgendwo anstoßen könnte, an einen abgebrochenen Ast, ein Schilfrohr. Sie erinnerte sich, wie sie an Sommerabenden Blumen im Schilf betrachtet hatte oder Insekten, mit der Hand zwischen den haarigen Wurzeln gefühlt und den lauen Fäulnisgeruch wahrgenommen hatte, der dem Schilf entstiegen war.

Nach exakt zwanzig Minuten, wie Henri registrierte, erschien rechter Hand ein neuer und kleinerer See. Kalle fuhr also auch mit bis zum Anschlag aufgedrehtem Gashebel. Er kreuzte das Gewässer und kam an eine Stelle, wo er hinter den Schilfrispen etwas aufragen sah, einen eisernen Pfahlzaun mit einem Schöpfrad; das mußte wohl die vor sich hinrostende Pumpstation sein. Als er in den Graben hineinfuhr, drosselte er die Geschwindigkeit. Auf beiden Seiten stand hohes Schilf. Erlen wuchsen über das Wasser und tauchten es in Schatten. Im Schilfgürtel erschien dann und wann eine Öffnung, die mit einem über das Wasser gespannten Stacheldraht oder einem Balken abgesperrt worden war, und dahinter lag dann stets ein Weiher voller Seerosen. Die dicken, runden Blätter überwucherten einander, drückten sich gegenseitig und die Seerosen in die Höhe.

»Es wird noch romantisch«, sagte Henri, wie von selbst die Stimme dämpfend.

Lin beugte sich zur Seite, um das Wasser mit der Hand zu berühren. Es war sanftes Wasser, genau wie das im Ee. Aber die Farbe war anders: Beinahe schwarz war es hier. Noch nie hatte sie so viele Seerosen gesehen, Hunderte auf jedem Weiher. Nun, da es Abend war, leuchteten die weißen Blüten vor dem Hintergrund der dunkelgrünen Blätter auf. Ein Teichhuhn lief darüber hinweg, von Blatt zu Blatt hüpfend.

»Mensch, wie romantisch!«

»Willst du vielleicht schon ein Bier?«

»Wir sind gleich da.«

Im Schilf lag hier und dort eine Motorjacht. Das Abendessen war vorüber, auf jedem Schiff saß ein Mann und starrte auf seine Angel, in der Kajüte war seine Frau am Aufräumen und Abwaschen oder hatte sich bereits gemütlich vor dem Fernseher niedergelassen. Außerdem wurde Kaffee getrunken. In angemessenem Abstand voneinander lagen die Motorjachten der Frührentner im Schilf und unter den Bäumen. Lin grüßte die fischenden Männer mit der Hand oder mit einem Kopfnicken. Sie dachte ans Älterwerden. Es wunderte sie, daß sie daran dachte, und noch mehr, daß sie diese langweiligen Menschen auf ihren langweiligen Jachten nicht anödeten.

Henri respektierte Angler, aber die Stille in diesem langen und sich windenden Graben ging ihm auf die Nerven. Sobald das Gewässer wieder breiter wurde, drehte er den Gashebel wieder ganz auf.

Kalles Hausboot lag an einer Landzunge, mit Aussicht auf den See, wie versprochen, und nach hinten von Schilf und Büschen abgeschirmt. Ein paar Enten flogen in die Höhe, als Henri das Boot geradewegs an Land fuhr, wobei er das Schilf unter dem Bug spaltete und umknickte.

Der Boden unter Lins Füßen federte, als sie zum Hausboot ging. Auf der Landzunge war es wärmer als auf dem Wasser: Die Wärme war im Schilf und in den Büschen hängengeblieben. Lin nahm den Geruch von faulenden Pflanzen wahr. Mücken, wie vorhergesagt. Unter dem Vordach des Hausboots lief sie mit dem Gesicht in knisternde Spinnennetze hinein.

»Hier!«

Henri warf ihr die Schlüssel zu. In einem Bogen flogen sie durch den Abendhimmel auf sie zu, hier, an einem Ort, an dem sie noch nie gewesen war, während sie sich die Reste der Spinnennetze aus dem Gesicht wischte und Henri im Schilf stand, über ein Boot gebeugt, etwas, das sie ihn noch nicht hatte tun sehen. Die Schlüssel, an denen ein orangefarbener Anhänger befestigt war, klirrten leise, während sie angeflogen kamen, und – schwupp! – hatte sie sie in der Hand.

Im Innern des Hausboots hing ein muffiger Geruch, der Lins

Übelkeit verstärkte. In der Diele eine Sturzflut von Mänteln, Regenjacken und Mützen an der Garderobe, darunter Schuhe und Stiefel, Schwimmflossen, Paddel, Bälle, Schachteln und Plastiktüten mit leeren Flaschen. Ein Schlafzimmer mit je einem Etagenbett links und rechts und überall Spuren von Kalles Kindern – mittlerweile »erwachsen und depressiv«, wie Kalle lachend gesagt hatte. Dann ein Schlafzimmer mit einem Doppelbett, eine winzige Küche mit einem Fenster, das auf das Schilf der Landzunge hinausging, ein geräumiges Wohnzimmer mit Fenstern zum Wasser und schließlich eine Terrasse. Lin blieb auf der Terrasse stehen, während Henri die Fenster aufriß. Beim Lüften kamen auch die Mücken herein. Aber es gab ein Moskitonetz, wie sie gesehen hatte.

»Gibt's hier irgendwo einen Besen?« rief sie, »dann mache ich die Terrasse sauber.«

Kurz darauf stand sie barfuß und mit aufgerollten Hosenbeinen da und schrubbte die Entenkacke, die Algen und den anderen Dreck von den Bohlen, der sich während der einjährigen Abwesenheit angesammelt hatte, immer wieder den Besen ins Wasser tauchend. Wie immer ging sie völlig im Putzen auf und arbeitete wie besessen. Währenddessen war Henri an einer bereits gesäuberten Stelle in die Hocke gegangen und hängte die fünf Kanister und die Bierflaschen an Schnüren ins Wasser. Er hatte Klappstühle, einen Klapptisch und einen Sonnenschirm gefunden und stellte dies alles auf, während sie, beinahe fertig, mehrere Eimer Wasser über die Bohlen ausschüttete. Gemeinsam nahmen sie so die Terrasse in Besitz.

Danach folgte das Innere des Hausboots. Lin bezog das Bett und packte die Einkäufe aus. Henri bekam den Auftrag, die Fliegengitter, die sie irgendwo entdeckt hatte, vor den Fenstern zu befestigen, und schleppte anschließend verschiedene Einrichtungsgegenstände, die sie für überflüssig hielt, vom Wohnzimmer ins Kinderschlafzimmer.

»Okay«, sagte er, »und jetzt noch ein schönes Plätzchen für Alex.«

Er holte ein gerahmtes Foto von Alex Wüstge aus der Tasche und ging damit im Zimmer herum. Es lag ein Jahr zurück, daß Alex sich im IJ ertränkt hatte. Seitdem hatte sich Henri fast täglich in Gedanken mit ihm beschäftigt: zunächst voller Wut und Entsetzen, geplagt von Schuldgefühlen und Mitleid, dann auf der Suche nach einer Erklärung, und als er diese nicht gefunden hatte, als er auf die Mauer gestoßen war, die das tiefste Innere eines Menschen den Blicken anderer entzieht, hatte er damit begonnen, Alex zu gedenken. An alles, was er mit Alex erlebt hatte, hatte er sich erinnert, vergessene Ereignisse waren wieder in ihm aufgestiegen. Er hatte mit anderen über Alex geredet, sein Bild von ihm hatte sich verändert, und langsam, aber sicher hatte er seinen Freund lieb gewonnen. Er hatte ein Foto rahmen lassen, das er mitnahm, wenn sie auf eine Reise gingen. Die Erinnerung an Alex rief jetzt eine Wärme in ihm auf, die er zu seinen Lebzeiten selten für ihn empfunden hatte. Konnte man die Lebenden je so lieben, wie man die Toten liebt, frei heraus, ohne Konflikt?

Henri gab dem Foto einen Platz vor einem zum Wasser hin gelegenen Fenster. Lin stellte ein Glas mit Blumen daneben, Blumen, die sie mitsamt den Wurzeln im Schilf gepflückt hatte; direkt daneben legte sie ihre Bücher. Es war ein schönes Foto von Alex. Er lächelte nicht, endlich lächelte er einmal nicht. Er schaute einen toten Vogel an, den er auf eine Schaufel geschoben hatte; er schaute ihn an, als wäre er allein und hätte alles um sich herum vergessen. Es war ein junger Star, den er anschaute: schwarz mit weißen Sprenkeln, makellos, glatt, ohne jede sichtbare Verletzung, dem Tier schien nichts zu fehlen, und es war viel schöner, als das Wort »Sprehe« vermuten ließ.

In der Dämmerung ging Henri noch einmal ins Wasser. Der See war leer. Die Vögel blieben still. Am Himmel verschwand das letzte Gold im Grau. Er schwamm ein Stück auf den See hinaus. Als er kaum noch zu sehen war, rief sie ihn, und er kehrte zurück. Reglos saß sie unter dem Sonnenschirm.

»Komm rein«, sagte er; seine Stimmte hallte über das Wasser. »Das erfrischt.«

Nach einigem Drängen ließ sie sich überreden, zog aber ihren Badeanzug an, als könnte der ihr in dem dunklen Wasser Schutz bieten. Während sie die Treppe, die von der Terrasse herabhing, ins Wasser hinunterstieg, versuchte sie mit der Hand die Stufen zu säubern: Die Algen machten sie ganz glitschig. Im Wasser bekam sie es mit der Angst zu tun. Sie schwamm zu Henri und klammerte sich an ihm fest, die Arme um seinen Hals, die Beine um seine Taille. Henri stellte sich hin und ließ sich im Schlamm einsinken. Fast genußvoll sank er mit den Füßen in die weiche Schicht abgestorbener Pflanzen ein. Als der Schlamm ihm bis an die Knie reichte, spürte er festen Boden unter den Füßen.

»Mannomann, ist das eklig«, sagte sie außer Atem, »diese Luftblasen an meinem Körper.«

Henri versuchte sie zu überreden, sich ebenfalls hinzustellen; er lachte. Lin hörte, wie sein Lachen widerhallte, sie hörte ihr eigenes Keuchen und spürte die Leere des Sees im Rücken.

Sie riß sich los und schwamm zurück. Auf der Terrasse stehend sah sie, daß Henri sich Hände voller Wasser ins Gesicht warf, daß er zum Ruderboot schwamm und den Benzintank herausnahm; sogar hier war er besorgt, er könnte gestohlen werden. Kurz darauf hörte sie seine Schritte im Hausboot, und während dieser ganzen Zeit war sie nicht imstande, ihren Badeanzug auszuziehen, sich abzutrocknen. Wenigstens habe ich diese Terrasse geschrubbt, dachte sie bei sich und musterte die Bohlen, morgen mache ich die Treppe im Wasser ordentlich sauber, und danach nehme ich mir die Küche vor. Sie hörte Henri, der an der defekten Wasserpumpe des Klos zugange war.

Sie dachte daran, wie angenehm ihr solche Geräusche eines werkelnden Mannes manchmal in den Ohren klangen. Aber jetzt hörte sich jedes Geräusch nur nach Leere an, nach etwas, das unerreichbar war; jedes Geräusch erzählte ihr, daß sie allein war.

Sie schämte sich. Wieso stand sie hier, während Henri sich abrackerte? Sie sah ihn auf dem Boden knien, um sich herum die einzelnen Bestandteile der Pumpe, und ertrug es nicht, ihn zu sehen. Sie schaute auf den See hinaus, folgte mit dem Blick ein paar Enten, die tief und leise über das Wasser flogen. Eine Segeljacht glitt heran, die Bullaugen der Kajüte erleuchtet, eine Frau am Ruder, zwei Kinder, die sich über die Reling lehnten, ein Mann auf dem Vorderdeck, der schwungvoll den Anker ins Wasser warf. Ein Plumps, der Motor wurde abgestellt, Stimmen wurden hörbar. Als die Jacht dort vor Anker lag, fühlte Lin sich besser.

»Machst du die Lampe mal an?«

Schnell ging sie hinein und entzündete die Petroleumlampe in der Küche.

Im Schneidersitz, splitternackt, saß Henri auf der Schwelle zum WC, einem winzig kleinen Raum, kaum groß genug für einen Erwachsenen. Sie betrachtete sein Schamhaar, sein Geschlecht, das bräunlich aussah, darüber seine Hände mit dem Werkzeug. Im Schlafzimmer zog sie den Badeanzug aus. Auf ihrem Körper hatte sich an den Rändern des Badeanzugs etwas Schwarzes abgelagert: winzige Schlammteilchen. Mit den Fingerspitzen berührte sie ihren Bauch.

Von der Bettkante aus schaute sie zu Henri im Licht der Petroleumlampe. Er flößte ihr Abscheu ein. Dieser Widerling, dachte sie bei sich, dieser Widerling. Irgend jemand mußte diese Worte aus ihrem Kopf herausholen. Schon seit Wochen hörte sie Schimpfworte in sich, wenn sie ihn anschaute.

»Klappt es, Liebling?«

»Ich sehne mich nach einem Bier.«

Sie ging hinaus, ging am Rand der Terrasse in die Knie und zog eine Flasche Bier aus dem Wasser. Währenddessen schaute sie zu der Jacht hinüber, zu den erleuchteten Bullaugen. Als sie die Flasche neben Henri abstellte, streichelte sie seine Schultern und dachte gleichzeitig die Worte, die sie nicht denken wollte, die irgend jemand aus ihrem Kopf herausholen mußte.

»Am liebsten würde ich ein paar Wochen hierbleiben«, sagte sie. »Das ganze Hausboot saubermachen und herrichten, das Schilf an der Anlegestelle mähen, alles wiedergutmachen und mit dir allein sein, von ganz wenig leben, verwildern.«

»Scheißteil!«

»Was ist denn?«

»Wenn ich hier fertig bin, setz ich mich den Rest des Abends auf die Terrasse und laß mich vollaufen!«

Während sie frische Sachen anzog, hörte sie hinter sich den Griff der Pumpe: Wild wurde er auf und ab bewegt, um Wasser anzusaugen. Das Geräusch ging ihr auf die Nerven. Dieser Widerling, dieser Widerling! Im Rhythmus der Pumpe hörte sie nun diese Worte. Mit wilden Armbewegungen versuchte sie, die Mücken um ihren Kopf zu verjagen.

Am Samstag morgen wurden sie spät wach. Lin spürte ein kindliches Entzücken über all das Neue. Still schaute sie sich um. Aus dem Moskitonetz heraus konnte sie quer durch die Küche und das Wohnzimmer auf die Terrasse hinaussehen, wo der Sonnenschirm im Wind flatterte und einen schrägen Schatten warf. Kleine Wellen schlugen an das Hausboot, Vögel zwitscherten im Schilf, durch das der Wind hindurchstob. Kurz hörte sie das laute Knattern von Segeln: ein Boot, das an der Spitze der Landzunge halste.

Henri setzte Teewasser auf.

In einem T-Shirt, die Haare gelöst, die Augenlider noch geschwollen vom Schlaf, ging Lin durchs Hausboot. Im Wohnzimmer ließ sie die Jalousien herunter, da die Sonne bereits herunterbrannte. Sie warf einen Blick auf Alex und den toten Star, auf das gelbliche Wasser in dem Glas daneben, auf die Wurzeln der Blumen, und legte eine Hand auf das Buch, das sie nachher lesen wollte. Auf der Terrasse streifte der Wind ihre nackten Beine; die Bohlen unter ihren Füßen waren bereits warm. Es lag noch ein letzter Rest morgendlicher Frische in der Luft. Sie blieb unter dem Sonnenschirm stehen. Das Funkeln des Wassers war so intensiv, daß sie die Augen zusammenkneifen mußte, um etwas sehen zu können. Die Jacht lag noch da. Erwartungsvoll schaute sie sich um. Sie genoß die wenigen Minuten ohne Angst.

Henri kam nicht nach draußen.

Als sie hineinging, war sie wieder da, die Angst: eine Haltung annehmen, sich auf alles vorbereiten, auf der Hut sein. Aber sie war so daran gewöhnt, daß sie es kaum bemerkte; es war nicht mehr als ein leichter Schatten, etwas, das sie ein wenig bedrückte.

Henri stand an die Anrichte gelehnt und trank Tee. Das war nichts für ihn, Tee trinken; aber er wollte Frieden und fing den Tag darum mit Tee an, genau wie sie.

»Wie geht's?« fragte er mit einem Lächeln.

»Sehr gut.«

»Keine Übelkeit mehr?«

»Nein, zum Glück nicht.«

Sie schwiegen. Henri wagte es noch immer nicht, offen über ihre Schwangerschaft zu reden. Sie selbst tat es auch lieber nicht, als wäre es das Beste, noch nichts darüber zu sagen, es zu verschweigen. Henri gab ihr eine frische Tasse Tee. Er hatte das Küchenfenster geöffnet. Sie betrachtete das Schilf.

»Schön«, sagte sie, »daß man hier genau ins Schilf schauen kann.« Sie setzte sich an den Küchentisch und schaute um sich. »Wie die Küche eingeteilt ist, das ist sehr geschickt.«

»Ja, das haben sie gut gemacht.«

»Der Ort ist überhaupt wunderbar.«

»Dafür hat Kalle eine gute Nase.«

Vielleicht können wir dieses Boot kaufen, wollte sie sagen, Kalle macht doch nichts mehr damit, seine neue Frau interessiert sich nicht dafür, sie ist noch kein einziges Mal hiergewesen. Aber sie schluckte es hinunter. Gestern abend hatte sie nach langem Zögern endlich mit ihm über eine neue Wohnung geredet. Sie hatte vorgeschlagen, ihrer beider Wohnungen gegen die eines Paars zu tauschen, das sich gerade getrennt hatte. Henri hatte nichts davon wissen wollen.

Sie schwiegen. Die Stille wurde drückend. Lin gab als erste nach, wie immer.

»Bist du noch böse?« fragte sie leise.

»Laß uns dieses Wochenende nicht mehr darüber reden.«

»Ja, das ist wahrscheinlich das Beste«, sagte sie hastig.

Henri goß den Rest seines Tees in die Spüle.

Kurz darauf sah sie ihn von der Terrasse ins Wasser springen. Es spritzte unter seinem gestreckten Körper hoch auf. Ein paar Tropfen fielen vor ihren Füßen auf die Bohlen. Er schwamm zu der Jacht hinüber. Lin holte das Fernglas. Auf dem Achterdeck der Jacht saß die Frau mit einem Sonnenhut auf dem Kopf und las, der Mann werkelte auf dem Vorderdeck, die beiden Kinder, ein Junge und ein Mädchen, spielten mit einem Gummiboot. Henri schwamm zum Heck. Offenbar sagte er etwas zu der Frau, denn sie legte das Buch in den Schoß, schaute ihn an, lächelte, schob den Hut noch etwas gekonnter schräg in die Stirn und wandte langsam den Oberkörper um, als er hinter ihr vorbeischwamm, um ihn im Auge behalten zu können. Lins Herz pochte.

Zurückgekehrt und erfrischt, saß Henri auf dem Rand der Terrasse, die Füße im Wasser, den Blick auf die Jacht gerichtet. Lin holte ein Handtuch für ihn, aber das brauchte er nicht. Wassertropfen glänzten auf seinem Rumpf. Er war noch außer Atem. Besitzergreifend strich sie ihm kurz über das Haar.

Es geschah immer, wenn sie ihn von hinten sah. Häufig auch gerade dann, wenn sie ihn liebkoste, wie jetzt. Daß sie sich vorstellte, mit einer Axt seinen Hinterkopf zu spalten, eine Wunde zu sehen, Blut, das durch seine blonden Haare floß, und während sie es tat, wollte sie es nicht; es kam über sie, und während es über sie kam, spürte sie heftige Angst. Aber sie war so daran gewöhnt, daß sie hinter ihm stehenbleiben konnte, wenn sich ihr diese Vorstellung aufdrängte, und über sein Haar streichen, während sie vor ihrem geistigen Auge die Wunde sah.

Bis gegen zwei Uhr blieben sie auf der Terrasse sitzen. Lin las. Henri hatte noch Durst und trank ein weiteres Bier. Er machte sich auf die Suche nach der Gasflasche, kontrollierte die reparierte Pumpe noch einmal und machte Spiegeleier mit Speck. Lin roch den Duft des ausgelassenen Specks und spürte mit Tränen in den Augen, wie sich ihre Beklemmung löste. Sie nahm sich vor, nicht mehr von einer neuen Wohnung anzufangen. Dann mußte es halt so weitergehen wie bisher. Seine Wohnung war gut genug.

Als die Mittagshitze langsam drückend wurde und eine gewisse Trägheit sich ihrer bemächtigte, trafen sie sich in der Küche. Henri sah sie an mit einem Blick, wie er sie auch nach fünf Jahren noch immer erregte. Er zog sie an sich. Das Kinn auf seiner Schulter, den Blick auf das sich bewegende Schilf gerichtet, streichelte sie seinen warmen Rücken. Der Wind tobte um das Hausboot. Henri hatte ihr einen Arm um die Taille gelegt. Eine ganze Weile standen sie aneinandergeschmiegt da, ohne etwas zu sagen. Das half immer. Sie bekam wieder Vertrauen. Sie wollte ihm immer so nah sein wie jetzt, dann konnte nichts passieren, konnte nichts zwischen sie beide kommen.

Als Henri sie mit zum Bett ziehen wollte, löste sie sich aus seinem Griff.

»Ich komme gleich.«

Während sie nackt in dem engen WC auf dem Klo saß, die Tür geöffnet, die Ellbogen auf den Knien, machte Henri ein Foto von ihr. Seit einiger Zeit hielt er Szenen aus ihrem gemeinsamen Leben fest, mit einer silberfarbenen kleinen Kamera, die er aus dem Nachlaß von Alex Wüstge ausgewählt hatte. Er nahm ein Bild von ihr auf: wie sie in dem schmalen Kabuff saß, die Ellbogen auf den Knien, zu ihm aufschauend. Er drückte noch einmal ab und schaute sie unverwandt durch den Sucher an. Er fühlte das kühle Metall der Kamera in den Händen, an seiner Wange – das Metall, auf dem wahrscheinlich noch Fingerabdrücke von Alex Wüstge zu finden waren. Zugleich fühlte er sein Geschlecht, das schwer und träge halb aufgerichtet war; er genoß seine Geilheit. Ein warmer Luftzug strich zärtlich an seinem nackten Körper entlang. Er erinnerte sich an Alex, so wie er ihn zum letzten Mal gesehen hatte, in der Lagerhalle. Ich bin noch da, dachte er bei sich, triumphierend, aber du nicht. Es schockierte ihn, daß so ein Gedanke in ihm aufkommen konnte.

Lin saß reglos da, verträumt. Man konnte ein paar letzte Tropfen fallen hören. Henri ließ die Kamera sinken und erstarrte.

»Was ist?« fragte sie.

»Ich denke gerade an Alex.«

»Daß wir hier sind, während er nicht mehr da ist.«

»So was in der Art.«

Sie war stolz darauf, daß sie es erraten hatte. Allmählich kannte sie sich mit dem Tod aus, auch wenn sie selbst seine Anwesenheit noch nicht empfand und ihr eigenes Leben ihr noch unendlich vorkam.

»Schau, es funktioniert«, sagte sie. Sie hielt den Griff der Wasserpumpe in der Hand und pumpte etwas Wasser. Die Pumpe machte ein schlürfendes Geräusch. Henri machte noch ein Bild von ihr, während sie am Pumpen war und verlegen und süß zu ihm aufschaute. So müßte sie immer sein, dachte er bei sich. Denn oft schien sie ihn zu verachten und sich in sich selbst zurückzuziehen.

Als sie erwachte, war Henri verschwunden. Neben ihr lag ein Zettel: Er sei ins Dorf, um einzukaufen und eine neue Gasflasche zu besorgen. Sie hielt den Zettel in der verschwitzten Hand und lag still auf dem Rücken, die Beine leicht gespreizt. Das Moskitonetz stand um sie herum wie ein Zelt. Draußen rauschte das Schilf. In der Küche summten ein paar Fliegen. In der Mittagshitze schienen alle Geräusche, die aus größerer Entfernung kamen, zu verstummen.

Sie wusch sich, über einen Bottich mit Wasser gekauert. Aus der Bratpfanne kratzte sie eine letzte Speckkruste. Wieder ging sie durch das Hausboot, um sich alles anzuschauen; sie fühlte sich bereits heimischer. Das Hausboot war zwar im Besitz anderer Leute, gehörte aber immer mehr ihr und Henri. Im Zimmer probierte sie einen Stuhl aus und schaute eine Weile hinaus auf die Terrasse, auf die Schatten der Stühle und des Sonnenschirms. Die Fliegen summten und tickten gegen die Scheiben. Sie schaute zu Alex hinüber und dachte ans Sterben. Konnte ihr Herz plötzlich stehenbleiben? Henri hatte einmal mit dem Kopf auf ihrer Brust gelegen, ihrem Herzschlag gelauscht und gesagt: Man kann hören, daß es noch jung und stark ist, es schlägt ganz regelmäßig. Sie vergaß den Tod und schaute hinab auf ihre Waden, die hellen, blonden Härchen, die sich in der Zugluft erhoben. War dies der richtige Zeitpunkt, ihre Unterbeine zu enthaaren? Sie hatte die Sachen dafür mitgebracht. Matt hing sie im Stuhl und spürte unter sich den fremden Stoff des Bezugs.

Sie stand auf. Durch das Fernglas spähte sie zur Jacht hinüber: Hinter der Kajüte war ein Zelttuch gespannt worden, unter dem der Junge und das Mädchen einander gegenübersaßen, vorgebeugt, in ein Spiel vertieft. Die Eltern der Kinder sah sie nicht. Sie stellte sich vor, daß sie in der Kajüte lagen und schliefen.

Mit geöffneten Augen blieb sie unter dem Moskitonetz liegen. Sie lauschte den Geräuschen. Um sie herum war das Hausboot und dann noch einmal das Zelt des Moskitonetzes, das sie einhüllte, und sie selbst umhüllte eine kleine Frucht. Es war noch ein »es«, kleiner als eine Bohne. Noch immer konnte sie es nicht ganz glauben, auch wenn das Testergebnis eindeutig gewesen war, auch wenn die Reaktionen ihres Körpers nicht zu übersehen waren. Sie konnte es nicht fassen, daß es so war, daß auch sie das mitmachen würde. Manchmal war sie sich nicht mehr sicher, ob sie es wollte. Doch sobald sie es sich größer vorstellte, erkennbar, wollte sie es; dann war es unmöglich, es nicht zu wollen. Sie stellte sich einen kleinen Henri vor, einen kleinen Jungen, der ihm ähnlich war, die gleichen kräftigen Beine hatte, kleine Henri-Beine, auf denen er durchs Zimmer trippeln würde, mit der gleichen Unverzagtheit, die sie von seinem Vater kannte. Einen kleinen Jungen mit einem kleinen Brustkorb, den sie an sich drücken würde, ein Kind, das an einem warmen Nachmittag wie diesem, vielleicht sogar in diesem Hausboot, nächsten Sommer, an ihrer Brust einschlafen würde.

Sie dachte an ihre Mutter. Als ihre Mutter so alt war wie sie jetzt, noch nicht ganz neunundzwanzig Jahre, hatte sie bereits zwei Kinder gehabt, das ältere neun, das jüngere sechs. Sie hatte mit zwanzig geheiratet. Sie war angeschwollen, während Hokwerda die Wände zwischen den beiden Arbeiterhäuschen am Ee herausgebrochen und alles umgebaut hatte. Emma war ein Kind der Liebe, hieß es. Drei Jahre später war sie gezeugt worden, um die Ehe zu retten. Bei einem ihrer heftigsten Wortgefechte war ihre Mutter damit herausgeplatzt: daß sie gemacht worden sei, um eine Ehe zu retten. Von diesem Zeitpunkt an hatte sie verstanden, warum ihre Mutter sie nie geliebt hatte. Ihr Vater hatte sie gewollt, ihre Mutter nicht. Darum war sie von Anfang an das Kind ihres Vaters gewesen und hatte immer bei ihm Zuflucht gesucht – obwohl sie ihm nie ganz hatte vertrauen können und immer auf der Hut gewesen war.

Sie lauschte in das Schilf und erinnerte sich daran, wie es am Ee geklungen hatte. Wie frühmorgens und spätabends, gegen Sonnenuntergang, Vögel darin gezwitschert hatten, unsichtbar. Sie erinnerte sich daran, wie erstaunt sie gewesen war, als sie zum ersten Mal eine Libelle gesehen hatte: der längliche, dünne Körper, das metallisch glänzende, tiefe Blau, die durchsichtigen Flügel – sie hatte gewirkt wie ein Insekt aus den Tropen. Eines Abends war sie in diesem Schilf eingesunken, ihr Kleid hatte sich auf dem Wasser aufgebauscht. Ihr Vater hatte ihr den Schlamm mit Wasser aus einem Eimer von den Beinen gewaschen, während sie mit dem Rücken an seinen Knien gelehnt hatte ... In ein paar Jahren würde sie so die Knie ihres eigenen Kindes waschen, eines kleinen Jungen mit einem schmalen Brustkorb und mit muskulösen Ärmchen, der mit dem Rücken an ihren Knien lehnte, ungeduldig ... Stimmte eigentlich alles zwischen ihr und Henri? Sie wußte es nicht. Konnte je alles stimmen? Gab es das? Daß man sich vor gar nichts mehr fürchtete? ... Pake Hokwerda, der ihr in der Küche seines abgelegenen Häuschens die Pumpe gezeigt und sie das Wasser hatte kosten lassen, das er bereits sein ganzes Leben lang getrunken hatte, Wasser, das nach Eisen schmeckte, direkt aus dem Boden, und später an jenem Tag – oder an einem anderen Tag – hatte er ihr in dem Garten, in dem er Samstag nachmittags die Wege harkte, seinen Birnbaum gezeigt und seinen Apfelbaum, und er hatte ihr Stachelbeeren gepflückt; noch nie zuvor hatte sie welche gesehen, Stachelbeeren mit ihrer halb durchsichtigen, leicht behaarten Schale. Er war ein Eigenbrötler gewesen, schon sehr lange allein, seine Frau war jung gestorben, er hatte keine neue gefunden, und seine drei Söhne waren verwildert, wie es hieß, er hatte sie nicht mehr unter Kontrolle. Ihr Vater war der wildeste gewesen. Pake Hokwerda war ebenso getrieben gewesen wie ihr Vater – und wie sie selbst auch.

Mit einemmal die Angst. Sie stand auf. Sie hängte das staubbedeckte Moskitonetz ab, wusch es in einem Eimer mit Wasser und hängte es anschließend zum Trocknen auf. Die Sonne stand bereits tief, der Nachmittag war fast vorbei. Henri blieb lange weg. Aber das war ihr egal. Sie fand es angenehm, mal ein paar Stunden allein zu sein. Sie räumte die kleine Diele auf. Sie putzte die Küche und das Klo, Eimer hin und her schleppend, darin das gelbliche Wasser, mit dem ihr Vater ihr den Schlamm von den Beinen abgewaschen hatte. Wo lag Pake Hokwerda begraben? War das der nächste Schritt: daß sie ihren Vater fragte, wo sein Vater begraben lag?

Sie fand eine Sichel und ging damit nach draußen, barfuß, um das Gras zu fühlen. Neben der Anlegestelle mähte sie das wuchernde Schilf nieder und legte die abgeschnittenen Büschel auf den sumpfigen Boden. An der Wildheit, mit der sie zu Werke ging, beinahe, als wäre sie darauf aus, sich an dem scharfen Schilf zu schneiden, erkannte sie ihre aufsteigende Schwermut. Schließlich verletzte sie sich an einem ihrer Finger, der anfing zu bluten. Unter dem Vordach entfernte sie noch alle Spinnennetze. Dann war sie mit einemmal wieder müde. Sie hängte das saubere, nach Seife riechende Moskitonetz über das Bett und legte sich hin, um auf Henri zu warten, der sich auf dem Rückweg befinden mußte. Die Ohren gespitzt, lauschte sie auf jedes Boot, das sich näherte. Sie war bedrückt.

Sie mußte an Kalle denken, an das Essen vor ein paar Tagen in einem seiner Restaurants in der Stadtmitte von Amsterdam. Sie in ihrem enganliegenden Kleid. Neben Kalle, einem herzlichen Mittfünfziger in einem sehr teuren und schönen Leinensakko, gebräunt in der Sonne von Nizza, wo er ein Haus hatte, kurzrasierte Haarstoppel auf dem glänzenden braunen Kopf. Der schlaue Kalle, der sich nur noch »den schönen Seiten des Lebens« widmete. Ihr gegenüber seine neue Frau, schwanger, eine Augenweide. Mit einemmal hatte auch Lin es nicht länger für sich behalten können und erzählt, daß sie ebenfalls schwanger sei. Henri hatte prompt eine Hand auf ihre gelegt, stolz und zärtlich lächelnd, wie es von einem künftigen Vater erwartet werden durfte. Aus Geltungsdrang, wie ihr nun klar wurde, um dazuzugehören, hatte sie Fremden ihr Geheimnis anvertraut und nicht, wie sie sich weisgemacht hatte, weil sie in Kalle eine Vaterfigur gesehen hatte. Kalle hatte Champagner bestellt, um sie einzuwickeln, um Henri einzuwickeln, so machte er Geschäfte, und nebenbei hatte er ihnen sein Hausboot angeboten, sein »kleines Boot«, das sie nun eifrig putzte. Mit einem Spaten spaltete sie Kalles so freundliches Gesicht, daß ihm das Blut über den glänzenden Schädel, die Ohren und den Hals lief und von den Schultern seines Sakkos tropfte. Stöhnend, vor Schreck halb weinend richtete sie sich unter dem Moskitonetz auf.

Als sie erwachte, war es Abend. Sie lauschte und wußte schon im nächsten Augenblick, daß Henri nicht da war. Keine Schritte, kein Zeitungsgeraschel auf der Terrasse, keine Geräusche aus der Küche, wo eine Mahlzeit zubereitet wurde und das Gebrutzel in einer Bratpfanne die Musik aus dem leise eingestellten Transistorradio übertönte. Wider besseres Wissen ging sie zur Anlegestelle, wo sie das frisch geschnittene Schilf für ihn auf den schlammigen Boden gelegt, ja beinahe gebettet hatte (und je gerader und schöner sie es hinlegte, desto größer die Wahrscheinlichkeit, daß er schnell zurückkehren würde). Aber das Ruderboot lag nicht da.

Sie setzte sich auf die Terrasse und schaute aufs Wasser hinaus, das Fernglas in der Hand. Die Jacht, die noch gestern abend dort vor Anker gelegen hatte, war verschwunden. Sie schaute zu der leeren Stelle hinüber. Sie schaute zum gegenüberliegenden Ufer des Weihers, auf die dunkle Zackenlinie der Büsche, zwischen denen irgendwo die Bake stehen mußte, mit der die Einfahrt in den Graben markiert war. Sie schaute einem Haubentaucher zu, der mit seinem langen Hals und seiner Tolle die glatte Wasseroberfläche durchpflügte, das Wasser um seine Brust herum aufstaute und dann untertauchte. Aber sie brachte nicht die Geduld auf, zu warten, bis er wieder auftauchte, mehrere hundert Meter weiter weg, seinen Fisch gierig verschluckend.

Als die Dämmerung hereinbrach, rief sie Tine an.

Seit ein paar Monaten sah es danach aus, als hätte sie zum ersten Mal in ihrem Leben eine Herzensfreundin gefunden: Tine. Es war fast eine Verliebtheit. Tine arbeitete bei einer Filmproduktionsfirma. Seit über einem Jahr kannten sie sich vom Telefon; sie riefen einander regelmäßig an, um Kostüme zu besprechen. Lin mochte Tines Stimme, sie lebte davon auf. Eines Tages war sie bei einem Dreh mit dabei gewesen, als jemand ihr auf die Schulter geklopft hatte. Sie hatte sich umgedreht, sich einer schlanken und rassigen jungen Frau gegenübergesehen und gewußt: Das ist Tine. Sie waren zusammen ausgegangen. Vor ein paar Wochen hatte sie bei Tine in der Badewanne gelegen. Als einzige aus ihrem Freundeskreis wußte Tine, daß sie schwanger war. Nachdem sie Kalle und dessen neuer Frau ihr Geheimnis einfach so verraten hatte, hatte sie sich beeilt, es auch Tine zu erzählen.

Kaum hörte sie Tines Stimme, machte der Weiher nicht mehr einen ganz so verlassenen Eindruck.

»Vor allem müde«, sagte sie. »Ich habe den halben Tag geschlafen.«

Mit Begeisterung beschrieb sie das Hausboot und die Umgebung, die Ankunft am Vorabend, die Anreise. Mehrmals benutzte sie die Wir-Form. Sie war nahe daran, so zu tun, als wäre Henri auch da, als säße er ein Stück entfernt – das erklärte die

Stille – in seinem Ruderboot im Schilf und angelte, wobei er seinen Schwimmer im Auge behielt, der beinahe nicht mehr zu sehen war, ihr Henri, ihr Mann, der nach den Zigarren roch, die er in letzter Zeit immer rauchte, seine blonden Haare in spröden Büscheln auf dem Kopf, die nach dem Schwimmen verknäult waren. Lin spürte, wie der Betrug Besitz von ihr ergriff; sie konnte ihm schon beinahe nicht mehr entrinnen. Als Tine sich nach Henri erkundigte, sagte sie tatsächlich, daß er ein Stück entfernt beim Angeln sei und daß sie schon seit Stunden sich in den Hüften wiegend auf der Terrasse auf und ab gehe, um ihn nach Hause zu locken.

Nach dem Gespräch blieb sie draußen stehen, sich der aufkommenden Angst widersetzend. Henri war unterwegs. In diesem Augenblick ging er mit dem Außenbordmotor von seinem Wagen zum Ruderboot. Heute nachmittag hatte der Motor seinen Geist aufgegeben. Er hatte ihn in den Wagen geladen und sich auf die Suche nach einer Werkstatt gemacht, wo man das Ding an einem Samstag nachmittag noch reparieren würde, er hatte ziemlich weit herumfahren und stundenlang warten müssen. Doch warum rief er nicht an? Er hatte sein Handy zwar auf dem Küchentisch liegenlassen, aber er kannte doch *ihre* Nummer. Oder hatte er sie vielleicht nicht im Kopf?

Sie zündete eine Sturmlaterne an und stellte sie auf den Küchentisch; das Zimmer ließ sie unbeleuchtet, um besser hinausschauen zu können. Eine zweite Sturmlaterne stellte sie als Leuchtbake auf die Terrasse – so vergrößerte sie im Dunkeln ihr Territorium. Sie wartete. Ihr Blick fiel auf Henris Reisetasche. Sie nahm seine Kleidungsstücke heraus und stapelte sie ordentlich zusammengelegt auf ein Regalbrett. Ihre eigene Kleidung legte sie daneben. Sie zog sich frische Sachen an, bürstete sich die Haare und steckte sie auf, fuhr dann mit dem Aufräumen und Putzen fort, immer sorgfältiger – alles hatte nun den Zweck, seine Rückkehr zu beschleunigen, herbeizuflehen, zu erzwingen; jede ihrer Bewegungen schien damit zusammenzuhängen. Unterdessen nahm ihre Unruhe immer mehr zu. Unterdessen lauschte sie.

In der Ferne war das Geräusch eines Außenbordmotors zu hören. Sie ging auf die Terrasse. Es war eine mondlose Nacht. In der lauwarmen Luft lief ihr ein Schauer über den Körper. Nach einer Weile konnte sie auf der gegenüberliegenden Seite ein weißes Licht erkennen, das zitterte und mitunter schwächer wurde. Geraume Zeit später wurde ein Ruderboot sichtbar und darin drei Gestalten: zwei auf der Ruderbank, mit dem Rücken zu ihr, und eine beim Motor. Hatte Henri Leute mitgebracht? Drei junge Männer waren es. Erst als das Boot eindeutig auf die Spitze der Landzunge zufuhr – wobei das schäumende Bugwasser im Dunkeln aufleuchtete –, gab sie die Hoffnung auf.

Ihr Atem stockte, als sie hörte, wie der Gashebel des Motors zugedreht wurde. Das Boot wurde langsamer und drehte um. Deutlich hörte sie nun Stimmen, aufgeregte Stimmen.

Sie flüchtete sich ins Innere des Hausboots und schloß hinter sich ab. Nur in der Küche brannte eine Sturmlaterne. Langsam glitt das Ruderboot am Hausboot entlang. Sie hörte die Stimmen von drei angetrunkenen jungen Männern. Rufe ertönten. *Sie* wurde gerufen. Ein Schilfbüschel wurde gegen eines der Fenster geworfen. Gelächter. Aus ihrem Versteck heraus sah sie den Schlamm an der Fensterscheibe herunterrutschen, dunkel in dunkel. Sie erstarrte, als das Ruderboot gegen das Hausboot prallte. Ein Unterarm schob sich durch das geöffnete Klofenster herein, eine Hand glitt mit gespreizten Fingern, gierig und geil, an der Wand um das Fenster entlang. Es war, als würde ein wildes Tier versuchen einzudringen. Lin umklammerte ein Küchenmesser, das gerade zur Hand war. Sie mußte nicht erst daran denken, was ihr damals zugestoßen war, um sich sicher zu sein, daß sie es benutzen würde. Die Hand verschwand. Die ganze Zeit hörte sie dieses Gelächter. Eine der Stimmen jagte ihr am meisten Angst ein, die, die die anderen anzustacheln schien. Ein weiterer Schlammklumpen spritzte an der Fensterscheibe auseinander. Das Boot stieß gegen die Terrasse. Eine Gestalt sprang heraus und preßte das Gesicht an die Terrassentür. Nachdem die drei einige Bierflaschen aus dem Wasser gezogen und abgeschnitten hatten, fuhren sie davon.

Lange wagte Lin nicht, ihr Versteck zu verlassen.

Sie setzte sich an den Küchentisch, eine aufgeschlagene Zeitung unter den Ellbogen. Nur die Sturmlaterne spendete Licht. Die Flamme warf groteske Schatten an die Wände und an die Decke. Ein unbekannter Ort war die Küche auf einmal wieder geworden, ein Ort, der anderen gehörte, wo sie nicht hingehörte. Sie lauschte. Ständig die gleichen Geräusche: das Schilf, das im Nachtwind rauschte, das unruhige Plätschern des Wassers, manchmal ein kaum hörbares Knarren im Boot, als würde eine große Hand es zusammendrücken. Jedes ungewohnte Geräusch ließ sie erstarren.

Henri blieb eine Nacht lang weg, das stand nun fest. Warum? Warum jetzt, an diesem Wochenende, während sie hier auf einem Boot saß und nicht weg konnte. Wie kam er um Himmels willen nur auf diese Idee? Fühlte er sich von ihrer Schwangerschaft jetzt schon eingeengt? War er sauer, weil sie von einer gemeinsamen Wohnung angefangen hatte, weil sie keine Lust mehr hatte, auf seinem Territorium zu leben, und es ihr nur fair vorkam, zu dritt woanders von vorne anzufangen? Im vergangenen Jahr war er dreimal über Nacht weggeblieben und jedesmal fremdgegangen.

Die Zeit kroch vorbei. Gegen zwei hielt sie es nicht mehr aus. Im Schlafzimmer fegte sie seine Kleidungsstücke vom Regalbrett und fürchtete einen Augenblick lang, damit etwas Schreckliches ausgelöst zu haben. In dem dunklen Wohnzimmer nahm sie ihre Bücher neben dem Foto von Alex weg. Sie öffnete das Fenster, mit einer vor Angst fast gelähmten Hand, und warf die

Blumen hinaus. Sie schaukelten auf dem Wasser. Sterne waren zu sehen, es wehte Wind. Sie versuchte sich die Außenwelt als Natur vorzustellen, Natur in einer lauwarmen Sommernacht, als wäre sie unter dem Moskitonetz aufgewacht, wo es so drükkend war, und kurz aufgestanden, um den Wind zu spüren, die Stille in sich aufzunehmen. Aber die Außenwelt war nur bedrohlich. Irgend etwas kam näher. Im letzten Moment schlug sie das Fenster zu.

Sie lag auf dem Bett, in ihren Kleidern, Schuhe an den Füßen. Henris Bild trat ihr vor Augen. Seine spröden, blonden Haare, nach dem Schwimmen verfilzt. Seine stark gestülpten Ohren, die eng an seinem Kopf anlagen. Seine hellblauen Augen. Seine Schultern. Seine schönen, starken, leicht gekrümmten Beine. Alles an ihm, das sie sofort beeindruckt hatte, schon am ersten Abend. Als wären es Codes: seine Haare, wie sie fielen, wie sie aussahen. Die breiten Fingernägel. Der bereits leicht gebeugte Rücken. Seine Art, sich zu bewegen. Daß er kleiner war als sie. Alles kam ihr vor wie Codes, es waren auch Codes, nur kannte sie ihre Bedeutung nicht. Warum hatte die Natur sie zu Henri hingetrieben? Warum hatte er Macht über sie bekommen, warum hatte sie sich seiner Macht ausgeliefert? Gibt es etwas, überlegte sie sich, worüber mehr gelogen wird als über die Liebe?

Sie hob den Kopf, um zu lauschen. Durch die leisen Schläge der Wellen an die Außenwände des Hausboots hindurch hörte sie einen anderen Rhythmus, ein kurzes Wummern. Schlugen die Wellen gegen den Bug eines Ruderboots? War es das Geräusch von Wellen, die unter einem flachen Bug geplättet wurden? Im Schilf hörte sie ein Rascheln, das sich anders anhörte als gerade noch. Es raschelte, als würde es zur Seite gebogen; es wurde unter Schuhen zerdrückt. Ihr Herz pochte. Sie wollte aufstehen und sich bewegen, um die Angst abzuschütteln, konnte es aber nicht. Plötzlich war sie sich sicher, daß sie etwas näherkommen hörte. Sie sprang auf und blieb reglos stehen, den Kopf gehoben, um zu lauschen. Nachdem sie minutenlang so dagestanden hatte, ging sie mit steifen Schritten in die Dunkelheit des Wohnzimmers, eine brennende Zigarette in der Hand, Rauchfahnen um den Kopf, um Lässigkeit zu demonstrieren – als wäre sie nur kurz aufgestanden, um die Nacht zu genießen und heimlich zu rauchen. Sie öffnete das Fenster, um nachzusehen, ob die Blumen noch auf dem Wasser schaukelten. Sie waren verschwunden.

Wieder lag sie auf dem Bett, in dem drückenden Halbdunkel unter dem Moskitonetz. Dieses Moskitonetz konnte man tatsächlich benutzen, überlegte sie sich, um sie darin einzuwickeln. Sollte sie es abhängen? Diese Frage beschäftigte sie eine Weile.

Erneut trat ihr Henris Bild vor Augen. So, wie sie ihn heute – es war noch immer heute – gesehen hatte. Wie er nach dem Schwimmen auf dem Rand der Terrasse gesessen hatte, die Füße noch im Wasser, einzelne Tropfen auf dem Rücken. Henri unter dem Sonnenschirm mit der Bratpfanne in der Hand, während er die Spiegeleier auf ihren Teller gleiten ließ. Wie sie in der Mittagshitze auf dem Klo gesessen und sich sein Geschlecht an die Wange gelegt hatte. Sein Körper ekelte sie nun an. Außerdem empfand sie Abneigung gegen seine Person überhaupt, Verachtung, Geringschätzung. Aber war das nicht schon von Anfang an so gewesen, vom ersten Abend an, an dem sie miteinander ausgegangen waren? Eine vage Abneigung, eine gewisse Verachtung, die sie vor sich selbst hatte verbergen müssen? Von Anfang an waren ihr höhnische Gedanken durch den Kopf gegangen; wenn sie bei ihm war, hatte sie ihn mit Hohn im Blick betrachtet. Wie hatte sie das so lange vor sich selbst verbergen können? Sie hatte es gewußt und beiseite geschoben. Immer wieder. Jeden Tag. Jede Stunde. Gewußt und beiseite geschoben. Weil sie Angst vor dem Alleinsein hatte,

Angst, ihn zu verlieren. Weil sie ihm verfallen war, den Codes seines Äußeren, nach fünf Jahren noch immer ein Rätsel. Seinem Körper verfallen, bestimmten Gewohnheiten. Ständig sehnte sie sich danach, ihn zu lieben, von ihm geliebt zu werden, und am meisten sehnte sie sich nach dem Augenblick, da sie wirklich bei ihm war und er bei ihr. Sie brauchte einfach einen Mann, genau diesen Mann – der ihr Angst einflößte. Schon viel häufiger war sie sich dessen bewußt gewesen. Schon nach ein paar Monaten mit Henri hatte sie es gewußt: daß sie letzten Endes zuwenig Achtung vor ihm hatte, daß sie sogar eine unbestimmte Abneigung gegen ihn hegte, die sie auch im Bett nicht ganz ablegen konnte, und daß sie Angst vor ihm hatte, vor seinen Augen, seinem herausfordernden Blick. Trotzdem wollte sie bei ihm sein. Mit einer enormen Dickköpfigkeit wollte sie bei ihm sein, wollte sie ihn lieben, wollte sie, daß er sie liebte. Oft genug betrachtete sie ihn mit Hohn im Blick. Trotzdem sollte er der ihre sein. Kaum sah er jedoch eine andere auch nur an, rastete sie gleich aus. Konnte sie wirklich ein Kind von diesem Mann bekommen? Betrog sie ihn etwa nicht irgendwie? Hatte sie nach Jelmer auch Henri betrogen? War *ihr* Betrug nicht viel schrecklicher als seiner?

Unvermittelt stand sie auf.

Es war nach drei Uhr.

Eine Zeitlang ging sie in dem halbdunklen Hausboot auf und ab, zwanzig Schritte hin, zwanzig Schritte her, wobei sie versuchte, in ein und demselben Raum immer dieselbe Anzahl von Schritten zu machen, was ihr nicht ein einziges Mal gelang. Ihre Angst wurde immer größer. In dem dunklen Wohnzimmer mit seinen Fenstern, an denen sie sich so sichtbar und treffbar vorkam (es könnte ja auch jemand schießen), war ihre Angst am größten, in den fensterlosen Schlafzimmern nahm sie ab, bei der Eingangstür nahm sie wieder zu. Die Angst vor einem Mörder ergriff Besitz von ihr. Er war im Anmarsch, war schon ganz nahe. Vielleicht waren es sogar zwei. Sie warteten, bis sie völlig erschöpft wäre. Sie schloß die Tür zwischen Diele und Kinderschlafzimmer, klemmte einen Holzbalken zwischen Türklinke und Fußboden, um Rückendeckung zu haben. Auf dieser Seite müßten sie jetzt zwei Türen einbrechen. Die Küche mit dem zum Schilf hinausgehenden Fenster wagte sie nun nicht mehr zu betreten. Sie versteckte sich in den Schlafzimmern. Das Küchenmesser legte sie griffbereit an einen unauffälligen Platz.

So plötzlich, wie die Angst über sie gekommen war, wich sie auch wieder.

Sie drückte die Zigarette auf dem Gestell des Etagenbetts aus; es war Henris Gesicht, worin sie sie ausdrückte. Sie erinnerte sich daran, wie Henri einmal mit einer brennenden Zigarette in der Hand eingeschlafen war. Behutsam hatte sie ihm den Stummel aus der Hand genommen, den Aschekegel abgeklopft und dann, dieses schlafende Gesicht anschauend, diese Abneigung empfunden; am liebsten hätte sie ihm das glühende Ende der Zigarette auf die Wange gedrückt.

»Hör damit auf!« Sie sagte es laut und deutlich. »Hol dich selbst hier raus!«

So etwas hatte sie sich selbst immer zugerufen, wenn sie ein Tischtennisspiel zu verlieren drohte, immer tiefer versinkend, weil sie wieder mal gegen sich selbst spielte.

Ihr angespannter und abwesender Gesichtsausdruck ging in einen fröhlichen und spöttischen über. Geh ins Bett, sagte sie zu sich selbst. Schlaf tief und fest, wenn er zurückkommt. Dann wird er große Augen machen. Blinzele ihn kurz an, wenn er zu dir ins Bett kriecht, sturzbesoffen, blinzele ihn ganz kurz an, um ihm zu zeigen, daß er bemerkt worden ist, und schlaf dann weiter. Sag nichts. Frag nichts. Laß ihn morgen seine Geschichte erzählen, seine Ausreden auftischen. Lächle, aber sag nichts, er soll dir den Buckel runterrutschen. Mach, was du willst, gib ihm keine Chance, dich in den Griff zu bekommen. Zieh dann und wann die Augenbrauen hoch, lächle ihm zu und laß ihn in seinem eigenen Saft schmoren. Sei freundlich, ja sei sogar freundlich zu ihm, frag ihn, ob es schön war, bis er sich selbst anwidert, bis ihm übel wird von sich selbst.

Dies schien ihr die ideale Verhaltensregel.

Aber das Gestell des Etagenbetts war wieder sein Gesicht, auf dem sie ihre Zigarette ausgedrückt hatte. Mit einer Axt spaltete sie seinen Hinterkopf und sah das Blut. Sie fühlte sich maßlos schuldig, sie betrog auch Henri. Sie mußte sich von ihm lösen, ihn verlassen, bevor es zu spät war. Es stimmte hinten und vorne nicht. Sie schob eine Hand zwischen das Bettgestell und die Spiralfedern, auf denen die Matratze lag, und tat sich selbst weh. Sollte sie sich wirklich von Henri lösen, nach allem, was sie miteinander erlebt hatten? Sie waren zueinander verdammt. Morgen gegen Abend würde er alles bereuen, und sie würde versuchen, ihm zu vergeben. Vielleicht könnten sie einen Tag länger bleiben. Es stimmt nicht, klang es in ihr, es stimmt hinten und vorne nicht. Sie mußte fort, so schnell wie möglich, schon morgen. Abschied nehmen von dem kleinen Wesen in ihrem Bauch. Weggehen, bevor es zu spät war.

Lin fuhr aus dem Schlaf hoch, weil ein Schlag das Hausboot erschütterte, ein schwerer Schlag, der die Holzkonstruktion knarren ließ. Es war hell. Sie stand sofort auf den Beinen. Ein zweiter Schlag, weniger heftig. Erst dann nahm sie das Geräusch eines Außenbordmotors wahr.

Alles, was sich in der vergangenen Nacht in ihr angestaut hatte, setzte sich nun um in Vorwärtsbewegung und Kraft, in ungezügelte und unbezähmbare Energie. Im Vorbeigehen angelte sie die Öllampe vom Küchentisch. Sie lief durch das Wohnzimmer, riß die Terrassentüren auf, und da stand er, am Rand der Terrasse, mit dem Rücken zum Wasser, ein wenig unsicher auf den Beinen, die Arme leicht gespreizt, als müßte er sein Gleichgewicht wahren. Schräg hinter ihm trieb das Ruderboot, das er gerade mit Vollgas gegen die Terrasse geknallt hatte. Schräg hinter ihm auch die Sonne, gerade über die Büsche am gegenüberliegenden Ufer gestiegen. Über dem Wasser lag leichter Nebel.

Für einen Augenblick hielt Lin inne, den Anblick in sich aufnehmend. Für einen Augenblick war sie erleichtert: daß er da war, daß er zurückgekommen war. Aber die Lunte brannte, und als sie ihn anschaute und sein gemeines Grinsen sah, dieses Grinsen, mit dem er sie immer zu erniedrigen versuchte, kam die Explosion.

»Du verdammtes Arschloch!«

Sie holte mit der Öllampe aus. Henri konnte den Schlag mit dem Arm abwehren, riß ihr die Lampe aus der Hand und warf sie weg. Während er das tat, mit einer langsamen Drehung, wobei er seine Deckung vernachlässigte, legte Lin zwei Hände auf seine Brust und gab ihm einen Stoß.

»Arschloch!«

Henri taumelte.

Er war noch nicht soweit. Er war noch stolz darauf, daß er das Hausboot überhaupt wiedergefunden hatte, in diesem Labyrinth von Weihern und Gräben, daß er einfach so hierhergefunden hatte. Nur beim Anlegen war etwas schiefgegangen: Als er den Gashebel zudrehen wollte, hatte er ihn versehentlich voll aufgedreht und war gegen die Terrasse geknallt, und beim zweiten Versuch war es, obwohl er sich darauf konzentriert hatte, diesmal die richtige Bewegung zu machen, leider erneut schiefgegangen – als hätte der Teufel seine Hand im Spiel gehabt. Dumm gelaufen. Aber er war trotzdem stolz, daß er zum Hausboot zurückgefunden hatte. Und noch immer unter dem Eindruck der Heiterkeit des gerade erst begonnenen Tages: der Sonnenaufgang, dieser Nebel überall, die Stille und die Weite des Wassers. Alles war gut, so schien es, trotz seines Fehltritts und seiner Schuld; seine Verschmutztheit löste sich in dieser Natur auf. Unterwegs hatte er noch versucht, eine Seerose für sie zu pflücken, aber der Stengel, gummiartig, glitschig, hatte sich als überraschend zäh erwiesen. Als er beschlossen hatte, mit diesem Stengel in der Faust einfach weiterzufahren, bis er abreißen würde, hatte er unversehens ein riesiges Wurzelsystem hinter sich hergeschleift, ein halbes Naturschutzgebiet, und er hatte loslassen müssen. Hinter diesen letzten Eindrücken lag die Nacht, eine lange Nacht voller verschwommener Ereignisse, und dahinter, schmerzlich klar, das Bild davon, wie alles angefangen hatte: Auf dem Rückweg, eine Gasflasche und die anderen Einkäufe ordentlich im Bug, hatte er am See ein Hotel gesehen. Auf der Terrasse des Hotels hatte er sich nach ein paar Klaren maßlos über Lin geärgert und sie für ihre Verachtung bestrafen wollen. Daß er nie gut genug war. Weil er Vater werden würde, hatte er sich vorgenommen, nur zu trinken und wegzubleiben, kein Herumgevögel. Er war von Kneipe zu Kneipe gezogen. Bilder einer nächtlichen Autofahrt zogen an seinem geistigen Auge vorüber, er hatte den Kopf aus dem Fenster gestreckt und darauf geachtet, daß sein linkes Vorderrad parallel zu dem weißen Streifen blieb. Irgendwo war er dann doch an einer Puppe hängengeblieben, aber da war er schon nicht mehr Herr seiner Sinne gewesen. Er hatte sich noch einmal kurz daran erinnert, als er die glitschige Wurzel der Seerose in den Händen gehalten hatte, da war er aber schon fast zu Hause gewesen, und er war froh gewesen, daß es nicht mehr lange dauern würde, trotz allem. Auf dem letzten Weiher, inmitten dieses Naturschauspiels, war es ihm sogar vorgekommen, als wäre alles in Ordnung, als hätte alles, was sie miteinander durchmachten, darin seinen Platz. Kurz war es ihm so vorgekommen. Diese frühmorgendliche Stille, der Nebel, das Wasser, das etwas Öliges an sich hatte, die Hand, mit der er daraus schöpfte. Alles war gut. Nur hatte er den Gashebel in die falsche Richtung gedreht und war gegen das Hausboot geprallt, sogar zweimal. Er begann sich wieder über sie zu ärgern, als er sie sah, komplett angezogen – natürlich hatte sie sich die ganze Nacht über Streß gemacht –, und er war gar nicht zu Wort gekommen, sondern hatte gleich eins mit der Öllampe übergezogen bekommen. Bevor er wußte, wie ihm geschah, fiel er hintenüber.

Henri fiel halb auf das Ruderboot. Er stieß mit dem Rücken gegen die Rudergabel, und sein Hinterkopf schlug auf den eisernen Rand. Viel Schmerz spürte er nicht, aber ihm wurde schwarz vor Augen. Er rutschte ins Wasser, nicht imstande, sich zu bewegen. Er erinnerte sich daran, wie er an der Seerose gezerrt und ein ganzes Wurzelsystem an die Wasseroberfläche gezogen hatte. Einen Augenblick lang versuchte er aus Leibeskräften, sich zu bewegen, dann gab er auf. Kurz bevor er im Dunkeln verschwand, überkam ihn ein überwältigendes Gefühl der Ruhe.

Als er wieder zu sich kam, spürte er ihre Arme um sich. Sie hielt ihn über Wasser und rief seinen Namen. Ihm war elend zumute. Sofort versuchte er zu ertasten, was mit seinem Rükken los war, aber er kam nicht heran, sein Arm wollte nicht. Sie schleifte ihn durchs Wasser, halb schwimmend, halb watend, bis zur Anlegestelle, wo sie ihn ans Ufer zog.

Sie kniete neben ihm, keuchend, in Panik; immer wieder fragte sie, was mit ihm los sei. Es dauerte eine Weile, bis Henri in die Welt zurückkehrte. Als sie endlich sah, daß er seine Gliedmaßen wieder bewegte, nahm ihre Angst etwas ab. Henri hielt die Augen geschlossen. Er lag auf dem frisch geschnittenen Schilf, das sie in ordentlichen, geraden Bahnen hingelegt hatte, um seine Rückkehr zu beschleunigen. Er sagte nichts. Nach einer Weile erhob er sich.

Nachdem er sich mit ihrer Hilfe ausgezogen hatte, streckte er sich auf dem Bett aus, äußerst behutsam. Das Atmen tat ihm weh. In einem seiner Rückenwirbel verspürte er einen stechenden Schmerz: die Stelle, wo er auf die Rudergabel gefallen war. Er war noch immer angetrunken, noch immer irgendwo anders. Lin schaute ihn ängstlich an. Auf ihre Entschuldigungen, ihre Liebesbeteuerungen hatte er nicht reagiert.

»Schau nach dem Boot«, sagte er. »Es ist nicht festgemacht.«

Sie ging hinaus. Von einem auf den anderen Augenblick war das Schilf in Bewegung gekommen, von einem auf den anderen Augenblick hatte sich Wind erhoben. Eine leichte Kräuselung glitt über die Wasseroberfläche. Das Boot trieb ab. Die Stille betrübte Lin. Niemand hilft mir, dachte sie bei sich, während sie sich auszog und ihre Schuhe, ihre Kleidungsstücke in der Stille eins nach dem anderen auf die Terrasse fallen hörte. Wer sollte mir auch helfen können, überlegte sie dann. Ich muß mir selbst helfen, aber ich kann es nicht. Sofort wollte sie sich am Schilf schneiden. Der dünnste, der feinste Schnitt in deiner Haut war der vom Schilf. Du hast ein Blatt genommen, daran gezogen, und es glitt in deine Haut. Der Schmerz war sanft, Wollust. Dein Atem stockte, und dann hast du ausgeatmet, befreit.

Sie schwamm zum Boot. Als sie die Hände auf den Rand legte, mit den Zehen den weichen und kühlen Schlamm berührend, fing sie an zu weinen. Es war die Sanftheit des Wassers, die Stille des frühen Morgens, mit Erinnerungen aufgeladen, und der Schutz des Boots. Sie hielt sich daran fest, preßte die Wange gegen die Außenseite und weinte. So schob sie das Boot zur Anlegestelle. Kleine Wellen schwappten gegen den Bug. Auf ihren Lippen schmeckte das Wasser süß, es streichelte ihren Körper, während sie hindurchglitt. Sie weinte unbändig. Sie weinte um etwas, das unerreichbar schien, obwohl es ganz nahe war.

Am Ufer angekommen, richtete sie sich auf, dabei im Schlamm einsinkend, und schob das Boot an Land. Der Boden schabte über die Stoppeln des gekappten Schilfs. Sie erkannte das Geräusch: So hatte es sich angehört, wenn ihr Vater sein

Boot an Land gezogen hatte. Sie hob das lange Endstück des Außenbordmotors aus dem Wasser und legte es auf die Seite, wie sie es von ihm gelernt hatte. Während sie in die Hocke ging, um das Boot festzumachen, spürte sie die erste Sonnenwärme auf dem Körper, sie hörte das Rascheln des Schilfs, das vertraute Geräusch von vor langer Zeit, und weinte einfach weiter. Es ließ sich nicht mehr aufhalten. Ihr wurde schlecht. Sie wollte schreien.

»Hilf mir doch«, flehte sie außer Atem, »hilf mir doch!«

Ein paar Fliegen schwirrten um ihren Körper.

Als sie das Hausboot endlich wieder betrat, fand sie Henri mit schmerzverzerrtem Gesicht auf dem Bett. Sie erschrak.

»Geht es?«

Henri sah, daß sie geweint hatte.

»Ein paar geprellte Rippen, mehr nicht.«

»Wirklich nicht?«

»Nein. Mach mir einen Kaffee.«

»Ich reib dich erst mal trocken.« Sie nahm ein Handtuch.

»Nicht nötig.«

Es war wirklich kaum nötig: Es war warm, die Feuchtigkeit an seinem Körper war bereits größtenteils verdampft. Aber seiner Stimme hörte sie an, daß etwas nicht stimmte. Sie beugte sich über ihn. Henri schob sie weg, doch da es ihm furchtbar weh tat, sich zu bewegen und die Muskeln anzuspannen, mußte er seinen Widerstand aufgeben. Sie wußte es bereits, aber sie wollte ganz sichergehen. Schnell beugte sie sich über ihn und roch an seinem Geschlechtsteil.

»Du riechst nach einer Frau«, sagte sie voller Widerwillen. Sie warf ihm das Handtuch ins Gesicht.

»Ach, das hat doch nichts zu bedeuten«, sagte Henri.

»Aber ich ertrage es nicht!«

»Es hat nichts zu bedeuten!«

»Für dich nicht, aber für mich schon!«

Sie lief weg. Henri hörte, wie im Wohnzimmer der Tisch umgekippt wurde. Sie kam zurück und schaute ihn an. Henri wehrte sie mit seinem herausfordernden Blick ab. Wieder war es dieser Blick, dieser falsche Glanz in seinen Augen, der sie aus der Haut fahren ließ. Sie schlug ihm ins Gesicht. Mit einemmal witterte sie Gefahr.

Sie fuhr zurück. Henri richtete sich auf. Er war ein Mann, aber als er jetzt auf sie zukam, wirkte er wie ein wildes Tier. Er schleuderte sie an die Wand, umklammerte ihre Kehle mit seiner Hand, drückte ihren Kopf an die Wand und spuckte ihr auf die Lippen, zweimal. Winselnd brach sie zusammen.

Eine Viertelstunde später kochte sie Kaffee; ihre Tränen trockneten. Sie brachte ihm das glühend heiße Getränk, ein Stück Brot, eine Zigarette und gab ihm Feuer. Gemeinsam tranken sie den Kaffee, Henri ausgestreckt auf dem Bett, sie an die Wand gelehnt. Es war halb sieben. Sie sah das Sonnenlicht ins Zimmer fallen, die dünnen, langgezogenen Schatten des frühen Morgens. Es versprach ein wunderbarer Tag zu werden.

»Ich will es wegmachen lassen«, sagte sie.

II

In der äußersten Finsternis

Jelmer streckte seine Hand nach einem Stapel mit Zeitschriften aus, ohne zu wissen, daß dies sein Leben verändern würde.

Er saß in einem Café, an einem Samstag morgen, an einem der letzten Oktobertage, und wartete auf seinen Cappuccino und sein warmes Brötchen mit Salami und Käse. Er beobachtete eine junge Frau auf der gegenüberliegenden Seite, die ihrem schweigenden Freund gegenübersaß, dessen Rücken er sah, ein breiter, unzufriedener Rücken. Die junge Frau wirkte eingeschüchtert, unglücklich. Auch ihre Figur hatte etwas Unglückliches an sich; der Ansatz eines runden Rückens, sogar ihre leicht herabhängenden Brüste schienen das zum Ausdruck zu bringen. Sie aß ihr Brötchen und warf ihrem Freund dann und wann einen Blick zu.

Jelmer spürte den Kummer, mit dem er aufgewacht war. Ein schwarzer Teich, von Schilf umstanden, von dunkelgrünem, spitzem Schilf. An diesem Teich hatte er in seinem Traum gesessen. Er war betrübt aufgewacht. Ein Jahr und vier Monate dauerte dies nun schon. So langsam wurde das Ganze ihm zuviel, so langsam erwachte sein Mißtrauen. War aus dem Kummer eine Gewohnheit geworden? Beruhigend, so wie alles, an das man sich gewöhnt hatte? Eine Entschuldigung, um bestimmte Dinge nicht zu tun? Jelmer hatte genug davon. Aber noch immer hatte das Gefühl, verletzt, verwundet zu sein, nicht nachgelassen.

Sein Blick glitt wieder zu der jungen Frau, unglücklich durch das Schweigen ihres Freundes, die sich nun zur Seite drehte und nur zu gern ein paar Worte mit einer Frau wechselte, die sich neben sie gesetzt hatte. Kurz mit jemandem reden, kurz raus aus dieser Beklemmung. Nun konnte er auch ihre Brüste besser sehen. Der Freund schwieg. Jetzt, da sie sich mit jemand anderem unterhielt, schien sein Rücken noch größer und bedrohlicher zu werden. Jelmer verspürte nicht die leiseste Sympathie für diesen Rücken.

»Strawinsky once said …«

Er hatte es deutlich gehört! Er hatte auch gehört, wie es klang. Eine heisere und sanfte Stimme hatte gesprochen, der alte und elegant gekleidete Amerikaner, der neben ihm saß. Es hatte sich nicht angehört, als würde er etwas erzählen, was er über Strawinsky gelesen hatte, sondern als hätte er es aus dessen Mund selbst gehört, und in der Art, wie er den Namen Strawinsky ausgesprochen hatte, schwang eine gewisse Vertrautheit mit.

Jelmer saß reglos da.

»I have no …«

Da ging die Eingangstür auf. Ein paar Menschen kamen herein und mit ihnen der Verkehrslärm der stark befahrenen Straße. Die Stimme des alten Mannes wurde unhörbar, und in dem Lärm ging – vielleicht für immer – verloren, was Strawinsky gesagt hatte.

Jelmer lehnte sich zurück, enttäuscht, noch neugieriger. Er war im Begriff, den alten Mann anzusprechen – er errötete bereits leicht, so wie immer, wenn er Unbekannte ansprach –, aber er schreckte davor zurück, und die englischen Sätze, die er sich zurechtgelegt hatte, strömten jetzt nutzlos durch seinen Kopf. Er beschloß, die nächste günstige Gelegenheit abzuwarten und zunächst die Lage genauer zu sondieren.

Von dem süßen, unglücklichen, eingeschüchterten Gesicht

der jungen Frau, von den Umrissen ihrer herabhängenden Brüste, fiel sein Blick nun auf die Oberfläche seines Tisches. Mit ein paar beiläufigen Blicken in Richtung Theke konnte er das amerikanische Ehepaar mustern. Sie waren schätzungsweise achtzig. Der Mann sah ziemlich hinfällig aus; seine Haut war übersät mit Altersflecken, sein Haar schlohweiß. Er trug eine schöne hellbraune Wolljacke, ein rosafarbenes Hemd und eine Fliege. Seine zu weit gewordene Hose wurde von Hosenträgern gehalten. Das Weinglas zitterte in seiner Hand. Seine Frau war noch rüstig und trug prachtvolle Ringe. Waren sie irgendwann, um den Nazis zu entkommen, aus Europa geflüchtet? Leicht vorgebeugt aßen sie von ihren Salattellern.

Strawinsky war aus ihrem Gespräch verschwunden. Fast unmittelbar nach seinem Erscheinen war er wieder versunken. Er war kurz im Gedächtnis des alten Mannes vorbeispaziert und um die Ecke verschwunden. Das Gespräch drehte sich nun um eine Enkelin, die am Vorabend ein Konzert gegeben hatte. Die Frau führte das Wort. Der Mann trug dann und wann ein paar Sätze bei, meistens nur einen, den er behutsam einflocht, den sie ihn behutsam einflechten ließ, bevor sie ihn wieder mit ihren Worten umspülte, bis er wieder einen Satz einflocht, der die Richtung des Stroms veränderte.

Jelmer hörte zu. Die Frau fing kurz seinen Blick auf. Seine Reglosigkeit hatte ihn verraten. Er spürte, daß er seine Chance verpaßt hatte. Er schämte sich für seinen Mangel an Mut. Jeder Tag brachte seine kleinen Niederlagen mit sich, seine kleinen entehrenden Niederlagen. Dies war die erste des gerade erst begonnenen Tages. Um sein Gesicht zu wahren, streckte er die Hand nach einem Stapel mit Zeitschriften aus. Es war ein Sammelsurium aus alten Zeitschriften, die von Kunden liegengelassen worden waren. Er nahm, wie er es in Cafés immer tat, eine Zeitschrift zur Hand, die er sonst nie las.

Auf dem Titelblatt war eine junge Frau abgebildet, in voller

Größe, mit einem schwarzen Balken über den Augen. Trotz ihres unkenntlich gemachten Gesichts erkannte er sie auf Anhieb, ihren Körper, die Verlegenheit, die ihr Körper ausstrahlte. Zugleich kamen ihm die Worte der Schlagzeile zu Bewußtsein, einer Schlagzeile, wie sie fast jede Woche in einer dieser Zeitschriften stand: »Sie tötete ihren Liebhaber«. Sein Cappuccino wurde vor ihm auf den Tisch gestellt.

»Ihr Brötchen kommt gleich.«

Jelmer hörte es nicht. Er hatte sich zum Fenster gedreht und die Zeitschrift neben sich auf die Sitzfläche der Bank gelegt. Er spürte, wie sein Herz pochte. Etwas Fürchterliches drohte ihn zu überwältigen. Wie in Trance blätterte er durch die Seiten, bis er auf eine Schlagzeile stieß, die die gesamte Breite einer Doppelseite einnahm: »Extischtennismeisterin tötet Liebhaber«. Darunter stand: »Drei Wochen lang streunte sie durch die Straßen«. Fotos von Lin. Allein. Mit Henri. Mit anderen. Stets war ihr Gesicht mit einem schwarzen Balken unkenntlich gemacht.

Jelmer faltete die Zeitschrift zusammen, steckte sie in die Innentasche seines Sakkos und stand auf.

Draußen überquerte er mit einem lebensgefährlichen Manöver die stark befahrene Straße und wunderte sich über seine eigene Fahrlässigkeit. Angefahren zu werden kam ihm nicht mehr schlimm vor. Mit seinen längsten Schritten ging er durch das Wetering-Viertel. Ein paar Minuten später betrat er sein stilles Haus und warf die Zeitschrift auf den Küchentisch.

Im Stehen las er den Artikel, soll heißen: Er überflog ihn, las hier und dort ein paar Sätze. Er schaute die Fotos an, immer wieder, immer genauer. Lin bei einem wichtigen Tischtennisspiel, eine spektakuläre Aufnahme, düster aufgrund des schwarzen Balkens, der sie in eine Verbrecherin verwandelte. Lin mit ihrem Trainer Janosz, die Gesichter nahe beieinander, ihre Haut vor Schweiß glänzend. Mit Henri in einem Restaurant, verliebt, gespiegelt im Weinkühler auf dem Tisch. Eine Aufnahme des toten Henri unter einem Bettuch; seine bloßen Füße ragten darunter hervor. Henri wurde als »der in der Szene bekannte Bauunternehmer Henri K.« bezeichnet. Da lag er, auf einer Trage festgezurrt, nachdem er zwei Tage lang tot in seiner Wohnung gelegen hatte, erstochen.

Jelmer schlug die Zeitschrift zu.

Er sah sie auf der Tischplatte aus Marmor liegen, mit diesem Bild von Lin auf dem Titelblatt, genau dort, wo zwei Jahre lang morgens und abends ihr Teller gestanden hatte.

Sie hatte eine Nacht lang in Henris Wohnung in De Pijp auf ihn gewartet. Zwischen fünf und sechs Uhr in der Frühe war er endlich nach Hause gekommen, betrunken, er war fremdgegangen. Zwischen fünf und sechs Uhr in der Frühe: die Stunde der Wesenlosigkeit nach einer durchwachten Nacht, nicht mehr Nacht und noch nicht Tag, noch immer der gestrige Tag und dennoch nicht mehr gestern. Es war zu einem Kampf gekommen. Sie hatte ein Messer ergriffen und zugestochen. Der Leichenbeschauer hatte festgestellt, daß sie ihn mit einem einzigen Stich getötet hatte, genau ins Herz. Zwischen zwei Rippen hindurch? Oder hatte sie ihn von hinten angegriffen und ihm in den Rücken gestochen? Wie war es möglich, daß sie auf Anhieb das Herz getroffen hatte? Welcher Instinkt hatte ihr die Hand geführt? Oder war es Zufall gewesen? Und dann die Kraft, die man dafür brauchte. Aber stark war sie ja. Wenn er am Strand mit ihr gebalgt hatte – sie hatte manchmal rauhen und harten Kontakt gesucht –, war es ihm nicht leichtgefallen, sie unterzukriegen. Sie hatte einen festen Stand gehabt. Am stärksten waren ihre Oberschenkelmuskeln gewesen. Wenn sie ihn mit den Beinen in die Zange genommen hatte, hätte sie ihm den Brustkorb brechen können. Sie hatte zugestochen. Mit einem von Henris geschliffenen Küchenmessern. Sie hatte ihn daliegen sehen, wie ein Schwein blutend. Im Schlafzimmer hatte sie ein paar Sachen zusammengerafft, in ihren kleinen Rucksack gestopft, diesen kleinen Lederrucksack, mit dem sie vor vielen Jahren durch Spanien getrampt war. Unterdessen hatte dieser Typ im Sterben gelegen. Vielleicht hatte sie ihn noch gehört. Sie war die Treppe hinuntergestürzt, von ihrer Angst getrieben. In der stillen Straße hatte das Geräusch der Tür widergehallt, die sie hinter sich zugezogen hatte. Es wurde bereits wieder hell. Sie hatte angefangen zu laufen. Drei Wochen lang hatte sie auf der Straße gelebt, nachts in einem Karton unter einem Viadukt geschlafen, immer verwirrter, sich gelegentlich wohl aber durchaus im klaren darüber, was geschehen war.

Auf einmal war sie wieder in seinem Haus präsent. Als Jelmer den Kühlschrank öffnete, schaute er unwillkürlich dorthin, wo immer ihre Packung Magermilch gestanden hatte. Auf der Anrichte fiel ihm wieder das Messer mit dem Eisendraht um den geborstenen Griff auf, das irgendwann einmal Henri gehört hatte. Er erinnerte sich, als wäre es erst gestern gewesen, wie sie es am Strand zum ersten Mal aus ihrem Rucksack geholt und wie er damit gespielt hatte, es bewundert hatte. Er erinnerte sich, wie sie ihm nach ihrer letzten Begegnung einen kurzen Brief geschrieben und unbegreiflich kühl und präzis aufgezählt hatte, welche Sachen er noch von ihr habe, wo er sie finde und ob er sie in einem Schließfach im Hauptbahnhof einschließen und ihr den Schlüssel schicken könne. Dieser Brief hatte in einem Päckchen gesteckt, in diesem Päckchen eine Salbe – »Ja, ich habe dir auch gleich eine Tube gekauft« –, mit der er sein Geschlechtsteil einreiben solle, um irgendeine Bakterie abzutöten, die er von ihr habe und sie – so stand es unverblümt da – von Henri. Er hatte ihr nichts von den Sachen geschickt, um die sie ihn gebeten hatte. Er hatte nicht im entferntesten daran gedacht, mit einer Tasche zum Hauptbahnhof zu laufen – sie sollte ihre Sachen gefälligst abholen kommen. Aber sie hatte sein Haus nie mehr betreten.

Jelmer nahm das Messer von Henri mit dem gelaugten Holzgriff in die Hand, dem Griff, auf den in seiner Erinnerung immer Meereslicht gefallen war, und fragte sich, ob sie ihn, Jelmer, hiermit hätte töten können. Sofort spürte er, daß er mit ihr niemals in solch eine Situation geraten wäre. Was hatte Henri in ihr ausgelöst? Seitensprünge hielt er als Auslöser solch einer Gewalttat für nicht ausreichend. Vorher mußte schon viel, sehr viel mehr geschehen sein. Sie hatte sich immer mehr an diesen Mann geklammert. Aber warum?

Im Badezimmer war sie noch stärker präsent. Jelmer betrachtete die Muscheln, die sie irgendwann einmal über der Badewanne in den nassen Gipsmörtel gedrückt hatte. Er erinnerte sich an die brennenden Teelichter, die sie im Dunkeln auf den Wannenrand gestellt hatte, um sich selbst aufzumuntern. Er sah ihren schönen, starken Rücken vor sich, der sich zur Taille hin verjüngte und zur Hüfte hin breit auslief; er konnte sich ohne weiteres ihre körperliche Präsenz vergegenwärtigen. Die Sehnsucht lebte wieder auf, die schon aus seinem System verschwunden gewesen zu sein schien. Er erinnerte sich langsam wieder an ihren Geruch. Er war geil auf sie, so wie sie auf dem Titelblatt der Zeitschrift abgebildet war, verführerisch verlegen, und erschrak über sich selbst: daß er geil war auf den Körper der Allerunglücklichsten.

Im Souterrain bügelte er einen Berg Hemden weg, der schon seit Wochen dort lag. Er räumte auf. Die Vorhänge an der Straßenseite ließ er geschlossen. Anrufe nahm er nicht entgegen. Ständig sah er die aufgeschlagene Zeitschrift auf dem Küchentisch liegen. Schließlich rang er sich dazu durch, den Artikel von vorne bis hinten zu lesen, nichts mehr zu überspringen, nichts mehr auszulassen.

Es war Anfang September geschehen, an einem Wochenende. Er schaute in seinem Terminkalender nach, was er selbst an jenem Wochenende gemacht hatte. Er blätterte drei Wochen weiter, um nachzuschauen, was er an dem Tag gemacht hatte, an dem sie sich gestellt hatte. Ihre Schwester, ihre Mutter und ihr Vater kamen in dem Artikel nicht vor: Offenbar hatten sie nicht mit der Zeitschrift reden wollen. Darum war er selbst wahrscheinlich außer Schußweite geblieben. Der Journalist hatte fast all seine Informationen aus Henris Freundeskreis. Außerdem hatte er ihren Trainer aufgespürt. Janosz hatte gesagt: »Sie wirkte verlegen und abgekapselt, aber sie war sehr temperamentvoll. Ich habe ihr angesehen, was in ihr steckt. Sie konnte sich völlig verausgaben. Ich habe nie verstanden, wieso sie auf einmal alles hingeschmissen hat.« Einer ihrer Kollegen im Kostümatelier: »Sie war verschlossen und sehr geschickt im Erfinden von Notlügen. Es gab wahrscheinlich eine ganze Menge Dinge, die wir nicht von ihr wußten.« Ein gewisser Kalle Hijster, ein Immobilienhai, für den Henri Luxusapartments gebaut hatte: »Sie waren ein schönes Paar: Sie standen einander in nichts nach. Ich hatte ihnen einmal mein Hausboot in der friesischen Seenplatte geliehen. Während eines Essens erzählte sie diesen Sommer, sie erwarte ein Kind. Wir stießen mit Champagner an. Offenbar war das von dem Kind gelogen. Vielleicht wollte sie mit meiner schwangeren Frau konkurrieren.« Als Lin sich gestellt hatte, war sie nicht schwanger gewesen.

Der Artikel war in suggestivem Stil verfaßt, hielt letztendlich aber auch keine Erklärung für ihre blindwütige Tat parat. Das Rätsel einer vielversprechenden, aber plötzlich beendeten Sportkarriere wurde natürlich nachdrücklich herausgearbeitet. Sie sei unausgeglichen. Sie habe unter der Scheidung ihrer Eltern und dem Verlust ihrer ersten Liebe – ein Typ, der in der Drogenszene verschwunden war – gelitten. Henri sei auffällig viel älter als sie gewesen, eine Vaterfigur vielleicht, den sie ebensosehr geliebt wie gehaßt habe. Henri sei gemein zu ihr gewesen. Er sei gewalttätig gewesen, als Kind selbst mißhandelt worden … Aber keine Erklärung für den Exzeß. Hatte sie Henri getötet, weil er fremdging? Also aus Eifersucht? Jelmer hatte ihre Eifersucht kennengelernt. Wenn, dann war sie ganz normal eifersüchtig, nichts Besonderes, nichts Außergewöhnliches. Warum hatte sie ihm auf einmal ein Messer ins Herz gejagt? Worauf war das zurückzuführen?

Stundenlang saß er im Souterrain, umgeben vom Geruch gebügelter Hemden, und dachte an sie. Er starrte auf die Seite des Betts, auf der sie geschlafen hatte, an der Wand. In der Wand die Nische, in der die beiden Puppen gesessen hatten, künftige Kinder. Neben ihnen die Lappenpuppe mit den steif von sich gestreckten Armen, aus Mexiko oder einem anderen Land dort in der Nähe, auf der Straße gefunden, die sie manchmal die ganze Nacht festgehalten hatte. Da hatte sie auch in jener letzten Nacht geschlafen, als er auf der Couch gelegen und in ihrer Handtasche die Fotos von Henri gefunden hatte. Noch immer hielt er sie nicht für verlogen, sondern vielmehr für eine Frau voll kindlicher Offenheit. Aber offenbar konnte sie beides: offen sein, bis hin zur Naivität, und lügen, ohne mit der Wimper zu zucken.

Gegen Abend brauchte er Bewegung und trat auf die Straße. Ziellos ging er umher, müde und bedrückt. Was hatte das alles für einen Sinn? Innerhalb von zwölf Stunden hattest du es bereits irgendwie eingeordnet: daß du jemanden gekannt hast, der einen Mord begangen hat, und du selbst machst ganz normal weiter. Sie gehörte sowieso schon zu einer ganz anderen Zeit deines Lebens, und durch ihre Tat wurde die Distanz nur noch größer, eine Passantin war sie fast schon, eine Frau, die an deinem Küchentisch gesessen, in deinem Bett geschlafen, die dich betrogen und verlassen hat, zu einem anderen ging, wie es halt so geht, und eine Weile danach hat sie einen Mord begangen, ja, einen Mord, na ja, einen Mord eben, du weißt schon, ein Ereignis, von dem du erfahren hast, weil du in einem Café irgendein Käseblatt zur Hand genommen und *sie* auf dem Titelblatt erkannt hast, tja, ein ziemlicher Schreck war das, aber du hast ganz normal weitergemacht, was hättest du auch anders tun sollen, du hast es irgendwo eingeordnet.

Jelmer ging ins Viertel De Pijp. Er kannte Henris Adresse auswendig, hatte sie irgendwann einmal in einem Wutanfall nachgeschlagen. Als er in die Straße einbog, zögerte er, aber nur kurz. Wie ein x-beliebiger Schaulustiger stand er vor jener Tür, durch die sie im Morgengrauen ins Freie getreten war und durch die zwei Tage danach Henris steif gewordener Körper, auf einer Bahre festgezurrt, herausgetragen worden war. Am Türpfosten war vor kurzem ein Namensschild entfernt und durch ein anderes ersetzt worden. Eine marokkanische Familie wohnte nun in der Wohnung, in der vor weniger als zwei Monaten ein Mann getötet worden war.

Jelmer überquerte die Amstel und ging die Uferstraße unter den Bäumen entlang. Beim Gebäude des Rudervereins blieb er stehen und schaute den dunklen Bootssteg an. Ein paarmal war er hier mit Lin stehengeblieben, um die Boote anzuschauen, die an den Steg herangeglitten waren, die Ruderer, die vorsichtig ausgestiegen waren, einen kleinen und zart gebauten Steuermann, der Befehle gegeben hatte, das Boot, das aus dem Wasser gehoben, auf die Schultern der Ruderer gelegt und mit kurzen, aufeinander abgestimmten Schritten zum Bootshaus gebracht worden war. Sie hatte erzählt, daß sie oft – als ich noch allein war, hatte sie hinzugefügt – dem Trockenreiben der Boote zugeschaut, die mit Hochglanzfarbe gestrichenen Rümpfe betrachtet hatte, die mit Tüchern trockengerieben wurden.

Er überquerte die Wibautstraat, kam an den Bürogebäuden eines Zeitungskonzerns vorbei und sah von dem dahinter gelegenen Platz aus zu dem alten, ein wenig heruntergekommenen Wohnblock, zu Lins Stockwerk, hinüber. Dort war es dunkel. Es hingen keine Vorhänge mehr an den Fenstern. Er erinnerte sich, wie sie immer auf den kahlen Holzböden gelebt hatte. Die Einrichtung hatte einen gewissen Charme gehabt, aber auch ärmlich gewirkt. Er war nicht gerne dort gewesen. Fast ihr gesamtes Mobiliar – von den schnörkellosen Lampen aus den sechziger Jahren und den gebatikten Decken über das klapprige Art-déco-Liegesofa bis hin zu der reparaturbedürftigen Waschmaschine – hatte sie auf dem Sperrmüll gefunden. Es hatte ihn immer vage beunruhigt, wie er nun feststellte, daß sie ihr Mobiliar am liebsten von der Straße geholt hatte, obwohl sie genug Geld gehabt hätte, sich neue Sachen zu kaufen.

Ihr Namensschild war noch da.

Vor ihrer Haustür stehend, erinnerte Jelmer sich daran, wie sie sich einmal, als sie hierhergekommen waren, nach vorne hatte fallen lassen und ihren fallenden Körper abgefangen hatte, indem sie die Hände schnell auf einer Treppenstufe abgestützt hatte. Sie hatte die Arme gebeugt und an dem Treppenläufer gerochen, einer Kokosmatte, in der sich jahrelang Schmutz abgesetzt hatte, und den fauligen Geruch des Läufers begierig eingesogen. Er hatte es nur ein einziges Mal miterlebt und war ziemlich erschrocken. An Dinge dieser Art mußte er nun denken.

»Sie hat noch mal hier vorbeigeschaut«, sagte Emma Hokwerda, »in den paar Wochen, während sie auf der Straße lebte und gesucht wurde. Eines Nachmittags stand sie auf einmal vor der Tür und sagte, sie wolle das Baby mal sehen. Wir hatten einander nur ein einziges Mal gesehen seit dem Fest deiner Eltern, wo ich sie so unverzeihlich beleidigt haben soll, vor anderthalb Jahren. Ich machte auf. Sie kam die Treppe rauf mit ihrem kleinen Rucksack, ganz normal. Aber ich hatte Angst, als ich ihr Eefje gab, ich bin die ganze Zeit daneben stehengeblieben. Nachdem sie das Baby eine Weile gehalten hatte, wollte sie etwas erzählen, das habe ich ihr angesehen, aber sie hat es runtergeschluckt und gefragt, ob ich was zu essen für sie hätte. Es war noch Salat da. Sie aß die halbe Schüssel leer. Danach verschwand sie im Badezimmer und blieb eine ganze Weile weg. Die ganze Zeit ließ sie das Wasser laufen. Nach zwanzig Minuten ging sie wieder. Dann erst fingen meine Beine an zu zittern. Ich hätte die Polizei rufen sollen, aber ich habe es nicht getan. Man zeigt doch seine eigene Schwester nicht an.«

Emma schwieg. Dann zeigte sie auf die Flasche Wein, die zwischen den Resten einer Mahlzeit stehengeblieben war, und schaute Jelmer an.

»Magst du noch? Schenk dir einfach selbst ein, dann muß ich es dir nicht ständig anbieten.«

»Okay.«

Sie verfiel wieder in Schweigen.

»Zuerst habe ich noch nicht einmal Paul davon erzählt.«

»Warum nicht?«

»Er will nichts mehr mit ihr zu tun haben. Sie ist bei ihm unten durch. Strich drunter, hat er gesagt.«

»Nicht einfach.«

»Kann man wohl sagen.«

Mit einer Hand ergriff sie eine Haarsträhne und warf sie mit einem Rückwärtsruck ihres Kopfes über die Schulter zurück. Jelmer erkannte Lin in dieser Bewegung.

»Eine Woche darauf habe ich einen Anruf bekommen: Sie sei festgenommen worden, ob ich in die Dienststelle kommen könne. Ich habe sie nur noch durch eine Luke gesehen. Sie hatte noch immer dieselben Sachen an wie eine Woche vorher. Man hat mich verhört. Für mich stand von Anfang an fest, daß sie es getan hat. Als ich hörte, daß jemand Henri erstochen hat und sie verschwunden sei, war mir klar, daß sie es getan hat.«

»Sie trug so etwas in sich.«

»Das würde ich so nicht sagen.«

»Was denn sonst?«

»Ja, was denn sonst? Du kanntest sie nicht, als sie noch Tag und Nacht mit diesem Sport zugange war. Sie war imstande, sich wochenlang, monatelang völlig auf ein Ding zu fixieren. Um in dieser Sportwelt weiterzukommen, muß man mit Scheuklappen leben können. Und genau das konnte sie. Sich abkapseln.«

»Was hat das denn mit dem Mord zu tun?«

»Nichts. Nichts – und alles natürlich, so eine Entladung kommt ja nicht aus heiterem Himmel.«

»Sie war also völlig auf eine Sache fixiert.«

»Ich glaube ja.«

»Wenn man dazu veranlagt ist, mit so einer Fixierung zu leben, ist man also sozusagen auch anfällig dafür.«

»In der Art, ja.«

»Hast du das auch?«

»Nein, ich bin zu unbegabt.«

»Was hat das denn mit Begabung zu tun?«

»Begabung und Besessenheit gehen doch oft Hand in Hand, oder nicht?«

»Verstehe.«

»In Mathe war sie ein As, in ihrem Abschlußzeugnis hatte sie nur gute und sehr gute Noten. In der Schule hat sie eine Zeitlang Schach gespielt; das hat sie offenbar auch verblüffend schnell gelernt. Alle schönen Kleidungsstücke, die sie irgendwo gesehen hatte, machte sie problemlos nach. Sie hatte viel Geschmack.«

»Während sie gleichzeitig allerlei häßliche Sachen aus dem Sperrmüll holte.«

»Sie Tischtennis spielen zu sehen war ein Ereignis. Ich selbst habe es nicht oft miterlebt, weil mich das Klickern der Bälle völlig verrückt macht. Aber die paarmal, die ich ihr zugeschaut habe, haben mich beeindruckt. Es war schön, ihr beim Spielen zuzuschauen. Den anderen Zuschauern konnte man das auch anmerken: Sie hatte eine gewisse Ausstrahlung. Noch schöner war es, fand ich jedenfalls, ihr beim Schlittschuhlaufen zuzuschauen: Ihre Bewegungen waren immer unglaublich fließend und stark.«

»Das habe ich auch gesehen.«

Jelmer erinnerte sich daran, wie er sie auf dem schwarzen Eis des Fluessen hatte laufen sehen.

»Ich bin in einem Winter mit ihr auf die Schlittschuhbahn gegangen. Um sozusagen in Kontakt mit meiner Schwester zu treten. Meiner Schwester, die schon jahrelang das Gefühl hatte, in die verkehrte Familie hineingeboren zu sein. Mal etwas zusammen machen, du weißt schon. Sie ist höchstens zwei Bahnen mit mir gefahren. Dann hatte sie genug davon und hat sich ein paar Typen angeschlossen, die Runden fuhren. Diese Typen versuchten, sie abzuhängen. Darin hat sie sich dann verbissen. Ich war völlig frustriert von ihrem Ehrgeiz, von ihrer Besessenheit, ich fand das total asozial. Ich glaube nicht, daß ich die Zehnerkarte vollgemacht habe. Wie auch immer, es war schön, sie Schlittschuhlaufen zu sehen. Wenn sie lief, auf dem Eis, fühlte sie sich auch immer gut.«

Emma stiegen Tränen in die Augen. Jelmer schaute sie an. Ihre Ähnlichkeit mit Lin war noch immer verblüffend: die gleiche Figur, das gleiche dicke Haar, die gleichen leicht hervortretenden Augen. Die Linien von Emmas Körper waren sanfter geworden, sie selbst schien sanfter geworden zu sein. So hätte Lin nach zwei Kindern vielleicht auch ausgesehen, dachte Jelmer bei sich.

»Schade, daß ihr Lin diese Dinge nie direkt gesagt habt.«

»Ach, das wußte sie auch so!«

»Sie hat sich von dir und deiner Mutter immer unverstanden gefühlt.«

»Ja, darin war sie auch Spitze: sich unverstanden zu fühlen. Wir waren der Feind. In der Vespuccistraat verhielt sie sich am Schluß so, als würde sie zur Untermiete bei uns wohnen. Sie hat eine Gasflasche zu sich aufs Zimmer geschleppt, um für sich selbst kochen zu können. Meine Mutter war verzweifelt, verzwei-felt!«

Emma schrie.

»Genau wie jetzt auch«, sagte Jelmer, mehr zu sich selbst als zu ihr.

»Sie will nicht darüber reden. Nachdem die Polizei sie angerufen hatte, hat sie nur noch zu mir gesagt: Ich habe immer das Gefühl gehabt, daß ihr etwas Schreckliches zustoßen würde. Sonst hat sie sich nicht mehr dazu geäußert. Mit keinem Wort. Wenn ich sie besuche, will sie nicht darüber reden.«

»Und dein Vater?«

»Auto Hokwerda?« fragte Emma verächtlich und verfiel in Schweigen. Jelmer nahm die Weinflasche und schenkte nach. Er hätte am liebsten die Zeit zehn Jahre zurückgedreht, zurück in eine Zeit voller Unschuld, in die Monate, in denen er geglaubt hatte, in Emma Hokwerda verliebt zu sein – die eine Schwester hatte, die sehr gut Tischtennis spielte. Sie hatte ihn einst auf diese Schwester aufmerksam gemacht, als diese mit dem Rad vorbeigefahren war. Er hatte gesagt, daß sie einander ähnelten, und gespürt, daß Emma ihrer Schwester nicht ähneln wollte. Irgendwo in seiner Erinnerung war diese anscheinend unbedeutende Tatsache gespeichert: daß er an jenem Nachmittag vor fast zehn Jahren auf einer Caféterrasse gespürt hatte, wie wenig es Emma behagte, daß irgend etwas kurz ins Stocken gekommen war, nachdem er gesagt hatte, daß sie ihrer Schwester ähnelte, ihrer Schwester, der er hinterhergeschaut hatte. Es war die Zeit, in der er auf einem Rennrad durch die Stadt gerast war. In der er in Verwirrung geraten war, wenn er Emma in der Eingangshalle der Universität erblickt hatte. Emma, die ihn herausgefordert hatte. Ihr frisch gelüftetes Zimmer, wo sie ihn in ihr Bett eingeladen hatte. Die Zeit, in der er auf dem Dach eines Hauses in der Albert-Cuyp-Straat Bier getrunken und betrunken am Rand des Dachs gestanden und auf die Straße hinuntergeschaut hatte, genau auf die Zeltplanen der Marktbuden – während Lin irgendwo anders in der Stadt beim Training gewesen war. In diese Zeit wäre er gerne zurückgekehrt, zurückgeflogen, wie in einem Märchen, mit flatternden Hosen und Haaren, zu diesem Nachmittag, an dem er die beiden Hokwerda-Schwestern zum ersten Mal gesehen hatte.

Er trank und sah Emmas atmenden Bauch, ihre Brüste. Es war, als käme sie näher, als würde er ihre Anwesenheit plötzlich stärker empfinden. Er wollte sie berühren, ihren Körper spüren, um auf diese Weise etwas von Lin wiederzufinden. Sie schwiegen. Ihm wurde warm. Er war nicht imstande, etwas zu sagen. Emma errötete. Jelmer sah, wie die Röte ihr ins Gesicht schoß; das machte sein Verlangen nur noch größer, denn es war Lins Wange, die er sah, die gleiche Haut, die gleiche Rundung, es war genau ihr Erröten.

Schließlich deutete er auf den Erker an der anderen Seite des Raums. Die Fenster waren dunkel. Das Licht einer Straßenlaterne fiel auf die fast kahlen Bäume.

»Dort habe ich mich zum ersten Mal mit Lin unterhalten.«

»Daran will ich mich nicht erinnern.«

In diesem Erker hatte er gestanden und sich mit ihr unterhalten, mit dem rechten Fuß die ganze Zeit auf der Fensterbank, eine bescheuerte Haltung. Sie war immer näher an ihn herangerückt, fast wie ein Kind. Sie hatte den breiten Ledergürtel angehabt. Ihr Körper war ihm erfahren vorgekommen. Es war Henri gewesen, der sie erfahren gemacht hatte. Aber das hatte er nicht gewußt. Für ihn war sie die jüngere Schwester gewesen. Sofort ganz vertraut, so war es ihm vorgekommen, weil er ein paar Monate lang mit Emma das Bett geteilt hatte.

»Hast du diesen Mann jemals gesehen?«

Jelmer brachte den Namen nicht über die Lippen.

»Den in der Szene bekannten Bauunternehmer Henri K., meinst du?«

Jelmer nickte.

»Ich habe sie auf dem Markt in der Albert-Cuyp-Straat gesehen, als sie sich noch nicht lange kannten. Lin bei ihm untergehakt, blind verliebt, ganz das liebe Mädchen, ich wußte nicht, was ich da sah. Er war einen Kopf kleiner als sie und ein Stück älter, das fiel mir gleich auf. Ich habe sie nicht angesprochen, weil ich dachte: Das Allerletzte, worauf sie jetzt Lust hat, ist ihre ältere Schwester, die mit ein paar Blicken ihren neuen Lover taxiert, einen Mann, über den sie sich selbst noch völlig unsicher ist. So zartfühlend war ich dann schon. Ich habe sie beobachtet, als sie vor einer Fischbude standen. Sie schob eine Hand unter einen Fisch und hob ihn an, als ob es sein Ding wäre. Sie konnte sich furchtbar anstellen, wenn sie verlegen war. Beim Bezahlen zog er einen Stapel Banknoten aus der Tasche und schob mit dem Daumen ein paar Scheine herunter. Genau so, wie mein Vater das immer getan hat.«

»Und später?«

»In der Zeit, als sie mit Henri zusammen war, hatten wir keinen Kontakt. Vor einem halben Jahr bin ich ihnen mal in einem Café begegnet. Lin wollte mich nicht sehen. Aber Henri erkannte mich und winkte mich zu ihnen. Ich muß sagen, ja, doof für dich, aber ich fand ihn damals ganz nett. Er legte sich ins Zeug, er gab sich wirklich Mühe zu vermitteln, die Spannung zu lösen. Ich will Verwandte, sagte er zu ihr. Da verstand ich besser, was sie an ihm fand, abgesehen von seinem Äußeren. Er hatte etwas Samtweiches, er verstand sich darauf, sie zu verführen, und er hatte Mut. Lin ist ängstlich, unflexibel, obsessiv, eine Zweiflerin. Ich glaube, daß er sie ein wenig auflockerte.«

»Hat sie ihm etwas bedeutet?«

»Ja, ich denke schon.«

»Jedenfalls an diesem Tag«, sagte Jelmer abfällig, »als er probierte, dich zu überzeugen.«

»Ich schaue tiefer unter die Oberfläche, glaub mir. Solche Dinge erkenne ich immer.«

»Was hat sie ihm denn bedeutet?«

»Er wollte für sie sorgen, genau wie du. Ich glaube, daß es ihn eigentlich erstaunt hat, als er sich so sehr in sie verliebte, daß er nicht zurück konnte. Und weil er nicht zurück konnte, war er dann gemein zu ihr.«

Sie schwiegen, weil sie sanft dröhnende Schritte näher kommen hörten: ein Mann auf Socken. Paul steckte den Kopf durch die Tür, um mitzuteilen, daß er zu Bett gehe. Jelmer würdigte ihn kaum eines Blickes. Strich drunter, dachte er bei sich. Sie schwiegen, bis Pauls Schritte auf der Treppe verstummt waren.

»Ich wollte dich noch etwas fragen«, sagte er.

»Wie es im einzelnen passiert ist«, sagte Emma.

Sie erstaunte ihn. Mit Lin-artiger Geschwindigkeit hatte sie begriffen, worauf er hinauswollte.

»Kommt Selbstverteidigung in Frage?«

»Nach dem, was ich gehört habe, nicht.«

»Was hast du denn gehört?«

»Sie hat gesagt, daß es zu Handgreiflichkeiten gekommen sei, nachdem er endlich nach Hause gekommen war. Das sei häufiger vorgekommen. Er hat sie an einen Hackklotz gepreßt, ihr die Kehle zugedrückt und ihr auf den Mund gespuckt. Daraufhin hat sie ein Messer ergriffen, das auf dem Hackklotz lag, und zugestochen.«

Von vorne also, überlegte Jelmer, zwischen den Rippen hindurch. Er schwieg. Er brauchte ein wenig Zeit, um dieses neue Bild zu verarbeiten. Er sah es nun vor seinem geistigen Auge, aber das machte es nicht vorstellbarer, was sie getan hatte.

»Wie kriegt man das hin, jemandem ein Messer ins Fleisch zu jagen«, seufzte er.

»Offenbar ist es einfacher, als man denkt.«

Sie schwiegen.

»Auch bei ihren schlimmsten Wutanfällen habe ich sie nie etwas Schlimmeres tun sehen als etwas kaputt zu schmeißen – und dann jedesmal billiges Zeug. Nach ein paar Minuten schämte sie sich immer bereits und kniete gleich darauf nieder, um alles aufzuräumen.«

»Sie hat sich völlig auf etwas fixiert«, wiederholte Emma. »Sie hat sich in irgend etwas verbissen. Vielleicht wollte sie etwas von ihm, vielleicht wollte sie die ganze Zeit über etwas von ihm, was er ihr nicht gab.«

Die Pförtner saßen hinter kugelfestem Glas. Er mußte sich ausweisen. Das Ergebnis eines Telefonanrufs abwarten. Er wurde durchsucht. Die Bücher, die er mitgebracht hatte, wurden ausgepackt und durchgeblättert: Zwischen den Seiten könnten ja Rasiermesser versteckt sein, Kokain, Geldscheine. Er mußte auf einen Vollzugsbeamten warten. Während er wartete, zog es ihn an die frische Luft.

Er folgte dem Vollzugsbeamten. Er hörte das klebrige Geräusch von dessen Kreppsohlen auf dem Fußboden der Gänge, das Rascheln von dessen Kleidungsstücken, er sah die Uniformhose, den breiten Hintern, doch von dem Gebäude voller Mörder und Gewalttäter kam ihm so gut wie nichts zu Bewußtsein. Im Sprechzimmer standen ein Resopaltisch und drei Plastikstühle, in einer Ecke außerdem ein solider Papierkorb aus Stahl. Beim Warten wurde er zu seiner größten Überraschung schläfrig: Unglaublich stark wünschte sich sein Bewußtsein plötzlich, sich vorübergehend aufzulösen, zu verschwinden.

Der Vollzugsbeamte trat als erster ein. Fast verborgen hinter seinem großen Körper folgte Lin. Jelmers Herz pochte. Der Vollzugsbeamte setzte sich auf einen Stuhl an der Wand. Beide sahen sie ihm zu, wie er sich niederließ, die Beine weit gespreizt, eine aufgerollte Zeitschrift in den Händen, und sie warteten, bis das Schaben der Stuhlbeine aufgehört hatte.

Sehr verändert hatte sie sich nicht. Lin an einem ihrer weniger guten Tage. Abgekapselt, auch ihm gegenüber. Und nicht länger die Frau, mit der er fast drei Jahre lang zusammengelebt hatte. Sie blieb stehen. Er ging auf sie zu. Als er die Hände auf ihre Oberarme legte, spürte er, daß sie die Berührung fast nicht ertrug. Er küßte sie einmal flüchtig auf die Wange. Dabei berührten ihre Finger kurz seinen Oberschenkel. Die Wärme ihrer Fingerspitzen drang durch den Stoff seiner Hose. Das schockierte ihn.

Eine halbe Stunde später stand er wieder draußen, im rauhen Novemberwind. Es war, als wäre nichts von der Begegnung in sein Bewußtsein vorgedrungen, als wäre alles an ihm abgeglitten. Er hatte sie gesehen. Aber worüber hatten sie gesprochen? Wie war sie gewesen? Er wußte es nicht. Beinahe in Panik blieb er an der Straßenecke stehen und drehte sich noch einmal zu dem Gebäude um, als müßte er sich selbst überzeugen, daß er wirklich dort gewesen war.

Im Zug nach Amsterdam hielt dieser Zustand an. Sein Hirn schien in einen Kokon aus Verwirrung und Emotionen eingepackt zu sein.

Es war Nachmittag. Er mußte zurück ins Büro. Während er am Fenster stehend einige Anrufe erledigte, wobei er in den geometrisch angelegten Garten hinter dem Grachtenhaus hinaussah und wiederholt an seinen Schreibtisch trat, um sich Notizen zu machen, kam er zu sich und konnte sich langsam wieder an sie erinnern. Jetzt war sie ihm wieder nah, viel näher als in diesem Gefängnissprechzimmer. Energisch führte er seine Telefongespräche. Während er zuhörte und in den Garten voller Herbstblätter hinaussah, in dem ein Hausmeister beim Kehren war, schälte sich langsam ein Bild in ihm heraus. In kleinen Portionen wurde es in sein Bewußtsein hineingelassen. Er ging in die Zimmer seiner Kolleginnen und Kollegen – die Parkettböden knarrten unter seinen Schuhen – und empfand auf einmal eine besondere Wärme für die Menschen, mit denen er zusammenarbeitete.

Am Abend kam der Rückschlag. Er rief Emma an, ein mühsames Gespräch, danach saß er allein da; das Alleinsein hatte eine beklemmende Wirkung auf ihn. Draußen war es dunkel. Er stellte sich in den Wind, der über die Eingangstreppe fegte. Erst als er dort stand, die Tür hinter sich mit den Fingerspitzen aufhaltend, wurde ihm klar, was er wollte. Er holte seine Schlüssel, öffnete die Haustür neben der seinen und ging die Treppe hinauf ins Obergeschoß, das von seinen Eltern gelegentlich als Übernachtungsmöglichkeit genutzt wurde. Das Apartment war klein und nüchtern eingerichtet. Seine Eltern kamen nur selten hierher. Manchmal überließen sie es Freunden, die für ein paar Tage nach Amsterdam kommen wollten. Es hatte beinahe die Atmosphäre eines Hotelzimmers. Dies war der Ort, an dem er am besten nachdenken konnte, weg von allem anderen.

Im Dunkeln glänzte ein Spiegel. Die vertrauten Geräusche von draußen klangen hier anders. In den niedrigen vorderen Raum – mit den Händen konnte er die Balken berühren – fiel das Licht von der Straße durch zwei Fenster herein. An der Seitenwand stand ein Bett, das einem Alkoven ähnelte. Dies war der Ort, an dem er gerne lag, den Raum im Spiegel anstarrend, und das tat er auch jetzt. Als ihm das Liegen nicht gefiel, setzte er sich vor dem Bett auf den Boden und lehnte sich an den Bettrand.

Auf dem Bett hatte er mit Lin gelegen, im Dunkeln, still.

Als erstes dachte er an ihre Fingerspitzen, die seinen Oberschenkel berührt hatten, brennend warm. Das war kein Zeichen gewesen, keine bewußte Berührung. Er zwang sich, das zu denken. Ihre Arme hatten schlaff neben ihrem Körper gehangen, sie hatte sich leicht vorgebeugt, als er sie geküßt hatte, und zufällig seinen Oberschenkel berührt. Vielleicht hatte sie ihre

Hand unwillkürlich ausgestreckt, um ihn nicht zu nahe an sich herankommen zu lassen. Vielleicht war ihr kurz schwindlig geworden, das hatte sie häufiger. Er durfte nicht mehr dahinter suchen, als wirklich da war. Und wenn es ein Verführungsversuch gewesen sein sollte, wäre das einzig und allein widerlich.

Ziemlich schlaff hatte sie vor ihm gesessen, in sich zusammengesunken, obwohl sie sonst immer betont aufrecht dasaß. Hatte es sie erschöpft, was sie in den vergangenen Monaten erlebt hatte? War sie benommen gewesen, obwohl sie doch angeblich keine Pillen mehr nahm? Oder war es Impertinenz, die Unverschämtheit desjenigen, der sich minderwertig fühlt?

Beim Gespräch hatte er sich von Anfang an nicht unter Kontrolle gehabt. Diese Berührung ihrer Fingerspitzen hatte ihn beschäftigt, gegen seinen Willen. Die Anwesenheit des Vollzugsbeamten hatte ihn gestört, gegen seinen Willen. Der Mann hatte in seiner Zeitschrift geblättert, immer wieder Daumen und Zeigefinger anfeuchtend, um die Seiten umzuschlagen. Jelmer hatte ihn nicht dabei haben wollen, so konnte er nicht reden. Anfangs hatte er dann und wann auch seine alte Wut gespürt, die wütende Enttäuschung über ihren Betrug, den Jähzorn, mit dem er ihr auf dem Pfad bei der Warf am liebsten die Hände auf die Brust gelegt hätte, um sie umzustoßen, nachdem sie so achtlos, so kalt, Henris Feuerzeug ins Wasser geworfen hatte, als könnte sie ihn auf diese Weise einfach abschütteln.

Auf einmal verflüchtigte sich diese alte Wut: als ihm erneut ihre Schwäche bewußt wurde, genau wie am Anfang, als sie den Raum betreten hatte, sich mehr oder weniger hinter dem großen Körper des Vollzugsbeamten versteckend. Er hatte ihre Schwäche gespürt – und sofort auch Mitleid empfunden.

Aber danach trotzdem wieder Ärger wegen ihrer laschen Haltung, wegen dieses provozierenden Insichzusammengesunkenseins. Es hatte sein Mißtrauen geweckt. War das nun eine Unverschämtheit, eine furchtbare Unverschämtheit? Und war er verrückt, daß er es nicht sofort bemerkt hatte? Hatte er es einfach nicht sehen wollen? Oder ahmte sie unwillkürlich bloß die Haltung all jener nach, die sie den ganzen Tag um sich herum sah, die der Häftlinge? Sie hatte schon immer die Neigung gehabt, das Verhalten der Personen in ihrem Umfeld zu übernehmen, sie imitierte, stets auf ihr eigenes Überleben bedacht.

Angeschaut hatte sie ihn eigentlich kaum. Er hatte versucht, sie anzuschauen. Aber sie hatte es nicht ertragen, scheu hatte sie den Blick abgewandt. Er hatte damit aufgehört, um sie nicht länger unter Druck zu setzen. Er hatte ihre Füße unter dem Tisch gesehen, gegenüber seinen eigenen: hilflose Füße, so, wie sie da standen, verirrte Füße. Und auf einmal war er in der Lage gewesen, nichts mehr von ihr zu verlangen: keine Haltung, die ihm gefallen hätte, kein Schuldbewußtsein, keine Worte, die er gerne gehört hätte, nicht die Gefühle, die ihm angemessen vorgekommen wären. Er hatte sich leichter gefühlt. Es war so, wie es war.

Eine Stille war entstanden.

Dann hatte sie kurz und knapp berichtet.

Es war eine Geschichte, die sie schon häufiger erzählt hatte, nicht speziell eine, die sie *ihm* erzählen wollte. Das merkte er an ihrer Ausdrucksweise, an Formulierungen, die fast schon im Formelhaften erstarrt waren. Sie habe eine Abtreibung vornehmen lassen, ohne Henris Mitwissen. Einen anderen Weg habe es nicht gegeben, denn er habe es ihr verboten. Verboten? Ja, verboten. Hinterher habe sie die Beziehung mit ihm trotzdem weiterführen wollen, sie verstehe selbst nicht mehr, warum. Dann sei es also völlig schiefgegangen. In dieser Klinik werde sie nun auf ihre Zurechnungsfähigkeit hin untersucht. Allerlei nervige Gespräche. Wahrscheinlich wird sich zeigen, hatte sie achtlos gesagt, daß ich eingeschränkt schuldfähig bin. Ich hatte mich nicht mehr unter Kontrolle. Es ist über mich gekommen. Ich hatte nichts geplant.

Dieses Wort: geplant.

Sie hatte nichts geplant. Nach dieser Behauptung schwieg sie einen Moment und schien etwas hinunterzuschlucken, Worte, die ihr auf der Zunge lagen. Hatte sie ihre Tat vorhergesehen, hatte sie sich davor gefürchtet, hatte sie gespürt, daß etwas passieren würde? Ich hatte mich nicht mehr unter Kontrolle, wiederholte sie. Er war so brutal, und das nicht zum ersten Mal, er hatte mich schon so oft erniedrigt. Ich hätte dieses Messer natürlich nicht anrühren dürfen. Aus der Art, wie sie das sagte, sprach nicht gerade ein hohes Maß an Schuldbewußtsein. Als wäre ihr eine Dummheit unterlaufen, eine ziemlich große Dummheit zwar, aber auch nicht mehr als das, so hörte es sich an. Ich hätte dieses Messer natürlich nicht anrühren dürfen.

Ließ sie keinerlei Schrecken an sich heran? War so etwas möglich?

Mehrmals hatte sie Henris Namen ausgesprochen, einen mit Blut verschmierten Namen, den Namen eines Toten, eines Mannes, den sie ums Leben gebracht hatte. Henri, sagte sie, als wäre sie noch mit ihm zusammen, als hätte sie ihn erst gestern noch gesehen, ohne Zittern in der Stimme, ohne zu stocken. War ihr noch immer nicht aufgegangen, was sie getan hatte? Oder spielte sie ihm nur vor, daß es ihr noch nicht bewußt geworden sei?

Er hatte ihr nicht vertraut. Ihr Bericht hatte sich so routiniert angehört. Aber konnte sie denn etwas dafür, daß er sich routiniert anzuhören begann, nachdem sie ihn fünf-, sechsmal hatte erzählen müssen? Irgend etwas war über sie gekommen, das er nicht von ihr kannte: Ungreifbarkeit, eine Art, ungreifbar zu bleiben, Glätte, Gerissenheit. Sie machte keinen vertrauenswürdigen Eindruck. Jelmer hatte Verständnis für ihre Situation. Sie war noch immer auf der Flucht. Doch trotz seines Verständnisses hatte er sich wieder überwältigen lassen: vom Ärger über ihre Körpersprache, von Mißtrauen, von seiner alten Wut.

Außerdem hatte er sich maßlos über sich selbst geärgert: weil er nicht über seinen Schatten springen konnte. Er hatte so gut es ging versucht, nur ihre Schwäche zu sehen, egal wie durchsichtig ihre Haltung auch war, er hatte nur Mitleid haben wollen, Mitleid mit der Allerunglücklichsten, und es war ihm nicht gelungen.

Die Frage ist, hatte sie hinzugefügt, ob ich zu Zwangsbehandlung oder zu einer Haftstrafe verurteilt werde. Ich gehe lieber ins Gefängnis. Da hat man angeblich ein viel freieres Leben, und man weiß wenigstens, wann es vorbei ist; so eine psychiatrische Behandlung kann endlos verlängert werden. Sollte es zu einer Haftstrafe kommen, erwarte sie zehn Jahre.

Er hatte ermutigende Worte gesagt. Sie hatte sich alles angehört.

Sie waren gleichzeitig aufgestanden. Sie hatte ihm für sein Kommen und seine Bücher gedankt. Ob sie noch anderen Besuch gehabt habe? Ihren Vater, ihre Mutter und ihre Schwester wollte sie nicht sehen – es habe keinen Sinn, es sei zu spät. Eine gewisse Tine sei hiergewesen. Und jetzt er. Und sie habe einen Brief von seinen Eltern bekommen, den sie bestimmt noch beantworten werde. Das erzählte sie widerwillig, im Türrahmen – sie wollte weg. Der Vollzugsbeamte hatte sie mitgenommen. Jelmer hatte noch fünf Minuten in dem Raum ausharren müssen. Als er endlich wieder auf der Straße stand, war es, als würden hinter ihm riesige Wassermassen in sich zusammenstürzen und alles unter sich begraben, was er gerade gesehen hatte.

Jelmer stand vom Fußboden auf. Auch in diesem leeren und unbewohnten Apartment wurde ihm beklommen zumute, als hätte er es mit seinen Gedanken gefüllt, als wäre dessen Leere aufgebraucht.

Er ging ins Freie. Er befand sich in einer Lage, in der man einen seiner Freunde aufsucht, um sich alles von der Seele zu reden. Doch gerade in solchen Situationen suchte Jelmer seine Freunde nicht auf. Es verschlug ihn an die Amstel, auf eine Bank unter einer alten Ulme, die von Fahrradwracks umringt war, die meisten ohne Vorderreifen. Erst als er sich bereits hingesetzt hatte, wurde ihm klar, daß er hier ein paarmal mit Lin gesessen hatte. Blindlings kehrt man an solche Orte zurück, von etwas gelenkt, das man nicht kennt.

Hier hatte sie gesessen, nicht wissend, was auf sie zukam, wozu sie in der Lage sein würde. War es ihr Schicksal gewesen? Hatte es in ihr gesteckt, so etwas zu tun? Es hätte genausogut nicht geschehen können, hielt er sich vor. Das Messer hätte auf eine von Henris Rippen treffen können, dann hätte er es ihr entwunden, es weggeworfen und geschrien: »Bist du jetzt völlig übergeschnappt?« Er war tödlich getroffen worden, zusammengebrochen, voller Schmerz und Schreck, möglicherweise in der blitzartigen Gewißheit einer verhängnisvollen Wunde, bereits langsam das Bewußtsein verlierend, Abschied nehmend; aber genausogut hätte er noch auf den Beinen gestanden, das Messer weggeworfen, sie beschimpft und ihr noch einmal auf die Lippen gespuckt haben können. Dann wäre sie aus dem Haus gelaufen und hätte endgültig mit ihm gebrochen, durch diesen Messerstich, der auf Henris Rippe abgeglitten war, aus ihrem Wahnsinn wachgerüttelt. Um ihm fortan aus dem Weg zu gehen, hätte sie vielleicht die Stadt verlassen, wie sie es schon seit längerem vorgehabt hatte, und mit dem Geld ihres Vaters irgendwo ihre Scheune gekauft. Oder sie hätte, nach zwei unglücklichen Beziehungen, in Amsterdam kurzerhand von vorne angefangen, hätte eine Hochschule besucht, um Modeschöpferin zu werden. Wie viele Frauen, verraten, erniedrigt, wutentbrannt, hatten nicht manchmal bei sich gedacht: Ich könnte ihm ein Messer in die Wampe rammen! Sie hatte es getan.

Steckte es in ihr? Sie selbst war davon überzeugt gewesen, daß allen Ereignissen eine gewisse Logik zugrunde lag, daß nichts ohne Grund geschah. Zugleich gab es auch den Zufall. Einerseits eine gewisse Logik, eine unendlich komplizierte Kette von Ursachen und Folgen, andererseits der Zufall, die unvorhergesehene Konstellation, die man nie hätte voraussagen können. So hatte sie es ihm einmal erklärt, als sie auf dem Bett gelegen und nachgedacht hatte. Es gab etwas, das sich vollzog, ohne daß sie Einfluß darauf hätte, ein Schicksal, das sich verwirklichte. Langsam wurde sichtbar, wer sie war. Welche Rolle spielte dabei der Zufall? War es zufällig, daß sie jemanden getötet hatte?

Jelmer betrachtete die Fahrradwracks, die Trosse eines Hausboots, die sich mal fest spannte und sich dann wieder lockerte. Hatte sie vorhergesehen oder eine Vorahnung davon gehabt, was letzten Endes zwischen ihr und Henri vorfallen würde? Ich habe nichts geplant, hatte sie gesagt, und danach war diese komische Stille eingetreten, in der sie etwas verschwiegen und hinuntergeschluckt hatte. Hatte sie sich in all den Jahren mit Henri langsam, aber sicher immer tiefer in einem Netz verstrickt?

Jelmer schaute auf das gegenüberliegende Flußufer. Dort lag an der Ecke des Kais das Café, das er mit Lin besucht hatte, nachdem sie diesen Film über arrangierte Ehen gesehen hatten. Noch Tage danach hatte sie von dem Film geredet und ihn, Jelmer, im Scherz »den richtigen Ehemann« für sie selbstgenannt, den ihre Eltern – Eltern, die in ihrer Phantasie den seinen glichen – für sie ausgewählt hätten. Unterdessen war sie bereits dabei, ihn mit Henri zu betrügen, seit Monaten schon.

Was wäre geschehen, wenn er an jenem Sonntag bei Tagesanbruch, nach einer Nacht, in der er kein Auge zugetan hatte, diese Fotos von Henri zerrissen hätte, wenn er sie vor ihren Augen zerrissen hätte? Hätte sich dann eine andere Konstellation ergeben? Hatte er letzten Endes einfach nicht genug Willenskraft aufgebracht, um bei ihr zu bleiben? Hatte sie sich von ihm im Stich gelassen gefühlt? Du hättest sie nie gehen lassen dürfen, war Emma herausgerutscht. Er hatte sie gehen lassen, schlimmer noch: Er hatte sie verstoßen. Wenn es Schuldige gab, war er einer von ihnen.

Er schaute zur Blauwbrug. Dahinter lag das Opernhaus mit seiner bogenförmigen Glasfassade. In allen drei Stockwerken wimmelte es von Menschen: Die Vorstellung war zu Ende. Ungefähr fünfmal war er mit ihr dort gewesen. Zu Hause hatte sie Arien aus der *Zauberflöte* mitgesungen, aber prompt damit aufgehört, wenn er hereingekommen war. Er erinnerte sich daran, wie sie ihn am ersten Abend in Erstaunen versetzt hatte: Sie hatten zu Fadomusik getanzt, und Lin hatte, ohne die Lieder je gehört zu haben oder ein Wort Portugiesisch zu können, mitgesungen, einen Sekundenbruchteil hinter der Musik hergleitend, fehlerlos imitierend, was sie gehört hatte, als strömte die Musik durch sie hindurch – eine Hingabe, die er nur ein einziges Mal erlebt hatte, sie möglicherweise auch. Oder hatte er sich das nur eingebildet? Doch er erinnerte sich an sein Erstaunen, an ihre Stimme an seinem Ohr, die mitgesungen hatte.

Er richtete den Blick wieder auf die Trosse des Hausboots. Das Wasser schwappte gegen das Heck und das morsche Holzruder. Das Messer war nicht an Henris Rippe abgeprallt, er hatte es ihr nicht entwunden. Es war zwischen seinen Rippen hindurchgeglitten, die Spitze war in sein Herz gedrungen, in diesen weißen, schlagenden Muskel, diesen weißen, schlagenden Beutel – und der war aufgeplatzt. Es war ihre Hand gewesen, die das Messer umklammert und den Widerstand, aber auch das erschütternde Hineingleiten des Messers in seinen Körper gefühlt hatte. Sie hatte es wieder herausgezogen. Danach hatte sie nur noch an sich selbst gedacht und sich aus dem Staub gemacht. War es die Angst gewesen, die sie mit Siebenmeilenstiefeln hatte fliehen lassen? Warum war das Messer nicht auf Henris Rippe gestoßen?

Jetzt saß sie hinter Schloß und Riegel. Was konnte er für sie tun? Wahrscheinlich nicht viel. Fürs erste würde sie sich von allen abkapseln und auf sich allein gestellt überleben, wie sie es immer getan hatte. Ein Jahr, vielleicht auch zwei, drei Jahre würde es dauern, bis ihr klar werden würde, was sie getan hatte, bis sie es akzeptieren könnte. Würde er es fertigbringen, sie zu besuchen, vorausgesetzt, daß sie nichts dagegen hätte? Eine Frau, die ihn so betrogen hatte, eine Frau, die nicht mehr die Frau war, die er geliebt hatte? In zehn Jahren würde man sie vielleicht entlassen, und dann würde sie dastehen mit ihrem Rucksack. Anfang Vierzig. Arbeit würde sie keine mehr finden. Einen Mann? Wie konnte man jemanden lieben, der so etwas getan hatte? Wie sollte sie jemals zu einem normalen Leben zurückfinden? Wo würde sie noch Ruhe finden? Was mußte sie tun, um das Ganze abzubüßen? Auf einer Insel mit Aussätzigen arbeiten? Es langsam, aber sicher abbüßen, indem sie die widerlichsten und abstoßendsten Wunden anderer versorgte?

Nach Mitternacht saß Jelmer in seinem Haus auf der Couch, vorgebeugt, und las die vor ihm auf dem Boden liegende Zeitung, die Ellbogen auf die weit gespreizten Knie gestützt. Er starrte auf das Foto einer blonden Speerwerferin – einer hübschen, breitschultrigen Frau – und mußte an die ironischen Worte denken, die Jewgeni ihm zum Abschied in einem Londoner Taxi angetrunken nachgerufen hatte: *My regards to your fine, strong and healthy peasant-girl.* Diese Worte hatten ihm einen Stich versetzt. Es war, als hätte Jewgeni die Seifenblase seiner Illusion zerplatzen lassen. Denn genau das hatte er in ihr sehen wollen: Kraft, Gesundheit. Er hatte auch das Kind in ihr gesehen, das Kind und den Schaden, den es erlitten hatte. Vielleicht hatte er am meisten dieses Kind geliebt.

Hatte er irgend etwas in ihr *nicht* gesehen, obwohl sie ihm so viel von sich erzählt hatte?

Während er das Foto der Speerwerferin anstarrte und es schon fast nicht mehr sah, erinnerte er sich an die Momente, in denen sie glücklich gewesen war. Wenn sie sich morgens im Halbschlaf an ihn gekuschelt hatte. Am Strand, wenn sie wankend und keuchend aus dem Meer gekommen war, die Flanken von den Schlägen der Wellen gerötet. Im Haus seiner Eltern, weil sie sich dort sicher gefühlt hatte. Im Gästebett mit den beiden geschnitzten Holzwächtern am Fußende. Wenn sie seiner Mutter im Gemüsegarten geholfen und er ihre Stimme im abendlichen Garten gehört hatte. Wenn sie einen Abend lesend in der Bibliothek seiner Mutter verbracht hatte, allein, in sich versunken, inmitten der Geräusche des Hauses. Nachdem sie »In der Schlucht« gelesen hatte. Wenn er für sie gekocht hatte. Wenn sie auf seinen Füßen stehen durfte und er mit ihr im Zimmer umherging. Unterdessen hatte sie ihn betrogen, unterdessen hatte Henris Messer in der Küche gelegen.

Schon den ganzen Abend hatte er etwas trinken wollen – zugleich hatte er aber auch einen klaren Kopf behalten wollen. Jetzt war der Tag vorbei, er hatte lange genug einen klaren Kopf behalten. Er dachte an das »Nasenglas«, eines der Geschenke, die er von Lin bekommen hatte. Sie hatte es auf einem Flohmarkt in Budapest gekauft, als sie sich im Rahmen eines Turniers in der Stadt aufgehalten hatte. Es steckte in einem Lederfutteral und war ein merkwürdiges, flaches Glas aus geschliffenem Kristall – es paßte gerade so über seine Nase. Sie war damals siebzehn gewesen und hatte es für den Mann gekauft, der irgendwann einmal der ihre sein würde. Er lief irgendwo umher und kannte sie nicht, sie spazierte an einem Sonntagmorgen in der Herbstsonne durch Budapest, kaufte ihm schon mal dieses Glas und nannte es »Nasenglas«.

Als Jelmer das Futteral öffnete, sah er in dem Glas die Ginkgoblätter. Er erschrak.

Irgendwann einmal hatte sie ihn in die Vespuccistraat mitgenommen, um ihm die Ginkgos zu zeigen, die die Straße säumen: elegante, bizarre und anmutige Bäume. Japanisch, so hatte sie die exotischen Bäume genannt und ihn auf die fächerförmigen Blätter aufmerksam gemacht. Um keinen Preis hatte sie die Straße hinabgehen wollen. Sie hatte ihm die Bäume von der Straßenecke aus gezeigt und ihm erzählt, daß es jahrelang diese Bäume gewesen seien, diese bezaubernd schönen Bäume, die ihr die Hoffnung gegeben hätten, daß sich ihr Leben irgendwann einmal auf wundersame, unbegreifliche und unvorstellbare Weise verändern würde.

Aus irgendeinem Grund war es komisch, Henris Grab nicht zu besuchen. Jelmer wußte, wo es sich befand, wie er auch gewußt hatte, wo sich Henris Wohnung befunden hatte. Eines Tages beschloß er, hinzugehen, und er ging, ohne Blumen, mehr als Kundschafter denn als Besucher. Auf dem Friedhof an der Amstel wollte er mit der Übersichtskarte in der Hand zum Grab gehen; es schien ganz einfach zu sein. Er brauchte eine Dreiviertelstunde, bis er es gefunden hatte.

1999–2002